BASTEI
LÜBBE
TASCHENBUCH

Weitere Titel des Autors:

Rebell unter Segeln
Unter der Flagge der Freiheit
Kurs auf Sieg

Titel in der Regel auch als E-Book erhältlich

Über den Autor:

Frank Adam ist das Pseudonym von Prof. Dr. Karlheinz Ingenkamp. Er hat Geschichte und Psychologie studiert und als Erziehungswissenschaftler ein bekanntes Forschungsinstitut geleitet. Im Ruhestand wandte er sich seinem Hobby, der Geschichte der britischen Flotte, zu. Außer den seehistorischen Romanen hat er marinegeschichtliche Aufsätze und Bücher geschrieben, darunter auch das 1998 erschienene deutschsprachige Standardwerk über die britische Flotte mit dem Titel HERRSCHERIN DER MEERE.

Frank Adam

AUF ZU NEUEN HORIZONTEN

Sven Larssons Abenteuer im amerikanischen Unabhängigkeitskrieg

BASTEI LÜBBE
TASCHENBUCH

BASTEI LÜBBE TASCHENBUCH
Band 16 587

1. Auflage: November 2011

Bastei Lübbe Taschenbuch in der Bastei Lübbe GmbH & Co. KG

Originalausgabe

Textredaktion: Rainer Delfs
Titelillustration: East Indiaman Ceres off St Helena, 1788 (oil on canvas) by Thomas Luny (1759–1837), Private Collection/© Royal Exchange Art Gallery at Cork Street, London/The Bridgeman Art Library
Umschlaggestaltung: Tanja Østlyngen
Satz: hanseatenSatz-bremen, Bremen
Gesetzt aus der Adobe Garamond
Druck und Verarbeitung: GGP Media GmbH, Pößneck
Printed in Germany
ISBN 978-3-404-16587-2

Inhalt

Vorwort

Mit diesem Band verabschiede ich mich von meinen Lesern. Es ist der achtzehnte Seekriegsroman, den ich neben zwei Sachbüchern über die Flotten um 1800 in den zwanzig Jahren nach meiner Pensionierung geschrieben habe. Ich konnte nach Eintritt in den Ruhestand nicht mehr in meinem Beruf arbeiten, da ich dazu auch die Hilfsmittel gebraucht hätte, die nun meinem Nachfolger zur Verfügung standen. Es wäre nicht fair gewesen, ihm dadurch das Gefühl zu geben, dass ich ihm dauernd über die Schulter schaue.

So griff ich auf die angenehmen Erinnerungen zurück, die ich mit der Lektüre der Hornblower-Romane während meiner Jugend verband. Mit dem Sachbuch »Hornblower, Bolitho & Co.« (Ullstein 1987) hatte ich mich in die Romane und die Fachliteratur über die Seekriege Ende des 18. Jahrhunderts eingearbeitet, um dann 1992 den ersten Band der »David-Winter-Serie« vorzulegen. Mancher Leserbrief hat mich ermuntert, fortzufahren, bis die Serie mit 14 Bänden über das ereignisreiche Leben eines Seemannes ihren Abschluss fand. Danach besaß ich noch Kraft genug, um die vier Bände der »Sven-Larsson-Serie« anzufügen.

Es war eine schöne und aufregende Aufgabe, sich anhand der Erlebnisse von Zeitzeugen und mithilfe historischer Quellen in diese

Zeiten hineinzufinden, in denen die Menschen noch viel stärker als heute Naturgewalten, Krankheiten und mächtigen Herrschern ausgeliefert waren. Viele Details erregten meine Aufmerksamkeit, die nie Aufnahme in die Geschichtsbücher fanden. Eine ereignisreiche Vergangenheit erschloss sich mir, und ich versuchte, sie in den Romanen zum Leben zu erwecken.

Mancher kluge Leserbrief, viele kenntnisreiche Bibliothekare und auch kompetente Historiker haben mir bei meinem Ruhestandshobby geholfen, am meisten Herr Rainer Delfs, der als mein Lektor viel von meiner Begeisterung für den geschichtlichen Hintergrund mit mir teilte.

Dass ich nun meinen letzten Seekriegsroman vorlege, ist nicht mit nachlassender Faszination für den Gegenstand zu erklären, sondern nur durch die Altersbeschwerden, unter denen auch ein gesunder Mann im Alter von 85 Jahren zu leiden hat.

So verabschiede ich mich von meinen Lesern und danke ihnen für das wohlwollende Interesse, mit dem sie meine Romane begleitet haben.

Leinsweiler in der Pfalz
Frank Adam

Hinweise für marinehistorisch interessierte Leser

Zur Information über Schiffe, Waffen und Besatzungen der britischen und anderen Flotten dieser Zeit verweise ich auf mein Buch mit zahlreichen Abbildungen und Literaturangaben:

Adam, F.: Herrscherin der Meere. Die britische Flotte zur Zeit Nelsons. Hamburg: Koehler 1998

Über die britischen Kolonien in Amerika und ihr Ringen um Unabhängigkeit findet der Leser unserer Zeit viele Hinweise im Internet.

In der gedruckten Literatur verweise ich auf folgende Einführungen:

Raeithel, Gert: Geschichte der nordamerikanischen Kultur. Band 1: Vom Puritanismus bis zum Bürgerkrieg 1600–1860. Weinheim: Quadriga 1987

Gipson, Lawrence Henry: The Coming of the Revolution, 1763–1775. New York: Harper and Row 1962

Zum maritimen Aspekt nenne ich aus der Fülle nur folgende Werke:

Das Standardwerk:

Clark, William Bell, et al. (Hrsg.): Naval Documents of the American Revolution, Naval Historical Center, Department of the Navy, Washington 1986 ff.

Zum Einstieg in das Thema kann man sich informieren bei:

Coggins, Jack: Ships and Seamen of the American Revolution. Harrisburg: Promotory Press 1969

Gardiner, Robert (Hrsg.): Navies and the American Revolution 1775–1783. London: Chatham Publishing 1996.

Chapelle, Howard I.: The History of the American Sailing Navy. New York: Bonanza Book 1949

Viele Details führt folgende Dissertation an:

Paulin, Charles Oscar: The Navy of the American Revolution: New York: Haskell House 1971

Verzeichnis der Abbildungen

Personenverzeichnis

Familie

Sven Larsson
Sabrina Larsson, geb. Wilbur, Svens Ehefrau
Lilian Astrid, beider Tochter, geb. 1776
Einar Edgar, beider Sohn, geb. 1777
Henry Richard, beider Sohn, geb. 1779

Astrid Wilbur, verw. Larsson, Svens Mutter
Dr. Edgar Wilbur, Svens Stiefvater und Sabrinas Vater

Ingrid Kellaghan, geb. Larsson, Svens Schwester
Dr. Henry Kellaghan, Svens Schwager
Edgar Humphrey Kellaghan, beider Sohn, geb. 1777
Astrid Kellaghan, beider Tochter, geb. 1779

Personal

Martha, Köchin
Hanna, Putzfrau
Erst Henrietta, dann Elizabeth, Kindermädchen
John, Hausdiener
Jack Jackson, Kutscher

Freunde

Mr Richard Bradwick, Reeder, und seine Frau Anne
Mr Jonathan Smith, Mitglied des Marinekomitees
Hauptmann Wolfgang von Neuenburg
Kapitän Karl Bauer und seine Frau Hanna
Joshua Petrus und seine Frau Adeline

Fregatte *Defence*

Sven Larsson, Kapitän
Tom Potter, Erster Leutnant
John Bergson, Zweiter Leutnant
Frank Waller, Dritter Leutnant
Billy Walton, diensttuender Vierter Leutnant
Abraham Will, Leutnant der Seesoldaten
George White, Master
Dr. Albert Bader, Schiffsarzt
Clark Huston, Zahlmeister
Tim Albus, Bootsmann
Samuel Root, Maat und Begleiter des Kapitäns
Martin, Svens Bursche
Nathaniel Zander, Svens Schreiber
Karl Solder, Maat
Tom Nadzik, Maat
Ben Alton, Matrose

Kid Galter, Matrose
Bert Karici, Matrose
Walter Jungmann, Matrose
Ben Gibson, Matrose
Alfred Holt, Matrose
Jerry Sobas, Sergeant der Seesoldaten
Hans Maier, Pulverjunge

Albert Salton, Midshipman
Henri Mountain, Midshipman
John Brigger, Midshipman
Charly Wilberg, Midshipman

Kanonenbrigg *Hudson*

John Brent, Commander
Matt Wheland, Leutnant
Joseph Grey, Midshipman

Brigg *Star*

Robert Blair, Kapitän

Schoner *Hunter*

Achille Grieve, diensttuender Leutnant

Ostindiensegler *Spirit of Philadelphia*

Sven Larsson, Kommodore
Karl Bauer, Kapitän
John Bergson, Erster Leutnant
Frank Waller, Zweiter Leutnant
Billy Walton, Dritter Leutnant
Achille Grieve, Vierter Leutnant

Dr. Albert Bader, Schiffsarzt
Edward Wheler, Master
Clark Huston, Zahlmeister
Greg Geston, Bootsmann
Samuel Root, Bootsmannsmaat und Begleiter des Kommodore
Martin, Bursche des Kommodore
Nathaniel Zander, Schreiber des Kommodore
Tim Cantel, Matrose
Walter Jungmann, Matrose
Ben Gibson, Matrose
John Balko, Matrose
Herb Miller, Matrose
Ben Kent, Matrose
Edwin Lewis, Matrose
Harry Whipple, Matrose
Hans Maier, Pulverjunge
John Brigger, Midshipman
Charly Wilberg, Midshipman

Der Weg zum Frieden
(November und Dezember 1782

Gelächter und Rufe schallten aus der Offiziersmesse. Hauptmann von Neuenburg, ein in Gefangenschaft geratener Hesse, feierte mit den Offizieren im Kasino der Fregatte *Defence* seinen Abschied. General Washington benötigte ihn nicht länger, um mit den in Yorktown belagerten Hessen zu verhandeln. Briten und Hessen hatten am 19. Oktober 1781 kapituliert und waren in die Gefangenschaft abmarschiert. Hauptmann von Neuenburg konnte seinen Wohnsitz nun frei wählen, da er sein Ehrenwort gegeben hatte, in diesem Krieg nicht mehr gegen die amerikanischen Bundesstaaten zu kämpfen.

»Für Sie ist der Krieg vorbei!«, rief Mr Potter, Erster Leutnant der Fregatte *Defence*, und hob sein Glas. Die anderen drehten sich dem hessischen Hauptmann zu, den sie schätzen gelernt hatten, und prosteten ihm zu.

Sven Larsson, Fregattenkapitän, fiel in dieser Runde nicht weiter auf. Er war mittelgroß, muskulös wie fast alle jüngeren Seeoffiziere, hatte mittelbraunes Haar, braune Augen und einen länglichen Kopf mit hoher Stirn. Aber in seinem Verhalten prägten sich Aufmerksamkeit und Willenskraft aus.

»Denken Sie dann an uns, Herr von Neuenburg«, meldete er sich jetzt zu Wort. »Wir müssen noch kämpfen. Ich habe den Befehl erhalten, ein Geleit aus Baltimore zu holen, und muss wahrscheinlich noch an den Küsten Georgias britische Schiffe und Truppen bekämpfen.«

»Sind das nicht eher Aufräumarbeiten, Sir?«, fragte Mr Bergson, der Zweite Leutnant, lachend.

Der Kapitän schmunzelte. »Nicht zu übermütig, Mr Bergson. Das kann auch harte und blutige Arbeit werden. Aber ich stimme Ihnen ja darin zu, dass der Kampf entschieden ist und der Weg nur noch zu unserer Unabhängigkeit führen kann. Und Herr von Neuenburg, den wir in Baltimore absetzen sollen, wird uns dabei helfen können. Er will ja Farmer im Hinterland werden.«

Die anderen applaudierten und hoben ihre Gläser.

»Dann soll er gleich ein Gästehaus mit anbauen, damit wir ihn im Urlaub mit unseren Frauen besuchen können«, rief Dr. Bader, der Schiffsarzt, lachend und Herr von Neuenburg nickte eifrig.

Mr Bergson hatte sich aus der fröhlichen Runde davongestohlen und war an Deck gegangen. Er musste Frank Waller, den Dritten Leutnant, ablösen, der Wache gehabt hatte.

Nach Austausch der dienstlichen Informationen über besondere Vorkommnisse, Windrichtung und -stärke, Kurs und Geschwindigkeit wechselten sie noch ein paar persönliche Worte.

»Euer Geschrei hat man ja bis hier oben gehört«, spottete Mr Waller. »Worum ging es denn?«

»Ach, das übliche! Ob Yorktown direkt zum Frieden führt oder ob uns noch lange und harte Kämpfe bevorstehen«, antwortete Mr Bergson.

Frank Waller winkte ab. »Dann weiß ich schon. Der Kapitän meint, dass der Krieg praktisch gewonnen sei, und Mr White, der Master, hält dagegen, dass wir um die Südstaaten noch lange kämpfen müssten.«

»Nein. Mr White kam heute nicht richtig zu Wort, da der Kapitän uns informierte, dass Hauptmann von Neuenburg Farmer werden wolle.«

»Na, dann besorgt ihm Mr Larsson auch das Land – bei seinen Beziehungen.«

Bergson nickte lachend. »Kann schon sein. Dr. Bader hat bereits den Bau eines Gästehauses angemahnt, damit wir mit unseren Frauen zu Besuch kommen können.«

Waller fiel ihm ins Wort. »Für einige muss er aber dann ein besonders breites Doppelbett einbauen, denk nur an Abraham Will, unseren Seesoldaten.«

Aber Mr Bergson wollte anscheinend nicht mehr plaudern. »Geh nur runter und sag es ihm selbst! Ich will nur noch wissen, wann wir nach deiner Schätzung vor Baltimore stehen, und dann mach ich meine Runde.«

Frank Waller antwortete etwas enttäuscht: »Morgen Mittag, wenn du den Kahn nicht auf eine Untiefe setzt.« Dann machte er sich davon, denn Bergson drohte ihm scherzhaft.

Die Nacht war bewölkt und sehr dunkel. Es war auch relativ kühl, und Leutnant Bergson fröstelte, wenn die Brise auffrischte. Er war müde und nahm die Meldungen der Wachen eher mechanisch wahr. In einer halben Stunde würde seine Ablösung kommen. Dann konnte er schlafen.

Eine Stimme meldete: »Sieben Glasen (dreieinhalb Uhr früh)!«

»Die Zeit geht ja doch vorbei«, flüsterte ein Matrose zum Rudergänger. Der nickte und prallte plötzlich mit der Brust gegen das Ruder. Der Matrose riss den Mund auf. Aber er konnte nichts sagen, denn eine unbekannte Kraft schleuderte ihn an Deck.

Vorn am Bug krachte es. Dann riefen Menschen. Es klang Hilfe suchend oder erschrocken. Andere Stimmen tönten fragend und schienen direkt von vorn aus dem Wasser zu kommen.

»Kollision mit großem Ruderboot!«, meldete ein Posten auf der *Defence*. Leutnant Bergson war auf einmal hellwach. »Alle Mann an Deck!«, befahl er und andere Stimmen nahmen den Ruf auf. Pfeifen schrillten.

Vor Kapitän Larssons Kajütentür hörte der Posten den Befehl, öffnete die Tür und gab die Meldung weiter. Martin, Sven Larssons Bursche, rannte auf die Schlafkammer des Kapitäns zu, eine brennende Öllampe in der Hand.

Der Kapitän hatte sich aufgerichtet und rieb sich die Augen. »Sieben Glasen der Hundewache, Sir. Kollision mit unbekanntem Ruderboot, Sir. Leutnant Bergson ist Wachhabender.«

Kapitän Larsson stand auf. Ein großer Schäferhund drückte sich an seine Beine. »Wir gehen ja gleich an Deck, Rocky«, fuhr der Kapitän ihn etwas genervt an, strich ihm aber über den Kopf. Er griff nach seiner Jacke. »Martin, bitte Pistole und Schwert! Und bring mir dann einen warmen Pott Kaffee an Deck!«

Als Sven Larsson mit hastigen Schritten an Deck kam, erleuchteten schon zwei Raketen die Szene. Knapp ein Dutzend barkassenähnlicher Ruderboote trieb auf dem Wasser. Um ihn herum rannten Männer zu den Kanonen. Ein Gewimmel, das schnell der Ordnung wich. Die Männer hatten ihre Posten erreicht. Leutnant Bergson trat auf Sven zu. »Sir! Kollision mit unbekanntem Ruderboot. Keine Sichtung vorher. Schaden unbekannt, aber eher gering. Zehn weitere Ruderboote auf See. Englischsprachige Besatzungen.«

Sven fasste dankend an seinen Hut. »Boote anrufen!«, ordnete er an. Dann wandte er sich an den Bootsmann: »Schaden unter Deck ermitteln! Weiter Leuchtraketen abfeuern!«

Ein Midshipman kam mit der Sprechtrompete angelaufen und reichte sie Sven. Der nickte dankend, hob sie an den Mund und rief: »Hier ist die kontinentale Fregatte *Defence*! Kommandant der Boote bitte melden!«

Als Antwort schossen viele Feuerzungen auf die Fregatte zu. Die Musketenschüsse prasselten wie Hagelkörner auf ein Holzdach auf die *Defence* ein. Für die Matrosen war eine derartige Reaktion nicht ganz unerwartet, da viele unbekannte Boote immer eine Gefahr darstellten. Fast alle hatten sich vorsichtig hinter der Bordwand geduckt. Trotzdem wurden Schmerzensschreie laut, und Matrosen schleppten einige Kameraden unter Deck.

»Feuer frei!«, befahl Sven. »Nachladen mit Trauben!«

Leutnant Bergson als Batterieoffizier und die Maate wiederholten den Befehl, und schon krachten die ersten Kanonen. Zwischen den Booten wuchsen die Wassersäulen empor, und die schweren Eisenkugeln zerfetzten zwei Booten die Bordwände. Unter den dunklen Abschussdonner mischte sich das helle Krachen der Drehbassen, jener Kleinkanonen, die vorwiegend zur Abwehr von Enterern dienten. In mehreren Booten fetzten sie in die Besatzungen.

Samuel Root, der den Kapitän seit Jahren begleitete, schoss mit anderen Gewehrschützen auf die Bootskommandanten.

Die beiden Midshipmen Albert Salton und Henri Mountain, als Melder auf das Achterdeck kommandiert, tauschten flüsternd ihren Eindruck aus. »Was für ein blutiges Gemetzel! Da möchte man nicht in den Booten sitzen.«

Aber es wurde noch schlimmer, als ihre Kanonen Traubengeschosse feuerten. Die »Trauben« waren schwere Eisenkugeln, die in Segeltuch so verpackt waren, dass sie nach dem Abfeuern die Verpackung sprengten und wie ein Hagel streuten, fast wie die kleineren Schrapnelle, nur wuchtiger. Sie zerstückelten ganze Bootsmannschaften.

Viele Boote trieben führungslos im Wasser umher. Hilfeschreie wurden lauter. Aber unaufhörlich donnerten die Kanonen der *Defence* weiter, bis schließlich auf einem Boot weiße Tücher geschwenkt wurden.

»Feuer einstellen!«, befahl Sven und die Maate gaben den Befehl weiter. Wieder wurde Sven die Sprechtrompete gereicht. »An Boote! Wer sich ergibt, stellt die Ruder auf, schwenkt weiße Tücher und kommt langsam an unsere Seite! Auf die anderen wird weiter geschossen!«

Ein bisher fast unbeschädigtes Boot wollte zwischen zwei Leuchtraketen entfliehen. Leutnant Potter sah es zuerst, schoss selbst eine Leuchtrakete in Richtung des Bootes und fragte Sven: »Feuer frei auf die Flüchtigen, Sir?«

Sven antwortete laut: »Für Kanonen zehn bis zwölf: Feuer frei!«

Bereits die erste Runde zerschmetterte das Boot. Es war vorbei.

Auf der *Defence* wurden alle Boote zu Wasser gelassen. Je vier Seesoldaten stiegen zusätzlich in ein Boot. Sie würden die Waffen einsammeln und die Kapitulanten überwachen. Die Matrosen hatten Fackeln bei sich. Jedes fremde Boot musste eine am Bug befestigen und sich unter die Backbordseite der *Defence* legen. Dann würde sich der Schiffsarzt um die gefangenen Verwundeten kümmern.

Sven schien tief in Gedanken versunken, als Mr Potter zu ihm trat: »Sir! Wir haben zwei Tote und sechs Verwundete, davon keiner schwer. Sie sind versorgt im Lazarett. Der Sachschaden ist unerheblich.«

Der Kapitän fragte nur: »Warum war der Hund nicht an Deck, Mr Potter?«

Den Ersten Leutnant traf die Frage völlig unvorbereitet. Er setzte mehrmals an, ehe er antwortete: »Es war nicht befohlen, Sir.«

»Reden Sie keinen Unsinn, Mr Potter! Wir hatten den Routinebefehl, dass bei schlechter Sicht der Hund an Deck schläft und alle halbe Stunde zum Horchen und Schnuppern umhergeführt wird.«

Mr Potter schwieg.

»Nun, Mr Potter?«, beharrte Sven auf seiner Frage.

Der Erste war sehr verlegen. »Als wir während Ihrer Gefangenschaft vor Yorktown lagen, Sir, bestand kein Bedarf für den Hund. Wir waren umringt von eigenen Schiffen. Die Mannschaften wurden immer wieder in der Nacht abwechselnd zum Schanzen an Land kommandiert. Als die Briten kapitulierten, wurde der alte Befehl bis heute vergessen.«

Sven blickte kopfschüttelnd in die Runde. »Wir alle sind schuld am Tod unserer zwei Männer und indirekt an den Toten auf den Booten. Auch das waren Menschen, die den Frieden mit uns gestalten sollten. Wir haben uns von unserem Erfolg blenden lassen und nicht auf unsere Verantwortung geachtet. Mich belastet das sehr. Ich werde darauf zurückkommen. Aber jetzt lassen Sie bitte alle Offiziere der fremden Truppen an Bord der *Defence* schaffen.«

»Aye, aye, Sir«, bestätigte Mr Potter mit gepresster Stimme und ließ sich die Sprechtrompete reichen.

Zwei der Offiziere trugen britische Uniformen, die anderen vier die roten Jacken mit braunen Aufsätzen der Miliz aus Maryland. Einer der britischen Offiziere bot seinen Degen als Zeichen der Kapitulation an, aber Leutnant Potter verweigerte die Annahme als übliches Zeichen der Achtung vor dem Gegner. Unabhängig von diesem Höflichkeitsbeweis forderte er jedoch alle Offiziere auf, Pistolen und Messer abzugeben. Dann führte er sie in Svens Kajüte.

Der älteste britische Offizier stellte sich als Major vor. Die anderen waren Hauptleute und Leutnants. Sie sollten Männer der Miliz aus dem Marylander Gebiet um Chesterton nach Virginia führen, um die britischen Verluste auszugleichen.

»Herr Kapitän«, meldete sich der britische Major zu Wort, »entschuldigen Sie mein Vordrängen, aber ich muss die Bitte äußern, dass Ihr Schiffsarzt sich unserer vielen Verwundeten annimmt. Bitte lassen Sie Menschlichkeit walten!«

Sven sah ihn groß an. »Das ist doch selbstverständlich, Herr Major. Unser Arzt ist ganz sicher schon bei seiner Arbeit. Aber warum haben Sie in dieser aussichtslosen Situation das Feuer eröffnen lassen? Viele Menschen könnten noch leben.«

»Ich habe keinen Befehl gegeben, Herr Kapitän. Die Soldaten haben von selbst geschossen. Sie sind jung und unerfahren und waren überrascht und ängstlich. Mich bestürzt dieses Gemetzel ebenso wie Sie.«

Sven sah ihn nachdenklich an. »Das tut mir leid, Herr Major. Der Krieg bringt uns immer wieder in sinnlose Situationen. Lassen Sie uns ein Glas auf den baldigen Frieden trinken, und dann besprechen wir die nächsten Maßnahmen.«

Die Gefangenen gaben alle Waffen ab und räumten die vorderen Ruderbänke für die Verwundeten. Boot an Boot legte sich längsseits der *Defence* in einem gewissen Abstand, sodass die Kanonen der *Defence* die Boote noch treffen konnten, wenn ihre Rohre geneigt wurden.

Die amerikanischen Sanitäter stiegen von Boot zu Boot, verbanden die leichter Verwundeten und legten die schwer Verwundeten auf die vorderen Bänke. Dr. Bader operierte sie dann oder ließ sie in sein Schiffslazarett schaffen, wenn er die dort vorhandenen Hilfsmittel benötigte. Er würde wohl die ganze Nacht operieren müssen. Der Koch hielt Kaffee warm und der Bootsmann sorgte für Leuchten.

Sven hatte dem Major erklärt, dass die Offiziere an Bord der *Defence* bleiben müssten. Die Toten könnten in einem gemeinsamen Gottesdienst am frühen Morgen dem Meer übergeben werden. Die *Defence* werde dann die Boote nach Baltimore geleiten und den örtlichen Milizen übergeben. Wer von den Offizieren sich um die Schwerverletzten kümmern wolle, könne sich beim Schiffsarzt melden.

»Ich habe Erfahrung als Sanitäter, Sir. Wo finde ich den Schiffsarzt?«, meldete sich ein junger Leutnant eifrig.

Sven blickte ihn freundlich an. »Bitte teilen Sie Ihren Wunsch dem Korporal der Seesoldaten mit. Der gibt ihn weiter.« Ein anderer Brite schloss sich dem Wunsch an.

Dr. Bader konnte im Morgengrauen nicht mehr aus eigener Kraft an Bord der *Defence* klettern, so ausgelaugt war er. Drei der gefangenen Soldaten halfen ihm hoch. Ihre Kameraden klatschten und schließlich klatschten alle Gefangenen. Dr. Bader verstand erst nicht, was da los war. Aber als Leutnant Waller ihn darauf hinwies, trat er zurück an die Reling, verneigte sich und winkte.

Kapitän Larsson betrat gerade das Deck und schaute sich erstaunt um. Dann begriff er und ging auf Dr. Bader zu. »Herzlichen Dank, Doktor. Sie machen wieder gut, was wir Soldaten immer zerstören.«

Dr. Bader nickte und taumelte an ihm vorbei. Ein Sanitäter führte ihn den Niedergang hinunter.

Sven winkte Leutnant Waller heran und sagte: »Bitte veranlassen Sie, dass wir mit langsamer Fahrt Kurs auf Baltimore nehmen. Die Boote sollen uns in Dreierreihen folgen.«

»Aye, aye. Sir«, bestätigte Waller und griff zur Sprechtrompete.

Als Baltimore in Sicht kam, schickte Sven Leutnant Potter mit einem Boot voraus. Er sollte veranlassen, dass Vorbereitungen getroffen wurden, um die Verwundeten zu versorgen und die Gefangenen abzutransportieren.

Der britische Major bedankte sich sehr herzlich und umarmte Dr. Bader mit Tränen in den Augen.

Der Garnisonskommandant wartete persönlich mit zwei Zügen seiner Soldaten am Strand. Er begrüßte Sven freundlich. »Gratulation zu Ihrem Erfolg, Kapitän! Sie haben uns ganz schön unter Druck gesetzt. So viele Gefangene wollen erst einmal versorgt sein. Aber meine Soldaten bauen schon die Zelte auf, und alle unsere Köche rühren die Suppe. Das Hospital ist alarmiert, und fünf Ärzte warten mit mir und haben Transportwagen dabei.«

Svens Blick schweifte über die Soldaten zu den Ärzten in weißen Kitteln, neben denen Männer mit Tragen warteten. »Vielen Dank, Herr Oberst. Ich bewundere Ihre überlegten Vorbereitungen. Wie ich sehe, wartet auch schon der Konvoi auf uns, den wir geleiten sollen.« Und er zeigte mit der Hand auf ein knappes Dutzend Briggs und Barken.

»Da müssen Sie noch etwas warten, Herr Kapitän. Die meisten Matrosen sind noch in den Gefängnissen, nachdem sie in den letzten Nächten im Suff Spelunken und Bordelle zertrümmert haben.«

»Ich fürchte, für solche Tätigkeit bringe ich neue Anwärter mit, Herr Oberst.«

Beide lachten und schüttelten sich die Hände.

Die Boote landeten. Die Gefangenen stellten sich am Strand auf. Die Verwundeten wurden zu den Ärzten gebracht, die sie kurz untersuchten und auf die Wagen verteilten. Dr. Bader ging zwischen ihnen umher und gab Kommentare zu einzelnen Verletzten.

Kapitän Larsson hatte den Oberst mit in seine Kajüte genommen und ihm ein Glas Wein angeboten. Sie plauderten über den Zusammenstoß der *Defence* mit den Booten der königstreuen Miliz. Sven erkundigte sich nach den Ereignissen in Baltimore während der vergangenen Jahre.

»Baltimore ist recht gut weggekommen«, berichtete der Oberst. »Natürlich sind immer wieder Spähtrupps der Tories an unserer Küste gelandet. Selbstverständlich gab es anfangs auch Streit zwischen Patrioten und Königstreuen in der Stadt. Aber im Großen und Ganzen hat der Krieg die Stadt verschont, und wir hoffen, dass es jetzt so bleibt bis zum Frieden.«

Sven schilderte dem Obersten kurz seine Erlebnisse und war gerade bei seiner Gefangenschaft vor Yorktown, als der Adjutant des

Obersten meldete, dass alle Gefangenen und Verwundeten abtransportiert seien.

»Dann muss ich mich verabschieden, Herr Kapitän, aber ich lade Sie ein, mit mir zu fahren. Ich weiß, dass Sie zur Hafenkommandantur müssen. Mein Wagen steht Ihnen dann auch für die Rückfahrt zur Verfügung.«

Der Empfang auf der Hafenkommandantur war recht frostig. Sven war anderes gewohnt und konnte es sich erst kaum erklären. Erst als der Hafenkommandant im Laufe des Gesprächs fragte, ob Svens Fregatte nicht früher zur Staatsflotte von Maryland gehört habe und an ein Reederkonsortium verkauft worden sei, an dem sich die Reederei Bradwick dann die Mehrheit gesichert habe, ahnte er den Grund.

»Sie sind doch Teilhaber dieser Reederei, nicht wahr, Herr Larsson?«, fragte der Hafenkommandant schließlich ganz direkt.

»Ja, und ich habe eine kontinentale Fregatte kommandiert, ehe ich die Fregatte *Defence* übernahm.«

»Damit haben Sie sich in Baltimore eine ganze Reihe Feinde gemacht, Kapitän Larsson, denn der Sohn einer sehr bekannten und geschätzten Familie sollte nach Meinung der Bürger dieser Stadt den Posten erhalten.«

»Das habe ich nicht gewusst, Sir, und ich zweifle, ob es meine Entscheidung geändert hätte. Die Reederei und ich hatten sehr schwerwiegende Gründe für dieses Kommando.«

»Nun, ich habe Sie informiert, und Sie laufen ja auch morgen schon wieder aus.« Sven bestätigte und verabschiedete sich sehr kühl.

Ein Mann, der die Kleidung eines Hausdieners trug, betrat eine Hafenkneipe, sah sich kurz um, ging zu einem Mann an der Theke, flüsterte ihm etwas ins Ohr und verließ die Kneipe wieder. Der Mann an der Bar winkte einen Gast zu sich und tuschelte mit ihm. Kurze Zeit später ging der Angesprochene hinaus. Dieser Mann war groß und kräftig.

Er schlenderte scheinbar ziellos die Straße entlang und betrat vor der nächsten Straßenecke einen Hausflur. Im Hof wartete ein vornehm gekleideter Mann, den der Ankömmling sehr unterwürfig begrüßte.

»Hast du etwa zehn kräftige und verschwiegene Kerle zur Hand, Tom?«, fragte der vornehme Herr.

»Aber ja, mein Herr.«

»Dann hol sie heute Nacht zusammen. Du hast sicher die Fregatte gesehen, die heute eingelaufen ist. Wenn nachts eines ihrer Boote die Landgänger zurückholt, sollt ihr das Boot zertrümmern und die Matrosen zusammenschlagen. Sie dürfen aber keinen von euch erwischen. Morgen gibt es dann zwei Golddollar pro Mann.«

Der Schläger nickte beeindruckt. »Wird erledigt, mein Herr.«

Sven wurde durch Geschrei und Getrampel an Deck aus seinem Schlaf gerissen. Ein Melder kam gerannt. »Sir, ein Boot mit heimkehrenden Landgängern wurde am Ufer überfallen. Die Bordwand wurde eingeschlagen, die Männer verprügelt.«

»Ich komme sofort!« Sven warf sich einen Mantel über und ging an Achterdeck. Der Wachhabende informierte ihn, dass einem ihrer Männer ein Auge ausgeschlagen und einem anderen der Arm gebrochen worden war. »Alle anderen haben die üblichen Beulen und Prellungen, Sir.«

Sven überlegte kurz. »Bis alle heimgekehrt sind, sollen zehn unserer Soldaten die Anlegestelle bewachen. Die beiden dienstältesten Landgänger sollen sich morgen um sechs Glasen der Morgenwache (sieben Uhr früh) bei mir melden.«

In seiner Kajüte beauftragte Sven seinen Diener, er möge Sam sofort zu ihm bringen. Maat Samuel Root, ein großer, kräftiger Neger, war seit Jahren enger Vertrauter und Begleiter Svens.

»Hast du gehört, was passiert ist?«, fragte ihn Sven.

Als Sam bejahte, befahl er: »Nimm dir drei vertrauenswürdige Matrosen mit Pistolen und Messern. Schnüffelt umher, ob jemand was gesehen hat oder Namen nennt. Du darfst Geld für Nachrichten geben. Kommt zu mir, wenn ihr was habt.«

Sam kam mit seinen Freunden eine halbe Stunde früher zu Sven als zwei der Überfallenen. Seine Nachrichten waren interessant. Zwei Zeugen hatten unabhängig voneinander Tom Sadkiwici benannt, einen bekannten Räuber und Schläger. Sam hatte ihn in der Hafenkneipe »Zum letzten Glas« gesehen. »Ein finsterer Typ, Sir. Aber nicht besonders groß und kräftig.«

»Nach deinem Maßstab«, scherzte Sven. »Also einen Kopf größer als ich und doppelt so breit.«

»Na ja, Sir. So etwa«, gab Sam zu.

Die Überfallenen erinnerten sich, dass der Anführer der Schläger Tom gerufen wurde. Das Bild wurde deutlicher.

»Sir«, schlug einer der Überfallenen vor. »Sollten wir ihn nicht zum Dienst pressen und auf unserer nächsten Reise ein bisschen rannehmen?«

»Das würde er nicht überleben. Die Stadt soll ihn bestrafen. Ich werde den Bürgermeister informieren.«

Sven marschierte mit zehn Soldaten, die er mit seinem Geld eingekleidet hatte, zum Rathaus. Er wollte, dass die Soldaten und der Klang der Trommeln und Querpfeifen genug Aufmerksamkeit erregen würden.

Der Bürgermeister bedauerte, dass so etwas in der Stadt passiert war, die so sehr von der Schifffahrt abhing, und beauftragte seinen Polizeichef sofort, diesen Tom Sadkiwici festzunehmen und den Vorfall aufzuklären.

Der Polizeichef kannte Sadkiwici von früheren Schlägereien. Seine Konstabler hatten den Kerl bald geschnappt und führten ihn vor.

»Sadkiwici«, fuhr ihn der Polizeichef an. »Ich habe dich gewarnt. Warum legst du dich mit unserer Marine an? Für diese Tat wurden hundertvierzig Stockhiebe verhängt. Du kannst sie allein empfangen und dabei draufgehen oder du nennst deine Kumpane und ihr teilt euch die Hiebe.«

»Aber, Sir«, wandte der Beschuldigte ein, doch der Chef unterbrach ihn: »Keine Diskussion! Jetzt sind es schon hundertfünfzig Hiebe. Nenne Kumpane, sonst steigt die Strafe immer weiter und du musst sie allein ausbaden.«

Sadkiwici sprudelte vier Namen heraus.

Der Polizeichef sah ihn strafend an und schüttelte den Kopf. »Wir wissen, dass es zehn oder elf waren. Also weiter.«

Sadkiwici nannte weitere vier Namen und beteuerte: »Die anderen drei Namen kenne ich nicht. Ich kann die Männer aber zeigen.«

Als das Geleit am nächsten Mittag auslief, standen an der Hafenkante elf Gerüste, an denen die Schläger festgeschnallt waren. Elf Constabler warteten mit Peitschen hinter ihnen. Als die Pistole des Polizeichefs knallte, begannen sie mit ihren Schlägen.

An Bord der *Defence* standen viele Matrosen und schauten zu. Sie lachten verächtlich, als schon nach den ersten Schlägen Schmerzensschreie zu hören waren. »Diese Landeier halten auch gar nichts aus. Kein Seemann schreit vor dem achten Schlag!«

Die Fregatte *Defence* näherte sich dem Konvoi, den sie nach Norfolk an der Mündung der Chesapeake Bay geleiten sollte. Ein Ruderboot legte am Kai ab. Leutnant Waller richtete sein Teleskop routinemäßig auf das Boot. Dann stutzte er und wandte sich an Leutnant Will, der die Seesoldaten an Bord kommandierte. »Abraham, du hast die besseren Augen. Schau doch mal durch! Ich glaube, da im Boot sitzt Mr Smith, der vom Marineausschuss des Kongresses.«

Leutnant Will spähte aufmerksam durchs Fernrohr. »Du hast recht, John. Das ist Mr Smith. Das solltest du gleich dem Kapitän melden.«

»Das werde ich auch tun. Danke, Abraham.«

Mr Waller ging auf dem Achterdeck die paar Schritte zu Kapitän Larsson, der gerade die Schiffe des Konvois musterte. Er hielt im Blickfeld des Kapitäns an und nahm die Hand an seinen Hut.

»Hallo, Mr Waller, was gibt es zu melden?«

»Sir, im Ruderboot, das vom Kai auf uns zuhält, sitzt Mr Smith, Mitglied des Kongresses.«

Kapitän Larsson holte sein Teleskop aus der Tasche, zog es auseinander und blickte zum Boot. »Tatsächlich! Das bedeutet neue Befehle. Hoffentlich können wir heim. Bitte informieren Sie Mr Potter und den Master.«

Obwohl die *Defence* keine kontinentale Fregatte war, also nicht zur Marine aller nordamerikanischen Staaten gehörte, sondern Privateigentum einer Reederei, mithin ein Kaperschiff war, hatte Kapitän Larsson dafür gesorgt, dass sie über eine uniformierte Ehrenwache verfügte. Er hatte kontinentale Fregatten kommandiert, die immer eine Abteilung Seesoldaten an Bord hatten. Das hatte er schätzen gelernt und daher auf seiner Fregatte der Reederei Bradwick von vornherein einen Teil der Besatzung für diese Aufgaben vorgesehen. Für den Einsatz an Land hatten sie dunkelgrüne Uniformen, für Ehrenwachen dagegen blauweiße. Wie bei Seesoldaten üblich, brauchten sie an Bord nicht in die Takelage aufzuentern, dafür wurden sie für den Kampf mit Gewehr und Bajonett geschult.

Die Seesoldaten standen jetzt in zwei Reihen und präsentierten ihre Gewehre, während Pfeifer und Trommler mit ihrer Melodie den Gast begrüßten. Mr Smith ging mit dem Hut in der Hand durch ihre Reihen, bis er am Ende des Spaliers den Kapitän sah. Beide lachten sich an, breiteten die Arme aus und umarmten sich. Sie waren im Verlauf des Krieges Freunde geworden.

»Willkommen an Bord, Mr Smith! Welch eine freudige Überraschung, Sie hier zu sehen!«

»Die Überraschung ist ganz auf meiner Seite, Herr Kapitän. Ich nahm an, Sie kreuzten an der Mündung der Bay. Aber ich habe gute Nachrichten von Ihrer Gattin.«

»Dann lassen Sie uns schnell in meine Kajüte gehen, Mr Smith.«

Martin, Kapitän Larssons Bursche, hielt den starken Kaffee bereit, wie ihn Mr Smith liebte, und auch seine Nusskekse. Mr Smith lachte ihn an und sagte: »Gut siehst du aus, Martin. Mrs Larsson lässt dich grüßen. Ach ja, den Kapitän natürlich auch.«

Martin schüttelte lächelnd den Kopf. »Immer müssen Sie Ihre Späße mit dem Herrn Kapitän machen, Mr Smith. Was sollte wohl ein Fremder dabei denken?«

Mr Smith schaute sich um. »Ich sehe keinen Fremden, Martin. Und nun bring mir meinen Kaffee, sonst verdurste ich.«

Sven zog einen Stuhl herbei. »Nehmen Sie bitte Platz, Mr Smith, und erzählen Sie, wie es meiner Familie geht. Sie wissen, wie schwer es mir fällt, so nahe bei meiner Familie zu sein und sie nicht besuchen zu dürfen.«

Mr Smith nickte. »Ihrer lieben Sabrina geht es genauso, mein Lieber. Aber sie hat ja immerhin drei gesunde und liebe Kinder von Ihnen um sich. Allen geht es gut und alle haben Sehnsucht nach Ihnen. Sie waren in der vorletzten Woche zum Kaffee bei meiner Frau und mir. Ich musste ihnen das Versprechen geben, Sie zum Fest nach Hause zu schicken.«

Der Kapitän war sichtlich überrascht. »Sie sind wirklich ein guter Freund, Mr Smith. Hoffentlich kann ich es Ihnen einmal danken.«

Mr Smith winkte ab und griff nach seiner Tasse. »Lassen Sie uns trinken und dann über die Lage sprechen. Sie haben einen Konvoi, und ich muss zum Gouverneur.« Zu Martin gewandt fügte er hinzu: »Sag noch nichts zu den anderen!«

Martin nickte und ging aus dem Raum.

»Dann können wir uns ja der militärischen Lage widmen«, sagte Mr Smith. »Eine Frage vorab: Wo ist die Brigg *Hudson*, die ich Ihnen damals zugeordnet habe?«

»Sie wurde von General Washington abgeordnet, um die Buchten und Flussmündungen nach feindlichen Kapern abzusuchen. Vor Norfolk treffen wir uns wieder.«

»Gut! Ich hatte schon Sorge, der erfolgreiche Kapitän hätte vor dem Frieden noch einen Verlust erlitten.«

»Mr Smith, jetzt sprechen auch Sie vom Frieden. Wo bleibt er denn nun?«

Mr Smith schlug die Hände zusammen. »Sie reden ja wie unsere Milchfrau. Dabei müssten Sie doch Verwaltungen und Regierungen kennen. Die verhandeln erst einmal darüber, ob sie wirklich miteinander verhandeln dürfen. In den amerikanisch-französischen Bündnisverträgen steht ja, dass wir beide nur einvernehmlich mit den Briten Frieden schließen dürfen. Nun hat ein Ausschuss unseres Kongresses nach einer Woche Diskussion beschlossen, dass wir aber mit den Briten schon vorher über Friedensbedingungen reden dürfen. Damit fangen wir nun an. Und die Briten wollen eher noch schneller Frieden haben. Im Unterhaus planen sie einen Antrag, der diese Absicht feststellen soll. Im kommenden Jahr wird der Frieden kommen und wir können unseren eigenen Staat gründen.«

»Hoffentlich«, bekräftigte Sven. »Und haben Sie eine Vermutung, was dann aus unserer kontinentalen Flotte werden wird?«

Mr Smith lachte trocken. »Ich weiß gar nicht, wovon Sie reden. Wir haben noch zwei ganze kontinentale Fregatten und zwei Leihfregatten der Franzosen. Sie merken das doch selbst am eigenen Dienst. Haben Sie noch die Freiheiten eines Kaperschiffes und jagen Prisen? Sie helfen doch bei Belagerungen und machen Geleitdienst wie früher mit kontinentalen Fregatten. Eine eigene Flotte müssen wir erst wieder aufbauen, und Sie wissen ja, wie wenig Interesse unsere Bundesstaaten daran haben. Immerhin haben wir uns endlich auf einen Beauftragten des Kongresses für die kontinentale Marine geeinigt, auf Mr Johnson. Aber offiziell wird die Ernennung erst im neuen Jahr. So, und nun berichten Sie mir einmal, wie es mit der Kaperei in der Chesapeake Bay aussieht.«

Sven nahm erst einen Schluck Kaffee und berichtete dann, dass die britischen Kaper im Frühjahr 1781 in Scharen in die Chesapeake Bay eingefallen seien, nachdem die britischen Truppen unter den Generälen Phillips und Arnold die Küste Virginias besetzt hatten. »Sie haben an Land und in der Bay viel verwüstet und fast noch mehr erbeutet. Fast alle Werften und Lagerhäuser wurden zerstört, die Vorräte meist abtransportiert. Wir haben einen Teil der Kaper erobert, aber unsere Verluste an Material sind ungeheuer. Eine Wende trat erst ein, als wir Yorktown belagerten und die Franzosen die Bay mit ihren Schiffen abschnitten. Jetzt räumen wir die Bay von versteckten Kapern und sie entwickelt sich wieder zum wichtigsten Wasserweg Amerikas. Auch in Maryland und Virginia können sich britische Truppen nur noch in einzelnen Städten halten. Sie sind am Ende.«

Mr Smith nickte nachdenklich. »Sie könnten die Bay noch halten, aber dann müssten sie die Westindischen Inseln aufgeben. Und da machen die englischen Kaufleute nicht mit. Sie verdienen dort viel mehr als durch den Handel mit Amerika. Das wird sich ändern, aber sie setzen auf die Gegenwart. Wenn wir nur eine starke Flotte hätten! Aber die werden uns unsere Bürger auch in den nächsten Jahren nicht bewilligen«, schloss Mr Smith nachdenklich.

»Eines Tages werden sie es tun müssen, Mr Smith. Unser Handel wird wachsen und dann werden sie ihn nicht ohne Schutz lassen können.«

»Hoffentlich erleben wir es noch!«

Sie sprachen noch abschließend über die Heimkehr der *Defence*, über Vorbereitungen für den Ostindienhandel und über die nächsten Schritte zum Frieden. Dann verabschiedeten sie sich hastig und dennoch herzlich.

Sven ließ die Flaggen setzen, die die Kapitäne der zu geleitenden Schiffe an Bord baten. Seinen Diener Martin fragte er noch: »Wieso hat Mr Smith eigentlich gewusst, dass wir in Baltimore sind? Ich habe vergessen zu fragen.«

»Er konnte nicht schlafen, Sir, und ließ sich im Hotel noch einen Schlaftee bringen. Da hat ihm der Kellner erzählt, dass unser Beiboot zertrümmert wurde.«

»Aha«, sagte Sven. »Vor dem nächsten Gefecht werde ich dich nach den Plänen des Gegners fragen.«

Dann empfing Sven die Kapitäne, erläuterte ihnen die Signale sowie den geplanten Kurs und beantwortete ihre Fragen. Dann begann ihre letzte Reise vor der Heimkehr.

Tim Albus, der Bootsmann, und Samuel Root, Svens Freund und Begleiter, begegneten sich an Deck. »Na, Sam, das wird wohl endlich mal eine Routinereise! Freust du dich auch auf zu Hause?«

»Ein Zuhause wie du habe ich ja nicht, Tim. Ich schlafe bei den Larssons. Aber das Personal ist freundlich zu mir und in der Stadt wartet eine blonde dralle Witwe auf mich. Du siehst, ich kann mich auch freuen.«

»Du begleitest aber doch häufig den Kapitän.«

»Ach, Tim. Der Kapitän ist am liebsten zu Hause. Und wenn er fahren muss, ist oft seine Frau dabei. Oder ich wechsle mich mit Walter und Alfred ab. Das ist mehr Unterhaltung als Arbeit.«

»Da hast du ja ein feines Leben, Sam. Aber jetzt musst du zum Kanonendrill. Da drüben wartet Mr Bergson, der Batterieoffizier, schon auf dich.«

Sam quetschte einen Fluch zwischen den Zähnen hervor und lief auf seinen Posten beim Drill.

Die Mannschaft musste in diesen Tagen viel Drill über sich ergehen lassen. »Ihr seid richtig eingerostet und faul und wartet nur auf den Frieden!«, schimpfte Mr Potter, der Erste Leutnant.

Und so folgten Segelübungen auf Kanonendrill und die Abwehr von Enterangriffen auf Fechten mit dem Entermesser. Sehnsüchtig blickten die Seeleute zu den Ansiedlungen am Ufer.

»Da warten jetzt bestimmt geile Weiber auf einen richtigen Rammer«, klagte der eher schmächtige Jimmy.

»Na, dann bist du ja nicht gemeint«, spottete der kräftige Mac und zeigte seine Muskeln.

»Steuerbord voraus! Ruderboot nähert sich dem Schiff!«, rief der Ausguck und zog alle Aufmerksamkeit auf sich.

Sven ging an die Steuerbordreling, um bessere Sicht auf das Ruderboot zu haben. Es war eine kleine Nussschale mit zwei Ruderern in Matrosenhemden und einem bürgerlich gekleideten Herrn an der Pinne.

»Der tut uns nichts«, raunte Tom Winner zu Mr White, dem Master.

»Der will was, Tom«, antwortete der. »Hoffentlich bedeutet das nicht nur Arbeit und Ärger für uns.«

Der bürgerlich gekleidete Mann war ein Kaufmann aus Cove Point. Er beklagte sich bei Sven, dass sich ein britischer Kaper seit Wochen in einer Bucht der Barren-Insel verstecke. Er traue sich nicht, seine Brigg auslaufen zu lassen. »Ich habe wertvolle Fracht, Sir. Eine Kaperung würde mich ruinieren, Sir.«

Sven erkundigte sich nach der Bewaffnung des Kapers.

»Fünf Kanonen an jeder Seite und etwa siebzig Mann Besatzung, Sir.«

Sven strich sich über das Kinn. »Wir ankern über Nacht in der Mündung des Patuxent. Können Sie unser Boot zur Erkundung begleiten?«

Der Kaufmann bejahte, und sie verabredeten die Zeit.

Um Mitternacht wurde Sven geweckt, weil Mr Waller von der Erkundung zurückkehrte.

»Eine Zweimastbrigg, Sir, sehr schnittig. Fünf Kanonen abgedeckt an jeder Seite, wahrscheinlich auch Bug- und Heckkanone. Die Brigg liegt in einer schmalen Bucht an der Nordseite der Barren-Insel, sehr gut getarnt. Bug- und Heckanker waren zu erkennen. Kein Wachboot. Mindestens fünf Wachen an Deck. Disziplinierter Eindruck. Überraschender Bootsangriff möglich, Sir.«

Der Kapitän schob Mr Waller ein Blatt Papier hin: »Zeichnen Sie mal die Lage der Brigg in der Bucht ein.«

Dann sah sich der Kapitän die Zeichnung an, stellte einige Rückfragen und überlegte, wie man die Boote einsetzen könne. Wie immer stellte er seinen Vorschlag zur Diskussion. Mr Waller war erstaunt, dass er zwei Boote an der dem Ufer abgewandten Breitseite angreifen lassen wollte.

»Wir entern doch sonst meist über Bug oder Heck, Sir?«

»Ja, Mr Waller. Aber meist wäre ein Angriff auf die Breitseite auch länger Sicht und Feuer ausgesetzt. Das ist in der engen Bucht nicht der Fall. Und die Breitseite ist leichter zu entern und man ist schneller an zentralen Positionen des Schiffes.«

In einer halben Stunde waren vier Boote der *Defence* mit achtzig Mann unterwegs zur Brigg. Leutnant Potter führte das Kommando und war vom Kapitän genau eingewiesen worden. Er saß mit Mr Waller im selben Boot, das die Erkundung durchgeführt hatte.

Mr Potter hatte selbst eine gute Nachtsicht und spähte oft durch das Nachtglas. Etwa zehn Minuten vor dem Ziel fasste er einen Matrosen neben sich am Arm und flüsterte: »Drei Reiher!« Der Matrose holte Atem und ließ dann dreimal hintereinander den krächzenden Schrei eines Reihers hören. Augenblicklich stellten die anderen das Rudern ein und lauschten in die Nacht.

Leutnant Potter zeigte mit seiner linken Hand nach backbord

querab. Die meisten horchten und spähten in diese Richtung. Aber keiner meldete eine Wahrnehmung.

Mr Potter gab es auf und sagte seinem Nachbarn: »Eine Möwe!«

Ein einzelner Möwenschrei hallte über das Wasser. Die Ruderer bewegten wieder die Riemen. Nach kurzer Zeit deutete Mr Waller voraus und flüsterte Mr Potter ins Ohr. Der spähte voraus und sagte: »Ein Reiher!«

Ein Reiherschrei ertönte und die Ruderer schalteten auf allen vier Booten auf halbes Tempo. Niemand würde noch etwas hören können, denn die Ruder waren dort, wo sie im Rundeisen, dem Szepter, lagen, mit Tuch umwickelt. Die vier Boote lagen jetzt dicht hintereinander und fuhren am Ufer dahin.

Vor dem ersten Boot tauchte im fahlen Licht der Nacht ein dunklerer Schatten auf. Mr Waller griff nach Leutnant Potters Arm. Der wandte sich zu seinem Nachbarn und flüsterte: »Eine Möwe!« Als der Möwenschrei ertönte, verlangsamte das vierte Boot sein Tempo weiter und steuerte näher am Ufer das Heck der Brigg an.

Das zweite Boot tauschte mit dem ersten die Position und würde am Bug angreifen. Alle lauschten. Aber der Angriff wurde nicht bemerkt. Mr Potter suchte auch das andere Ufer ab. Nichts.

Dann lagen die Boote auf Position. Matrosen hielten die Enterdraggen bereit. Die meisten tasteten nach ihren Waffen. Ein Reiherschrei ertönte, gefolgt von einem Möwenschrei. Jetzt flogen die Enterdraggen. Die Boote wurden an die Brigg herangezogen. Die Männer sprangen an Deck. Alarmschreie ertönten und erstickten im Todeskampf. Die Angreifer der *Defence* schwärmten über das Deck, brachen jeden Widerstand und rannten die Niedergänge hinab.

Dort wartete die Überraschung auf sie. Sie rissen die Vorhänge zu den einzelnen Kammern herab, aber die meisten waren leer. Einzelne Feinde ergaben sich, andere wurden niedergeschlagen, aber insgesamt waren es sehr wenige.

»Lampen an!«, rief Leutnant Potter. Licht erleuchtete das Unterdeck. Etwa zehn Gefangene wurden festgehalten, ein paar Tote lagen herum, aber sonst war kein Mensch zu sehen. »Leer! Leer!«, riefen die den einzelnen Räumen zugeteilten Männer.

»Stöbert hinter den Schränken und Lasten!«, forderte Leutnant Potter seine Männer auf. Aber wieder kam nur die Meldung: »Leer!«

»Verdammt!«, fluchte Mr Potter. »Habt ihr einen Offizier?«, fragte er.

Zwei seiner Leute riefen: »Hier, Sir!« Sie stießen einen Gefangenen zu Potter.

Der Gefangene war nur mit Hemd und Hose bekleidet und barfuß. Leutnant Potter stellte sich vor, und der Gefangene nannte seinen Namen: »Adam Sterling, Untersteuermann der Brigg *Sophie*.«

»Wo sind Ihre Leute?«, fuhr ihn Potter an.

»Zu einem Landangriff auf Lusby am Westufer, Sir.«

Als Potter ihn ungläubig anstarrte, ergänzte er: »Das hat sich bewährt, Sir. Es bringt nicht nur Verpflegung, sondern auch mitunter echte Wertgegenstände, Sir.«

»Und wann erwarten Sie die Leute zurück?«

»In drei Stunden etwa, Sir.«

Mr Potter war wie elektrisiert. »Alle Mann an Deck! Setzt die Segel! Vertäut die Boote am Heck! Gefangene aufs Vorderdeck! Kurs auf die *Defence*!«

Er rannte wie ein Wilder hin und her und bellte Befehle. Erst als die Kaperbrigg unter vollen Segeln dahinglitt und die Gefangenen gefesselt am Vordeck saßen, ging er zu Leutnant Waller.

»Wir müssen die *Defence* alarmieren. Sie soll die britischen Boote auf der Rückkehr abfangen. Inspizieren Sie die Kanonen und laden Sie sie mit Kugeln.«

Waller holte sich die Kanoniere zusammen und befahl, die Abdeckungen zu entfernen. Aber dann stutzte er. »Was sind denn das für Kanonen?«, rief er überrascht. Er blickte auf klobige Kanonen mit deutlich verkürztem Rohr.

Ein Maat rief: »Das sind Karronaden, Sir. Ich kenne die von einer britischen Sloop, auf der ich gefangen war.«

Waller winkte den Mann zu sich. »Was sind das?«

»Karronaden, Sir. Sie sind leichter als unsere langen Kanonen und haben ein größeres Kaliber, wenn sie auf das gleiche Gesamtgewicht kommen.«

Waller sah ihn zweifelnd an. »Geh zu den Gefangenen und bring mir den Batterieoffizier her!«

Der Mann kam mit dem Untersteuermann zurück, den Waller schon kannte.

»Mr Sterling, erklären Sie mir bitte, welchen Vorteil diese Karronaden gegenüber herkömmlichen Kanonen haben.«

»Sir, die Karronaden sind fantastisch. Sie brauchen weniger Männer zur Bedienung, haben bei gleichem Kaliber nur etwa ein Drittel des Gewichts der langen Kanonen und sind mehr als die Hälfte kürzer. Sie werden ›Smasher‹, also ›Zerschmetterer‹ genannt.«

Mr Waller schüttelte den Kopf. »Sie können doch nicht nur Vorteile haben. Die müssen doch mit irgendwelchen Nachteilen erkauft werden, Mr Sterling.«

»Ihre maximale Reichweite ist auch nur fast ein Drittel der alten Kanonen. Aber auf diese Entfernung trifft ja doch keiner. Das Wichtigste ist wohl, dass die Rohre genauer gebohrt werden, dass dadurch weniger Pulverdruck zwischen Rohrwand und Geschoss unnütz verpufft und dass die Rohrwand dünner ist. Die effektive Reichweite ist fast so groß wie bei langen Kanonen.«

»Und wie viele Karronaden führen Sie auf dieser Brigg?«

»Zehn Achtzehnpfünder, Sir, und zwei lange Achtpfünder an Bug und Heck. Anstelle der Achtzehnpfünder hätten wir sonst nur zehn Sechspfünder-Kanonen mit uns führen können. Für Kaperschiffe sind die Karronaden ideal.«

Waller ließ sich noch erklären, wie die drei oder vier Mann zur Bedienung stehen mussten und welche Funktionen sie zu erfüllen hatten. Seine Zweifel an diesen neumodischen Erfindungen schwanden langsam. Nachdem seine Leute die Karronaden geladen hatten, berichtete er Mr Potter schon recht begeistert von den neuen Waffen. Der besprach sich dann noch mit Mr Sterling und sagte Mr Waller: »Wir müssten mindestens vier Karronaden auf die *Defence* bringen als Ersatz für unsere Sechspfünder. Dreifaches Geschossgewicht, überlegen Sie doch mal!«

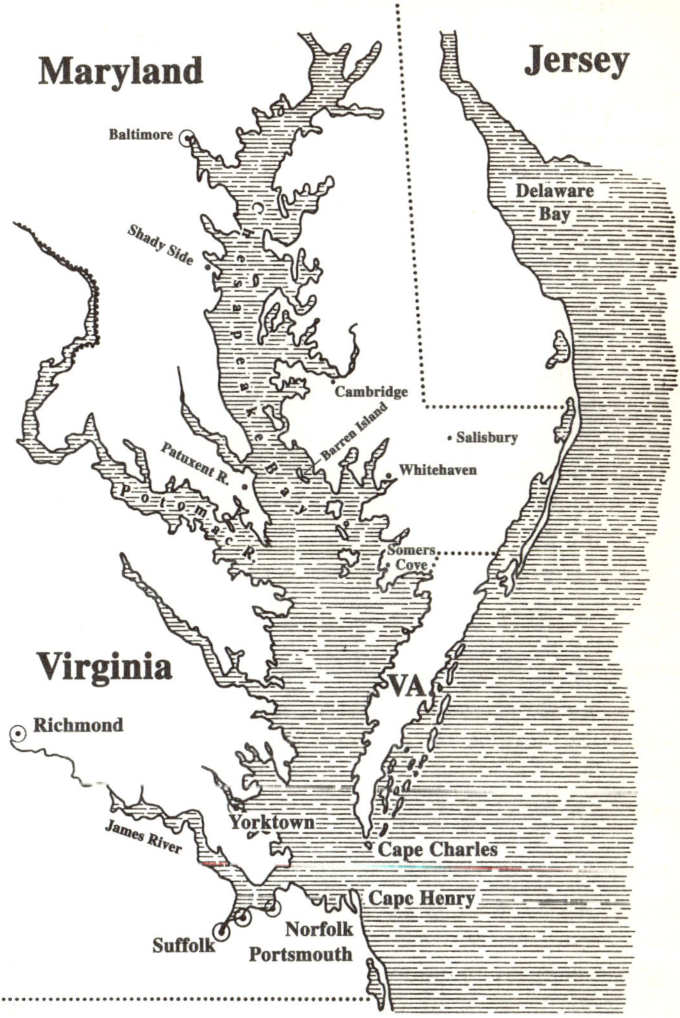

Die Chesapeake Bay

Alle Matrosen der *Defence*, die auf der Brigg waren, sahen sich nun die Karronaden an, sobald der Dienst ihnen Zeit ließ.

Als die Brigg den Konvoi erreichte, ließ Mr Potter das Signal setzen: »Habe eilige Meldungen«, und segelte so dicht an die *Defence* heran, dass er sie bald streifte.

»Sie haben's aber eilig«, stellte Sven Larsson zur Begrüßung fest. »Was gibt es denn?«

»Sir, fünfzig Mann der Besatzung des Kapers sind zu einem Landangriff an der westlichen Uferseite. Sie werden etwa in zwei Stunden zurückerwartet. Die *Defence* könnte sie abfangen.«

Der Kapitän überlegte nur kurz. »Mr Potter, sagen Sie bitte dem Wachhabenden der *Defence*: segelfertig in zehn Minuten! Mr Waller soll mit vierzig Mann auf dem Kaper beim Geleit bleiben. Die Gefangenen soll er an Land bringen.«

Mr Potter ließ erkennen, dass er noch eine Nachricht hatte. »Sir, der Kaper hat zehn neue Kanonen an Bord, sogenannte Karronaden.«

Zu Mr Potters Überraschung war der Kapitän nur mäßig überrascht. »Ach, da kann ich sie endlich mal selbst ausprobieren.«

»Sie sind über diese Kurzkanonen informiert, Sir?«

»Ja, Mr Potter.«

»Aber ich wusste nichts davon, Sir.«

Sven lächelte. »Mr Potter, es gibt geheime Mitteilungen des Marinesekretariats, die nur Kapitänen übermittelt werden. Aber nun kommen Sie! Wir müssen uns auf den Weg machen.«

Vier Stunden später kehrte die *Defence* zum Geleit zurück, das auf ihr Signal hin unverzüglich die Segel setzte. Die gekaperte Brigg schloss sich ihnen an, und Sven sah amüsiert, dass Leutnant Waller die Matrosen an den Karronaden exerzieren ließ.

»Mr Potter«, informierte er seinen Ersten Leutnant, »ich setze mit fünf Gefangenen auf die Brigg über und nehme auch Mr Bergson, unseren Batterieoffizier, mit. Mr Waller schicke ich Ihnen dann zurück. Ich will die Karronaden einmal ausprobieren und werde auch einige scharfe Schüsse abgeben lassen. Sie haben in der Zeit das Kommando über das Geleit.«

Mr Waller schien nicht erfreut, dass er auf die *Defence* zurückmusste, aber er ließ sich möglichst wenig Enttäuschung anmerken und stellte seinem Kapitän den Untersteuermann Sterling als Experten für die Karronaden vor.

»Danke, Mr Waller. Ich habe noch einen Obersteuermann und vier Kanoniere mitgebracht. Da werden wir wohl genug erfahren.«

Anscheinend hatte sich der Kapitän schon ausreichend beim Obersteuermann informiert, denn er ließ sofort die britischen Kanoniere die Praxis des Drills demonstrieren. Nachdem diese Laden, Richten und Abfeuern einige Male simuliert hatten, nahmen vier amerikanische Kanoniere ihre Plätze ein, und die Briten korrigierten ihre Handgriffe, bis sie saßen. Dann kam das nächste amerikanische Quartett dran.

Vor dem Scharfschießen fragte Sven noch den britischen Obersteuermann: »Warum haben Sie vorn und achtern noch die Langkanonen?«

»Das Buggeschütz als Jagdkanone, das Heckgeschütz, um Verfolger auf Distanz zu halten, Sir. Da kommt es auf möglichst große maximale Reichweite an. Die langen Achtpfünder haben eine maximale Reichweite von 1650 Metern. Unsere Karronaden feuern nur maximal 950 Meter weit. Wenn wir nur Karronaden hätten, könnte sich ein Gegner in 1200 Meter Entfernung legen und uns zusammenschießen, und wir würden ihn nicht einmal erreichen.«

Sven wandte ein: »Theoretisch stimmt das, aber ich habe es auch erlebt, dass bei Gefechten auf große Reichweiten die Kugeln in der Bordwand stecken blieben, weil sie keine Durchschlagskraft mehr hatten.«

»Das stimmt, Sir. Aber die Achtpfünder-Kanonen haben ihre stärkste Durchschlagskraft auf 270 Meter, die dreimal so schweren Karronadenkugeln auf 250 Metern. Die zwanzig Meter Differenz sind in der Praxis nicht so wichtig.«

Sven nickte. »Sagen Sie, Ihre Flotte hat nach meiner Information erst etwa hundertfünfzig Schiffe mit Karronaden bestückt. Wieso kommen Sie als privates Kaperschiff da schon an zehn Karronaden?«

Der Obersteuermann grinste. »Unser Schiff gehört einem Konsortium von vier reichen und einflussreichen Londoner Kaufleuten. Man sagt, denen gehöre auch die halbe Regierung.«

»Dann werden Sie ja wohl auch bald gegen unsere Gefangenen ausgetauscht. Da werden wir uns mit dem Scharfschießen beeilen müssen.«

Samuel Root, Svens Begleiter, und Nathaniel Zander, sein Schreiber, saßen am Abend noch auf ein Bier zusammen. »Freust du dich auch auf Gloucester, Sam?«, fragte der Schreiber.

»Aber ja, Nat. Am meisten freue ich mich auf Marthas Kochkünste und auf das gute Bett.«

»Ohne Arbeit werden wir aber nicht sein. Der Kapitän will das Schiff umrüsten.«

»Was meinst du damit, Nat?«

»Das bleibt aber unter uns, Sam.«

Sam nickte.

»Der Kapitän hat einen Brief an Mr Bradwick diktiert, in dem er ihn bittet, sich nach guten Gießereien zu erkundigen, die kurzfristig zehn Karronaden liefern können. Er will anscheinend auch, dass die Reederei die gekaperte Brigg ankauft.«

»Also, Nat, mir wird er den Urlaub damit nicht verderben.«

»Aber du hilfst mir doch beim Schreiben?«, fragte Nathaniel augenzwinkernd.

»Ich kann doch gar nicht schreiben«, lachte Sam.

»Du Schwindler! Das erzähle ich Martha, dann kriegst du deine Lieblingsspeise nicht mehr.« Und sie klopften sich gegenseitig auf die Schulter.

Als sich Kapitän Larsson nach der Erprobung der Karronaden wieder auf die *Defence* übersetzen ließ, schickte er Mr Waller auf die Kaperbrigg zurück. »Segeln Sie immer am Schluss des Konvois! Die Signale kennen Sie ja. Haben Sie eigentlich die Brigg schon gründlich durchsuchen lassen?«

Mr Waller verneinte, da er sich erst um die Karronaden gekümmert habe, weil er bei dem Einsatz der *Defence* gegen die Besatzung des Kapers eventuell nicht nur sich, sondern auch den Konvoi hätte verteidigen müssen.

»Das leuchtet ein, Mr Waller. Aber nehmen Sie die Durchsuchung jetzt gleich vor. Ich schicke Ihnen Samuel Root mit meinem Hund. Lassen Sie ihn zurückbringen, wenn Sie ihn nicht mehr brauchen.«

Leutnant Waller beorderte Sam mit dem Hund gleich zur Untersuchung der Mannschafts- und Laderäume ins Unterdeck. Der britische Untersteuermann Sterling und zwei Matrosen der *Defence* begleiteten ihn. Mr Waller nahm sich mithilfe seines Burschen die Kapitänskajüte vor.

Sam blickte in den ersten Raum, in dem vorübergehend Gefangene untergebracht gewesen waren. Die Schränke waren in aller Eile ausgeräumt worden. Einzelne Kleidungsstücke hingen herum. Unter der Decke baumelten noch Hängematten. Der Fußboden starrte vor Dreck. Hier lag all der Schmutz, den man von Füßen, Kleidern, aus Taschen, von Tellern und Körben verlieren konnte. Der Hund drehte angewidert seine Nase weg.

»Mein Gott, was für ein Dreck!«, schimpfte Sam. »Wenn ich das Kommando hätte, müsste der hier säubern und schrubben, der die Gefangenen an Land brachte. Aber Geheimnisse finden wir hier nicht.«

Er ging mit Rocky zum nächsten Raum. Das war die Kabelkammer. Hier lagen alle Taue und Seile, die im Augenblick nicht gebraucht wurden, sowie die dicken Kabel, die der Kammer den Namen gaben. Sie waren je nach Dicke zu großen oder kleinen Kreisen zusammengerollt.

Rocky fing am Eingang an zu schnuppern. Besonderen Eifer zeigte er nicht. Die beiden Matrosen, die mit Sam von der *Defence* gekommen waren, guckten innerhalb der Kreise zum Boden hinunter. Sven folgte ihnen zur Bordwand. Dort sträubten sich Rockys Haare und er begann zu knurren.

Sofort holten die Matrosen die Entermesser heraus. »Ist da jemand? Herauskommen, sonst stechen wir dich ab! Rocky, such!«

»Nun macht mal nicht so ein Theater!«, brummelte Sam. »Rocky, wo ist was?«

Rocky näherte sich einem Haufen, in dem Seile vermischt mit Segeltuch übereinanderlagen. Rocky stieß mit der Nase an den Haufen und bellte einmal.

Sam stieß mit seinem Entermesser einen Teil der Seile weg und rief: »Kommt raus, sonst steche ich zu!« Dann sprang er jäh zurück, denn eine Katze sauste mit lautem Miau aus dem Haufen, schoss hoch und brachte sich vor Rocky auf einem Balken in Sicherheit. Rocky jagte sofort hinterher, richtete sich am Balken hoch und bellte nach oben.

Sam rief laut: »Aus! Rocky, bei Fuß!« Er hatte seinen ersten Schreck überwunden.

Rocky schwieg und drängte sich an sein Knie. Dann drehte er den Kopf und bellte wieder den Haufen mit den Seilen an. Sam kniff die Augen zusammen, richtete sein Entermesser wieder auf den Haufen und zog mit der linken Hand Seile aus dem Haufen.

Rocky knurrte. Ein Kinderfuß kam zum Vorschein. Sam starrte einen Moment erstaunt. Dann berührte er den Fuß mit der blanken Scheide des Messers. »Komm raus, sonst muss ich dir den Fuß abhacken!«

Im Haufen bewegte sich etwas, dann streckte sich ein Jungenkopf aus dem Gewirr. »Verdammt! Das ist doch der Pulverjunge Jacky«, stieß der Untersteuermann Sterling hervor. »Was machst du hier?«

»Ich hab mich versteckt, als unser Schiff geentert wurde, Sir«, antwortete Jacky.

»Dann bist du ja schon etwa acht Stunden hier. Bist du nicht verdurstet?«, fragte Sam.

Jacky antwortete: »Ich habe mir eine Flasche von nebenan geholt, als alles ruhig war.«

»Dann sag mir mal, wie alt du bist und seit wann du auf der *Sophie* Dienst tust.«

Der Pulverjunge legte den Fingerknöchel an die Stirn, wie er es im

Dienst gelernt hatte. »Sir, ich bin zwölf Jahre alt und bin vor sechs Wochen in Plymouth an Bord gekommen, als die *Sophie* auslief.«

»Warum hast du auf einem Schiff angeheuert?«

»Sir, mein Vater ist gestorben. Meine Mutter hatte nicht genug Essen für mich. Ein Onkel von mir war schon als Maat an Deck.«

Sam brummte. Dann wandte er sich an einen Matrosen der *Defence*. »Josef, bring den Jungen zum Wachhabenden! Sag ihm, wie wir ihn fanden. Die werden schon wissen, was mit ihm geschehen soll.«

Sie suchten weiter und fanden eine versteckte Schnapsflasche, eine Pistole und einen Beutel mit etwas Geld, aber sonst nichts. Sam ging mit Rocky und seinem Trupp an Deck und meldete sich bei Leutnant Waller.

Der hörte nur halb hin und starrte weiter auf ein Papier, das er in der Hand hielt, und sprach leise vor sich hin, während er las. »... haben alles geladen, was in den zwei Werften von Wert war. Balken, Planken, Rahen, Seile, Nägel, Schrauben usw. Wir verstecken uns jetzt ...« Leutnant Waller wurde lauter: »Verdammt! Bark *Jennifer II*. Wer kennt denn die?«

»Ich kenne sie, Sir. Sie lag in New York neben uns. Kapitän Bear kennt unseren Käpt'n, Sir.«

Mr Waller schaute erstaunt auf den kleinen Burschen, der vor ihm stand. »Wer bist du denn?«

Der Matrose Josef antwortete an seiner Stelle: »Sir, das ist ein Pulverjunge der *Sophie*, der sich in der Kabelkammer versteckt hatte. Maat Root hat ihn gefunden. Ich sollte ihn zum Wachhabenden bringen.«

»So, so«, brummte Leutnant Waller. »Dann komm mal mit. Ich muss noch mal in die Kajüte. Wie heißt du denn?«

»Jacky, Sir.«

»Dann setz dich mal dort hin. Möchtest du ein Glas Saft?«

»Gern, Sir.«

Leutnant Waller rief seinen Burschen. »Andree, das ist Jacky. Bring ihm mal ein Glas Saft. Ach, bring mir auch gleich eins mit.«

»Aye, aye, Sir«, bestätigte Andree und verschwand.

Mr Waller setzte sich auf einen Stuhl und legte seinen Hut auf den Tisch. Scheinbar beiläufig fragte er: »Du kennst also die Bark *Jennifer II*?«

»Ja, Sir. Als wir in New York ankamen, haben wir neben ihr geankert. Sie gehört einem der Eigentümer unserer Brigg. Unser Kapitän kannte den von der *Jennifer*.«

Der Saft kam. Andree verteilte die Gläser, wünschte »Zum Wohl!« und verschwand wieder.

»Und dann haben die Kapitäne sich noch einmal in der Chesapeake Bay getroffen, hat man mir gesagt«, knüpfte Mr Waller an das vorige Gespräch an. Jacky hatte nicht das Gefühl, ausgefragt zu werden. Der fremde Leutnant wusste ja schon alles.

»Ja, Sir. Als wir einliefen, kam uns die *Jennifer* entgegen.«

»Ich weiß«, antwortete Mr Waller. »Die sind dann beide in ein Boot gestiegen. Aber ich habe den Ort vergessen.«

Jacky wollte zeigen, dass sein Gedächtnis besser war. »Es war ein Mädchenname, Sir. Irgendwas mit Su. Hier nahe am Westufer.«

Waller tat, als ob ihm alles einfiel. »Natürlich! Susan hieß der kleine Ort an der Bucht.«

Jacky stimmte fröhlich zu. »Ja, das war es!«

»Dann hol mal Sam hierher in die Kajüte des Kapitäns. Er lässt den Hund da schnuppern, ob sich noch jemand versteckt hat.«

Jacky guckte unsicher, aber Mr Waller lachte und klopfte ihm auf die Schulter.

Leutnant Waller trat in die Kajüte des Kapitäns ein und berührte zum Gruß seinen Hut.

»Na, bringen Sie Neuigkeiten, Mr Waller?«

»Ja, Sir, ich habe Informationen über den Liegeplatz einer britischen Bark.«

»Donnerwetter! Wie kommen Sie denn daran?«

»Ich fand im Schreibtisch des Kapitäns den Brief eines Kapitäns der Bark *Jennifer II*, der die geplünderten Materialien unserer Werften geladen hatte und sich verstecken wollte. Außerdem entdeckten wir einen Pulverjungen, der sich in der Kabelkammer verkrochen hatte. Aus ihm habe ich herausgelockt, wo sich die Bark versteckt hat.«

»Sehr gut, Mr Waller. Wo?«

»In einer Bucht bei Susan, Sir«

»Das haben Sie sehr gut gemacht, Mr Waller! Wenn wir die Bark kapern, erhalten Sie zusätzlich zu Ihrem Prisengeld eine Prämie von einhundert Dollar. Schicken Sie jetzt bitte Mr Potter zu mir.«

»Ergebensten Dank, Sir.«

Mr Potter schickte ein Boot mit Midshipman Grieve voran. Nach seinen Beobachtungen schickten sie dann vier Boote mit sechzig Mann in die Bucht, während die *Defence* am Eingang der Bucht quer zur Fahrrinne ankerte und alle Kanonen ausrannte.

Der Kapitän der Bark *Jennifer II* erkannte sofort, dass er nicht den Hauch einer Chance hatte, ließ schnell und unauffällig die Schatulle mit Geheimsignalen über Bord werfen und die Flagge einholen.

Er erwiderte den Gruß Leutnant Potters, der das Prisenkommando an Bord führte, und sah mit versteinerter Miene zu, wie die Amerikaner unter Bord die wertvolle Fracht entdeckten und freudestrahlend an Deck davon berichteten.

»Woher wussten Sie, wo wir uns versteckt hatten, Herr Leutnant?«

»Wir haben Gespräche der Besatzung der von uns gekaperten Brigg *Sophie* belauscht, Herr Kapitän.«

»Verdammt, man kann nicht vorsichtig genug sein!«, fluchte dieser.

Potter ließ die britischen Matrosen sorgfältig nach Waffen untersuchen und sperrte sie in zwei Räume im unteren Deck. Dann nahm er Kurs auf die *Defence*, die unverzüglich mit dem Konvoi in Richtung Norfolk segelte.

Sven Larsson hatte den Konvoi vor Portsmouth in den Hampton Roads ankern lassen. Mit Erleichterung verfolgte er, wie amerikanische Seeleute und Milizsoldaten die Prisen übernahmen. Ein Boot kam zur *Defence*, und der Agent seiner Prisenagentur stellte sich vor. Sven ging mit ihm in seine Kajüte.

»Meinen herzlichen Glückwunsch, Sir, und vielen Dank, dass sie einen Kutter zu unserer Information vorausgesandt haben. Ich habe mich erkundigt. Die Ladung der Bark können Sie hier günstiger verkaufen, da fast alle Werften an der Chesapeake Bay ausgeplündert wurden und dringend Ersatzteile brauchen. Die Bark selbst werden sie günstiger in Philadelphia absetzen können.«

Sven kniff die Lippen zusammen und überlegte. »Das schafft ein Problem, mein Herr. Die Mannschaft und ich wollen schnellstmöglich heim und nicht eine Woche auf den Verkauf der Ware warten.«

»Darf ich einen Vorschlag machen, Sir? Ich kann ganz in der Nähe eine Halle mieten. Ich habe zwanzig Hafenarbeiter zur Hand. Wenn ein Teil Ihrer Mannschaft uns einen Tag hilft, haben wir die Ware in zwei Tagen entladen. Die Nachricht über den Verkauf steht morgen früh in allen relevanten Zeitungen. In einer Woche ist alles verkauft und Sie können das Geld in Philadelphia ausgeben.«

Sven klatschte in die Hände. »Das ist eine hervorragende Planung. Ich werde Sie in der Zentrale Ihrer Agentur gebührend loben und danke Ihnen. Wir machen es so. Ich schicke den Ersten Leutnant zu Ihnen, damit Sie mit ihm vereinbaren können, wo die *Jennifer II* zur Entladung anlegen soll und wann wie viele unserer Leute helfen müssen.«

Als Sven vor die Mannschaft trat und um Freiwillige zum Entladen bat, denen ein Tag Sonderurlaub versprochen wurde, meldeten sich fast alle freiwillig. Der Bootsmann suchte die geeignetsten Männer heraus. Alle waren glücklich.

Inzwischen war Commander Brent von der Kanonenbrigg *Hudson* bei Sven und berichtete, was er nach seiner Trennung von der *Defence* erlebt habe. Die *Hudson* hatte mehrere erfolgreiche Duelle mit britischen Kapern bestanden, hatte zwei versenkt und drei erobert.

»Ob die Mannschaften noch etwas von dem Abschlagsgeld besitzen oder schon alles in Norfolk oder Portsmouth versoffen haben, weiß ich nicht, Sir. Aber die meisten freuen sich auf die Heimkehr nach Philadelphia. Ich bin sicher, auch im nächsten Jahr bleibt genug zu tun, um unseren Handel in der Bay zu sichern.«

Sven lächelte. »Vielleicht schickt man uns wieder her, Mr Brent. Aber erst einmal lade ich Sie heute Abend mit Ihren und meinen Offizieren zum Dinner ein. Das Lokal werde ich noch benennen. Bis dann.«

Brent bedankte sich und ging.

Es blieb Svens einziger Abend in Portsmouth. Alle, die teilnahmen, wollten nach langer Feindfahrt zum Weihnachtsfest daheim sein. Aber diesen Abend genossen alle. Die Gasträume waren gemütlich und dennoch gediegen. Die Speisen schmeckten von der Vorspeise bis zum Dessert ausgezeichnet, und keiner fand etwas an den Getränken auszusetzen.

Als Sven seinem abwesenden Zahlmeister für dessen Empfehlung dieses Restaurants dankte, klatschten alle Beifall. Sie kannten sich alle und verstanden sich gut. Joseph Grey, einziger Midshipman auf der *Hudson*, war froh, dass er heute mit gleichrangigen Gefährten von der *Defence* scherzen konnte. Sam Root, Walter Jungmann und Alfred Holt sorgten für die Sicherheit. Ihren Anteil an den Speisen erhielten auch sie, aber bei den Getränken hatte Sven für die drei Männer Maßhalten befohlen, und die Kellner hielten sich daran.

Die Gäste diskutierten anfangs über wichtige politische Themen, über Friedensverhandlungen oder die Zukunft der amerikanischen Flotte, dann wurden die Gespräche persönlicher und beschäftigten sich mit den Zukunftsplänen der Einzelnen und kamen schließlich zu lustigen Begebenheiten während der letzten Feindfahrt.

Leutnant Bergson musste für Kultur sorgen und eine beliebte Weise mit seiner Violine spielen, und Dr. Bader ließ sich nicht abhalten, eine Ballade vorzutragen.

Als Martin am nächsten Morgen seinen Kapitän weckte, stöhnte Sven: »Mein Gott, hoffentlich haben die Männer, die heute entladen müssen, nicht auch so aufgelassen gefeiert wie wir gestern.«

Schäferhund Rocky war ungehalten, dass sich sein Herrchen erst so spät um ihn kümmerte, und rannte ohne weitere Schmuseeinheiten zur Schütte, um sich zu entleeren.

Mr White, der Master, hatte Wache. Als Sven ihn scherzhaft fragte, ob die Mannschaft eine Meuterei vorbereite, weil die Offiziere so viel feierten, winkte Mr White ab: »Unser Essen ist für die doch noch keine Feier. Da waren doch keine Weiber dabei! Und die Burschen wissen genau, dass wir im Sturm auch Wache um Wache gehen, während sie alle Pausen einhalten und schlafen können.«

Sven hatte auch Verpflichtungen am Vormittag. Der Kommandeur der Milizeinheiten hatte sich mit zwei Artillerieoffizieren zu einer Besichtigung der Karronaden angesagt. Sven hatte Leutnant Waller vorgewarnt und seinen Burschen Martin auf die *Sophie* vorausgeschickt, um ein kleines Frühstück vorzubereiten.

Die Herren waren sehr beeindruckt und staunten, als Sven ihnen sagte, dass zwei Gießereien in Pennsylvania vor einem Monat auch mit der Herstellung von Karronaden begonnen hatten.

»Meine Herren«, fasste einer der Artillerieoffiziere seinen Eindruck zusammen, »das Gewicht der Geschütze ist für uns nicht entscheidend. Eine Sechspfünder-Kanone und eine Achtzehnpfünder-Karronade wiegen etwa gleich und fordern dieselbe Zahl an Pferden zum Transport. Aber die Munition wiegt das Dreifache. Sie muss transportiert und oft genug längere Strecken getragen werden. Das hindert den Einsatz von Karronaden bei der Landarmee.«

Sven leuchtete das ein, und er sah nicht ein, dass er die Konkurrenz um die geringe Zahl angefertigter Karronaden durch einen Widerspruch verschärfen sollte.

Am Abend stand Sven dann auf dem Achterdeck und empfand nur Freude über die bevorstehende Heimreise. Er würde Frau und Kinder wiedersehen können, die er so liebte. Er würde in den Räumen leben, die ihm so vertraut waren. Da merkte er schon, wie lange er von der Heimat getrennt war. Waren sie schon in das neue Haus umgezogen, das er mit Sabrina geplant hatte?

Mr White war wohl mit ähnlichen Gedanken beschäftigt, denn

er sagte unvermittelt: »Wir Seeleute sind schon ein komisches Volk. Sind wir eine Weile an Land, dann halten wir es vor Sehnsucht nach Wind und Wellen nicht mehr aus. Sind wir einige Monate auf See, verzehren wir uns nach dem Heimathafen.«

Aber es hörte sich wohl anders an, wenn ein anderer es aussprach. Sven presste die Lippen zusammen und gab dann den Befehl, die Segel zu setzen und Kurs auf die Mündung des Delaware zu nehmen. Die drei anderen Schiffe segelten in der Reihenfolge *Sophie*, *Jennifer II* und *Hudson* im Windschatten der *Defence* hinaus in die sinkende Nacht.

Sven hatte eine erstaunlich ruhige Nacht hinter sich, als er im Morgengrauen erwachte. Er hatte die halbe Morgenwache verschlafen und sprang aus dem Bett.

»He, Martin, warum hast du mich nicht geweckt?«

»Es war nichts Besonderes, Sir. Alles nur Routine. Rocky habe ich schon rausgeführt. Warum sollte ich Sie wecken, Sir?«

»Weil ein ordentlicher Kapitän morgens an Deck sein sollte, wenn die Dämmerung kommt.«

»Sir, Ihrer Gattin ist es lieber, wenn Sie ausgeschlafen nach Hause kommen.«

Sven lachte. »Mach mir jetzt ein ordentliches Frühstück, Martin. Ich komme gleich wieder rein.«

Natürlich wollte Rocky wieder mit an Deck, und Sven nahm ihn mit. Er begrüßte den Wachhabenden, sah sich um, schnupperte in den Wind und ging beruhigt wieder zur Kajüte.

Auf dem Weg drehte er sich noch einmal um und fragte den Wachhabenden: »Was haben Sie zuletzt an Land gesichtet?«

»Chincoteague vor einer halben Stunde, Sir.«

Sven nickte. »Dann müssten wir heute Abend in den Delaware einlaufen.«

Midshipman Salton, der alles mitgehört hatte, fragte flüsternd seinen Kameraden Mountain: »Was meinst du? Segeln wir nachts flussaufwärts?«

Henri Mountain überlegte und schüttelte den Kopf. »Warum sollten wir das Risiko eingehen? Wir wissen nicht, welche neuen Hindernisse sie in den letzten Wochen angelegt haben, und auch schwere Eisschollen könnten schon treiben. Wir verlieren doch höchstens drei bis vier Stunden.«

Die Mannschaften schrubbten das Deck heute besonders sauber, und der Bootsmann war noch pingeliger als sonst, dass in der Takelage jedes Segel und jedes Seil richtig festgezurrt war. Aber auch seine Genauigkeit konnte den Matrosen nicht die Stimmung verderben. Sie lachten und scherzten häufiger als sonst, und alles schien ihnen ein wenig schneller von der Hand zu gehen.

Doch als der Ruf des Ausgucks erscholl: »Steuerbord voraus, sieben Meilen mehrere Segel!«, erstarrten alle und schwiegen. Einigen kam die Hoffnung auf eine große Prise kurz vor der Haustür. Andere fürchteten, ein feindlicher Verband lauere auf sie.

Sven kam eilends an Deck und schickte Midshipman Salton mit dem Teleskop auf den Mast.

Minuten vergingen. Die Matrosen schrubbten das Deck nur noch zum Schein. Ihre Besen berührten die Planken gar nicht mehr, sondern fuhren nur hin und her, während die Matrosen horchten. »Dauert das lange!«, schimpfte einer zum Nachbarn.«

»Deck!«, tönte es von oben, und alle lauschten. »Drei Segel! Kreuzen unseren Kurs. Drei Dreimaster!«

Es war totenstill geworden an Deck. Als Mr Salton seine Meldung beendet hatte, blieb er oben, um genauere Einzelheiten erkennen zu können.

An Deck rätselten sie. »Und wenn das drei Kriegsschiffe sind, dann sehen wir blass aus«, sagte einer.

»Warum denn?«, opponierte ein anderer. »Wir haben auch drei Kriegsschiffe, die *Defence*, die *Hudson* und die *Sophie*.«

»Haha!«, schallte es ihm ironisch entgegen. »Und wie viele davon sind Dreimaster? Und wie viele haben die volle Besatzung?« Da wurde der Opponent still.

»Deck!«, rief Mr Salton wieder. »Ein Schiff ist eine Sloop, die beiden anderen sind Handelsschiffe!«

Nun lachten sie erleichtert an Deck. Auch die Offiziere blickten sich fröhlich an. Das war keine Gefahr mehr. Das war vielleicht sogar Beute.

Sven sagte zum Wachhabenden: »Lassen Sie unsere Flagge und das Geheimsignal setzen.«

Nun mussten die Fremden Farbe bekennen. Mr Salten meldete nach einiger Zeit: »Schiffe setzen Flagge des Kongresses.« Zum Geheimsignal sagte er nichts, denn dafür hätte er das Heft mit den Geheimsignalen der amerikanischen Schiffe haben müssen. Das hatte aber der Signalmaat an Deck, der sich eben von Midshipman Grieve Zahlen nennen ließ, die dieser mit dem Teleskop erkennen konnte. Dann rief der Signalmaat: »Sloop ist die *Valley Forge*, Kapitän Karl Bauer, die beiden Handelsschiffe sind Prisen.«

Diejenigen, die auf Prisen gehofft hatten, sahen sich missmutig an. Die anderen, die einen überlegenen Feind erwarteten, waren erleichtert und fragten die Enttäuschten: »Kriegt ihr den Hals nie voll?«

Sven blickte lachend zu Mr Potter: »Haben Sie gehört, mein alter Freund Karl Bauer kommt uns entgegen!«

»Ich freue mich, Sir. Auch ich habe Kapitän Bauer lange nicht gesehen.«

Sven ließ das Signal »Kommandant zum Report« hissen und blickte durch das Teleskop zur Sloop. Dort sah er seinen Freund Karl Bauer, mit dem er auf seinem ersten Schiff als Schiffsjunge gedient hatte. Was waren sie für ein Quartett verschworener Freunde gewesen: Adam Borg, Karl Bauer, Joshua Petrus und er? Jetzt fuhren nur noch Karl Bauer und er zur See. Adam Borg war tot und Joshua bei Sabrinas und Svens Stiftung an Land.

Sven erkannte Karl, wie er das Boot bestieg und sich zur *Defence* rudern ließ. Er würde ihn an der Reling begrüßen, aber die uniformierte Ehrenwache auch antreten lassen.

Sie umarmten sich beide herzlich. »Seit Charleston haben wir uns nicht gesehen. Wie geht es dir, Karl? Und wie geht es Frau und Kind?«

»Uns geht es allen gut. Und in der vorigen Woche habe ich deine Sabrina noch gesehen. Ihr und euren Kindern geht es auch gut. Die Stiftung und euer neues Haus sind fast fertig. Du wirst zur Einweihung gerade recht kommen.«

Karl erblickte Tom Potter und begrüßte auch ihn noch, ehe er mit Sven in dessen Kajüte ging. »Wir haben wieder einmal nicht viel Zeit, aber für eine Tasse Kaffee muss es reichen«, sagte Sven. »Wohin bist du jetzt unterwegs?«

Karl berichtete, dass keine Fregatte mehr für ihn verfügbar war und er sich daher mit einer Sloop begnügen musste. Er sollte die Lage an der Küste bis vor Savannah erkunden. Die beiden Barken hatte er vor der Mündung des Delaware kapern können, weil ihn ein Sturm weiter hinausgetrieben hatte, als er eigentlich segeln wollte. Und nun hatte er das Problem, wo er sie abliefern sollte.

»Am besten wäre es natürlich in Philadelphia, aber eine Rückkehr sehen meine Befehle nicht vor. Nun muss ich sie wohl bis Norfolk mitnehmen, aber dort sind die Preise nicht so gut.«

Sven bot ihm an, dass er die beiden Barken nach Philadelphia mitnehmen könne, aber er könne maximal nur je zehn Mann entbehren, denn er habe schon so viel Prisenmannschaften an die *Sophie* und die *Jennifer* abgegeben.

»Du tätest mir einen großen Gefallen, Sven. Mein Bootsmann begleitet euch mit einem Boot bis zur Mündung des Delaware, sorgt dort für Ausschiffung der Gefangenen und heuert für jede Bark fünf Mann für die Fahrt bis Philadelphia an. Dann erzielen wir gute Preise. Ich kann dir fünf Prozent abgeben.«

»Du kannst mir ein Abendessen spendieren, wenn wir uns wieder mal im Ausland treffen. Ansonsten gibst du jedem Matrosen der *Defence* einen Dollar für ihre Mehrarbeit, aber das ist auch alles. Den Offizieren spendiere ich ein Abendessen. Das ist genug. Und nun erzählen wir noch ein wenig von unseren Kindern. Ich finde diese kleinen Bälger ja so lustig.«

Sie hatten nicht nur Kaffee getrunken, als sie fröhlich an Deck kamen. Karl verabschiedete sich von allen Offizieren persönlich und dankte auch dem Bootsmann, der die Sache mit den Prisenbesatzungen geregelt hatte. Er winkte der Beatzung zu, von der er viele persönlich kannte. Als er in sein Boot gestiegen war, stellte Leutnant Potter fest: »So ein Besuch könnte öfter kommen. Kapitän Bauer ist nicht nur kompetent, er ist auch sehr freundlich zu alten Bekannten.«

Irgendwie war es für Sven diesmal eine besondere Heimkehr. Er wusste nicht warum. Hinter ihm lag weder seine längste Abwesenheit noch seine weiteste Reise noch eine Rückkehr mit den meisten Prisen. Aber irgendwie schaute er anders auf den Fluss und die Orte am Ufer.

Er hatte an der Mündung des Delaware mit einem schnellen Depeschenboot auch private Nachrichten an seine Familie vorausgeschickt. Sabrina würde also bald von seiner bevorstehenden Ankunft erfahren.

Er sah die kleinen Orte am Ufer wieder, an denen er mit seinen Kanonenbooten bei der Verteidigung des Delaware gegen die Briten angelegt hatte. Vier Jahre war das nun her. Damals hatten sie noch nicht an einen Frieden gedacht. Bei Nacht und Nebel hatte er seine Familie für Stunden besucht.

Wie gut hatte sich alles für ihn entwickelt! Er hatte das Glück mit Sabrina gefunden, die erst seine Stiefschwester und dann seine Frau wurde, die ihm so wunderbare Kinder schenkte. Er war durch Prisen reich geworden. Im Frieden brauchte er sich keine Sorgen um seine Zukunft zu machen. Und Sabrina: Wie sehr würde erst sie den Frieden und damit ein Ende der täglichen Gefahr für sein Leben und seine Unversehrtheit herbeisehnen?

Hätte er vor vier Jahren ahnen können, welche Entwicklung Sabrina in der Ehe nehmen würde? Sie war so anders geworden als die vielen anderen Ehefrauen, die in Hauswirtschaft, Kleidern und Klatsch aufgingen. Wie seine Schwester Ingrid, Sabrinas beste Freundin, war sie eine Frau, die planen, organisieren und managen nicht den Ehemännern überließ, sondern auch in geschäftlichen Fragen ein vollwertiger Partner war. Eigentlich hatte sie einen breiteren Interessenkreis als er.

Sven zwang sich, seine Gedanken an Sabrina abzuschalten und sich um seine Pflichten an Bord zu kümmern. Es wurde zu dunkel, um mit diesem Konvoi auf dem enger werdenden Fluss zu manövrieren. Sie mussten ankern, bis der Morgen wieder ihren Weg erleuchtete. Sven gab die notwendigen Befehle und merkte, wie müde er war. Er zwang sich, die Ausführung der Manöver zu überwachen. Dann ging er in seine Kajüte, aß, was Martin gerichtet hatte, und legte sich auf sein Bett.

Er war im Nu eingeschlafen. Der Hund suchte sich einen Platz zu Füßen des leicht in den Seilen schwankenden Bettes. Sein Herrchen atmete tief und regelmäßig. Rocky schlief auch.

Plötzlich zuckte Sven und richtete sich auf. Wo war er? Was hatte ihn aus dem Schlaf gerissen? Eine Stimme hatte seinen Namen gerufen. Ja, es war Ingrids Stimme gewesen, die Stimme seiner Schwester. Sie war voller Angst.

Sven sprang auf. Er wusste, dass seine Schwester die rätselhafte Fähigkeit besaß, Gefahren, die ihm drohten, aus der Ferne vorauszusehen. Das »zweite Gesicht« sagten die Leute.

Rocky folgte ihm mit den Augen. Sven griff nach dem warmen Mantel, nach Säbel und Pistole und rief: »Rocky, komm!«

Die beiden stiegen an Deck. Der Wachhabende meldete, wie das Wetter war, und fügte hinzu: »Keine besonderen Vorkommnisse.«

Sven dankte und fragte: »Ist Maat Root an Deck?«

»Ja, Sir, auf Wache mittschiffs.«

»Schicken Sie ihn bitte zu mir an den Bug.«

Sven ging leise auf der dem Ufer zugewandten Schiffsseite nach vorn. Von Zeit zu Zeit hielt er an und spähte umher, um seine Augen an die Dunkelheit zu gewöhnen. Auch Rocky blieb dann stehen und schnupperte. Bis jetzt hatte er noch nichts bemerkt. Aber jetzt schien Sam Root zu kommen. Rocky schaute und horchte angespannt in eine Richtung. Aber er knurrte natürlich nicht, denn Sam war einer seiner besten Freunde. Und jetzt winselte er leise. Der Schwarze tauchte plötzlich unsichtbar aus der Dunkelheit auf und meldete ganz leise: »Maat Root zur Stelle!«

Sven winkte ihm, er möge ihm zum Bug folgen. Leise flüsterte er ihm ins Ohr: »Ich hab Ingrids Stimme gehört.« Mehr brauchte er ihm nicht zu sagen. Sam wusste von Ingrids Gabe. Für ihn war in Ingrid ein guter Geist sesshaft. Das genügte ihm als Erklärung. Sam vertraute guten Geistern. Angespannt spähte er mit Sven voraus in die dunkle Nacht. Zunächst sahen sie nichts. Rocky horchte und schnupperte. Jetzt begann er leise zu knurren und reckte seine Schnauze backbord voraus.

Sven und Sam konnten nichts erkennen. Aber dann fasste Sam an Svens Arm und zeigte mit der anderen Hand auf einen Punkt. Nun sah Sven es auch. Da kam eine Art kleines Kanu. Das Wasser wurde immer wieder an zwei Stellen bewegt. Ein kleines Kanu mit zwei Paddeln? Was bedeutete das?

Jetzt war das Kanu dort, wo ihr Ankertau die Wasserfläche durchstieß. Das Boot hielt inne. Sie hörten ein leises Zupfen. Jemand im Boot stand auf. Sven beugte sich zu Sams Ohr. »Sie wollen das Ankertau durchschneiden. Kannst du werfen?«

Sam hauchte ein Ja, griff in seine Tasche und richtete sich auf. Er hielt eine Eisenkugel aus den Traubengeschossen in der Hand, zielte und warf. Aus Richtung des Bootes war ein dumpfer Aufprall zu hören. Ein Körper fiel ins Wasser. Das Boot bewegte sich etwas. Eine leise Stimme fragte unruhig: »Was ist, Johnny?«

Sven hielt Sams Arm fest. Er wollte erst wissen, was die im Kanu planten, ehe Sam den zweiten Mann tötete. Der zweite Mann richtete sich jetzt auf. Er hantierte am Ankertau. Wie ein Blitz leuchtete in Sven die Erkenntnis auf. Die wollten ein anderes Seil an ihrem Ankertau befestigen. Dann konnten sie den Bug der *Defence* mit dem strömenden Wasser in eine andere Richtung bringen. Aber dann müsste hinter dem Kanu ein größeres Boot liegen. Sven zog sein Nachtglas aus der Jacke.

Sam hatte die zweite Eisenkugel in der Hand und wartete auf Svens Befehl. Aber der starrte angespannt durchs Nachtglas. Dort war ein dunkler Schatten. Er schloss die Augen, atmete tief durch und spähte wieder ganz gespannt. Ja, es war ein Boot mit mindestens zwanzig Ruderern.

Wenn das große Boot an dem neuen Seil zog, konnte es die *Defence* bewegen und an einen Ort bringen, wo genügend Enterer warteten.

»Sam!«, flüsterte Sven. »Ich laufe zum Achterdeck. Du wirfst, wenn der andere Mann aufsteht oder wegrudert.«

Sven huschte mit Rocky zum Achterdeck und lief zum Wachhabenden. »Feindliches Kanu am Bug. Erst alle Soldaten wecken! Je zehn Mann mit Musketen an Bug, Heck und beide Breitseiten mittschiffs. Danach: Alle Mann an Deck, aber leise!«

Einen Melder schickte Sven dann noch zu Leutnant Potter und ließ ihm sagen, dass ein Angriff drohe. Danach rief er leise nach Rocky und ging mit ihm zum Heck. Sven spähte zum Ankerseil, und Rocky brummte sofort. Dort war auch ein Kanu!

Ein Moment der Panik erfasste Sven. Was konnte er tun? Sam war am Bug. Hier am Heck konnten sie nur schießen, aber das würde alle Feinde warnen. Gehetzt blickte Sven um sich. Die Soldaten kamen an Deck. An ihrer Spitze lief ein Sergeant. Jerry Sobas, ein kräftiger, unerschrockener Mann. Sven kannte ihn.

Sven winkte ihm zu. »Sir?«, meldete sich der Sergeant.

Sven informierte ihn. »Achtern am Ankertau liegt ein feindliches Kanu mit zwei Mann. Holen Sie sich zwei Zwölfpfünder-Kugeln. Werfen Sie sie so ins Kanu, dass sie den Boden zerschlagen. Aber Tempo!« Dann griff er sich eine Muskete und war bereit, im Notfall zu schießen. Die Soldaten duckten sich hinter der Reling und waren auch zum Schuss bereit.

Sergeant Sobas zielte mit einer Kugel und warf. Schreckensschreie ertönten im Kanu. Aber die Schreie wurden zu einem Gurgeln, als das Kanu sank. Hoffentlich hatte man sie nicht zu weit gehört. »Werft ihnen Seile zu!«, befahl Sven.

Die Soldaten sahen ihn erstaunt an, aber er bekräftigte: »Los! Werfen!« Drei Seile erreichten die Versinkenden. »Ruhe!«, zischte Sven ihnen zu. »Sonst lassen wir die Seile los!«

Die Soldaten griffen zu und zogen die Fremden an Bord. »Woher kommt ihr?«, fuhr Sven sie an.

»Britischer Kaper *Lord Salisbury*, Sir«

»Wo liegt ihr?«

»In der Flussmitte, Sir.«

Sven huschte zum Wachhabenden. »Segel fertig machen, aber leise! Ein Mann zu Mr Root am Bug. Er soll werfen! Dalli! Ich komme dann nach vorn.«

Der huschte voran. Sven gab Kommandos, um die beiden Gefangenen zu versorgen. Dann ging er mit Rocky voran.

Sam hatte mit der Eisenkugel auch den zweiten Mann im Kanu getötet. Er beugte sich nun zu Sven und flüsterte ihm ins Ohr: »Sir, er hat ein Seil um unser Ankertau gebunden und dann das Tau darunter durchtrennt. Dann kam Zug aufs Seil. Sehen Sie, wie es unser Tau nach vorn zieht.«

Sven winkte einen Korporal zu sich. »Wer von euch wirft am besten den Enterdraggen?«

»Walter Cold, Sir.«

»Er soll mit Draggen zu mir!«

Der Soldat kam mit dem Seil zu Sven, das vorn die drei gebogenen Spitzpfeile hatte. »Triffst du das Kanu?«, fragte Sven.

»Ja, Sir!«

»Dann los!«, befahl Sven und trat zur Seite. Der Soldat nahm die Seilschlinge mit der linken Hand, ließ etwas Seil mit dem Draggen heraus, wirbelte es über dem Kopf und visierte das Kanu an. Dann ließ er das Seil fliegen. Der dreiköpfige Draggen fiel in das Kanu. Der Soldat zog leicht und der Draggen hakte sich am Kanurand fest.

»Gut«, lobte Sven leise. »Hol das Kanu mit drei Kameraden hoch!« Dann wandte er sich zu Sam. »Kannst du das Seil, das die angemacht haben, langsam einziehen?«

Sam griff zu und zog. Das Seil straffte sich.

»Halt!«, befahl Sven und winkte den Korporal zu sich heran. »Laufen Sie zu Mr Potter. Er möchte Fahrt aufnehmen lassen. Drei Strich mehr backbord!«

Die *Defence* nahm langsam mehr Fahrt auf. Sam konnte das Seil Hand um Hand einholen. Sven sagte dem Korporal, dass einer seiner Männer das übernehmen solle. Dann erklärte er Sam und dem Korporal, dass sich die Soldaten mit ihren Musketen und Sam mit einer Blunderbüchse am Bug zum Kampf bereithalten sollten. Er lasse noch zwei Handgranatenwerfer kommen.

Langsam rückte der dunkle Schatten des feindlichen Ruderbootes steuerbord voraus in Sicht. Der Bug des Bootes zeigte von ihnen weg, aber die Männer im Boot bewegten die Riemen noch nicht. Achtern im Boot standen zwei Männer und schauten in ihre Richtung.

Sven nahm die Sprechtrompete. »Boot ahoi! Hier spricht die kontinentale Fregatte *Defence*. Hebt sofort die Hände! Bei jeder feindlichen Handlung werdet ihr erschossen. Hände hoch!«

Einer der beiden Männer, die im Boot standen, rief: »Riemen an!«

Sven gab Sam ein Zeichen und der warf eine Kugel. Der Mann im Boot taumelte und ging über Bord.

»Hände hoch!«, brüllte Sven. »Oder wollt ihr die Nächsten sein?«

Die feindlichen Ruderer zögerten. Wieder gab Sven ein Zeichen, und einer der Handgranatenwerfer zündete eine Granate und warf sie hinter das Boot. Sie explodierte im flachen Wasser und überschüttete die Ruderer. Nun hoben alle die Hände.

Sven bedeutete Sam, eine Strickleiter hinabzulassen, und befahl: «Alle Waffen bleiben im Boot! Klettert die Strickleiter empor an Bord!«

An Deck wurden die feindlichen Ruderer von Bewaffneten empfangen. Die Männer der *Defence* durchsuchten die Briten und fanden noch zwei Messer. Dann führten sie die Gefangenen unter Deck.

Sven besprach auf dem Achterdeck mit Leutnant Potter die nächsten Schritte. »Sir, wissen Sie, wie viele Kanonen und Mann das Kaperschiff hat?«

Sven konnte bejahen und nannte zwanzig Achtpfünder und 165 Mann Besatzung.

Mr Potter war beeindruckt. »Ein einfacher Enterangriff verbietet sich da wohl«, murmelte er.

Sein Kapitän nickte. »Aber für einen Trick brauchen wir noch mehr Informationen. Nehmen Sie sich meine Gig und drei Mann! Suchen Sie den Kaper und beobachten Sie ihn aus sicherer Distanz! Sobald Sie ein klares Bild haben, kommen Sie zurück.«

Sven ging mit vier Mann in den Raum, in dem die Gefangenen des Ruderbootes waren. Er ließ sie anleuchten und wählte drei Gefangene aus. Einen nahm er mit in seine Kajüte, die beiden anderen mussten im Kartenraum warten.

Bei Martin bestellte er für sich und den Gefangenen Kaffee, sprach aber mit dem Gefangenen kein Wort. Erst als der Gefangene den ersten Schluck getrunken hatte, redete er ihn an.

»Ich weiß von den Männern aus dem Kanu, dass ihr euer Schiff mit Lichtzeichen informiert. Sie geben ein Signal, wenn sie den Bug so herumgezogen haben, dass die Beute in Richtung des Kapers treibt. Aber ich weiß nicht mehr, wie sie den Standort der Beute anzeigen. Ich weiß, dass sie eine Leuchte haben, bei dem sich das Licht in einem engen Rohr bündelt, sodass es nur gesehen werden kann, wenn man mit dem Rohr auf den Empfänger der Nachricht zielt. Arbeitet ihr mit verschiedenen Farben?«

Sven hatte den Mann richtig eingeschätzt. Er war dumm und ängstlich. »Nei-nein«, stotterte er. »Nur mit Weiß, Sir. Aber immer kurz-lang-kurz, sobald alles gut läuft. Wenn es schiefgeht, nur kurz. Wenn die Beute gleich in Sichtweite kommt, nur lang.«

»Das ist ja ziemlich einfach. Wer hat sich das ausgedacht?«

»Der Untersteuermann, Sir. Das ist ein Studierter, Sir. Er liest auch Bücher.«

Sven ließ den Mann unter Bewachung an Deck bringen und holte den Nächsten aus dem Kartenzimmer. Auch er erhielt seinen Kaffee. Diesmal spielte Sven den Alleswissenden.

»Nehmen wir mal an, unser Schiff wäre so abgetrieben worden, dass es in die Nähe eures Kapers käme. Ihr gebt also das Lichtsignal lang-lang-lang. Und dann hört ihr plötzlich, dass wir auf dem Beuteschiff Alarm geben und die Kanonen bemannen. Ihr sendet also das Lichtsignal kurz-kurz-kurz. Aber ihr hört und seht nichts vom Kaper.

Ihr wisst nicht, ob der Kaper abgetrieben wurde oder ob der Posten schläft. Was würdest du tun?«

Der Befragte schwieg.

»Na, mit dir haben sie ja den Richtigen geschickt. Hast das Hörsignal vergessen. Weißt du nicht mehr, welches Tier du imitieren sollst?« Sven schien sich über so viel Dummheit zu amüsieren.

»Den Reiher«, stieß der Gefangene trotzig hervor.

Sven zuckte mit den Schultern. »Na ja! Der Hahn würde wohl auch nicht passen. Weißt du auch noch, wie oft du den Reiher schreien lassen musst?« Er grinste höhnisch.

Der Gefangene sagte trotzig: »Bis sie reagieren.«

Sven entließ den zweiten Gefangenen und ließ sich vom nächsten Gefangenen alle Signale noch einmal bestätigen. Dann wurde ihm gemeldet, dass Leutnant Potter ihm berichten wolle.

Mr Potter war vom Kaperschiff beeindruckt. »Es ist ein Zweimaster, Sir, schnittig gebaut. Er hat anscheinend seine Besatzung voll beieinander. Aus der Stellung der Wachen war jedenfalls keine Einsparung zu erkennen. Für uns, die wir so viel Mannschaften für Prisen abgegeben haben, ist das Schiff einige Nummern zu groß, Sir.«

»Sie sollen ja auch den größten Teil ihrer Besatzung fortschicken, ehe wir kapern.«

»Wie sollte das gehen, Sir?«

»Wenn die die Nachricht erhalten, dass unsere Fregatte im Strom treibt und in ihre Nähe kommt, werden sie sechzig bis neunzig Mann mit Booten zur Kaperung aussetzen. Die können wir mit geladenen Kanonen auch bei Minimalbesatzung versenken. Und während die Boote unterwegs sind, können sechzig Mann von uns das Kaperschiff erobern. Oder hat der Kaper erkennen lassen, dass er durch den Verlust der Kanus alarmiert ist?«

»Nicht während meiner Beobachtung, Sir.«

»Na, dann machen wir es doch so. Lassen Sie alle Kanonen, Swivels und Blunderbüchsen laden. Dann rudern Sie mit sechzig Mann zum Kaper und greifen ihn an, sobald er seine Boote zu uns geschickt hat. Wenn Sie den Kaper in Besitz genommen haben, schießen Sie Leuchtkugeln. Blau über Rot. Wenn wir die Boote alle vernichten konnten, schießen wir zwei Weiß. Wenn Boote fliehen konnten, signalisieren wir zwei Grün.«

»Aye, aye, Sir«, bestätigte Leutnant Potter und eilte davon.«

Fast hätte alles geklappt wie geplant. Aber die *Defence* stieß mit einem kleinen Schmuggelschiff zusammen, das völlig lautlos und dunkel den Fluss überquerte. Das gab Geräusche und ein Matrose der *Defence*, dem eine umgerissene Kanone den Fuß zerquetschte, schrie entsetzlich laut, bis ihn ein Maat ohnmächtig schlug. Zu allem Unheil näherten sich die Boote des Kapers hinter- und nicht nebeneinander, und das hinterste Boot drehte auf den Schrei hin sofort ab. Sven gab unverzüglich das Feuer frei, aber sie erwischten mit den ersten Schüssen nicht alle Boote. Noch eins entkam. Die anderen wurden versenkt. Sven ließ zwei grüne Leuchtraketen abfeuern.

Leutnant Potter hatte mit seinen Booten sofort geentert, als die *Defence* auf die Angreifer schoss. Seine Leute gelangten an Bord des Kapers, der nicht einmal die Enternetze geriggt hatte. Aber dann wehrten sich die Briten mit dem Mut der Verzweiflung. Für jeden Briten, den Potters Leute an Deck töteten, schien ein anderer den Niedergang heraufzustürmen.

Doch nun ließ Mr Waller Handgranaten den Niedergang hinabwerfen und der Strom der Verstärkung war abgeschnitten. Mr Potter und seine Männer konnten die Feinde an Deck überwältigen. Er ließ nun alle Niedergänge bewachen und über die Reling spähen, ob Briten aus den Luken ins Wasser sprangen.

Als er die beiden grünen Leuchtkugeln der *Defence* sah, ordnete er den größten Teil seiner Leute ab und ließ die Kanonen des Kaperschiffes laden. Als die beiden Boote in Sicht kamen, wurden sie von einem Kugelhagel empfangen, der sie schwer beschädigte. Aber sie retteten sich in die Dunkelheit und ans Ufer und waren als Angreifer ausgeschaltet.

Zuerst ließ Leutnant Potter nun Blau über Rot signalisieren und forderte dann die Briten an Unterdeck auf, sich zu ergeben. Nachdem einem britischen Leutnant erlaubt wurde, sich von der Situation zu überzeugen, und er melden konnte, dass nicht nur das Deck erobert war, sondern sich auch die *Defence* unversehrt dem Kaper näherte, gab die restliche Mannschaft des Kapers auf.

Sven fiel ein Stein vom Herzen. Fast vor seiner Haustür wäre er beinahe dem Feind in die Hände gefallen, wenn ihn nicht Ingrids Stimme gewarnt hätte. Er faltete die Hände und sprach ein kurzes Dankgebet. Dann lenkten ihn seine Leute ab, die ihm ihre Freude zeigen und ständig neue Befehle von ihm erhalten wollten.

Die Zeit der Feiern
(Dezember 1782 bis März 1783)

Der Depeschenreiter hielt sein Pferd vor einem Eckhaus am Hafen von Philadelphia an, rief laut: »Hallo!«, und reichte einem Schreiber, der aus der Tür stürzte, den Depeschenbeutel. »Ich muss noch weiter zum Bürgermeisteramt. Gib das hier mal schon weiter! Bis nachher!«

Der Schreiber winkte dem Reiter zum Abschied zu und schaute ihm nach. Dann ging er in sein Büro zurück. Er dachte daran, wie viele Stunden der Reiter nun durch die dunkle Nacht geritten war. Sein Büro gefiel ihm gleich viel besser.

Wenig später trat der Schreiber wieder durch die Tür und rief zum Kai: »Ein Boot nach Gloucester, ein anderes zur Reederei Bradwick!«

»He, hier!«, rief eine Stimme vom Kai und ein Mann kam herangerannt. »He!«, ertönte noch eine andere Stimme und ein zweiter Mann lief los.

»Wohin?«, fragte der Schreiber den ersten Mann.

»Gloucester«, antwortete dieser.

»Na gut, Willi«, antwortete der Schreiber. »Bringt ein paar Cents mehr. Bleibst du dann gleich drüben?«

»Bis morgen früh. Meine Frau freut sich, wenn ich ein wenig früher daheim bin. Mach's gut!«

»Du auch.« Der Schreiber wandte sich dem nächsten Mann zu. »Willst du zu Bradwick?«

»Haste noch wat anderet?«

Der Schreiber schüttelte den Kopf.

»Na, dann jib her! Besser als janischt. Ick fahr denn ooch heeme. Mach's jut.«

In Gloucester saß Martha, die Köchin, noch in der Küche und trank ihre Tasse Schlaftee. Martha war eine ältere, etwas rundliche Frau mit gutmütigem Gesicht. Sie horchte jetzt nach Schritten, die von draußen erklangen. Aber dann rief jemand: »Ich bin es!«, und öffnete die Tür.

»Na, ist alles in Ordnung, Jack?«, fragte Martha und lächelte ihn an.

»Ja, alles verschlossen und in Ordnung. Ich habe Ricky noch Wasser gegeben. Und nun gehe ich ins Bett.«

»Und was meinst du, was ich tue?«

Jack lachte, aber bevor er antworten konnte, brummte draußen ein Hund. Dann bellte er und rannte zur Gartentür.

»Schaust du mal, wer da noch kommt, Jack?«

Jack nickte und ging. Nach einigen Minuten erschien er wieder. »Der Depeschendienst vom Hafen schickt eine Eilnachricht vom Kapitän.«

»Mit seiner Handschrift?«, fragte Martha beunruhigt.

Jack nahm den Brief ins Licht und antwortete: »Ja, ich glaube schon. Sieh selbst!«

Martha blickte nur einmal auf den Umschlag. »Ja, das ist seine Schrift. Welch ein Glück! Ich gehe gleich nach oben!«

Jack hörte, wie Martha nach der gnädigen Frau rief und eine Stimme antwortete: »Komm rein, Martha! Ich habe mich gerade hingelegt.« Dann hörte Jack noch einen Jubelschrei und ein Gewirr von Frauenstimmen.

Nun wollte er doch wissen, was das bedeutete, und wartete, bis Martha zurückkam.

»Der Herr Kapitän kommt morgen früh. Da müssen wir früh raus und sehen, dass alles in Ordnung ist.«

»Na, es ist doch alles in Ordnung, Martha.«

»Natürlich, Jack. Wir sind ja keine Rumtreiber. Aber dem Kapitän soll doch gleich auffallen, wie gut wir alles pflegen. Da muss es auch glänzen. Nun leg dich man erst mal hin. Ihr jungen Männer braucht doch Schlaf.«

Am nächsten Morgen hielt es weder Svens Ehefrau noch das Gesinde lange in den Betten. Auch die Kinder merkten die Unruhe. Lilian, die sechsjährige Tochter, und Einar, der fünfjährige Sohn, zogen sich selber an, aber Henry, der Jüngste mit seinen drei Jahren, rief nach Henrietta, damit sie ihm helfe. Und auch in der Küche blieben sie nicht lange beim Frühstück sitzen.

Sie gingen in den Garten und schauten zur Gartentür. Henrietta schimpfte und holte sie zurück. »Zieht euch gefälligst etwas über, sonst erkältet ihr euch. Und du, Lilian, achtest auf deinen kleinen Bruder. Er soll sich nicht noch schmutzig machen!«

An den Kindern prallten die Worte ab. Sie riefen Ricky und forderten ihn auf, zu horchen und zu schnuppern. »Dein Bruder Rocky kommt mit Herrchen! Horch!«

Ricky hatte wenig Lust, sich von den Kindern einspannen zu lassen, denn hinter dem Haus werkelte Martha in der Küche und dann fiel oft ein Leckerbissen für ihn ab. Aber die Kinder riefen ihn immer wieder, bis es auch Jack, der den Weg fegte, zu viel wurde. »Lasst Ricky in Ruhe und geht ins Haus! Wenn jemand kommt, rufe ich euch schon. Aber ihr werdet auch den Rocky vor Freude bellen hören, wenn er seinen Bruder erkennt.«

Sabrina hatte verschiedene Kleider ausprobiert und sich für eines entschieden, das Sven noch nicht kannte. Sie wusste, dass er nicht als Erster kam, sondern seine engsten Gefährten schickte, da er noch zur Hafenkommandantur und manchmal auch zum Prisenamt musste.

Oft lief sie zum Fenster und schaute hinaus, ob die *Defence* in der Eisrinne vorbeisegelte. Aber entweder war sie schon vorbei oder sie würde später kommen.

Gerade wurde Sabrina von den Kindern bestürmt, da rief Henrietta: »Gnädige Frau, die *Defence* segelt heran! Sie hat eine ganze Reihe von Prisen bei sich!«

Sabrina hob den kleinen Henry auf den Arm, rief den beiden anderen zu: »Papas Schiff!«, und rannte zum Fernster. Ob kalt oder nicht, Sabrina riss das Fenster auf und beugte sich hinaus. Da! Das war die *Defence*. Lilian rief: »Da!«, und zeigte mit der Hand. Ihre Brüder schauten in die Richtung und fragten: »Welches?«

»Das vordere mit den drei Masten!«

Der kleine Henry wäre fast aus Sabrinas Armen gesprungen, so aufgeregt gebärdete er sich. Er lief laut im Takt: »Daddy, Daddy, Daddy!«, und fuchtelte mit den Armen.

»Henrietta, nimm ihn!«, rief seine Mutter. »Ich kann ja gar nicht nach meinem Mann schauen.«

Henrietta hob Henry auf ihre Arme, und Sabrina nahm ihr Teleskop von der Kommode und spähte nach dem Achterschiff. Dort war ihr Mann. Er ging an die Reling. Er sah gesund und unverletzt aus. Gott sei Dank! Jetzt spähte er durch sein Fernglas. Und nun winkte er. Sabrina ließ ihr Teleskop sinken und winkte zurück. Es war ein wunderbares Gefühl.

Als die *Defence* vorübergesegelt war, warf sie noch einen Blick auf die Prisen. Ihr Sven war wieder erfolgreich gewesen. Nun konnten sie die Ausgaben für das neue Haus noch leichter verkraften. Das war angenehm, aber nicht wirklich wichtig. Die gesunde Heimkehr ihres Mannes, das zählte wirklich.

Sabrina ging hinunter in die Küche. »In einer Stunde werden seine Männer kommen. In zwei bis drei Stunden kommt mein Mann, und er sieht unversehrt aus.«

»Dem Himmel sei Dank!«, antwortete Martha und faltete die Hände. Sabrina umarmte sie. Wo nun ihr Vater und die Stiefmutter im fernen Kanada lebten, war die treue Martha ihre wichtigste Stütze im Alltag.

Jack fegte die Wege von Schneeresten frei und zog hier und da Unkraut aus den Kieswegen. Auch er freute sich auf den Kapitän und seine Gefährten. Dem Kapitän hatte er es zu verdanken, dass seine Fußverletzung so gut versorgt worden war, dass kaum noch jemand sein leichtes Humpeln merkte. Und Sam und die anderen Bordgefährten waren gute Kumpels, mit denen man ein Glas leeren und Karten spielen konnte.

Jetzt wurde Ricky unruhig. Jack ging zur Gartentür und blickte in Richtung auf den Fluss. Er sah noch niemanden. Er wandte sich um und wollte zurück an die Arbeit. Aber da bellte am Strand ein Hund. Das hörte sich an wie Rocky. Auch Ricky hatte seinen Bruder erkannt, sprang an der Gartentür hoch und bellte. Jack lief zum Haus, riss die Tür auf und rief: »Die Männer kommen mit Rocky!«

Als Jack zurück an das Gartentor lief, sah er zwei Männer und einen Jungen, die mit Seesäcken beladen waren, und Rocky. Aber Sam und Walter Jungmann waren nicht dabei. Ob beide den Kapitän nicht ungeleitet lassen wollten? Na ja, sie würden es schon erzählen.

Ricky, der große Schäferhund, konnte sich kaum noch halten. Jetzt kam Rocky, sein Bruder, angefegt. Jack öffnete die Tür und die beiden Hunde sprangen aneinander hoch und leckten sich ab. Dann lief Rocky zu Jack und einer der Männer rief Ricky. Das war Martin, der Bursche des Kapitäns.

»He, Jack!«, lachte er. »Geht es dir gut? Sam bringt dann den Kapitän. Es ist alles in Ordnung. Nur Alfred Holt ist heute früh gefallen, als uns Kaper überfielen.«

Jack stand mit offenem Mund da. »Alfred ist tot?«, stammelte er dann. »Heute früh, sagst du? Wie ist denn das möglich?«

Martin fasste Jacks Arm. »Komm mal erst rein! Die anderen werden es auch wissen wollen und ich kann nicht alles dreimal erzählen. Das ist hier Ben Gibson, der neue Begleiter des Kapitäns neben Walter Jungmann.«

In der Haustür standen schon Martha, Henrietta mit den Kindern und John, der alte Diener, der nur noch hin und wieder leichte Arbeiten verrichtete.

»Willkommen, Martin!«, grüßte Martha. »Wo sind denn Sam und Alfred?«

»Sam begleitet den Kapitän zur Hafenkommandantur, und Alfred ist heute Morgen gefallen.«

Henrietta stöhnte laut auf und nahm die Hände vors Gesicht. »Was ist mit Alfred, Martin?«

Martin legte ihr die Hand auf die Schulter. »Heute früh haben uns in der Mündung des Delaware britische Kaper überfallen. Wir haben sie besiegt, aber Alfred wurde von einem Querschläger tödlich getroffen. Er hat noch deinen Namen gerufen, bevor er starb.«

Henrietta schluchzte laut. Martha standen die Augen voller Tränen und sie umarmte Henrietta. Die Kinder verstanden nichts. »Was ist denn los?«, fragte Lilian. »Wer ist Alfred?«

Martha löste sich etwas von Henrietta. »Na, der Matrose, der beim letzten Mal auch bei uns wohnte. Er hatte sich mit Henrietta angefreundet.«

Henriettas Weinen wurde lauter. »John, führe Henrietta doch bitte in die Küche«, sagte Martha leise. Dann beugte sie sich zu den Kindern. »Ich erzähle euch das später. Jetzt müssen wir doch erst mal Rocky und die neuen Gäste begrüßen.«

Die Kinder streichelten Rocky, wobei Lilian aufpasste, dass der kleine Henry sich nicht schmutzig machte. Martha wandte sich an Svens Diener. »Nun, Martin, musst du uns aber sagen, welche neuen Gäste du uns bringst.«

Martin erschrak. »Entschuldige, Martha. Alfreds Tod hat auch mich durcheinandergebracht. Das ist Ben Gibson. Er wird Alfred als Begleiter des Kapitäns ersetzen. Und das ist Hans Maier, ein Pulverjunge.«

»Hat er euch allen auch das Leben gerettet wie damals John Brenton?«, fragte Martha.

Martin schüttelte den Kopf. »Nein, der Kapitän hat ihn ausgewählt, weil er ein Alleskönner ist. Vom Schwimmen zum Putzen, vom Fechten zum Schießen, vom schnellen Begreifen zur Pünktlichkeit, überall ist er gut. Der Hans könnte John viel helfen, meint der Kapitän.«

Martha reichte beiden die Hand. »Seid herzlich willkommen! Ihr sollt euch hier immer wohl fühlen. Und du, junger Mann, wenn du nur halb so lieb bist wie Billy Walton, dann hast du hier das Paradies. Nun kommt aber rein, die gnädige Frau wird schon warten.«

Die beiden Schäferhunde waren um das Haus herumgelaufen und winselten nun vor der Küchentür. Frau Larsson nahm die Leckerbissen für sie von der Anrichte. »Die Herren mögen bitte entschuldigen, dass ich die Hunde vorziehe, aber das Gewinsel raubt einem ja jede Ruhe.« Sie reichte den beiden ihre Happen, wischte sich die Hände am Tuch ab und wandte sich den Besuchern zu. »Martin, nun stell mir bitte die beiden Herren vor.« Dabei lächelte sie besonders das kleine Pulveräffchen an.

»Gnädige Frau, das ist Ben Gibson. Er wird nun Begleiter des Kapitäns, da Alfred heute früh gefallen ist. Und das ist Hans Maier, ein Pulverjunge. Er ist gut und flink in allen Aufgaben.«

»O Gott, Martin, was sagst du da? Alfred ist heute früh gefallen? Mein Mann hat mir doch gestern Nachmittag noch geschrieben, dass er in den Delaware einläuft, und dabei nichts von einem Kampf erwähnt.«

»Sie haben ja auch erst in der Nacht versucht, uns zu überfallen, als wir schon geankert hatten, Madam. Es war eigentlich nur ein kurzes Gefecht. Alfred hat eine Gewehrkugel getroffen, die von einem Kanonenrohr abgeprallt ist. Sie hat ihm die Brust aufgerissen. Er starb sehr schnell und rief noch nach Henrietta.«

Sabrina schossen die Tränen in die Augen. »Die Arme! Weiß sie es schon?«

»Ja«, antwortete Martha traurig. »John hat sie in den Frühstücksraum geführt.«

»Bring mich bitte zu ihr, Martha! Die beiden Herren warten bitte einen Augenblick auf mich. Sie können ja schon eine Tasse Kaffee trinken.«

Sabrina umfasste Henrietta zunächst nur und weinte mit ihr. Dann sprachen beide darüber, wie Henriettas Liebe zu Alfred beim letzten Urlaub so mächtig geworden war, dass die beiden heimlich verabredet hatten, in diesem Urlaub zu heiraten. Das wusste Sabrina noch nicht, und sie klagte über so viel Leid, bis Henrietta ihre Herrin tröstete. Dann gingen beide zu den anderen zurück.

»Erzählt uns, was heute Morgen passierte. Henrietta muss es wissen, sonst kommt sie gar nicht zur Ruhe.«

Martin und Ben erzählten, wie Sven erst die Kanus entdeckte und dann den Feind überlistete und mit den eigenen Waffen schlug. »Wir hatten nur vier Tote, und Alfred war gar nicht in vorderster Reihe, sondern stand beim Kapitän auf dem Achterdeck. Es war Schicksal, dass die Kugel ihn traf.«

»Wie sinnlos ist das alles!«, jammerte Martha.

Der kleine Hans Maier sprach in das Schluchzen hinein: »Der Pfarrer sagt immer: Höher kann ein Mensch nicht kommen, denn dass er sein Leben lässt für seine Freunde!«

Die anderen blickten erstaunt auf ihn.

Sabrina strich Hans über das Haar. »Das hast du schön gesagt. Alfred ist jetzt im Himmel und nur Gott weiß, warum er nicht bei uns bleiben konnte. Wir werden Sonntag einen Gedenkgottesdienst für die Gefallenen abhalten lassen.«

Als dann alle am Tisch saßen und gerade ihr Frühstück beendet hatten, hörten sie beide Schäferhunde am Gartentor bellen. Sabrina sprang auf. »Das wird Sven sein.« Martin sprang auf und öffnete die Tür. Sabrina sah ihren Mann mit Sam am Gartentor stehen. »Sven!«, rief sie und rannte zum Tor. Jack konnte ihr kaum folgen.

Sie fielen sich in die Arme und küssten sich. »Dass du gesund wieder da bist! Martin hat uns erzählt, dass heute früh noch der Alfred gefallen ist. Die Kugel hätte auch dich treffen können. Ich habe kaum noch atmen können, seit ich das weiß.«

»Jetzt verstehe ich, warum du so angerannt kamst. Aber das, was Alfred geschehen ist, ist bei uns nicht alltäglich, Sabrina. Ihn traf ein völlig unerwartetes Schicksal. Wir werden nie ergründen, warum. Wie trägt es Henrietta?«

»Sie wird noch etwas Zeit brauchen, bis sie es ganz versteht. Aber der Schmerz quält sie schon. Doch nun komm, Liebster! Die Kinder warten. Sieh nur, wie Martha und Henrietta ihre Mühe haben, sie zurückzuhalten.«

Sven ging strahlend einige Schritte vor, breitete die Arme aus und rief: »Nun lasst sie schon kommen!«

Lilian war als Erste bei ihm. Ihr auf dem Fuße folgte Einar. Sven umfasste beide mit dem rechten Arm und hob sie empor. Dann griff er sich den langsameren Henry mit dem linken Arm und hob ihn hoch. Er drückte sie an sich und erwiderte ihre Küsse. Er war so voller Glück, dass er noch nichts sagen konnte.

»Daddy was mitgebracht?«, hörte er den kleinen Henry und gleich darauf Lilians tadelnde Worte: »Aber Henry!«

Meine Kinder, dachte er und strahlte Sabrina an.

Sven winkte Sam mit den Augen. Der kam mit einer großen Tasche heran und Sven ließ die Kinder herunter. »Der Henry ist der Kleinste und kommt zuerst«, sagte er und griff in die Tasche. Er holte eine aus Plüschstoff geschneiderte kleine Katze heraus.

»Hier, Henry, dieses Kätzchen lässt sich so schön streicheln. Du wirst immer schön einschlafen, wenn es bei dir ist.«

Dann war Einar an der Reihe und konnte einen kleinen Fuhrwagen bestaunen, den er beladen und mit dem er fahren konnte. Lilian freute sich über eine Puppe, deren Haar sie frisieren und die sie mit verschiedenen Kleidern, Jacken und Mänteln unterschiedlich anziehen konnte.

»Wir wollen mal weitergehen, denn ich sehe noch mehr Menschen warten. Du hast ja noch etwas mehr Geduld, nicht wahr?«, sagte Sven zu Sabrina.

Die Angestellten erhielten ihre Geschenke, von denen ihnen anscheinend der Geldbetrag für jeden am wichtigsten war. Aber ihre Rührung zeigte, dass sie sich auch über die gesunde Rückkehr des Hausherrn freuten. Und dann drängten alle mit ihm ins Haus, wobei sich auch Gelegenheit fand, dass alle Sam abdrückten.

Endlich stand Sven einen Moment allein mit Sabrina im Wohnzimmer. »Wenn du kommst, Liebster, dann ergibt sich für die erste Stunde immer ein Getümmel und Gedränge, dass man kaum zum

Atmen kommt. Komm, lass dich noch einmal in Ruhe anschauen und küssen!«

»Sabrina«, flüsterte Sven voller Glück. »Auf See wusste ich so viel, was ich dir sagen wollte. Aber es wird mir wieder einfallen, wenn ich erst richtig heimgekommen bin. Du hast recht, in dem Getümmel kommt man kaum zu sich selbst. Liebling, können wir es nicht so machen, dass wir in den wenigen Tagen bis Weihnachten nur private Freunde empfangen, aber noch keine offiziellen Termine mit Mr Bradwick oder Mr Smith wahrnehmen?«

»Aber gern, mein Schatz. Doch du wirst auch dann nicht zur Ruhe kommen. Joshua wirst du unbedingt sehen wollen! Und was der dir alles zu berichten hat, könnte schon zwei Tage füllen.«

Und dann bummerte es an der Tür und die Kinder stürmten herein. »Sie lassen sich nicht mehr länger mit der Erprobung der neuen Geschenke zurückhalten«, entschuldigte sich Henrietta, die ihnen hinterherlief.

Sven lächelte. »Wahrscheinlich haben wir unsere Eltern genauso genervt. Was weißt du von ihnen, Sabrina?«

»Es geht ihnen gut in Kanada. Vati hat gehört, dass im Hinblick auf den nahen Frieden Amerikaner jetzt für kurze Zeit zu Besuch in Kanada einreisen können«, antwortet Sabrina.

Aber dann war ihre Atempause vorbei. Lilian und Einar ergriffen je einen von Svens Armen. Henry umklammerte sein linkes Bein. Sven wäre beinahe hingefallen. »Jetzt wird getobt!«, rief Lilian und strahlte ihren Vater an. Der ließ sich aus Spaß auf die Knie sinken und tauschte mit seinen Kindern Nasenküsse aus. Sabrina schaute ihnen zu und war glücklich.

Aber nach einer halben Stunde schaffte es Sabrina, die Kinder abzuschieben. Sie aß allein mit Sven, denn es gab so viele Informationen, die sie austauschen wollten. Natürlich stand Ingrid, Svens Schwester und Sabrinas beste Freundin seit Kindheitstagen, im Vordergrund. Ingrid hatte ihn durch ihr »Zweites Gesicht« wieder rechtzeitig vor einer großen Gefahr gewarnt. Sabrina wusste von Ingrids Gabe.

»Ingrid und ihr Henry haben mich mehrmals mit den Kindern besucht«, berichtete Sabrina. »Sie sind ein wunderbares Paar und ihre beiden Kinder passen genau zu unseren beiden Jüngsten. Sie verstehen sich sehr gut und weinen, wenn sie sich wieder trennen müssen.«

»Werden sie bald auch privat unsere Nachbarn?«, fragte Sven.

»Sie haben sich noch nicht festgelegt, aber ich glaube schon. Mit der Lage des Krankenhauses neben unserer Stiftung und in der Nähe unseres neuen Hauses sind sie jedenfalls sehr zufrieden. Das Krankenhaus müsste beinahe monatlich erweitert werden. Henry muss ein genialer Arzt sein, und er besitzt außerdem guten geschäftlichen Spürsinn. Mehr als ein Dutzend Ärzte arbeiten für ihn. Jedes Medizincollege in zwei Tagesreisen Umkreis möchte ihn als Professor haben. Aber er bildet nur in Philadelphia die angehenden Ärzte aus. Unsere Eltern sind sicher unsagbar stolz auf unsere Männer, aber Ingrid und ich sind es auch.«

»Und wir sind stolz auf unsere Frauen.«

Und dann kam Svens langjähriger Freund und Kamerad Joshua. Sabrina hörte erst Rockys Winseln am Gartentor, schaute dann zum Ufer und sah den riesigen, gut gekleideten Schwarzen von der Anlegestelle heraufkommen.

»Sven!«, rief sie. »Dein Freund Joshua hat es nicht länger ausgehalten und kommt zu uns.«

»Der alte Schwerenöter«, lachte Sven. »Dann haben wir immer noch keine Zeit für uns.« Bei jedem anderen wäre Sven über die Störung böse gewesen. Aber nicht bei Joshua! Gedanken flogen durch seinen Kopf, wie Joshua sich in Jamaika auf sein Schiff geflüchtet hatte, wie er schnell gelernt hatte, was ein Matrose kennen und beherrschen musste, wie seine Stärke allen imponierte, wie sie sich auf See und an Land gegenseitig das Leben retteten, wie Joshua mit Muskete und Kanone zum anerkannten Scharfschützen wurde, wie er Sven schließlich als Bootsmann zur Seite stand, wie er die wunderschöne Mulattin Adeline kennenlernte und heiratete und wie er ihr zuliebe an Land den Posten eines Verwalters der Stiftung für die Waisenkinder übernahm.

Sven ging Joshua bis zum Gartentor entgegen, das Jack gerade geöffnet hatte. Joshua musste nun Rocky über sich ergehen lassen, der den Gefährten vieler Schiffsfahrten abschlecken wollte. Schließlich konnte sich Joshua lösen, Jack mit Handschlag begrüßen und auf Sven zugehen. Sie umarmten sich und hatten Tränen in den Augen.

Sabrina betrachtete sie lächelnd. Eigentlich hatte sie nicht gedacht, dass die beiden sich trennen und einer an Land bleiben wollte. Aber ihre Freundschaft war so stark wie eh und je.

»Wie schaffst du es nur, das Schiff immer wieder nach Hause zu bringen, obwohl ich dir nicht mehr beim Navigieren helfen kann, lieber Sven?«, fragte Joshua schmunzelnd.

Sven lachte. »Na, viel besser als früher, als du Angeber immer bei jedem Windhauch die Segel einholen wolltest. Aber nun im Ernst: Wie geht es Adeline und eurem Mädchen?«

»Ich hätte nie gedacht, dass es auf Erden so viel Glück gibt. Adeline ist eine wunderbare Frau und Mutter. Und unsere Tochter schenkt uns immer wieder Freude. Ich traue mich gar nicht, es zu sagen, aber mir fehlt die See überhaupt nicht. Meine Ehe und mein Beruf füllen mich so aus, da denke ich an nichts anderes. Ich musste mich sehr zurückhalten, um dir nicht in den ersten Minuten unseres Wiedersehens von der Stiftung und ihrer Eröffnung zu erzählen.«

»Wann wollt ihr denn eröffnen, Joshua? Niemand hier ist bisher dazu gekommen, mir das zu erzählen.«

»Am achten und neunten Januar kommen die Kinder und am zehnten Januar soll die Eröffnung sein. Du siehst, wir haben alles auf deine Liege- und Urlaubszeiten abgestimmt, Sven.«

»Da müsst ihr ja allwissend gewesen sein, Joshua. Ich habe vor einer Woche nicht gewusst, dass ich jetzt hier sein werde. Eigentlich habe ich es gestern noch nicht gewusst, denn wir sind in der Mündung des Delaware überfallen worden und Alfred Holt ist gefallen.«

»Mein Gott!«, stöhnte Joshua. »Die arme Henrietta. Wie wird sie damit fertig?«

»Du kannst sie nachher noch sehen, aber erst setzen wir uns jetzt zusammen, trinken etwas und du gibst mir einen kurzen Bericht über das Waisenhaus.« Sven wandte sich zu Sabrina um. »Sag du bitte John Bescheid und setz dich dann zu uns.«

»Wenn ihr nicht zu lange erzählen wollt!«, mahnte Sabrina.

»Aber nein«, versicherte Joshua. »Entschuldige, Sabrina, dass ich so hereinplatzte. Aber ich musste zum Gemeindehaus in Gloucester, und als ich von Svens Heimkehr hörte, habe ich es nicht ausgehalten und wollte ihn kurz sehen.«

»Ist in Ordnung, Joshua. Du gehörst doch zur Familie. Fangt nur schon an mit dem Erzählen. Ich bin gleich bei euch«, beruhigte Sabrina.

Als Sabrina mit John zurückkam, berichtete Joshua gerade von den Kindern, die aufgenommen werden sollten. »Wir haben zwanzig Jungen von sechs und sieben Jahren ausgewählt und zwanzig von zehn und elf Jahren und noch einmal die gleichen Altersgruppen an Mädchen. Siebzehn Kinder sind Farbige. Bei dem Elend, das es in den Armenvierteln gibt, hätten wir die dreifache Zahl auswählen können, aber das Heim wird schnell genug wachsen.«

Joshua schilderte den Zustand der Gebäude, zwei Wohnheime und einen Unterrichts- und Verwaltungsbau, erzählte von den Lehrern und dem sonstigen Personal. »Die beiden Reinigungsfrauen je Gebäude sind Witwen von Seeleuten, die auch die Wäsche machen werden. Auch für die Küche haben wir Seemannswitwen. Sie können ihr Glück noch gar nicht fassen.«

Sabrina ergänzte aus ihrer Erfahrung kurz mit Geschichten über die Reaktion der Ausgewählten, und Sven war beeindruckt.

»Es ist paradox! Man müsste glücklich sein, dass man in der Not helfen kann. Aber dieses Glück wird von der Einsicht in die Not derer, denen man nicht helfen kann, aufgezehrt.«

»Sieh es anders, Sven«, widersprach ihm Joshua. »Ich freue mich auf das Leben mit diesen Kindern. Und ich hoffe, dass dieses Beispiel andere anregt, auch ihrerseits zu helfen. Unser Heim wird wachsen und wir werden viele Spenden und andere Hilfe brauchen. So wächst das Glück doch auch.«

»Ein wunderbarer Freund«, sagte Sabrina, als Joshua gegangen war. »Dadurch, dass wir ihn in den Kreis unserer Freunde aufgenommen haben, haben auch unsere Freunde das erkannt, und es hat ihre Toleranz gegenüber Andersfarbigen erhöht. Und wenn ihn nun viele Menschen in seinen Funktionen erleben, werden immer mehr erkennen, dass es bewundernswerte Menschen in allen Hautfarben gibt. Gute Beispiele wirken fort.«

Und dann kamen wieder die Kinder.

Nach dem Abendbrot brachten sie gemeinsam die Kinder ins Bett. Sie liebkosten sie und gingen glücklich lächelnd ins Wohnzimmer zurück. »Meine Kinder strengen mich mehr an als meine Matrosen«, sagte Sven und atmete erschöpft.

»Ich nehme an, die Matrosen tollen nicht mit dir herum und du kitzelst sie nicht so oft«, erwiderte Sabrina lächelnd. »Aber sei beruhigt. Auch unsere Kinder sind sehr erschöpft und werden schnell einschlafen.«

»Trinken wir noch einen Schluck Wein, ehe wir ins Bett gehen?«, fragte Sven. »Dann kann ich dir noch von meiner adligen Freundschaft erzählen.«

Nun war Sabrinas Neugier geweckt und das Bett musste warten. Sven erzählte, wie er den hessischen Hauptmann von Neuenburg kennengelernt habe. »Er ist der jüngste Sohn, erbt daher weder Besitz noch Titel und will in Amerika siedeln. Er hat Landwirtschaft gelernt und gab sein Wort, nicht mehr gegen uns zu kämpfen.«

Sabrina schaute ihn so merkwürdig an.

»Was hast du?«, fragte Sven.

»Es ist so sonderbar, Sven, als würde jemand für uns planen.«

»Was meinst du damit?«

»Die Frau des Käufers, der der Mutter Einars Tal abgekauft hat, hat mich um Hilfe gebeten, weil sie es wieder verkaufen muss. Ihr Mann wurde vom Blitz erschlagen. Der Besitz ist in gutem Zustand, wie der Älteste des nahe gelegenen Quäkerdorfes bestätigte. Und du kommst nun mit einem potentiellen Käufer. Mir ist das unheimlich.«

»Aber nein, mein Liebling. Es gibt auch Zufälle. Und ich werde den Besitz, den meine Eltern bearbeitet haben, nicht an Fremde verkaufen. Wir werden ihn erwerben. Herr von Neuenburg kann Land neben diesem Besitz besiedeln und unser Gut mit verwalten. Wir wollen es der Familie erhalten, wenn eines unserer Kinder dort siedeln will. Bist du einverstanden?«

Sabrina sah ihn versonnen an. »Vielleicht wollen auch unsere Eltern dort ihren Lebensabend verbringen, wenn erst Frieden ist.«

»Ich glaube, da werden sie eher hier bei Kindern und Enkeln wohnen wollen. Aber sie werden sich gern dort ausruhen. Auch ich denke schon an ein Urlaubsziel.«

Sabrina strahlte ihn an. »Wir dort mit den Kindern in der Natur! Das wäre wunderbar. Wo ist dein hessischer Freund jetzt? Du musst ihm gleich schreiben!«

»Ich muss jetzt etwas ganz anderes tun, Liebling, denn ich gehe mit meiner Frau ins Bett.«

Aber die lustvollen Erwartungen, die Sven mit dem Gang ins Bett verband, mussten noch warten, denn als er die Tür zum Schlafzimmer öffnete, griff Sabrina plötzlich nach seinem Arm. »Sven, ich habe ja völlig vergessen, dass deine Schwester dieses Jahr mit ihrer Familie bei uns feiert.«

»Auf See habe ich schon einmal daran gedacht, dass sie in diesem Jahr zu uns kommen. Im letzten Jahr waren wir bei ihnen. Ich bin einverstanden, Liebste, und freue mich auf sie.«

»Ich auch, Sven. Aber ich bekomme langsam Angst vor den vielen Terminen, die uns einengen. Im Januar die Einweihung des Heimes. Danach unser Umzug. Und viele Freunde müssen wir einladen und sie wollen uns bei sich sehen. Wir brauchen bald einen Sekretär, der unsere Termine verwaltet.«

Sie lachte ihn an und er lachte zurück. »Aber diesen Termin jetzt verwalten wir selbst.« Und sie drängten sich aneinander und umarmten sich.

Am Morgen weckten die Kinder wieder ihren Vater, kletterten auf seinen Rücken und wollten toben. Aber nach kurzer Zeit wurde Sven ernst und sagte: »So, jetzt ist erst einmal Schluss. Ich muss Briefe schreiben. Oder kann die Lilian schon einen Brief schreiben?«

»Ich kann schon das ganze Alphabet!«, rief Lilian stolz.

»Dann hol mal deine Sachen und fang an: ›Sehr geehrter Herr Rechtsanwalt!‹«

»Das kann ich noch nicht!«, protestierte Lilian und ihre Brüder lachten.

Sven strich ihr mit der Hand über den Kopf. »Na, dann muss ich selbst schreiben und du lernst fleißig, damit du meine Briefe schreiben und ich mit euch spielen kann.«

Die Kinder schauten enttäuscht, aber Sabrina nahm sie unter ihre Fittiche und Sven konnte frühstücken und dann an Herrn von Neuenburg, die verwitwete Frau in Einars Tal und seinen Rechtsanwalt schreiben.

Sven hatte die Briefe noch einmal durchgelesen und kurz aus dem Fenster geschaut, als die Hunde freudig bellten, weil Sam mit ihnen zum ersten Spaziergang aufbrach. Sven siegelte die Briefe und rief nach Jack. Da hörte er Räderrollen und Pferdeschnauben vor dem Fenster. Mein Gott!, dachte er, kommt Ingrid mit ihrer Familie schon so früh?

Aber als er aus dem Fenster schaute, sah er fünf Männer aus der Kutsche springen. Sie hatten Messer in der Hand und Pistolen umgeschnallt. Einer winkte und sie rannten auf das Gartentor zu.

Sven sprang auf, öffnete die Flurtür und brüllte: »Alarm! Klarschiff! Fünf Männer wollen das Haus überfallen! Alle Türen schließen. Waffen bereit!« Er lief zum Schrank und holte seine doppelläufige Pistole. Dann hörte er, wie eine Tür geöffnet wurde. Sabrina fragte: »Was ist los?«

»Banditen wollen uns überfallen! Schließ die Tür zu und nimm deine Pistole!«

Sven sah, dass seine Pistole schussbereit war, und lief die Treppe hinunter. Am ersten Absatz war das schmale Fenster, das einen Ausblick erlaubte. Die Kerle standen vor der Haustür und versuchten, sie einzutreten. »Dummes Pack«, murmelte er. »Dazu braucht man einen Balken.«

Dann öffnete er das kleine Fenster und schoss den vordersten beiden Banditen in die Brust. Sven rannte die Treppe wieder hinauf und lud nach. Diesmal nahm er Munition mit. Das schmale Fenster war von den Schüssen der anderen Banditen zerschmettert. Sven hörte sie brüllen und fluchen.

Im Treppenhaus sah er Jack und die anderen mit Pistolen. Und jetzt kam Martha mit einem großen Messer aus der Küchentür. Und Sven musste bei allem Ernst der Situation mit dem Lachen kämpfen. »Jack und Martin, schleicht euch hinten raus zur Hausecke und schießt auf die Burschen, sobald ihr sie im Visier habt! Ich gehe mit Hans Maier zur anderen Hausecke. Der alte John wacht unten am Eingang«, befahl Sven.

Sabrina hörte die Stimme ihres Mannes im Treppenhaus. Die Kinder klammerten sich verzweifelt an sie. »Was ist denn los?«, fragte Einar voller Angst.

»Böse Männer wollen uns überfallen. Mehr weiß ich auch nicht«, antwortete Sabrina. »Kommt! Versteckt euch unter dem Bett, wie ihr es manchmal tut. Ganz nach hinten!«

Die Kinder krochen nacheinander unter das Bett, das hinten in der Ecke stand. Wenn Sabrina sich bückte, konnte sie Lilians Augen sehen, in denen Tränen standen. Sabrina stellte sich neben die verschlossene Tür und packte ihre kleine Pistole mit beiden Händen. Leise betete sie.

Sven ging schnell und leise die Treppe hinunter. Vorn an der Haustür krachte es wieder. Hinter der Ecke im Gang stand der alte John und konnte sein Schrotgewehr kaum halten. Viel würde er gegen die Banditen nicht ausrichten können, wenn sie die Tür einschlagen würden. Aber die war stabil.

Martin und Jack schlichen gerade durch die hintere Küchentür ins Freie. Sie wirkten erfahren und kampfentschlossen. Martha mit ihrem Messer und der junge Hans Maier standen hinter dem Herd und ließen keine Angst erkennen. »Sollen sie nur kommen«, murmelte Martha.

Sven winkte Hans Maier und huschte mit ihm aus der Küchentür zur Hausecke. Der kleine Hans hielt die Pistole wie ein alter Seemann. An der hinteren Ecke hielt Sven an und spähte voraus. Die Banditen waren alle noch an der Haustür. Er flüsterte Hans zu: »Ich laufe voraus zur vorderen Ecke. Du passt auf und kommst, wenn ich winke. Aber schieß mir nicht in den Hintern.«

Hans verzog keine Miene. »Aye, Sir.«

Sven lief voraus und schaute nur zur Hausecke vor ihm. Plötzlich stolperte er über ein Rasenstück. Aber er fiel nicht und blickte kurz zurück. Hans hielt die Pistole in beiden Händen und passte auf. Ein tapferer Junge, dachte Sven und huschte wieder vorwärts. Dann fielen Schüsse.

Sven linste um die Ecke. Zwei Banditen lagen am Boden. Ein Dritter hockte vor der Tür und hielt sich mit blutverschmierten Händen den Bauch. Zwei andere liefen auf ihn zu.

Sven winkte Hans. Dann zielte er auf den Vorderen der beiden, die flüchten wollten. Er schoss und traf den Banditen in die Brust. Der riss den Mund zum Schrei auf und sackte auf die Knie. Sein Kamerad hielt bei ihm an und griff nach ihm. Da krachte es neben Svens Ohr. Er fuhr vor Schreck herum. Neben ihm stand breitbeinig der kleine Hans und spähte über seine rauchende Pistole. Er hatte getroffen. Der Bandit griff sich an seinen Hals, aus dem eine Blutfontäne schoss.

Vorsichtig ging Sven auf die beiden Verletzten zu, die Pistole im Anschlag. Der Bandit, den er getroffen hatte, versuchte sich aufzurichten und nach seiner Pistole zu greifen. Sven schoss ihm in den Kopf. Er war sofort tot. Sein Gefährte war ohnmächtig.

Hans lief zu ihm und stieß mit dem Fuß die Pistole des Kumpans weg. Jack und Martin huschten um die Ecke. Sie erschossen den Schwerverletzten vor der Haustür, der auch nach der Pistole greifen wollte. Dann hörten sie das Geräusch der anfahrenden Kutsche.

Hans und Martin luden ihre Pistolen nach und Martin fragte: »Sind alle weg, Sir?«

Sven antwortete: »Ich habe fünf Banditen kommen sehen und hier liegen fünf. Aber wir wollen den Garten noch absuchen. Wir beide hier lang, ihr beiden dort herum. Wir treffen uns am Komposthaufen.«

Sie gingen vorsichtig und spähten hinter jeden Busch. Sie rissen die Pistolen hoch, wenn Vögel aufflogen. Martin und Jack standen schon am Komposthaufen. »Nichts, Sir!«, meldete Jack.

»Dann noch den Schuppen und die Ställe. Ihr dort, wir dort!«

Die Pferde schnaubten und wieherten. Aber Sven und Hans Maier fanden nichts. Und dann bellten die Hunde. Sven hob erst die Pistole, aber dann lachte er erleichtert. »Nun können die suchen. Du warst ein guter Kampfgefährte, Hans. Freue dich schon auf deine Belohnung. Komm, wir sehen nach den Frauen und den Kindern.«

Aber erst sprangen die Hunde sie an und wollten gekrault werden. »Ihr beiden Drückeberger«, lachte Sven. »Wenn man euch braucht, seid ihr nicht da.«

Dann kam Sam angerannt. »Sir, vor dem Haus liegen Leichen. Was war denn los?«

»Banditen wollten uns überfallen. Wir haben uns gewehrt. Such noch mit den Hunden das Grundstück ab und komm dann rein! Wir werden alle gebraucht, um die Frauen zu beruhigen. Und sei vorsichtig, Martha hat ein großes Messer in der Hand!«

Sam grinste, rief die Hunde und ließ sie alles absuchen.

Im Haus war alles in Ordnung. Sven klopfte an die Küchentür, rief: »Ich bin's!«, und Martha öffnete die Tür, das Messer in der Hand. Dann rief er laut in den Flur: »Es ist alles vorbei. Ihr könnt rauskommen!«

Nach kurzer Zeit ging oben die Tür auf, Sabrina guckte vorsichtig hinaus. Lilian und Einar schoben sich an ihr vorbei und polterten die Treppe hinunter. Henry kletterte an Sabrinas Hand vorsichtig hinterher.

Sven hatte gerade Jack und Martin beauftragt, zur Bürgermeisterei zu gehen und die Konstabler um Beseitigung der Leichen zu bitten, als auch schon die Kinder und dann auch noch Sabrina in seine Arme stürzten.

»Vorsicht! Ihr reißt mich ja um. Es ist keine Gefahr mehr. Beruhigt euch!«

»Was war denn eigentlich los, Sven?«, fragte seine Frau.

»Fünf Banditen wollten uns überfallen und wahrscheinlich berauben. Aber sie waren unerfahren und wir wurden leicht mit ihnen fertig.«

»Heißt das, ihr habt sie ...?«, fragte Sabrina.

Sven antwortete mit: »Ja, Liebste, wir hatten keine andere Wahl.«

Sabrina nickte. »Hört, ihr Kinder! Da waren böse Männer, die wollten alle eure Spielsachen stehlen. Aber Vati hat sie mit seinen Männern verjagt. Nun geht mal wieder spielen. Henrietta! Wo steckst du denn?«

»Hier!«, schallte es aus dem Keller.

»Geh mit den Kindern nach oben!«, ordnete Sabrina an und sank dann ihrem Mann in die Arme.

»Ist doch alles gut, Liebste. Wir hatten die Sache im Griff.«

»Das haben die Banditen sicher auch gedacht, Sven, und dann kam alles anders.«

»Die haben wohl überhaupt nichts gedacht, Sabrina. Wer ein bisschen Verstand hat, informiert sich erst, ehe er so etwas anfängt. Sie hätten wissen müssen, dass sie mit mindestens fünf kampferprobten Männern rechnen mussten. Da greift man nicht so unvorbereitet an einer Tür an und hat nicht einmal Werkzeug, um sie schnell aufzubrechen.«

Hans Maier tauchte auf und rief: »Sir, die Konstabler kommen!«

Sven drückte Sabrina die Hand und ging hinaus.

Sie kamen mit einem Pferdewagen. Sven erkannte den Konstabler, der vorn mit auf dem Sitz saß. Auf einer Bank hinten auf der Ladefläche saßen vier weitere Männer. Nun sprangen sie alle vom Wagen und der Anführer kam auf Sven zu.

»Wollte sich wieder jemand mit Ihnen anlegen, Sir?«, fragte der

Konstabler, aber er lachte nicht, sondern schaute zu den Leichen, die vor dem Haus lagen.

»Diesmal waren es fünf Banditen, dumm und unerfahren, wenn man sie nach ihrem Vorgehen beurteilt. Warum sie kamen und was sie wollten, weiß ich nicht. Auf den ersten Blick habe ich keinen erkannt.«

»Dann wollen wir sie uns mal genauer ansehen, Sir. Kommt, Leute, aber haltet Abstand! Wenn einer jemanden erkennt, sagt es mir!«

Sven stand mit den anderen vor den fünf Leichen. Die Banditen waren ärmlich und zerlumpt gekleidet. Einer der Männer des Konstablers zeigte auf einen Mann, dessen Leiche vor der Tür lag. »Ich glaube, Mr Robbins, den habe ich schon mal im Brandy-Viertel gesehen, als ich dort Dienst machte. Aber ich weiß nicht, wie er heißt.«

Der Konstabler strich sich über seinen Bart. »Dann komm mal, Jimmy. Wir beide schauen nach, ob wir Papiere finden. Ihr anderen sucht im Garten nach, ob sie dort etwas liegen ließen.«

Die beiden Männer fassten jedem Banditen in die Taschen und tasteten die Kleider ab. Sie fanden Brotstücke und Tabak, aber keine Papiere, wenn man von einem abgerissenen Zettel absah.

»Was ist das?«, fragte Sven.

Der Konstabler drehte den Zettel hin und her und sagte: »Wahrscheinlich ein Stück Papier, in dem er seinen Tabak aufbewahrte. Hier oben steht ein Firmenname. Wer weiß, wo er den Fetzen fand?«

»Kann ich mal sehen, Mr Robbins?«, fragte Sven. Der Konstabler gab ihm das Stück Papier.

Sven strich es glatt und prüfte den Aufdruck. Das war Papier, wie man es in Büros für interne Aufträge benutzte. *»Norton & Co.«* stand in der Ecke. Dann entdeckte Sven noch einige dünne Striche. Er grübelte. Die Striche sahen aus wie ein Fluss. Hier sollte wohl eine Straße beginnen, aber dort war das Papier abgerissen.

»Ich kann da nichts erkennen, Mr Robbins.«

Der Konstabler nickte. »Ich auch nicht. Ich lasse dann die Leichen aufladen, und wenn es Ihnen recht ist, gehen wir noch einen Augenblick hinein. Sie berichten und ich mache mir Notizen.«

Sven erzählte noch einmal den Verlauf der Geschichte. Mr Robbins machte sich Notizen und war besonders an der Kutsche interessiert, mit der die Banditen gekommen waren. »Wir werden in der Straße nachfragen, ob andere noch etwas bemerkt haben, Herr Kapitän. Haben Sie irgendjemandem in den letzten Tagen auf die Füße getreten, Sir?«

»Ich bin ja gerade erst gestern nach Wochen auf See wieder heimgekehrt, Mr Robbins.«

»Dann wird es schwer, Sir, wenn wir gar keinen Anhaltspunkt haben. Aber vielleicht erkennt jemand noch eine der Leichen. Wir werden sie zur Ansicht freigeben.«

Sie reichten sich die Hände und der Konstabler ging.

Sven blieb noch einen Moment bei John stehen, der die letzten Blutreste mit Wasser wegspülte. »Bei euch erlebt man ja fast noch mehr Überraschungen als auf See, John«, sagte er zu dem alten Diener.

»Ja, Sir, so einen Überfall hatten wir nicht einmal in der Britenzeit. Hoffentlich geschieht das nicht wieder.« Und dann legte John die Hand an die Ohren. »Kommt da schon wieder eine Kutsche, Sir?«

Sven drehte sich um. Dann atmete er beruhigt aus. Das war der Kutscher seiner Schwester und seines Schwagers. »John, mach bitte das große Tor auf!«, sagte er und lief schnell zur Haustür und rief: »Die Kellaghans kommen!«

Es wurde laut im Haus. »So früh schon!«, rief Martha. Die Kinder jubelten. Henrietta mahnte: »Langsam!« Dann hörte er Getrappel auf der Treppe.

Die Kutsche hielt. Henry, sein Schwager, riss die Tür auf und fragte aufgeregt: »Was ist denn bei euch los, Sven? Eben fuhr ein Wagen mit Konstablern von euch weg, und ich will kein Arzt sein, wenn da nicht Leichen drauflagen.«

»Es ist alles in Ordnung, Henry. Banditen wollten uns überfallen, aber wir haben alles unbeschadet überstanden. Lasst euch erst einmal begrüßen. Wir erzählen dann schon alles.«

Er umarmte erst seinen Schwager und dann seine Schwester, die um den Wagen herumeilte. »Ach, Sven, du konntest wohl mal wieder nicht ohne Abenteuer sein!«, rief sie und stürzte sich in seine Arme.

»Schwesterlein, du bist zu streng mit mir«, verteidigte sich Sven und küsste sie. Dann rannten ihn Ingrids Kinder fast um. Sie schrien vor Freude und stürmten auf die Cousine und die Cousins los. Da die auch brüllten, gab es ein Tohuwabohu, dass Sven sich die Ohren zuhielt.

Edgar und Einar, beide fünf Jahre, umfassten sich zuerst. Aber der zwei Jahre jüngere Henry wollte auch Edgars Aufmerksamkeit auf sich ziehen und zerrte an dessen Arm, bis der ihn mit umfasste. Lilian mit ihren sechs Jahren war schon etwas gesetzter und beugte sich zu der drei Jahre jüngeren Astrid und küsste sie.

Die Eltern schauten stolz und glücklich auf ihre Kinder. »Wie zufrieden können wir doch sein!«, sagte Sabrina. »Aber mir sitzt die Angst noch im Magen. Kommt rein, damit wir euch erzählen, was uns so erschreckt hat. Henrietta wird die Kinder beim Spielen beaufsichtigen.«

Sven erzählte die Geschichte des Überfalls, und seine Schwester stöhnte während seines Berichtes immer wieder auf und auch Sabrina war entsetzt, als sie Einzelheiten des Gemetzels hörte.

Henry, Svens Schwager, schüttelte den Kopf. »Da kommst du aus dem Krieg heim, lieber Sven, und erlebst hier einen der blutigsten Raubüberfälle, von denen ich im friedlichen Hinterland gehört habe. Wer steckt dahinter, und warum?«

»Ich habe keine Ahnung, Henry. Wir haben nur einen Zettel mit dem Namen einer Firma gefunden, mit der ich nie zu tun hatte. Die Konstabler fangen gerade mit ihren Ermittlungen an.«

»Aber da muss doch jemand einen furchtbaren Hass auf euch haben. Oder glaubst du, die haben euch zufällig als Beuteobjekt ausgewählt.«

»Nein, Henry, daran glaube ich nicht. Ich ahne aber auch nicht einmal, wer uns so hassen könnte. Ich habe doch nur unseren Feinden schweren Schaden zugefügt, und Sabrina hat sicher hier in der Heimat nicht solchen Hass provoziert.«

Sabrina schüttelte den Kopf. Svens Schwester Ingrid mischte sich ein. »Sabrina behandelt alle wohlwollend und gerecht. Sie kann gar nicht anders. Aber nun lasst uns von etwas anderem reden. Der Überfall wird uns noch genug beschäftigen.«

»Ja«, stimmte Sven zu. »Erzählt von euren Kindern. Und du, Henry, lass uns an deinen erstaunlichen ärztlichen Erfolgen teilnehmen. Du bist doch bald der berühmteste Arzt in Pennsylvania.«

Henry lächelte. »Bei einem so berühmten Schwager muss ich mich doch anstrengen, lieber Sven. Aber es stimmt, ich hatte sehr viel Glück und mir macht meine Arbeit Freude. Ich habe jetzt zwölf Ärzte, die für mich arbeiten. Unter ihnen sind hervorragende Mediziner, und einige von ihnen hast du mir vermittelt. Ich glaube auch nicht, dass der Erfolg darauf beruht, dass ich ein außergewöhnlicher Arzt bin. Ich kenne genug, die bessere Chirurgen sind oder versierter im Einsatz der natürlichen Heilmittel. Was mich unterscheidet, ist, so glaube ich, eine gewisse ökonomische Begabung. Ich glaube, dass man medizinisch besser helfen kann, wenn man nicht allein arbeitet. Wenn du Mitarbeiter hast, kannst du mehr Hilfsmittel anschaffen und bereitstellen. Du kannst Räume für spezielle Aufgaben einrichten. Der Raum für Schwangerschaftsuntersuchungen ist anders gestaltet als der für Operationen und der wieder anders als der für Knochenbrüche. Die Mitarbeiter können sich spezialisieren. Du kannst immer schnell einen Kollegen hinzuziehen, der sich zum Beispiel bei Schäden im Hörbereich besser auskennt als du. Und wir bestellen Medikamente, Möbel und sonstige Hilfsmittel für alle Filialen gemeinsam. Unser Verwalter holt dabei gute Rabatte heraus. Das alles hilft unserem Wachstum.«

Ingrid mischte sich ein. »Das alles ist richtig, aber Henry hat seine Rolle zu bescheiden dargestellt. Alle Ärzte erkennen Henry auch in ihrem Spezialgebiet als Autorität an. Und er kann wunderbar mit Patienten umgehen.«

Sabrina lachte. »Wir haben beide wunderbare Männer, liebe Ingrid, aber wir sollten es nicht zu oft betonen, sonst werden sie noch eingebildet. Erzählt uns doch noch etwas von John Brenton, dem Pulverjungen, den wir euch übergeben haben.«

»Er entwickelt sich prächtig«, antwortete Ingrid. »Er hat in der Schule so gut gelernt, dass er im kommenden Herbst mit dem Medizinstudium beginnen kann.«

»Und er hat in der Praxis oft geholfen«, fügte Henry hinzu. »Seine Leidenschaft sind Operationen. Ich lasse ihn ein wenig experimentieren. Er hat geniale Hände mit dem Skalpell. Ich sage ihm eine große Zukunft voraus.«

Sven nickte nachdenklich. »Wir leben schon in einem großartigen Land, wenn ein armes Waisenkind diesen Weg vom einfachen Pulverjungen bis zu wichtigen Ämtern in der Gesellschaft bewältigen kann. Was können wir erst erreichen, wenn wir Frieden haben und selbstständig sind?«

Henrietta öffnete die Tür, und Sabrina schaltete sich ein. »Von diesen angenehmen Aussichten lasst uns beim Kaffee plaudern. Aber erst wollen wir mit Henrietta noch unseren Nachwuchs einsammeln.«

Abends im Bett sagte Sven zu seiner Sabrina: »Wir haben eine wunderbare Verwandtschaft, Sabrina. Und die Kinder verstehen sich so gut und sind so prächtig geraten. Hast du nicht auch manchmal den Wunsch nach einem weiteren Kind?«

Sabrina lachte: »Du alter Schwerenöter. Gib doch den Kellaghans erst einmal die Chance, mit dem dritten Kind nachzuziehen. Morgen haben wir schon wieder ein Programm, das dich so ermüden wird, dass du nicht mehr an Nachwuchs denken kannst.«

»Was steht denn an?«, fragte Sven enttäuscht.

»Wir müssen die Neubauten besichtigen, mein Lieber. Da können wir die Kellaghans mitnehmen. Sie sind ja auch an dem Gelände interessiert. Joshua erwartet uns gegen zehn Uhr.«

Sven seufzte nur und zog seine Frau an sich.

Ein stabiles Boot brachte sie am nächsten Morgen durch die Eisrinnen ans andere Ufer des Delaware. Henry fröstelte im kühlen Wind, der über den Fluss fegte. Er wandte sich an Sven. »Ein Glück, dass dieser Winter in den letzten Wochen relativ warm war. Sonst wären die Rinnen zugefroren und wir müssten warten, bis das Eis trägt, um über den Fluss zu kommen.«

»Wenn wir erst auf der Südseite wohnen, müssen wir nicht so sehr nach dem Wetter schauen, um nach Philadelphia zu gelangen«, mischte sich Sabrina ein.

»Weißt du noch, dass unser Großvater immer sagte, die Schwierigkeiten müssten sein, damit wir unsere Grenzen nicht vergessen?«, fragte Ingrid.

Als die Mietkutsche sie am Baugelände abgesetzt hatte, sahen Sven und die Kellaghans zum ersten Mal die fertigen Schlafhäuser, das Verwaltungsgebäude und die Nebengebäude.

»Mein Gott!«, staunte Svens Schwester. »Da habt ihr ja einen richtigen Stadtteil gebaut. Was ist denn das alles?«

»Das erklärt dir am besten unser Joshua, der den Bau überwacht. Dort kommt er mit seiner Adeline schon aus dem linken Gebäude«, antwortete Sabrina und konnte ihren Stolz nicht verbergen.

Sie schritten kiesbedeckte Wege entlang und Sabrina erklärte ihnen, dass der Rasen klimabedingt erst im Frühjahr gesät werde. »Dann sieht alles noch schöner aus.«

Joshua und seine Frau kannten die Kellaghans, und so wurde es eine herzliche Begrüßung.

»Deine Frau wird ja immer schöner, lieber Joshua«, stellte Sven fest.

»Das hast du über mich nicht gesagt, lieber Bruder«, monierte Ingrid lächelnd.

»Du warst ja auch schon immer so schön!«

Sabrina schüttelte den Kopf. »Er findet doch immer eine Ausrede.«

Henry mischte sich ein. »Liebe Schönheiten, kann uns bitte jetzt Mr Petrus erklären, welchen Zwecken diese Gebäude dienen?«

Alle lachten und folgten Joshua, der mit dem Verwaltungsgebäude begann. Es enthielt auch die Küche und Wohnräume für das Küchenpersonal. »Wir wollen den Waisenkindern auch eine Berufsausbildung bieten, darum findet ihr hier auch eine Lehrküche und eine Schneiderwerkstatt. Eine Schlosserei und eine Tischlerei findet ihr separat hinter dem Haus. Dadurch sind wir auch bei Reparaturen ziemlich autark.«

»Und was bedeutet der Mast hinter der Tischlerei?«, wollte Henry wissen.

»Dort führen wir künftige Seeleute in die Anfangsgründe der Schifffahrt ein«, erklärte ihm Sven.

Sie besichtigten noch die Schlafräume und die Unterrichtsgebäude und die große Halle, in der sich die Kinder im Winter sportlich betätigen und sich die Schulgemeinde bei festlichen Anlässen treffen konnte.

»Hier werden wir auch unsere Einweihung feiern«, betonte Joshua.

Ingrid fragte, wann die Kinder kämen. »Einige wohnen schon hier, da sie kein Zuhause mehr hatten. Die anderen kommen zwischen dem fünften und achten Januar. Mir graut vor allem vor den Verwaltungsarbeiten, die in diesen Tagen anfallen.«

»Kannst du nicht deinen Schreiber ausleihen, Sven?«, fragte Sabrina. Sven sicherte zu, dass er Nathaniel bitten werde.

»Ehe unsere Gäste zu sehr ermüden, sollten wir sie mit Kaffee, Tee und einem kleinen Buffet in unserer Wohnung erfrischen. Darf ich vorangehen?«, fragte Adeline.

Adeline und Joshua hatten eine Vier-Zimmer-Wohnung im Obergeschoss des Verwaltungsgebäudes. Sie war geschmackvoll und gemütlich eingerichtet. Im Wohnzimmer war ein kleines Bufett aufgestellt und Joshua betonte, sie könnten nun alle probieren, wie gut die Projekte der Küche schmeckten. »Lieber Sven, ich musste feststellen, dass sie unseren Schiffsküchen weit überlegen ist. Ich sehe die Gefahr, dass unsere Zöglinge zu Feinschmeckern verzogen werden.«

Sie kosteten alle und sogar die Damen lobten, wie gut die Kanapees und das Gebäck schmeckten. Und dann wandten sich die Gespräche wieder den beeindruckenden Bauten der Stiftung zu.

»Nun möchte ich aber unser neues Wohngebäude sehen, von dem ich bisher nur die rohen Wände im Bau kenne«, mahnte Sven nach einer Weile die Freunde. Sie zogen ihre Mäntel wieder an und gingen hinaus in die Winterwelt.

Joshua hatte einen Weg freischaufeln lassen und sie konnten ohne

Sorge um nasse Füße die Wiesen, Büsche und den kleinen Wald bewundern. »Ein schöner Naturpark« war Henrys Urteil.

Nach gut dreihundert Metern öffnete sich der Blick auf eine große Wiese vor ihnen, und am anderen Rand zog das neue Haus die Blicke auf sich.

»Das ist ja ein richtiges Schloss!«, rief Ingrid beeindruckt.

Ein zweigeschossiges Gebäude mit zwei Flügeln ragte dort auf, das an beiden Seiten durch kleine Türme eingerahmt wurde. Auch Sven war beeindruckt. »Dass es so imposant aussehen würde, hätte ich nicht gedacht«, meinte er.

»Es würde noch pompöser aussehen, wenn ihr statt des Querdaches zwischen beiden Flügeln eine Kuppel hättet bauen lassen«, stellte Henry fest.

Sven antwortete: »Aber das wollten wir eben nicht, lieber Henry. Viele Leute werden sowieso schon über den Prunk der Neureichen spotten.«

»Lieber Bruder, zum Erfolg gehört der Neid. Den musst du ertragen. Ich finde die beiden Türme mit Abstand zu den Flügeln aber schöner.«

Sabrina stieß ihren Mann leicht an und lächelte. »Willst du es ihnen sagen?«

»Was denn sagen?«, fragte Ingrid neugierig.

Sven atmete tief und blickte ergeben drein. »Ich soll zugeben, dass nicht ästhetische Gründe für die Türme entscheidend waren, sondern meine Vorsicht und Wachsamkeit. Sabrina nennt das: ›Ängstlichkeit‹. Von beiden Türmen aus kann man das ganze Gebäude überwachen und verteidigen. Und darum stehen sie da. Wie bei einer Festung.« Er schien auf die Kritik der anderen zu warten.

»Das habt ihr aber ausgezeichnet gelöst«, stellte Henry zu Svens Erstaunen fest. »Ich gebe zu, an Wachsamkeit und Verteidigung hätte ich vielleicht nicht gedacht, weil mein Leben weniger Gefahren bietet als deines. Aber es kann nicht schaden, und ästhetisch ist das eine perfekte Lösung. Wie ich sehe, haben beide Türme auch gedeckte Brücken zum Haus. Ihr könnt sie also jederzeit mit Personal besetzen oder räumen.«

Sven nickte. »Es ist ihr einziger Zugang. Aber nun gehen wir rein. Ich bin so neugierig, wie es innen aussieht.«

Da sie das neue Haus Ende Januar beziehen wollten, war es bereits verputzt. Aber überall schafften Arbeiter an Bodenbelägen, Treppengeländern und anderen Kleinigkeiten. Sabrina erklärte, welche Bemalungen, Tapeten oder Bespannungen die Wände verschönern sollten, und so ergab sich ein recht lebendiges Bild.

Im Erdgeschoss waren Wohnräume, Bibliothek, Küche und ein Festsaal vorgesehen. Oben waren Schlafräume, Kinderzimmer, Nähzimmer und Räume für Dienstboten. Es war, so konnte man sehen, ein schönes Haus, festlich und doch zweckmäßig und gemütlich.

»Es muss wunderschön sein, hier zu leben«, bestätigte Svens Schwester. »Auch die Landschaft ist reizvoll, besonders der Blick auf den Schuylkill River. Aber habt ihr auch daran gedacht, dass ihr älter werdet? Manchen Menschen fällt es sehr schwer, im Alter Treppen zu steigen. Und ihr müsstet immer nach oben ins Schlafzimmer.«

»Wir haben nicht daran gedacht, liebe Schwester. Aber im Notfall müssten wir im Erdgeschoss einen Raum umwidmen oder wir bauen uns ein kleines bequemes Haus dort, wo unsere Kinder leben.« Sven fasste die Hand seiner Schwester. »So, und nun gehen wir zurück nach Gloucester. Ihr kommt doch wieder zur Einweihung?«

In Gloucester erwartete sie der Konstabler. »Es tut mir außerordentlich leid, Sir, Sie während Ihres Familienbesuches stören zu müssen. Aber wir haben erste Erkenntnisse zum Überfall auf Ihre Familie.«

»Das sind wichtige Nachrichten, Mr Robbins, und wir alle sind sehr interessiert, aber wir haben nur einen kurzen Moment Zeit, da wir schon einige Stunden unterwegs und daher durchgefroren, durstig und ermüdet sind. Außerdem höre ich schon unsere Kinder nach uns schreien. Sie verstehen das sicher und werden sich kurzfassen.«

Der Konstabler nickte und berichtete, dass drei der Toten identifiziert worden seien. Sie stammten aus dem Brandy-Viertel, jenem übel beleumdeten Vorort, in dem Sven einmal die Räuber aufgegriffen hatte, die die Reederei Bradwick bestohlen hatten. Einer der Toten hatte auch enge Verbindungen zu der Firma *Norton & Co.*, deren Name auf dem Zettel stand, den man bei einem Toten gefunden hatte.

»In der Firma wurde bestätigt, dass dieser Tote einen Tag vor dem Überfall dort gewesen sei und mit dem Boss geredet hätte. Der Name des Firmeninhabers, Harry McCall, stimmt, so sagt Ihr Schreiber, mit dem Namen des Mannes überein, der durch Sie nach der Schändung eines Pulverjungen zum Tode verurteilt und im Frühjahr 1778 aufgehängt wurde. Es war sein Bruder Hugh McCall. Der Firmenboss ist ein fanatischer Negerhasser und Sie, Sir, gelten in diesen Kreisen als ›Niggerfreund‹. Es gibt also persönliche und politische Motive. Leider soll der Firmenboss geschäftlich in New York sein.«

Sven wirkte betroffen. »Und warum schickt er erst jetzt die Mörder los?«, fragte Sven erstaunt.

»Er hat vielleicht erst jetzt Einzelheiten erfahren, Sir« antwortete der Konstabler.

»Sein Bruder Hugh, ein verlogener und nichtsnutziger Bursche, hat auch keinen Brief an Angehörige hinterlassen, wie ich mich jetzt erinnere. Da haben Sie sicher recht, Mr Robbins. Ich werde darüber nachdenken und melde mich gleich nach dem Fest bei Ihnen. Vielen Dank zunächst. Bitte entschuldigen Sie die Eile.«

Der Konstabler hob die Hand zum Zeichen, dass er noch etwas sagen wollte. »Sir, darf ich empfehlen, dass Sie eine Belohnung für Informationen über den Täter aussetzen?«

Sven sah den Konstabler nachdenklich an und sagte dann: »Sind fünfhundert Dollar in Ordnung?«

»Das wird wirken, Sir.«

Nach diesen unruhigen Tagen waren die Larssons und die Kellaghans besonders bemüht, den Heiligen Abend friedvoll zu gestalten. Sie feierten nach kontinentaler Sitte und bescherten am Abend.

Die Kinder waren voller Erwartung auf die Geschenke am Abend, aber die Erwachsenen lenkten sie mit Spielen ab. Und dann begann es zu schneien. Die Kinder liefen ans Fenster und schauten den Flocken zu. Nach dem Mittagsschlaf gingen die Eltern mit ihnen und den Hunden zu einem Spaziergang an den Fluss. Da kratzten sie den Schnee zusammen und bewarfen sich und die Hunde mit Schneebällen.

»Schön, dass wir noch weiße Weihnachten bekommen«, freute sich Ingrid. Sven stimmte ihr zu. »Der alte Schnee war schon arg löchrig und schmutzig. Jetzt sieht die Landschaft wieder so unschuldig aus.«

Von Weitem kam ein fremder Hund bellend näher und ihre beiden Hunde wollten ihn angreifen, aber Sam rief sie mit seiner kräftigen Stimme zurück.

Henry fiel Sams ausgebeulte Jacke auf. »Du gehst wohl nie ohne bewaffnete Begleitung aus dem Haus?«

Sven schüttelte den Kopf. »Du kennst doch meinen Vorsichtswahn.«

Henry klopfte ihm auf die Schulter. »Wahrscheinlich hast du darum alles überlebt. Nur dumme Menschen sind ohne Angst, weil sie sich die Gefahren nicht vorstellen können. Bleib so, wie du bist!«

Sabrina warf ein: »Na, ein wenig ruhiger könnte er schon werden.«

Die Bescherung war nicht nur für die Kinder wichtig, sondern auch für das Personal. Sabrina hatte rechtzeitig für persönliche Geschenke gesorgt, aber Sven musste auch ein Mitbringsel aus der Fremde und natürlich ein Geldgeschenk beisteuern. Die Seemänner und Hans Maier, das neue Familienmitglied, wurden ebenso bedacht. Sie hatten auf der Diele ihren eigenen Weihnachtsbaum geschmückt und würden den Abend schön feiern.

Die Hauptsache blieb natürlich die Bescherung der Kleinen. Sie sangen alle ein Weihnachtslied vor dem Baum im Wohnzimmer, aber ihre Augen suchten nur die Geschenke ab, die noch verpackt unter dem Baum lagen.

Es ist doch eine andere Welt, als wenn wir auf See aufeinander schießen, dachte Sven. Kein Salzbuckel kann so freudig erregt gucken. Und dann musste er helfen, den Kindern zu zeigen, welche Geschenke für sie bestimmt waren, und alles gebührend bestaunen, nachdem sie ausgepackt hatten.

Sie zeigten einander, was sie Schönes hatten, und umarmten dankbar ihre Eltern. Danach packten die Eltern ihre Geschenke aus, und ihr Verhalten unterschied sich gar nicht so sehr von dem der Kinder.

»Nach der Bescherung am Heiligen Abend haben wir mit den Kindern gespeist, noch ein wenig gespielt und sind dann glücklich ins Bett gegangen«, erzählte Sven. »Der erste Feiertag, an dem die Amerikaner bescheren, war für uns schon ein wenig vom Abschied der Kellaghans überschattet. Die Kinder spielten am Vormittag mit ihren neuen Geschenken und wir Erwachsenen waren in der Kirche.«

»Habt ihr noch euren Pastor Fatherby?«, fragte Richard Bradwick, Svens Seniorpartner in der Reederei.

»Ja. Er ist ein wunderbarer Prediger, natürlich und doch gedankenvoll. Aber wir konnten nicht viel über das Thema der Predigt daheim diskutieren, wie wir es oft tun, denn wir mussten die Kinder vom beginnenden Abschiedsschmerz ablenken. Gestern früh sind die Kellaghans dann gefahren.«

»Ich habe mir in der nächsten Woche einen Termin bei deinem Schwager reservieren lassen, lieber Sven. Er hat einen sehr guten Ruf, und mich plagt mein Rheuma jeden Tag mehr.«

»Ich hoffe, es geht deiner Gattin, der lieben Anne, besser.«

Bradwick lachte. »Das tut es. Jeden Tag möchte sie mit mir einen Spaziergang machen und ist verärgert, wenn ich absage. Aber nun lass uns über die Geschäfte sprechen, sonst schimpft Sabrina mit mir, dass ich dich zu lange festgehalten habe.«

Sabrina lächelte. »Ich bin noch strenger, als du denkst, lieber Richard. Du darfst in diesen Tagen des Feierns nur gute Nachrichten vortragen.«

Richard Bradwick klatschte in die Hände. »Das schreckt mich gar nicht, liebe Sabrina. Ich habe nur gute Nachrichten. Was willst du zuerst hören? Meldungen über den Friedensschluss, über den Abzug der Briten, über unsere Gewinne in der Reederei, über die Bestätigung unserer Handelspolitik?«

Sven unterbrach ihn: »Richard, hast du einen Wunderbeutel zu Weihnachten bekommen? Fang mit der neuesten Nachricht an!«

»Na, dann halt dich mal gut am Sessel fest! Heute Morgen kam die Nachricht, dass wir in Santander einen der gekaperten Ostindiensegler mit achthundertzwanzig Tonnen Größe ersteigert haben. Wann willst du ihn denn abholen?«

Sven stand der Mund vor Überraschung offen. Er war sprachlos. Sabrina und Richard lachten sich an.

»Donnerwetter!«, stieß Sven schließlich hervor. »Dann hat es geklappt! Hoffentlich war er nicht zu teuer.«

»Nein!«, versicherte Richard Bradwick. »Absolut preiswert! Und damit komme ich zur zweiten Nachricht: Wir haben 1782 fast ein Viertel mehr verdient als im vorigen Jahr.«

Jetzt strahlte Sabrina und lachte die Männer an. »Und außerdem«, fuhr Richard fort, »die Briten ziehen aus Charleston ab. In Paris hat man sich auf den Text des Friedensvertrages geeinigt. Und der sieht vor, dass wir Kolonien nicht mehr mit den britischen Inseln in der Karibik direkt handeln dürfen, sondern wie jeder fremde Staat nur über England. Da liegen wir mit unserem Ziel Ostindien genau richtig. Was sagt ihr nun?«

Sabrina und Sven sahen sich an. »So wertvolle Weihnachtsgeschenke haben wir noch nie erhalten«, bestätigte Sabrina. »Was müssen wir denn nun zuerst tun?«

Das folgende Gespräch bestritten vor allem die Männer. Richard forderte, dass Sven im Februar einen Konvoi aus der Chesapeake Bay geleiten müsse. Im April solle er dann nach Santander segeln und das neue Handelsschiff holen. Ende des Jahres müsse er dann nach Indien absegeln, um den Monsun auszunutzen, der ab Mai nach Indien weht.

»Dann kann er aber im Herbst lange bei mir sein«, freute sich Sabrina.

»Du kannst auch mit ihm segeln. Die Ostindiensegler befördern fast alle auch Passagiere. Allerdings seid ihr dann anderthalb Jahre weg.«

Sven hob die Hand. »Langsam, ihr beiden. Wann wird der vorläufige Friede denn endgültig? Ich nehme meine Familie doch nicht im Krieg mit auf See.«

Richard klärte sie auf: »England kann nur mit Frankreich und uns gleichzeitig Frieden schließen. Aber die Verhandlungen mit Frankreich sollen auch fast abgeschlossen sein. Im Frühjahr haben wir Frieden, und dann können wir unseren neuen Staat aufbauen.«

Sabrina klatschte in die Hände. »Ich bin so glücklich!«, sagte sie und strahlte.

Als Mr Bradwick gegangen war, forderten die Kinder ihr Recht, aber als sie dann nach dem Abendbrot ins Bett gebracht waren – Lilian wie immer etwas später als die jüngeren Brüder –, saßen Sabrina und Sven erst einmal schweigend beieinander und blickten sich an.

»Da haben wir ja einiges vor uns, Liebster«, stellte Sabrina schließlich fest. »Und zu unseren Eltern wollen wir doch auch.«

»Zu denen möchte ich zuallererst, mein Schatz. Wer weiß, wie lange sie noch leben. Ob sie nun wieder zu uns kommen im Frieden? Und wie machen wir es mit Indien? Willst du wirklich mitreisen mit den Kindern?«

»Du möchtest uns wohl nicht bei dir haben?«

»Ach, Sabrina. Ich möchte euch immer bei mir haben. Aber ungefährlich ist die Reise nicht. Die Piraten im Indischen Ozean sind zahlreich und brutal, den Krankheiten fallen viele Europäer zum Opfer und unsere Kinder sind noch sehr jung.«

Sabrina nickte. »Darüber werden wir noch gründlich nachzudenken haben. Brauchst du nicht auch Navigatoren für diese Gewässer?«

»Ja, ich muss mich umsehen, um vielleicht einen Master oder zumindest einige Maate mit Indienerfahrung zu finden. Aber erst möchte ich die Einweihung hinter mir haben, ehe ich mich intensiv damit beschäftige.«

Sabrina und Sven saßen dick eingehüllt im Schlitten, der jetzt das jenseitige Ufer des Delaware erreicht hatte und sie zur Einweihungsfeier ihrer Stiftung bringen sollte. Sabrina neigte sich ihrem Mann zu. »Einen solchen Jahresbeginn haben wir noch nie erlebt, Sven.

So mit Arbeit und Diskussionen angefüllt waren noch niemals zehn Tage unseres Lebens. So kann es nicht weitergehen, Sven.«

Sven nickte. »Ja, Liebste, wir hatten auch noch nie solche Veränderungen vor uns. Der bevorstehende Friedensschluss fordert nicht nur die Umstellung der Reederei, die Ländereien in Einars Tal sollen durch Herrn von Neuenburg besiedelt und erweitert werden. Die Fahrt zu unseren Eltern erfordert Vorbereitungen. Was wir zur Reise nach Indien schon für Informationen einholen mussten, davon will ich gar nicht reden. Und zwei volle Tage hat uns die Aufnahme der Kinder in der Stiftung beschäftigt. Die Vorbereitungen der jetzigen Feier habe ich noch gar nicht erwähnt.«

»Du könntest noch eine ganze Weile vieles aufzählen«, unterbrach ihn Sabrina. »Aber ich sehe vorn schon die Häuser der Stiftung auftauchen. Und schau doch nur auf die vielen Menschen, die noch in den Saal wollen.«

Vor dem Verwaltungsgebäude wartete schon Joshua auf sie. Als der Schlitten anhielt, half er ihnen auf den Boden. »Vorsichtig! Nicht ausrutschen!«, mahnte er. »Wir streuen schon seit zwei Stunden Sand. Wenn die Feier nur erst vorbei wäre.«

Sven lachte. »Da sind wir uns ja wieder einmal alle einig. Aber nun kommt! Es hilft ja nichts. Ist Adeline schon im Saal?«

»Ja«, bestätigte Joshua. »Sie hat Mrs Redbrook begleitet, die andere Namensgeberin der Stiftung.«

»Siehst du, Sven, so haben die vergangenen arbeitsvollen Tage doch noch einen angenehmen Aspekt: Ich kann meine Freundin Elisabeth wiedersehen.«

Der Saal der Stiftung war bis zum letzten Platz gefüllt. An den Wänden standen die Kinder in ihren kleidsamen Schuluniformen. Die Stuhlreihen waren mit den Freunden der Larssons und mit wichtigen Bürgern der Stadt besetzt. Sie erhoben sich und klatschten, als Sabrina und Sven mit dem Bürgermeister eintraten.

Sven geleitete Sabrina und den Bürgermeister zu Elisabeth Redbrook und ging dann zum Rednerpult. Sabrina blickte sich unauffällig im Saal um und ließ Svens Begrüßungsworte an sich vorüberrauschen. Aber dann wurde sie aufmerksam.

»Der Krieg um unsere Freiheit ist fast beendet. Dieses Jahr wird für unseren jungen Staat den Frieden bringen«, hatte Sven eben gesagt. Aber nun fügte er an: »Doch der Kampf für einen freien Staat wird erst beginnen. Wir benutzen sehr oft das Wort ›Freiheit‹, aber selten die Wörter ›Verantwortungsbewusstsein‹ und ›Pflichtgefühl‹.«

Und dann erklärte Sven, dass ein freier Mensch die Verantwortung für die Gemeinschaft als Teil seiner Pflicht anerkennen müsse. Freiheit heiße nicht, dass man tun und lassen könne, was man wolle, sondern es bedeute, dass man so handeln müsse, dass es dem Bestand und der Fortentwicklung der Gesellschaft am besten diene.

»Unsere Gesellschaft kennt keine jahrhundertealten Adelsherrschaften und Kirchengüter wie die alten europäischen Staaten. Kirche und Adel haben dort im Lauf der Zeit alle möglichen wohltätigen Einrichtungen geschaffen, Altersheime, Hospize, Waisenhäuser usw. Unser junger Staat hat diese Tradition nicht. Wir müssen sie erst schaffen. Jeder von uns, dem sein Leben Reichtümer gewährt, sollte die Verpflichtung fühlen, etwas für unsere Gesellschaft zu stiften. Dieses Heim soll jungen Menschen, denen der Krieg den Vater geraubt hat und die ohne ihn nur geringe Chancen im Leben haben, Chancen auf ein Leben in Freiheit und Wohlstand geben. Möge die ›Elisabeth-Redbrook- und Sabrina-Larsson-Stiftung‹ Vorbild für viele ähnliche Institutionen werden.«

Die Zuhörer applaudierten lebhaft. Der Bürgermeister reichte Sven die Hand und ging ans Pult, um seine Rede zu halten. Wieder brandete der Beifall auf, und dann waren Sabrina und Sven ständig im Mittelpunkt vieler Gesprächskreise, bis sich der Saal allmählich leerte. Adeline hatte die Kinder in ihre Wohnhäuser geleitet und Joshua trat zu den Larssons.

»Die nächsten acht Tage lasse ich keinen Besucher auf das Gelände. Jetzt wollen wir erst einmal ein wenig die Kinder kennenlernen, denen wir helfen sollen. Und die Kinder müssen erfahren, was wir von ihnen erwarten.«

Sabrina umfasste ihn. »Ihr werdet es schon schaffen, Joshua. Und wir erwarten morgen Herrn von Neuenburg, der mit uns über seine Aufgaben in Einars Tal sprechen will.«

»Und übermorgen stellen sich uns drei Maate mit Ostindienerfahrung vor«, ergänzte Sven.

Joshua lachte: »Und da denkt man immer, die Herrschaften hätten weniger zu arbeiten als das Personal.« Sie schmunzelten alle und verabschiedeten sich.

Herr von Neuenburg brachte einen hessischen Sergeanten mit, der ihn als erfahrener Landwirt in Einars Tal begleiten sollte. Sven hatte bereits Karten und Papiere herausgesucht und ging sogleich mit beiden Besuchern in Details.

Alle waren sich einig, dass Herr von Neuenburg vorläufig die alten Gebäude nutzen könne. »Die Bearbeitung des Bodens hat Vorrang. Von meiner Frau habe ich erfahren, dass die Witwe des früheren Besitzers erst im Sommer das Land verlassen will. Sie hätten also noch einige Zeit ihren Rat und sicher auch ihre Hilfe beim Kochen.«

»Herr Larsson, wir haben auch zwei Männer, die hier Frauen kennengelernt haben, die sie mitbringen wollen. Für unsere Verpflegung ist also in jedem Fall gesorgt. Wie steht es aber mit dem Tierbestand?«

Sie einigten sich, dass Herr von Neuenburg auch hier Zeit habe, seinen eigenen Tierbestand aufzustocken. »Wir werden unser Land ja doch vorwiegend als Ferienreservat benutzen. Da ist die Größe der Herden nicht so wichtig.«

Herr von Neuenburg erklärte Sven, dass er ein Schwergewicht auf die Schafzucht legen wolle. »Die Landwirtschaft soll sich ja auch finanziell lohnen. Da sehe ich bessere Absatzmöglichkeiten für Schafwolle als für Fleisch und Milch der Rinder.«

Sven musste zugeben, dass die Rentabilität dieses Landbesitzes bisher für ihn keine Priorität hatte, dass er aber einsehe, dass das für Herrn von Neuenburg anders aussehe.

Als Sabrina zum Gespräch hinzukam, unterhielten sie sich gerade über die Quäker in der Nachbarschaft und über Reading, die nächstgelegene Stadt. »Ich erinnere mich noch, wie Ingrid mir immer erzählte, wie groß ihr Reading mit seinen paar Hundert Einwohnern damals vorkam, als ihr fliehen musstet«, erzählte Sabrina. »Heute sähe sie es sicher wie ein kleines Dorf, aber wahrscheinlich ziehen immer mehr Menschen dorthin. Auch die Verwaltungsämter für diesen Landkreis sind ja dort.«

Der hessische Sergeant wollte noch wissen, wie gut geschützt denn eine Ansiedlung in Einars Tal sei. »Sie mussten doch damals vor den Indianern fliehen.«

Sven konnte nur berichten, dass das damals eine fremde Indianerbande aus südlicheren Gegenden war. Seither habe er nie wieder etwas von Übergriffen gehört. »Aber wenn Sie ganz auf Nummer sicher gehen wollen, Herr von Neuenburg, dann könnten Sie ja einen Martello-Turm bauen, wie man ihn von den britischen Küsten her kennt. Sie wissen, das sind diese steinernen Türme, die nur über Leitern im zweiten Stockwerk zu betreten sind und die im dritten oder vierten Stockwerk eine mit Mauern umgebene Plattform mit einer Kanone haben.«

Die Gäste hatten auch von diesen Bauwerken gehört. »Das wäre ja dann eine richtige Festung. Die könnten weder rote noch weiße Räuber stürmen.«

»Hören Sie sich erst einmal dort um, Herr von Neuenburg«, empfahl Sven. »Wenn Sie sich mit ein oder zwei Begleitern in Reading, bei den Quäkern und bei der Witwe des letzten Besitzers informieren, dann können Sie im späten Frühjahr mit allen Ihren Leuten, Tieren und Geräten umsiedeln und haben dann wahrscheinlich alles bei sich, was Sie brauchen. Wenn Sie einen Martello-Turm bauen möchten, würde ich mich finanziell zur Hälfte beteiligen, denn er stünde ja auch den Verwaltern unseres Besitzes und uns selbst offen, wenn einmal Gefahr drohen sollte.«

Noch stärker rückten die Gefahren in den Vordergrund des Gespräches mit den Maaten über die Reise nach Indien. Sabrina war von Anfang an mit dabei. Sie fragte die Maate, wohin sie mit welchen Schiffen gesegelt seien. Mit dem Finger fuhr sie die Routen auf der Karte nach und fragte ganz direkt: »Sind die Stürme nun gefährlicher als auf den Reisen nach Europa?«

»So allgemein kann man das nicht sagen, Mrs Larsson«, sagte der älteste der Maate. »Jeden Sturm muss man für sich sehen. Es gibt sehr schlimme Stürme sowohl im Atlantik als auch im Indischen Ozean. Vielleicht dauern die Stürme im Indischen Ozean im Durchschnitt etwas länger. Auf jeden Fall sind die Küsten vor Afrika und Indien schlechter kartografiert als in Europa. Man kann also schneller auf Untiefen auflaufen. Und man hört immer wieder, dass auf den Schiffen tropische Krankheiten ausbrechen.«

Sabrina presste die Lippen zusammen. »Und was denken Sie über die Mitnahme von vier- bis achtjährigen Kindern?«

Der Maat schob die Unterlippe vor und legte den Kopf von einer Seite zur anderen. »Ich möchte nicht Wache haben, wenn sie an Deck kommen, Mrs Larsson. Kinder sind doch lebhaft und wollen toben. Wie leicht können sie über Bord fallen! Und immer wieder gibt es eine Welle, die das Schiff zu einer unerwarteten Bewegung treibt.«

»Könnte man die Kinder nicht an einem Seil führen?«, fragte Sabrina nach.

»Dann müssten Sie für jedes Kind einen kräftigen und erfahrenen Führer haben, damit er nicht bei einer Welle selbst wegrutscht und das Seil loslässt.«

Sven mischte sich ein. »Dafür könnte man ja sorgen. Ich hätte mehr Angst vor den tropischen Gefahren in Indien. Wer kann sich schon gegen Ansteckungen, Insekten- oder gar Schlangenbisse schützen?«

Ein jüngerer Maat grinste. »Sir, Schlangen habe ich in Indien nur bei den Schlangenbeschwörern auf dem Markt gesehen. In den Urwald geht doch eh keiner von uns.«

Sabrina lachte. »Mein Mann erkundet alles, was er noch nicht kennt.«

Sven reizte der Übermut: »Das gilt aber nicht für unbekannte Frauen, Sabrina.« Die Männer prusteten ihr Lachen hinaus.

»Untersteh dich!«, drohte Sabrina lachend mit dem Finger.

Sven wurde wieder ernst. »Bei der Einweihung der Stiftung konnte ich nur wenige Worte mit unserem Schwager Henry wechseln. Aber ich habe ihn gebeten, sich über tropische Krankheiten zu informieren. Wenn er uns das nächste Mal besucht, wird er uns sachkundig informieren. Übrigens meinte er auch schon, wir sollten auf der ersten Fahrt nicht gleich fremde Passagiere mitnehmen. Wir sollten erst die maritimen Bedingungen kennenlernen, ehe wir uns eine Schar fremder Menschen mit allen Problemen ihrer Unterkunft, Verpflegung und Sicherheit aufladen.«

Der älteste Maat meldete sich zu Wort: »Das ist ein sehr kluger Rat, Sir, wenn Sie mir die Bemerkung erlauben.«

»Ich bin ganz Ihrer Meinung«, stimmte Sven zu, und auch Sabrina nickte.

Die drei Maate waren bereit, schon jetzt auf einem Schiff der Reederei Bradwick anzuheuern und dann auf dem Ostindiensegler Dienst zu tun. Aber als Sven und seine Frau am Abend eine Bilanz des Gespräches zogen, musste Sabrina feststellen: »Viel weiter in der Frage, ob ich mit den Kindern die Reise mit unternehmen sollte, hat uns das Gespräch auch nicht gebracht.«

Sven nickte. »Nein, da stimme ich dir zu. Von der Unterbringung und dem Aufenthalt an Deck wäre es sicher machbar. Aber die entscheidenden Informationen erwarte ich erst von unserem Schwager Henry. Und dann wird immer noch viel von deinem Wunsch abhängen.«

Die Tage wurden nun etwas ruhiger für die Larssons. Sie hatten mehr Zeit für die Kinder, aber Sven musste auch häufiger in die Reederei. Mit Mr Bradwick entwarf Sven die Planungen für die Aktivitäten der Reederei im Frieden. Ab und an zogen sie auch einen ihrer Kapitäne oder einen befreundeten Kaufmann zu ihren Gesprächen hinzu. Aber die Entscheidung wurde immer klarer: Die Reederei würde sich im Frieden auf drei Gebiete konzentrieren: Europa, die französischen und niederländischen Karibikinseln und Ostasien.

Zuerst aber müsste Sven mit der *Defence*, der *Hudson* und einigen schnellen Seglern den Ostindiensegler und dringend benötigte Güter aus Europa abholen. »Wie viel Mann Besatzung brauchen Sie denn für die Überführung eines so großen Schiffes, Sven?«, fragte Mr Bradwick.

»Etwa hundert Mann«, antwortete dieser.

Wesentlich komplizierter waren die Gespräche mit Sabrina über die Ausgestaltung und Möblierung ihres neuen Hauses. Wenn es nach Sabrina gegangen wäre, hätte Sven ganze Tage für den Besuch von Möbelhäusern und Tapetengeschäften opfern müssen. Aber er delegierte diese Aufgaben an Mrs Bradwick und zwei Freundinnen von Sabrina. Nach allem, was er mitbekam, revidierten die Damen etwa alle zwei Tage die bereits gefassten Entscheidungen und gingen immer wieder erneut auf die Suche.

Und dann traf eine Nachricht von Joshua ein, dass sich die Abläufe in der Stiftung nun eingespielt hätten und er Sabrina und Sven gerne einmal einen Einblick geben wolle. Sie könnten ihre Kinder ja mitbringen.

Adeline, Joshuas hübsche Frau, betrat den Klassenraum der älteren Jungen. Alle Jungen sprangen auf. Adeline lächelte ihnen zu und sagte: »Guten Morgen!«

Im Chor antworteten die Jungen: »Guten Morgen, Frau Petrus!«, und strahlten, weil es wie aus einem Mund geklungen hatte.

Adeline nickte und blickte zur Tafel. »Ach ja, ich wollte euch ja noch erklären, wie man die Fläche von Rechtecken berechnet.« Sie griff nach ihrer Tasche und merkte, dass sie das Buch mit den Rechenaufgaben vergessen hatte.

Sie schaute auf einen Jungen in der vorderen Bank. »Viktor, lauf bitte schnell zu meinem Mann. Er möchte dir das blaue Buch von meinem Tisch geben.«

Der Junge sprang auf, rief: »Aye, aye, Mam!«, und rannte davon.

Viktor lief über den Kies zum Nachbarhaus, als er das Peitschenknallen hörte. Er blickte sich um und sah zwei Kutschen auf das Gelände der Stiftung fahren. Den Kutscher erkannte Viktor. Und beim zweiten Wagen schaute des Kapitäns Tochter aus dem Seitenfenster. Das wollte Mr Petrus sicher gleich erfahren.

Victor stürmte in Joshuas Büro: »Mr Petrus, der Kapitän kommt mit zwei Kutschen, und für Ihre Frau soll ich das blaue Buch holen.«

Joshua sah auf und schaute ernst. »Deswegen kannst du ruhig anklopfen, Viktor. Dort liegt das Buch. Lauf zurück in deine Klasse und sag auch meiner Frau, dass der Kapitän zu Besuch kommt.«

Wie ein Matrose legte Viktor einen Fingerknöchel an die Stirn, rief: »Aye, aye, Sir!«, und lief hinaus. Joshua schaute ihm lächelnd nach. Dann stand er auf, um die Larssons zu begrüßen.

Frau Larsson besuchte mit Lilian den Unterricht der jüngeren Mädchenklasse. Sven ging mit seinen beiden Söhnen zu Adeline in die ältere Jungenklasse. Sabrina schmunzelte, als Lilian sich bald wie selbstverständlich am Unterricht beteiligte, sich meldete und Buchstaben an die Tafel malte. Einar und Henry konnten dem Geschehen in der älteren Jungenklasse noch nicht folgen. Daher wechselte Sven mit ihnen in die jüngere Jungenklasse.

Hier hatte der Lehrer noch viele Disziplinschwierigkeiten. Die Jungen konnten nicht stillsitzen, zappelten herum und riefen immer wieder dazwischen, wenn sie etwas wussten. Einar Larsson verhielt sich musterhaft. Er meldete sich und war stolz, wenn er einen Buchstaben an die Tafel malen konnte. Henry langweilte sich sehr. Aber er saß wenigstens ruhig auf dem Schoß seines Vaters.

Als draußen die Glocke läutete, freuten sich alle auf das Ende des Unterrichts und auf das Essen. Die Larssons gingen zum Speisesaal und tauschten ihre Erfahrungen aus. Die Kinder aßen bei den Klassen, die ihrem Alter entsprachen. Sabrina und Sven setzten sich zu Joshua und den Lehrern.

Das Essen war wirklich köstlich, wie Joshua es angekündigt hatte.

»So gut und nahrhaft haben die Kinder noch nie im Leben gegessen wie hier in der Stiftung«, hob auch Adeline hervor. »Das Essen, die gute Unterbringung und die saubere Kleidung beeindrucken sie immer noch so, dass sie sich mit Aufsässigkeit und Frechheit noch sehr zurückgehalten haben. Aber das wird uns noch bevorstehen. Sie haben doch vorher zum Teil auf der Straße gelebt, sich ihr Essen gestohlen und es im Kampf gegen andere verteidigen müssen.«

Sven erkundigte sich bei den Lehrern, ob es Schwierigkeiten gebe, da einige Kinder ihre Mütter in der Stiftung hätten, die meisten aber nicht.

Joshua verneinte. »Mütter und Kinder sehen sich mittags und abends nur relativ kurz. Wir haben auch die Mütter gebeten, neben den eigenen Kindern auch immer einige Mitschüler mit hinzuzuziehen. Sie hatten ja vorher auch kein Familienleben in unserem Sinne. Wir haben noch einen langen Weg vor uns, bevor sie ihren eigenen Weg in der Gesellschaft gehen können. Aber wir sehen doch schon Erfolge.«

Als Sabrina und Sven abends zusammensaßen, nachdem die Kinder im Bett waren, und sie auf den Tag zurückschauten, wunderte sich Sabrina: »Ich hätte nie erwartet, dass Adeline und Joshua die Stiftung schon nach kurzer Zeit so gut in der Hand haben. War es nicht wunderbar, wie am Nachmittag ein Teil der Jungen und Mädchen in den Arbeitsgruppen handwerkliche oder haushälterische Fertigkeiten erprobte, während andere die großen Lücken im Lesen, Schreiben und Rechnen aufarbeiten konnten, damit ein besseres Mitwirken im Unterricht ermöglicht wird? Adeline hat ja immerhin eine reguläre Lehrerinnenausbildung mitgemacht, aber Joshua ist doch Laie.«

Sven lachte. »Joshua ist nur Laie im strengen Sinn des Schullernens. Aber in der Seemannschaft musste er auch viel lernen und hat selbst viel unterrichtet. Es ist vielleicht nicht so formal wie in der Schule, aber die Prinzipien guten Lehrens und Erziehens gelten hier wie dort. Außerdem ist Joshua ein hochbegabter Mensch. Mit weißer Hautfarbe würde er als Gelehrter oder Kaufmann von allen respektiert werden.«

»Wie gut, dass er durch uns Gelegenheit hat, seine Begabung zum Wohle aller einzusetzen!«

Die übliche Toberei der Kinder nach dem Aufwachen des Vaters war kaum beendet, da meldete John schon einen Besucher. »Der Konstabler scheint gute Nachrichten zu haben, Sir.«

Sven wollte seinem Ärger über die unliebsame Störung schon Luft machen, aber diese Information machte ihn neugierig. »Bitte ihn in den Salon, John. Ich trinke noch einen Schluck Kaffee und komme dann.«

Der Konstabler stand am Fenster, als Sven eintrat. »Ich habe gute Nachricht, Herr Kapitän. Jemand wollte sich die Belohnung verdienen und hat uns alles erzählt.«

»Haben Sie den Drahtzieher, Herr Konstabler?«

Die Miene des Konstablers verdüsterte sich. »Er ist nach New York geflohen. Aber wir wissen, wer es ist, und haben schon den Antrag auf Festnahme gestellt.«

»Wer ist der Schurke?«

»Harry McCall.«

»Der Bruder des erhängten Matrosen und Inhaber der Firma Norton?«

Der Constabler bejahte und erzählte, dass der Diener dieses McCall ihn jetzt verraten habe. McCall war ein britischer Agent. Vor etwa einem halben Jahr habe er erst vom Tod seines Bruders Hugh erfahren und in seinem Hass auf Sven einen seiner Angestellten beauftragt, Mörder für den Angriff auf die Larssons anzuwerben. Aber McCall hatte als britischer Agent auch die Angriffe eines britischen Kapers in der Mündung des Delaware vorzubereiten. Das Kaperschiff sollte einen Depeschenschoner abfangen, der die Befehle für die Angriffe der Revolutionstruppen in den Südstaaten überbringen sollte.

»Aber da kam denen Ihre Fregatte in die Quere, Sir. Und als die Nachricht von Ihrem Sieg in Philadelphia eintraf, glaubte McCall, dass alles verraten sei, denn der Kaper hatte wohl entsprechende Papiere an Bord. McCall flüchtete, gab aber vorher noch den Auftrag für den Überfall auf Sie. Doch der Angestellte, der ihn vorbereitet hatte, war auf dem Kaper gefallen und sein Vertreter war völlig uninformiert und hat nur die Handlanger losgeschickt. Als McCall jetzt von New York aus sein Geschäft und sein Haus verkaufte, ohne dem Diener etwas zu hinterlassen, hat der sich die Belohnung verdient.«

Sven ärgerte sich. »Aber McCall wird doch längst nach England oder Kanada geflüchtet sein. Dann kommt er ohne Strafe davon.« Der Konstabler gab das zu. »Aber seine Agententätigkeit ist entlarvt, Sir, und wer weiß, was wir bei Durchsuchung von Haus und Büro noch alles finden werden. Der britische Geheimdienst ist in Philadelphia gründlich geschwächt, Sir. Und Sie und Ihre Familie sind ja glücklicherweise auch ohne Schaden davongekommen.«

Sven dachte: Aber nicht durch Ihre Hilfe!, verkniff sich den Kommentar aber und verabschiedete den Konstabler mit etwas gequälter Höflichkeit.

Sabrina merkte Sven seinen Ärger sofort an, als sie in sein Zimmer trat. Er erzählte ihr, dass der Attentäter entwischt und auch noch britischer Agent gewesen sei.

Sabrina schien das nicht viel zu bedeuten. »Wir sind unbeschadet davongekommen und werden nicht mehr von ihm behelligt werden. Das ist mir die Hauptsache. Und nun, mein Liebling, muss ich mit dir unseren Umzug planen. Für jedes Zimmer, dessen Möbel wir von hier mitnehmen, müssen jetzt an einem Tag alle Sachen in Kisten verpackt und hinübertransportiert werden. Je Zimmer ein Tag! Drüben haben wir für die neuen Zimmer zum Teil neue Gebrauchsgegenstände und können dann innerhalb von drei Tagen alles im neuen Haus neu einrichten.«

Für Sven war die Vorstellung ein Gräuel. Seinen gesamten Schriftkram und seine Bücher konnte er in drei Kisten unterbringen. Aber bei seiner Unterwäsche würde es schon losgehen. Was er zum Einpacken für wichtig hielte, würden die Frauen nur zum Teil akzeptieren. Ein Teil der Unterwäsche wäre ihnen zu verschlissen und müsste aussortiert werden. Und bei den Hemden und Anzügen kämen dann auch noch modische Argumente hinzu. So etwas trage doch heute kein Mensch mehr. Und oft waren das gerade Kleidungsstücke, die er besonders gern trug. Sven wusste, schreckliche Wochen lagen vor ihm.

Dr. Henry Kellaghan und seine Frau Ingrid fuhren in ihrer Kutsche zur Eröffnungsfeier im neuen Haus der Larssons. Schon aus einiger Entfernung schien der Abendhimmel erleuchtet zu sein. Und dann sahen sie, dass auf den Wiesen um das Haus Fackeln im Boden steckten und das Gelände erleuchteten.

»Da hat mein Bruder aber Glück, dass wir mildes Wetter haben und es nicht schneit«, murmelte Ingrid vor sich hin.

»Schau doch nur, wie schön das Haus dort liegt«, hob Henry hervor, als sie in die Einfahrt einbogen.

»Es wird Zeit, dass nun auch bald unser Haus in der Nähe erbaut wird«, antwortete Ingrid etwas spitz. Henry lächelte nur.

Die Kutsche hielt vor dem Eingang. Diener leuchteten mit ihren Fackeln. Andere halfen ihnen beim Aussteigen. Und dann sahen sie Sven am Eingang. Er trug seine Uniform als Kapitän der kontinentalen Marine, empfing die Gäste und stellte sie seiner Frau Sabrina vor.

Gut sehen sie aus, dachte Ingrid und strahlte Bruder und Schwägerin an. Sie umarmten sich herzlich. Sven flüsterte Henry zu: »In ein paar Stunden habe ich hoffentlich alles überstanden. Krieg ist nicht so aufreibend wie Umzug und Einweihung.«

»Und nicht einmal Prisen kannst du hier erobern, oder gelten die schönen Frauen hier als Prisen?«, tuschelte der zurück.

Sven klopfte ihm auf die Schulter. »Alter Schwerenöter! Sieh dich vor, sonst verpetze ich dich! Die schönste Prise wäre übrigens wieder Adeline. Aber bei diesem Begleitschutz wird sich keiner an sie herantrauen.« Und er blickte zu Joshua, dem schwarzen Riesen, der sich lächelnd zu seiner Frau beugte.

Joshua erregte im selben Moment auch die Aufmerksamkeit eines älteren Herrn mit altmodischer weißer Perücke, der mit Mr und Mrs Bradwick plauderte. »Was macht denn ein Nigger auf dieser Gesellschaft?«

Die beiden Bradwicks sahen sich betreten an. »Bitte, Mr Malburn. Das ist Mr Joshua Petrus, ein sehr guter Freund und Kampfgefährte unseres Hausherren. Er leitet jetzt mit seiner bezaubernden Frau die Waisenstiftung der Larssons. Lassen Sie sich nicht durch die Hautfarbe irritieren. Es sind beides kluge und herzensgute Menschen.«

Mr Malburn schien das peinlich. »Entschuldigen Sie meine Reaktion. Ich habe reagiert, als ob ich in Georgia, meiner Heimat, wäre. Aber hier denkt man anders.«

»Nicht alle, Mr Malburn. Aber kommen Sie, ich mache Sie mit Mr Petrus und seiner Frau bekannt. Wenn unsere Firmen zusammenarbeiten, bleibt es nicht aus, dass Sie ihn früher oder später kennenlernen.«

Mr Malburn sah mit Erstaunen, wie herzlich sich die Bradwicks und die Petrus' begrüßten. Als er vorgestellt worden war, sagte er zu Joshua: »Ich hörte, dass Sie ein sehr enger Freund von Kapitän Larsson seien. Als Teilhaber der Reederei Bradwick wird er dann auch Partner unserer Firma sein. Mit was für einem Partner können wir denn nach Meinung seines Freundes rechnen?«

Joshua lächelte. »Mit einem ehrlichen, klugen, tapferen und absolut zuverlässigen Partner, Mr Malburn. Am besten, Sie kommen ihm auch so entgegen.«

»Sehr gut gesagt, Mr Petrus«, bestätigte Mrs Bradwick.

»Verzeihung, ich finde, Joshua hat etwas vergessen«, mischte sich Adeline ein und erntete erstaunte Blicke. »Mich hat immer besonders beeindruckt, wie fürsorglich Mr Larsson alle Menschen behandelt, die ihm anvertraut sind. Du hast mir erzählt, dass er so an seine Matrosen dachte, und ich weiß es jetzt von den Kindern in der Stiftung.«

Mrs Bradwick applaudierte. Mr Malburn schaute etwas verwundert und sagte: »Er sieht ganz normal aus, gar nicht wie ein Übermensch.« Und nun lachten alle.

Am übernächsten Vormittag trafen sich Sven und Mr Bradwick in der Reederei. »Na, Sven, du hättest dich nach dem Fest wohl noch einen Tag erholen wollen.«

»Ich hätte mich gern noch länger erholt, Richard. Einweihung der Stiftung, Umzug, das Einweihungsfest! Hier jagt ja ein Termin den anderen. Und ich finde mich in den Zimmern des neuen Hauses noch nicht einmal zurecht.«

»Ja, so geht das an Land zu, Sven. Da hast du es auf See gemütlicher.«

»Dann komm doch mal auf der nächsten Reise mit, Richard.«

»Dann segeln wir gemeinsam nach Georgia.«

»Was soll ich denn da?«

Mr Bradwick erzählte ihm, wie Mr Malburn auf der Feier zuerst auf Joshua und Adeline reagiert hatte und dann nach dem Fest so begeistert von den beiden gewesen war, dass er sie in Georgia auf einer seiner Einladungen vorstellen wollte, damit jeder erfahren könnte, was für gebildete und kluge Menschen auch Farbige sein konnten.

Sven schüttelte den Kopf. »Es ist nicht zu fassen, dass manche Menschen nicht hinter die Hautfarbe schauen können.«

»In Georgia kennt man Schwarze nur als Sklaven oder Hausdiener. Und auch bei uns sind Joshua und Adeline eine seltene Ausnahme. Wir sollten uns nicht zu überlegen dünken.«

Sven wehrte ab. Das wollte er auch nicht. Es sei ja nicht sein Verdienst, dass er ohne Sklaven aufgewachsen sei und Joshuas Entwicklung so eng miterlebt habe.

»Dann wollen wir mal über unsere Planungen reden, sonst komme ich zu spät heim. Und jetzt habe ich ja nicht mehr die Ausrede, dass es Verzögerungen bei der Überquerung des Delaware gegeben habe.«

Sie sprachen über den Konvoi, den Sven mit der Fregatte *Defence* und der Kanonenbrigg *Hudson* aus der Chesapeake Bay geleiten sollte, über die Schiffe, die den Ostindiensegler aus Spanien holen, über ihre Ladung und über die Waren, die auf dem Rückweg aus Europa mitgebracht werden sollten.

»Ein Glück, dass wir in dem Baron du Savord so einen potenten Handelspartner haben. Ich werde ihm sofort schreiben, was wir bringen und dass er die Waren für uns vorbereiten möchte«, sagte Mr Bradwick.

Ein Klopfen an der Tür unterbrach ihn. Der Büroleiter schaute herein. »Eine Expressnachricht aus New York, Sir«, meldete er und übergab Mr Bradwick eine versiegelte Depesche.

Sven schaute eher uninteressiert zu, wie Mr Bradwick mit einem entschuldigenden Lächeln die Depesche aufschnitt. Aber dann sah er, wie sich auf Mr Bradwicks Gesicht Überraschung und Freude ausbreitete. »Der Friede ist von allen beteiligten Kriegsparteien am dritten Februar in Paris unterzeichnet worden. Sven, wir haben Frieden!«, lachte er, stand auf und umarmte seinen Freund.

»Dann brauche ich doch den Konvoi nicht mehr abzuholen«, murmelte Sven überrascht.

Mr Bradwick schüttelte den Kopf. »Wir haben keine Erfahrung mit internationalen Kriegen, Sven. Aber ich habe mich kundig gemacht. Die Unterzeichnung ist erst der erste Schritt. Nun müssen die Regierungen noch vereinbaren, wann der Frieden in Kraft tritt. In europäischen Gewässern gilt dafür meist eine Frist von einem Monat. Aber für Ostindien zum Beispiel wird sogar eine Frist von sechs Monaten vereinbart. Erst dann kann man sicher sein, dass alle die Nachricht erreicht hat. Und die britischen Kaper in der Chesapeake Bay werden sich kaum an die Fristen halten. Die verwandeln sich einfach in Piraten, bis man ihnen auf die Finger klopft. Aber dennoch: Der Krieg ist vorbei! Bringen Sie uns ein Glas Sekt, Jonathan!«

»Hört das mit dem Feiern überhaupt nicht mehr auf!«, murmelte Sven.

Aber sie tranken nur ein Glas, dann lenkte Mr Bradwick wieder das Gespräch darauf, welche Informationen und Adressen sie von Baron du Savord noch für die Vorbereitung ihres Indien-Engagements einholen wollten. »Du bist dir sicher, Sven, dass du Französisch-Indien anlaufen willst?«

»Ja, Richard, die britische Ostindienkompanie schließt sich extrem stark gegen fremde Händler ab. Die Franzosen werden uns als Bundesgenossen im jetzt beendeten Krieg wesentlich mehr Möglichkeiten einräumen. Hier gilt auch die Fürsprache des Barons sehr viel mehr. Das heißt aber nicht, dass ich nicht auch Kontakte mit den britischen Indiengebieten aufnehmen will. Auch du solltest jetzt im Frieden um Kontakte mit der britischen Kompanie bemüht sein.«

Svens Nachricht über den Friedensschluss löste auch bei seiner Frau, die mit Henrietta und Martha in der Küche sprach, Freude aus. »Sven, nun können wir hinreisen, wo wir wollen. Zu den Eltern, nach Indien, vielleicht auch einmal nach Europa. Und du musst nicht mehr kämpfen. Was bin ich glücklich!«

»Sabrina, Piraten wird es immer geben. Und gegen Stürme muss ich auch im Frieden kämpfen. Aber du hast recht. Auch ich bin sehr glücklich, dass unsere Kinder nun im Frieden aufwachsen können. Wo sind sie übrigens?«

»Henrietta hat sie gerade etwas hingelegt. Sie haben sich wohl bei der Erkundung des neuen Hauses und der Umgebung etwas übernommen.«

Später mussten sie den Kindern dann noch erklären, was »Frieden« bedeutete. Sven holte einen Atlas heraus und zeigte ihnen, welche Bundesstaaten nun die Vereinigten Staaten bilden würden und warum es so lange dauerte, bis der Friede auch in fernen Erdteilen in Kraft trete.

»Dann brauchen wir auch keine Kanonen mehr. Das ist schade«, meldete sich Henry, dem das Salutschießen immer so gefallen hatte.

Nach dem Essen sprachen Sven und Sabrina noch über die Reise nach Indien. »Was hat dir denn Henry im Einzelnen gesagt, lieber Sven? Ich weiß bisher nur, dass er unsere Mitreise für verantwortbar hält.«

Sven berichtete, dass Henry ihn auf dem Fest auch nur in Stichworten informiert habe. »Alle möglichen Tropenkrankheiten konnte ich mir auch nicht merken. Ich habe behalten, dass es gegen Malaria eine Medizin gibt, die sie ›Jesuitenpulver‹ nennen. Es wird aus der Rinde des Chinabaumes gewonnen. Aber das Allerwichtigste ist nach Henrys Meinung die Vorbeugung. Immer mit Essigwasser waschen, nur abgekochte Dinge essen, nie ohne Malarianetze schlafen und nie den Dreck der Eingeborenen berühren.«

Sabrina schüttelte sich. »Das würde ich sowieso nicht.«

Sven fuhr schon fort: »Stell dir vor, Henry will uns auch einen Arzneimittelfachmann mit auf die Reise geben, der alle Vorbeugungen koordiniert. Der Mann soll für ihn bei indischen Ärzten und Krankenhäusern die dort gebrauchten Medikamente studieren und Bezugsquellen für Henrys Praxen aufspüren. Er will wohl sogar in den Medikamentenhandel einsteigen.«

»Unser Schwager lässt nichts anbrennen. Der ist wirklich als Kaufmann so gut wie als Arzt«, lachte Sabrina.

Sven nickte. »Ich bin sehr beruhigt, dass er sich so bei der Vorbereitung der Reise engagiert. Er hat schon an britische Kollegen geschrieben.«

Sabrina umfasste ihn. »Wir leben in sehr unruhigen Zeiten, lieber Sven, und du hast bisher einen sehr gefährlichen Beruf ausgeübt. Wir hätten es nie geschafft, wenn nicht wir selbst und Freunde für uns alles immer sehr genau im Voraus geplant und abgesichert hätten. Das müssen wir unseren Kindern als wichtige Erfahrung mitgeben.«

Sven lächelte. »Bei unserer Tochter Lilian erkenne ich diese Einstellung schon, wenn sie ihre Brüder dirigiert.«

Auch Sabrina musste lachen. »Ja, bei denen ist sie eine richtige kleine Gouvernante. Für sich selbst denkt sie nicht immer so gut voraus.«

Kämpfe im Frieden
(März 1783)

Am 2. März des Jahres 1783 stahl sich die Dämmerung durch die Fenster des neuen Hauses. Sven und Sabrina blinzelten fast gleichzeitig. Sie hatten die Vorhänge nicht zugezogen, weil sie früh aufstehen mussten. Sven würde an diesem Tage zur Chesapeake Bay aufbrechen.

Als sie merkten, dass sie beide wach waren, drehten sie sich zueinander. »Guten Morgen, mein Liebling«, sagte Sven leise und küsste seine Frau.

»Ach, Schatz, du weißt doch, dass dies für mich kein guter Morgen werden kann«, sagte Sabrina, nachdem sich ihre Lippen voneinander gelöst hatten. »Du musst mich heute verlassen.«

Sven wehrte ab. Das sei doch nur eine kurze Reise, und sie hätten doch so viele gemeinsame Wochen hinter sich. Aber Sabrina betonte noch etwas die Traurige. »Und ich kann dich von unserem Haus aus nicht einmal auslaufen sehen.«

»Na, so etwas«, scherzte Sven. »Da hätten wir doch den Delaware verlegen müssen, als wir das neue Haus bauten. Jetzt kannst du nur den Schuylkill River mit seinen kleinen Lastkähnen sehen.«

»Du bist grausam!«, drohte ihm Sabrina und schlug die Bettdecke zurück. »Komm, steh auf, damit wir wenigstens in Ruhe frühstücken können.«

»Achtung! Präsentiert das Gewehr!« Der Sergeant der Rangertruppe, die die Seesoldaten an Bord der Fregatte *Defence* ersetzte, brüllte mit lauter Kommandostimme. Die *Defence* war ja eigentlich ein Kaperschiff, da sie Reedern gehörte. Aber auf keiner Fregatte der kontinentalen Flotte hätte der Befehl militärischer klingen können.

Der Kapitän kam an Bord. An Deck ruhten so kurz vor dem Auslaufen alle Arbeiten. Mr Potter, Erster Leutnant, meldete Sven Larsson: »Fregatte *Defence* mit vollzähliger Besatzung auslaufbereit!«

Sven ging die Reihe der Ranger entlang, begrüßte Leutnant Potter mit Handschlag und sagte: »Lassen Sie bitte wegtreten, Mr Potter.«

Sven sah zurück zu seiner Kutsche, hinter deren Fenster er Sabrinas Hand erahnte. Hoffentlich sahen sie sich gesund wieder.

Aber da rannte ein Mann an der Kutsche vorbei auf den Kai.

»Sir, das ist Mr Bradwicks Büroleiter, der da angelaufen kommt«, meldete Martin, Svens Bursche.

»Zieht den Steg noch nicht ein«, befahl Sven. »Lasst den Mann zu mir!«

Der Büroleiter zog seine Mütze und pustete ein paar Mal, ehe er sprechen konnte. »Sir, Mr Bradwick hat heute früh die Meldung erhalten, dass der britische Kaper *Käpt'n Kidd* mit dreißig Kanonen in die Chesapeake Bay eingelaufen ist. Er wollte, dass Sie es noch vor dem Auslaufen erfahren.«

»Vielen Dank«, antwortete Sven. »Kidd, war das nicht ein Seeräuber?«

»Ja, Sir, um die Jahrhundertwende.«

»Sagen Sie, wo ist der Schoner *Hunter* jetzt?«

»Er kehrt morgen mit einem Geleit aus Boston zurück, Sir.«

»Lassen Sie ihm gleich von Wilmington aus signalisieren, dass er uns folgen und sich bei mir melden soll.«

»Aye, aye, Sir!«

Sie zogen die Brücke ein. Sven schaute noch einmal zur Kutsche und winkte mit seinem Hut. Dann setzten sie Segel. Die Brigg *Hudson* führte die Manöver nur Sekunden später auch aus. Am Ufer winkten Angehörige der Besatzung und Schaulustige. Sven ging in seine Kajüte.

Ein junger Midshipman ging zu Mr Waller, dem Dritten Leutnant, und blieb vor ihm in strammer Haltung stehen. Waller fragte: »Nun, was gibt es, Mr Brigger?«

»Darf ich eine Frage stellen, Sir?«

»Nur zu?«

»Was ist die *Hunter* für ein Schiff, Sir? Warum soll sie zu uns stoßen?«

Waller schaute ihn nachdenklich an. »Die Antwort sollte Ihre Kameraden auch interessieren. Holen Sie bitte noch die drei anderen Midshipmen, die jetzt Dienst haben.«

In wenigen Minuten erschienen auch die Midshipmen Henri Mountain, Albert Salton und Charly Wilberg und bauten sich mit John Brigger vor Mr Waller auf.

»Stehen Sie bequem, meine Herren!«, ordnete der an. »Wer von Ihnen weiß, was ein Bermudaschoner ist?«

Albert Salton antwortete: »Ein scharf geschnittener, schneller Schoner mit etwa fünf bis fünfzehn Mann Besatzung, Sir. Zwei Masten mit Schratsegeln.«

»Gut, Mr Salton. Es gibt auch welche mit nur einem Mast. Aber die *Hunter* hat zwei. Der Kapitän hat sie seinerzeit gekauft, um zu erkunden, wie er seine alte Besatzung der *Liberty* vor der Kapitulation Charlestons herausholen könne. Und was meinen Sie, wozu er die *Hunter* jetzt braucht?«

Der junge Wilberg antwortete zuerst: »Um die kleinen Buchten der Chesapeake Bay zu erkunden, Sir.«

»Ihnen kann man ja nichts mehr beibringen«, scherzte Mr Waller. »Aber wer die *Hunter* als Erster kommandierte, wissen Sie nicht!«

Die Midshipmen sahen sich ratlos an.

Mr Waller grinste und sagte: »Mr Grieve, auch einer unserer Midshipmen. Fragen Sie ihn mal nach der Befreiungsaktion bei Charleston. Dabei können Sie auch eine Menge darüber erfahren, wie unser Kapitän für seine Besatzungen eintritt.«

»Danke, Sir!«, bellten die vier wie aus einem Munde, drehten sich zackig um und gingen. Mr Waller sah ihnen lächelnd nach. War er vor sechs Jahren auch noch so jungenhaft gewesen?

Sven war in seiner Kajüte von seinem Burschen Martin und seinem Schreiber Nathaniel Zander begrüßt worden. Nein, es gäbe nichts Neues, antworteten sie auf seine Frage. Nur die üblichen offiziellen Schreiben lägen auf seinem Schreibtisch, fügte Nathaniel hinzu.

»Die sehe ich früh genug«, sagte Sven. »Ich muss mich erst einmal ein bisschen an das Schiff gewöhnen. Meine Landzeit war diesmal sehr anstrengend.« Und er plauderte mit seinen beiden Vertrauten ein wenig über die Stiftung und das neue Haus und erkundigte sich nach ihrem Urlaub.

Nach einigen Minuten holte Martin einen Kaffee für Sven, und dann zogen sich die beiden zurück. Sie wussten, dass jetzt Mr Potter und der Master zum Kapitän kommen würden.

Mr Potter berichtete über den Zustand des Schiffes. Sie hätten eine vollständige Besatzung, Verpflegung und Bewaffnung seien ebenfalls planmäßig vorhanden. Er habe zunächst wie üblich Geschützdrill angeordnet. In der freien See würde er mit dem Drill in der Takelage beginnen.

»Sehr gut, Mr Potter, ich komme dann an Deck, nachdem ich mit Mr White gesprochen habe.«

»Sir, sollen wir an unserer Wacheinteilung und Gefechtsbereitschaft auf unserer ersten Friedensfahrt etwas ändern?«

»Nein, Mr Potter. Der Friede steht zunächst einmal nur auf dem Papier. Und vor allem in der Chesapeake Bay müssen wir auch noch mit britischen Kapern rechnen, die sich einen Teufel um den kommenden Frieden kümmern. Ich habe beim Auslaufen erfahren, dass der britische Kaper *Käpt'n Kidd* mit dreißig Kanonen in die Bay eingelaufen ist. Der wird uns dort nicht zur Unabhängigkeit gratulieren wollen.«

Sie diskutierten dann noch über die Plünderungen der Briten in den letzten Monaten in der Bay und über deren Unterstützung durch Königsanhänger in Maryland und anderen angrenzenden Staaten.

»Dann müssen wir auch diesmal wieder mit Land- und Seeeinsätzen rechnen, Sir?«

»Ja. Mr Potter. Eine Vergnügungsfahrt wird man uns noch nicht gönnen.«

Mr White, der Master, berichtete Sven, dass die Besatzung wohl schon stärker auf den Frieden eingestellt sei. »Ein Teil der Männer macht sich Sorgen, Sir, was aus ihnen im Frieden wird. Sie wissen, Sir, dass die Männer gern unter Ihnen gedient und das gute Prisengeld genossen haben. Jetzt fragen sie sich, wer sie übernimmt, denn die *Defence* wird doch im Frieden nicht mehr gebraucht.«

»Bis wir so weit sind, Mr White, wird es mindestens noch einige Monate dauern. Und im Spätherbst brauchen wir gute Leute für den Ostindiensegler. Sie wissen doch von diesen Plänen. Hören Sie sich doch einmal um, wer mit uns segeln würde.«

»Ja, Sir, manche sind schon bis Kapstadt gesegelt, wie ich auch, aber den Indischen Ozean kennt wohl noch keiner.«

»Ich habe schon einige Maate gefunden, Mr White, die Ostindienerfahrung besitzen. Und wir anderen werden uns auch da zurechtfinden.«

Eine Gruppe von Matrosen war den Niedergang bis zum untersten Deck hinuntergestapft. »Jetzt verteilt euch und haltet die Augen offen«, wies der Maat sie an. »Ihr wisst, dass der Kapitän am Sonntag zur Inspektion immer hier herunterkraucht. Wenn er dann Dreck findet oder etwas aufspürt, was hier nicht hingehört, dann ziehe ich euch die Ohren lang.«

Die Männer grinsten mäßig beeindruckt und verteilten sich rechts und links der Bilge nach vorn und achtern. In der Bilge, dem tiefsten Teil des Rumpfes, sammelte sich das eingesickerte Wasser, bis es wieder herausgepumpt wurde. Das Bilgenwasser war schmierig und stank. Auf vielen Schiffen versteckten Matrosen heimlich eingeschmuggelte Rumflaschen in dieser Art Wasserkanal. Aber auf der *Defence*, wo der Kapitän bei jeder Inspektion die Bilge durchsuchte, waren sie davon abgekommen.

Hendrik, ein Vollmatrose, dessen Familie ursprünglich aus Friesland eingewandert war, schwärmte leise zu seinem Nachbarn: »Mann, det war doch klasse Fleisch im Essen, dat wir im Hafen hatten. Nu jeben se uns wieder dat Salzfleisch aus die Fässer. Mir wird janz schlecht, wenn ick nur daran denke.«

»Nu hab dich man nich so. Wir segeln doch zur Chesapeake Bay. Da haben wir doch jenuch Landkontakte«, wies ihn sein Kumpel zurecht.

»Du hast wohl noch nich kapiert, dat der Zahlmeister ein Geizhals ist«, antwortete Hendrik. »Der lässt uns erst det Salzfleisch auffressen.«

Sein Kumpel reagierte nicht auf Hendriks Worte. Er hob ein großes Stück Segeltuch an, unter dem ein kleines Fass lag. »Wat is denn dat? Wat macht denn hier det Fass unter dem alten Tuch?«

Hendrik trat zu ihm. »Lass mal sehen!« Er zog das Segeltuch ganz zur Seite. Das kleine Holzfass, das da stand, sah fast neu aus, trug aber keine Aufschrift. Hendrik klopfte dran. Es schien voll zu sein. Er wollte es hochheben.

»Lass stehen!«, rief sein Kumpel. »Du weeßt doch ja nich, wat da drin ist. Det kann doch ne Höllenmaschine sein.«

»Wat haben dir deine Suffkumpane wieder vorjequatscht. Ne Höllenmaschine? Wat soll denn det sein?«, schimpfte Hendrik.

»Na, mit Pulver und Zündschnur oder Zündschloss, wat weeß ick. Ick ruf lieber den Maat.« Und schon rannte er davon.

Mr Kilbert, der Maat kam eilig, hockte sich neben dem Fass hin, horchte dessen Seiten ab, schnüffelte und rüttelte leicht am Fass. »Es riecht leicht nach Pulver«, stellte er fest. »Hendrik, du läufst sofort zum Wachhabenden und meldest: ›Möglicherweise ein Pulverfass im Unterdeck dicht am Bug entdeckt. Bitten um Hilfe des Feuerwerkers!‹«

Hendrik stammelte sein »Aye, aye!« und rannte davon.

»Und ihr anderen sucht weiter, ob nicht achtern auch was versteckt ist. Los!«, fuhr der Maat fort. Die Matrosen folgten eilig seinem Befehl und schienen sich gern vom Fass zu entfernen.

Sven hörte mit ungläubiger Verwunderung die Meldung des Wachhabenden. »Verdammt!«, knurrte er. »Ist der Feuerwerker informiert, Mr Bergson?«

»Ja, Sir. Er ist schon zum Unterdeck unterwegs.«

»Schicken Sie auch den Sergeanten der Ranger mit zwei Mann hinunter. Ich sehe mir die Sache ebenfalls an.« Sven rief seinen Hund

und kletterte schnell den Niedergang hinab. Der Sergeant mit zwei Rangern stapfte hinter ihm her. Die Midshipmen auf dem Achterdeck guckten verwundert.

Tief geduckt ging Sven durch das niedere Unterdeck zum Bug. Dort sah er den Feuerwerker neben dem Fass hocken und es von allen Seiten beklopfen.

»Na, was haben Sie herausgefunden, Mr Winn?«, fragte Sven.

»Das Ding stammt nicht aus unserem Bestand, Sir. Leichter Pulvergeruch ist unverkennbar. Ich kann keine Geräusche hören, Sir. Also wahrscheinlich keine mechanische Zündvorrichtung.«

Sven schüttelte den Kopf. »Aber mit Zündschnur müsste es doch längst explodiert sein, wenn es eine Bombe ist. Wie lange könnte so eine Schnur brennen, Mr Winn?«

»Wir arbeiten mit maximal dreißig Minuten Brennzeit, Sir. Aber ich habe gehört, dass man schon mit Zündschnüren von zwei Stunden experimentiert hat, allerdings in Röhren mit Luftlöchern gelagert.«

Sven überlegte kurz. »Sicherheit geht vor. Maat Kilbert, laufen Sie zum Geschützdeck. Der diensthabende Leutnant soll sofort Kanone sechs zur Seite räumen und die Luke weit öffnen lassen!«

Bevor Kilbert den Befehl bestätigen konnte, rief eine Stimme: »Da ist noch ein Fass am Heck!«

Sven fuhr herum. »Laufen Sie schon, Kilbert.« Dann wandte er sich an die Umstehenden. »Ich brauche zwei Mann für jedes Fass, die es hinauftragen und über Bord werfen. Jeder Mann erhält zwei Dollar Belohnung. Wer meldet sich?«

Sechs Mann hoben die Arme. Sven wählte aus. »Ihr beiden nehmt dieses Fass! Ihr holt das vom Heck. Tempo! Alle anderen aufs Oberdeck!«

Die Männer packten an. Die anderen hasteten an Deck. Sven ging hinter den beiden mit dem ersten Fass. Einer stolperte und Sven griff zu, um ihn zu stützen. Dann liefen sie zur Geschützluke und warfen das Fass so in die See, dass es nicht am Rumpf aufschlug. Sven schaute nach den beiden anderen. Sie schleppten das zweite Fass, das genau so aussah wie das erste. Gott sei Dank, jetzt war es über Bord!

Der Batterieoffizier eilte zu Sven. »Ich habe das Geschützdeck absuchen lassen, Sir. Es wurde nichts Auffälliges gefunden.«

»Gut! Weiter Dienst nach Plan!« Sven wandte sich zu den Matrosen um, die die Fässer über Bord geworfen hatten: »Meldet euch beim Ersten und gebt eure Namen an. Am Sonntag erhaltet ihr eure Belohnung. Ihr habt eure Sache gut gemacht!«

Die Männer freuten sich und legten ihre Hände grüßend an die Stirn. Sven nickte und stieg die Stufen nach oben.

Der Wachhabende sah ihn fragend an. »Wir haben zwei Fässer über Bord geworfen, in denen möglicherweise Pulver mit Zündschnur war. Lassen Sie achteraus beobachten, ob etwas explodiert, Mr Bergson. Ach ja, signalisieren Sie auch der *Hudson*, dass sie längsseits aufkommt. Die müssen ja auch ihr Schiff durchsuchen.«

Sven drehte sich um und wollte in seine Kajüte gehen, da sah er, wie zwei Wassersäulen etwa fünfhundert Meter hinter der Fregatte aus dem Wasser wuchsen. Dann hallten auch die zwei Explosionen heran.

»Donnerwetter!«, stieß er hervor. »Dann waren das ja wirklich Bomben. Mr Bergson, schicken Sie den Ersten und den Master zu mir!« Und er eilte in seine Kajüte, ohne sich weiter um die erstaunt blickenden Matrosen zu kümmern. Sie würden früh genug erfahren, was sich ereignet hatte.

Die *Hudson* segelte heran. Sven ließ das Signal setzen: »Kommandant an Bord!«

Als sich Mr Brent bei ihm in der Kajüte meldete, erzählte Sven ihm, was an Bord der *Defence* geschehen war. »Ich glaube nicht, dass auch die *Hudson* gefährdet ist, denn wer unseren Einsatz sabotieren wollte, der nahm sich das große Flaggschiff vor. Wenn das in die Luft fliegt, hat er sein Ziel erreicht. Sie könnten mit der *Hudson* den Auftrag ja nicht allein ausführen und würden sicher mit den Mannschaften, die Sie von uns aus der See hätten bergen können, zurücksegeln. Aber dennoch bitte ich Sie, Ihr Schiff genau durchsuchen zu lassen. Und bitte fragen Sie auch, ob jemand kurz vor dem Auslaufen etwas Besonderes am Kai oder an Bord der *Defence* bemerkt hat. Ich gehe die Sache jetzt mit meinem Master und dem Ersten Leutnant durch. Sobald sich etwas Neues ergibt, werde ich Sie informieren, Mr Brent.«

»Alles Gute für Ihr Schiff und seine Mannschaft, Sir. Ich kann mir noch gar nicht vorstellen, wer so etwas arrangiert, Sir.«

»Ich auch noch nicht, Mr Brent. Aber wir müssen es herauskriegen.«

Die beiden Männer, die sich im Gebüsch am Ufer des Delaware versteckt hatten, sahen sich erschrocken an, als die beiden Explosionen das Wasser des Flusses aufrissen.

»Verdammt! Sie haben die Fässer entdeckt und über Bord geworfen. Unser Anschlag ist missglückt«, rief der eine Mann. Er war ein kräftiger Mann, etwa Mitte zwanzig, in eine grüne Wolljacke und eine braune Hose mit Stiefeln gekleidet. Seine Haare waren blond und schulterlang.

Sein Gefährte war älter. Sein braunes Haar hatte graue Strähnen, aber auch er wirkte kräftig und gewandt. Jetzt erhob er sich und stützte sich auf seine Muskete. »Es klappt nicht immer alles, Arthur. Manchmal scheitert man trotz bester Vorbereitung. Unsere Gegner sind ja auch nicht dumm.«

»Ja, aber hier sollte es doch den Kerl treffen, der unseren Geheimdienstchef in Philadelphia enttarnt hat, Tim.«

»Ja, so haben sie es uns erzählt. Aber komm, wir laufen jetzt die paar Hundert Meter zu Brads Dorfkneipe. Dort trinken wir ein Bier auf den Fehlschlag und ich erzähle dir, was ich rausgefunden habe.«

Einige Minuten später saßen sie in einer Ecke der schummrigen Dorfkneipe. Der Wirt brachte jedem sein Bier. Als er wieder hinter der Theke verschwunden war, tranken sie einen kräftigen Schluck, und Tim erzählte seine Geschichte.

»Wir sind beide Royalisten, Arthur, und tun unsere Pflicht, seitdem die verdammten Rebellen unserem König den Befehl verweigern.«

Arthur nickte und trank noch einen Schluck.

»Wir beide haben jeder einen Abschnitt an der Mündung des Delaware für den Geheimdienst des Königs betreut. Wir haben die Rebellen beobachtet, alles an unseren nächsten Partner weitergegeben, wir haben sabotiert und einzelne Rebellen getötet, wenn wir sie erwischten.«

»Darauf können wir auch stolz sein, Tim.«

»Hoffentlich! Du weißt, Arthur, dass wir nie fragen sollten, wer außer unserem direkten Nachbarn noch zum Geheimdienst gehört. Ich habe mich nicht mehr daran gehalten, seitdem hier alles den Bach runtergeht.«

»Bist du verrückt, Tim? Es wurden schon welche für geringere Taten an die Wand gestellt.«

»Arthur, der König hat den Rebellen die Freiheit gegeben. In wenigen Wochen ist hier Frieden und die Rebellen haben ihren eigenen Staat. Nutzt unsere Arbeit überhaupt noch dem König? Oder kochen andere ihr eigenes Süppchen? Ich habe herausgefunden, dass unser Chef der Schwager eines reichen Reeders ist. Und dieser Reeder hat durch den Mann, den wir heute in die Luft sprengen sollten, viel von seinem Geschäft an die Reederei Bradwick verloren, deren Miteigentümer der Kapitän dieser Fregatte ist. Im Grunde geht dieser Anschlag auf persönliche Rache zurück. Unsere Königstreue wird missbraucht, Arthur.«

»Du übertreibst, Tim.«

»Denk doch mal nach! Dieser Kapitän Larsson soll doch Schiffe aus der Chesapeake Bay holen. Der Friede steht vor der Tür. Die Schiffe des Königs sind schon aus der Bay abgezogen. Nur noch Kaper sind dort. Wenn die jetzt noch plündern, sind sie nur noch wie Piraten. Was hat das mit unserem König zu tun?«

Arthur nickte nachdenklich.

»Die spannen uns für ihre persönlichen Geschäfte ein, Arthur. Und das tun viele. Manchem habe ich seine Königstreue nie geglaubt. Ich mach jetzt nicht mehr mit. Ich habe alles vorbereitet. Auch wenn das mit der Sprengung gelungen wäre, ich verschwinde heute Nacht heimlich. Entweder gehe ich nach Süden und kaufe mir von meinen Ersparnissen ein Fischerboot, oder ich wandere weit in den Westen und kaufe mir ein Stück Land. Papiere mit einem neuen Namen habe ich schon. Ich bitte dich nur in Erinnerung an unsere gemeinsamen Erlebnisse: Sag niemandem ein Wort von diesen Plänen! Sei einfach so überrascht wie alle von meinem Verschwinden.«

Arthur steckte ihm die Hand entgegen: »Von mir hört niemand ein Wort, Tim. Ich glaube noch nicht, dass du recht hast, aber ich konnte mich immer auf dich verlassen und wünsche dir alles Gute!«

Drei Hände griffen nach den drei Weingläsern, die auf dem Tisch standen.

»Auf den Frieden und auf unsere Freiheit!«, sagte Sven Larsson mit ernster Stimme. Mr Potter, der Erste Leutnant, und Mr White, der Master, wiederholten den Toast. Sie tranken den Toast im Sitzen, wie in der Flotte üblich.

»Sie werden nicht weniger überrascht worden sein von diesem heimtückischen Angriff als ich, meine Herren«, begann Sven die Besprechung. »Wir hatten großes Glück, dass der Anschlag entdeckt wurde. Nun müssen wir unbedingt herausfinden, wer und was dahintersteckt. Hat einer von Ihnen eine Vermutung?«

Der Erste und der Master sahen sich an. Beide zuckten mit den Schultern. »Sir, wir haben so vielen auf die Füße getreten. Sie alle könnten es gewesen sein, ihre Freunde, ihre Verwandten. Uns haben viele Rache geschworen.«

»Ja, aber viele hätten gar keine Gelegenheit, ihre Rache zu verwirklichen. Wer das getan hat, muss hier in Philadelphia mindestens zwei Mann zur Unterstützung und die Mittel zur Herstellung der Pulverfässer und Zündschnüre haben. Damit fallen viele aus.« Svens Stimme klang etwas ungeduldig.

Der Master wandte sich an Sven. »Sir, die Fässer müssen unmittelbar vor dem Auslaufen an Bord gekommen sein, als wir nur noch Kleinbedarf luden. Ohne Unterstützung aus unserer Mannschaft hätte man das wohl kaum geschafft.«

»So denke ich auch, Mr White. Was wurde zuletzt an Bord gebracht und von wem?«, warf Sven ein.

»Frischfleisch für die Kombüse, Sir, Medizin für Dr. Bader, Briefbeutel für Ihr Büro, Kleinigkeiten für einige Maate und Matrosen«, antwortete Mr Potter. »Aber zwei Fässer hätten da auffallen müssen.«

»Und wenn sie von der dem Kai abgewandten Seite an Bord gebracht worden wären?«

»Das wäre noch auffälliger gewesen, Sir. Die Ranger passen auf, dass uns kein Boot zu nahe kommt, das Schnaps schmuggeln kann«, wandte Mr Potter ein.

Sven nickte. »Wir kommen nicht weiter, ohne den Wachhabenden zu befragen sowie die Midshipmen und Maate, die zu der Zeit an Deck Dienst hatten. Wer hat denn von Ihren Leuten die letzten Ladungen überwacht, Mr White?«

Der Master überlegte kurz. »Maat Solder und Maat Nadzik, Sir. Und ich habe Sergeant Sobas an der Steuerbordseite gesehen, wie er mit Rangern schimpfte.«

»Dann lassen wir die drei doch sofort holen!«, entschied Sven und rief nach seinem Burschen.

Als die drei kamen, salutierten die Maate wie Seeleute, indem sie die Knöchel der rechten Hand an die Stirn führten. Sergeant Sobas knallte die Hacken zusammen und führte die ausgestreckte Hand an die Schläfe. Ein Soldat eben, dachte Sven schmunzelnd. Dann erklärte er den drei Männern, welche Vermutungen sich in den bisherigen Besprechungen über den Verlauf der Sabotage ergeben hatten.

»Wer von Ihnen hat irgendetwas Besonderes vor dem Ablegen bemerkt?«

Maat Solder richtete sich auf. »Sir, ich habe mich schon bei meinen Männern erkundigt. Kurz vor dem Ablegen ist noch ein Händler an Bord gekommen, um den Zahlmeister zu sprechen. Er hatte vorher Arbeiter angeleitet, die noch Proviant brachten. Er hat dann zwei meiner Matrosen angesprochen und auf zwei Fässer hingewiesen, die noch mittschiffs standen. Seine Leute hätten die vergessen, soll er gesagt haben. Ob sie die beiden Fässer im Unterdeck am Niedergang abstellen könnten. Der Zahlmeister würde dann dafür sorgen, dass sie an den rechten Ort kämen. Er hat ihnen dafür seine Taschenflasche mit gutem Rum geschenkt, Sir.«

»Mr Solder, holen Sie sofort die beiden Matrosen und bitten Sie den Zahlmeister zu uns.«

Sergeant Sobas und Maat Nadzik hatten nichts Außergewöhnliches zu berichten und wurden entlassen. Als sie den Raum verließen, trafen sie auf Maat Solder mit seinen beiden Matrosen. Gleich darauf kam der Zahlmeister.

Ihn bat Sven an den Tisch. Die anderen standen, und Sven ließ die Matrosen den Mann beschreiben, der ihnen den Auftrag gegeben hatte.

»Sir, der war een Zivilist, Sir. Soon feiner Pinkel mit ne braune Jacke und jelbe Hosen. Ick hab ihn vorher bei die Arbeiter gesehen, die ausluden.«

Sven zähmte seine Ungeduld. »Nun erzählt uns noch mehr über ihn! Größe, Alter, Haarfarbe und so etwas.«

Jetzt war der andere Matrose an der Reihe. »Sir, der hatte schon graue Schläfen. Er war so groß wie ich und ich bin über einssiebzig. Er hatte ’nen Bauch wie soon Schreibtischhengst. Seine Haare habe ich nicht gesehen, weil er ’nen Hut aufhatte.«

»Und was hat er zu euch gesagt? Hatte er einen Akzent?«, fragte Sven.

»Er hat geschimpft, dass seine Arbeiter die Fässer nicht runtergetragen hatten, Sir. Dann hat er uns gebeten und uns seine Taschenflasche gegeben. War ein feinet Ding. Ick hab se hier.« Und er holte eine Taschenflasche mit schwarzem Tuchüberzug aus der Tasche.

Er gab sie Sven und der schüttelte sie.

»Wir haben sie mit unsere Kumpel leer gemacht, Sir. War guter Rum, Sir.«

»Und wo habt ihr die Fässer hingestellt?«

»Im Unterdeck, Sir, unter die letzte Stufe vom Niedergang. So hat er’s gesagt. Die Räume vom Smutje sind ja gleich daneben.«

»Ist euch noch etwas aufgefallen?«

Der eine Matrose nickte mit dem Kopf. »Ja, Sir. Er hatte ’ne Narbe auf der Backe. Von hier so hoch bis da.« Und er zeigte auf seiner linken Wange einen Strich vom Mundwinkel bis zur Schläfe.

»Gut beobachtet«, lobte Sven. »Aber wenn euch noch einmal an Bord jemand um eine Arbeit bittet, holt erst den Wachhabenden. Die Flasche kann ich euch nicht wiedergeben. Die muss ich nach Philadelphia schicken, ob jemand sie an dem Wappen hier erkennt. Ihr könnt jetzt gehen, aber ich werde euch noch einmal brauchen.«

Sven war unruhig, denn das ging ihm alles zu langsam. Aber er beherrschte sich und fragte den Zahlmeister ruhig: »Hat dieser Mann mit Ihnen gesprochen, Mr Huston?«

»Nein, Sir. Ich habe auch niemanden gesehen, auf den diese Beschreibung zutrifft. Allerdings war ich vor dem Auslaufen auch meist unter Deck und habe mit dem Master die Verstauung der Waren überwacht.«

Mr White nickte zu dieser Aussage.

Sven stellte fest: »Nach dem, was wir bis jetzt wissen, handelt es sich um einen sorgfältig geplanten Anschlag. Eine Einzelperson, die ihre persönliche Rache ausleben will, kann so etwas nicht organisieren. Ich werde jetzt noch zur Mannschaft sprechen und auch mit einer Prämie versuchen, weitere Auskünfte herauszulocken. Aber die entscheidende Aufklärungsarbeit muss in Philadelphia erfolgen. Mr Zander, mein Schreiber, wird nachher die Personenbeschreibung aufnehmen. Er versteht ja auch genug von Mode.«

Die anderen, denen Mr Zanders modische Allüren schon oft aufgefallen waren, lächelten. Dann befahl Sven: »Lassen Sie alle Mann an Deck antreten!«

Dann gellten die Pfeifen der Maate. Die wachfreien Matrosen rannten die Niedergänge empor. Einige sahen verärgert aus. Sie hatten vielleicht beim Kartenspiel gesessen und wurden nun in ihrer Freizeit gestört.

Sven stand am Geländer des Achterdecks und schaute auf die vielen Gesichter, die sich ihm entgegenreckten. »Männer der *Defence*! Ihr habt schon erfahren, dass ihr alle Opfer eines heimtückischen Anschlags werden solltet. Durch die Aufmerksamkeit eines Kameraden wurden auf dem Unterdeck zwei Pulverfässer gefunden und über Bord geworfen. Sie explodierten kurz darauf im Wasser. Wer die Fässer an Bord brachte, wissen wir noch nicht. Es waren Fünfzig-Liter-Fässer, wie sie vor allem in der Kombüse gebraucht werden. Ein Landmann, wie ein Transportaufseher mit brauner Jacke, gelber Hose und braunem Hut gekleidet, hat zwei Männer die Fässer auf dem Unterdeck am Niedergang abstellen lassen. Wer die Fässer dann zum Bug oder zum Heck gebracht hat, wissen wir nicht. Es muss aber jemand von der Besatzung getan haben. Wenn es einer von euch war, soll er sich jetzt melden!«

Sven und die Offiziere schauten sich um, aber niemand meldete sich.

»Na gut«, sagte Sven. »Einer von uns muss es gewesen sein. Ich fordere jeden von euch auf, genau an die Zeit kurz vor dem Auslaufen zurückzudenken. Wer sich an etwas erinnert, was mit dem Anschlag zu tun haben könnte, der meldet sich bei seinem Divisionsoffizier. Wichtig ist vor allem, wer hat die Fässer vom Niedergang an ihren endgültigen Platz gebracht. Für einen Hinweis, der zu dem oder den Tätern führt, zahle ich fünf Dollar. Strengt euch an. Und jetzt: Zurück auf eure Stationen!«

Die Matrosen zerstreuten sich. Einige schwatzten. Andere schienen betreten. Sven wandte sich an Mr Potter: »Die Zeit ist schneller vergangen, als ich dachte. Wir sind ja schon in freier See. Legen Sie bitte einen Kurs fest, der uns in etwa fünf Meilen vor der Küste entlangführt. Die *Hudson* soll etwa eine Meile landwärts segeln. Die haben anscheinend nichts gefunden.«

»Nein, Sir. Der Wachhabende berichtete mir, dass sie vor einer halben Stunde signalisiert hätten: ›Keine Auffälligkeiten‹.«

»Ich habe es nicht anders erwartet. Was meinen Sie, Mr Potter, haben wir eine Chance, den Verräter in unseren Reihen zu finden?«

»Wenn keiner gemeldet wird, müssen wir die Liste der erstmals angeheuerten Leute durchgehen und nachforschen, wer sie von anderen Schiffen kennt. Vielleicht kommen wir dann etwas weiter.«

Sven nickte. »Mr Zander und Mr Huston arbeiten schon daran. Aber mir wird erst wieder wohl, wenn wir ihn haben.«

Nathaniel, der Schreiber des Kapitäns, saß mit den Midshipmen Albert Salton und Henri Mountain in seiner Schreibkammer und hatte Listen mit Angaben über die Mitglieder der Besatzung vor sich. Er war ein hagerer und penibler Arbeiter, aber wenn er vor einer neuen Aufgabe saß, brauchte er fast immer einen Anstoß, um die Richtung der Arbeit zu bestimmen.

»Wir haben auf dieser Fahrt genau einundzwanzig neue Männer an Bord. Sie kommen von mindestens sieben verschiedenen Schiffen, wie mir ein Überblick zeigte. Wie wollen wir vorgehen, meine Herren?«

Henri Mountain war der Schnellere der beiden. »Wir sollten die Namen der Männer den Schiffen zuordnen, Mr Zander. Haben Sie einen neuen Bogen Papier?«

»Natürlich! Wenn ich von allem so viel hätte«, brummelte Nat und zog ein Blatt hervor.

»Nun könnte Albert die Namen der Schiffe oben hinschreiben, denn er hat die beste Schrift von uns, und dann ordnen wir die Namen der Neuen den Schiffen zu«, ergänzte Henri seinen Vorschlag.

»Und dann?«, wollte Mr Zander wissen. Aber kaum hatte er das ausgesprochen, fiel ihm schon ein. »Dann können wir die Leute vom selben Schiff über die Kameraden befragen. Aber der oder die höchstens zwei Täter werden nicht in einer Gruppe zu uns gekommen sein. Interessant sind also die, die angeben, allein von einem Schiff gekommen zu sein.«

»Das leuchtet ein, Mr Zander«, bestätigte Henri und hatte ein leichtes Lächeln auf den Lippen.

Am Ende ihrer Arbeit standen zwei neue Matrosen auf dem Blatt, von denen jeder allein von einem Schiff gekommen war. »Die sollte sich der Kapitän vornehmen«, schlug Albert Salton vor.

Aber jetzt war Mr Zander in die Arbeit hineingewachsen und spielte seine Systematik aus. »Wir müssen erst prüfen, ob welche von der alten Besatzung auf einem der beiden Schiffe waren. Das wird der Kapitän wissen wollen, denn die könnten vielleicht Auskunft über die Neuen geben. Wir nehmen uns jetzt die Listen der alten Besatzung vor und prüfen, ob wir jemanden finden, der auf einem dieser beiden Schiffe, *Jupiter*, das ist eine Brigg, oder *Lion*, das ist ein Schoner, gedient hat.«

Die beiden nickten und nahmen die Listen, die ihnen Mr Zander reichte.

Am Ende hatten sie drei Mann gefunden, die auf der *Jupiter* gedient hatten, aber niemanden, der die *Lion* angegeben hatte.

»Dann muss es der Jan Lambden von der *Lion* sein, Mr Zander«, preschte Henri wieder vor.

Aber jetzt spielte der Schreiber seine Routine aus. »Der erste Augenschein ist nicht immer der richtige. Wir dürfen die anderen Möglichkeiten nicht vergessen. Wir gehen jetzt zum Kapitän und lassen ihn über die nächsten Schritte entscheiden.«

Kapitän Larsson hörte sich ihren Bericht an, nickte nachdenklich und sagte dann: »Ich danke Ihnen für Ihre Arbeit, meine Herren. Sie dürfen zu niemandem, wirklich niemandem über diese Ergebnisse reden. Ich werde weitere Informationen einholen. Vielen Dank!«

Die drei Männer erhoben sich, grüßten und gingen. Es war ihnen anzusehen, dass sie etwas enttäuscht waren. Sie fühlten sich ausgebootet. Sven lächelte etwas, als er ihnen nachsah. Er verstand sie sehr gut. Aber für den nächsten Schritt brauchte er jemanden mit vielen Kontakten in der Mannschaft. Er rief nach Martin und ließ ihn den Maat Samuel Root holen.

Als Sam nach einiger Zeit wieder die Kajüte des Kapitäns verließ, drückte sein Gesicht Verwirrung und etwas Ärger aus. Er nickte dem Seesoldaten nur zu, sagte aber kein Wort.

Nanu!, dachte der Seesoldat. Da hat Sam wohl keine guten Nachrichten gehört.

Sam war beunruhigt, dass sie an Bord anscheinend einen Saboteur hatten, der selbst sein eigenes Leben riskierte, um die *Defence* zu vernichten. Und er war ärgerlich, denn er hatte sich mit Freunden zu einem Kartenspiel verabredet, das er jetzt ausfallen lassen musste. Na ja, der Kapitän hatte oft genug auch für ihn Zeit gehabt. Und er machte sich auf den Weg, um Jan Lambden zu suchen.

Er hatte Glück. Der Mann, den er nur vom Sehen kannte, hatte Freiwache und saß mit seiner Backschaft in der Unterkunft. Zwei Maate, die mit am Tisch saßen, waren Sam vertraut.

Er setzte sich zu ihnen und sagte, dass er noch ein wenig Zeit hätte, um mit ihnen zu quatschen.

Die Maate waren sehr einverstanden, denn sie wussten, dass er ein langjähriger enger Vertrauter des Kapitäns war, und hofften, die eine oder andere Neuigkeit zu erfahren.

»He, Sam«, ging der eine gleich auf dieses Ziel los, »was gibt es Neues über den neuen Auftrag?«

Sam lachte. »Du weißt das doch immer als Erster von Andree Sound, deinem Freund, der alles bei den Offizieren hört, deren Bursche er ist.«

»Die haben nicht viel erzählt. Ja, 'nen Geleitzug sollen wir in Baltimore abholen. Aber was soll das? Wir haben doch Frieden.«

»Der ist unterzeichnet, aber er muss erst noch in Kraft treten. Die im fernen Westen oder die im Indischen Ozean haben doch nichts von der Unterzeichnung gehört. Bis bei uns hier die Waffen schweigen, wird es April werden. Im Indischen Ozean tritt der Friede immer erst nach sechs Monaten in Kraft.«

»So ein Quatsch. Man kann doch die weiße Flagge hissen und sagt dem anderen, dass der Krieg aus ist«, brabbelte ein Matrose.

»Du bist ja ein Schlaumeier. Hast du nicht miterlebt, dass wir die britische Flagge gehisst hatten, um an englische Schiffe heranzukommen? Und dann auf einmal zogen wir unsere Flagge hoch und knallten ihnen die Kugeln um die Ohren. Ehe die nicht schriftliche Nachricht von ihrer Regierung haben, glauben doch nur Dummköpfe noch an Flaggen.«

»Aber die britische Marine hat doch keine Schiffe mehr in der Chesapeake Bay«, sagte der Maat.

Sam antwortete ihm: »Aber ihre Kaper sind noch da. Gerade erst ist ein neuer Kaper mit dreißig Kanonen gemeldet worden. Der Käpt'n hat gleich noch die *Hunter* angefordert.«

»Wat soll denn die mit ihren kleinen Kanönchen ausrichten?«, fragte ein anderer Matrose.

Sam verdrehte die Augen und seufzte. Der andere Maat sprang ihm zur Seite. »Denk doch mal selbst nach. Der kleine schnelle Schoner soll die Buchten und Flussmündungen absuchen, wo sich Kaper verstecken, wir aber mit unserem dicken Pott nicht mehr hineinkommen.«

Da nickten die anderen.

Sam sah Jan Lambden an. »Dich kenne ich noch gar nicht. Wo bist du denn vorher gesegelt?«

Jan blickte Sam offen an. »Auf dem Schoner *Lion* vor Neufundland, Mr Root.«

»Da waren wir noch nie. Habt ihr da auch Prisen fangen können?«

»Ein paar Fischkutter und einmal einen Transporter. Das war alles. Darum bin ich ja zur *Defence* gekommen. Der Kapitän soll ein goldnes Händchen für Prisen haben.«

Sam lächelte und nickte. »Dann wollen wir uns mal alles Gute wünschen. Ich muss jetzt weiter.«

Als Sam wieder an Deck war, blieb er stehen und überlegte. Dieser Jan machte auf ihn den Eindruck eines Matrosen, der selbstsicher und nicht dumm war. Wenn er der Saboteur war, würde es nicht leicht sein, ihn zu überführen.

Die *Defence* pflügte mit südöstlichem Kurs durch die raue See. In den letzten Tagen hatte sich alles bereits wieder so an Bord eingespielt, als seien sie inzwischen Wochen auf See. Nur einige Männer erbrachen sich noch in Lee. Ihre Mägen hatten sich noch nicht wieder an den Seegang gewöhnt.

Sam und Walter Jungmann, Vertraute des Kapitäns, hatten heimlich die Sachen von Jan Lambden und des Neuankömmlings von der *Jupiter* durchsucht, aber keine Hinweise auf eine Sabotage gefunden.

Dem Kapitän war keine neue Möglichkeit eingefallen, wie er den Saboteur überführen könnte. Man würde die Männer besonders beim Landgang beobachten müssen. Er schob die Gedanken etwas zur Seite und überlegte, wie die Gefechtsbereitschaft des Schiffes noch gesteigert werden könnte.

Ein Klopfen an der Tür unterbrach seine Gedanken. Er verzog ärgerlich das Gesicht und rief schroff: »Ja!«

Midshipman John Brigger trat ein und meldete knapp: »Segel kommt von achtern schnell auf. Mr Waller vermutet die *Hunter*. Abstand zweieinhalb Meilen.«

Kapitän Larsson nickte und sagte: »Ich komme dann an Deck.« Danach wandte er sich wieder seinen Unterlagen zu und überlegte, wie die Karronaden möglichst effektiv auf der *Defence* verteilt werden könnten.

Nach einer Weile legte er die Papiere zusammen, erhob sich und rief Rocky. Er nahm seinen Mantel, setzte den Hut auf, streichelte den Hund und informierte seinen Burschen, dass er an Deck ging.

Als er die Tür öffnete, salutierte der Posten und Sven tippte dankend an seinen Hut. Er blickte zuerst achteraus und sah das fremde Segel, konnte es aber ohne Teleskop nicht erkennen.

Mr Waller, der Wachhabende, meldete Sven, dass achteraus der Schoner *Hunter* aufkomme. »Dann werden wir ja unseren alten Freund Achille Grieve wiedersehen. Empfangen Sie ihn wie einen Kommandanten. Er hat ja das Kommando erst drei Monate. Da wird ihn ein solcher Empfang noch freuen.«

Mr Waller grinste. »Schade, dass er nicht für einen Abend bei uns bleiben kann, Sir. Er konnte immer sehr lustig erzählen.«

Mr Grieve kam an Deck. Die Ranger präsentierten, Trommler und Pfeifer spielten und Mr Grieve akzeptierte das Arrangement mit einer Mischung aus Amüsement und Stolz. Sven ließ ihm keine Zeit, die alten Kameraden zu begrüßen. »Kommen Sie gleich in meine Kajüte! Für alles andere ist nachher noch Zeit.«

Plum Point war eine kleine Hafenstadt an der Küste Marylands zur Chesapeake Bay. Es gab drei Kneipen in dem kleinen Nest, alle lagen nicht weit vom Kai. Gerade betrat ein Mann in der Uniform eines Majors eines Marylander Royalistenregiments eine der Kneipen und schaute sich um. In einer Ecke saß ein Mann in marineblauer Jacke an einem kleinen Tisch und winkte ihm zu. Der Major ging zu ihm und begrüßte ihn mit festem Händedruck.

»Sieht man sich einmal wieder«, meinte der Seemann. »Das letzte Treffen ist etwa ein Jahr her. Und in der Zeit hat sich viel verändert, Major Filder.«

»Aber nicht zum Guten, Kapitän Ulsten. Noch ein Jahr, dann können wir uns nicht mehr hier treffen.«

»Hauptsache, wir sehen uns gesund wieder. Ich soll Ihnen herzliche Grüße von Mr Santon, meinem Reeder und Ihrem Freund, ausrichten, Major. Er habe alles für Ihren Umzug vorbereitet, soll ich Ihnen sagen.«

»Die erste gute Nachricht seit Monaten«, antwortete der Major und setzte sich. »Kann man den Wein trinken, den Sie da vor sich haben?«

»Er ist nicht so gut wie der, den ich in Europa trinke, aber annehmbar. Ich werde ein Glas für Sie bestellen.« Und er winkte dem Kellner.

»Wo liegt denn Ihr Schiff, Kapitän?«

»In einer kleinen Bucht, ein paar Hundert Meter nördlich vom Hafen. Die Rebellen werden auch für mich zu stark.«

Der Kellner war ein Junge von etwa dreizehn Jahren, der sich etwas Geld nebenbei verdiente. Der junge Rotschopf stutzte etwas, als er Major Filder erkannte, versuchte aber seine Überraschung zu verbergen. »Was darf's sein?«, fragte er und nahm die Bestellung entgegen. Als er dann das Glas brachte, näherte er sich dem Tisch leise aus anderer Richtung. Er hatte Glück und konnte die beiden Männer kurz belauschen. Der Kapitän fragte gerade: »Also, Sie kommen mit uns mit. Und was wird aus Ihren Männern?«

»Das sollen die selber sehen«, antwortete der Major.

Der Junge wäre fast gestolpert, als er das hörte. Aber er fing sich und sagte höflich: »Ihre Bestellung, Sir. Wünschen Sie noch etwas?«

»Vorläufig nicht«, antwortete der Kapitän und der Junge lief zum Tresen. Der Mann hinter dem Tresen schaute den Jungen fragend an, und der flüsterte: »Ich muss schnell einmal ein paar Minuten raus, Sir!«

Der Wirt dachte, der Junge müsse sich entleeren, und meinte nur kurz: »Mach aber schnell, Bursche!«

Der Junge rannte wie ein Wirbelwind zu einer der nächstgelegenen Hütte und riss die Tür auf. »Mutter, wo ist Albert?«

»Dein Bruder schläft gerade. Er muss doch gleich wieder weg.«

Der jüngere Bruder lief zur nächsten Tür und riss sie auf. Ich muss es dem Albert sagen, dachte er. Das ist doch sein Major, den er begleitet hat und der eben so abfällig über seine Leute sprach. Er rüttelte seinen älteren Bruder an der Schulter und erzählte ihm, was er beobachtet und gehört hatte.

»Das kann doch nicht sein!«, murmelte Albert verstört.

Sein Bruder versicherte, er habe es genau gehört. Und vorher hätten die Männer von einem Kaperschiff gesprochen.

Sein Bruder hatte sich aufgerichtet und schüttelte den Kopf. »Und uns erzählt er immer, der Kampf sei noch längst nicht zu Ende. Geh wieder hin und horche, ob du noch mehr erfahren kannst!«

»Sag das doch auch Opa! Der kann sich unauffällig an den Nebentisch setzen und besser zuhören. Wenn ich da immer stehe, fällt das doch auf.«

»Ich will es versuchen«, antwortete Albert, der inzwischen hellwach war. Sein Bruder rannte davon.

Stunden später saßen sie abends in der Hütte zusammen: der Großvater, seine Tochter, Albert und Robert. Die Oma und der Vater der beiden Brüder waren getötet worden, als sie mit einem Erntewagen in das Schussfeld der Rebellen geraten waren, die einen Trupp der königlichen Füsiliere überfallen wollten. Um ihren Tod zu rächen, war Albert bei einem Bataillon der Marylander Royalisten als Soldat eingetreten.

Jetzt saß er voller Unruhe da und wartete, dass der Opa seine Pfeife fertig gestopft hatte und berichten würde. Der Opa ließ sich von Robert einen glühenden kleinen Ast aus dem Kamin geben und zündete die Pfeife an. Nachdem er zwei Rauchwolken ausgestoßen hatte, räusperte er sich und begann zu berichten. »Albert, dein Major ist ein Verräter. Er hat bei euren Eroberungen eine Menge abgezweigt: Schmuck, Geld, aber auch Pulver und Munition. Euch hat er gesagt, dass Pulver und Munition in das Lager der Royalisten abtransportiert würden, aber einige Spießgesellen haben es in ein Versteck bei Shady Side gebracht. Dort soll es nun der Kaper dieses Kapitäns abholen. Der Reeder ist übrigens der Mann, mit dessen Geld dieses Royalistenbatallion aufgestellt wurde. Weiß der Teufel, ob er dabei mehr an den König oder seinen Vorteil gedacht hat! Dein Major Filder will jedenfalls mit seiner Beute abhauen, sich auf den Bahamas ein feines Leben einrichten und euch den Rebellen überlassen. In einer Woche etwa soll es geschehen. Willst du dich nicht bei uns verstecken, Albert? Hier kannst du eher den Rebellen entkommen als dort im Norden, wenn er euch allein lässt.«

Albert schaute wütend und bewegte den Mund, als kaue er die Nachrichten durch. »So ein Schwein!«, stieß er schließlich hervor. »Ich habe immer gewusst, dass er hart und grausam ist, aber für einen eigensüchtigen Verräter habe ich ihn nie gehalten. Wenn ich mich hier verstecke, zündet er den ganzen Ort an. Ich muss mit, versuchen, einige Kumpels auf meine Seite zu ziehen, und ihn beobachten. Ein Glück, dass ich gewarnt bin. Der Verräter hat unsere Königstreue missbraucht! So ein Miststück!«

»Er wird nicht das letzte Miststück in deinem Leben sein, dem du begegnest«, brummelte der Opa. Und Alberts Mutter weinte, weil ihr Sohn sich noch nicht von den Verrätern trennen konnte.

Die Fregatte *Defence*, die Kanonenbrigg *Hudson* und der Schoner *Hunter* liefen breit gestaffelt bei Kap Henry in die Chesapeake Bay ein. Sven ließ Signal setzen, dass Kurs auf Norfolk zu nehmen sei.

Es war für Sven ein eigenartiges Gefühl, die Küste wieder zu erblicken, an der sich ihr Kampf vor anderthalb Jahren militärisch entschieden hatte. Nicht weit entfernt von hier war er in Gefangenschaft geraten, wurde von seinen Männern befreit und hatte die Briten nach der Kapitulation von Yorktown als Gefangene aus der Stadt marschieren sehen. Er hatte noch die Melodie im Kopf, die sie beim Ausmarsch spielten: »… dann stellt sich die Welt auf den Kopf!«

Er wandte sich zu Mr Potter, seinem Ersten Leutnant. »Lassen Sie vor Norfolk breitseits ankern, *Defence* zur Buchtseite, *Hunter* zum James River. Danach ›Kommandanten an Bord!‹ Sie kommen dann bitte mit ihnen in meine Kajüte.«

»Aye, aye, Sir!«

Sven informierte Martin, dass er drei Gäste erwarte. Eine Flasche Rotwein, Kaffee und Kekse sollte der vorbereiten. Dann ließ er sich in einen Sessel fallen und grübelte vor sich hin. Ohne Informationen der Bevölkerung würde er den Kapern der Briten nicht viel Schaden zufügen können. Die Chesapeake Bay war so reich an Nebenflüssen und kleinen Seitenbuchten, dass sie nicht alle absuchen konnten. Und nachts konnten die Briten an ihnen vorbei seewärts auslaufen. Wie konnten sie das verhindern?

Dann hörte er die Kommandanten kommen. Sie kannten sich alle seit Langem. Er sah es den Gesichtern an, dass sie sich fröhlich begrüßt hatten: Commander John Brent von der *Hudson*, der amtierende Leutnant Achille Grieve von der *Hunter* und Tom Potter, sein Erster. Sven begrüßte sie freundlich und war erstaunt, wie viel sicherer und männlicher Mr Grieve aussah. Ein eigenes Kommando formte seinen Mann.

Martin goss den Wein ein, sie tranken auf ihr Land und den Kongress und Sven führte sie in die Aufgabe ein, auf dem Weg nach Baltimore britische Kaper zu suchen und zu entwaffnen. »Wir sind in einer etwas zwiespältigen Situation. Der Friedensvertrag ist zwar unterzeichnet, aber die Einstellung der Feindseligkeiten ist noch nicht angeordnet worden. Dennoch können wir nicht auf jeden britischen Kaper schießen. Wir müssen ihn erst auffordern, sich durchsuchen zu lassen. Wir können ihn entwaffnen und ihn auffordern, unsere Hoheitsgewässer zu verlassen. Wenn wir ihm Gewalttaten gegen unsere Bürger nachweisen, können wir ihn auch besetzen und im nächsten Hafen vor Gericht bringen. Nur wenn er sich widersetzt, können wir ihn bekämpfen.«

»Das ist aber alles sehr umständlich, Sir. Und die Advokaten vor

Gericht verdrehen wieder alles. Da bekommt man ja richtig Sehnsucht nach dem Krieg, Sir«, klagte Commander Brent.

Die anderen lachten.

»Sagen Sie so etwas nie in Gegenwart meiner Frau«, mahnte Sven schmunzelnd. »Ich nehme an, die Kaper, mit denen wir es zu tun kriegen, werden sich wehren. Wir können ja nicht jeden kleinen Kahn verfolgen. In fünf Tagen will ich in Baltimore bei unserem Konvoi sein. Und nun lassen Sie uns besprechen, wie ich mir die Verteilung der Schiffe bei der Suche vorstelle. Wenn einer von Ihnen bei unserem letzten Aufenthalt gute Kontakte zu Amtspersonen geknüpft hat, soll er das jetzt auch angeben. Ohne Informationen der Bürgermeister werden wir nicht weit kommen.«

Nach einer Stunde fasste Sven als Ergebnis der Besprechung zusammen: »*Hunter* und *Hudson* bleiben heute Nacht hier vor Anker liegen. Sie können ausgewählten Mannschaften bis Mitternacht Landgang für Norfolk gewähren. Die *Defence* kreuzt zwischen Norfolk und Kap Charles, um auslaufende Schiffe zu kontrollieren. Morgen früh laufen *Hunter* und *Hudson* in den James River ein und suchen nach Kapern und holen Informationen bei Schiffen und in Ortschaften ein. Die *Defence* liegt in der Mündung des Flusses. Wenn Sie auf stärkere Gegner treffen, ziehen Sie sich zurück, schießen Signalraketen und schicken ein schnelles Boot mit einem Midshipman zu meiner Information. In der Nacht segeln wir nach Yorktown. Dann sucht *Hunter* den York River und *Hudson* die Ostküste ab. Dabei werden wir auch unsere Freunde in Gwynn Island besuchen. So, ich besuche jetzt noch den Hafenmeister und unseren Prisenagenten, um ihnen Informationen zu entlocken. Viel Erfolg!«

Als sich das Boot der *Defence* dem Kai näherte, winkte ihnen ein Mann zu. »Das ist doch Mr Drakon, der Prisenagent. Ich rede noch kurz mit ihm, bevor wir zur Hafenmeisterei gehen«, sagte Sven zu Samuel Root, der ihn mit den Matrosen Jungmann und Alton begleitete.

Mr Drakon lief zur Treppe am Kai und wartete auf Sven.

Die dreizehn Kolonien

New Hampshire, Massachusetts, Connecticut, Rhode Island, New York, New Jersey, Pennsylvania, Delaware, Maryland, Virginia, North Carolina, South Carolina, Georgia

»Ich wollte gerade zu Ihnen aufs Schiff kommen, Kapitän Larsson.«

Sie schüttelten sich die Hand und Sven teilte mit, dass er noch kurz zum Hafenmeister müsse. »Dann komme ich zu Ihnen, ich brauche eine Liste mit den Namen der Personen, die mir auf dem Weg nach Baltimore Auskunft über Royalisten und Kaperschiffe geben können. Sie können das ja schon vorbereiten.«

»Natürlich, Kapitän«, antwortete der Agent, der schon Gerüchte über Svens Ungeduld gehört hatte.

Beim Hafenmeister hörte Sven noch einmal die Klagen über die Schäden, die die britischen Kaper in der Bucht angerichtet hatten. »Sie machen auch nach der Unterzeichnung des Friedensvertrages weiter, Sir. Erst vor Kurzem ist noch ein großes Kaperschiff eingelaufen. Nach meinen Informationen wurde es zuletzt am Point Lookout gesehen. Ob es vor Baltimore plündern will? Das sind richtige Piraten, Sir. Etwa zehn Kaperschiffe sind noch in der Bucht.«

Sven fragte noch nach Namen von loyalen Bürgern, die er befragen könnte, und erhielt sie. Dann verabschiedete er sich und ging mit seinen Begleitern zur Prisenagentur.

Kinder liefen ihnen nach und die meisten Passanten drehten sich nach ihnen um. Sam tastete nach Entermesser und Pistole, um ihren richtigen Sitz zu überprüfen. »Es sieht doch alles harmlos aus«, sagte sein Freund Walter Jungmann beruhigend.

»Manche schauen aber recht abweisend«, antwortete Sam.

»Sam, Virginia und Maryland waren immer Bastionen der Royalisten. Die denken auch heute nicht freundlich über uns. Aber die meisten sollen ihre Waffen schon niedergelegt haben.«

Das bestätigte auch der Prisenagent. Viele Royalisteneinheiten seien von reichen Briten ausgerüstet und finanziert worden. Die meisten hätten die Aufrufe der örtlichen Behörden zur Abgabe der Waffen befolgt. Aber deswegen stünden sie der Sache der Republik noch nicht freundlich gegenüber. Erstaunlich viele Menschen wollten auswandern, die meisten nach Kanada oder Florida, aber viele auch nach England. »Ich kenne allein vier Familien aus meinem Bekanntenkreis. Das könnte ein Geschäft für die Reedereien werden, Sir.«

Sven lächelte. »Mit Passagiertransport hat sich unsere Reederei bisher noch nicht beschäftigt, Mr Drakon, aber ich werde es Mr Bradwick erzählen. Nun geben Sie mir aber bitte einen Überblick über die Kaperei in der Bucht. Der Hafenmeister wusste nicht viel.«

»Die Freunde der Kaperschiffe werden sich auch kaum unseren Behörden anvertrauen. Dem Hafenmeister werden nur die Schäden gemeldet. Von den Plänen und Kontakten der Kaper zu den Royalisten hört er nichts. Man braucht lange, um in diesen Kreisen Verbindungen zu knüpfen. Ich habe inzwischen schon mit ihnen Geschäfte gemacht.«

»Sie handeln mit unseren Feinden, Mr Drakon?«, fragte Sven erstaunt.

»Wenn es unserer Sache nützt, ja, Herr Kapitän. Vor einem Jahr wurde mir ein Transporter mit Verpflegung zum Kauf angeboten, und ich wusste, dass eine unserer Einheiten bei Westmoreland von Nachschub abgeschnitten war und vor der Kapitulation stand. Da habe ich den Transporter gekauft und unsere Milizen haben ihn nach Westmoreland geschafft. Es hat mir nicht viel Geld gebracht, aber unsere Truppen gerettet.«

Sven nickte. »Dagegen kann man nicht viel einwenden, Mr Drakon.«

Der Prisenagent erzählte weiter. »Seitdem höre ich auch die eine oder andere Information. Ein Zweimastschoner einer Liverpooler Reederei mit acht Kanonen soll zurzeit die Küsten des Rappahannock River plündern. Die Brigg der Londoner Reederei Trentwood *Käpt'n Kidd* segelt jetzt in Richtung Annapolis. Wenn ich mir überlege, dass Mr Trentwood auch die Aufstellung einer Royalisteneinheit unter Major Filder finanziert hat und dass man von diesem Major einige sonderbare Gerüchte gehört hat, dann kann man kombinieren.«

»Sie sollten mir einige Informationen mehr geben, damit ich mitkombinieren kann, Mr Drakon.«

»Na ja, Sir. Major Filder genießt den Ruf eines radikalen und grausamen Royalisten. Andererseits wird auch gemunkelt, dass er erbeutete Wertsachen sowie Pulver und Munition beiseite schafft. Ich vermute, dass Mr Trentwood sein Kaperschiff jetzt schickt, um die Beute abzuholen, bevor unsere Behörden zugreifen können.«

»Jetzt müsste man nur noch wissen, wo dieser Major sein Lager hat, dann könnte man auch den Kaper finden«, warf Sven ein.

Mr Drakon lächelte etwas selbstgefällig. »Wissen tue ich das nicht, Mr Larsson. Aber meine Informanten haben mir gesagt, dass es in einer Bucht bei Shady Side sonderbare Aktivitäten gegeben habe. Dort müsste man einmal nachsehen.«

Sven überlegte. »Das liegt etwa auf halbem Weg zwischen Plum Point und Annapolis, nicht wahr?«

»Ja, Sir. Major Filder soll dort an einer winzigen Seitenbucht eine Scheune gekauft haben. Außerhalb der Erntezeit wurden dort immer wieder Wagen gesehen. Es wohnt auch jemand dort. Mehr konnte ich noch nicht erfahren.«

»Wir werden uns den Platz einmal ansehen. Vielen Dank für Ihre Informationen.«

Drakon war aufgestanden. »Ich würde Ihnen gern noch kurze Empfehlungsschreiben für einige Kontaktpersonen mitgeben, Kapitän Larsson. Könnten Sie morgen Abend noch einmal ein Boot zu mir schicken?«

»Das lässt sich einrichten. Wäre Ihnen achtzehn Uhr recht?« Als Mr Drakon nickte, reichte Sven ihm die Hand. »Nochmals vielen Dank!«

Die *Hunter* segelte voran den James River aufwärts in Richtung Richmond. Die *Hudson* folgte in etwa zweihundert Meter Abstand. Beide Schiffe waren gefechtsbereit, hatten aber die Kanonen nicht ausgerannt.

Flussabwärts kam ihnen ein Newport-Leichter entgegen. Mr Grieve ließ auf ihn zusteuern, ging vorn zum Bug und winkte dem Frachter entgegen. Als er in Rufweite war, rief er: »Wir sind der Schoner *Hunter*, unterwegs im Auftrag der kontinentalen Marine. Haben Sie britische Kaper stromaufwärts gesehen?«

Ein älterer Mann schrie zurück: »Nein, aber weiter flussaufwärts bei Jakobs Hütte soll gestern einer geplündert haben!«

Grieve winkte dankend und ging zum Ruder, um die Karte des

Flusses einzusehen. Jakobs Hütte. Das waren noch zehn Meilen flussaufwärts. Er segelte weiter.

Am Bug der *Hunter* stand der Bootsmann Bolkam. Er war ein alter Seebär, mittelgroß, sehr breit gebaut, Gesicht und Hände braun, verwittert und faltig. Das Gesicht war von grauen Haaren und einem dichten Bart umrahmt. Die graublauen Augen blickten angespannt voraus.

Bootsmann Bolkam wurde von jedem Mann der *Hunter* respektiert. Wenn er an Deck war, fürchteten sie keinen Sturm und keine Untiefe. Der alte Mann ahnte nach ihrer Meinung Gefahren im Voraus. Wenn die Männer der *Defence* stolz berichteten, wie der Hund des Kapitäns nachts die Feinde aufspüre, dann sagten die Matrosen der *Hunter*: »Das kann unser Bootsmann auch. Dazu brauchen wir keinen Hund!«

Als jetzt Mr Grieve nach vorn kam und neben dem Bootsmann stand, sahen sie aus wie Großvater und Enkel. Aber Mr Bolkam war viel zu lange auf See, um den Respekt vor dem Kommandanten zu vernachlässigen. Und Mr Grieve schätzte die Erfahrung des Bootsmanns viel zu sehr, um ihn herablassend zu behandeln.

»Nun, Mr Bolkam, wird uns dieser günstige Wind gewogen bleiben, oder sehen Sie Änderungen auf uns zukommen?«, begann Grieve das Gespräch.

»In den nächsten Stunden bleibt es so, Sir. Und in der Zeit sollten wir unseren Auftrag erfüllt haben.« Seine Augen hatten auch während dieses Gespräches immer weiter vorausgespäht.

»Sir, da vorn wollte ein Ruderboot aus dem Schilf kommen. Jetzt wird es zurückgerudert. Ob man von uns nicht gesehen werden will?«

Mr Grieve blickte in die Richtung des ausgestreckten Armes. »Ich sehe es. Ein Boot mit acht Rudern, aber ohne Kanone an Bord. Kein Fischerboot, aber auch kein Kaper. Wir steuern in seine Richtung und sehen uns mal um. Vielleicht liegt ein Kaperschiff im Schilf. Sehen Sie bitte nach, ob die Mannschaft auf alles vorbereitet ist.«

Sie näherten sich der Stelle mit dem Bug voraus und dem Buggeschütz feuerbereit. Der Midshipman meldete vom Mast: »Eine Art Ruderkanonenboot im Schilf. Zwölf Ruderpaare. Sechs Kanonen.«

Sie signalisierten der *Hudson*, dass sie ein feindliches Schiff gesichtet hätten, und die rauschte mit voller Fahrt heran. Grieve fragte den Ausguck, wie breit der Schilfgürtel sei und wie die Landschaft danach aussehe.

»Dreihundert Meter Schilf und dann drei Meilen Sumpf mit vielen offenen Wasserflächen.«

Mr Grieve war zufrieden. Dann konnte die Besatzung des Schiffes nicht nach Land hin entkommen. Als die *Hudson* breitseits zum Schilf neben ihnen lag, ließ er sich die Sprechtrompete geben und forderte das Boot zur Übergabe auf. »Ihr habt keine Chance! Wir sind zwei Schiffe im Auftrag der kontinentalen Marine. Ergebt euch oder wollt ihr im Frieden fallen?«

Der Kaper feuerte seine Breitseite mit drei Kanonen ab. Eine Kugel fetzte ein Stück vom Aufbau der *Hunter* ab. Ein Matrose sackte mit einem Splitter im Oberarm zusammen.

Fast gleichzeitig schrie man auf *Hunter* und *Hudson* den Feuerbefehl. Und von Kanonen über Drehbassen bis zu Blunderbüchsen feuerte alles auf das Boot im Schilf. Ein derartiges Echo hatte die Kaperbesatzung wohl nicht erwartet. Geschrei ertönte, Gejammer. Aber dann krachten wieder drei Kanonen. Und erneut feuerten *Hunter* und *Hudson*.

Mr Bolkam trieb die Kanoniere an, sofort neu zu laden. »Wo schießt ihr denn hin, ihr Rohrkrepierer? Die sind doch höchstens zweihundert Meter entfernt!«

Und jetzt hatten die Männer des Kaperschiffes wohl genug. Immer mehr schrien: »Wir ergeben uns! Nicht schießen!« Und einige Matrosen sprangen über Bord und wateten zum Moor.

Hunter und *Hudson* stellten das Feuer ein und schickten Boote zum Kaperschiff. An Bord des Kapers waren die Aufbauten zertrümmert. Tote und Verwundete lagen herum.

»Werft die Waffen weg! Alle zum Vorschiff! Alle Sanitäter zu den Verwundeten!«, rief Leutnant Wheland von der *Hudson* und enterte mit seinen Männern das Kanonenboot. Widerstand regte sich nicht mehr, und Wheland schickte einen Maat in die Kajüte des Kapitäns.

Der fand die Kajüte leer vor. Der junge Bursche des Kapitäns hockte heulend in der Schlafkammer. »Wo ist der Schlüssel zum Schreibtisch?«, brüllte ihn der Maat an, und der Bursche holte ihn unter der Matratze vor.

Der Maat riss die Fächer auf und sah nicht nur die Geheimbefehle, sondern auch Päckchen mit offiziellen Schreiben. Soll sich der Commander darum kümmern, dachte er und warf alles in einen Sack. Die Münzen, die in einem Fach lagen, steckte er grinsend in seine Tasche.

Die Männer, die ins Moor flüchten wollten, standen am Rand und riefen um Hilfe. Einer von ihnen war schon bis zum Bauch eingesunken. »Nehmt ein Boot und ein Seil und bringt die Idioten her!«, befahl Leutnant Wheland. »Aber achtet auf ihre Waffen!«

Nach einer halben Stunde war alles geregelt. Die Verwundeten waren verbunden. Die Gefangenen wurden auf dem Vordeck bewacht, die Pulverkammer wurde gesichert. Der Leutnant bestimmte die Männer, die mit einem Tau zur *Hudson* rudern sollten, damit die das Kanonenboot aus dem Schilf ziehen konnte.

Auf *Hunter* und *Hudson* warteten die Männer auf eine Nachricht, ob sich das Prisengeld lohnen würde. Aber die Männer mit dem Tau wehrten ab. »Is 'n lausiger Kahn!«

Commander Brent war anderer Meinung. »Das ist eine interessante Konstruktion. Ideal zur Kontrolle der vielen Flussmündungen hier. So ein Schiff könnten die Staatsregierungen gebrauchen.«

»Die haben doch kein Geld, Sir!«, kommentierte Mr Grieve, der in Hörweite stand.

»Mal sehen«, antwortete Brent und sprach mit Grieve über die nächsten Maßnahmen. Die *Hudson* brachte das Kanonenschiff mit den Verwundeten und Gefangenen bei der nächsten Ortschaft ans Ufer, und dann segelten sie weiter flussaufwärts.

Immer wieder sprachen sie Flussleichter und Fischer an, aber keiner wollte ein Kaperschiff gesehen haben. Einmal pfiffen aus einem Gebüsch am Ufer heraus Flintenkugeln um ihre Ohren. Die *Hudson* feuerte ein Traubengeschoss in das Gebüsch. Danach schoss keiner mehr. »Ein paar versprengte Royalisten«, kommentierte Commander Brent.

Aber dann entdeckte ein Ausguck, dass Leichen im Fluss trieben. Die *Hunter* fischte eine Leiche heraus und der Sanitäter untersuchte sie. Es war eine junge Frau. Sie war durch mehrere Stiche in die Brust getötet worden. Ihre zerfetzte Unterwäsche deutete an, dass sie vergewaltigt worden war.

»Das sind doch keine Menschen, das sind doch Bestien«, stellte Mr Grieve fest. »Sie ist wahrscheinlich ein Opfer des Überfalls auf Jakobs Hütte.« Die Umstehenden nickten.

Während alle auf die geschundene Leiche der jungen Frau blickten, hatte der alte Bolkam weiter flussaufwärts gespäht. »Ein kleines Fischerboot hält auf uns zu«, meldete er.

Mr Grieve lief zu ihm, sah das Boot und befahl: »Segel kürzen!«

Ein alter Fischer saß am Steuer, ein jüngerer hielt sich am Mast fest und rief Mr Grieve zu: »Ein britischer Kaper segelt zwei Meilen von hier flussabwärts! Es ist das Schiff, das bei Jakobs Hütte geplündert hat!«

»Wissen Sie, wie viele Kanonen es hat?«, fragte Mr Grieve.

»Breitseits je zwei. Vorn und achtern je eine. Etwa vierzig Mann.«

Mr Grieve bedankte sich und befahl: »Wenden! Kurs auf *Hudson*!«

Bolkam trat an ihn heran. »Sir, als Sie die Leiche untersuchten, passierten wir eine Art alter Mole, eine Sanddüne, etwa einen halben Meter hoch. Wenn das Wasser dahinter tief genug ist, wäre es ein ausgezeichneter Ort, dort den Kaper zu überfallen.«

Grieve überlegte kurz. »Nehmen Sie unser Boot und loten Sie. Ich rede mit Commander Brent.«

Die *Hunter* nahm einen Kurs, der sie breitseits neben die *Hudson* führte. Der Commander stand schon an der Reling, um die eilige Meldung von Mr Grieve entgegenzunehmen. Der meldete den Kaper und berichtete von Bolkams Vorschlag.

»Klingt vernünftig«, sagte er kurz. »Wir steuern flussabwärts und beobachten die Ufer. Wenn Mr Bolkam uns eine ausreichende Wassertiefe meldet und wir vorher keine bessere Stelle gefunden haben, können wir uns dort verbergen.«

Sie fanden keinen besseren Platz, und Mr Bolkam meldete genug Tiefe. Die *Hudson* legte sich zuerst breitseits an die Mole. Danach folgte die *Hunter*, aber mit dem Bug in Flussrichtung, denn sie hatte ihre stärkste Kanone am Bug. Von der *Hudson* sprangen fünf Schützen mit Rifles auf die Mole und verteilten sich seitwärts von den beiden Schiffen mit ihren langläufigen Gewehren.

»Geschossen wird nur auf mein Kommando!«, befahl Commander Brent. Zu seinem Leutnant fügte er leiser hinzu: »Wenn wir jetzt die verabredete rote Signalrakete schießen würden, könnten wir uns nur verraten. Wir müssen es ohne die *Defence* schaffen.«

»Das packen wir, Sir«, antwortete Leutnant Wheland.

Die Kanonen hatten bis auf Kanone zwei alle Traubengeschosse geladen. Sie würden mit diesen Geschossen weniger Schäden am Rumpf ihrer erhofften Prise anrichten, aber die Mannschaften an Deck vernichtender treffen. Die Kanone zwei sollte den Warnschuss vor den Bug des Gegners feuern und dann sofort mit einem Traubengeschoss nachladen.

Commander Brent bewegte seine Füße unruhig auf der Stelle und starrte voraus zur Flussbiegung. Das Kaperschiff war noch nicht in Sicht. Der Master stand neben ihm und flüsterte ihm jetzt zu, dass er Segel über den Baumspitzen sehe.

Da erschien das Kaperschiff. Jetzt sah man den Bug. Die Kanoniere an den Geschützen atmeten heftiger. Auf dem Kaper schien niemand einen Gegner zu erwarten. Am Bug standen Ausgucke und spähten auf den Fluss und zu den Ufern. Aber an den Kanonen war niemand. Einige Seeleute arbeiteten an den Wanten.

Commander Brent wartete, bis der Kaper in voller Länge vor ihnen auf dem Fluss zu sehen war. Dann gab er das Kommando für Kanone zwei. Vor dem Kaper wuchs eine Wassersäule aus dem Fluss. Jetzt musste auch der Schall verklungen sein.

Der Commander hob das Sprechrohr an den Mund und brüllte: »Segel streichen! Anker fallen lassen! Ergebt euch! Ihr habt keine Chance!«

Die Kapermatrosen erwachten aus ihrer Schreckstarre. Befehle wurden gebrüllt. Männer rannten zu den Kanonen.

Hudson und *Hunter* feuerten nun ihre Traubengeschosse ab. Ein Hagel schlug auf dem Kaper ein. Segel zerfetzten. Männer wurden zerschmettert und sanken zu Boden. Der Schoner lief aus dem Ruder.

»Ergebt euch!«, brüllte Brent wieder.

Aber auf dem Kaper schallten erneut Befehle. Wieder rannten Männer zu den Kanonen. Flinten wurden in Richtung Ufer abgefeuert. Ein Mann übernahm an Deck das Kommando und brachte Ordnung in das Chaos. Aber ein Schütze der *Hudson* traf ihn und dann donnerten erneut die Traubengeschosse in das Kaperschiff. Und nun war es vorbei.

An Deck des Kapers krochen die Verletzten in Deckung. Als Brent wieder schrie: »Ergebt euch!«, kamen Männer mit weißen Laken. Andere holten Segel ein und ließen den Anker ins Wasser.

»Boote los! Nehmt den Kaper in Besitz!«, befahl Brent und Matrosen rannten zu ihren Booten an der Mole. Die Riflemänner sprangen hinzu, und dann ruderten sie auf den Kaper los.

Leutnant Wheland sprang als Erster an Deck, und nun war erstaunlich schnell alles vorbei. Die Mannschaft des Kapers war entsetzlich verstümmelt. Die Männer der *Hudson* wateten förmlich durch Blut. Sie warfen die Leichenteile über Bord und sicherten die Pulverkammer und die Kapitänskajüte. Aber es waren kaum unverletzte Männer da, die sie aufs Vorderdeck treiben und denen sie Waffen abnehmen konnten.

Commander Brent gab Befehl, dass seine beiden Schiffe zum Kaper segeln sollten.

Sie legten beidseits an der Prise an. Sanitäter, Handwerker und Maate sprangen auf die Prise, um etwas Ordnung zu schaffen. Die *Hunter* legte bald wieder ab und patrouillierte auf dem Fluss.

Brent befahl, nun die rote Signalrakete zu feuern. »Vielleicht sieht uns die *Defence*.«

Aber die Fregatte jagte auf Höhe von Portsmouth einen verdächtigen Schoner und sah die Signalrakete nicht. Der Schoner entwischte ihnen um Kap Henry. Kapitän Larsson war ärgerlich. Zum einen, weil ihnen der Schoner entwischt war, zum anderen, weil sie sich nun schon so lange vor dem James River aufhielten. Er wollte weiter in Richtung Potomac.

Ungeduldig schickte er schon einmal ein Boot zu Mr Drakon, dem Prisenagenten, um die Liste mit den Vertrauensleuten zu holen. Und dann sahen sie *Hudson* und *Hunter* mit zwei Prisen in die Bucht vor Norfolk einlaufen.

»Na bitte!«, murmelte Sven. »Man muss nur schimpfen.« Leutnant Potter grinste vor sich hin.

Commander Brent wurde mit allen Ehren an Bord empfangen. Die Prisen legten mit kurzen Begleitschreiben für Mr Drakon am Kai an. Milizsoldaten warteten auf die Gefangenen. Ärzte nahmen sich der Verwundeten an.

Und dann konnte Sven endlich das Kommando zum Auslaufen mit Kurs Nord geben. Einige Mannschaften murrten. Sie hätten gern die Weiber in Norfolk näher getestet.

Am nächsten Tag suchte die *Hudson* die Ostküste der Bucht ab, während die *Defence* und die *Hunter* in die vielen Buchten der Westküste hineinschnupperten.

Gegen Mittag trafen sie sich dann wieder in der Mitte der Bucht, wo eine Dreimastbark dem Atlantik zustrebte. Nach etlichen Warnschüssen strich sie die Segel. Das Enterkommando meldete reiche Beute aus den Werften am Potomac. Sven schickte die Bark mit einem Kommando zur Prisenagentur nach Yorktown.

Die Stimmung an Bord der drei Schiffe hatte sich nach der letzten Prise merklich gebessert. Die Bark würde für jeden etwas abwerfen. Die Schiffe verteilten sch wieder auf die beiden Ufer der Bucht und suchten nach versteckten Kapern. Hier und da schickten sie auch Boote an Land und sprachen mit Vertrauensleuten der Unabhängigkeitskämpfer.

Dann näherte sich die *Defence* an der Mündung des Rappahannock dem kleinen Ort Deltaville. »Hier gehe ich nicht an Land«, sagte Kid Galter zu einem jüngeren Kumpel.

»Warum denn nicht? Sieht doch nicht schlecht aus.«

»Wir waren schon vor anderthalb Jahren hier. Da haben wir dufte gefeiert. Ich hab ein tolles Weib gevögelt und nicht sehr aufgepasst. Wenn die mir jetzt mit einem Kind an der Hand entgegenkommt, was soll ich dann machen?«

»Na, dich freuen über das Kind. Es ist doch deins.«

»Ich hab schon eins in Philadelphia. Dort ist mein Leben. Wenn ich hier und da beim Landgang mal bumse, dann zählt das nicht richtig.«

»Du bist ein prima Rechner«, spottete der junge Kumpel. »Und wenn deine Frau auch so zählt, dann würdest du toben. Du kannst ruhig an Land gehen. Die Frau wird dich nicht anklagen. Die hat ihrem Mann das Kind längst als seines untergeschoben. Da du keine schwarze Haut und kein rotes Haar hast, wird das schon gehen.«

Aber Sven hatte für Deltaville keinen Landgang vorgesehen. Er wollte schnell zum Potomac. Aber er merkte schon, wie viele Matrosen zum Ort ihrer damaligen Feier hinüberschauten.

Sie segelten an der zerklüfteten Küste von Northumberland entlang, und der Schoner *Hunter* musste ständig den Kurs ändern, um in die vielen Buchten zu spähen. Auch die *Hudson* hatte an der Ostküste der Bucht vor Accomack harte Arbeit. Aber sie entdeckte in einer Bucht auch eine Dreimastbark, die ebenfalls mit dem Beutegut der Royalisten vollgestopft war.

Da jubelten die Mannschaften der beiden anderen Schiffe, als sie sich wieder trafen und die Bark nach Yorktown absegelte.

Dann fuhren sie noch in den Potomac ein. Das war ein breiter Fluss, an dessen Ufer bekannte Siedlungen lagen. Aber all ihre Fragen bei Fischern ergaben, dass hier seit Wochen kein Kaper der Royalisten gesichtet worden sei. Sven ließ sich schließlich mit einem Boot in Piney Point an Land setzen. Zehn Soldaten begleiteten ihn. Hier wohnte ein Vertrauter, den ihm Agent Drakon besonders empfohlen hatte.

Kapitän Larsson fragte aber auch nach dem Bürgermeister, dem Lehrer und dem Pfarrer und sprach mit jedem ein Weilchen über die Zustände an Land, um seinen Besuch bei dem Kaufmann Harrington nicht zu auffällig erscheinen zu lassen.

Mr Harrington war gut orientiert, kannte Major Filder von den Marylander Royalisten und wusste nicht nur, dass er bei Shady Side ein Depot angelegt hatte, sondern auch, dass er mit seinem Bataillon jetzt in der Nähe von Brandywine gesichtet worden war.

»Er wird dort wenig Erfolg haben, Herr Kapitän, denn bei Forestville liegen starke Einheiten der kontinentalen Truppen. Die sind gewarnt.«

»Aber er selbst könnte sicher nach Shady Side entkommen, das Depot leeren und mit dem Kaper *Käpt'n King* abtransportieren, Mr Harrington.«

»Das wäre ohne Zweifel möglich, Herr Kapitän, denn die Landschaft ist dort recht unübersichtlich. Bisher hat auch niemand etwas von einem Abtransport gewusst. Soll ich unsere Truppen informieren?«

»Das wird nicht nötig sein, denn ich bin mit meinen Schiffen dem Kaper auf der Spur. Aber könnten Sie mich bitte über die Küste bei Shady Side und ihre Ansiedlungen näher informieren.«

Sie tranken beide ihre Weingläser aus und gingen zu der Karte, die an der Wand hing und die Küste der Bucht zeigte. Harrington zeigte Sven die genaue Lage des Depots, erklärte den Zustand der Wege und Wasserläufe in der Nähe des Depots und wies auf Ansiedlungen und die politische Einstellung der Bewohner hin.

»Sie sind aber ausgezeichnet informiert, Mr Harrington«, bewunderte Sven.

»Ich stamme von dort, Herr Kapitän, mein Bruder lebt noch dort. Ich werde Ihnen einige Empfehlungen schreiben, damit Sie dort weitere Informationen einholen können.«

Sven bestellte noch einige Sack Lebensmittel, die gleich zum Schiff gebracht werden sollten, um seinen Besuch plausibler erscheinen zu lassen. Dann verabschiedete er sich und wirkte auf seine Leute sehr zufrieden.

Albert, dessen Großvater Major Filder belauscht hatte, lag mit einigen Kameraden in der Nähe von Brandywine auf Vorposten. »Ich hab die Schnauze voll«, jammerte einer seiner Kumpel. »Alle reden vom Frieden, und der Major führt uns hierher in den Dreck. ›Brandywine‹, dass ich nicht lache! Hier gibt es weder Brandy noch Wein und so schlechtes Fressen hatten wir auch lange nicht.«

»Albert hat uns doch gesagt, warum der Major hier in die Gegend will. Seinen Raub abräumen und dann stiften gehen, und wir werden vielleicht noch aufgebammelt, weil wir noch nach Kriegsschluss kämpften«, warf ein anderer ein.

»Dagegen müssen wir doch etwas tun. Aber was?«, meldete sich ein älterer Soldat zu Wort.

»Wir müssen uns absetzen, sobald wir in die Nähe von Shady Side gelangen«, schlug Albert vor. »Dort wird der Major uns verlassen, und dann rennen alle davon. Wir sollten bald mit den Rebellen Kontakt aufnehmen. Wir haben dem König geschworen, nicht irgendwelchen Räubern.«

Die anderen nickten und brummten zustimmend, aber Albert merkte, dass sie noch nicht für konkrete Maßnahmen bereit waren. Also ließ er das Thema fallen.

In der Abenddämmerung hatte die *Hunter* den Kaper *Käpt'n Kidd* kurz vor der Dämmerung an der Ostküste der Bucht gesichtet. Aber er verschwand in einer der vielen Buchten. Die *Hunter* segelte zur Westküste zurück und suchte die *Defence*, die vor Plum Point die Nacht abwarten wollte.

Mr Grieve wurde in der Nacht ohne Zeremoniell auf der *Defence* empfangen. Sven wurde geweckt und war noch benommen vom Schlaf, als Mr Grieve gemeldet wurde.

»Ich hoffe, Sie haben einen guten Grund, Mr Grieve, mich aus dem ersten Schlaf zu reißen. Berichten Sie!«

»Ich habe die *Käpt'n Kidd* gesichtet, Sir, an der Ostküste. Es wurde Nacht, bevor ich die Bucht aufspüren konnte, in die sie sich geflüchtet hat.«

»Zeigen Sie mir auf der Karte, wo die letzte Sichtung war.«

Mr Grieve zeigte auf die Stelle und deutete an, wo sich der Kaper wahrscheinlich verborgen hatte.

Sven überlegte. »Jetzt kommen wir in die heiße Phase«, sagte er mehr zu sich selbst. »Der Kaper liegt in etwa fünfzehn Meilen Entfernung an der Gegenküste. Der Major ist mit seinen Truppen etwa dreißig Meilen vom Depot entfernt. Morgen wird der Kaper an die andere Küste segeln und sie werden Kontakt aufnehmen, um die Einschiffung vorzubereiten. Wir müssen uns verstecken. Aber wo? Ich hätte die Küste vorher gern noch abgesegelt.«

Mr Grieve räusperte sich und sagte auf Svens fragenden Blick hin: »Das kann die *Hunter* doch, Sir, wenn Sie mir sagen, worauf ich besonders achten muss. Wir segeln in der Nacht bis nördlich von Shady Side und spähen dann im Morgengrauen südwärts die Küste entlang. Der Kaper wird jeden Kontakt vermeiden wollen und nichts Auffälliges bemerken können, wenn wir vor ihm wegsegeln.«

Sven nickte nachdenklich. Dann zeigte er auf die Karte. »Sehen Sie, Mr Grieve, hier liegt das Depot. Der Kaper wird sich ganz in der Nähe verstecken, bis das Depot einladebereit geräumt ist. Dann muss er hier anlegen und die Ware aufnehmen. Bevor er dann mit dem Major verschwindet, müssen wir ihn abfangen.«

Grieve bestätigte. »Dann müssten wir uns hier oder hier verstecken, und wir sollten das Gelände um das Depot von unseren Rangern vorsichtig erkunden lassen.«

»Einverstanden, Mr Grieve. Sie erkunden die Stellen hier und hier besonders und lassen eventuell auch loten. Wir verbergen uns bei Plum Point und schicken Patrouillen aus. Segeln Sie sofort ab. Mast- und Schotbruch, mein Lieber! Wenn alles klappt, erhalten Sie Ihr Leutnantspatent.«

Grieve stutzte erst, strahlte dann. »Vielen Dank, Sir!«

Sven winkte Mr Grieve nach und rief dann nach seinem Burschen. »Ruf Mr Potter, Mr Waller und Sergeant Sobas und mach uns Kaffee, Martin!«

»Aye, aye, Sir!«

Die drei erschienen nach kürzester Zeit. Sven schlürfte gerade seinen ersten Kaffee und studierte die Karte. »Na, meine Herren? Ist wieder nichts mit Schlaf. Wir haben neue Nachrichten und müssen uns vorbereiten. Die Entscheidung steht bevor.«

Er informierte sie, dass der Kaper gesichtet worden sei und dass Major Filder in der Nähe des Depots lagere. »Wir müssen das Gelände erkunden, bevor er mit seinen Truppen dort eintrifft. Ich schlage zwei Trupps vor, die von Süden aus auf Shady Side vorrücken, und einen von Norden aus. Jeder Trupp soll einen erfahrenen Sergeanten und zehn Mann haben. Ein Midshipman führt, muss sich aber mit dem Sergeanten absprechen. Wen schlagen Sie vor?«

Sie diskutierten über die Personen, die Anlegestellen und die Routen und waren sich nach einer halben Stunde einig. »Können Sie nach dem Kaffee jetzt wieder schlafen?«, fragte Mr Potter Mr Waller.

»Nein, Sir, aber ich muss auch noch einiges mit Sergeant Sobas besprechen.«

»Das mach ich morgen kurz vor dem Aufbruch. Gute Nacht noch!«

Im frühen Morgengrauen legten drei Boote von der *Defence* ab. Eines ruderte nach Norden, die beiden anderen folgten ihm nur ein kurzes Stück und legten dann an Land an. Den mittleren Trupp, der das Gelände um das Depot erkunden sollte, befehligte Midshipman Albert Salton. Ihm stand Sergeant Sobas zur Seite, und Samuel Root mit Rocky, dem Hund des Kapitäns, begleitete den Trupp.

Sie sicherten vorsichtig den Landeplatz und ließen Rocky schnuppern. Dem gefiel es, wieder an Land zu sein, und er wollte den verschiedenen Tierspuren folgen. Aber Samuel hielt ihn an der kurzen Leine und führte ihn hinter dem Ufergebüsch in Richtung des Depots. Die anderen folgten mit schussbereiten Waffen. Auch eine Blunderbüchse führten sie mit sich.

Der Wald war dicht. Büsche behinderten die Sicht. Vögel schrien, meckerten und zwitscherten. Wie soll man da was hören?, dachte Midshipman Salton. Immer wieder sah er zum Hund hin. Aber den schien das Geschimpfe der Vögel nicht zu stören. Unbeirrt zog er an der Leine voran, schnupperte und lief weiter.

Aber jetzt ging er langsamer. Samuel duckte sich unwillkürlich. Vor ihnen krachte es im Gehölz. Es klang, als stampfte eine Herde auf sie zu. Die Männer sanken auf die Knie und rissen die Gewehre an die Schulter. Aber Sergeant Sobas winkte ab. Das waren Wildscheine, die seitwärts flüchteten. Sobas schaute zu seinen Männern und drohte denen, die nicht hinter einem Baum Schutz gesucht hatten.

Der Midshipman deutete voran, und sie gingen weiter. Soldat Cold atmete tief, um sich zu beruhigen. Diese Streifzüge an Land boten doch immer unbekannte Überraschungen.

Jetzt näherten sie sich einer lang gezogenen Lichtung. Mr Salton führte sie am Rand der Lichtung entlang. Hier war einmal Land bestellt worden, und dort hinten sah man die Trümmer einer Hütte. Was mochte zur Aufgabe der Siedlung geführt haben? Der Krieg?

Ein Weg, gerade breit genug für einen Wagen, führte von der Lichtung durch den Wald. Sie folgten ihm, aber Sobas ließ zwei Doppelposten rechts und links vom Weg durch den Wald laufen.

Aber dann hörten sie rechts von sich Reiher schreien. Sie hielten an, versteckten sich in einem Gebüsch. Samuel schlich mit Rocky und zwei Rangern vorsichtig in die Richtung des Vogelgeschreis. Die Bäume wurden höher. Und dann sahen sie Wasser zwischen den Stämmen. Eine schmale, tief ins Land geschnittene Bucht. Rocky stellte die Nackenhaare auf. Samuel gab ein Zeichen, sich zu ducken. Und dann hörten sie Ruder quietschen.

Drei Ruderboote zogen ein Schiff in die enge Bucht.

Sie versteckten sich hinter Bäumen. Samuel hielt Rocky die Hand auf die Schnauze. Ja, das war das Kaperschiff, nach dem sie suchten. Jetzt hatte es seinen Platz erreicht. Die Ruderboote lösten die Taue und kehrten zum Schiff zurück. Sam prägte sich die Lage ein und huschte mit seinen Begleitern zum Trupp zurück.

Er berichtete Mr Salton und Sergeant Sobas. Beide schlossen die Augen, weil sie sich die Karte ins Gedächtnis riefen. Sam musste lächeln.

Mr Salton flüsterte: »Da war vor Shady Side ein kleiner Einschnitt. Aber so genau ist die Karte auch nicht. Das kann noch nicht der Platz sein, wo sie einladen, denn das Depot ist noch etwa zwei Meilen entfernt. Wir müssen uns jetzt eine Skizze machen und die Entfernungen eintragen.«

Er holte ein Stück Papier aus der Tasche sowie einen Stift und fragte Sam: »Wie lang und breit schätzen Sie die Bucht?«

Samuel erwiderte: »Etwa zweihundert Meter lang und vierzig Meter breit. Von der Bay aus sicher kaum zu sehen.«

Mr Salton kritzelte auf seinem Papier. »Ich schlage vor, dass wir weiter nach Norden marschieren und dabei die Bucht steuerbord umgehen.« Mr Sobas nickte und der Trupp machte sich auf den Weg.

Jetzt gingen sie aber in einer Reihe nebeneinander, damit sie auf einer Seite noch den Kontakt zur Bucht hielten und auf der anderen Seite auch Lichtungen und Siedlungen erkennen konnten.

Nach einer Stunde machten sie an einem Waldrand Pause. Die meisten ließen sich zu Boden sinken und tranken aus ihren Flaschen.

»Das macht müde, so über den unebenen Waldboden zu latschen«, jammerte einer.

»Beim nächsten Mal nimmst du dir ein paar Deckplanken mit«, scherzte sein Kumpel.

Sobas hatte Posten nach allen Seiten ausgesandt. Einer kam jetzt eilig zurück. »Sir, fünfhundert Meter voraus fährt ein Pferdewagen am Waldrand. Er schneidet unsere Wegrichtung.«

Sobas lief mit dem Posten nach vorn.

Er konnte nicht erkennen, ob es der Wagen eines Farmers war, der dort seitwärts in der Ferne verschwand, oder ein Gefährt des Majors. Das Depot musste etwa dort liegen, wo der Wagen herkam. Aber zum Einladen hätte er in die andere Richtung fahren müssen.

Nach der Pause marschierte der Trupp vorsichtig weiter. An das Zwitschern der Vögel und das gelegentliche Knacken flüchtender Tiere hatten sie sich inzwischen gewöhnt. Aber nun tauchte vor ihnen wieder eine schmale Bucht auf, die ihnen den Weg versperrte.

»Das muss die Bucht sein, an der das Depot liegt. Hier müsste der Kaper hinein, um zu laden«, stellte Midshipman Salton fest. »Mr Root, Sie sollten mit zwei Mann erkunden, wie der Eingang der Bucht in die Chesapeake Bay zu erkennen ist. Wir warten hier und erkunden danach das Depot.«

Sam kam bald zurück. Vor dem Eingang zu dieser Bucht lag in der Bay eine winzige Insel mit drei Bäumen. Daran müsste man sie erkennen können.

Und dann schlichen sie weiter in die Richtung, wo sie das Depot vermuteten. Links von ihnen lichtete sich der Wald. Dort war eine große Rodung, die zum großen Teil als Ackerland genutzt wurde. Ein Weg mit Wagenspuren führte am Waldrand entlang. Jetzt müssten sie bald am Depot sein.

Und richtig! Nach zehn Minuten war der Wald zu Ende. Rechts von ihnen lag die Bucht und vierhundert Meter vor ihnen, am Ende der Bucht, stand ein scheunenartiges Holzgebäude.

Vorsichtig sanken sie zu Boden. Mr Salton holte sein Teleskop hervor und beobachte die Scheune, die dicht am Ufer der Bucht lag. Der Major hatte anscheinend schon früher etwas verladen lassen, denn ein Steg ragte in die Bucht.

»Ich sehe Menschen!«, flüsterte der Sergeant, der anscheinend sehr gute Augen hatte. Mr Salton nickte. »Sie schaffen Fässer und Kisten vor die Tür. Ich muss noch näher ran!«

Aber das Gelände bot keine Deckung mehr. Hin und wieder ein paar Büsche, sonst nur Ackerland und ausgefurchte Wege.

»Das geht nicht, Mr Salton«, wandte der Sergeant ein. »Man würde Sie bemerken. Wir wissen doch schon genug.«

»Nein!«, wandte Mr Salton ein. »Ich will noch wissen, wie sie die Sachen zum Steg schaffen können. Wenn sie Karren da haben, schaffen sie es in einer Nacht. Sonst können sie erst am nächsten Abend auslaufen. Ich gehe allein. Wenn sie mich erwischen, erzähle ich die Geschichte, die wir verabredet haben. Sie rücken dann sofort zum Einschiffungspunkt ab.«

Dagegen war nicht viel zu sagen. Der Midshipman machte sich auf den Weg und sprang vorsichtig von Gebüsch zu Gebüsch. Er wollte sich der Rückwand des Hauses nähern. Sobald Menschen mit Lasten aus dem Ausgang kamen, schmiegte er sich eng an den Boden.

»Er schafft es wohl doch!«, flüsterte der Sergeant zu Samuel. Der zog die Schultern hoch, um Skepsis anzudeuten.

In dem Augenblick fiel am jenseitigen Waldrand ein Schuss. Einige Leute liefen aus dem Wald auf Mr Salton zu. Die Männer in der Scheune kamen mit Gewehren herausgelaufen. Nun mussten sie Mr Salton sehen. In der Tat! Sie deuteten in seine Richtung. Jetzt liefen sie aus zwei Richtungen auf den Midshipman zu.

»Was sollen wir tun?«, zischte Sergeant Sobas erschrocken.

»Nichts wie weg, es sind zu viele, und aus dem Wald drüben kommen immer mehr«, flüsterte Sam zurück.

»O Gott!«, stöhnte jetzt aber der Sergeant. »Unter denen, die da kommen, ist Jan Lambden, der neu bei uns an Bord kam und den der Kapitän verdächtigt!«

»Dann ist Mr Salton verloren«, stellte Sam fest. »Komm, lass uns schnell abhauen!« Der Sergeant sah noch, wie Mr Salton die Arme hob und sie ihn umringten. Dann zog er sich schnell mit seinen Leuten zurück.

Sven hatte mit Midshipman Mountain und dem ihm zugeordneten Sergeanten Cooper darüber gesprochen, was sie zwischen Plum Point und Brandywine erkundet hatten, als ein Melder berichtete, man habe ein Boot am Ufer gesichtet, das auf sie zuhalte.

»Unsere Boote sind doch alle an Bord«, sagte Sven erstaunt.

»Ja, Sir. Mr Bergson hält es für ein fremdes Fischerboot.«

Sven befahl Mr Mountain und Mr Cooper: »Warten Sie hier!«, und eilte an Deck.

Bergson trat zu ihm. »Ich habe Mr Root und Mr Sobas an Bord erkannt, aber Mr Salton konnte ich nicht erkennen.«

»Verdammt! Dann ist was schiefgegangen.«

Endlich legte das Fischerboot bei ihnen an. Außer Samuel Root und den Männern waren zwei Fremde an Bord, aber Mr Salton war nicht zu entdecken. Rocky war so voller Freude, seinen Herren zu sehen, dass er bald über Bord gesprungen wäre.

Erst mussten sie Rocky an Bord hieven und er musste gestreichelt werden, dann erst konnte Sven Sam und Sobas in seiner Kajüte berichten lassen.

»Warum habt ihr ihn nicht zurückgehalten, als er allein losging?«, fragte Sven nach ihrem Bericht.

»So gefährlich sah es nicht aus, Sir. Die anderen Männer aus dem Wald kamen ja erst später.«

»Und er geriet unverletzt in Gefangenschaft?«, fragte Sven nach.

Sie bejahten. »Wie sollen wir ihn da wieder rauskriegen, ohne die ganze Operation zu gefährden?«, murmelte Sven.

Sam meldete sich: »Sir, ich könnte mit Walter Jungmann und Ben Gibson zurückgehen und beobachten, wie sie laden und wohin sie Mr Salton bringen.«

»Erst erzählen Sie mir alles, was Sie über das Gelände erkundet haben. Dann entscheide ich. Übrigens, was ist mit den beiden Fremden da im Boot?«

Sam erzählte, dass sie den Fischern auf ihrer Flucht am Ufer begegnet wären und ihnen fünf Dollar versprochen hätten, wenn sie den Trupp zurückbrächten. Sven wandte ein, dass dadurch auch ihr Lageplatz verraten sei. Aber Sam konnte ihn beruhigen. Die Fischer wüssten, dass sie warten müssten, bis auch die *Defence* am Morgen auslaufe.

Nachdem alle an der Karte berichtet hatten, wie das Gelände ums Depot beschaffen sei, hatte sich Sven entschlossen, keine voreilige Befreiungsaktion für Mr Salton zu starten.

Er wartete, bis aller außer Sam den Raum verlassen hatten, und sagte dann: »Nimm dir jetzt Walter und Ben und lasst euch vom Fischerboot zurückbringen! Wir laufen doch bald aus. Und hier …«, er zeigte auf die Karte, »… wird eines unserer Boote auf euch warten. Sobald ihr eine Neuigkeit habt, bringt sie zum Boot. Aber nur beobachten, Sam! Willst du Rocky mitnehmen?«

Sam wollte lieber ohne den Hund gehen. Er war manchmal doch hinderlich, wenn sie zum Beispiel auf einen Baum klettern müssten, um sich zu verbergen.

Albert aus Major Filders Bataillon schwitzte, obwohl die Nacht kühl war. Ununterbrochen hatten er und ein Dutzend Kameraden Fässer, Säcke und Kisten aus dem Depot aufs Schiff schleppen müssen. Eine der Kisten war nicht fest zugenagelt, und als sie hinfiel, konnte man sehen, dass Gold- und Silberschmuck darin war. Sogar Kanonenrohre hatten sie verladen.

Fackeln erhellten ihren Arbeitsplatz nur spärlich, denn seit sie den jungen Schiffsoffizier am Nachmittag aufgegriffen hatten, war der Major höllisch nervös. Der junge Offizier hatte erst behauptet, er sei ein entlassener Soldat, der nach Hause wolle, aber der von einem Rebellenschiff geflohene Verräter hatte ihn identifiziert.

Der Major hatte den jungen Offizier verprügeln lassen, aber der war ohnmächtig geworden, bevor er etwas gestehen konnte. Dann hatten sie ihn am Ufer an einen Baum gebunden. In der Dunkelheit war er jetzt nicht zu sehen, aber zwei Mann bewachten ihn.

Albert war ein Gedanke gekommen, als er sah, wie der junge Mann, Midshipman nannten sie ihn, gefesselt wurde. Wenn man den Midshipman befreien könnte, dann hätte man doch ein Tauschobjekt für die Rebellen, das man anbieten könnte, um nicht in Gefangenschaft zu müssen, wenn der Major floh.

Er hatte darüber mit zwei seiner besten Kumpel geflüstert. »Ja gut, aber wie willste an den Midshipman rankommen und mit ihm abhauen können?« Das war das Problem. Bald musste es sich entscheiden. Viel war nicht mehr zu verladen.

Das hatte auch Sam erkannt. »Walter, lauf zum Boot! In einer halben Stunde sind die hier fertig. Dann kann der Kaper auslaufen. Sie sollen Signal geben.« Von Midshipman Salton hatte Sam nichts gesehen. Das Boot, das auf sie wartete, sollte der *Defence* Nachrichten mit einer Lampe signalisieren, die ihr Licht nur durch ein Rohr abstrahlte. Man musste das Rohr auf den Empfänger der Nachricht ausrichten, sonst war nichts zu sehen.

Die *Defence* lag bei der winzigen Insel vor dem Eingang zur Bucht. Die *Hudson* ankerte in der Nähe und die *Hunter* segelte in der Mitte der Bay. Die meisten Matrosen schliefen an den Kanonen. Sven war todmüde und dachte immer wieder darüber nach, ob sie auch Mr Salton töten könnten, wenn sie auf den Kaper schossen.

Auf einmal sah Sam, wie drei Männer mit Gewehren zu einem Platz etwas seitab am Ufer gingen. Dann kehrten zwei Männer den gleichen Weg zurück zur Scheune. Als sie ankamen, hörte er jemanden schreien. Und dann sah Sam, wie vier Männer am Ufer entlang in ihre Richtung hasteten. Einer hatte kein Gewehr.

Man konnte nur Schattenrisse vor dem etwas helleren Fleck um die Scheune erkennen.

»Was soll das bedeuten?«, flüsterte Ben zu Sam.

»Weiß ich nicht«, gab der zurück. »Macht eure Gewehre bereit!«

»Der sieht aus wie Mr Salton«, nuschelte Walter Jungmann.

Sam blickte genau hin. Ja, das könnte er sein. Sam wandte sich an Walter. »Geh dort fünf Schritt zur Seite und halte sie auf! Wenn es Ärger gibt, schieß auf den ganz links. Ben nimmt den rechts und ich einen in der Mitte.«

Die vier hasteten näher. Sam rief halb laut: »Halt! Wir sind ein Trupp der *Defence*. Werft die Gewehre zu Boden, dann geschieht euch nichts!«

Die vier stockten, dann rief einer: »Ich bin Midshipman Salton. Die drei haben mich befreit und wollen zu uns überlaufen.«

»Ich bin Sam, Mr Salton. Kommen Sie zuerst! Die anderen müssen ihre Gewehre hinlegen, damit wir sie überprüfen können.«

Albert tuschelte mit seinen Kumpeln. Sie legten die Gewehre hin. Mr Salton ging zu Sam und erklärte ihm die Situation. Dann ging er zurück, nahm die Gewehre und brachte die drei zu Sam. Walter tastete sie ab und dann redeten sie miteinander.

»Wir gehen alle zu unserem Boot und lassen uns zur *Defence* bringen, bevor der Kampf beginnt. Ihr braucht keine Angst zu haben. Unser Kapitän lässt euch nach Hause gehen, da bin ich sicher. Ihr habt ja einen von uns gerettet.«

Die Wachen auf der *Defence* starrten unentwegt auf den Eingang zur kleinen Bucht. Auch Rocky musste immer wieder horchen und schnuppern. »Es wird doch bald hell. Nun müsste der Scheißkaper doch kommen«, brabbelte ein älterer Matrose.

»Da kommt unser Boot! Aber es sind mehr Leute drin als Sam und die Ruderer. Seht doch mal!«, sagte der junge Mann neben ihm.

»Ich ruf Leutnant Waller. Soll der entscheiden, ob es Alarm geben soll«, antwortete der Ältere.

Aber Leutnant Waller konnte Sam erkennen. »Haltet eure Gewehre bereit und lasst das Boot ran!«

Das Boot gab sich zu erkennen und legte an. Sam ging zuerst an Bord und fragte nach dem Kapitän. Dann sah er Sven kommen. Er legte seinen Knöchel an die Stirn und meldete: »Sir, der Kaper hat praktisch fertig geladen, und wir haben Midshipman Salton bei uns.«

Sven atmete tief aus. »Gott sei Dank! Dann wird die Operation doch ein Erfolg. Ohne Mr Salton hätte ich mich über den Erfolg nicht freuen können. Wie geht es ihm?«

Aber er konnte es selbst sehen, denn Mr Salton trat auf ihn zu und erklärte ihm, dass ihn die drei Royalisten befreit und zu Sam geführt hätten. Ihr Major wolle sich mit der Beute absetzen und seine Männer im Stich lassen.

»So ein Mistkerl!«, schimpfte Sven. »Dann macht es ja richtig Spaß, den Kaper abzufangen.«

Aber als Mr Salton hinzufügte, dass auch Jan Lambden bei den Royalisten sei, wurde er ärgerlich. »Mir wurde ja noch gar nicht gemeldet, dass der nicht mehr an Bord ist.« Er ließ den Wachhabenden zu sich kommen und befahl ihm, nach Lambden zu suchen und den zuständigen Divisionsoffizier zu ihm zu bestellen.

Aber dann musste er den Befehl aufheben und die drei Royalisten unter Deck bringen lassen, denn der Kaper wurde gesichtet.

Auf der *Defence* wurden leise alle geweckt. Das Schiff war in Kürze gefechtsbereit, und Sven spähte am Bug mit seinem Nachtglas zum Kaper hinüber.

Sie hatten mit einer abgeblendeten Leuchte Signal an die *Hunter* gegeben. Von dort wurde es an die *Hudson* weitergegeben, die auf der anderen Seite der Insel lag. Der Kaper lief nun im spitzen Winkel vor beiden Schiffen und hatte praktisch keine Chance.

Die *Defence* schoss eine Leuchtrakete über den Kaper und Sven rief mit der Sprechtrompete: »Hier ist die kontinentale Fregatte *Defence*! Ihr habt keine Chance! Lasst die Segel runter und den Anker fallen, sonst schießen wir euch zusammen!«

Aber der Kaper war man auf einen Überfall gefasst und feuerte sofort. Kugeln heulten über die *Defence* hinweg. Die *Hudson* schoss zuerst zurück und sorgte für Verwirrung, denn mit einem zweiten Schiff hatte auf dem Kaper niemand gerechnet.

Danach folgten sofort die Kugeln der *Defence*. Auch ihre Kugeln schlugen ein und zerfetzten Rahen und Segel. Schmerzensschreie schollen vom Kaper über die Bucht. Aber auch Befehle! Und dann stotterte die zweite Salve des Kapers hinaus. Und einige Kugeln fetzten durch die Takelage der *Defence*.

Doch sie schoss sofort zurück. Diesmal hatten sie Traubenkugeln geladen, und die Wirkung war fürchterlich. Kanonen wurden umgeworfen. Matrosen zerfetzt. Und jetzt hörte Sven, wie drüben Befehle gebrüllt wurden, schneller zu schießen und nicht aufzugeben.

Er schüttelte den Kopf. Die hatten doch keine Chance. Entweder wollten sie unbedingt ihre Beute retten, oder dieser Major Filder hatte so viel Dreck am Stecken, dass er sich nicht ergeben konnte. Wie auch immer. Man konnte in der Dämmerung auf die kurze Entfernung jetzt schon recht gut sehen. Eben schlug eine Salve der *Hudson* auf dem Kaper ein. Dort konnten doch höchstens noch drei oder vier Kanonen antworten.

Vom Deck des Kapers sprang ein Mann ins Wasser und schwamm zum Ufer. Aus einem Instinkt heraus rief Sven: »Dingi zu Wasser! Schnappt ihn euch! Schnell!«

Ein paar Matrosen rannten zum Dingi, ihrem kleinsten Boot, ließen es ins Wasser platschen und ruderten wie wild auf den Schwimmer zu. Zehn Meter vor dem Ufer hatten sie ihn erreicht, aber Sven musste seinen Blick abwenden.

Der Kaper trieb hilflos herum. In einer Feuerpause rief Sven hinüber: »Ergebt euch!« Ein Mann auf dem Kaper schwenkte einen weißen Lappen und wurde von einem anderen niedergeschlagen. Aber den traf unmittelbar darauf die Kugel eines Scharfschützen der *Defence*. Und nun rappelte sich der Niedergeschlagene wieder auf und schwenkte erneut seinen weißen Lappen. Andere traten zu ihm und winkten.

»Kanonen stopfen!«, befahl Sven. »Enterkommando fertig machen!«

Auch auf der *Hudson* ließen sie ein Boot zu Wasser. Gemeinsam mit zwei Booten der *Defence* ruderte das Enterkommando auf den Kaper zu. Sie stiegen an Bug und Heck auf die *Käpt'n Kidd*. Midshipman Salton war unter den Ersten. Auf Befehl von Leutnant Waller rannte er mit zwei Mann zur Kapitänskajüte und riss die Tür auf. Da krachte ein Schuss und riss Mr Salton den halben Kopf weg.

Die beiden Matrosen stürmten an ihm vorbei und sahen am Schreibpult des Kapitäns einen vornübergesunkenen Mann, der noch eine Pistole in der Hand hielt und versuchte, seine Hand zu heben. Sie zertrümmerten seinen Kopf mit ihren Entermessern.

Die Brust des Mannes war von Schüssen zerschmettert. »Der muss doch fast tot gewesen sein, als er noch auf Mr Salton schoss«, sagte der eine Matrose.

»Komm, lass uns die Kammern durchsuchen«, antwortete der andere.

Sie fanden einen verängstigten Schiffsjungen in einem Wandschrank und schleppten ihn an Deck.

Das Enterkommando hatte das Deck unter Kontrolle. Überall lagen Tote und Verwundete. Vom Unterdeck rief jemand: »Pulvermagazin gesichert!«

Leutnant Waller befahl: »Signal an *Defence*: ›Brauchen Schiffsarzt‹!«

Ein Matrose meldete: »Hier ist Jan Lambden.« Er zog einen Verwundeten auf die Füße. »Er hat einen Oberarmdurchschuss.«

Allmählich wurde es ruhiger auf dem Deck des Kapers *Käpt'n Kidd*. Leutnant Waller schickte zwei Soldaten zu dem Verräter Jan Lambden. »Nehmt ihn fest, verbindet ihn und schafft ihn auf die *Defence*.«

Dr. Bader, ihr Schiffsarzt, stieg an Bord des Kapers. »Haben wir viele eigene Verluste, Doktor?«, fragte ihn Mr Waller.

»Zwei Tote und fünf Verwundete, aber wenn ich das hier sehe, dann ist mir um Arbeit nicht bange. Ach ja, sie haben diesen Major Filder mit dem Dingi erwischt.«

»Und wir haben den Kapitän erschlagen, aber er hat vorher noch Mr Salton erschossen«, informierte Leutnant Waller den Doktor.

»Mein Gott, dieser hoffnungsvolle junge Mann! Gerade aus Gefangenschaft befreit. Und nun getötet. Was ist das für ein Friede, den wir haben!«

Es wurde Abend, bis sie den Kaper so weit hergerichtet hatten, dass er mit ihnen segeln konnte. Auch die *Hunter* war zu ihnen gestoßen. Als die Mannschaft des Schoners erfuhr, dass sie am Prisengeld beteiligt werde, jubelte sie.

Die Mannschaften der beiden anderen Schiffe schauten nur noch müde hoch. Ja, die Prise war gut, eine Mischung aus gestohlenen Schätzen, Pulver und Munition. Aber den ganzen Tag über hatten sie arg schuften müssen. Und jetzt drängte der Kapitän darauf, dass sie endlich nach Baltimore segeln müssten.

Am Abend segelten sie ab. Die *Hunter* sollte voraus, um sie anzumelden. Die *Hudson*, der Kaper und die *Defence* folgten in Kiellinie. Der Mann am Ruder tuschelte zu seinem Kameraden: »Der Alte wird uns doch hoffentlich eine Nacht in Baltimore gönnen, damit wir endlich mal wieder saufen und vögeln können.«

Sven saß mit Dr. Bader in seiner Kajüte. Sie tranken Wein. Der Schiffsarzt hatte über den Zustand aller Verwundeten berichtet.

»Ein Glück, dass wir so geringe Verluste hatten. Aber der Tod des jungen Albert Salton liegt mir auf der Seele. Da kann er diesem Mordgesindel gerade noch entfliehen und dann erschießt ihn ein Halbtoter. Dieser Tag war ihm wohl für sein Ende vorherbestimmt. Wir haben ihn mit unseren anderen Toten auf der winzigen Insel bestattet. Die Bay ist ja kein richtiger Platz für ein Seemannsgrab«, berichtete Sven.

Dr. Bader fragte: »Und was machen Sie mit dem Major Filder? Über den hört man ja die übelsten Dinge.«

»Ich übergebe ihn in Baltimore dem Kriegsgericht. Ich hoffe, sie werden ihn hängen, wie wir morgen Jan Lambden hängen werden.«

»Hat er etwas gesagt, warum er uns in die Luft sprengen wollte, Sir?«

»Kein Wort! Er hat uns nur als Rebellen gegen den König verflucht.«

Am übernächsten Morgen erreichten sie Baltimore. Der Geleitzug hatte sich bereits versammelt. Sven machte sich fertig, um all seine Amtsbesuche zu erledigen. Zum Ersten Leutnant sagte er: »Ausgang von der Dogwatch bis zur Hundewache (16–24 Uhr). Sonst das Übliche, Übernahme von Verpflegung, Reparaturen. Sie wissen schon. Um zwei Glasen der Vormittagswache laufen wir aus (9 Uhr). Sie können von Bord, wenn ich zurück bin.«

Das große Schiff
(April bis Oktober 1783)

Hintereinander stakten drei Flussleichter den Schuylkill River hinauf, der hier nur noch zwanzig Meter breit war. »Noch eine Biegung«, sagte der Mann am Ruder zu den Matrosen. »Dann haben wir es geschafft.«

Zu einem Mann, der am Bug stand und wie ein Reisender gekleidet war, rief er: »Sir, die Hütten da links in Ufernähe, das ist Shoemakersville!«

Der Reisende blickte zu den Hütten, schüttelte den Kopf und wandte sich zu seinem Begleiter, der einen Hut mit breiter Krempe trug: »Das ist ja ein Nest! ›Schuhmacherstadt‹! Ob die da überhaupt Schuhe tragen, Mr Marker? Na ja, wir siedeln ja weit genug entfernt von denen. Lassen Sie alles fertig machen zum Entladen! Unsere Pferde sehe ich auch schon am Ufer.«

»Wird erledigt, Herr von Neuenburg!«, antworte der Mann und rief Befehle, die etwa ein Dutzend Männer auf die Beine brachten, die es sich bisher auf Säcken der Schiffslast bequem gemacht hatten.

An dem provisorischen Kai am Ostufer, der nur aus ein paar Pfählen und aufgeschütteter Erde bestand, hatte nur ein Leichter Platz. Die anderen mussten dahinter in Ufernähe ankern.

Außer zwei Wachen, die auf den ankernden Leichtern Wache hielten, kamen alle anderen zum Entladen auf das erste Schiff. Es hatte einen Pferdewagen geladen und war mit Kisten und Säcken vollgestellt.

Mr Marker ließ zuerst Säcke und Kisten auspacken. »Stellt sie dort hinten rechts hin. Wir können doch nichts weiter abstellen, wenn ihr sie gleich an der Rampe absetzt, ihr Dussels. Und Vorsicht mit den Kisten! Dort sind auch zerbrechliche Sachen drin. Mr Monks, übernehmen Sie die Aufsicht beim Abladen!«

Am anderen Ufer hatten sich inzwischen Kinder aus dem kleinen Dorf eingefunden. Einige winkten. Aber die meisten starrten nur stumm auf das ungewohnte Geschehen. Jetzt schritt ein Mann zu den Kindern.

»Kennen Sie den Mann?«, fragte Herr von Neuenburg den Schiffskapitän.

»Ja, Sir. Ich habe ihn vor zwei Jahren in Reading kennengelernt. Ich hatte einen guten Eindruck. Er ist der Dorfälteste.«

Der Mann am Ufer legte die Hände zum Trichter an den Mund. »Hallo, Fremde! Ich bin der Dorfälteste von Shoemakersville. Braucht ihr Hilfe? Wohin wollt ihr?«

Herr von Neuenburg rief zurück: »Danke! Wir kommen zurecht. Wir wollen in Einars Tal siedeln, etwa zwei Tagesritte ostwärts.«

Der Mann nickte. »Ich kenne die Quäker dort in der Nähe. Aber in Einars Tal ist doch schon eine Siedlung.«

»Wir haben sie gekauft, nachdem der Eigentümer tot ist. Wir wollen sie erweitern.«

Damit war die Unterhaltung beendet. Der Dorfälteste sprach noch mit den Kindern, winkte und ging zurück.

Die Arbeiten zur Entladung waren anstrengend. Den Männern rann der Schweiß von der Stirn, obwohl der Apriltag noch relativ kühl war. Mr Marker rannte hin und her und gab Anweisungen, als sie jetzt den Frachtwagen vom ersten Leichter holten.

Mr Marker war in Amerika geboren. Er hatte Herrn von Neuenburg kennengelernt, als dieser für General Washington mit hessischen Truppen bei Yorktown über eine Kapitulation verhandelt hatte. Marker war Sergeant in Washingtons Wachtruppe gewesen.

Im Zivilleben war er Farmer, aber seine Farm war im Krieg zerstört, Frau und Tochter erschlagen worden. Er verstand sich gut mit Herrn von Neuenburg, und als der Leute für seine Siedlungspläne im Westen suchte, waren sie bald einig, denn Marker kannte Land und Leute. Neuenburgs andere Männer waren hessische Soldaten, die nach dem Krieg in Amerika bleiben wollten. Nur einige von ihnen hatten Erfahrungen in der Landwirtschaft, aber Neuenburg hatte darauf geachtet, dass alle zuverlässige und ordentliche Soldaten gewesen waren.

Jetzt hatten sie zwei Pferde vor den Wagen gespannt, der auf den schrägen Brettern im Leichter stand. Nun mussten Menschen und Tiere mit aller Macht ziehen, damit der Wagen über die Bordkante auf die Laderampe rollen konnte. Endlich war es geschafft.

»Zehn Minuten Pause!«, erlaubte Herr von Neuenburg und sagte Mr Marker, dass er sich die Gegend ansehen wolle. »Ich nehme Wilhelm mit, der mit Ihnen im Februar die Gegend erkundet hat.«

Sie sattelten ihre Pferde und ritten los.

Die Gegend war eben und fruchtbar. In der Ferne ragten Hügel auf. Wilhelm, ein ehemaliger hessischer Soldat aus Neuenburgs Kompanie, zeigte auf einen spitzen, etwas höheren Berg am Horizont. »Dort müssen wir hin, Herr Hauptmann. Das ist der spitze Berg am Rande von Einars Tal.«

»Du sollst mich doch nicht mehr mit ›Hauptmann‹ anreden. Wir sind jetzt Zivilisten. Gibt es auf dem Weg ins Tal noch Siedlungen?«

»Die Quäker und ein neues kleines Dorf östlich von ihnen. Einige Gehöfte liegen auch außerhalb der Dörfer, weil die Indianer alle nach Westen vertrieben wurden.«

Herr von Neuenburg ließ den Blick schweifen. Das Land, das er sah, war fruchtbar und leicht zu bestellen. Keine Felsblöcke würden die neuen Pflüge nach britischen Modellen hemmen. Und die vereinzelten Wälder wiesen einen guten Baumbestand auf. Es war ein wunderschönes, jungfräuliches Land. Ein Glück, dass er in Amerika geblieben war!

Am Ufer, wo Neuenburgs Männer den zweiten Leichter entluden, hatten zwei Frauen ein Feuer angezündet und kochten Kaffee. Während das Wasser im Kessel warm wurde, holten sie Körbe mit Brot und Wurst.

»Sie sorgen ja wenigstens für uns«, sagte einer der Arbeiter zum anderen.

»Aber mehr auch nicht«, antwortete sein Gefährte. »Als wir einmal eine Nacht am Ufer lagen, habe ich versucht, mich an die Ältere ranzumachen. Aber die ist hart wie Granit. Die lässt einen nicht ran.«

»Die ist doch früher Kindermädchen bei Kapitän Larssons Familie gewesen. Meinst du, da lässt die sich von so einem gewöhnlichen Kerl, wie wir es sind, flachlegen?«

»Wenn die bei so reichen Leuten Kindermädchen war, warum zieht sie dann mit uns in die Wildnis?«

»Der Kapitän hat doch immer ein paar Leute als Leibwächter bei sich. In einen hatte sie sich verliebt und wollte ihn heiraten, hat mir der alte Hausdiener erzählt. Wenige Stunden vor seiner Rückkehr geriet sein Schiff in ein Gefecht und der künftige Ehemann wurde getötet. Nun wollte sie nicht mehr dort leben, wo sie alles an den Toten erinnerte. Die Kinder sollen sehr geweint haben, als sie nicht bei ihnen blieb. Sie heißt übrigens Henrietta.«

»Dich muss man fragen, wenn man etwas wissen will.«

Aus dem dritten Leichter wurden nun Schafe über die Rampe getrieben. Ein Schäferhund wartete am Ufer auf sie. Bei dem Gedränge auf den Brettern rutschte ein Schaf ins Wasser.

Ein Hesse sprang ins Wasser und packte das Schaf, bevor es abgetrieben wurde. »Passt besser auf!«, brüllte Neuenburg. »Und du, Max, hol dir nachher bei mir einen Vierteldollar als Belohnung.«

Die entladenen Frachtwagen waren fast vollständig beladen. Die Pferde wurden angeschirrt. Die Schafe und auch zwei junge Zuchtbullen und zwei Kühe standen mit ihren Hütern bereit. Die Flussschiffe machten sich fertig zur Rückkehr.

»Sind wir bereit zum Abmarsch, Mr Marker?«, fragte Herr von Neuenburg.

»Jawohl, Sir. Ich habe alles überprüft und eingeteilt.«

Neuenburg hob seine Hand. »Hört mal her, Männer! Der bequeme Teil unserer Reise ist vorbei. Jetzt müsst ihr selbst laufen. Aber in der übernächsten Nacht schlafen wir schon in unserer neuen Heimat. Ich wünsche uns allen einen guten Marsch und einen erfolgreichen Beginn in unserer neuen Heimat. Passt gut auf die Tiere und unser Material auf! Los geht's!«

Kapitän Larsson schlief noch ruhig und entspannt in seinem Ehebett. Seine Frau Sabrina war schon aufgestanden, weil sie nicht sicher war, ob Elizabeth, das neue Kindermädchen, die richtige Kleidung für die Kinder bereitlegte. Sie hatte gestern Abend nicht mit ihr darüber gesprochen, weil sie so viel mit ihrem Sven zu bereden hatte.

Es war Svens dritte Nacht nach seiner Rückkehr. Er war schon früh wach gewesen, zu der Zeit, zu der er auf dem Schiff immer seinen ersten Gang an Deck unternommen hatte. Aber dann hörte er Sabrina neben sich atmen und merkte, dass er daheim war. Er lächelte, als er daran dachte, wie leidenschaftlich sie sich gestern Abend geliebt hatten, drehte sich auf die Seite und war gleich wieder eingeschlafen.

Aber jetzt sprang die Tür mit einem Knall auf. Der vierjährige Henry, ihr jüngster Sohn, kam als Erster hineingestürmt und sprang aufs Bett, um mit dem Vati zu toben. Auf dem Fuß folgte ihm sein zwei Jahre älterer Bruder Einar, während die siebenjährige Schwester Lilian sich in ihrer Rolle als Älteste zurückhielt und vor dem Bett nur die Arme zum Daddy ausstreckte.

Sven hatte den ersten Schreck überwunden. Glück und Liebe erfüllten ihn, als er seine Kinder spürte. Und dann spielte er mit ihnen ihr besonderes Spiel, eine Mischung aus Bolzen und Liebkosen. Sabrina sah lächelnd zu. Wie dankbar mussten sie doch sein, dass Sven wieder heil heimgekehrt war und dass sie gesund waren und sich liebten!

Einar schrie: »Wir entern dein Schiff! Du musst dich ergeben!«

»Nein«, entgegnete Sven. »Ich bin stärker als ihr.« Er kitzelte sie, dass sie vor Lachen ihre Hände von ihm lassen mussten. Aber nun kam Lilian ihren Brüdern zu Hilfe und kitzelte ihren Vater, sodass die beiden wieder Luft hatten und dem Vater an die Nase grabschten.

Sabrina schaute noch eine Weile zu, aber dann entschied sie: »Nun aber Schluss, ihr Wilden! Vati muss jetzt aufstehen und frühstücken, sonst verhungert er uns noch. Und ich muss mit ihm noch über den Besuch bei Oma und Opa sprechen. Da wollt ihr doch auch mit.«

»Ja!«, riefen die Kinder fröhlich und ließen von ihrem Vater ab.

Sven hatte ein Stück Käsekuchen gegessen, den Martha so schmackhaft backen konnte, genoss noch seine Tasse Kaffee, gut gesüßt wie immer, und plauderte mit Sabrina. »Eigentlich wird nur die Zeit nach der Europafahrt reichen, um zu den Eltern zu fahren. Je eine Woche für Hin- und Rückreise müssen wir rechnen. Nimm noch zwei Wochen Aufenthalt in Toronto hinzu, dann ist schon ein Monat vorbei.«

»Wir müssen sie unbedingt vor der Indienreise besuchen. Meinem Vater geht es nicht so gut. Ich würde es mir nicht verzeihen, wenn ich ihn nicht vor seinem Tode besuchte. Er geht auf die sechzig zu, lieber Sven. Manche werden nicht so alt.«

»Liebste, meine Mutter ist doch auch kaum jünger. Ja, wir fahren, sobald ich den Ostindiensegler aus Europa hergebracht habe. Aber eine Vergnügungsreise wird das nicht. Der Weg ist ziemlich beschwerlich.«

»Unsere Eltern sind damals den Hudson aufwärts gefahren und waren etwa eine Woche unterwegs.«

»Das ist auch heute noch die bevorzugte Route, eine Mischung von Wasser- und Landstrecken. Aber die Wege sind schlecht, die Gasthäuser verschmutzt und das Essen kaum genießbar.«

Sabrina schaute Sven erstaunt an. »So negativ haben meine Eltern das nicht dargestellt.«

»Vielleicht ist im Krieg alles schlechter geworden. Du weißt, wie umkämpft das Tal des Hudson war.«

»Sven, wer kann uns helfen, die besten Transporteure zu finden?«

»Mir fällt nur mein Freund Richard Bradwick ein. Ich werde ihn morgen fragen.«

»Und ich schreibe morgen meinem Schwager Henry. Der kennt doch auch Gott und die Welt. Da fällt mir noch etwas ein. Sollen wir den Verkauf unseres alten Hauses, in dem unsere Eltern ja gewohnt haben, noch etwas hinausschieben? Ich halte es für möglich, dass sie jetzt im Frieden wieder zu uns ziehen wollen, um mit ihren Enkeln zu leben.«

»Aber, Liebste, wenn sie dann in Gloucester wohnen und wir nun auf der anderen Flussseite, dann wäre das auch sehr unbequem für sie. Wir haben doch hier im Haus zwei Zimmer übrig. Und mehr werden sie für sich nicht haben wollen, denn sie können viele andere Räume ja auch benutzen.«

»Ich habe gehofft, Liebster, dass du so reagierst, aber ich wollte dir die Eltern nicht aufdrängen. Bei Männern weiß man nie, wie das ausgeht.«

Sven schüttelte den Kopf. »Warum können Frauen nicht so gerade und aufrecht sein wie Männer?«

»Liebster, wenn du so redest, bist du wieder reif für die Kinder. Komm!«

Am nächsten Tag ließ sich Sven früh zur Reederei bringen. Die Fahrt in der Kutsche war ja jetzt viel bequemer als früher, als sie noch auf der anderen Seite des Delaware in Gloucester wohnten.

Die Begrüßung in der Reederei war gewohnt herzlich. Der Büroleiter und die Schreiber kannten Sven seit vielen Jahren und wussten, wie hoch sein Anteil an der Reederei war. Da wollte keiner einen unfreundlichen Eindruck machen.

Richard Bradwick umarmte Sven und bald saßen sie am Besprechungstisch und hatten ihren dampfenden Kaffee vor sich. Mr Bradwick wirkte auf Sven wieder etwas älter und mühseliger als beim letzten Besuch, aber er lächelte Sven an und hatte einen Stapel Akten vom Schreibtisch auf den Besprechungstisch gelegt.

»Wie gut, Sven, dass du gesund heimgekehrt bist! Wie gut auch, dass ich dir wieder berichten kann, wie positiv unsere Reederei im Geschäft steht, nicht zuletzt dank deiner Aktivitäten! Aber ich will die Prioritäten nicht falsch verteilen, lieber Sven. Darum frage ich zuerst nach deiner Familie. Wie geht es ihr?«

»Alle sind gesund und glücklich, Richard. Auch heute haben mich die Kinder im Bett noch richtig geknufft und gequält, ehe ich aufstehen konnte. Wenn sie noch größer und stärker werden, bin ich ihnen bald nicht mehr gewachsen.«

»Dann wird dir deine liebe Sabrina helfen, Sven.«

»Das glaubst du, Richard. Sabrina steht nur daneben und lacht, wenn sie alle auf mir herumtoben. Sie ist so befreit und glücklich in diesen Momenten. Wir müssen sehr dankbar sein. Und wie geht es deiner lieben Frau, Richard?«

»Besser als mir, Sven. Sie wird weniger von Altersbeschwerden geplagt als ich. Sie ist ja auch jünger. Und seitdem ihr in eurem neuen Haus wohnt, besucht sie Sabrina auch einmal in der Woche und erzählt immer freudig von deinen Kindern, die ihr so ans Herz gewachsen sind, als wären es unsere Enkelkinder. Du hast recht. Wir müssen glücklich sein. Wir haben in diesem Krieg nur gewonnen. Wir blieben unverletzt. Wir haben kein Eigentum verloren, sondern viel dazubekommen. Wenn wir nicht in der Stiftung Gutes täten, müssten wir uns sehr schlecht fühlen angesichts des vielen Leids um uns herum.«

»Welchen Eindruck hast du, Richard, vom Leben in der Stiftung?«

»Einen sehr guten, Sven. Meine Frau besucht ja auch einmal in der Woche einen halben Tag die Stiftung und beobachtet den Unterricht und die Freizeit der Kinder. Es gab Schwierigkeiten am Anfang. Da waren Kinder, die sich jahrelang auf der Straße alles stehlen mussten, was sie zum Leben brauchten, die Wasser und Seife nicht kannten und in dreckigen Schuppen schliefen. Die können sich nicht von einem Tag auf den anderen auf Sauberkeit, anständiges Betragen, Ordnung, Gemeinschaft und Lernen umstellen. Aber die Lehrer haben mit Verständnis und Konsequenz reagiert. Allen voran die schöne Adeline, die Intelligenz, Liebe und Geduld verbindet. Und der Leuchtturm war immer dein schwarzer Riese Joshua. Der bringt auch dem frechsten Bengel Respekt bei. Und er ist ein wunderbarer Organisator. Ich habe früher immer gedacht, du übertreibst aus Freundschaft, wenn du ihn so gelobt hast. Aber ich kenne inzwischen so viele meiner Bekannten, die ihn bewundern und die auch anders über ›Nigger‹ denken. Er ist ein Glücksfall für die Stiftung. Du musst ihn auf See wirklich vermissen.«

»Ja, er ist schwer zu ersetzen, aber Samuel macht seine Sache inzwischen auch sehr gut. Mir fällt dabei ein, Richard, dass ich dich um einen großen Gefallen bitten muss. Wenn ich den Ostindiensegler hierhergebracht habe, wollen Sabrina, die Kinder und ich zu unseren Eltern reisen. Joshua hat sie ja damals nach New York gebracht, wo sie den Hudson aufwärts nach Toronto fuhren. Er kann zum Anfang der Reise einige Tipps geben. Aber dich, lieber Richard, müssen wir bitten, die Reise auf dem Hudson mithilfe deiner Geschäftsbeziehungen zu organisieren. Wer sonst könnte für uns ein gutes Schiff und zuverlässige Kutschen reservieren? Wir überlassen es deiner Entscheidung, ob wir über Albany oder über Montreal reisen sollen. Wir werden das Kindermädchen, einen Schiffsjungen, Samuel und einen anderen Begleiter mitnehmen. Könntest du uns helfen?«

»Aber selbstverständlich, lieber Sven. Ich kenne in New York, in Kanada und auf eurem Weg genug Geschäftspartner und Agenten, die mir Informationen geben können. Ich mache mir nur schnell einige Notizen.«

Mr Bradwick schrieb auf sein Papier, während Sven seinen Kaffee austrank und sich einige der schmackhaften Kekse nahm.

»Habe ich dir schon gesagt, Sven, dass unser Kongress in einigen Tagen das Ende aller Feindseligkeiten in Amerika verkünden wird? Es ist ja mehr eine Formalität, denn die Briten haben das ja schon am dritten März getan. Aber es gibt deiner Fahrt über den Atlantik und eurer Reise nach Kanada noch mehr Sicherheit.«

Und dann war der mehr private Teil ihres Gespräches vorbei. Mr Bradwick erzählte, dass Sven auf seiner Fahrt nach Bordeaux sieben Frachter der Reederei geleiten sollte, wovon er zwei nach Cardiff delegieren wollte.

»Du handelst schon mit Britannien?«, warf Sven überrascht ein.

»Ja, ich habe dort einen alten Partner, mit dem der Kontakt nie abriss. Sie können dort Lebensmittel und Baumwolle von uns brauchen, und wir erhalten Eisenwaren aus ihren Manufakturen. Ich dachte, dass du außer der *Defence* unsere Brigg *Star* gut gebrauchen kannst, die in den nächsten Tagen einlaufen muss.«

»Aber ich möchte auch die *Hunter* dabeihaben, Richard. Das sind die besten Augen für einen Konvoi.«

Mr Bradwick hatte keine Einwände, und sie sprachen über die zusätzlichen Besatzungen, denn Sven musste ja etwa hundert Matrosen haben, um den Ostindiensegler nach Amerika zu überführen.

Aber auf neun Schiffen würde man die zusätzlichen Mannschaften schon verteilen können. Doch man müsste sie ja erst haben. Sie diskutierten, wo Plakate ausgehängt und wie die Nachrichten in den Hafenmeistereien verteilt werden sollten. Das müsste alles sehr bald geschehen. Aber die Aussichten waren in dieser Zeit, wo viele abrüsteten, nicht schlecht.

Richard sagte zu, dass der Kapitän der Brigg *Star* nach dem Einlaufen gleich Kontakt mit ihm aufnehmen werde. »Es ist Robert Blair, der bei dir schon Midshipman war.«

Dann aber ging Mr Bradwick auf das Thema ein, das nach seiner Auffassung im Mittelpunkt des heutigen Gespräches stehen sollte: die Warenladungen des einen Konvois nach Europa und die des anderen nach Indien.

»Mir geht das Warenthema seit Monaten im Kopf herum, lieber Sven, und ich habe überall Informationen eingeholt. Wir wissen, dass wir Rum und Wein, Zucker und Butter, Schokolade und Schinken, Tabak und Bier, Eisenwaren und Baumwolle verkaufen können, aber weißt du, was die Chinesen am meisten von uns haben wollen?«

»Mir fällt nichts weiter ein, Richard.«

»Ginseng! Da staunst du, was? Diese Pflanze, die als Tee getrocknet bei Nervosität helfen soll, gilt in der Naturmedizin dort als Allheilmittel. Sie wächst bei uns in den mittleren Staaten wild. Ich habe schon Verbindungen aufgenommen, um sie sammeln zu lassen und um zu prüfen, ob man das Zeug anbauen kann. Aber wenn wir zu viel Interesse zeigen, schnellt der Preis in die Höhe.«

»Ich habe gehört, dass diese Pflanze ursprünglich aus Ostasien kommt. Und jetzt sollen wir sie dorthin exportieren?«

»Das kann durchaus so sein, Sven. Wenn sie hier günstigere

Wuchsbedingungen findet und dort zu sehr ausgebeutet wurde, haben wir jetzt vielleicht mehr davon. Natürlich musst du auch den Ostindiensegler schon mit französischen Weinen und Parfümerien vollladen. Die sind in Indien begehrt. Das habe ich schon an Baron du Savord geschrieben.«

Sven hatte zwei Tage später Gelegenheit, mit der Neuigkeit vom Ginseng einen fachkundigen Besucher zu überraschen, nämlich seinen Schwager Henry, den Arzt. Er war mit seiner Frau Ingrid und den beiden Kindern Edgar und Astrid zu einem kurzen Besuch zu den Larssons gekommen, nachdem sie Henrys Klinik in Philadelphia besichtigt hatten.

»Ob ihr über unsere Besuche immer noch so glücklich seid, wenn wir erst in eurer Nähe wohnen?«, fragte Henry nach der ersten Begeisterung.

»Ich kann mich nicht über die Gefühle von euch Männern äußern«, wandte Sabrina ein, »aber Ingrid und ich haben zusammen in Gloucester gewohnt und dann im selben Internat in Philadelphia und haben uns jeden Tag gefreut, an dem wir uns sahen. Nicht wahr, Ingrid?«

»Aber ja! Und um die Männer brauchen wir uns nicht zu sorgen, denen erlaubt ihr Beruf ja gar nicht so häufige Besuche.«

Sven mischte sich ein. »Warum zerbrecht ihr euch den Kopf um eine so theoretische Frage? In einem halben Jahr verreisen wir für fast anderthalb Jahre nach Indien. Da könnt ihr uns nicht besuchen.«

»Dann habt ihr euch jetzt fest entschieden, alle zu fahren?«, fragte Ingrid.

Als Sabrina bejahte, begann Henry mit der Diskussion über die medizinische Vorsorge auf der Reise. Bei allen Mitteln und Kuren, die er aufzählte, war doch immer Sauberkeit die wichtigste Empfehlung.

Nun kam auch Sven an die Reihe. »Es gibt ein Naturheilmittel, das Inder und vor allem Chinesen von uns haben möchten, Henry. Weißt du, was das ist?«

»Nein, Sven. Davon habe ich noch nicht gehört.«

»Es ist Ginseng. Mr Bradwick lässt schon seine Verbindungen spielen, um die Pflanze, die in unseren Gegenden wild wächst, zu sammeln.«

»Ja, ich kenne Ginseng. Aber bei uns gilt seine Wirkung als unbewiesen. Ich wundere mich, dass die Chinesen, die doch viel Erfahrung mit Naturheilmitteln besitzen, es so schätzen.«

Sven sagte: »Vielleicht haben sie eine andere Zubereitung.«

Flussaufwärts vom Hafen Philadelphias lagen die Gebäude der Reederei Santon. Es war eine mittelgroße Reederei, und die Bürogebäude wirkten etwas verwahrlost. Im Hauptbüro im ersten Stock saß ein älterer Herr vor einem repräsentativen Schreibtisch und blickte mit deprimierter Miene auf den vor ihm sitzenden jüngeren Mann.

»Mein lieber Sohn, es ist mir sehr schwergefallen, dir mitzuteilen, dass wir in diesem Jahr wahrscheinlich mit einem erheblichen Verlust abschließen. Das liegt nicht nur daran, dass zwei unserer Schiffe gekapert wurden und unsere Versicherungen zu gering waren, um den vollen Schaden zu decken, sondern auch daran, dass wir Kunden verlieren. Erst gestern hat mir Mr Kello mitgeteilt, dass er jetzt mit Bradwick und Co. verschifft. Du weißt, dass diese Reederei auch Kaperschiffe hat, die jetzt ihre Handelsschiffe zum Beispiel sicher in die Karibik geleiten. Sie können bessere Preise bieten, und Mr Larsson, der Teilhaber, soll ein außergewöhnlich tüchtiger Kapitän sein, der auch mit Prisengeld immer frisches Kapital in diese Reederei bringt.«

Der junge Mann wirkte erregt: »Vater, dieser Larsson hat unseren Freiheitskampf zur persönlichen Bereicherung missbraucht. Er hat von jeder Prise einen Riesenanteil erhalten. Ich habe schon früher empfohlen, dass wir das anprangern sollten.«

»Aber, mein Sohn, die Prisenanteile sind bei uns wie bei den Briten einheitlich und amtlich geregelt. Der Kapitän trägt die Verantwortung für das Schiff und erhält den größten Anteil. Bei Misserfolg verliert er seinen Posten. Was sollen wir dagegen tun?«

»Vater, wenn unsere Bestimmungen diesen Missbrauch fördern, dann müssen wir die Nutznießer sabotieren.«

Der ältere Mann wirkte erregt. »Winston, ich bin mein Leben lang ein anständiger Kaufmann gewesen, der die Gesetze achtet. Willst du mich jetzt zum Verbrecher machen?«

»Aber nein, Vater, ich will nur gerechte Ausgangsbedingungen wiederherstellen. Wir könnten seine Besatzungen aufhetzen, dass sie an ihren Schiffen Schäden verursachen, Termine verzögern und Ähnliches. Der Larsson soll ja ein harter Bursche sein. Alle seine Matrosen werden ihn auch nicht lieben.«

Der alte Mann schüttelte den Kopf. »Mein Sohn, das mache ich nicht mit. Da kommt es im Nu zu Folgeschäden und dann tragen wir die Verantwortung für Menschenleben. Nein! Überleg dir etwas anderes. Ende nächsten Jahres trete ich zurück und du übernimmst die Reederei. Du hast genug gelernt, um dir eine neue Geschäftspolitik zu überlegen. Ich musste das damals auch.«

Der Sohn wirkte nicht überzeugt, aber er stand auf. »Ich werde es mir durch den Kopf gehen lassen, Vater.«

In seinem Büro rief der Sohn nach seinem Schreiber. »Wir haben im vergangenen Jahr mit einem Privatdetektiv gearbeitet, Mr Long. Bitten Sie ihn für morgen früh um neun Uhr in mein Büro.«

Als am nächsten Morgen der Detektiv, ein schmaler, etwa vierzigjähriger Mann, in sein Büro trat, sagte der Sohn: »Mr Hedson, ich möchte Ihnen bei einem kurzen Spaziergang am Ufer einen Auftrag erläutern. Dort sind wir vor Zuhörern sicherer.«

Als sie am Ufer des Delaware entlanggingen, erklärte der Sohn dem Detektiv, dass die Reederei einen Konkurrenten habe, der ihr mit scheinbar legalen Mitteln großen Schaden zufüge. Man könne ihn nur mit Sabotage und ähnlichen verdeckten Maßnahmen hindern, ihre Reederei in den Ruin zu treiben.

»Können Sie fünf Matrosen auftreiben, Mr Hedson, die keine Skrupel haben, die Mannschaft des Konkurrenten aufzuhetzen, Sabotage zu verüben und eventuell seine Waren zu schädigen?«

Mr Hedson nickte: »Das ist nur eine Frage des Geldes. Wir müssen erfahrene Leute anwerben und sie mit guten gefälschten Papieren ausstatten. Und es hängt davon ab, wen Sie im Auge haben. Es gibt mehr oder weniger sorgfältige Kapitäne, Mr Santon.«

Mr Santon nannte Svens Namen und den der Reederei Bradwick.

Der Detektiv schloss die Augen und neigte den Kopf von einer Seite zur anderen. »Da haben Sie sich aber einen schweren Gegner ausgesucht, Sir. Das ist ein sehr fähiger Kapitän, der als gerecht und beliebt gilt, da auch seine Leute von den Prisengeldern profitierten. Da wird jeder Mann eine Prämie von monatlich zwanzig Dollar erwarten und für kleinere Sabotagen, wie Zerstörung der Pumpen oder des Ruders, einen Bonus von fünfzig Dollar. Außerdem bräuchten wir einen Anführer, der natürlich eine Zulage erwartet.« Er nannte dann noch sein Honorar und seine Erfolgsboni.

Mr Santon war geschockt. »Das sind ja Summen!«

Sie diskutierten noch eine Weile über die Honorare, aber Mr Santon konnte den Detektiv nur unwesentlich herunterhandeln.

»Na gut!«, stimmte er schließlich zu. »Hand drauf! Aber der Name unserer Reederei darf nie genannt werden. Spezielle Aufträge muss ich über Sie dem Anführer zukommen lassen können!« Sie gaben sich die Hand.

Zwei Tage später musste Sven mit Dr. Bader, seinem Schiffarzt, mit dem Ersten Leutnant und dem Bootsmann zur Reederei, um die hundert zusätzlichen Männer für den Ostindiensegler auszuwählen. Wie immer, wenn Sven in den letzten Jahren Besatzungen suchte, meldeten sich viele Männer, die schon mit ihm gesegelt und dann auf andere Schiffe verschlagen worden waren.

Sie strahlten ihn an und waren glücklich, wenn er sie erkannte und gleich zu seinem Schreiber schickte. Aber es gab auch Seeleute, die bei anderen bekannten Kapitänen Erfahrungen gesammelt hatten. Jetzt stand er gerade bei einer Gruppe, die sich auf Kapitän Karl Bauer berief.

»Ihr seid mit Kapitän Bauer gesegelt? Na, das ist ja ein Zufall! Er segelt mit uns nach Indien und wird bei jedem von euch wissen, ob er was taugt. Wollt ihr immer noch anheuern?«

Als sie bejahten, schickte er sie gleich zum Schreiber. Als ihn der Bootsmann fragend ansah, erklärte Sven: »Mein Freund Karl Bauer hat dieselben Ansichten und Erfahrungen wie ich.«

Die Larssons erhielten ihre erste Post von Herrn von Neuenburg und mussten lachen, dass er von Mr Bradwick schon gebeten worden war, Ginseng zu suchen, was ihn einigermaßen verwunderte.

Es hatte alles gut begonnen in Einars Tal. Die Witwe des vorigen Besitzers hatte in Neuenburgs Vorschlag eingewilligt, in ihrem Haus wohnen zu bleiben, und war mit ihren Erfahrungen und Verbindungen zu den in der Nähe wohnenden Farmern eine große Hilfe. Auch Henrietta wurde von Neuenburg sehr gelobt. Sie sei in allen Dingen des täglichen Haushalts sehr erfahren und sehr beliebt.

Von der Landschaft schienen alle Neusiedler zu schwärmen. Auch mit den Viehherden, die er durch die des Vorbesitzers ergänzt hatte, war Neuenburg zufrieden. Alles lief bestens. Kriegerische Indianer oder räuberische Banditen waren nicht gesehen worden. »Wenn Sie aus Indien zurückkommen, müssen Sie unbedingt Einars Tal besuchen.«

Sabrina lachte, als sie das las. »Nun haben wir noch ein Besuchsziel mehr. Wir können bald gar nicht mehr daheim bleiben.«

Dann aber rückte der Tag von Svens Abschied immer näher. Immer mehr Konvoischiffe waren beladen worden und erhielten jetzt ihre zusätzlichen Besatzungen. Darum mussten sich Sven und seine Offiziere kümmern, denn auf jedem Schiff mussten die Maate eingeteilt werden, die diese Besatzungen schon auf der Hinfahrt drillen sollten.

»Die Burschen machen keine Urlaubsfahrt. Nehmt sie ordentlich ran. Auf der Rückfahrt aus Europa merken wir, wer seine Aufgaben nicht erfüllt hat«, mahnte Sven.

Sabrina wehrte auswärtige Besucher ab. Sie wollte ihren Sven in den letzten Tagen für sich allein haben. Nur zu einem Liederabend in der Stiftung ging sie mit ihm und den Kindern. Sie wusste, dass auch Sven bei den Kindern in der Stiftung gern gesehen war, weil er ein berühmter Mann und doch so freundlich und natürlich zu ihnen war.

Auch mit Adeline und Joshua trafen sie sich gern. Adeline war wieder schwanger und musste sich einige Scherze anhören. Joshua lächelte gutmütig.

Der Chor der Stiftung hatte sich schon einen sehr guten Ruf erworben. Ein junger Lehrer leitete ihn. Er war begeisterter Sänger und hatte seine Leidenschaft an die Sänger weitergegeben. Neben allen Schülern und Lehrern wohnten auch Ehrengäste und Freunde der Stiftung dem Liederabend bei. Auch Sven, der wenig musikalisch war, spürte, wie die Lieder ihn anrührten. Ich muss den Chor auf meinem Schiff mehr unterstützen, nahm er sich vor.

Diesmal fand sich der Konvoi, den Sven nach Frankreich geleiten sollte, nicht heimlich zusammen. Jetzt war Frieden, und alle Schiffe setzten in aller Öffentlichkeit und unter dem Winken der Abschied nehmenden Angehörigen am Kai die Segel. Auch Sabrina war mit den Kindern dort. Die trösteten sie, als die Tränen über ihre Wangen liefen.

»Daddy kommt doch bald wieder, und der Krieg ist vorbei. Und mit Stürmen kennt er sich aus. Da brauchst du keine Angst zu haben.«

Frau Bradwick nahm Sabrina in die Arme. »Eine Trennung tut immer weh, nicht wahr? Aber Ihre Kinder haben ja recht. Diesmal ist die Reise viel weniger gefährlich als sonst. Mein Mann hat schon gesagt, wenn wir nicht so alt wären, wären wir mitgereist. Er wollte Paris immer einmal sehen.«

»Das möchte ich eigentlich auch einmal, wenn die Kinder etwas größer sind«, antwortete Sabrina und blickte noch einmal den entschwindenden Segeln hinterher.

Als sie die offene See erreichten, nahm der Konvoi seine Formation in zwei Reihen ein. Die *Hunter* segelte weit voraus, die *Defence* nahm eine Position windwärts von den Handelsschiffen ein, und die *Star* bildete das Schlusslicht.

Alle Schiffe hatten gut zehn Mann zusätzlich an Bord. Dafür hatten sie aber nur etwa die Hälfte des Munitionsvorrates geladen, der im Krieg üblich war. Selbst wenn sie einen Piraten treffen würden, mit einem stundenlangen Feuergefecht rechnete niemand mehr. Aber die Matrosen machten sich keine Illusionen. »An den Kanonen werden sie uns schinden wie eh und je, darauf kannste wetten«, flüsterte ein Matrose dem anderen zu.

Diese Atlantiküberquerung war die ereignisloseste Reise, die Sven je in seinem Leben unternommen hatte. Sie sahen kein einziges Segel, das sich ihnen mehr als zehn Meilen genähert hätte. Wenn sie ein paar Wale sichteten oder eine Schule Delfine, dann war das eine Sensation, die die gesamte wachfreie Mannschaft an Deck versammelte. Wenn Sven Scharfschießen auf vertäute Fässer ansetzen ließ, dann wurde das als angenehme Abwechslung empfunden. Eine Pumpe fiel während der Reise aus, aber sie konnte schnell repariert werden, und in der allgemein guten Stimmung machte sich niemand darum weitere Gedanken.

Sven ordnete an, dass auf den einzelnen Schiffen Spiele veranstaltet wurden und die besten Spieler sich auf der *Defence* zur Endausscheidung versammeln sollten. An einem Tag mit ruhigem Wind organisierte er auch ein Wettrudern der Kutter, das noch Tage danach für Gesprächsstoff sorgte. In Erinnerung blieb dabei nicht, dass die Kutter der Kriegsschiffe deutlich überlegen waren, sondern dass auf einem Kutter ein Riemen brach und zwei Boote ineinander krachten.

Am Morgen des Tages, an dem sie die Küste von Frankreich sichten sollten, zog dann doch noch ein Sturm auf. Auf Svens Befehl kürzten die Schiffe des Konvois nicht die Segel, sondern liefen mit vollen Segeln in die weite Mündung der Gironde ein. Sie rissen erst dann die Segel herunter, als ihnen die erste Biegung des breiten Flusses Schutz vor dem Sturm gewährte. Sie ließen die Anker fallen und wetterten den kurzen Sturm ab.

»Da haben wir aber Glück gehabt!«, konstatierte Leutnant Potter, als er völlig durchnässt Svens Kajüte betrat.

»Hoffentlich hat es die beiden Schiffe nicht schlimmer erwischt, die wir nach England delegiert haben«, bemerkte Sven.

»Das glaube ich nicht, Sir. Der Sturm müsste südlich an ihnen vorbeigezogen sein.«

»Ich bin erst ruhig, Mr Potter, wenn ich Nachricht von ihnen habe. Sagen Sie mal, mir fällt gerade ein, Sie waren doch auch damals dabei, als wir mit der *Liberty* in Bordeaux einliefen. Da waren Sie Senior der Midshipmen, nicht wahr?«

»Ja, Sir. Ich erinnere mich noch, wie aufgeregt ich war, als ich zum ersten Mal den Fuß auf französischen Boden setzte.«

»Dann können Sie ja unseren Midshipmen die besten Ratschläge geben. Auf unsere Ladungen wird man ja diesmal bestens vorbereitet sein. Dafür hat Baron du Savord bestimmt gesorgt. Aber ich kann es kaum erwarten, unseren Ostindiensegler zu sehen.«

Die *Defence* erreichte als erstes Schiff den Hafen von Bordeaux und wurde schon von einem Boot erwartet, an dessen Bord man Männer sah, die vornehm gekleidet waren, also wahrscheinlich Würdenträger und Beamte. Sven ließ die Seesoldaten, die Trommler und Pfeifer antreten und betrachtete die Insassen des Bootes durch sein Teleskop.

Mit dem Teleskop am Auge sprach er zu Mr Bergson, dem Wachhabenden: »Ich erkenne Baron du Savord. Er hat sich nicht sehr verändert. Empfang also wie für einen Admiral vorbereiten. Der Hafenkapitän ist auch an Bord und mindestens drei Ratsherren. Martin soll die Getränke in meiner Kabine bereitstellen.«

Mr Bergson hörte zu und schickte Melder los, wenn es etwas zu veranlassen gab. Wenn Sven Pausen in seinem Selbstgespräch machte, informierte Mr Bergson die anderen Offiziere in seiner Nähe.

Als das Boot dann anlegte, waren sie bestens vorbereitet. Sven war sein neues Jackett gebracht worden. Trommler und Pfeifer bearbeiteten ihre Instrumente. Die Soldaten standen wie erstarrt und hielten ihre Gewehre vor dem Körper. Sven nahm seinen Hut ab und begrüßte Baron du Savord, der als Erster an Bord kam. Sie schüttelten sich herzlich die Hände und lachten sich an.

Sven stellte seine Offiziere vor. Der Baron machte sie mit dem Hafenkapitän, zwei Reedern und den Ratsherren bekannt. Einer der Ratsherren umarmte Sven und erinnerte ihn daran, wie sie damals bei der Aufdeckung zweier britischer Saboteure zusammengearbeitet hatten. Es war eine familiär herzliche Atmosphäre, als Sven in seine Kabine bat.

Nach dem ersten Begrüßungstrank ging der Hafenkapitän mit Mr Potter in die Kartenkammer und erklärte ihm den Liegeplan für die Schiffe des Konvois.

»Haben Sie dem Kapitän schon gesagt, wo der Ostindiensegler liegt?«, fragte Leutnant Potter.

»Nein, den will ihm der Baron selbst zeigen. Aber unter uns, so viel ist daran auch nicht zu sehen. Man braucht schon ein Zentimetermaß, um festzustellen, ob er etwas größer ist als Ihre Fregatte. Und neu ist er ja auch nicht, wenn wir ihn auch gut gepflegt haben. Wenn der Baron auf etwas Wert legt, können wir uns ja nicht uninteressiert zeigen.« Und er zwinkerte Mr Potter zu.

Als die kurze Begrüßungsfeier in der Kajüte vorbei war, kündigte der Baron Sven an, dass er ihm sein neues Schiff zeigen wolle. Sven schickte einen Melder los, dass ein Kutter vorzubereiten sei und der Master und der Bootsmann ihn begleiten sollten.

Sven stieg als Letzter in den Kutter und setzte sich zum Baron. Mit Befriedigung sah er, dass neben Samuel auch sein Schreiber mit dem Notizblock im Kutter saß.

Sie ruderten flussaufwärts und Sven blickte auf die beeindruckende Silhouette der Stadt. Am Flussufer fielen ihm ein paar neue Häuser auf, aber sonst hatte sich natürlich nichts geändert. Die alten ehrwürdigen Häuser und Kathedralen reckten seit Jahrhunderten ihre Türme und Dächer in den Himmel.

Sie passierten einen weiteren Kai, und der Baron wies auf ein Schiff hin, das dort an der Mauer lag. Das sei der Ostindiensegler. Sven war enttäuscht, denn das Schiff sah aus wie ein gerupftes Huhn. Es trug erst einen Teil der Rahen. An der Takelage wurde gearbeitet. Segelplanen zur Abdeckung hingen herum. Aber der Baron betonte, wie günstig das Schiff erworben wurde, dass es von guter alter Bauweise sei und während der Monate Wartezeit gut gegen jeden Wettereinfluss geschützt war.

»Wir haben vor einer Woche schon mit den Aufräumungsarbeiten begonnen. Ein Teil der Ladung ist schon eingebracht worden. Spirituosen, sie verderben ja nicht. Modesachen kommen in den nächsten Tagen. Wir sind im Termin und ich hoffe, Sie sind mit unseren Vorarbeiten einverstanden.«

Sven merkte, dass von ihm Lob erwartet wurde. Als er den Ostindiensegler betreten hatte, von einem Werftingenieur empfangen wurde, der ohne Formalitäten mit seinen Erklärungen begann, und als Sven erkannte, mit welcher Sachkenntnis das Schiff restauriert worden war, da fiel ihm das Lob nicht mehr schwer.

Der Ostindiensegler mit seinen 820 Tonnen war vom Bug zum Heck 41 Meter lang und 10,2 Meter breit. Das Deck war aus gutem, festem Holz und gut mit Isolierfarbe bestrichen. Alles wirkte sehr stabil und gut konserviert. Metallteile waren gestrichen oder gut geölt. Sven sah, wie sein Bootsmann an die Mastbäume klopfte und zufrieden nickte. Der Werftingenieur berichtete, dass der Rumpf mit Kupferplatten versehen und damit gut gegen exotische Bohrwürmer geschützt sei.

Der zweite Eindruck vom großen Schiff war sehr positiv und Sven fiel der Dank an den Baron nicht mehr schwer. An dessen Zufriedenheit sah Sven, dass er wohl den rechten Ton getroffen hatte. »Mir wurde gesagt, dass das stehende Gut noch etwas Teer vertragen kann und dass die Segel noch angebracht werden müssen, aber das sollte in einer Woche zu schaffen sein«, stellte der Baron fest. »Auch für die anderen Schiffe ist alles vorbereitet, um Ent- und Beladung termingemäß vorzunehmen. Aber ich soll Ihnen auch das Missfallen meiner Frau aussprechen, dass Sie nicht länger bei uns bleiben. Sie will Sie doch auch bewirten, Herr Kapitän.«

Sven entschuldigte sich und verwies auf den Monsun, der für die Indienreise einen festen Termin setze, und vorher wolle er noch seine Eltern in Kanada mit der Familie besuchen. Da sei die Zeit ein wenig knapp.

Dabei wurde dem Baron wohl auch klar, dass Svens Frau und Kinder ihn auf der Indienreise begleiten würden.

»Da wird meine Frau Sie ebenso beneiden, wie ich es tue. Das ist ja eine faszinierende Reise in eine andere Welt. Aber ist es nicht auch ein wenig gefährlich, besonders für die Kinder?«

Sven berichtete von den Vorkehrungen, die sie mithilfe seines Schwagers getroffen hätten, und der Baron hörte mit Interesse zu. Von den neuen Medikamenten, die sich Svens Schwager aus Indien erhoffte, lenkte er das Gespräch auf die Waren, die den Indienhandel so profitabel machten.

»Wir müssen uns in der kommenden Woche einen ganzen Abend für dieses Gespräch reservieren, Kapitän, denn ich sehe besonders in Sumatra ganz neue Märkte. Ich werde einen meiner Mitarbeiter hinzubitten, der gerade aus Pondichery zurückgekehrt ist.«

Svens kompetenteste Mitarbeiter, die er für den Ostindiensegler vorgesehen hatte, bezogen ihn sofort und inspizierten ihn bis in den letzten Winkel. Sie waren alle sehr zufrieden, und die kleinen Mängel, die ihnen noch auffielen, wurden in den nächsten Tagen beseitigt.

John Bergson wurde als Erster Leutnant auf das neue Schiff übernommen, Frank Waller wurde Zweiter, Billy Walton Dritter, und Achille Grieve musste sein unabhängiges Leben als Kommandant des Schoners *Hunter* aufgeben und als Vierter Leutnant auf den großen Ostindiensegler wechseln.

Die Fülle der Beförderungen und Versetzungen, die die Bemannung des neuen Ostindienseglers nach sich zog, verlangte nach einem großen Fest. Der Baron du Savord organisierte es im größten Festsaal der Stadt und lud nicht nur die führenden Familien der Stadt, sondern auch alle Offiziere ein.

Sven fand, dass die Damen jünger waren, als er sie früher von solchen Festen gewohnt war. Dr. Bader lieferte ihm die Erklärung für dieses Phänomen. »Älterwerden hat auch einige gute Seiten«, sagte er leise zu Sven. »Früher empfand ich die weiblichen Besucher solcher Feste immer als überaltert. Wenn man als Mann Mitte zwanzig ist, wirken Damen um dreißig ziemlich alt. Ist man selbst Mitte dreißig, erscheinen die Damen um die dreißig jung.«

Da hätte ich auch selbst draufkommen können, dachte Sven, aber er war wohl zu sehr mit der Information beschäftigt, die ihm die Baronin – wohl unbeabsichtigt früh – bei der Begrüßung mitgeteilt hatte.

Sie hatte ihn als ihren Retter aus Seenot bezeichnet, womit sie darauf anspielte, dass Svens Schiff die Familie 1778 nach einem Schiffbruch aus dem Meer gefischt hatte, dann aber noch ihrer Freude Ausdruck gegeben, dass ihr Mann gemeinsam mit Sven das Ostindiengeschäft mit neuen Impulsen beleben wolle. Seitdem musste Sven immer daran denken, was der Baron wohl für ein gemeinsames Geschäft plane.

Die Baronin war einige Jahre jünger als ihr Mann, sah sehr gut aus und tanzte wunderbar. Sven merkte, wie neidisch ihm die Blicke anderer Gäste folgten, als er mit ihr tanzte. Sie lachten herzhaft miteinander, als sie von den Späßen der jeweiligen Kinder erzählten.

Für viele brachte der nächste Morgen ein frühes und abruptes Erwachen, denn das Ent- und Beladen der Schiffe duldete keinen Aufschub. Auch Sven hatte Kopfschmerzen und schimpfte leise vor sich hin, als Martin ihn weckte. Dieser verdammte Schiffsdienst! Daheim hätte er ausschlafen können. Aber hier musste er entscheiden, ob nun mehr Pariser Mode oder mehr Wein aus Bordeaux geladen werden müsse. Er dachte an Sabrina und entschied sich für mehr Mode.

Und dann hatte der Baron doch gestern noch etwas über die Bewaffnung des Ostindienseglers gesagt. Noch nie habe man Kanonen so günstig kaufen können wie jetzt, da alle Freibeuter überflüssig würden und auch die Flotte einen Teil der Schiffe abrüste. Da würde er nachforschen müssen, denn so viele Kanonen wie hier konnte es in Amerika nicht geben. Und mit dem Guss von Karronaden hatte man in Amerika ja erst begonnen.

Doch zuerst musste Sven auf den Ostindiensegler und die Offiziere vorläufig in ihr Kommando einweisen. Die britischen Ostindiensegler waren in der Tradition einer bestimmten Handelskompanie geformt worden. Sie hatten sich hinsichtlich der Zucht und maritimen Kompetenz ihrer Seeleute im Laufe der Jahrzehnte einen hervorragenden Ruf erworben. Sven wollte an diese Tradition anknüpfen und für dieses Schiff militärische Tradition und militärische Bezeichnungen beibehalten. So hießen seine Offiziere Leutnant und nicht Steuermann und trugen Uniformen.

In der Besatzung gab es alte Veteranen der Indienfahrt, wie zum Beispiel Edward Wheler, den neuen Master. Er kannte die Routen nach Indien und China von fünf Fahrten und war von Sven von einem holländischen Ostindiensegler abgeworben worden.

Die Indienststellung des Schiffes sollte nach dem großen Ball am Vorabend noch ein wenig vom Festakt widerspiegeln. Die Mitarbeiter des Handelshauses Savord hatten im Zusammenhang mit dem Ball dazu aufgerufen, Geschenke für die neue Mannschaft zu spenden. Schon am Ballabend hatten sie viele Päckchen gesammelt und auch jetzt stand am Kai eine große Kiste, die schon halb mit Päckchen gefüllt war.

Leutnant Bergson hatte soeben Befehl gegeben, die Kiste an Bord zu bringen, damit die Päckchen verteilt werden konnten. Die vier Matrosen balancierten die Kiste gerade über die Gangway an Bord, als ein Bursche angerannt kam und noch ein Päckchen brachte. »Für den Käpt'n!«, rief er und warf das Päckchen zur Kiste.

Einer der Träger griff mit der Hand danach, konnte aber nur das Band greifen, das zur Verzierung das Päckchen schmückte. Es löste sich. Das Päckchen fiel zu Boden und explodierte.

Die laute Detonation kam so überraschend, dass alle wie erstarrt innehielten. Dann schrie der Matrose, der das Päckchen hatte auffangen wollen, laut seinen Schmerz hinaus und fasste an seine blutüberströmte Hand. Die Kiste fiel an Deck. Jetzt löste sich die Erstarrung. Einige rannten von der Kiste weg. Andere liefen zum Deck, um zu sehen, was dort geschehen war. An Land eilten Menschen davon.

»Halt!«, brüllte Leutnant Bergson mit aller Kraft. »Jeder bleibt an seinem Platz! Wache, sperrt die Gangway!« Und er lief zum Ort der Explosion, um sich ein Bild zu machen. Das war angesichts der umhergeschleuderten Päckchen, der an Deck liegenden Kiste und der beiden Träger, die bluteten, nicht schwer. Eines der Päckchen musste eine Bombe enthalten haben.

»Keiner am Kai läuft weg! Es ist vorbei!«, rief Bergson weiter. »Holt den Schiffsarzt! Alle Leute an Land kommen her zu mir und sagen, was sie gesehen haben.«

Zögernd kehrten die Leute am Ufer um und gingen zur Gangway. Bald war der Junge gefunden, der das Päckchen gebracht hatte. Ein alter Mann habe es ihm gegeben und ihm gesagt, er solle es schnell noch zur Abgabe bringen, sagte der Junge. Den alten Mann habe er nicht gekannt. Er habe ihm nur gesagt, er sei aufgehalten worden und wolle, dass es noch rechtzeitig zur Verteilung komme.

Dr. Bader hatte die beiden Verletzten in das Schiffslazarett bringen lassen und versorgte sie. Sven kam aus seiner Kajüte gerannt und ließ sich von Bergson und den Umstehenden orientieren. »Der Junge bleibt hier! Ich will die Kiste und die restlichen Päckchen sehen. Der Feuerwerker soll kommen.«

Ein Teil der Päckchen war von der Explosion aufgerissen. Kekse und Schokoladenreste waren zu sehen. Ein Matrose brachte Teile des explodierten Päckchens. Das war eine kleine Holzkiste gewesen. Reste des Einwickelpapiers und der Verschnürung klebten noch an dem Kistchen. Die Verschnürung war blauweiß gemustert. Ein Drahtstück war mit ihr verflochten.

Der Feuerwerker untersuchte die Reste des Päckchens. »Im Päckchen war ein Sprengsatz versteckt, der gezündet wurde, wenn man die Verschnürung löste. Und hier steht noch etwas auf dem Papier, Sir!«

Sven ließ sich die Überreste geben. Er las die Buchstaben: »… für den Kapitän …« Der Rest war zerfetzt. »Das war für mich bestimmt«, sagte er leise zu Mr Bergson.

»Lassen Sie die Mannschaft wieder den gewohnten Dienst aufnehmen, Mr Bergson. Die Leute hier können gehen. Diese Reste und den Jungen nehme ich mit in meine Kajüte. Dr. Bader möchte Meldung über den Zustand der Verletzten machen.«

In seiner Kabine schimpfte Sven vor sich hin. »Verdammt noch mal! Ich hatte ein schlechtes Gefühl bei dieser Sammlung. Warum habe ich dem Baron nicht widersprochen? Das kann ja nur schiefgehen, wenn jeder unkontrolliert etwas an Bord schicken kann. Aber warum jetzt eine Bombe? Warum an mich? Wer will mir hier etwas anhaben?«

Bei dem letzten Satz hatte er unbewusst Martin angesehen. Der fühlte sich angesprochen und sagte: »Vielleicht die Eltern des Bäckers von damals.«

Sven kam die Erinnerung. »Du denkst an die beiden Briten, die sich hier als Matrosen an Bord schmuggelten und Handgranaten in Brote eingebacken an Bord brachten.«

Martin war froh, dass Sven ihn gleich verstanden hatte. »Ja, Sir. Die Bäckerfamilie war alteingesessen und hatte nichts mit den britischen Saboteuren zu tun. Aber ihr Sohn hatte sich dem Glücksspiel und der Trunksucht hingegeben. Dadurch hat ihn der britische Spion Mitteraux in die Fänge bekommen. Der Bäckerssohn ist damals auch zum Tode verurteilt worden. Ich dachte, dass der Vater sich vielleicht rächen wollte.«

»Du bist gut, Martin. Ich informiere gleich Mr Pompidol. Er erinnert sich bestimmt.« Und er brachte ein paar Zeilen zu Papier und sandte es an Mr Pompidol.

Die Geschenke mussten nun vom Zahlmeister und seinem Gehilfen durchgesehen werden, aber die fanden nichts Verdächtiges. »Es sind sehr lieb gemeinte Verpackungen dabei, Sir. Schokolade, feine Kekse, Bonbons. Das Wasser läuft einem im Munde zusammen. Und immer wieder gibt es Menschen, die ins Gegenteil verkehren, was liebevoll gemeint war, Sir«, klagte der Feuerwerker zu David.

Sven machte sich Vorwürfe, dass er gar nicht mehr an die Sabotageversuche des Jahres 1778 gedacht hatte. Hätte er keine Anlieferungen an Bord erlauben dürfen? Das war ja in der Praxis nicht zu verwirklichen. Und zu viel Misstrauen zerstört jede Lebensfreude.

Dr. Bader kam und meldete, dass dem einen jungen Seemann zwei Finger der linken Hand abgerissen waren, der andere hatte nur einen Riss in der Kopfhaut. Beides würde heilen, aber die beiden Finger seien weg. »Können wir ihn weiter einsetzen?«

»Ja, Sir, für einen Musketenschützen zum Beispiel wäre es kein Nachteil.«

»Gut, ich schaue dann nach den beiden, sobald ich Zeit habe.«

Mr Pompidol, 1778 Leiter der Kriminalpolizei, jetzt Vertreter des Bürgermeisters, kam an Bord, wurde orientiert und nahm die zerfetzte Packung mit. Dann dachte Sven nicht mehr an den Vorfall. Aber er vergaß nicht, die beiden Opfer im Lazarett zu besuchen.

Es war ein angenehmer Aufenthalt in Bordeaux. Der Friedensschluss hatte zu einer sehr gelösten Stimmung geführt. Die Zukunft lag nicht mehr drohend vor ihnen, sondern nur noch vielversprechend und verlockend. Baron du Savord hatte Sven eingeladen und nahm sich viel Zeit, um mit Sven nach dem Kaffee über Ostindien zu sprechen. Er war erstaunlich gut auch über die finanziellen Engpässe der britischen Handelskompanie informiert, war aber noch viel kritischer, was den Einfluss der französischen ostindischen Handelskompanie betraf.

»Sie wird ihre Gebiete nicht gegen die indischen Bestrebungen zur Unabhängigkeit und gegen die Konkurrenz der Briten halten können. In wenigen Jahren wird sie keine Bedeutung mehr haben. Aber Sie können das Gebiet der französischen Kompanie und ihre Verbindungen noch nutzen, Herr Kapitän, denn man wird Ihnen viel weiter entgegenkommen, als es die Briten tun könnten. Sie werden sicher auf Ihrer ersten Fahrt noch nicht nach China segeln wollen. Machen Sie sich erst in Indien mit allem vertraut. Den chinesischen Tee erhalten Sie dort mit geringem Aufschlag. Aber vor allem rate ich Ihnen, dass Sie einen erheblichen Laderaum für Pfeffer reservieren, den Sie in Sumatra am günstigsten einkaufen können. Ich kann Ihnen Adressen geben.«

Für Sven waren diese Verbindungen mehr als Gold wert. Aber er merkte, dass der Baron noch mehr im Sinn hatte. »Ich selbst möchte mich auch in den Ostindienhandel integrieren. Die französische Kompanie mit ihren schlechten Zukunftsaussichten ist kein Partner. Die Zeit der Landeskompanien ist vorbei. Private und potente Partner, die sich vertrauen, werden sich zusammenschließen. Der Partner meiner Wahl ist die Reederei Bradwick, mit der wir bisher nur gute Erfahrungen gesammelt haben. Ich möchte ein Schiff in Ostindien bauen lassen. In dieser Größe ist bisher dort noch kein Schiff gebaut worden, aber ich habe Beziehungen zu einer Werft, die das kann. Meine Bitte wäre, dass Sie diese Ingenieure Ihr Schiff besichtigen lassen und sie mit Ihren Leuten beraten. Auch bei der Anheuerung der Mannschaft wäre Ihr Rat erwünscht. Wir haben drei Maate mit guten Englischkenntnissen, die wir gerne auf Ihrem Schiff Dienst tun lassen würden.«

Sven sicherte für alle Vorschläge seine Unterstützung zu und schnitt dann das Thema der Bewaffnung an, zu dem ihm der Baron gute Preise in Aussicht gestellt hatte.

Baron du Savord nickte zur Bestätigung. »Fachleute sagen mir, dass für Ihr Schiff eine Bewaffnung mit acht Achtzehnpfünder-Karronaden an jeder Breitseite und je zwei langen Achtzehnpfündern als Halb-Pivots vorn und achtern ideal wäre. Ich könnte Ihnen die Karronaden zu einem Stückpreis von dreißig Dollar anbieten. In Amerika kosten sie gegenwärtig fünfzig. Für die langen Kanonen müssten Sie mit fünfzig Dollar rechnen.«

Sven war die Qualität des Angebots klar. Karronaden erforderten nur ein Viertel des Gewichts der gleichkalibrigen langen Kanonen. Mit Achtzehnpfündern hatte er ein Geschossgewicht, durch das er es ohne Weiteres auch mit einer Fregatte aufnehmen könnte. Und die je zwei langen Kanonen an Bug und Heck umgingen die Nachteile reiner Pivotkanonen, die durch die vielfältige Takelage, die sich an Bug und Heck bündelte, am freien Schuss gehindert wurden. Kanonen, die nur die eine Flanke abdeckten, konnten effektiver eingesetzt werden.

Sven bat Baron du Savord, die Karronaden und Kanonen für ihn zu bestellen. Er beauftragte den Batterieoffizier und den Feuerwerker, sich um die Prüfung und Anlieferung der Geschütze zu kümmern, und informierte die Zimmerleute, was hinsichtlich der Lafetten auf sie zukäme.

Die anderen Schiffe wurden entladen und beladen. Der Ostindiensegler wurde bemannt. Die *Defence*, die viele gute Leute abgegeben hatte, wurde mit dem Personal aufgefüllt, das auf allen Schiffen des Konvois zusätzlich mitgereist war. Da gab es für alle genug Arbeit.

Aber der Ostindiensegler hatte ja noch nicht einmal einen Namen.

Dr. Bader erinnerte Sven daran und dem wurde plötzlich bewusst, dass er sich darüber noch gar keinen Gedanken gemacht hatte. »Fällt Ihnen ein Name ein, Dr. Bader?«, fragte er ein wenig hilflos.

»Mr Larsson, wir können für den ersten amerikanischen Ostindiensegler nicht irgendeinen Namen nehmen. Er muss schon eine besondere Bedeutung haben. Vielleicht der Name eines unserer Generale oder der Ort einer Schlacht.«

Sven sah das ein und dachte nach. Für einen persönlichen Namen brauchte man die Zustimmung des Betroffenen. Die Zeit hatten sie nicht. Eine so herausragende Schlacht fiel ihm auch nicht ein. Seine Frau hätte bestimmt eine Idee. »Philadelphia«, den Namen des Heimatortes, der ja auch für eine leidvolle Besetzung stand, aber auch Heimat des Kongresses gewesen war. Warum nicht? Aber den Namen hatten doch schon andere Schiffe. Aber »*The Spirit of Philadelphia*«, das wäre doch gut! Der Geist Philadelphias, der viele zum Ausharren beflügelt hatte, der Geist dieser Stadt, der sich in mancher Entscheidung spiegelte, die zu ihrer Unabhängigkeit geführt hatte. Ja, daran könnte er sich gewöhnen.

Er erklärte es Dr. Bader und der stimmte spontan zu. »Ja, das ist es! Der Geist dieser Stadt, liberal und patriotisch! Möge das Schiff diesen Geist in alle Welt tragen!«

Die Reden, die zwei Tage später zur Namensgebung gehalten wurden, kreisten um diese Gedanken. Es war eine feierliche Zeremonie, und die Besatzung des neuen Schiffes schien beeindruckt. Sven wurde jäh aus dem Höhenflug herausgerissen, als Mr Pompidol ihm zuflüsterte: »Es war der Bäcker! Er hat sich nach der Inhaftierung erhängt und seiner Frau in einem Brief sein Bedauern über diese Tat übermittelt. Es sei einfach über ihn gekommen, als alle Welt wieder über diesen Kapitän sprach. Aber der könne ja nichts dafür, dass sein Sohn sich durch Suff und falschen Umgang selbst in den Tod manövriert habe.«

Alles weitere Geschehen perlte an Sven ab. Seine Vertrauten konnten sich nicht erklären, warum er so versteinert wirkte. Selbst die Nachricht, dass die beiden Schiffe ihres Geleits gut in Cardiff angekommen seien, ließ ihn unbeteiligt. Erst als ihm sein Schreiber mitteilte, ein Bote des Barons habe einen Brief seiner Frau vom Postschiff aus Amerika gebracht, löste er sich von allem und ging in seine Kajüte.

Dort sah er den Brief seiner Frau, aber zunächst verstärkte der nur die Gewissheit, dass sie ja nicht hier war. Sie konnte mit ihm nicht darüber reden, warum Menschen sich immer wieder in so folgenträchtige Taten allein durch flüchtige Gedankenverbindungen hineinreißen ließen, ohne ihre Gedanken vorher kritisch zu hinterfragen. War eine bestimmte Art von Menschen dazu nicht fähig oder war es eine Frage der Erziehung? Mit niemandem sonst hätte Sven jetzt lieber darüber gesprochen als mit Sabrina.

Schließlich öffnete er den Brief und las wie immer zuerst die Schlusssätze. Erst wenn er wusste, dass ihn keine Hiobsbotschaft erreichte, konnte er auch den Beginn mit freudiger Erregung in sich aufnehmen. War es Gedankenübertragung? Sabrina schrieb ihm, dass er mit ihr gar nicht über den Namen des neuen Schiffes gesprochen habe. Der sei doch wichtig, da dieses Schiff neue Horizonte eröffnen solle. Aber Sven wurde nun innerlich immer zuversichtlicher, dass Sabrina mit dem Namen einverstanden wäre. Würde sie auch verstehen, wie erschüttert er war, dass das Auftauchen seines eigenen Namens so viel Unheil ausgelöst hatte?

Sven musste auf einmal schmunzeln. Er konnte sich denken, wie Sabrina auf seine Frage reagiert hätte. »Wann merkst du dir einen Namen?«

»Wenn er besonders ungewohnt klingt, wenn sein Träger etwas Besonderes getan hat, wenn er für mich wichtig ist.«

Sabrina hätte ihn prüfend angeschaut und gesagt: »Es hängt also nicht in erster Linie davon ab, ob der Namensträger ein besonders guter oder schlechter Mensch ist?«

Wenn er nun Sabrinas Gedankengang weiter folgte, dann konnte er einen Namensträger nicht dafür verantwortlich machen, was ein anderer aus Anlass der Namensnennung tat. Der Name war nur der Auslöser, nicht der Grund einer Tat. Aber in seinem Fall hatte sein Name doch bestimmte Erinnerungen wachgerufen. Als Sven darüber nachdachte, musste er zugeben, dass diese Erinnerungen beim Bäcker sehr komplex und gefühlsbesetzt gewirkt haben mussten. Sonst hätte er ja nicht geschrieben, dass Sven keine Schuld am Suff und am schlechten Umgang seines Sohnes treffe. Sein Name hatte nur eine sehr komplexe Erinnerung geweckt, und der Bäcker hatte ohne vorherige Reflexion über den Zusammenhang seiner Gedanken reagiert.

Sven war es, als ob er die Nähe seiner Frau spürte. Er atmete erleichtert und war bereit für positive Reaktionen. Er las nun Sabrinas Zeilen und spürte, wie seine Kinder um ihn herumtollten, sich nach ihm sehnten, sich auf die große Schiffsreise freuten und wie Sabrina sich um ihn sorgte.

Kann das Herz einer Frau mehr Empfindungen aufnehmen und verarbeiten als das eines Mannes? Ist das immer ein Vorteil? Svens Gedanken kreisten. Wenn im Kampf oder im Sturm alles auf ihn einstürmte, musste er immer voller Konzentration sein und eine Auswahl treffen. Wenn die falsch war, musste er jederzeit zur Revision bereit sein. Das bedeutete doch aber, dass eigentlich immer die ganze Auswahl der Eindrücke präsent sein musste, wenn auch vielleicht mit unterschiedlicher Intensität. Hieß das, dass derjenige, der schneller und häufiger Entscheidungen traf, auch ein höheres Fehlerrisiko in Kauf nahm? Und wenn man nun noch die Kapazität des Entscheidungsträgers ins Kalkül zog, dann blieb nur der Schluss, dass ein Mensch mit geringerer Entscheidungskompetenz nicht oft zu Entscheidungen gezwungen werden dürfe. Gingen wir im Leben nicht auch so vor? Darüber hätte er gerne mit Sabrina gesprochen. Nun ja, in zwei Tagen begann die Heimreise.

Aber jetzt wurden die Karronaden und Kanonen geliefert. Da musste Sven an Bord sein und neben ihm der Feuerwerker und alle seine Maate und jeder, den es interessierte. Und das waren fast alle.

Die Tischler hatten in den letzten Tagen ununterbrochen an den Lagerungen der Kanonen gearbeitet. Nun würde man bald die Antwort wissen, ob die Geschütze in die Bettungen passten. Sie taten es. Alle waren erleichtert.

Aber nun kam die Frage, ob die Lagerungen auch dem Abfeuern der Kanonen gewachsen waren. Einige Male wurden Laden, Richten und Abfeuern simuliert. Nichts störte den Ablauf. Und jetzt hissten sie die Flagge »Probeschuss«, alle Maate pfiffen das entsprechende Signal, und dann krachte es.

Im Hafen schauten alle zur *Spirit of Philadelphia*, sahen die Flagge und waren beruhigt. Die Offiziere und Maate waren auch zufrieden. Nun wollte Sven aber noch genauer die Kanonen an Bug und Heck prüfen. Sie hatten keine drehbaren Scheiben, keine Pivots, da sie ja nicht rundum feuern sollten. Das war für die Konstruktion des Schiffes einfacher, denn die drehbaren Scheiben erforderten Halterungen durch mehrere Decks hindurch, die die Belastung bei der Drehung aushielten. Hier aber sollte jede der beiden Kanonen nur einen knappen Halbkreis abdecken. Das ging auch ohne bewegliche Deckteile.

Die Kanone hatte im hinteren Teil eine äußerst stabile, drehbare Verankerung, die den Rückstoß auffangen und die Schwenkung des Rohres erlauben musste. Beim Probeexerzieren hatte alles geklappt. Aber nun wurde wieder die Signalflagge gehisst, und der Schuss krachte. Die Kanone wurde von der Lagerung ohne Schwierigkeiten gehalten, und erst jetzt war Sven erleichtert. Nun lagen nur noch Stunden voller Übungen vor ihnen und dann hatte er ein außerordentlich feuerstarkes Schiff, das allen Angriffen gewachsen sein sollte.

Der Bäcker und seine tragische Tat waren in den Hintergrund gedrängt. Sven empfing am Abend die Kapitäne und Offiziere zur Besprechung. Übermorgen früh würden sie auslaufen. Morgen würde es noch einen harten Tag mit der Überprüfung der Ladungen geben, aber dann konnte die Heimfahrt beginnen.

Sven war am nächsten Mittag bei den Savords zum Essen eingeladen worden. Das war nun ein fast familiäres Ereignis. Sie kannten sich gut und mochten einander. »Es ist traurig, dass nur wir das Vergnügen haben und Ihre Gattin und Ihre Kinder immer abwesend sind«, stellte die Baronesse fest.

»Schatz, wenn die Larssons ihre Indienreise hinter sich haben, werden sie unseren Besuch in Amerika ertragen müssen. Wenn sich unsere Kinder gut entwickeln …«, er bedachte sie mit einem prüfenden Blick, »… dann könnten wir uns alle treffen und kennenlernen.«

Das war eine Aussicht, die alle erfreute. Sven konnte sich seine Sabrina sehr gut als Freundin der Baronesse vorstellen.

Am übernächsten Morgen pfiffen die Maate auf der *Spirit of Philadelphia* besonders laut – oder schien es nur so? Die Matrosen quälten sich je nach Veranlagung mehr oder weniger schnell aus den Hängematten.

»Det war wieder eene Nacht«, schimpfte Tim Cantel. »Wat ham se uns nich allet erzählt, wat wia fürn jroßet Schiff kriejen. Drei Meter länger als bisher, zwee Meter breiter und wat is? Ick quetsch mir jenau so eng in die Hängematte zusammen wie uff die *Defence.* Dabei sind wia doch wenijer an Bord als uff de Hinfahrt. Allet Schwindel!«

»Mensch, Tim, wenn du so lang wärst, wie de dämlich bist, denn könnten wir dir als Hauptmast nehmen. Det hier ist een Handelsschiff. Det hat Laderaum. Den hat die *Defence* nich. Die nehmen ihren Raum nur für Mannschaften. Wir aber haben jetzt viele Kisten und Fässer unter Deck. Der Raum fehlt uns zum Pennen. Daher is det Schiff zwar größer, aber für uns bleibt nich mehr Raum. Vastehst de det?«

»Na ja. Wenn wir also nich die vielen Kästen und Tonnen hätten, die se uns rinjepackt hätten, dann wär mehr Platz zum Pennen?«

»Genau, Tim. Aus dir wird noch een Kapitän.«

Es war eine recht kurze Liegezeit in Bordeaux gewesen, aber für die meisten Matrosen barg die Zeit angenehme Erinnerungen. Mit Freude hatten sie gehört, dass die Handelsverbindungen der Reedereien Bradwick und du Savord künftig enger werden würden. Das würde häufiger Reisen in diesen angenehmen Hafen bedeuten.

Sven bemerkte die verträumten Blicke zurück zur Stadt und ordnete nicht ohne Schadenfreude an, dass in einer Stunde mit dem Exerzieren an den Kanonen begonnen werden sollte.

Am nächsten Morgen wurden zwei Segel am Horizont gemeldet, und bald wusste Sven, dass sein Konvoi nun für die Rückfahrt vollzählig war. Zu Leutnant Bergson, auf dem Ostindiensegler sein Erster Leutnant, sagte er: »Damit es auf der Rückfahrt nicht so langweilig wird wie auf der Hinfahrt, wollen wir morgen mit dem Wettschießen der Kanonen zwischen den Schiffen beginnen. Die *Hunter* kann ja die Zielscheiben herstellen und schleppen, damit es nicht zu Ungerechtigkeiten kommt.«

»Ob sich die Mannschaften so sehr darüber freuen werden, da bin ich mir nicht sicher, Sir.«

»Manchmal haben die nicht den richtigen Geschmack, Mr Bergson. Aber da kann man nichts machen.«

Doch das Wettschießen nahm einen anderen Verlauf, als Sven angenommen und gewünscht hatte. Nach drei Tagen der Vorkämpfe stellte sich heraus, dass neben der *Spirit of Philadelphia* nicht die Fregatte *Defence* als Konkurrent für die Endausscheidung übrig blieb, sondern die *Rose*, ein Handelsschiff.

»Da ist doch etwas faul«, tuschelte Bootsmann Greg Geston zu Edward Wheler, dem Master. »Die haben doch früher auf ihren Fahrten so etwas nie geprobt. Hast du etwas gehört, was die gedreht haben könnten?«

»Nein! Die *Hunter* hilft dem Lastkahn bestimmt nicht.«

In der Mannschaft wurde darüber geredet, dass die *Rose* die besten Richtschützen von den anderen Handelsschiffen in der Nacht vorher ausgeliehen bekommen habe. Einige Matrosen der *Defence* erklärten sich freiwillig bereit, in der kommenden Nacht Wache zu gehen, damit das nicht noch einmal passiere. Aber sie saßen umsonst mit ihren Nachtgläsern auf Posten.

Am nächsten Tag waren die Mannschaften aller Schiffe an der Reling, um dem Wettschießen zuzusehen. Der Ostindiensegler und die *Rose* lagen bis zuletzt gleichauf. Dann kam das Stechen! Und hier gewann die *Spirit of Philadelphia* mit einem Schuss Vorsprung.

Der Jubel der Mannschaft war unglaublich. Die Matrosen lagen sich in den Armen und tanzten. Maat Zelton schüttelte den Kopf. »Mensch, dann sollen die doch vor der nächsten Liegezeit in einem karibischen Hafen Wettschießen machen. Das ist doch billiger als der Sturm auf die Bordelle, und so glücklich habe ich die Kerls da noch nicht gesehen.«

Als Sven anordnete, dass auch jedes Besatzungsmitglied der *Rose* von ihm zur Anerkennung den Siegespreis von einem Dollar geschenkt erhalte, jubelten sie dort ähnlich ausgelassen. Der Kapitän der *Rose* ließ seine Mannschaft auf dem Unterdeck antreten, als sie das Geld erhalten hatten. »Wenn einer von euch, ob im Suff oder bei klarem Verstand, ein Wort darüber verlauten lässt, dass wir in Bordeaux mit den anderen Handelsschiffen die besten Richtkanoniere ausgetauscht haben, dann verspreche ich ihm vierundzwanzig Peitschenhiebe, so wahr ich hier stehe.«

Es ist nicht bekannt, dass jemand außerhalb der *Rose* je davon erfahren hätte.

Die Tage vergingen. Auch den Ruderwettbewerb gewann die *Spirit of Philadelphia*. Die *Rose* war bei diesem Wettbewerb weit abgeschlagen. Und dann kam der schwere Sturm, der den Konvoi drei Tage lang bis an die Grenzen belastete und die Schiffe auseinandertrieb. Ein Glück nur, dass alle Schiffe volle und erfahrene Besatzungen hatten. So verloren sie kein Schiff, auch wenn sechs Matrosen über Bord gespült wurden und nie mehr gesehen wurden.

»Wenn Sie mir die Bemerkung erlauben, Sir, unser Schiff hat sich gut gehalten. Sie ist ein guter Segler«, stellte Mr Wheler, der Master, Sven gegenüber fest.

»Ja, Mr Wheler, wir können mit Schiff und Mannschaft zufrieden sein. Die *Spirit* ist schnell, liegt gut in Wind und Wellen und ist gut zu handhaben.«

Das Glück blieb ihnen hold. Nach weiteren zwei Wochen tauchte Amerikas Küste vor ihnen auf. Die Vögel kamen vom Land geflogen und ruhten sich auf ihren Rahen aus.

»Du kannst sagen, dass ich blöd bin, aber es ist so: Ich verstehe diese Möwen besser als die vor Europa. Die hatten einen anderen Tonfall beim Schreien«, sagte Martin zu seinem Freund Nathaniel, dem Schreiber.

»Shakespeare hat einmal gesagt: Es gibt mehr Dinge zwischen Himmel und Erden als eure Schulweisheit sich träumen lässt«, antwortete ihm Nathaniel, »aber du liest ja nicht Shakespeare. Mir ist aufgefallen, dass der Hund des Kapitäns die Vögel an Europas Küste viel stärker angebellt hat als die hier. Aber erklären kann ich das nicht.«

Die Mannschaften merkten bei der Annäherung an die Küste, dass jetzt wirklich Frieden war. Die anderen Schiffe hielten sich nicht vorsichtig auf Distanz, sie änderten nicht ihren Kurs, bis sie nicht sicher waren, wer sich ihnen näherte, nein, jeder segelte, wie er wollte. Es war ein buntes Durcheinander von Küsten- und Hochseeschiffen, von Fischern und Händlern.

Sven musste Wachen und Rudergänger zu mehr Aufmerksamkeit ermahnen, aber er merkte, dass sie auch Freude über diesen Trubel empfanden. Die Gespräche an Bord waren lebhafter als sonst. Die Mannschaft der *Spirit of Philadelphia* hatte ja auch keine Sorge um ihren Arbeitsplatz. Sie wusste, in ein paar Wochen ging es nach Indien.

Auf dem Achterdeck standen die Offiziere beisammen. »Nun, meine Herren, was diskutieren Sie?«, fragte Sven.

»Mr Waller hat uns in Verlegenheit gebracht, Mr Larsson«, antwortete der Erste. »Er fragte, ob einer von uns wisse, ob wir jetzt auf dem größten Schiff wären, das Philadelphia je angesteuert hat.«

»Das weiß ich auch nicht«, antwortete Sven spontan. »Ich weiß, dass noch kein Ostindiensegler hier einlief. Da andere Schiffe ja nicht so groß sind, halte ich es für wahrscheinlich, dass kein Segler bisher größer war als wir, aber sicher bin ich mir nicht. Da müsste ich den Hafenkapitän um Recherchen bitten.«

Auf jeden Fall fand ihr Konvoi Aufmerksamkeit. Menschen sammelten sich am Flussufer. Boote ruderten zu ihnen heran. Reiter ritten ihnen voraus flussaufwärts. In den Orten, die sie passierten, jubelten die Menschen ihnen zu.

Der Hafen von Philadelphia war bunt von den vielen Flaggen, die für sie gehisst waren. Massen von Bürgern standen am Kai. »Das ist ja fast so, als wir damals mit dem ersten Konvoi im Krieg aus Europa kamen«, sagte Sven zu Mr Bergson.

»Das werde ich nie vergessen, wie uns damals die Bevölkerung feierte, Sir«, erwiderte der Erste. »Ich glaube, so etwas erlebt man nur einmal in seinem Leben.«

»Nun, diesmal ist die Bevölkerung nicht so aus dem Häuschen. Da wird die Mannschaft nicht so oft gratis in den Kneipen trinken können. Ich sehe auch den Rat der Stadt nicht zum Empfang am Kai. Aber neben Mr Bradwick erkenne ich Kapitän Bauer. Er wartet auf sein neues Schiff und wird Sie bald mit Fragen überfallen, was alles in der Werft noch gerichtet werden muss. Er wird dafür sorgen, dass die Liegezeit nicht zu sehr zur Erholungszeit werden wird. Sie werden schon merken, Mr Bauer ist auch nicht bequemer als ich.«

Mr Bergson lächelte. »Das habe ich schon gehört, Sir. Ich habe meine Listen bereit.«

Sven nahm den Trubel der Ankunft diesmal gelassener als sonst. Er dachte mehr an die Reise zu seinen Eltern als an das Schiff. Es war längst beschlossen, dass sein alter Freund Karl Bauer das Schiff als Kapitän nach Indien führen würde, während er selbst als Kommodore und Vertreter der Reederei an Bord wäre. Mit dieser Aufgabenteilung war auch Sabrina sehr einverstanden gewesen.

Sven bemühte sich, die Begrüßungen mit Mr Bradwick und all den anderen unvermeidbaren Repräsentanten möglichst kurz zu halten, um bald zu Sabrina und den Kindern zu kommen.

Er sah aus den Augenwinkeln, dass Martin mit seinen Gefährten sein Gepäck zur Kutsche schaffte. Nun wären sie bereit zur Heimfahrt. Es gelang ihm, die Gespräche abzukürzen und auf den Platz zuzugehen, wo die Kutschen warteten. Er erkannte auch schon ihre Kutsche.

Aber da sah er einen gebeugt gehenden Mann, der aus einer anderen Kutsche stieg, und ihm war, als erhalte er ein Zeichen alter Vertrautheit. Kannte er den Mann? Ihm fiel kein Merkmal auf und er wollte sich schon abwenden. Aber dann: diese Kopfbewegung? Die Bewegung der Hand zum Hut? Jetzt sah er die Form der Nase. Ja, das war doch Mr Smith! Oder?

Er ging auf den Mann zu. Jetzt brachte ein Diener noch einen großen Koffer von der Kutsche und beide wandten sich zur Halle am Kai. Sven schritt schnellen Schrittes auf den Mann zu und rief: »Mr Smith!«

Er musste noch einmal rufen, ehe der Mann anhielt und sich ihm zuwandte. Jetzt erkannten sich beide und das Lächeln der Vertrautheit breitete sich in ihren Gesichtern aus. Sie riefen ihre Namen und streckten die Hände zur Begrüßung aus.

Mr Smith wirkte, als sei er noch geschwächt von langer Krankheit. Sein Lächeln war matt, seine Haut blass. »Was machen Sie denn hier, Mr Smith? Waren Sie krank?«

Smith lächelte resigniert. »Ich bin es noch. Ich wandere nach den Bahamas aus, wo ich in der Nähe von Nassau bei einem Neffen leben werde.«

Sven war sprachlos. Mr Smith war einer der führenden Politiker im Kongress gewesen. Er hatte gedacht, dass dieser Mr Smith jetzt führendes Mitglied in einer der wichtigen Kommissionen sei, die die Gestaltung der amerikanischen Bundesstaaten für die Zukunft berieten. »Was tun Sie, Mr Smith? Sie verlassen Ihre Heimat?«

Mr Smith sah ihn traurig an. »Es ist leider nicht mehr meine Heimat, Mr Larsson. Aber kommen Sie. Wir haben so oft miteinander diskutiert. Da kann ich Sie jetzt nicht so stehen lassen. Sehen Sie, hier ist eine Kaffeestube. Die paar Minuten müssen sein. Trinken wir eine Tasse.« Er gab dem Diener eine Weisung. Der ging mit dem Koffer weiter, und Mr Smith öffnete die Tür zur der kleinen Kaffeebar.

Dieses Gespräch konnte Sven nicht abwehren, und sie setzten sich an einen der wenigen Tische, die am Morgen noch leer waren, und bestellten ihren Kaffee. »Wir haben uns lange nicht gesehen, Kapitän Larsson. Zuletzt war es wohl in Baltimore. Der Krieg ist vorbei. Wir sind unabhängig. Sie kommen, wie ich hörte, aus Europa zurück und bringen wieder den Erfolg mit sich. Und nun treffen Sie mich, der ich dieses Land verlassen will, weil ich nicht mehr an seine Zukunft glaube.«

»Aber, Sir! Jetzt können wir doch unsere Zukunft gestalten. Jetzt sind wir doch frei. Wir haben doch erreicht, wofür wir gekämpft und viele ihr Leben gelassen haben.«

Mr Smith schüttelte den Kopf. »So denken die meisten, aber es ist falsch. Wir waren oft einer Meinung, mein Lieber. Und jetzt, wo ich Ihnen diese gewaltigen Differenzen erklären soll, bleiben mir nur wenige Minuten. Was wir jetzt haben, Kapitän Larsson, sind dreizehn voneinander unabhängige Bundesstaaten, die nur durch einige Bestimmungen zusammengehalten werden, aber keine Einheit bilden.

Der Kongress darf nur über so unwichtige Dinge bestimmen wie die Gestaltung von Maßen und Gewichten, aber er hat nicht einmal den Verwaltungsapparat, um das zu verwirklichen. Jeder Staat denkt nur an sich. In wenigen Wochen wird das letzte Schiff der kontinentalen Flotte verkauft. Dann gibt es keine mehr und es wird auch künftig keine mehr geben. Flotte und Armee sind in den Augen der meisten Bürger Werkzeuge von Diktatoren. Wir haben keinen Präsidenten. Wir haben nur Politiker, die nicht über ihren Acker hinaussehen. Sie streiten sich, sie pflegen ihre Eifersüchteleien, aber sie tun nichts, um die Gemeinsamkeit zu fördern, um etwas Neues aufzubauen. Sie können nicht einmal die Schulden des Krieges bezahlen. Nur der Egoismus zählt. Sie merken das noch nicht, Mr Larsson. Sie haben im Krieg Gewinne angehäuft. Sie haben es verdient, und ich gönne sie Ihnen, da ich weiß, dass Sie sich auch um die Notleidenden sorgen. Aber in diesem Land haben jetzt diejenigen die Macht, die anders denken, und darum verlasse ich es.«

»Aber Mr Smith! Es liegt doch an uns, wie wir dieses Land gestalten. Wir gestalten doch durch unsere Mehrheit.«

»Daran habe ich immer geglaubt, Kapitän Larsson. Und nun sehe ich, dass die Mehrheit den Sieg feiert, die Waffen aus der Hand legt und den Frieden genießen will. Aber andere sehen jetzt ihre Chance und werden aktiv. Sie wollen schnell Vorbedingungen schaffen, die nicht mehr geändert werden können, für die Beibehaltung der Sklaverei zum Beispiel, gegen jede Macht für die Zentralregierung, gegen Grundrechte für die Bürger und vieles mehr. Die Gesamtheit der Bundesstaaten ist durch die Kriegsausgaben verschuldet, aber wir haben keine Einnahmen für einen Gesamtstaat, für den wir auch keine Gesetze haben. Wir haben nicht mehr die Abgeordneten, die in den vergangenen Jahren Erfahrungen gesammelt haben, da wir ein Rotationsprinzip haben und die neuen Abgeordneten keine Erfahrungen mitbringen. Es ist ein totales Desaster. Ich habe meine Kräfte verbraucht und sehe keine Möglichkeit mehr, das Chaos zu beseitigen. Ich schäme mich.«

Sven war fassungslos. »Aber, Mr Smith. Sie haben so viel für unser Land getan. Sie konnte ich immer ansprechen, wenn ich Sorgen um diesen künftigen Staat hatte. Was sollen wir denn nun tun? Wir brauchen Sie doch!«

Mr Smith atmete tief und hatte Tränen in den Augen. »Ich weiß, dass ich nicht gehen dürfte, aber ich kann nicht mehr. Sie und die anderen rechtschaffenen Menschen müssen weiterkämpfen. Setzen Sie sich für einen demokratischen Gesamtstaat ein mit Grundrechten für jeden Bürger. Versuchen Sie zu erreichen, was wir nicht schafften.« Mr Smith nahm die Hand vor die Augen und taumelte seinem Diener hinterher.

Sven wollte ihm hinterherlaufen, aber er konnte seine Beine nicht bewegen. Er war körperlich und geistig wie erstarrt.

Es dauerte einen Moment, bis er Martin in der Tür stehen sah. »Ich habe Sie schon gesucht, Sir. Sie wollten doch schnell zu Ihrer Familie. Sagen Sie, war das eben Mr Smith, der Kongressabgeordnete? Ist er krank?«

Sven sagte nur: »Gehen wir!« Er fand kein freundliches Wort für den Kutscher, sondern nickte ihm nur zu. Seine Begleiter sahen sich verwundert an. Dann rollte die Kutsche los.

»Ist was passiert?«, fragte der Kutscher leise Martin.

»Ich weiß nichts«, antwortete der leise. »Er ist so verändert, seit er eben noch Mr Smith, den Kongressabgeordneten, getroffen hat. Keine Ahnung, was der ihm gesagt hat!«

Daheim stürzten Sabrina und die Kinder aus dem Haus, als die Kutsche vorfuhr. Aber ihr Ehemann und Vater winkte nicht aus der Kutsche wie sonst. Er stieg schweigend aus und lachte sie nicht an. Er ging auf seine Frau zu und sagte mit versteinerter Miene: »Ich habe eben Mr Smith getroffen. Er wandert aus, weil er nicht an die Zukunft unseres Landes glaubt.«

Sabrina stutzte, fasste sich aber schnell. »Sven, ich habe Respekt vor Mr Smith und allem, was er sagt, aber jetzt freuen sich deine Kinder auf die Begrüßung ihres Vaters. Kinder haben Vorrang vor jedem Mr Smith dieser Welt. Enttäusche sie jetzt nicht! Danach reden wir über alles, Liebling.«

Vielleicht war es dieses »Liebling«, mit einem gewissen Nachdruck gesprochen, das Sven aus seiner Erstarrung riss. Er sah jetzt seine

Kinder, ihre aufgerissenen Münder, ihre strahlenden Augen. Plötzlich spürte er wieder seine Liebe, riss sie an sich und herzte und küsste sie, dass sie zuerst verdutzt waren. Aber dann zog er auch Sabrina an sich und küsste sie mit Tränen in den Augen. »Was bin ich glücklich, dass ich euch gesund wiedersehe. Wie konnte ich mich nur so verwirren lassen!«

Den letzten Satz verstanden die Kinder nicht so recht, aber sie waren nun auch dabei, ihrem Vater alles zu erzählen, was ihnen vor seiner Ankunft so berichtenswert gewesen war. Sabrina ließ sie lächelnd gewähren, aber in der Diele sagte sie ihnen dann: »Euer Vater hat eine politische Neuigkeit erfahren, über die wir beide sprechen müssen. Geht auf euer Zimmer. In einer halben Stunde kommen wir nach.«

Dann zog sie Sven in den Salon, ließ von John Kaffee bringen und forderte Sven auf: »Nun erzähl mir, was geschehen ist.«

Und Sven berichtete fast wortgetreu und ließ auch nicht aus, wie erschöpft und müde Mr Smith gewirkt habe. Sabrina schwieg ein Weilchen. »Ich kann nicht sagen, dass Mr Smith Unsinn redet. Leider nicht! Aber man kann das Thema nicht so einfach abhaken, indem man auswandert. Es ist und bleibt unsere Heimat, und anscheinend müssen wir weiter darum kämpfen.«

Sabrina berichtete Sven, wie sie und manche Freunde davon enttäuscht seien, wie sich nach dem Frieden der Egoismus der Einzelstaaten wieder breitmache, wie keiner mehr Lasten tragen wolle, die Gemeinden jede Ausgabe auf die Kreise, diese auf die Länder und diese wieder auf einen Staat abwälzen wollten, den es gar nicht gebe.

»Rechte, Freiheit, das sind die Worte, die jeder kennt, aber von Verantwortung und Pflichten spricht keiner mehr. Sklaven und Arme haben keine Freiheit und keine Rechte. Und das soll eine Demokratie sein! Und dann kommen die Bigotten. Walzer darf man nicht mehr tanzen, nur Menuett. Walzer ist im Hinterland unsittlich und frivol. Gott sei Dank sind die Menschen in Philadelphia nicht so engstirnig. Aber an einen Gesamtstaat wollen auch sie nichts abgeben. Doch das geht vorüber, Liebling, deswegen geben wir doch nicht gleich auf. Mr Smith wird sich auch wieder erholen. Er hat das alles in vorderster

Front erlebt. Für uns ist zunächst der Wertverlust unseres Geldes bedrückender. Papiergeld nimmt keiner mehr an. Aber wir schaffen es schon!«

»Was sagt denn Mr Bradwick zu dieser Entwicklung?«

»Er sagt, ich solle mir keine Sorgen machen. Er habe das kommen sehen und gut vorgesorgt. Willst du allein mit ihm reden oder sollen wir beide einen Termin ausmachen?«

Sven umfasste seine Frau. »Wir gehören doch zusammen. Sprechen wir beide über die Lage mit ihm. Es geht uns ja auch beide an. Wann passt es dir? Morgen Nachmittag?«

Sie schickten einen Boten zu Mr Bradwick und fragten, ob er morgen gegen fünfzehn Uhr Zeit für ein Gespräch habe.

Als sie die Zustimmung erhielten, war die Familie wieder an der Reihe. Die Kinder wollten spielen, aber nicht nur. Sie wollten auch von der Lehrerin erzählen, die Lilian und Einar unterrichtete, und von Elizabeth, dem Kindermädchen, die mit Henry spielte.

Und Sven wollte von seiner Schwester und ihrem Mann etwas hören, deren neues Haus nicht weit von ihrem emporwuchs. »Dein Schwager steigt jetzt auch in die Politik ein. Seine Patienten haben ihn als Vertreter in den Stadtrat von Philadelphia gewählt. Ich weiß nicht, wie er das auch noch zeitlich schaffen will.«

Sven schmunzelte. »Du kennst doch unseren Schwager Henry. Der holt aus allem noch einen Gewinn heraus. Vielleicht überträgt die Stadt seiner Praxis jetzt die Aufsicht über alle Hospitäler oder so etwas.«

»Sei nicht neidisch, Schatz. Er ist doch der einzige Mann weit und breit, der mit deinen Erfolgen mithalten kann. Eigenartig, dass Ingrid und ich nun zwei solche Männer in einer Familie haben.«

»Andere Männer hätten die Liebe solcher Frauen doch gar nicht erringen können«, erwiderte Sven und lächelte stolz.

Sabrina und Sven waren sehr gespannt auf das Gespräch mit Mr Bradwick. Sie sprachen nicht darüber, aber man konnte es daran merken, dass sie sich anderen Dingen nicht mit der notwendigen Konzentration widmeten. »Ihr passt ja gar nicht auf!«, tadelte ihre Tochter Lilian.

Richard Bradwick empfing sie mit herzlichen Umarmungen. Man merkte, dass sie ihm wie Kinder ans Herz gewachsen waren. Und er erkundigte sich nach ihren Kindern nicht nur aus Höflichkeit, sondern weil auch diese ihm etwas bedeuteten.

Er hatte durch seine vielen Kontakte die Reise zu ihren Eltern gut vorbereiten können und schilderte ihnen den Ablauf der Fahrt. Alles war vorbestellt. Sie waren einverstanden und bedankten sich vielmals bei ihm.

»Und wenn euch meine Vorbereitungen nicht gefallen hätten, protestiert hättet ihr heute dennoch nicht, denn euch interessiert das andere Thema ja viel mehr. Was hat dieser Mr Smith dir denn bloß gesagt, lieber Sven, dass ihr so aufgeregt seid?«

Sven berichtete so genau, wie er sich erinnerte. »Glaub mir, Richard, es war ihm sehr ernst. Ich hätte nie geglaubt, dass ein Patriot wie er die Heimat verlassen könnte.«

Mr Bradwick nickte. »Ja, es ist kaum zu glauben, aber er war ja an dem, was wir hören und lesen, direkt und unmittelbar beteiligt. Ich will euch meine Meinung sagen, und dann können wir diskutieren.«

Mr Bradwick begann mit der provozierenden Feststellung, dass Sven zwar auch diesmal erfolgreich zurückgekommen, aber nicht in einem amerikanischen Staat angekommen sei. Den gäbe es nicht mehr. Die kontinentale Flotte sei bereits aufgelöst, das Heer werde ebenfalls aufgelöst. Washington sei als Oberbefehlshaber zurückgetreten. »Wir haben seit 1781 nur noch die ›Artikel der Konföderation‹, mit denen ein ›Konföderierter Kongress‹, in dem jeder Bundesstaat eine Stimme hat, über strittige Fragen der Währung, des Postsystems, die Verhandlungen mit Indianern und über Differenzen der Einzelstaaten zu vermitteln versucht. Aber dafür steht dem Kongress keine Verwaltung zur Verfügung. Wir haben also keinen handlungsfähigen Staat mehr. Und viele wollen ihn auch gar nicht. Vor allem unter den Farmern der neuen Siedlungsgebiete haben jene viele Anhänger, die keine Regelungen wollen, die über die eigenen Ortsgrenzen hinausgehen. Wozu brauchen sie Armee, Flotte, Post, Vorschriften für

Krankenhäuser, für Zölle, für Gerichte? Das kostet doch alles Geld und hilft nur den Städten. Wer einen effizienten Staat will, ist diktaturverdächtig. Und dazu kommt, dass wir in einer wirtschaftlichen Krise stecken. Laut Friedensvertrag dürfen wir nicht mehr mit den britischen Besitzungen in der Karibik direkt handeln, sondern nur über England. Frankreich und Spanien wollen ihre Handelsvorteile, die wir im Krieg als ihre Verbündete genossen, wieder zurücknehmen. Wenn wir unsere Waren, zum Beispiel Tabak, in andere Länder einführen wollen, müssen wir Zölle zahlen. Die Briten führen ihre Massenwaren für den Haushalt bei uns frei und zahlreich ein, weil wir nach dem Krieg hohen Bedarf haben. Unsere Wirtschaft verschuldet sich. Wir haben nur Papierwährung, kein Edelmetallgeld. Womit sollen wir bezahlen? Als Staat stecken wir wirklich in einer Krise. Und wenn unsere Politiker nicht aufhören, nur an die Interessen ihrer unmittelbaren Wähler zu denken, kann es schlimm werden. Aber deswegen müssen wir nicht auswandern! Wir müssen jedoch ständig für mehr Vernunft die Stimme erheben und demgemäß handeln. Unserer Firma geht es sehr gut. Wir haben uns mit unseren Verbindungen an langfristigen Handelsinteressen orientiert. Wir haben unser Geld in harten Währungen angelegt. Unsere Schiffe sind für die Zukunft gebaut. Aber wir bräuchten auch eine vernünftige und langfristig orientierte Politik, sonst wird es eines Tages auch für uns schwierig.«

Mr Bradwick trank seine Tasse leer und schenkte sich nach. Er wartete auf ihre Reaktionen. Sabrina spürte das wohl zuerst. »Wir sind dir unendlich dankbar, lieber Richard, dass du die Reederei mit so viel Weitsicht gelenkt hast. Dadurch können wir jetzt mit Reserven in die Zukunft gehen. Was rätst du uns? Worüber willst du unsere Meinung hören?«

Sven nickte zustimmend. »Du hast die Reederei klug und vorausschauend geführt, lieber Richard. Ich konnte dir dabei wenig helfen, da ich auf See ja von allen Informationen abgeschnitten bin. Für die Zukunft sollten wir den Weg nach Indien gehen und den Handel mit Kontinentaleuropa verstärken, wobei wir im Mittelmeer das Risiko der algerischen Piraten nicht übersehen sollten. Und dein politischer Überblick hat in mir die Idee wachgerufen, ob wir nicht durch Kontakte mit der Presse der Vernunft eine Stimme geben und auf die Bedeutung des Außenhandels für unser Land hinweisen sollten. Von der Idee der Auswanderung hast du mich erst einmal abgebracht, lieber Richard. Wir müssten das doch schaffen, dass wir eine gute Verfassung beschließen.«

Richard lachte herzlich. »Ein Schiff unserer Reederei hätte dir für die Auswanderung auch nicht bereitgestanden, lieber Sven. Aber lass uns noch einmal auf die algerischen Piraten zurückkommen. Sollen wir die *Defence* und die anderen Begleitschiffe behalten?«

Sie diskutierten angeregt, ab wann sich Begleitschiffe finanziell rentieren würden. Sven konnte sie überzeugen, dass sie auf die *Defence* nicht verzichten könnten, da die algerischen Schebecken mit meist dreißig Kanonen für eine Brigg zu stark seien. Die *Defence* könnte aber gemeinsam mit einer Brigg einen Konvoi von acht Schiffen wirkungsvoll schützen. Ein solches Geleit könnte man zweimal im Jahr von und bis Madeira durch das ganze Mittelmeer anbieten. Nun müsste man mit anderen Reedereien und mit Versicherungen verhandeln, ob sich das finanziell lohnen würde.

Es war eine interessante Diskussion, die bewies, wie sehr sie sich gegenseitig schätzten und wie gut sie sich verstanden. Richard sagte am Schluss: »Ihr beide wisst, wie sehr ich auch im Alter noch das Leben mit meiner Frau genieße. Aber wenn wir hier so reden, dann würde ich am liebsten meine Frau nehmen und mit euch nach Indien reisen. Darum beneide ich euch wirklich!«

Sabrina klagte, dass sie vor der Abfahrt zu den Eltern in Kanada so viel Arbeit mit dem Aussuchen der Kleidung für sich, für die Kinder und zum Teil auch für ihren Mann hätte. Und Sven jammerte, dass er so sehr unter Zeitdruck stehe, um die Vorbereitungen für die Werftüberholung der *Spirit of Philadelphia*, die Einführung seines Freundes Karl Bauer in die kommenden Aufgaben und die Vorbesprechungen mit dem Personal für die künftige Reise zu erledigen.

Sie waren sich einig, dass neben dem Kindermädchen Elizabeth und dem Schäferhund Ricky Samuel Root, Svens Bursche Martin,

Walter Jungmann und der Pulverjunge Hans Maier sie begleiten würden. Elizabeth und Hans Maier waren neu in diesem Team, aber einige Wochen gehörten sie auch schon dazu.

Die Kellaghans, Schwester und Schwager, würden das Haus der Larssons hüten und den Neubau des eigenen Hauses in der Nähe überwachen. Selbst dem peniblen Sven fiel nichts mehr ein, was geregelt werden musste, als sie sich nach zahllosen Abschieden auf den Weg nach New York machten.

Die große Stadt am Hudson, das Umsteigen auf ein Flussboot war für die Kinder das erste wichtige Ereignis der Reise. Sie murrten, weil keine Zeit für eine Besichtigung New Yorks blieb, aber Sabrina erklärte ihnen kurz und klar, dass sie auf die Indienreise verzichten müssten, wenn sie auf dieser Reise ständig Station machen wollten. Also ging es ohne Widerrede den Hudson aufwärts. Und bald gab es auch hier genug zu sehen.

Ihr Boot war speziell für den Personentransport gebaut und konnte etwa fünfundzwanzig Personen unterbringen. Aber sie waren ja nur mit zehn Personen an Bord und hatten daher genug Raum. Das Boot hatte eine Hütte an Deck, in der sie schlafen und essen konnten. Sie hatten auch Bänke an Deck, um bei schönem Wetter dort zu sitzen.

Am Vordeck waren an jeder Seite drei Riemen für Ruderer. Sabrina meinte, damit könne man das Boot wohl kaum voranbringen. Sven stimmte ihr zu, kannte sich mit diesen Flussbooten aber auch nicht aus. Sie mussten ja flussaufwärts gegen die Strömung ankommen und ob der Wind da immer aus der richtigen Richtung und in der richtigen Stärke kommen würde, schien ihm doch sehr ungewiss.

Aber am ersten Tag passte alles. Das Boot glitt glatt und leicht dahin. Sie mussten sich ihren Weg vorbei an vielen anderen Booten und Schiffen bahnen. Je mehr sie den Hudson aufwärts fuhren, desto kleiner wurden die Boote. Die Ozeansegler segelten nicht so weit den Fluss hinauf.

Die Kinder hatten genug zu schauen. Was nicht alles auf den Booten transportiert wurde! Auf einem standen Kühe dicht an dicht und glotzten ängstlich vor sich hin. Auf einem anderen Boot waren Kästen mit gackernden Hühnern hoch übereinander getürmt. Noch ein anderes Boot hatte offene Fässer geladen, in denen anscheinend Zutaten für Suppen und andere Speisen geladen waren. Immer wieder stießen Möwen auf die Fässer herab und holten sich die Leckerbissen. Zwei Männer der Besatzung rannten mit Stöcken umher und suchten die Vögel abzuwehren.

Dann mussten sie in die Deckshütte, um zu essen. Danach gab es Schwierigkeiten, weil die beiden Jungen ihren Mittagsschlaf halten sollten. Erst als sich Vater und Mutter im selben Raum auch ein wenig hinlegten, waren sie zu einer Pause bereit.

»Hoffentlich werden sie in den nächsten Tagen ruhiger«, stöhnte Martin leise zu Walter Jungmann. Zwei Männer der Begleitung mussten immer abwechselnd aufpassen, dass kein Kind ins Wasser fiel. Elizabeth und die Eltern achteten ja auch immer auf die Kinder, aber die beiden Männer hatten eben »Wache«.

Der Kapitän des Bootes erzählte ihnen am Abend noch, dass die Flut des Ozeans in den nächsten Stunden noch so stark sei, dass sie das Boot gegen die Strömung aufwärts schiebe. Das sei eine Besonderheit im Unterlauf des Hudson. Wenn man den Finger ins Wasser stecke, könne man den Salzgehalt schmecken.

Sie hatten in der Nacht ruhig geschlafen, denn Wellen, die sie hätten stören können, bot der Hudson nicht. Das Frühstück war schmackhaft, aber dann wollten die Jungen wieder an Deck. Sabrina wollte noch abwehren, es gäbe doch gar nichts zu sehen, aber sie ließen keine Ruhe. Der Hudson war hier etwa drei Meilen breit, aber Einar und Henry starrten so interessiert an die Ufer, als ob sie jede Kleinigkeit erkennen könnten.

Die Larssons hatten diesmal den Schäferhund Ricky mitgenommen, denn er war mit Sabrina und den Kindern viel vertrauter als Rocky, der immer mit seinem Herrchen über die Ozeane segelte. Sven merkte schon, dass Ricky bei ihm etwas fremdelte und mit Sabrina und den Kindern vertrauter war. Aber er erkannte ihn als Herrn an und war seinem Rocky im Wesen so ähnlich, wie man es bei Rüden aus demselben Wurf erwarten konnte.

Lilian äußerte gerade, wie schön es sei, dass sie die Lehrerin nicht mitgenommen hätten. Das empfand Sven als Appell an seine pädagogische Verantwortung. Wo es so viel Neues zu sehen gab, konnte man doch auch vieles lernen. Er überlegte sich, was er über den Ackerbau am Hudson, über die Fischerei sagen konnte. Gab es hier eigentlich Fabriken? Und welche Städte würden sie passieren? Ach ja. Als nächster Ort kam ja Westpoint, die künftige Kadettenanstalt des Heeres.

Als er dann seinen Söhnen erzählte, dass hier die Offiziersanwärter der Armee geschult würden, war er amüsiert, wie sie eine solche Möglichkeit für sich ablehnten. Für Einar kam nur die Flotte in Frage, Henry war noch nicht sicher, ob er nicht Trapper werden wollte. Sabrina tauschte mit Sven schmunzelnde Blicke.

Das nächste Ereignis war dann die Fahrt durch das Hochland. Dreihundert Meter hohe Berge schnürten den Fluss ein und machten es schwierig, gegen die Strömung anzusegeln. Aber da warteten Ruderboote. Ihr Boot führte schon eine Flagge am Bug, und der Kapitän erklärte ihnen, dass die Flagge den wartenden Ruderbooten zeige, dass sie schon einen Vertrag mit einem der Boote hatten.

Als sie näher kamen, scherte aus den wartenden Dutzend Booten eines aus, nahm ein Tau auf, das ihm von ihrem Bug zugeworfen wurde, und zog ihr Boot flussaufwärts. Das Ruderboot hatte zwölf Ruderer und einen Steuermann. Die Männer ruderten kraftvoll und gleichmäßig. Auch ihre eigenen Ruderer zogen ihre Riemen durch. »Knapp vier Meilen schaffen wir pro Stunde. Die Flussenge ist etwa sechzehn Meilen lang. Die Ruderer machen zweimal eine halbe Stunde Pause. Mit fünf Stunden muss man etwa rechnen«, erklärte ihr Kapitän.

Es war eine wunderschöne Landschaft. Die Berge hatten zum Teil bewaldete Hänge, andere fielen steil ab. Einige der Bäume waren auch für Sven leicht zu erkennen: Birken, Eichen, Buchen. Aber dann musste er zugeben, dass er auf See wenig Bäume sehe und daher wenig Unterschiede erkenne. Sabrina lachte und half weiter. Und dann kam der Kapitän und benannte auch die weniger häufigen Baumsorten.

Die Reise war in Gefahr, eintönig zu werden, da tauchte Albany auf, jene kleine Stadt, in der sie wieder vom Schiff auf die Kutschen wechseln mussten. Wiederum war alles gut vorbereitet. Der Angestellte einer Spedition erschien an Bord, sobald sie angelegt hatten. Er fragte, ob sie eine gute Reise gehabt hätten und ob sie besondere Wünsche für die Weiterreise anmelden möchten. Dann ließ er sich das Gepäck zeigen, erklärte den Trägern, was wohin sollte, und pfiff nach den Wagen.

Zwei Kutschen und ein Lastwagen fuhren vor. Sam und Martin stiegen zum Kutscher der ersten Kutsche auf den Bock. Sabrina und Sven setzten sich in die Kutsche und nahmen Ricky mit sich. Walter Jungblut kletterte mit Hans Maier auf den zweiten Kutschbock. In dieser Kutsche hatte es sich Elizabeth mit den Kindern bequem gemacht. Und auf dem Lastwagen saßen zwei Wächter neben dem Kutscher.

Es dauerte nicht lange und die Wagen fuhren ab. Albany war ein kleiner Ort, knapp tausend Einwohner vielleicht. Aber es gab einiges zu sehen, und die Kinder drückten die Nasen an die Fenster.

Sven lehnte sich dagegen in eine Ecke und schloss die Augen. »Es ist eine Wohltat, einmal nicht aufpassen zu müssen, weder auf Matrosen noch auf Kinder.«

»Du wirst nachlässig, Liebling. Du hast noch nicht einmal gefragt, wo ich meine Pistole habe.«

»Ich hab doch schon gesehen, dass du sie in die Handtasche gesteckt hast, und die liegt neben dir auf der Bank. Und ich habe meine Pistole in der Jackentasche, und die Rifle steht hier neben der Kutschtür. In den anderen Wagen hat Sam kontrolliert, wie ich gesehen habe.«

»Nun muss ich mich wohl entschuldigen, Sven. Du bist immer hellwach, auch wenn man es nicht vermutet.«

Aber dann döste Sven ein. Anfangs schreckte er noch hoch, wenn ein Wagenrad durch ein kleineres Loch fuhr, aber dann schlief er fester. Nach einer guten Stunde wurde die Fahrt langsamer. Ricky richtete sich auf, und dann hielt der Wagen zur ersten Rast. Sabrina weckte ihren Mann, der erst nicht glauben wollte, dass er die ganze Zeit fest geschlafen habe.

»Dann muss ich jetzt einen Kaffee trinken, damit ich dich unterhalten kann, wenn wir schon einmal Zeit für uns haben.«

Aber die Kinder hatten sich nun ausgedacht, dass abwechselnd immer ein Kind für eine Strecke mit den Eltern fahren dürfe. »Das gilt aber noch nicht für die nächste Strecke, denn eben habe ich geschlafen und will mich jetzt ungestört mit Mutti unterhalten«, erklärte Sven mit jener Entschiedenheit, die Widerspruch nicht zuließ.

Das Gasthaus hatte saubere Toiletten, bot frischen Kaffee, Tee oder Fruchtsäfte an, und wer Hunger hatte, konnte ein Brötchen oder ein Stück Kuchen essen. Es waren außer ihnen nur wenige Gäste im Restaurant. Als der Kutscher kam und rief: »Kapitän Larsson, die Pferde sind gewechselt! Wir können weiterfahren!«, fiel Sven auf, dass ein Mann reagierte, als habe er einen Schreck bekommen.

Die nächste Strecke plauderte Sven angeregt mit Sabrina. Sie überlegten, was sie mit den Eltern unternehmen könnten, was sie in Toronto sehen wollten und welche Reaktionen sie von den Kanadiern erwarteten. »Es sind viele der Königstreuen, die nach dem Friedensschluss nicht mehr in einem Land ohne König wohnen wollten, nach Kanada ausgewandert. Da kann uns schon mal Missgunst entgegengebracht werden.«

»Mein Vater wohnt doch schon lange dort und ist sicher angesehen genug, um uns zu helfen«, entgegnete Sabrina.

»So schlimm erwarte ich es auch nicht, mein Schatz. Und wir sind ja auch genug Männer, mit denen man sich nicht so leicht anlegt.«

Nach der Mittagspause kam Henry zu ihnen in die Kutsche. Aber er hatte sich wohl mehr von der Anwesenheit der Eltern versprochen. So redselig war er ja nicht, dass er länger als eine halbe Stunde das Gespräch mit eigenen Themen steuern konnte. Und die Themen, die seine Eltern anschnitten, schienen ihm auch nicht so interessant zu sein. Er machte eher einen erleichterten Eindruck, als seine Strecke vorbei war.

Lilian startete mit mehr Begeisterung zu ihrem Themenvorrat und hielt auch länger durch. Aber am Schluss war sie auch ein wenig müde, und alle stimmten zu, dass nun eine »Ruhestrecke« eingelegt werden sollte.

Die Strecken waren gut bemessen. Man hatte immer rechtzeitig Gelegenheit, sich wieder etwas zu erfrischen und die Toilette aufzusuchen. »Die Gasthäuser sind wirklich gut gewählt, da müssen wir uns bei Richard bedanken und ihm ein Geschenk mitbringen«, sagte Sabrina.

Sie hatten ja auch nur noch einen Tag Kutschfahrt vor sich, um in Rochester das Schiff zu besteigen, das sie in ein paar Stunden über den Ontariosee nach Toronto bringen sollte. Bequemer konnte die Fahrt auf dem Ostindiensegler ja auch kaum sein, und interessanter erst recht nicht.

Rochester war größer als Albany, und sie fanden ein sauberes Hotel, in dem sie gut schliefen. Sie waren schon ein Weilchen vor der Anfahrt am Kai, weil die Jungen ungeduldig wurden. Sven blickte sich gewohnheitsmäßig um und entdeckte in der Nähe den Mann, der so komisch auf die Nennung seines Namens reagiert hatte.

Sven war beunruhigt. Was hatte der Mann, den er unterwegs bei einem Halt gesehen hatte, hier zu suchen? Er schaute ihn sich genauer an. Wie ein Reisender sah er nicht aus. Er hatte nur eine wenig gefüllte Stofftasche bei sich. Aber daran lehnte doch ein Gewehr? Es war in eine Stoffhülle eingepackt, aber am Ende war eine Verdickung wie ein Kolben. Der Mann blickte scheinbar unauffällig zu ihm herüber. Jetzt nahm er die Stoffhülle und begann sie zu öffnen.

Verdammt! Wollte er schießen? Sven griff nach seiner Pistole, holte sie heraus, sah nach dem Zündpulver und entsicherte sie. Zwischendurch rief er: »Passt auf! Drüben packt einer sein Gewehr aus!«

Sam und Walter sahen zu dem Mann, konnten aber nicht erkennen, womit er hantierte, liefen jedoch auf ihn zu und riefen: »Hände hoch!«

Die Leute erschraken und sprangen zur Seite. Der Mann blickte hoch, sah die beiden auf sich zu laufen und hörte: »Hände hoch!« Er ließ die Stoffhülle fallen und hob die Arme über den Kopf. Sam hielt ihm ein Messer vor den Hals und Walter griff nach der Stoffhülle.

»Es ist eine Angel!«, rief er. »Lass ihn los!«, sagte er zu Sam. Der steckte sein Messer ein und entschuldigte sich bei dem Mann. »Wir haben gedacht, das sei ein Gewehr und Sie hätten ein Attentat auf unseren Herrn vor. Entschuldigen Sie bitte. Man hat schon öfter versucht, unseren Herrn zu ermorden. Wir müssen vorsichtig sein.«

»Schon gut!« Der Angler klopfte Sam auf den Arm und sammelte seine Sachen auf. Die Menge drehte sich wieder um und ging auf die Fähre.

Der Kapitän kam zu Sven und erkundigte sich, was da los war. Auch Sven entschuldigte sich, dass er ursprünglich an ein Attentat geglaubt habe. Der Kapitän bot ihnen noch einen abgesonderten Platz an, aber Sven lehnte dankend ab.

Doch nun musste er den Kindern noch diese und jene Einzelheit erklären. Sabrina schwieg die ganze Zeit. Schließlich fragte Sven: »Dir ist das wohl furchtbar peinlich, Sabrina?«

»Ja, es ist schrecklich, wie einen die Menschen angestarrt haben. Und der Gedanke, dass es sich bis zu unseren Eltern herumsprechen könnte, macht mich ganz krank.«

»Dann kannst du dich gar nicht freuen, dass es kein Attentat war, sondern nur ein Irrtum?«

Sabrina schaute Sven an, und ihre Augen füllten sich mit Tränen. »Du hast ja recht. Es wäre viel, viel schlimmer, wenn es wirklich ein Attentat gewesen und vielleicht noch geglückt wäre. Warum können wir nicht leben wie die anderen Menschen auch?«

»Dass uns der Gedanke bisher noch nicht gekommen ist, als die Reise so komfortabel ablief?«, sagte Sven leise und umfasste sie.

Am Kai von Toronto stand ein Mann mit einem Pappschild, auf dem ihr Name stand. Sven ging zu ihm und gab sich zu erkennen.

»Wir wussten nicht, ob Sie jetzt oder mit der nächsten Fähre kommen, Sir. Ich rufe die Kutschen. Könnten Ihre Diener bei dem Gepäck bleiben, um zu sagen, was wohin geladen werden soll?«

Sven war einverstanden und bat Sam und Walter, beim Gepäck zu bleiben und für das ordentliche Verladen zu sorgen. »Wir fahren mit den Kutschen voraus.«

Sven hatte oft versucht, sich das Wiedersehen mit seiner Mutter vorzustellen. Über acht Jahre war es her, dass sie mit ihrem Mann ausgewandert war. Als Sven nun seine Mutter aus dem Haus kommen sah, war alles anders. Er erkannte sie sofort und wusste doch, dass sie anders aussah. Es war komisch. Auf den ersten Blick schien sie unverändert. Die Veränderungen, die Falten, die schlaffere Haut, der steifere Gang fielen ihm erst auf, als er genauer hinsah. Ja, sie war älter geworden. Aber es war seine Mutter, die ihn so oft geherzt, geküsst und getröstet hatte. Seine liebe Mutter, die immer für ihre Kinder da war. Und in der Tür stand jetzt auf einen Stock gestützt, sein Schwieger- und Stiefvater. Sven hörte Sabrina neben sich schluchzen. Und dann liefen sie beide auf ihre Eltern zu.

Sie wollten sich gar nicht mehr loslassen. Tränen der Freude flossen. Ihre eigenen Kinder standen etwas ratlos daneben, bis Svens Mutter sich ihnen zuwandte. »Du bist meine liebe Enkeltochter Lilian, und du der Einar und du Henry, auch mein Enkelsohn.« Sie umfasste sie alle und drückte sie. Sabrina und Sven bemühten sich, Oma und Opa vorzustellen, aber die Kinder wussten längst, wer sie waren. Man hatte ja oft von ihnen gesprochen und sonst war niemand da. Aber was so besonders an Oma und Opa sein sollte, konnten sie noch nicht erkennen.

Sie waren lieb, sie freuten sich und nannten immer wieder ihre Namen. Aber was sollte es bedeuten, wenn sie auch immer nur »Oma« und »Opa« sagen würden? Auch Lilian, die ältere Schwester, wirkte etwas ratlos.

Wie gut, dass die Oma nun sagte: »Jetzt kommt aber rein, damit wir uns setzen und etwas trinken können! Wir haben ja auch Geschenke für die Kinder.«

Sie stolperten die paar Stufen hinauf, gingen durch einen Vorraum und traten in eine Stube ein. Die Mama führte den Opa, der es mit seinem Stock etwas schwerer hatte. Oma dirigierte sie zu den Stühlen, drängte sie, sich zu setzen, holte in Papier eingeschlagene Päckchen und drückte jedem Kind eines in die Hand.

Da gab es nur eines: schnell auszupacken und zu sehen, was in den Päckchen war. Sabrina half dem kleinen Henry ein wenig. Die neue

Oma und der neue Opa schauten so genau zu, als wüssten sie nicht, was in den Paketen war. Und dann konnten es die Kinder sehen. Für jedes Kind waren Leckereien im Papier, Schokolade, Bonbons und Kekse und dann noch verschiedene Sachen. Für Lilian ein buntes Bilderbuch mit kleinen Geschichten, für Einar ein bunter Ball und für Henry ein wuscheliger Teddybär.

Die Kinder zeigten ihren Eltern voller Freude, was sie entdeckt hatten, und wurden ermahnt, sich bei Oma und Opa zu bedanken, und die beiden strahlten, als hätten sie Geschenke erhalten.

Als die Kinder abends in ihren Betten lagen, Henry schlief schon, als er hingelegt wurde, mussten Lilian und Einar erst noch einmal überlegen, was alles geschehen war. Sie hatten am Tisch gesessen, Kuchen gegessen und warme Milch getrunken. Die Eltern hatten mit den Großeltern geredet und sich immer wieder gegenseitig gefragt, wie es ihnen ginge. Sie waren alle durch das Haus gegangen und hatten sich die Zimmer angeschaut. Samuel, Walter und der junge Hans waren gekommen und hatten das Gepäck gebracht. Und immer wieder war erzählt worden. Sie hatten das Praxiszimmer vom Opa gesehen, der wirklich ein richtiger Arzt war wie Onkel Henry. Und dann waren auch eine Haushälterin und ein Kutscher da, die gestaunt hatten, wie groß die Enkelkinder waren. Und dann hatten sie wieder gegessen und die Oma wollte, dass sie immer noch mehr essen sollten. Und dann hatten sie sich ausgezogen, und Oma und Opa hatten sie wieder gedrückt und der Opa wollte ihnen am nächsten Morgen die Stadt zeigen.

Sie merkten es schon damals, dass es ganz wunderbare Tage waren. Ob der Opa nun mit ihnen durch die Stadt ging und ihnen die Läden zeigte, die Inhaber begrüßte, die über seine Enkelkinder staunten und oft genug kleine Geschenke für sie hatten, ob die Oma mit ihnen die Nachbarn besuchte, die ihnen ihre Tiere zeigten, die sie streicheln durften, ob sie in den Tierpark gingen, wo sie richtige Bären sehen konnten, die hier auch in den Wäldern lebten, es war alles so neu und spannend. Und Oma und Opa waren wirklich liebe Menschen, wie Mutti und Vati es immer gesagt hatten. Nie wurde es ihnen zu viel, wenn sie sie etwas fragten. Und die Oma zog immer wie ihr Vati die Augenbrauen hoch, wenn sie etwas nicht verstanden hatte.

Und jeder Tag war ein Besuchstag weniger. Wie würde es sein, wenn sie wieder ohne Opa und Oma wären? Henry fragte eines Tages ganz unverblümt: »Warum kommt ihr nicht mit uns nach Philadelphia? Wir haben doch ein großes Haus. Und Onkel Henry hat bestimmt Arbeit für Opa.«

Ihre Eltern sahen Oma und Opa ganz komisch an. Oma rieb sich die Nase mit ihrem Taschentuch. »Das ist eine ganz schwere Frage, Henry. Wir haben hier doch auch viele Freunde, die uns sehr mögen. Und bei euch wollten uns manche Leute nicht mehr haben.«

»Aber Mutti, das ist doch vorbei! Wir haben Frieden. Alte Freunde von euch habt ihr auch bei uns noch. Die Kinder und wir wären sehr glücklich, wenn ihr bei uns wärt.«

Jetzt mischte sich Opa ein, der Lilians Hand hielt. »Lass uns heute Abend darüber sprechen, lieber Junge. Es ist ein so heikles Thema. Einerseits soll man alte Gewächse nicht verpflanzen, andererseits brauchen Enkelkinder ihre Großeltern und Großeltern ihre Enkel.« Er hob Lilians Hand an seinen Mund und drückte einen Kuss darauf.

»Au ja, kommt zu uns!«, rief Einar. »Wenn einer nicht lieb zu euch ist, kommen wir mit Rocky und Ricky!«

Opa schmunzelte: »Auwei! Vor denen habe ich auch Angst!«

Es war eine schwierige Entscheidung, über die die Erwachsenen bis spät in den Abend hinein sprachen. Die Eltern hatten sich hier eingelebt. Man hatte sie großherzig aufgenommen und ihnen das Einleben erleichtert. Freundschaften waren gewachsen. Opa hatte sich als Arzt Respekt erworben. Aber es waren nicht die Kinder und Enkelkinder, die man um sich hatte.

»Es ist doch etwas anderes, ob man seine Kinder und Enkelkinder an sich drückt oder fremde Menschen, die man schätzen gelernt hat.

Oma hat das ja immer gesagt. Sie hatte recht. Aber wie wird das Einleben bei euch sein? Hier haben wir doch auch Verantwortungen.«

Und sie diskutierten, welche Verantwortungen die beiden in Philadelphia auf sich nehmen könnten. »Henry wäre sicher froh, wenn du ihm hier und da mal eine Vertretung abnehmen könntest, lieber Vater. Er hat einen Riesenbetrieb, und in der Praxis, im Labor oder im Hospital ist immer viel zu tun.«

»Im Labor war ich seit Ewigkeiten nicht«, murmelte der Opa. »Dabei habe ich eigentlich immer gerne dort experimentiert.«

Schließlich waren sie sich einig. Die Kellaghans würden sie im Herbst abholen und die Eltern würden das Haus hüten, solange die Larssons auf Indienreise wären. »Und ihr könntet dann eure alten Freunde einladen, denkt doch nur an Bradwicks. Was ihr denen alles zu erzählen habt.«

Sven erzählte seiner Mutter auch von der neuen Ansiedlung in Einars Tal. »Möchtest du es einmal wieder sehen? In knapp drei Tagen bist du da.«

Nein, die Mutter wollte es so in Erinnerung behalten, wie es damals gewesen war, aber es entspann sich ein Gespräch über Herrn von Neuenburg und die aktuellen Pläne.

Der Abschied war dann nicht so endgültig, wie sie ihn ursprünglich erwartet hatten. »Ihr braucht doch nicht zu weinen!«, tröstete Sabrina ihre Kinder. »Oma und Opa kommen doch in ein paar Wochen zu uns.«

»Aber dann sind wir doch nicht da«, protestierte Lilian.

»Ja, das ist immer so. Alles kann man nicht haben«, sagte ihr Vater und tätschelte ihr die Schulter.

Sie winkten einander zu, so lange sie noch glaubten, etwas zu sehen. Dann sanken die einen zurück in ihre Sitze und Oma und Opa gingen still in ihr Haus.

Die Rückfahrt war für die Kinder fast spannender als die Hinfahrt. Sie spielten immer, wer zuerst etwas sah, was sie schon von der Hinfahrt kannten. Oft nannten sie etwas, was sie noch nicht gesehen haben konnten, um Gewinner zu sein. Elizabeth musste dann entscheiden, ob sie das gesehen haben konnten. Das war oft eine schwere Aufgabe.

Die Eltern waren den ersten Tag ziemlich schweigsam und sprachen dann hin und wieder, wie sich ihre Eltern in Philadelphia in den Alltag eingliedern könnten.

Die Fahrt auf dem Hudson war auf der Rückreise der schönste Reiseabschnitt. Sie waren nicht in Kutschen isoliert. Ricky ging zuerst fast immer von einem zum anderen, ehe er sich dann so hinlegte, dass er alle sehen konnte. Das Wetter war schön, und allmählich kreisten die Gesprächsthemen immer mehr um die sich nähernde Heimat.

Und dann stiegen sie wieder in die Kutschen um, und nun wusste auch der kleine Henry: »Bald sind wir wieder daheim.«

Dann sahen sie den Delaware, die Fähre und da lag es auch, Einar sah es zuerst: das große Schiff *Spirit of Philadelphia*.

Auf zu neuen Horizonten
(November 1783 bis Februar 1784)

Der Ostindiensegler *Spirit of Philadelphia* wurde mit Trossen an den Kai gezogen. Die erste einwöchige Probefahrt mit der neuen Mannschaft war vorüber.

»Nun, es ist doch alles gut gelaufen, nicht wahr, Kapitän Bader? Auf dem Schiff sind nur noch Kleinigkeiten, die mithilfe der Werft zu verbessern sind. Und mit der Mannschaft kann man auch zufrieden sein.« Sven lachte seinen alten Freund an.

Sie kannten sich, seit sie beide 1770 als junge Burschen auf der *Victoria* gedient hatten. Sie waren im Lauf der Jahre gute und treue Freunde geworden. Auf manchem Schiff waren sie gemeinsam gesegelt, so auch von Mai bis September 1777, als Mr Bauer Svens Erster Leutnant auf der Sloop *Enterprise* war und seine spätere Frau Hanna zum ersten Mal auf einem Auswandererschiff sah. Privat duzten sie sich längst, und auch die Familien verkehrten miteinander. Aber im Dienst wahrten sie immer die Formalitäten, wie es in der Flotte üblich war.

Jetzt war Karl Bauer Kapitän des Ostindienseglers, und für Sven hatten sie den Titel eines Kommodore gewählt, gewissermaßen war er der Seniorkapitän, der die ganze Operation leitete. Aber die Fahrt nach Indien war ein privates Unternehmen der Reederei Bradwick.

Doch auf den Kampfschiffen dieser Reederei galten immer die Regeln der britischen Flotte, die von der amerikanischen adaptiert worden waren. Und jetzt, wo die amerikanische Flotte im Frieden fast aufgelöst worden war, konnte man noch auf den Schiffen dieser Reederei die Bräuche einer amerikanischen Kriegsmarine erleben.

Auch Karl Bauer war mit dem neuen Schiff und seiner Besatzung zufrieden, aber sein Ehrgeiz zeigte ihm auch noch manchen Weg zur Verbesserung. »Vergessen Sie nicht, Sir, dass Sie und Ihre Gattin morgen Abend zu uns kommen wollten.«

»Aber nein«, wehrte Sven ab, »wir freuen uns doch darauf.«

Sabrina begrüßte ihren Sven so herzlich, als sei er monatelang abwesend gewesen. Auch die Kinder freuten sich. Das Zurückkommen ist die Würze im Leben eines Seemannes, dachte Sven wieder einmal und schmunzelte.

Sabrina hatte die einwöchige Trennung anders wahrgenommen als Sven. Für sie war nun die Zeit reif, dass ihr Sven immer an Land bleiben sollte. Als er dann am ersten Abend nicht zurückkam und sie wirklich begriff, dass er wieder auf See sei, hatte das ein wenig Panik in ihr ausgelöst. Das sollte doch vorbei sein. Er wollte doch an Land in der Reederei arbeiten. Ihr Verstand sagte ihr immer wieder: Er kommt gleich zurück. Aber ihr Gefühl löste wieder den Zweifel aus, ob er überhaupt gesund zurückkehren würde.

Sabrina freute sich wie Sven auf den Besuch bei Bauers. Auch Adeline und Joshua Petrus waren eingeladen. Alte Freunde alle drei Paare.

Nach der ersten Wiedersehensfreude wurde von den Kindern erzählt. Sie waren alle gesund und, zu Sabrinas Überraschung, Hanna und Adeline waren wieder schwanger. Bei Adeline war es schon deutlich zu sehen. Hanna war erst im dritten Monat.

Nun wurden Larssons ein wenig verspottet, dass sie es wohl nicht mehr schafften, dass sie sich auch dem Nachwuchs für die Flotte verpflichtet fühlen sollten und was es in diesem Bereich noch für wohlfeile Pointen gab.

Aber während des ausgezeichneten Essens wollte Hanna schon wissen, ob denn ihr neuer Ostindiensegler ein eher großer oder kleiner Vertreter dieser Gattung sei.

Sven erklärte: »Wir beide ...«, er zeigte auf Karl und sich, »... fallen nicht gern auf, daher beschränken wir uns auch hier auf den mittleren Bereich.«

»Ach ja«, zwinkerte Sabrina ihrer Freundin Hanna zu. »Unsere Männer sind ja so bescheiden. Sie begnügen sich mit rund achthundert Tonnen. Aber wenn dir mal ein Register der Ostindischen Kompanie in die Hand fällt, wie mir neulich, dann siehst du, dass die meisten dieser Segler nur über knapp fünfhundert Tonnen verfügen. Unsere beiden Helden haben sich also schon im oberen Bereich angesiedelt.«

Außer Sven lachten alle. »Reingefallen, lieber Sven«, scherzte Hanna. Aber Sven wehrte ab.

»Nein, Sabrina ist reingefallen. Der britische König William III. hatte 1698 verfügt, dass alle Ostindiensegler über fünfhundert Tonnen einen Pfarrer an Bord haben müssten. Um diese Ausgabe zu sparen, haben die britischen Reeder für ihre Schiffe künftig nur Tonnagen unter fünfhundert Tonnen angegeben und die Kosten gespart. Jetzt gilt das seit einiger Zeit nicht mehr und nun findet ihr in den neuen Registern auch Schiffe über tausend Tonnen. Für uns gilt ja sowieso nicht mehr, was der englische König verfügt. Aber unser Schiff war eben im Angebot.«

»Sei doch nicht so ernst, Sven. Sabrinas Version war lustiger«, stellte Adeline abschließend fest.

Sie unterhielten sich noch ein wenig über die Indien-Reise, kürzer über die Gefahren, länger über die Angebote und möglichen Mitbringsel für Frauen und Kinder. Sabrina wurde gebeten, darauf zu achten, Männer seien ja zu nachlässig dafür.

Das Gespräch, das die beiden Männer mit Mr Bradwick hatten, war weniger lustig, dafür gründlicher und sachlicher. Er ließ sich eingehend über den Zustand des Schiffes und die Besatzung informieren. Sie waren sich einig, dass auf dieser ersten Hinreise außer Svens Familie keine Passagiere einbooten würden. Aber an Svens Familie sollten die Anforderungen für Köche und Stewards erprobt werden.

»Wenn deine Familie zufrieden war, kannst du ja schon auf der Rückfahrt Passagiere buchen«, entschied Mr Bradwick. »Wenn du auch mit den Einkaufsmöglichkeiten zufrieden bist und die richtigen Partner gefunden hast, Sven, dann schickst du mir die Post über die Landverbindung und wir geben das nächste Schiff in Auftrag. Die Burlington-Werft, die die *Spirit* bei der Reparatur gründlich studiert hat, signalisierte mir, dass sie zu einem guten Preis auch einen Neubau liefern werde.«

Dann wurde noch ausführlich über die Ladungen diskutiert. Am längsten stritten sie sich aber, ob man eine Filiale der Reederei in Indien gründen sollte. »Es ist unser Vorteil, denn jeder Vermittler von Ladung streicht Provisionen ein, und das mindert unseren Gewinn«, beharrte Karl.

»Karl, die Gehälter, die wir unseren Mitarbeitern zahlen müssen, können höher sein als die Vermittlerprovision. Wir wissen noch zu wenig über die dortige Gehaltssituation, das Personalangebot und über den Einfluss der Korruption, um zu entscheiden«, mahnte Sven.

Schließlich einigten sie sich, dass nach gründlicher Erkundung der Lage entweder nur ein vertrauenswürdiger Kaufmann gebeten werden sollte, die Interessen der Reederei in Indien zu vertreten, oder schon eine eigene kleine Niederlassung zur Beschaffung oder zum Verkauf der Waren aufgebaut werden sollte.

»Lagerhäuser sollten wir aber noch nicht kaufen, sondern nur die Räume mieten«, sagte Mr Bradwick abschließend.

Die nächsten Wochen waren für Svens Familie angefüllt mit Vorbereitungen für die Abreise. Sabrina musste nicht nur ihre eigene Kleidung für die Reise heraussuchen, sondern auch jene für die Kinder, sie musste Sven beraten, der in Kleidungsfragen, die über seine Uniform hinausgingen, recht unselbständig war. Vor allem aber sollte sie mit Frau Bradwick in den Schneidereien die Kleidung auswählen und bestellen, die als moderne Mode nach Indien transportiert und dort gewinnbringend verkauft werden sollte.

Dann waren Abschiedsbesuche bei allen Freunden und Geschäftspartnern zu absolvieren oder diese zu empfangen. Außerdem drängelten nicht nur die Kinder, sondern auch Sabrina, dass sie nun das

Schiff, ihre Heimat für die Monate der Reise, einmal inspizieren wollten.

Dieser Wunsch bereitete Sven einige Kopfschmerzen. Man konnte die Besichtigung doch nicht wie einen offiziellen Besuch gestalten, bei dem die Besatzung in Paradeuniform antrat. Das würde bei der Besatzung einen unerwünschten Effekt haben. Schließlich kam Sven auf eine Zwischenform. Er wollte den Besuch seiner Familie mit dem Besuch des Reeders und dessen Frau, des Schiffbauers der Werft und der Frau des Kapitäns Bauer kombinieren. Für den Reeder konnte man den ersten Teil schon wie eine offizielle Inspektion arrangieren. Danach konnten der Reeder und der Schiffsbaumeister das Deck mit Ruder und Kanonen sowie die Laderäume und Mannschaftsunterkünfte besichtigen. In dieser Zeit sollten die Mannschaften an Segeln und mit Kanonen und Handwaffen ihre Kenntnisse demonstrieren, während Kinder und Frauen die Unterkünfte besichtigten.

Es verlief auch zunächst ganz nach Planung. Das »Soldatenkontingent«, das sie auch auf diesem Schiff aufgestellt hatten, präsentierte, Kapitän Bauer meldete dem Reeder, dass die Besatzung angetreten sei, und stellte die Offiziere vor. Mr Bergson, der Erste Leutnant, wurde gefragt, wie er mit dem Schiff zufrieden sei, und äußerte das erwartete Lob. Mr Waller, der Zweite Leutnant, und Mr Walton, der Dritte, gaben sich als alte Gefährten von Sven zu erkennen, und der Master und der Bootsmann mussten einiges zu ihren Indienerfahrungen sagen.

Als aber Sven mit den Damen und seinen Kindern zu den Unterkünften zum Achterdeck ging, begannen die Matrosen schon, den Geschütz- und Segeldrill zu demonstrieren. Und nun hatten Svens Söhne auf einmal kein Interesse mehr an den Räumen. Der oberen Achterdeckskajüte, ihrem Wohn- und Speiseraum während der Fahrt schenkten sie noch etwas Aufmerksamkeit, schauten auch noch auf die Toiletten an der Heckreling, aber in ihre Schlafkammer blickten sie kaum noch, sondern wollten nun unbedingt den Matrosen zusehen.

Frau Bradwick und Frau Bauer zeigten amüsiert Verständnis für die Jungen, Sven wollte bei allem Ärger keine Disziplinarakte demonstrieren und schickte sie mit Sam an Deck. Nun ja, weder die Kinder noch die Damen mussten halbnackte Seebären sehen. Zum Schluss waren alle zufrieden. Die Damen fanden die Quartiere etwas eng, aber durchaus zweckmäßig und zumutbar. Der Schiffsalltag war nicht zu sehr gestört worden, und Mr Bradwick und der Schiffsbaumeister waren mit dem Zustand des Schiffes und der Ausbildung der Mannschaft sehr zufrieden. Der Reeder ließ zum Abschied eine Extraration Grog ausschenken und konnte sich über das laute Echo des »Hipp-Hipp-Hurra« freuen.

Als Sven den Reeder und die Damen zu den Kutschen begleitete, flüsterte ihm Sabrina schon zu, dass die karge Ausstattung der Räume noch vervollständigt werden müsste, und damit war er auch über das Programm dieses Abends orientiert. Seine Tochter Lilian fragte, ob sie den ganzen Tag in den Räumen bleiben müssten. Da fiel Sven ein, dass er für den Spielplatz, der für schöne Tage hinter dem Großmast vorgesehen war, noch keine Vorbereitungen getroffen hatte. Darüber würde er gleich mit dem Ersten und dem Bootsmann reden müssen. Er beruhigte Lilian, die auch ihre Brüder schon einmal informieren sollte, denn im Augenblick waren sie vollkommen damit beschäftigt, darüber zu reden, was die Matrosen alles in der Takelage und an den Kanonen demonstriert hatten. Sven ahnte, was er während der Reise vor sich hatte, um seine Söhne von Nachahmungen abzuhalten.

Die Kutschen waren abgefahren. Die Matrosen hatten sich ihrer Oberbekleidung entledigt. Am Kai sammelten sich die üblichen Zuschauer, vor allem weibliche. Als Sven an Bord ging, hörte er die anzüglichen Zurufe der »Dockschwalben«, der Prostituierten. Aber er hatte gelernt, dass man das in Hafenstädten einfach überhören musste.

Sven teilte den Offizieren mit, dass er mit der Mannschaft während dieser außergewöhnlichen Besichtigung sehr zufrieden gewesen sei und dass sie das bitte an die Maate und Matrosen weitergeben möchten. Dann ließ er Mr Bergson, den Bootsmann und den Schiffszimmermann rufen.

Er erklärte ihnen, dass seine drei Kinder sich ja nicht während der langen Reise ständig in den Kajüten aufhalten könnten. An Deck wäre es aber sehr schwierig, sie immer zu sichern. Man könne ja nicht dauernd mit jedem Kind einen Erwachsenen delegieren, der das Kind an einem Seil herumführe.

»Ich habe mir gedacht, dass man vor dem Großmast eine Fläche von drei mal vier Metern etwa durch ein Geländer abgrenzen kann, auf der sie spielen könnten. Dann würde vielleicht eine Person zur Aufsicht reichen. Aber wir müssten diese Geländer schnell abbauen und sicher lagern können, wenn wir gefechtsbereit sein müssen oder wenn Sturm aufkommt. Bitte überlegen Sie sich doch einmal dieses Problem und legen Sie mir dann Ihre Lösungsvorschläge vor.«

An einem grauen Novembertag begann die *Spirit of Philadelphia* ihre lange Reise. Nicht nur die Verwandten und Freunde hatten sich zur Verabschiedung am Kai eingefunden, auch viele Neugierige waren gekommen. Alle erlebten zu ihrer Überraschung, dass an Bord ein Dudelsackpfeifer ein deutsches Abschiedslied spielte. »Muss i denn, muss i denn zum Städtele hinaus«, das Lied kannten alle deutschen Auswanderer von ihrer eigenen Seereise.

Sven hatte durch Zufall erfahren, dass ein Mann der neuen Besatzung den Dudelsack spielen konnte. Er hatte die Nachricht nicht verbreitet, sondern dem Mann ein Instrument besorgt und ihn heimlich in Philadelphia seine Kenntnisse auffrischen lassen. Die Überraschung war ihm gelungen.

Sabrina war überrascht und fragte Sven: »Woher kommt denn der Dudelsackbläser?« Die Offiziere lauschten neugierig, als er ihr die Geschichte erzählte. Seine Kinder schauten dem Spieler aufgeregt zu, und manche Matrosen sangen in deutscher Sprache mit.

»Ich hoffe, der Mann wird uns auf der Reise noch manche Unterhaltung bieten.«

Aber dann ließ sich Sven von den Melodien doch nicht abhalten und beobachtete, wie Kapitän Bauer das Schiff auf dem Fluss in Fahrt brachte. Aber sein alter Freund beherrschte seine Aufgaben. Sven freute sich, dass ihm dann wahrscheinlich eine angenehme Familienreise bevorstand, wenn er nicht in die Führung des Schiffes eingreifen musste.

Bisher waren keinem Maat oder Offizier die fünf Handlanger der Reederei Santon aufgefallen. Sie vermieden es auch, gemeinsam gesehen zu werden. Ihr Anführer hatte ihnen gesagt, dass die Reise nach Frankreich noch nicht für größere Aktivitäten genutzt werden solle. Sie sollten sich in die Mannschaft einfügen, sodass sie nicht mehr als Fremdlinge auffielen. Die Angelegenheit mit der Pumpe war nur ein kleines Experiment gewesen. Und der Anführer ermahnte die Leute noch einmal zur besonderen Vorsicht, denn die Besatzung stand mehrheitlich loyal zur Schiffsführung.

Das Ablegen am Kai, das Segelsetzen, die winkenden Menschen, der Dudelsackbläser, das hatten die Matrosen alles schon erlebt. Für Svens Söhne Einar und Henry und ein wenig auch für Lilian war es das größte Ereignis ihres jungen Lebens. So ein großes Schiff, so hohe Masten, auf die so viele Matrosen hinaufkletterten und die Segel lösten, die sich knallend mit Wind füllten. Die vielen großen Kanonen! Und das große Schiff schaukelte, sodass etwas Unbehagen den Ereignissen eine neue Variante hinzufügte. Da konnte man doch nicht passiv in der engen Kajüte hocken und die Sachen verstauen.

Elizabeth, das Kindermädchen, war selbst so überwältigt von dieser neuen Umgebung, dass sie die Aktivität der Jungen nicht bändigen konnte. Sie öffnete die Tür zur Tageskabine und rief: »Frau Larsson, die Buben lassen sich nicht mehr halten!«

Sabrina kam angelaufen. »Was ist denn los?«, rief sie.

»Wir wollen raus! Es gibt doch so viel zu sehen!«, riefen die Jungen fast im Chor, und auch Lilian drängte zur Tür.

Sabrina erkannte, dass mit bloßem Zurückhalten nichts zu erreichen war. »Wir dürfen aber nur zwischen der Hütte und dem Großmast sitzen und zuschauen. Die Matrosen haben viel zu tun und jede Störung könnte sie oder das Schiff gefährden. Versprecht ihr, nicht herumzulaufen?«

Die Söhne hätten alles versprochen, nur um zu sehen, was da alles geschah.

»Elizabeth und ich sitzen bei euch, und wenn ihr nicht gehorcht, müsst ihr sofort wieder rein!« Sabrina nahm Henry, Elizabeth fasste Einars und Lilians Hand, und dann gingen sie vorsichtig an Deck.

Sie gingen dicht an der Hütte zu der Sitzbank an der Vorderseite. Matrosen rannten an ihnen vorbei. Sam sah sie und fragte Sabrina, ob sie etwas brauche. »Wir setzen uns nur hier hin, weil die Jungen unbedingt zuschauen wollen. Kann Ben Gibson uns beiden Frauen helfen, auf die Burschen aufzupassen?«

»Selbstverständlich, Frau Larsson!«, antwortete Sam und rief Ben herbei. Der setzte sich neben Elizabeth, aber die Jungen bemerkten es kaum.

Erst starrten sie wortlos, dann reckten sie ihre Arme und zeigten auf dieses oder jenes Manöver, dann riefen sie sich zu, was sie sahen. »Seid ruhig!«, sagte Ben. »Die Matrosen müssen doch die Kommandos hören können.«

Sabrina staunte. Die Jungen verstummten und stießen sich und Lilian nur noch an und zeigten. Sabrina schaute zu und war auch verwirrt von dem, was sie sah. »Ben«, fragte sie, »können Sie bitte mal erklären, was die Männer dort an den Seilen tun?«

»Sie brassen die Segel, gnädige Frau.«

»Und was heißt das in der Sprache der Landbewohner?«

»Sie ziehen mit den Seilen, die an den Spitzen der Rahen befestigt sind, die Segel so herum, dass sie den Wind am besten auffangen.«

Nach einer Weile waren die Segelmanöver den Jungen nicht mehr so interessant und sie zeigten auf Schiffe, die ihnen entgegenkamen, und auf die Ufer, die an ihnen vorbeizogen. Was am Ufer zu sehen war, konnte auch Sabrina erklären. Sie hatte die Ortschaften ja im Laufe ihres Lebens am Delaware schon öfter an Land besucht. Aber bei den Schiffen half Ben unaufgefordert aus und konnte oft sogar erklären, welcher Rederei das Schiff gehörte und welche Route es im Allgemeinen segelte.

Und dann wichen die Ufer langsam zurück. Voraus waren nur noch einzelne Schiffe im weiten Meer zu sehen. Die See wurde rauer. Das Schiff stampfte etwas. Nach einer Weile sagte der vierjährige Henry: »Mama, mir wird so komisch da im Bauch.«

»Mir auch«, meldete sich Einar.

»Euch müssen erst noch die Seebeine wachsen«, lachte Ben.

»Was meint er?«, wollte Henry wissen.

»Euer Magen muss sich noch an das Schaukeln im Meer gewöhnen. Aber das geht vorbei. Wir müssen bloß jetzt reingehen«, beruhigte ihre Mutter. »Wenn man die Wellen nicht mehr sieht, wird es besser.«

Sie schlichen wieder vorsichtig an der Hütte entlang, und Sabrina lenkte sie ab, indem sie ihnen beim Einräumen half und dann mit ihnen spielte. Wenn dann ein Spielzeug vom Tisch fiel, lachten sie alle und lenkten sich ab.

Und dann kam Sven. Er musste sich ja nicht um die Führung des Schiffes kümmern, denn das war nun Kapitän Bauers Aufgabe. Aber, penibel wie er war, hatte er doch alle Manöver während des Auslaufens genau beobachtet. Sein Freund Karl Bauer kannte ihn gut genug, um seine Anwesenheit auf dem Achterdeck zu ertragen. Und oft genug hatten die beiden denselben Fehler zur selben Zeit beobachtet und sich dann angeschmunzelt. Aber nun war es an der Zeit, dem wachhabenden Offizier die Führung des Schiffes zu überlassen.

Die Kinder überfielen Sven mit einem Schwall von Mitteilungen, was sie alles gesehen hatten. »Als wir dann auf dem Ozean waren, haben sie gar nicht mehr so oft gebrassen«, teilte ihm Einar in seiner neuen Seemannssprache mit.

»Was ist denn das?«, fragte Sven lächelnd.

»Na, wenn sie mit den Seilen die Segel herumziehen, damit der Wind richtig einfällt«, erklärte Einar stolz.

»Donnerwetter, du bist ja bald ein richtiger Seemann«, lobte ihn sein Vater. »Aber es heißt: ›Wir brassen, wir haben gebrasst‹. Wenn wir aus Indien zurückkommen, kannst du dann richtig kommandieren.«

Lilian lachte, und Einar schaute seine ein Jahr ältere Schwester böse an.

»Und mir war zum Schluss im Magen ganz komisch«, meldete sich Henry zu Wort.

»Das ist normal, mein Lieber«, tröstete Sven seinen vierjährigen Sohn. »Was meinst du, was ich mich bei meinem ersten Sturm übergeben habe. Einen ganzen Eimer voll habe ich erbrochen. Man darf dann nie in die Nähe gucken, wie der Bug des Schiffes sich hebt und senkt, sondern in die Ferne zum Horizont. Und Baldriantee werden wir dir geben. Aber das geht vorbei, und beim nächsten Sturm kennt dein Magen das Geschaukel schon, und dann hast du Seebeine und merkst nichts mehr.«

»Der Ben hat auch gesagt, die müssen erst noch wachsen.«

Die nächsten Tage brachten schönes Herbstwetter. Die Sonne schien recht lange. Der Wind kam frisch und stetig aus nördlicher Richtung. Das Spielgatter war aufgebaut und sogar geräumiger, als Sven es sich vorgestellt hatte. Sabrina saß mit Elizabeth auf der Bank und schaute den Kinder zu, die sich vor ihr im Spielgatter vergnügten.

Aber es gab immer wieder etwas, was sie ihre eigenen Spiele vergessen ließ. Dann schauten sie den Matrosen zu, die in ihrer Nähe beim Kanonendrill schwitzten. Sven gesellte sich zu ihnen und erklärte ihnen, warum die Matrosen diesen oder jenen Vorgang immer wieder übten.

»Ihr macht es doch auch nicht anders. Ich weiß noch, wie ihr immer geübt habt, einen Ball richtig zu fangen. Anfangs sprang er euch immer wieder aus den Armen, aber dann habt ihr fast automatisch reagiert und ihn gut festhalten können, ob er nun etwas höher oder tiefer oder sogar von der Seite angeflogen kam. Bei den Matrosen ist es nicht anders. Wenn wir angegriffen werden, müssen sie ganz schnell und sicher schießen können, ob nun das Schiff schwankt oder nicht, ob feindliche Kugeln in ihrer Nähe einschlagen oder nicht.«

»Aber, Daddy, du hast uns doch gesagt, du hättest nur erfahrene Matrosen auf dem Schiff. Die müssen das doch können«, mischte sich Einar ein.

»Sie können es auch. Aber diese Kanonen sind ja neu. Man nennt sie Karronaden, weil sie kürzer sind, aber ein dickeres Rohr haben. Da werden weniger Männer an jeder Karronade gebraucht, und die Handgriffe sind etwas anders. Und du kennst es doch auch von zu Hause, dass auch Fußballmannschaften sich immer wieder treffen, um zu üben. Ihr habt doch schon zugesehen, wie Schulmannschaften spielten.«

Und dann sah Lilian wieder eine Möwe, die sich in der Nähe auf eine Rahe setzte und zu ihnen herüberschaute. »Kommt die vom Land, Daddy?«, fragte sie.

»Aber ja. Wir segeln ja jetzt noch parallel wenige Meilen vor der Küste. Da besuchen uns die Vögel vom Land schon. Wartet nur ab, bis wir vor Südamerika sind. Da werdet ihr die Albatrosse sehen, ganz große Vögel.«

Als die Matrosen ihr Mittagessen einnahmen, durften die Kinder mit den Eltern, mit Elizabeth und Ben einmal vom Ruder bis zum Bug gehen, und Sven erklärte dies und das. Dann hatten sie aber auch die Gürtel umgeschnallt und wurden an einem Seil gehalten.

Sabrina und Sven lachten sich immer wieder an, wenn die Kinder Fragen stellten. Die Eltern merkten auch, dass Lilian in dieser neuen Welt ihre ›Gouvernantenrolle‹ weniger ausnutzen konnte als an Land. »Es ist für sie eine fremde Männerwelt, und die Jungen scheinen leichter Zugang zu finden«, flüsterte sie Sven lächelnd zu.

Sam Root hatte gegessen und dehnte sich wohlig. So frisches Fleisch würde der Koch bald nicht mehr zubereiten können. Nach einer Woche auf See müssten sie sich dann wieder mit Salzfleisch begnügen. Er gönnte sich einen Schluck Bier und brummte zufrieden. Aber dann erinnerte er sich, dass er noch etwas erledigen wollte. Aber was war das nur? Dann fiel es ihm wieder ein. Er wollte nach dem Steuerreep sehen, jenem Seil, das vom Steuerrad zum Ruder führte und dieses schwenkte, wenn man am Steuerrad drehte. Er erinnerte sich, welchen Ärger es gegeben hatte, als auf einer früheren Reise dieses Steuerreep, ein ungeteertes Seil, zerschlissen und gerissen war.

Langsam ging er unter Deck und wanderte nach achtern. Dort lief das Steuerreep zwischen Kabine und Deck entlang. Er sah die Luke schon, durch die er es erreichen konnte. Aber die war doch nicht richtig verschlossen. Unwillkürlich spannten sich seine Muskeln, und er fühlte nach seinem Bordmesser.

Die Luke war in der Tat nur angelehnt. Aber hier hatte doch niemand etwas zu suchen! Vorsichtig schob er sich in den niedrigen Raum. Das Steuerreep war gestrafft und in guter Verfassung. Er spähte umher. Da bewegte sich doch etwas? Er duckte sich und kroch weiter. Jetzt sah er es. Dort kniete ein Matrose und befühlte das Steuerreep. Aber er hatte nichts in der Hand.

»He, was machst du da, Kerl?«, brüllte Sam.

Der Matrose zuckte zusammen und wandte sich erschreckt um. Es war John Balko, einer von den Neuen, die den Ostindiensegler aus Frankreich geholt hatten.

»Ich suche meinen Tabakbeutel«, stotterte er.

»Wie soll denn der hierherkommen?«, fragte Sam.

»Ich war vorhin am Ruder und da muss er mir aus der Tasche gefallen sein. Ich denke, er ist durch eines der Löcher gerutscht, durch die das Reep geht, Mr Root.«

»Komm mal erst hier raus!«, befahl Sam. Als er dann mit dem Matrosen vor der Luke stand, fuhr er ihn an: »Du hast hier ohne Befehl gar nichts zu suchen. Die Löcher an Deck sind mit Leder abgefüttert und zu klein, als dass dein Beutel hindurchpassen würde. Wenn ich dich noch einmal hier erwische, tanzt die neunschwänzige Katze auf deinem Rücken. Verschwinde!«

Sam kroch zurück in das Zwischendeck und überprüfte das Steuerreep, fand aber nichts, was zu beanstanden gewesen wäre. Dann ging er zurück an Deck und schaute nach Sven.

Der ging gerade zum Spielgatter. Sam trat zu ihm und sagte leise: »Sir?«

Sven drehte sich um.

»Ich habe eine Meldung, Sir.« Und er erzählte den Vorfall.

Sven nickte besorgt. »Wir müssen den Burschen überwachen. Und wir müssen an den Luken ein Schloss anbringen und das Steuerreep regelmäßig überprüfen. Bitte übernehmen Sie das mit der Überwachung, Mr Root. Ich rede wegen der Schlösser mit dem Schmied und wegen der Kontrollen mit Mr Bergson. Zu den anderen schweigen wir vorläufig.« Er lächelte Sam verschwörerisch zu.

»Aye, aye, Sir.«

Sven ging weiter zu Sabrina und den Kindern und wurde mit Hallo begrüßt. Als die Kinder sich ausgeplappert hatten und er neben seiner Frau saß, schaute ihn Sabrina an und sagte: »Du hast doch etwas?«

»Nur eine Routinesache, Liebling, die ich schon längst mit Mr Bergson hätte besprechen müssen. Aber irgendeine Kleinigkeit vergisst man immer. Du weißt ja, ich bin ein Pedant.«

»Aber nicht immer, liebster Sven.«

Bootsmannsmaat Samuel Root hatte inzwischen Walter Jungmann und Ben Gibson, seine Freunde und Begleiter des Kapitäns, gefunden und berichtete ihnen leise von John Balkos verdächtigem Verhalten.

»Ich kenne ihn«, sagte Walter. »Er ist mir aufgefallen, weil er anscheinend Herb Miller kennt. Die beiden zwinkern sich manchmal zu, tun aber immer, als wären sie sich fremd.«

»Wir müssen Balko beobachten, mit wem er redet, wem er etwas gibt. Na, ihr kennt ja das Programm.«

»Sollen wir auch die Sachen untersuchen?«, fragte Ben.

»Das machen wir, wenn wir noch andere Verdächtige kennen. Ich bitte den Käpt'n dann, einen Feueralarm zu befehlen. Dann sind wir ungestört.«

»Du meinst den Kommodore. Oder weiß Kapitän Bauer auch Bescheid?«, fragte Walter.

»Ach, diese Neuerungen!«, murrte Sam. »Mr Larsson wird es Kapitän Bauer schon sagen, aber wir reden nur mit ihm, wenn der neue Käpt'n direkt fragt.«

Und dann erwischte sie noch ein Sturm, als sie auf Höhe der Bahamas waren. Kapitän Bauer wies Sven auf die dunklen Wolken hin, die sich hinter ihnen türmten. »Der Master meint, uns stünde nur eine schlimme Nacht bevor. Aber ich lasse sturmklar machen und gebe einen Kurs vor, der uns freien Seeraum gibt.«

Sven nickte. »Absolut einverstanden, lieber Karl. Ich werde die erste Zeit an Deck bleiben und mich dann um meine Familie kümmern.«

»Da wirst du zu tun haben. Die Kinder erleben das ja zum ersten Mal.«

»Sabrina auch, und Rocky jault die ganze Zeit, weil er angebunden ist. Das ist schlimmer als die Wache an Deck«, ergänzte Sven und schmunzelte.

»Nun, für Sabrina würdest du schon Helfer finden«, lachte Mr Bauer. Sven drohte ihm scherzhaft.

»Die beiden machen Scherze, und wir können wieder nicht pennen«, flüsterte Midshipman John Brigger zu Charly Wilberg, als er die Geste sah.

Die Kinder und die Frauen hatte Sven vorgewarnt, und sie achteten darauf, dass in den Kajüten alles gut verwahrt war und nichts umhergeschleudert werden konnte. Als die Matrosen die Fenster mit Holzbrettern abdichteten, beruhigte Sabrina die Kinder, das sei nur eine Vorsichtsmaßnahme gegen Wasserspritzer, und begann mit ihnen ein Spiel.

Aber bald wurde ihr selbst im Magen flau und sie fragte Elizabeth leise nach den Eimern. Elizabeth zeigte ihr, wo die standen, und sie spielten weiter. Die Kinder schienen das stärkere Schaukeln kaum zu beachten und widmeten sich ganz dem Spiel. Kinder sollen Seegang ja besser ertragen, dachte Sabrina und musste sich selbst auf das Spiel konzentrieren.

Aber dann brachte Ben Rocky und schnallte ihn an der Wand an. Der mauzte und wurde für die Kinder zum Mittelpunkt. Alle wollten ihn trösten. Rocky genoss es und hörte auf zu winseln. Aber kaum hatte Sabrina die Kinder weggerufen, begann er wieder von Neuem. »Rocky, aus!«, sagte Sabrina energisch. »Wir können doch nicht die ganze Nacht bei dir hocken.«

»Dauert die Schaukelei denn die ganze Nacht?«, fragte Lilian, und nun war der Sturm wieder im Mittelpunkt der Aufmerksamkeit.

Alle Beruhigungsversuche der Frauen halfen nicht mehr viel, besonders, da auch ihr Magen immer stärker rebellierte. Keiner hatte Appetit auf Abendbrot. Und dann kam Sven zu ihnen.

»Na, ihr Landratten«, spottete er. »Das ist doch nur ein kleiner Sturm. Da kann man doch noch nicht das Essen verweigern. An Deck ist alles in Ordnung. Also machen wir es uns gemütlich.«

»Daddy, das ist nicht lieb, wenn du so spottest. Mir ist ziemlich übel«, klagte Lilian.

»Nicht daran denken, liebe Lilian. Das ist das Beste. Morgen ist der Himmel so klar und sauber, wie ihr ihn noch nicht gesehen habt. Vielleicht treffen wir auch ein Schiff.«

Aber alle Versuche zur Beruhigung halfen nichts. Elizabeth übergab sich zuerst und nach ihr Sabrina. Sven lief umher, entleerte die Eimer und gab ihnen Tücher, die sie vor den Mund halten konnten. Und immer wieder versuchte er, sie abzulenken. Aber Rocky mauzte, die Frauen stöhnten und dann übergaben sich auch die Kinder.

Sven öffnete vorsichtig die Tür und rief, als er einen Matrosen sah: »Schickt mir Ben Gibson oder Hans Maier, damit mir jemand hilft!«

Nach kurzer Zeit klopfte es an der Tür, und Hans Maier trat ein. »Du kannst dich um die beiden Jungen kümmern, Hans. Du kennst sie ja. Gib ihnen auch etwas Baldriantee zu trinken! Er steht dort. Aber mach die Gläser nicht zu voll, sonst ist bald alles nass.«

Hans legte zur Bestätigung den Knöchel an die Stirn und kümmert sich zuerst um Rocky, den er mit Streicheln beruhigen konnte. Dann wandte er sich zu den Jungen, die erschöpft auf einem Bett hockten. »Was habt ihr denn? Es ist doch gar nicht so schlimm. Ich bring euch etwas Tee und eine Brotkante, an der ihr kauen könnt. Dann geht alles vorbei.«

Dass der Pulverjunge Hans, auch noch ein Kind, den Sturm hinnahm, als sei das gar nichts, schien den Jungen neue Kraft zu geben. Sie tranken etwas, bissen ein wenig auf dem trockenen Brot herum und ließen sich von Hans erzählen, was an Deck geschah, um die Kanonen und Boote zu sichern.

Kaum hatte Einar betont: »Wir haben hier in der Kajüte auch alles festgezurrt!«, da kam eine größere Welle und eine Kiste fiel aus dem Regal und landete mit großem Krach auf dem Boden. Alle erschraken. Und dann sah der kleine Henry, dass in der Kiste sein Schaukelpferd war und dass ein Pferdebein abgebrochen war.

»Mein Schaukelpferd ist kaputt!«, schrie er und wollte aufstehen.

»Bleib liegen, Henry!«, hielt ihn Hans zurück. »Ich räume das gleich weg, und der Schiffszimmermann macht dein Pferd so gut wieder ganz, da merkst du nichts mehr.«

»Auch das noch!«, stöhnte Lilian und übergab sich in ihren Eimer. »Daddy schwärmt immer so von der Seefahrt, und ich habe gar nichts mehr im Magen und muss mich immer noch übergeben.«

Hans leerte schnell den Eimer aus und stellte ihn wieder hin. Dann verstaute er das Pferd richtig und ging zu den Kindern. »Ihr schafft das besser als die Großen, nicht wahr? Ihr seid tapfer.« Die Kinder schauten ihn an, und ihr Vater lobte sie. »Es ist ja bald vorbei«, beruhigte er alle.

Dann schliefen sie allmählich ein, die Kinder zuerst, die Frauen ein halbes Stündchen danach. Das Schiff schwang immer noch auf und ab, aber sie waren wohl zu erschöpft, um noch darunter zu leiden. Sven sagte zu Hans: »Ich gehe kurz an Deck und hole Ablösung für dich. Du hast deine Sache gut gemacht. Vielen Dank!«

Nach kurzer Zeit kam Walter Jungmann, klopfte Hans auf die Schulter und sagte: »Ich übernehme. Was muss ich denn hier tun?«

Hans zeigte ihm, wo die Eimer standen und der Tee, und erklärte ihm, was er selbst gemacht habe. »Na ja«, bestätigte Walter. »Das ist ja noch zu schaffen. Mr Larsson kommt ja auch bald wieder. Der Sturm lässt jetzt nach. Ruh dich ein bisschen aus!«

Am Morgen war aus dem Schaukeln und Stampfen ein sanftes Wiegen geworden. Matrosen nahmen die Luken von den Fenstern ab. Sven wachte zuerst auf, sah, dass alles in Ordnung war, und schickte Ben, der Walter abgelöst hatte, mit Dank weg. »Sag Martin, er soll Kaffee kochen und mir schon einen Topf bringen!«

Als Sven getrunken hatte, schliefen die anderen immer noch. Er flüsterte mit Martin, was er Frauen und Kindern zum Frühstück bringen könne. »Sie sollten zunächst ja etwas Leichtes essen.«

Martin schlug für die Kinder einen leichten Grießbrei vor. Er hatte die Ziegen kurz vor dem Sturm gemolken. Die Frauen würden vielleicht einen Toast bevorzugen. »Mir bringst du aber gleich das Übliche. Ich brauche keine Kur«, ordnete Sven lächelnd an.

Als Sven sein gewohntes Frühstück mit Steak, Toast und Ei verzehrt hatte, wurde auch seine Familie wach. »Wie fühlst du dich, Liebste?«, fragte er seine Frau. »Der Sturm ist vorbei. Möchtest du aufstehen und was möchtest du essen?« Er berichtete, was Martin vorbereitete.

»Ich fühle mich noch ziemlich schlapp, Sven. Ich möchte noch ein wenig liegen. Aber einen Grießbrei könnte mir Martin schon bringen. Vielleicht trinke ich dann noch einen Kaffee.« Die Kinder wollten schon aufstehen, und auch Elizabeth fühlte sich kräftig genug. Gott sei Dank, dachte Sven. Dann kann sie das mit dem Anziehen und Waschen der Kinder übernehmen.

Er setzte sich zu seiner Frau, half ihr beim Essen und erzählte ihr, dass das Schiff den Sturm unbeschadet überstanden hatte. »Nach Barometer und Wolkenformationen werden wir einen schönen Tag bekommen. Und die Kinder werden wieder an Deck wollen. Du hörst ja schon, wie laut sie wieder sind.«

Sabrina trank noch einen Kaffee, und nach einer Stunde saßen alle wieder an Deck. Die See war ruhig. Die Luft war klar und frisch. Die Sonne schien und alle waren sich einig, das sei ein schöner Tag, wie ihn ihr Vater vorhergesagt habe. Das Spielgatter wurde aufgebaut und bald schienen die Kinder ihre Seekrankheit vergessen zu haben. Kapitän Bauer, einige Offiziere und Sam kamen vorbei, erzählten von ihren Erlebnissen in der Nacht und plauderten mit Sabrina und Sven.

Der Ruf des Ausgucks unterbrach sie. »Lebloser Körper steuerbord voraus, dreihundert Meter!«

Karl Bauer und Sven gingen voraus. Auch die Kinder wollten gucken. Aber Sven entschied: »Ihr bleibt im Gatter! Ihr erfahrt früh genug, was das ist.« Zu Sabrina flüsterte er noch: »Ich tippe auf eine über Bord gespülte Leiche. Die sollten sie nicht sehen.«

Seine Erwartung bestätigte sich. Sie setzten ein Boot aus und holten einen ertrunkenen Matrosen an Bord. Der Schiffsarzt konnte keine Verletzungen entdecken, die auf einen Kampf oder eine andere

Todesursache hingewiesen hätten. Sven ging zu den Kindern: »Es ist ein Matrose, der sich beim Sturm nicht richtig festgebunden hat, über Bord gespült wurde und ertrunken ist. Wir werden ihn nach Seemannsart bestatten.«

Lilian wollte wissen, wie man Tote auf See bestatte. Sven erklärte ihr, dass man sie in Segelleinwand einnähe und mit einem Gebet der See übergebe. »Kein Sarg?«, fragte Henry.

»Nein, mein Sohn. Der würde ja auf dem Wasser treiben. Da hätte der Tote keine Ruhe. Wir nähen in den Leinwandsack eine Kanonenkugel ein. Die zieht ihn auf den Grund des Meeres.«

»Aber die Haifische!«, warf Henry ein.

»Auf dem Grund des Meeres gibt es keine Haifische, Henry.«

Der Bootsmann pfiff. Alle Matrosen, die nicht mit der Schiffsführung beschäftigt waren wie die Rudergänger, stellten die Arbeit ein. Die Offiziere nahmen ihre Hüte ab. Steuerbords an der Reling war ein Brett über den Rand des Schiffes gelegt, auf dem der Leinwandsack lag. Der Schiffspfarrer stand neben dem Brett, hob die Bibel und sagte: »Im Buch Matthäus steht: Ich bin bei euch alle Tage bis an der Welt Ende. Herr, wir bitten dich, sei auch bei diesem unbekannten Opfer am Tage seiner Auferstehung. Amen.«

Zwei Matrosen hoben das Brett am inneren Ende an und der Leinwandsack rutschte in die See. Sven stand mit seiner Familie hinter der Gruppe stramm stehender Seesoldaten. Jeder hielt ein Kind an der Hand. Sie sagten: »Amen!« Die Seesoldaten rückten mit lauten Befehlen wieder ab. Die Offiziere setzten ihre Hüte auf. Der Bootsmann pfiff, und alle nahmen ihre Arbeit wieder auf.

»Das war aber ein kurzer Gottesdienst«, sagte Lilian.

»Ja«, bestätigte ihr Vater. »Wenn es einer von uns gewesen wäre, hätte der Pfarrer wohl auch mehr über den Verstorbenen gesagt. Aber hier wusste er ja nichts. Aber lasst es euch eine Lehre sein: Das Meer ist gefährlich. Wer sich im Sturm nicht richtig sichert, der riskiert sein Leben.«

Sabrina kniff die Lippen zusammen und sah Sven etwas gequält an.

Aber dann gingen sie zurück zu ihrem Platz, und Sabrina ließ sich von Martin noch einen Toast bringen. »Nun hab ich das hoffentlich hinter mir«, sagte sie. Die Kinder spielten schon wieder.

Aber dann sahen sie, dass ein Boot ausgesetzt wurde, in dem sich ein sonderbarer Kasten mit einem Mast und einem Segel befand. Sven war gerade zum Achterdeck gegangen, also musste Hans die neugierigen Kinder aufklären. »Das ist eine Zielscheibe für die Kanonen. Das Boot setzt sie querab vor dem Schiff aus, und wenn wir vorbeisegeln, müssen die Kanonen nacheinander auf dieses Holzfloß mit dem Segel schießen.«

»Hurra, die Kanonen schießen!«, jubelte Einar.

»O Gott, diese Knallerei!«, klagte Lilian. »Warum sind Jungen nur so dumm und freuen sich darauf?«

Sabrina tröstete sie und erklärte, dass sie und Elizabeth auch in die Kabine gehen würden. Lilian könne ja mitkommen. »Aber erst muss ich noch mit Daddy sprechen, dass er noch einen Mann zur Beaufsichtigung der beiden Jungen abstellt.«

Sven bat Walter, sich mit Hans um die beiden Jungen zu kümmern. »Lasst sie aber nicht herumrennen! Wenn sie nicht an ihrem Platz bleiben, müssen sie in die Kabine!«

Die Matrosen nahmen Aufstellung an Kanonen und Karronaden. Dann kam der Befehl zum Laden der Kanonen. Neben Kapitän Bauer stand der Schreiber, um alle Beobachtungen des Kapitäns zu notieren.

Die beiden Jungen mussten von Hans und Walter festgehalten werden. Sie wollten immer wieder aufstehen, um besser sehen zu können. Jetzt kam querab die Zielscheibe in Sicht. »Da!«, schrie Henry und zeigte mit dem Finger.

»Karronade eins: Feuer frei!«, hörten sie den Befehl. Unmittelbar darauf krachte der Schuss.

»Daneben!«, brüllte Einar, denn die Wassersäule stieg zehn Meter seitwärts vom Ziel aus dem Wasser.

»War aber schon ein guter Schuss!«, kommentierte Walter. »Ein Schiff ist ja größer als das kleine Holzfloß. Da hätten sie schon getroffen.«

Die Jungen hörten ihm gar nicht zu. Sie warteten auf den zweiten Schuss. Wieder konnte Henry »Daneben!« schreien, aber diesmal war die Wassersäule näher dran. Aber der dritte Schuss riss einen Teil des Segels fort.

»Hurra!«, brüllten beide Jungen und rissen die Arme in die Luft. Einige Kanoniere drehten sich um und wurden nun von den Geschützführern angeschrien.

»Nicht so laut!«, ermahnte Hans die Jungen. »Ihr dürft sie nicht ablenken. Wenn eine Kanone schlecht trifft, gibt es Strafdienst.«

»Da! Seht doch!«, rief Henry plötzlich. Eine Möwe setzte sich auf den kleinen Mast der Zielscheibe. »Ist die taub?«, wunderte sich Walter.

Da krachte schon der nächste Schuss und traf Mast und Möwe. Man sah, dass Vogelfedern durch die Luft stäubten.

»Nein! Nicht doch!«, rief Henry und begann zu weinen. Auch Einar hatte Tränen in den Augen. »Kommt! Wir gehen zu eurer Mama«, entschied Walter, und beide Jungen folgten.

Auf Walters Klopfen öffnete Elizabeth und Walter erklärte Sabrina, warum er die beiden Jungen hereinbringe. »Sie haben die Möwe totgeschossen, Mama«, klagte Henry. Seine Mutter nahm ihn in den Arm. »Komm, wir schauen uns ein Bilderbuch an. Und Einar kann an meiner Stelle mit Lilian und Elizabeth spielen. Hier drinnen hört man das Geknalle nicht so laut.«

Sven war mit Kapitän Bauer einig, dass die Kanoniere eine gute Treffsicherheit erreicht hatten. »Wir werden die Schnelligkeit noch verbessern, aber mit dieser Zielgenauigkeit sind wir schon ein ernsthafter Gegner für jeden Angreifer.«

Sven nickte. »An Angreifern bin ich jetzt gar nicht mehr interessiert, wo meine Familie bei mir ist. Aber du hast recht. So schnell wird uns auch niemand angreifen. Dazu sind wir zu stark. So, ich kümmere mich dann um die Familie. Bis dann!«

Die Jungen erzählten Sven zuerst von der getöteten Möwe, als er kam. Sven merkte, dass er diese Trauer ernst nehmen musste. »Das hat niemand gewollt. Das war ein unglücklicher Zufall. So, wie ihr manchmal einen Käfer beim Spielen tottretet. Das wollt ihr ja auch nicht.«

»Na«, murmelte der kleine Henry. »Manchmal sind die aber eklig und piken.«

»Wir sollen aber trotzdem nicht töten«, mischte sich Lilian ein.

»Das will ja auch keiner. Kommt, wir sehen einmal, was es zum Abendbrot gibt. Und die Hände waschen müsst ihr auch noch«, lenkte Sabrina ab.

»Wenn die Hände sauber sind, gibt es morgen wieder schönes Wetter«, ergänzte Sven. »Wenn sie schmutzig sind, kommt Sturm!«

»Ich denke, der soll uns dann nichts mehr ausmachen«, wandte Einar ein. Sabrina lachte und schob ihn zur Waschschüssel. »Wenn ihr den Sturm verschuldet, dann gilt das nicht.«

Lilian blinzelte ihrem Vater zu und Sven erfüllte tiefes Glücksgefühl. Es war doch anders, wenn man die Familie bei sich hatte.

Dann klopfte es an der Tür. Midshipman Wilberg meldete dem Kapitän, dass ein fremdes Segel achteraus in etwa sechs Meilen Entfernung gesichtet worden sei. Einzelheiten seien bei der herannähernden Dämmerung nicht auszumachen. »Kapitän Bauer hat doppelte Wachen für die Nacht angeordnet. Ich soll auch Rocky holen, Sir.«

Sven bedankte sich und nahm sich vor, morgen besonders früh an Deck zu gehen.

Rocky schlief in dieser Nacht an Deck und musste alle halbe Stunde herumgehen und schnuppern. Er fand auch sonst nicht viel Ruhe, weil so viele nach ihm schauen und ihn streicheln wollten. Dennoch wirkte er hellwach, als er vor Anbruch der Dämmerung sein Herrchen hörte. Als er merkte, dass Sven zu ihm kam, drückte er sich an ihn.

»Na, hast du gut aufgepasst, alter Junge? Nun wollen wir beide mal sehen, was es da gibt. Komm!«, flüsterte Sven und ging mit ihm zum Heck. Dort musste Rocky wittern und horchen. Sven merkte, dass er in einer Richtung steuerbord achteraus etwas zögerte. Aber er brummte nicht. Sven nahm sich vor, dort etwas später noch einmal zu prüfen.

Zunächst ging er zum Wachhabenden und traf dort Kapitän Bauer. Die beiden gingen etwas abseits. »Auch schon an Deck? Lässt du deine Familie im Stich?«, scherzte Karl Bauer.

»Die Familie ist noch im Traumreich, und Rocky hat noch nichts entdeckt, sodass sie weiter schlafen können. Was machen wir, wenn sich das Segel als Piratenschiff entpuppt?«

Kapitän Bauer rieb sich die Stirn. »Aus der Ferne werden wir das nicht zweifelsfrei erkennen. Wir müssten ihn näher kommen lassen, ohne gleich unsere Stärke zu verraten. Ich möchte auch unsere Kanonen noch nicht ausrennen, sondern eher ein normales Handelsschiff vortäuschen. Wenn es ein Pirat ist, sollten wir ihn so treffen können, dass er nicht mehr zur Verfolgung in der Lage ist. Man weiß nie, was sich bei einer langen Verfolgung ergibt. Wenn wir auf einmal im Windschatten liegen, könnte das gefährlich werden.«

Sven dachte einen Moment nach. »Ich bin ganz deiner Meinung, Karl. Wir lassen ihn nahe herankommen und schießen ihn zusammen. An einer Prise sind wir hier fernab jeden Hafens ja nicht interessiert.«

Sven war schon wieder bei seiner Familie und schaute den Vorbereitungen zum Frühstück zu, das nun nicht mehr durch Rücksicht auf Seekrankheit beeinträchtigt war. Er hörte, dass der Ausguck etwas rief. Schnell flüsterte er seiner Frau zu, dass er nachschauen müsse, da er nicht ausschließen könne, dass ein Pirat ihnen auf den Fersen sei. »Aber ihr müsst keine Angst haben, Liebste. Doch vielleicht müsst ihr tief unter Deck zum Lazarett und dort alles abwarten.« Sabrina blickte beunruhigt, musste sich dann aber wieder um die Kinder kümmern.

Sven lief zum Achterdeck, wo Kapitän Bauer beim wachhabenden Offizier stand. »Ich habe Sam mit dem Teleskop in den Ausguck geschickt«, meldete er Sven. »Gleich werden wir mehr wissen.«

Sam enterte auch bald wieder ab und kam zu ihnen. »Eine Brigg, Zweimaster, zwei Meilen steuerbord achteraus«, meldete er. »Ich konnte fünf Kanonen an jeder Breitseite erkennen, Acht- bis Zwölfpfünder, und natürlich Kanonen an Bug und Heck. Sie segeln auf uns zu.«

Die Offiziere sahen sich an. »Unauffällig Klarschiff und zur Tarnung Arbeiten am Fockmast und an Deck vortäuschen«, empfahl Leutnant Waller auf Svens fragenden Blick.

»Einverstanden«, bestätigte der. »Aber wir sollten den Kurs drei Strich nach steuerbord ändern, damit wir den Windvorteil haben. Ich frühstücke schnell noch.«

Seinen fragenden Kindern erklärte Sven, dass sich ein fremdes Schiff nähere. Es sei zwar kleiner als sie, aber auch gut bewaffnet. Da müssten sie vorsichtig sein. »Es gibt viele Menschen, die jetzt im Frieden noch lieber räubern als friedlich arbeiten. Auf See nennt man sie ›Piraten‹. Sie überfallen Handelsschiffe und rauben sie aus. Dabei töten sie oft die Besatzungen. Wenn Piraten gefangen werden, werden sie meist zum Tode verurteilt. Darum ergeben sie sich auch kaum.«

»Dürfen wir zusehen, wenn ihr kämpft?«, fragte Henry.

»Aber nein!«, antwortete sein Vater. »Da fliegen Kugeln und Splitter an Deck umher. Ihr könntet getroffen werden. Dann seid ihr verletzt oder gar tot. Ihr müsst mit Mama und Elizabeth zum unteren Deck ins Lazarett. Durch die vielen Holzwände bis dahin wird keine Kugel kommen.«

»Aber du bist doch auch an Deck!«, protestierte Henry.

»Ich muss auch Befehle geben und notfalls kämpfen. Und um mich zu töten, muss eine Kugel viel größer sein als bei dir.«

Irgendwie schien Henry das einzusehen und er ließ seinen Vater ungestört frühstücken. Lilian und Sabrina waren ungewöhnlich schweigsam. »Eine Reise auf See kann aber auch sehr unangenehme Überraschungen bieten«, sagte Sabrina schließlich.

»Liebling, das ist an Land doch nicht viel anders. Du weißt, dass auch die Straßenräuberei nach dem Krieg recht verbreitet ist. So groß ist der Unterschied doch gar nicht.«

»Das stimmt«, gab Sabrina zu. »Ich weiß auch nicht, warum die Gefahr hier bedrohlicher auf mich wirkt. Vielleicht, weil das Meer sonst so sehr friedlich aussieht.«

An Deck war inzwischen klar, dass die Brigg sich ihnen nähern wollte. Kapitän Bauer hatte Leute in den Fockmast geschickt, die Arbeiten an den Segeln vortäuschten. Auch an Deck wurden Reparaturen inszeniert. Aber alle Kanonen waren geladen, zur Hälfte mit Kugeln, zur Hälfte mit Kettenkugeln.

Die *Spirit of Philadelphia* führte die amerikanische Flagge und die Flagge der Reederei Bradwick. Auf der Brigg war keine Flagge zu erkennen. Alle Männer schienen dort an den Kanonen zu hocken.

Kapitän Bauer beobachtete mit seinem Teleskop die Brigg. Sie hatte sich auf eine Meile genähert. Er ließ die amerikanische Flagge einholen und wieder hissen, ein bekanntes Zeichen, dass man vom anderen erwarte, seine Flagge zu sehen. Nichts ereignete sich.

»Wenn unsere Karronaden richtig reinhauen sollen, müssen wir sie noch näher heranlassen«, sagte Sven zu Kapitän Bauer. Der nickte nur und beobachtete weiter. Die Brigg näherte sich so, dass sie auf ihrer Backbordseite kommen würde.

Kapitän Bauer ließ die vorgetäuschten Reparaturen abbrechen. Die Brigg war jetzt auf 500 Meter heran. Sie feuerte mit ihrem Buggeschütz einen Schuss ab, der neben der *Spirit of Philadelphia* ins Wasser zischte. »Feuerbereitschaft!«, befahl Kapitän Bauer, und die Geschützführer hoben die Arme.

Die *Spirit of Philadelphia* drehte hart nach backbord und zeigte der Brigg ihre Breitseite. »Feuer frei!«, kam das Kommando, und alle Karronaden und Kanonen krachten fast gleichzeitig. Ihre starke Bewaffnung wirkte. Die Brigg wurde furchtbar getroffen. Bugsprit und Vormast wurden zerfetzt, die Kugeln schlugen an Deck die meisten Aufbauten weg, Kanonen lagen herum.

Auf der *Spirit* trieben Offiziere und Maate die Kanoniere beim Nachladen an. Die ersten Geschütze waren fertig und schossen erneut. Wiederum war fast jeder Schuss ein Treffer. Die Brigg segelte mühsam hart steuerbord. Einige ihrer Kanonen schossen, aber nur eine schlug auf der *Spirit* ein und zerfetzte eine Rahstenge.

»Noch eine Ladung, dann haben sie genug!«, kommentierte Kapitän Bauer und befahl, Traubengeschosse zu laden. Danach war die Brigg nur noch ein Wrack.

»Zurück auf den alten Kurs, normaler Dienst, doppelter Ausguck achteraus!«, ordnete Kapitän Bauer an. Einige Matrosen maulten: »Und die Prise?«

Andere antworteten: »Und wer soll die wohin bringen? Die ist doch nichts mehr wert.«

Sven war zum Lazarett hinuntergestiegen und sah seine Frau und die Kinder in Dr. Baders Kajüte hocken. »Es ist vorbei«, sagte er.

»Gott sei dank!«, antwortete Sabrina. »Es war furchtbar laut.«

»Ist das andere Schiff gesunken?«, fragte Einar.

»Nein, es treibt noch auf dem Meer, aber es kann uns in den nächsten Stunden nicht verfolgen. Es war kein ernsthafter Gegner für uns. Eher so, als wenn du mit Sam boxen wolltest.«

Henry lachte. »Da würde Einar aber Keile kriegen.«

Sven schmunzelte. »Wir haben auch ein paar Schüsse abbekommen. Dr. Bader versorgt einige Verwundete. Kommt nach oben, damit er hier ungestört arbeiten kann.«

An Deck wollten die Jungen natürlich zuerst zum Achterdeck, um noch etwas von der Brigg zu sehen. Aber das Wrack war schon über eine Meile entfernt, sodass ihre Neugier nicht befriedigt wurde.

An den nächsten Tagen sahen sie kein Segel. Sie segelten jetzt auf der Höhe etwa von Trinidad. Es waren wunderschöne Tage. Die Sonne schien. Es war warm. Delfine spielten um das Schiff und versetzten mit ihren Sprüngen die Kinder in Bewunderung. Sie jauchzten vor Entzücken. Auch Sabrina beobachtete die Tiere mit Wohlgefallen. Sie sahen immer aus, als lachten sie sie an.

Als Sven zu seiner Familie kam, rief ihm Henry entgegen: »Schau nur, Daddy, da kommt eine neue Herde.«

»Henry, zu Fischen sagt man nicht Herde. Bei kleinen Fischen sagen wir ›Schwarm‹, wenn viele zu sehen sind, bei großen Fischen sprechen wir von ›Schule‹. Also: eine Schule Delfine. Es sind übrigens sehr menschenfreundliche Tiere. Man hört immer wieder, dass sie Menschen in Seenot ans Ufer bringen. Auf meinen Schiffen dürfen keine Delfine geangelt werden.«

Sabrina mischte sich ein. »Ihr Seeleute erinnert mich mit eurer eigenen Sprache an Ärzte. Als ich meinen Vater einmal fragte, warum Ärzte so selten die normale Sprache benutzen und immer lateinische Wörter verwenden, sagte er mir, dass sie ja sonst jeder verstehen und die Medizin nicht so wichtig nehmen würde. Je unverständlicher die Fachsprache sei, desto mehr Respekt habe der Laie vor den Fachleuten.«

Sven lachte. »Da ist etwas dran, Liebste. Aber mit der normalen Sprache kann ich auch vieles nicht so exakt bezeichnen. Soll ich zum Segel ›Windfangtuch‹ sagen? Und wenn ich ›Stelling‹ sage, wissen alle Seeleute, dass ich das Gerüst meine, das aus Längsbrettern und Querhölzern zusammengesetzt wird, um an den Seiten des Schiffes zu arbeiten. Da vereinfacht die Fachsprache auch die Verständigung.«

Sabrina nahm seinen Arm. »Das ist sicher auch ein Grund, lieber Sven. Aber gib ruhig zu, dass ihr den Laien auch ein wenig imponieren wollt.«

Sam und seine Freunde waren auch in der guten Zeit nicht müßig gewesen. Sie hatten John Balko, der sich am Steuerreep zu schaffen gemacht hatte, ständig beobachtet. Er hatte nicht nur mit Herb Miller unauffällig Kontakt aufgenommen, sondern auch mit Ben Kent und dieser wiederum mit Edwin Lewis und mit Harry Whipple.

»Es gibt diese Fünfergruppe, Sir, die nach außen so tut, als ob sie sich nicht kennt, aber unauffällig Kontakt aufnimmt. Wir wissen, wo sie zum Dienst eingeteilt sind und in welchen Backschaften sie sitzen. Sie haben sich dort unauffällig verhalten. Alle sind für den Ostindiensegler angeworben worden und gaben an, vorher auf verschiedenen Schiffen gedient zu haben.«

Sven hatte dem Bericht seines Bootsmannsmaates interessiert gelauscht. »Habt ihr schon ihre Sachen untersucht?«

»Nein, Sir. Wir wollten auf den Feueralarm warten. Aber wir wissen, wo wir suchen müssen.«

»Gut! Morgen um zwei Glasen der Vormittagswache (neun Uhr) gebe ich Feueralarm. Danach berichten Sie mir, Mr Root.«

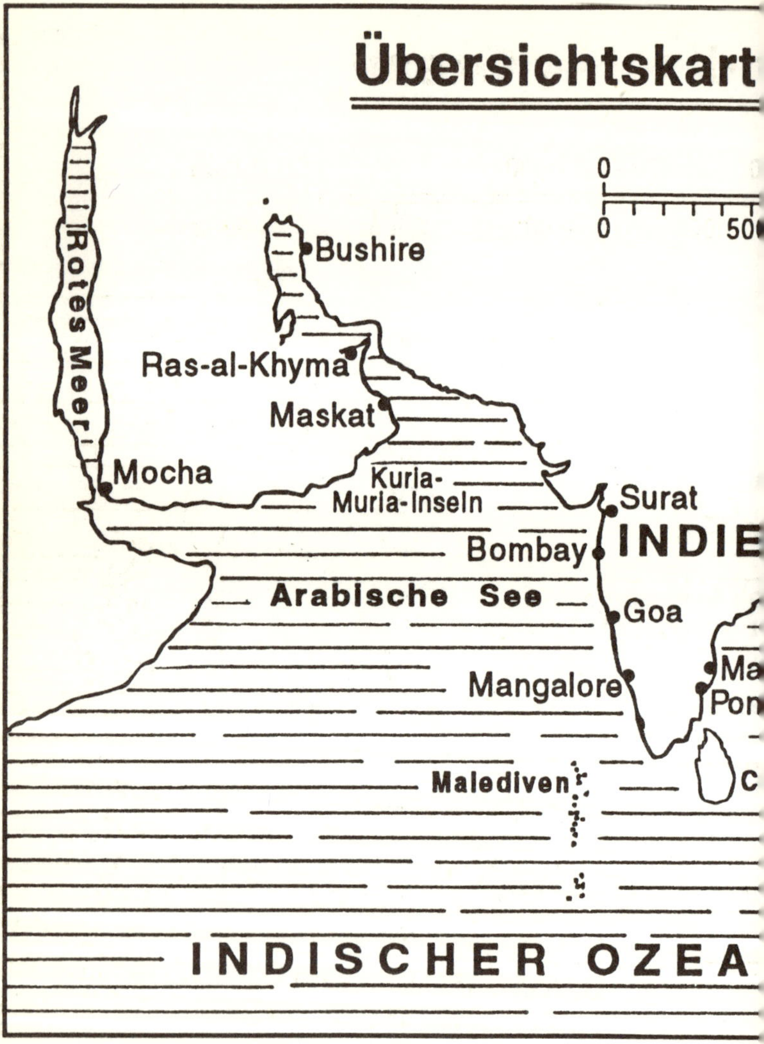
Übersichtskart
0
0
50
Rotes Meer
Bushire
Ras-al-Khyma
Maskat
Mocha
Kurla-
Murla-Inseln
Surat
INDIE
Bombay
Arabische See
Goa
Mangalore
Ma
Pon
Malediven
C
INDISCHER OZEA

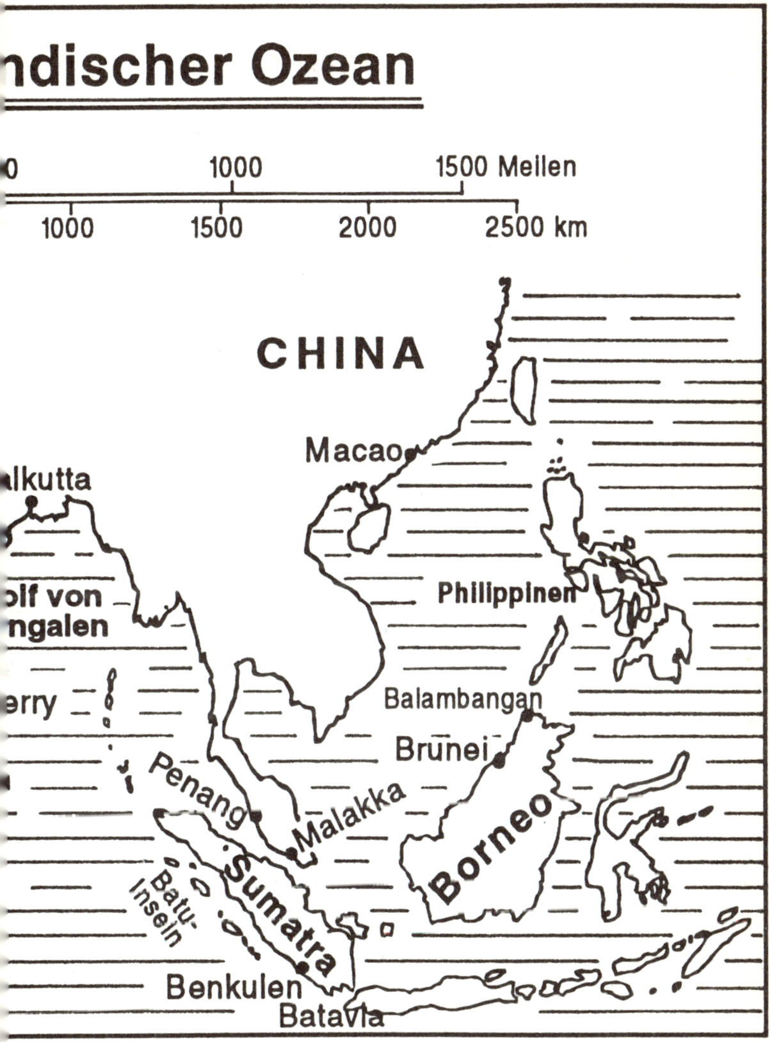
ndischer Ozean
0
1000
1500 Meilen
1000
1500
2000
2500 km
CHINA
Macao
lkutta
olf von
ngalen
erry
Philippinen
Balambangan
Brunei
Penang
Malakka
Borneo
Sumatra
Batu-
Inseln
Benkulen
Batavia

Der Feueralarm brachte das übliche Durcheinander. Einige wollten zu den Booten, andere unter Deck. Die Seesoldaten und die Maate trieben alle auf ihre Posten. Alle, die ihre Pflichten zu sehr versäumt hatten, erhielten Strafdienst. Bis der Alarm wieder aufgehoben wurde, dauerte es fünfzehn Minuten. Sabrina war vorher mit den Kindern von Sven in die Kabine geschickt worden und freute sich, dass alles vorbei war.

Als sie mit Sven über den Alarm reden wollte, entschuldigte der sich und sagte, er müsse vorher mit Sam noch dringend etwas besprechen.

Sam meldete, dass sie Flintsteine und Lunten gefunden hätten.

»Die Kerle könnten also etwas anzünden«, überlegte Sven. »Aber Pulver oder Öl müssen sie woanders versteckt haben. Wir müssen die Beobachtung verstärken. Ich will die Burschen in Recife an Land setzen. Suchen Sie sich noch zwei Mann, denen sie voll vertrauen. Jeder von ihnen wird dann vom Dienst freigestellt und kümmert sich nur um diese fünf Saboteure. Vor Recife müssen wir alles im Griff haben. Instruieren Sie noch einmal die Wachen, dass immer auf die Pumpen und das Pulvermagazin geachtet wird. Nennen Sie mir noch einen Mann, der jeden Tag die Bilgen untersucht. Wir müssen auch den Hund direkt an Pulver schnuppern und dann in den untersten Decks suchen lassen. Sagen Sie Ihren Leuten, dass ich mit ihnen zufrieden bin.«

Sven hatte den Kindern am Globus erklärt, dass sie weit östlich an den karibischen Inseln vorbeigesegelt seien und nun das südamerikanische Festland westlich von ihnen läge.

»Ach, die Inseln hätte ich so gerne gesehen«, beklagte sich Lilian.

Sabrina mischte sich ein. »Lilian, du hast schon mehr gesehen als die anderen Mädchen deines Alters. Und du wirst noch mehr sehen, als du dir merken kannst. Stell dir vor, wir sollten noch zu allen sehenswerten Inseln und Landschaften segeln, die längs unserer Strecke liegen. Da kämen wir in unserem Leben nicht in Indien an.«

Tag um Tag verging. Das Wetter war fast immer warm und sonnig. Die Kinder hätten es wohl vor Langeweile nicht mehr ausgehalten, wenn Sabrina sie nicht jeden Vormittag unterrichtet hätte. Auch Henry musste an jedem Tag einen Buchstaben des Alphabets schreiben lernen. Einar schrieb und las schon Sätze aus einer Fibel, und Lilian wurde in Englisch, Rechnen, Erdkunde und Französisch unterrichtet. Einar hörte manchmal beim Unterricht der Midshipmen zu. Auch wenn er noch nicht viel verstand, prahlte er doch mit seemännischen Begriffen vor seinen Geschwistern.

Und dann kam der Tag, an dem sie sich dem Äquator näherten. Sven hatte den Kindern am Globus diese Linie gezeigt, die die Welt umrundete und sie gewissermaßen in zwei Hälften teilte. Er hatte ihnen gesagt, dass jeder, der diese Linie zum ersten Mal überquere, vom Meeresgott Neptun getauft werde.

Henry wollte wissen, woher denn dieser Gott komme, von dem der Pfarrer nie etwas gesagt habe. »Henry, diese Äquatortaufe ist eine alte Seemannssitte. Neptun war früher ein Gott der Römer. Einer der Seeleute verkleidet sich und spielt den alten römischen Gott des Meeres, damit sie die jungen Seeleute ordentlich ins Wasser tauchen können. Warte nur ab, sie werden auch euch Jungen kurz ins Wasser tauchen. Das tut nicht weh. Ihr spielt das ja manchmal, wenn ihr gebadet werdet.«

Aber den Kindern war beim Gedanken an das Baden anscheinend nicht so sehr wohl, denn sie schauten immer voraus, ob diese Linie nun bald auftauche. Da musste ihnen Sven wieder erklären, dass dieser Äquator nicht auf die Erde aufgemalt sei. Das sei nur eine gedachte Linie. Die Seeleute brauchten solche Linien, um sich besser zu orientieren. »Ihr seht doch immer, wie wir mit den Sextanten hantieren. Dadurch messen wir, ob wir eine dieser Linien erreicht haben.«

Sam und der eine oder andere Midshipman, mit dem sie sich angefreundet hatten, ergänzten die Erklärungen, sodass die Kinder wussten, was es bedeutete, dass sie morgen den Äquator überqueren würden.

Sven hatte noch seine besonderen Probleme mit Sabrina zu besprechen. »Was machen wir bei der Taufe nur mit euch Frauen?«, fragte er mit gespielter Besorgnis. »Da gibt es halbnackte Männer zu sehen. Manchem ziehen sie auch die Hosen aus.«

»Ach, Liebster. Nach all den Ehejahren weiß ich schon, wie ein Mann aussieht. Elizabeth kennt es zumindest von den Jungen, Lilian auch. Wir werden nicht in Ohnmacht fallen. Allerdings solltest du befehlen, dass sie die Hosen anbehalten und nicht versuchen, uns Frauen auszuziehen.«

Sven lachte. »Auf die Idee bin ich noch gar nicht gekommen. Das wäre allerdings eine unvergessliche Äquatortaufe.«

Am nächsten Vormittag war es dann so weit. Die Jungen hatten sich gewundert, dass ihr Schiff vorübergehend die Segel eingeholt hatte. Aber ihr Vater schwieg sich über den Grund aus.

Dann rief der Matrose vom Ausguck: »Boot hundert Meter steuerbord voraus!«

Die Maate pfiffen alle Mann an Bord. Die Matrosen stürmten lachend an Deck. Die neuen Seeleute hatten vorsorglich nur die Hosen an. Alle starrten in Richtung Bug.

Dann stieg dort eine sonderbare Gestalt an Bord. Die Haare fielen ihr in wirren Locken bis über die Schultern. Das Gesicht war durch einen dichten Bart kaum zu erkennen. Auf dem Kopf trug der Fremde eine bunte Krone. Um die Schultern hing ein fußlanges blaues Gewand. In der Hand trug er einen langen, oben gebogenen und verzierten Stab. »Ein Szepter, wie es auch Könige tragen«, flüsterte Sabrina den Kindern zu.

»Das ist Neptun«, erklärte Sven.

Kapitän Bauer meldete dem Meeresgott, dass die *Spirit of Philadelphia* auf dem Weg nach Indien den Äquator überquere. Die Neulinge seien zur Taufe bereit.

Neptun dankte würdevoll und berührte Kapitän Bauers Schulter mit seinem Szepter. Dann schritt er zu einem großen Bottich, der mit Wasser gefüllt an Deck aufgestellt war.

»Alle Matrosen, die diese Linie unseres Reiches noch nie überquert haben, sollen vortreten!«, befahl Neptun. Seine bärtigen Gefährten standen neben ihm.

Die jungen, halb nackten Matrosen traten vor.

»Matrosen, ihr überquert zum ersten Male diese Linie in unserem gewaltigen Reich, die den Norden vom Süden trennt. Diesen Moment eures Lebens werden wir feiern. Ihr vier, die ihr hier vorne steht, steigt ein in dieses Gefäß und erwartet unseren Segen, damit ihr weiter glücklich in unserem Reich segeln könnt.«

Die ersten vier Matrosen traten über eine Stiege in den Bottich. Einer der bärtigen Gefährten Neptuns schüttete über ihnen einen Eimer Wasser aus. Andere traten hinzu und hatten lange Scheuerbesen in der Hand. Damit kratzten sie den Matrosen über den nackten Oberkörper. Diese versuchten sich vor den rauen Bürsten in Sicherheit zu bringen, stießen sich zur Seite oder tauchten ihren Oberkörper unter Wasser. Dann traten andere Gefährten Neptuns hinzu und drückten auch die Köpfe unter Wasser. Prustend tauchten die Neulinge wieder auf, rangen nach Luft und spritzten die Umstehenden mit Wasser voll. Das gab ein Gejohle und Geschiebe, dass alle lachten.

Henry und Einar jubelten und schoben Lilian nach vorn, die sich losriss und vor dem Wasser in Sicherheit brachte.

»Ihr seid geweiht, Matrosen. Steigt aus!«, verkündete Neptun. Die Nächsten stiegen in den Bottich. Die nassen Neulinge umarmten derweil die trockenen Matrosen, was zu neuem Gejohle führte.

Gruppe um Gruppe der neuen Matrosen wurde gebürstet und untergetaucht. Sabrina fragte sich etwas besorgt, was man wohl mit ihrer Familie anstellen werde.

Dann kam der Augenblick. Neptun rief: »Es soll noch eine Familie an Bord sein. Sie möge vortreten.«

Sabrina und Elizabeth nahmen die Kinder an die Hand und traten zum Bottich. »Der Herr Kommodore wird Ihnen persönlich die Taufe erteilen«, verkündete Neptun.

Sven trat mit Sam und Walter Jungmann vor. »Zieht euch die Hemden aus, Einar und Henry!«, befahl Sven. Sam und Walter halfen den Jungen. Dann wurden die in den Bottich gehoben. Die Besen berührten sie leicht, Wasser wurde über sie geschüttet, und Sam und Walter tauchten sie kurz unter. Prustend und kreischend tauchten sie wieder auf und bespritzten die anderen. Sam und Walter griffen sie und holten sie aus dem Bottich.

»Und nun sollen die beiden Frauen und das Mädchen vortreten!«, befahl Neptun. Sabrina, Elizabeth und Lilian traten vor und fühlten plötzlich alle drei einen klatschnassen Lappen, den ihnen Sven, Karl Bauer und Martin auf ihr Gesicht drückten. Sie rissen die Hände hoch und schoben die Hände mit den Lappen weg.

»Sven, du verwischst meinen ganzen Puder!«, rief Sabrina und die Matrosen lachten und johlten. Dann reichte man den Frauen trockene Handtücher.

»Ihr seid nun weibliche Matrosen«, verkündete Neptun, »und dürft an den Seilen ziehen, wenn die Segel gebrasst werden.«

Einar und Henry klatschten lachend in die Hände und zeigten auf die nassen und wirren Haare der beiden Frauen. »Na, wartet nur, ihr beiden Schlingel, beim nächsten Baden werdet ihr richtig eingetaucht«, warnte Sabrina und lachte mit den anderen.

Am Nachmittag tanzten die Matrosen Hornpipe. Die besten Tänzer waren reine Akrobaten. Sie sprangen sehr hoch und drehten sich dabei. Manche vollführten mehrere Saltos hintereinander. Einar war so begeistert, dass er das gleich lernen wollte.

»Dann musst du aber ständig und jahrelang üben«, erklärte ihm sein Vater. »Der beste Tänzer, der das Preisgeld des Kapitäns, einen Dollar, gewonnen hat, ist im Zirkus aufgewachsen. Der hat als Kind schon Saltos geübt. Was meinst du, wie oft der als Kind auf den Rücken gestürzt ist und große Schmerzen hatte.«

Einars Lust war vergangen und er maulte: »Und dafür kriegt er nur einen Dollar.«

Sabrina schüttelte den Kopf. »Ihr seid eine verwöhnte Bande! Das ist etwa ein Viertel dessen, wofür der Mann einen ganzen Monat arbeiten muss.«

Während die anderen an Deck feierten, krochen Ben Gibson und Hans Maier mit Rocky in den untersten Decks herum. Sie hatten Rocky an einer kleinen Tüte Schießpulver schnuppern lassen und feuerten ihn an: »Such! Such!«

Während Rocky schnupperte, betasteten die beiden Männer alle

Hölzer auf Lücken und verdächtige Stellen und klopften diese auf Hohlräume ab. Im Bilgenwasser fanden sie nicht viel. Sven war dafür bekannt, dass er hier immer suchen ließ. Aber ein Paar Flaschen Schnaps hingen doch noch an schwer zugänglichen Stellen herum. Ben goss sie aus.

Hans monierte: »Wir hätten doch mal kosten können.«

»Ich bin doch nicht verrückt!«, protestierte Ben. »Weißt du, wer das gebrannt und gemischt hat? Da können dir nach einem Schluck schon die Zähne ausfallen.«

»Warum sollten sie solchen Mist hier verstecken?«

Ben schüttelte den Kopf. »Eigentlich solltest du schon gemerkt haben, wie dämlich manche Matrosen sind und was sie sich alles andrehen lassen.«

Und dann knurrte Rocky an der Wand eines Laderaumes. Sie untersuchten die Bretter ganz genau. Eines konnte man wegschieben, wenn man drückte und seitwärts schob. Hans hob seine Lampe.

Da standen zwei große Flaschen mit einer gelblichen Flüssigkeit. »Schnaps ist das nicht«, meinte Ben. »Dazu ist das Zeug zu dickflüssig.«

»Ich tippe auf Öl«, meinte Hans.

Ben schnupperte an den Flaschen, drehte und wendete sie und stimmte ihm zu.

»Wir sollen alles lassen, wie es ist. Komm, stell sie wieder rein und ich schiebe alles wieder zu.«

Rocky erhielt zur Belohnung eine Scheibe Wurst. Sie suchten weiter. Aber nicht Rocky fand das nächste Versteck, sondern Hans, der nicht aufgepasst hatte und sich den Kopf an einem Balken stieß. »Verdammter Scheißbalken!«, murmelte er und hieb mit der Faust dagegen. Zu seiner Überraschung glitt ein Brett neben dem Balken etwas zurück.

»Ben! Schau mal her!«

Sie fühlten und rüttelten, schoben und zogen, und das Brett ließ sich zur Seite bewegen. Das nächste konnten sie herausheben, und neben der Lücke lagen zwei Säcke aus Leinen.

»Vorsicht!«, warnte Ben. »Schieb die Lampen zur Seite!« Dann betastete und befühlte er die Säcke, schnupperte. Rocky kam hinzu und knurrte, als er die Säcke roch.

»Das ist Pulver«, stellte Ben fest. »Nicht viel, aber es könnte schon ganz schön Schaden anrichten.«

Auch Hans tastete und roch. Er konnte Bens Urteil nur bestätigen.

Rocky stupste mit der Schnauze an seine Hosentasche.

»He, du hast es doch nicht gefunden. Diesmal bekomme ich die Wurstscheibe!«, flüsterte Hans. Aber dann lachte er und steckte Rocky die Scheibe ins Maul. »Du bist doch mein Bester!«

Sie suchten weiter, fanden aber nichts mehr. Sie berichteten Sven unauffällig. Der entschied: »Zeigt Sam die Stellen, damit er sie bewachen lässt! Gut gemacht!«

Die Kinder schwärmten noch am nächsten Morgen von der Äquatortaufe. »Machen wir das auf dem Rückweg wieder?«, fragte Henry.

»Nur, wenn neue Matrosen an Bord kommen, die noch nicht über den Äquator gesegelt sind«, belehrte ihn Elizabeth. »Wir sind ja nun schon alte Seefahrer.«

Sam, der zugehört hatte, lachte. »Dich möchte ich einmal in der Takelage sehen, Elizabeth.«

»Da würdest du ja doch nur unter den Rock schauen«, flüsterte ihm Martin zu.

Sabrina hatte das aber gehört und drohte Martin mit dem Finger. Er verschwand schnell in seine Küche.

Die Kinder spielten einige Tage später an Deck und hüpften auf den Zeichen herum, die Elizabeth mit Kreide auf das Deck gemalt hatte. Lilian hatte ihre Runde beendet und blickte zufällig auf die See. »Seht doch!«, rief sie plötzlich. »Da treibt ein Mensch im Wasser!«

Leutnant Walton hatte es gehört und schaute nach. Dann brüllte er die Befehle, um ein Boot auszusetzen.

»Mann über Bord!«, ertönten die Rufe.

Sven kam angelaufen und blickte auf das Meer. »Was ist los?«, fragte Sabrina.

»Ein Junge treibt im Meer und klammert sich an einen Baumstamm.«

Ja, dort war ein Baumstamm und halb auf ihm lag ein Junge und winkte verzweifelt zu dem Boot, das auf ihn zu ruderte.

»Wie kommt der hier ins Meer, wo kein Land zu sehen ist?«, wollte Lilian wissen.

»Das müssen wir ihn selbst fragen. Wahrscheinlich ist er auf einem Schiff über Bord gefallen«, erklärte ihr Vater.

Die Kinder und die wachfreien Matrosen drängten sich um die Stelle, wo der Junge an Deck gehoben worden war. Der Schiffsarzt kniete bei ihm und flößte ihm Wasser ein.

»Er treibt seit mindestens einem Tag im Meer und muss sich erst etwas erholen, ehe wir ihn befragen können«, erklärte Dr. Bader und ließ den Jungen in sein Lazarett schaffen.

Einige Zeit später sprach sich an Deck herum: Den Jungen hat sein Kapitän über Bord geworfen.

»Das gibt es doch nicht!«, behauptete Sabrina und fragte ihren Mann, der zu ihnen getreten war.

»Er hat es Dr. Bader so erzählt«, bestätigte Sven. Und leiser fügte er für seine Frau hinzu: »Der Kapitän wollte ihn angeblich missbrauchen, und als der Junge sich losriss, ist er wütend geworden, hat ihn gegriffen und über Bord geworfen. Danach soll es an Bord eine Prügelei unter den paar Besatzungsmitgliedern dieses spanischen Handelskutters gegeben haben.«

»Glaubst du ihm?«

»Eher ja. Er wirkt sehr verängstigt.«

»Und was könnt ihr tun?«

»Wir könnten diesen Handelskutter aufspüren, denn er soll auch nach Recife segeln, und dann die Behörden benachrichtigen. Wir haben sonst keine rechtliche Basis.«

Sie sichteten den Handelskutter am Morgen vor dem Anlaufen in Recife. Viele Teleskope starrten auf das kleine Schiff. Es wirkte sehr unauffällig.

»Was mich verwundert, ist, dass ich nur vier Mann an Deck sehen kann«, berichtete Karl Bauer seinem Freund Sven. »Mit so geringer Besatzung können sie doch nicht einmal so eine Nussschale segeln. Und jetzt ist doch die Zeit, wo eigentlich alle zum Reinigen des Schiffes an Deck sind.«

»Der Name des Kutters stimmt mit dem überein, den uns der Junge genannt hat«, antwortete Sven. »Klarheit werden wir erst in Recife bekommen.«

Zwei Stunden später meldete der Ausguck: »Land voraus!«

Der Master schickte Midshipmen mit Teleskopen in den Ausguck, die die Küste genau studieren sollten. Er selbst stand auf dem Achterdeck und verglich ihre Angaben mit der Karte.

Dann meldete er zufrieden Kapitän Bauer: »Wir sind genau auf Kurs, Sir. Wir steuern exakt auf die Flussmündung zu.«

Kapitän Bauer hatte das schon vermutet, da sie den Handelskutter, der das gleiche Ziel hatte, überholt hatten. Aber er sagte mit Anerkennung in der Stimme: »Sehr gute Navigation, Mr Wheler!«

Dann rief er seine Offiziere zu sich, um die Anordnungen für die Landung zu geben. »Ich begebe mich selbst zum Hafenkommandanten. Dr. Bader soll mich mit dem Jungen begleiten. Mr Zander wird mich mit allen Protokollen über die Bergung und Vernehmung des Jungen begleiten, damit wir die Untersuchung des Handelskutters und die Vernehmung der Besatzung veranlassen können. Der Zahlmeister geht an Land, um die hier erforderlichen Ausladungen und die neue Proviantierung vorzubereiten. Landgang ist für die wachfreie Besatzung heute bis Mitternacht, aber erst nach meiner Rückkehr. Bereiten Sie die Wasserfässer für die Wasseraufnahme morgen vor. Die Mannschaft wird durch die Divisionsoffiziere auf die aktuellen Gefahren vorbereitet.«

Der Master hatte die Midshipmen zusammengerufen und erklärte ihnen, dass die Hafenstadt Recife am Zusammenfluss von Capibaribe und Beberide liege und 1537 gegründet worden sei. Etwa hundert Jahre später sei die Stadt dreißig Jahre von Holländern besetzt gewesen, inzwischen aber wieder in den Händen der Portugiesen. Die Stadt habe Reichtum durch den Handel mit Zucker, mit Baumwolle und Sandelholz gewonnen, konkurriere darin aber mit der noch reicheren Stadt Olinda, die ganz in der Nähe liege. Recife sei nach den Riffen benannt, die vor dem Strand lägen. Es erstrecke sich über mehrere Flussinseln und werde wegen der vielen Brücken auch mit Venedig verglichen.

Einar hatte zugehört und lief zu seinen Geschwistern, um mit seinem Wissen zu prahlen. Er hatte die letzte Bemerkung jedoch nicht richtig verstanden und sagte, der Hafen werde auch Venedig genannt. Das glaubte ihm seine Schwester Lilian nicht, die schon in Erdkunde unterrichtet wurde. »Venedig liegt am Mittelmeer. Hier ist aber Südamerika.«

Sabrina schlichtete den Streit, denn sie hatte Bücher über Brasilien und Recife gelesen. »Recife wird wegen seiner vielen Brücken mit Venedig verglichen. Aber es bleibt Recife. Venedig liegt am Mittelmeer, das hat sich Lilian gut gemerkt.«

Hans Maier stieg hinab, um das unterste Deck zu kontrollieren. Er schob das Brett ein wenig beiseite und erstarrte vor Schreck. Eine der Ölflaschen fehlte. Aber es hatte doch niemand gemeldet, dass einer der Verdächtigen nach unten gegangen sei. Nach dem ersten Schreck rannte er schnell zum Pulverversteck. Beinahe hätte er sich wieder den Kopf gestoßen.

Schon als er das Brett ein wenig angehoben hatte, entdeckte er, dass beide Pulversäcke fehlten. Er fluchte leise vor sich hin. Die konnten doch nicht das Schiff in die Luft sprengen, wenn sie selbst noch drauf waren? Sollten sie alle in die Luft fliegen?

Hans nahm sich zusammen und suchte den Raum über der Bilge von vorn bis hinten ab. Er hob die Lampe und ließ seine Augen von einer Seite zur anderen wandern und roch auch immer wieder. Hier stank es etwas nach Öl. Er schaute noch sorgfältiger. Dort unten ragte etwas aus dem Holz. Er duckte sich. Ein Loch war in ein Brett gebohrt, und ein kleines Stück Lunte ragte heraus. Aber die Lunte brannte nicht. Hans drehte sich um und rannte den Niedergang hinauf.

Oben blickte er sich hastig um. Dort stand Sam. Er lief zu ihm.

»Maat Root«, meldete er leise. »Die unteren Verstecke sind zum Teil ausgeräumt. Eine Ölflasche und beide Pulversäcke fehlen. Über der Bilge habe ich im Bodenbrett einer Proviantkammer ein Loch mit einer nicht gezündeten Lunte entdeckt.«

Sam besann sich nicht lange. »Los, komm! Ich will es sehen!«

Hans lief voraus und Sam folgte. Im Schein der Lampe, die Hans hielt, sah auch Sam sofort das Loch mit der Lunte. »Hol sofort den Zahlmeister oder seinen Gehilfen mit den Schlüsseln für die Kammern. Sag: ›Gefahr im Verzug!‹, wenn sie zögern.«

»Was ist denn los?«, schimpfte der Zahlmeister, als er angerannt kam. »Bitte, Sir, schließen Sie die Kammer auf, dann zeige ich es Ihnen«, antwortete Sam.

In der Kammer lagerten Mehlsäcke und Salzfässer. Sam ging schnell zu der einen Ecke und ließ Hans leuchten. Da lagen vor ihnen zwei aufgeschnittene Pulversäcke, und die Lunte verschwand in dem herausgeschütteten Pulver. Die nahe stehenden Mehlsäcke waren ölgetränkt.

»Wir wären eine halbe Stunde nach dem Anzünden der Lunte in die Luft geflogen«, stieß Sam hervor.

»Wer macht denn so was? Wir sind doch auf See!«, schimpfte der Zahlmeister.

»Aber das Land ist in Sicht, und kurz vor dem Anlegen kann man zünden und dann ist man an Land«, erklärte Sam. »Ich melde es sofort dem Kommodore. Können Sie bitte mit Hans hier warten, Sir?«

»Der Kommodore kommt, aber er wollte nicht, dass man uns beide hier heruntergehen sieht«, meldete er kurz darauf. Dann kam Sven und ließ sich alles zeigen.

»Da waren sie doch gerissener, als wir dachten. Oder einer der Beobachter hat nicht aufgepasst. Wir müssen alle Hans dankbar sein, dass er das entdeckt hat. Mr Root, Sie holen sich Walter und Ben, nehmen alle drei Pistolen und Entermesser mit, verstecken sich dort und dort und warten, bis die Banditen kommen. Lange kann es ja nicht mehr dauern. Sie gehen jetzt alle unauffällig nach oben und ich warte, bis Mr Root mit den beiden kommt. Ich schau mich noch ein wenig um. Hans, gib mir deine Lampe.«

»Die reden vor jedem Landgang dasselbe. Man solle nicht allein in die Nebenstraßen gehen. Es gäbe viele Taschendiebe, und es werde auch viel gemordet. Die Nutten sollen fast alle krank sein. Am besten fasse man keine an. Und wenn es sein müsse, dann nur in einem sauberen Bordell. Und wer soll die Nummer dort bezahlen?«, schimpfte ein Matrose zu seinem Kameraden.

»Du«, antwortete der. »In Philadelphia haben sie so was nicht gesagt. Und von den Häfen in Südamerika habe ich das schon oft gehört. Ich werde mich vorsehen.«

»Und watt machst de mit den Nutten?«

»Das weiß ich auch noch nicht. Aber von der Straße hole ich mir keine. Ich spare doch nicht bei der Nutte, um das Geld nachher unserm Schiffarzt zu zahlen, wenn der Pimmel Eiter spuckt. Und die Schmerzen hätte ich noch dazu.«

Ein Maat hatte mitgehört. »Müssen es denn immer Nutten sein? Reicht es nicht, wenn man sich zu zweit oder dritt die Stadt ansieht, mal ordentlich isst und ein paar Schnäpse trinkt?«

Die beiden antworteten nicht. Als der Maat gegangen war, flüsterte der eine: »Der ist wohl so alt, dass sein Pimmel schon vertrocknet ist.«

Maat Samuel Root hatte sich im untersten Deck hinter einem Balken versteckt und döste vor sich hin. Das war kein schöner Aufenthalt. Es stank und bei jeder Bewegung des Schiffes schwappte Wasser an seine Hosenbeine. Er fragte sich, ob die Verräter wohl noch kämen.

Plötzlich hörte er ein leises Tappen und war mit einem Schlag wieder hellwach. Aber er konnte noch niemanden sehen. Angestrengt spähte er um den Balken. Da schlichen zwei Gestalten heran.

»Halt!«, rief er. »Bleibt stehen oder ich schieße euch über den Haufen!«

Neben den beiden Gestalten wurde eine Lampe hell. Sam war beruhigt. So hatte er es mit Walter Jungmann verabredet. Wer sie zuerst sah, der rief. Der andere sollte die Lampe hochdrehen. Jetzt konnte er die beiden deutlich erkennen. Der eine war John Balko, der andere

Herb Miller. Hinter ihnen kam Ben Gibson mit erhobener Pistole heran und sagte ganz ruhig: »Keine Chance! Hebt die Arme hoch!«

Die Verräter gaben auf. »Nach oben! Los!«, befahl Sam.

An Deck erregte der Trupp Aufmerksamkeit. Sven befahl Leutnant Walton: »Lassen Sie sofort Edwin Lewis, Ben Kent und Harry Whipple festnehmen.«

Zu Sam sagte er: »Gib mir deine Pistole und hilf bei der Festnahme!« Und daran, dass er Sam im Beisein anderer duzte, konnten die, die ihn kannten, merken, dass er viel aufgeregter war, als er tat.

»Alle in die Kajüte des Kapitäns bringen!«, befahl er noch und dirigierte die beiden schon dorthin.

Als die fünf Saboteure inmitten der bewaffneten Matrosen eingeschüchtert dort standen, sagte Kapitän Bauer: »Wir beobachten euch schon lange. Wenn ihr sagt, wer euch den Auftrag gab, könnt ihr mit Gnade rechnen. Sonst baumelt ihr am Tag des Auslaufens!«

Sven hätte die Burschen lieber einzeln eingeschüchtert, aber das alles fiel in den Aufgabenbereich des Kapitäns. Da konnte er schlecht eingreifen.

Die Burschen waren auch verwirrt genug, sodass zwei fast gleichzeitig hervorstießen: »Detektiv Hedson.«

Sven flüsterte Karl Bauer zu. »Der muss doch einen Hintermann haben!«

Kapitän Bauer herrschte die Saboteure an. »Ein Detektiv ist doch nur der Verbindungsmann! Wer steckt dahinter?«

Die Banditen blickten auf John Balko.

»Du bist also der Anführer! Du weißt doch, dass man auch beim Hängen einen leichten und einen schweren Tod haben kann. Wenn du nicht redest, wirst du es sehr schwer haben!«

John Balko wurde blass. Er wusste, sie würden ihm nicht das Genick brechen, sondern ihn strangulieren. Seine Lippen zitterten. »Ich habe mal gehört, dass der Detektiv von einem Auftrag der Reederei Santon sprach.«

Kapitän Bauer blickte Sven überrascht an.

»Dem alten Santon traue ich das nicht zu. Wir haben ihm zwar viele Kunden abgeworben, aber das würde er nicht tun«, bemerkte Sven.

»Vielleicht sein Sohn«, flüsterte Karl.

Sven nickte nachdenklich.

»Legt sie in Eisen und bringt sie in die Gefangenenkammer!«, befahl Kapitän Bauer.

Sie blickten auf die breiten Sandstrände, die an beiden Seiten vorbeiglitten und von dunklen Wäldern begrenzt wurden. Die Kinder wollten dort im Sand spielen und Sabrina hätte sich gern ausgeruht.

Aber als Sven kam, fragte sie zuerst: »Was war denn das für ein Auflauf?«

Sven erzählte ihr, dass sie fünf Saboteure, die sie seit längerer Zeit beobachtet hatten, nun auf frischer Tat ertappt hätten, als die das Schiff in die Luft sprengen wollten.

»Wer macht denn so etwas, ein Schiff zu sprengen, auf dem er selbst segelt?«, fragte Sabrina aufgeregt.

»Es wäre erst explodiert, wenn wir angelegt hätten. Unser Konkurrent, die Reederei Santon, hat sie wohl bezahlt.«

»Eine Reederei heuert Banditen an?« Sabrina war fassungslos.

Sven sagte ihr, dass er das dem alten Santon auch nicht zutraue, wohl aber seinem Sohn und Nachfolger. »Ich schicke von Recife aus einen Brief mit den Protokollen der Aussagen zu Richard Bradwick. Nach unserer Rückkehr werden wir wohl Klage einreichen.«

»Auf jeden Fall, lieber Sven. So etwas darf man doch nicht durchgehen lassen. Und was macht ihr mit den Saboteuren?«

»Das will ich noch mit dem Konsul bereden. Auf jeden Fall werden sie ordentlich ausgepeitscht.«

Aber dann bewunderten sie mit ihren Kindern die vorübergleitenden Flussufer. Sie sahen, wie die Wälder von Siedlungen unterbrochen wurden. Dann gabelte sich der Fluss. Voraus tauchte der Hafen auf und ein kleines Häusermeer von Hütten und Steinbauten auf mehreren Inseln, die durch Brücken verbunden waren.

»Ich muss zuerst zur Hafenkommandantur, Sabrina. Inzwischen wird Sam für uns Kutschen suchen, und dann können wir eine Stadtrundfahrt unternehmen.«

Ein Spanisch sprechender Maat und sein Schreiber Nat Zander begleiteten Sven sowie Walter und Ben. Der Hafenkapitän war ein Mestize mit großem schwarzem Schnurrbart. Er begrüßte Sven mit gewaltigem Wortschwall, sodass der Maat kaum alles übersetzen konnte. Kern der Begrüßung war, dass er sich freue, dass so ein großes amerikanisches Schiff den Hafen anlaufe. Er hoffe, dass sich für beide Seiten gute Geschäfte ergäben.

Sven bat um Entschuldigung, dass er zunächst der Hafenkommandantur mit einer Anzeige Mühe und Ärger bereiten müsse. Dann berichtete er von dem Jungen, der angab, über Bord geworfen worden zu sein. Wir haben den Kutter gesehen. Er wird heute noch einlaufen. Er heißt *Santa Margetta.*«

Der Hafenkapitän wiederholte den Namen mehrere Male leise und schien zu überlegen. »Ja«, sagte er schließlich. »Mit dem Schiff hatten wir schon einmal zu tun.« Dann öffnete er die Tür und forderte vom Schreiber die Akte über die *Santa Margetta.*

Er schlug sie auf, blätterte und rief: »Wusste ich es doch! Vor zwei Jahren gab es einen Vorfall. Von einem anderen Schiff wollten sie beobachtet haben, wie ein Kind vom Ufer entführt wurde. Wir konnten aber kein Kind finden. Der Kapitän hieß Joseph Patata.«

Sven übergab dem Hafenkapitän die Unterlagen und der sagte zu, dass er den Fall genau untersuchen werde. Das Kind könne dem Hafenarzt übergeben werden. Der werde auch für einen weiteren Aufenthalt im Waisenheim oder bei Adoptiveltern sorgen. Nachdem er Sven auf Anfrage noch Namen und Adresse des spanischen Konsuls genannt hatte, war das Gespräch beendet.

Sven machte sich mit seinen Gefährten auf den Weg zum Konsul. Er hatte Glück und traf ihn an. Es war ein Amerikaner, der mit breitem Südstaatenakzent sprach und seit zwei Jahrzehnten in Südamerika wohnte.

»Ich bin nach Recife gekommen, weil ich mich in die Tochter einer brasilianischen Familie verliebte, die zu Besuch in Savannah war. Ich habe die Tochter geheiratet und die Firma meines Schwiegervaters übernommen. Ich bin hier als Holzhändler sehr zufrieden. Wollen Sie nach Indien, Herr Kapitän?«

Sven bejahte und berichtete dem Konsul von dem Sabotageversuch. »Ich bitte auch um Ihren Rat, Herr Konsul. Da meine Familie an Bord ist, möchte ich so schwere Bestrafungen nicht auf dem Schiff vornehmen. Man könnte die Saboteure an Land auspeitschen oder sie dem Gefängnis übergeben. Was raten Sie?«

»Wenn Sie sie nicht aufhängen wollen, bleibt nur das Auspeitschen, denn für eine Gefängniseinweisung haben Sie keine Rechtsmittel. Wenn Sie die Jungfernreise Ihres Schiffes nicht mit so harten Strafen belasten wollen, dann empfehle ich eine Herberge hier in der Nähe. Der Hof ist groß genug für eine Auspeitschung, und der Wirt ist ein energischer Kerl, der mit den Bestraften auch fertig wird, so lange sie ihre Wunden ausheilen müssen.«

Sven war mit dieser Auskunft sehr zufrieden und sagte, er müsse nun gehen und mit seiner Familie eine Stadtrundfahrt unternehmen.

»Halt! Langsam, Herr Kapitän. So kann ich Sie nicht gehen lassen. Meine Frau würde es mir nicht verzeihen. Sie ist eine begeisterte Stadtführerin. Keinen Besucher aus Nordamerika darf ich gehen lassen, ohne dass sie ihm Recife und Olinda gezeigt hätte. Warten Sie! Ich lasse sie rufen.«

Die Familie Larsson erlebte in den nächsten zwei Stunden die unterhaltsamste Stadtführung, die man sich denken kann. Die Frau des Konsuls sprach recht gut Englisch, sodass sich auch die Kinder mit Fragen hervortrauten. Sie sprach über die Geschichte der Städte, von denen Olinda zwei Jahre früher gegründet worden war. Sie zeigte ihnen das Fort der fünf Brücken in Recife und erklärte, dass man die kleinen Fischerkanus Jangadas nenne.

Die Frau des Konsuls war lebhaft und attraktiv. Sie wirkte auf Sabrina und Sven sehr sympathisch. Die Frau hatte selbst zwei Töchter und ging auch sehr nett auf die Larsson-Kinder ein und wies sie darauf hin, womit die Kinder hier in den Straßen spielten. Sie erzählte, dass früher Olinda die führende Stadt gewesen sei und Recife erst durch die holländische Besatzung den Konkurrenten überrundet habe. Die Holländer hätten Recife des besseren Hafens wegen vorgezogen, und ein deutscher Prinz, Moritz von Nassau, habe als Befehlshaber der Holländer das holländische Gebiet weit ins Inland ausgedehnt. Eine Brücke in Recife sei nach ihm benannt.

Dann fuhren sie ins benachbarte Olinda, das auf einem kleinen Hügel gebaut worden war. Olinda heißt auf Portugiesisch »Wie Schön!« – »Das soll der Gründer der Stadt ausgerufen haben, als er die Landschaft mit den Hügeln und dem Meer im Hintergrund gesehen hat«, erklärte die Frau des Konsuls.

Die reichen Villen der Altstadt und die Kathedrale gefielen auch den Besuchern. »Das war eine der schönsten Stadtbesichtigungen, die wir erlebt haben«, sagten sie der Frau des Konsuls und luden sie zu einem Kaffee in ein Restaurant ihrer Wahl ein. Auch hier traf ihre Führerin die rechte Wahl. Sie plauderte mit Blick auf eine belebte Brücke, den Fluss und den Hafen. Die Frau des Konsuls bedauerte, dass sie nicht nach Rio de Janeiro segelten, beneidete sie aber um die Tour nach Indien.

Recife konnte Sven in den nächsten zwei Tagen als angenehmen Aufenthalt verbuchen. Ein Mitarbeiter des Hafenkapitäns berichtete ihm vom Einlaufen der Brigg des Kapitäns Patata.

»Ich habe ihn zunächst nach dem Jungen befragt, den Sie uns übergeben haben, Sir. Er behauptete, ihn nicht zu kennen. Dann haben meine Helfer ihm den Jungen gezeigt. Der Kapitän sperrte Mund und Nase auf und schlug ein Kreuz. Wir haben dann sein Schiff durchsucht und drei gefesselte Matrosen gefunden. Das waren Matrosen, die protestiert hatten, als er den Jungen ins Wasser warf, weil sie die pädophilen Neigungen des Kapitäns nicht länger ertragen wollten. Die anderen hatten sie auf Befehl des Kapitäns niedergeschlagen und eine Belohnung kassiert. Sie sollten beim Auslaufen im Hafen zurückgelassen werden. Der Kapitän sitzt jetzt im Gefängnis.«

Sven äußerte seine Befriedigung und vergewisserte sich, dass auch die fünf Saboteure nach ihrer Prügelstrafe noch unter Beobachtung der Polizei waren.

»Sie werden die vierzig Peitschenhiebe wohl nicht so leicht vergessen, Sir«, versicherte ihm der Mitarbeiter des Hafenkapitäns. »Sie erholen sich langsam und wir haben ihnen auch einen britischen Priester geschickt, der ihnen ins Gewissen redet. Sie sollen sehr böse auf ihren Auftraggeber sein.«

»Sie sollten lieber auf sich selbst böse sein, dass sie einen solchen Auftrag ausführen wollten«, beschloss Sven die Unterredung und bedankte sich für die Hilfe.

Sven musste einen Nachmittag opfern, um in Recife Partner für die Schiffe der Reederei Bradwick zu suchen, die nach ihnen diese Route segelten. Was dem Schiff auch zugestoßen sein mochte, der Kapitän sollte wissen, an welche Werft, welches Hospital, welche Kaufleute und Behörden er sich wenden konnte.

Daher ließ sich Sven mit dem Zahlmeister sowie Walter und einem Korporal ihrer Seesoldaten von Adresse zu Adresse fahren, die ihm der Hafenkapitän sowie der Konsul empfohlen hatten.

Sabrina erkundete derweil mit Elizabeth und den Kindern die Altstadt zu Fuß. Sam, Ben, Hans und ein Seesoldat waren zu ihrem Schutz abgeordnet. Die Kinder fanden in dem lebhaften Viertel viel zu bestaunen. Da waren die vielen Schnitzereien aus exotischen Hölzern, die unbekannten Früchte und Gemüsesorten. Vor allem aber begeisterten sie die Volieren mit fremden Vögeln und die Käfige mit Affen, die einige Hausbesitzer in ihren Vorgärten hatten.

»Sieh doch nur, Mama, die bunten Vögel! Schau doch nur dieses Äffchen, wie es sich krault!«, riefen sie immer wieder. Und Sabrina bemühte sich, die Tiere zu benennen, die sie von Abbildungen her in Erinnerung hatte. Aber sie wurden auch erschreckt, als ein fremder Junge, der sich an Sabrina herangeschlichen hatte, plötzlich laut aufschrie, weil Sam seinen Arm fast zerquetschte.

»Er wollte in Ihre Tasche greifen, Mrs Larsson. Was sollen wir mit ihm anfangen?«

»Drücken Sie ihm noch die andere Hand, Mr Root, dann kann er eine Weile nicht stehlen. Lassen Sie ihn dann laufen, sonst haben wir mehr Ärger, als die Sache lohnt. Und vielen Dank für Ihre Wachsamkeit.«

Sie passten jetzt besser auf, aber das nächste Kind, das sich ihnen näherte, schenkte den Kindern eine kleine Schnitzerei und wurde von Sabrina mit einem Geldstück belohnt. Sabrina konnte etwas später auch nicht widerstehen und kaufte sich eine Bluse. Nun wollten auch die Kinder etwas haben und sie kaufte ihnen noch kleine Leckereien.

Lachend und schwatzend kamen sie an Bord zurück und erzählten ihrem Daddy von den Abenteuern.

»Der Junge hat geheult, als ihm Sam die Hände gequetscht hat, nachdem er Mutti beklauen wollte!«, rief Henry.

»Und die Äffchen waren so süß! Könnten wir nicht auch eines an Deck haben?«, fügte Lilian hinzu.

Ihr Vater verneinte. »Es müsste hier bald sterben.« Die Kinder wollten das nicht glauben, aber er belehrte sie, dass die Matrosen Affen trotz aller Verbote mit Süßigkeiten überfüttern würden, sodass die Tiere sterben müssten. »Das habe ich von vielen Kapitänen gehört.«

Sven erzählte Sabrina noch, dass er erstaunlich viele Amerikaner als Partner gewonnen hätte. »Der Leiter der Werft ist Amerikaner, im Hospital arbeitet ein britischer Arzt, ein Amerikaner handelt mit Schiffsproviant. Sie haben mir noch manche gute Adresse gegeben, sodass wir auch zuverlässige Portugiesen als Partner der Reederei haben.«

Sie beendeten den Abend dann noch mit Kapitän Bauer und dem Schiffsarzt in einem guten Restaurant, das ihnen die Frau des Konsuls für das Dinner empfohlen hatte.

Als sie die Küste am übernächsten Tag hinter sich ließen, war es wie immer. Die meisten Matrosen mussten ihre Müdigkeit verbergen. Andere prahlten mit ihren sexuellen Abenteuern. Wieder andere klagten über ihre leeren Börsen. Aber Svens Kinder erzählten allen, die es noch nicht gehört hatten, was sie alles gesehen hätten.

In der nächsten Woche auf See konnten sie sich noch an frischem Fleisch, frischem Obst und Gemüse erfreuen. Dann begann wieder die Zeit des gesalzenen Fleisches und der getrockneten Beilagen.

Ein Sturm suchte sie zwei Tage heim, aber die Kinder überstanden ihn unbeschadet und Sabrina und Elizabeth litten nur einen Nachmittag lang. »Nun haben wir Seebeine!«, verkündete Henry stolz.

Aber bald wurde es den Kindern wieder langweilig. »Wann können wir denn wieder an Land, Daddy?«, fragt Einar seinen Vater. »Auf See gibt es ja nichts Neues!«

»Die Seeleute sind froh darüber. Überraschungen sind selten angenehm auf See. Aber in einer guten Woche sehen wir Kapstadt, und dort sind wir mindestens eine Woche.«

Doch Sven täuschte sich. Am vierten Tag wuchsen viele Segel über dem Horizont empor. Die Kinder staunten immer mehr, je näher sie kamen. »Ist das eine Kriegsflotte, Daddy?«, fragte Lilian, ihr Wissen demonstrierend.

»Das glaube ich nicht, Lilian. Wir haben hier keinen Krieg. Ich nehme an, es ist die britische Ostindienflotte, die mit uns jetzt nach Indien segelt.«

»Au fein!«, krähte Henry. »Dann können wir gemeinsam segeln und immer andere Schiffe besuchen.«

»Ich fürchte, daraus wird nichts, lieber Henry«, belehrte ihn sein Vater. »Wir sind unerwünschte Konkurrenten der Briten. Da werden sie uns kaum in ihren Schutz aufnehmen.«

Es war die Ostindienflotte der Briten. Zwölf große Ostindiensegler segelten in strikter Formation. An der Spritze der beiden Linien wehte die Flagge des Kommodore. Sven beriet mit Kapitän Bauer und entschied, dass er einen Höflichkeitsbesuch beim Briten machen werde. Das könne nie schaden.

Sven wurde auf dem Ostindiensegler mit allen Ehren empfangen, wie sie auch in der Flotte üblich waren. Dann haben die britischen Ostindiensegler und die der Reederei Bradwick etwas gemeinsam, dachte Sven. Sie halten sich an die Regeln der Flotte.

Der deutlich ältere britische Kapitän begrüßte Sven höflich und führte ihn zur Kajüte des Kommodore. Dort erlebte Sven eine völlig unerwartete Überraschung. Er konnte zunächst gar nichts sagen, als der Kapitän ihn vorgestellt hatte.

»Nanu, so zögerlich habe ich Sie ja noch nie erlebt, lieber Herr Larsson«, lachte der britische Kommodore und kam mit ausgestreckter Hand auf ihn zu.

»Die Herren kennen sich?«, staunte der britische Kapitän.

»Ja«, konnte sich Sven endlich äußern. »Ich diente unter Kommodore Norman 1773 in der britischen Flotte und wir sahen uns dann 1780 in Vigo noch einmal.«

»Sie haben in der britischen Flotte gedient, Mr Larsson?«, stieß der Kapitän erstaunt hervor.

»Ja«, antwortete der Kommodore lachend und schüttelte Svens Hand. »Mr Larsson war in New York auf die Fregatte *Eagle* schanghait worden und diente dann auf meiner Sloop in Westindien, wo er floh, was ich sehr bedauerte, denn er war ein guter Deckoffizier.«

»Dann ist Mr Larsson ein Deserteur!«, stieß der Kapitän hervor.

»Was hätten wir denn getan, Kapitän Benter? Mr Larsson war immer ein fairer Gegner. Das habe ich ihm schon 1780 gesagt. Und wir haben jetzt Frieden.«

»Und Sie waren immer ein vorzüglicher Kommandant, Kommodore.«

»Nun aber genug der Komplimente. Kommen Sie! Setzen wir uns und trinken wir einen Schluck«, sagte der Kommodore.

Sie hoben ihre Gläser und tranken gleichermaßen auf seine britische Majestät und auf die amerikanischen Staaten. »Endlich sind wir Verwandte und nicht mehr Feinde«, stellte Kommodore Norman fest. »Soweit ich von Londoner Geschäftsleuten erfahren habe, bekommt es unseren beiden Ländern wirtschaftlich sehr gut.«

»Ja, Kommodore Norman, der freie Handel bekommt auch unserer Reederei sehr gut. Wir erproben gerade neue Wege. Wir sind als zweites amerikanisches Handelsschiff auf dem Wege nach Ostindien.«

»Dann sind wir jetzt Konkurrenten. Ich weiß, Sie werden sich auch in dieser Rolle fair verhalten, Mr Larsson, aber unsere Ostindische Kompanie ist schon lange im Geschäft und wird es Ihnen nicht leicht machen.«

»Das Geschäft bietet so viele Möglichkeiten, Herr Kommodore, da brauchen wir uns nicht in den Weg zu kommen. Ich hoffe sogar, mit Ihnen gemeinsam segeln zu können.«

»Das kann ich Ihnen leider nicht anbieten, Mr Larsson. Das verbieten mir meine Regeln ausdrücklich. Kein Schiff darf mit dem Konvoi segeln, das uns Konkurrenz machen könnte. Aber ich kann Ihnen nicht verwehren, dass Sie in der gefährlichen Straße von Madagaskar in unserer Sichtweite segeln. Und keine Regel verbietet uns, jemandem zu helfen, der in Not gerät.«

»Sie haben sich nicht verändert, Herr Kommodore. Auf Ihre Fairness kann man sich verlassen. Ich hoffe sehr, dass Sie meine Familie kennenlernen, die mit mir segelt.«

»Ihre Familie ist bei Ihnen an Bord? Dann komme ich doch gleich mit Ihnen zum Gegenbesuch. Und in Kapstadt können wir gemeinsam feiern. Wir haben auch interessante Reisegenossen an Bord unserer Schiffe. Das wäre sicher angenehm. Nicht wahr, Kapitän Benter?«

Der Kapitän bejahte etwas säuerlich.

An Bord der *Spirit of Philadelphia* sahen sie mit Erstaunen, dass ein Kutter der Briten zu Wasser gelassen wurde und mit ihrem eigenen Kutter zurücksegelte. »Holen Sie Kapitän Bauer!«, sagte Leutnant Waller zum Melder. »Ein fremder Offizier sitzt neben unserem Kommodore und will sicher mit ihm an Bord kommen.«

Kapitän Bauer ließ sich ein Teleskop geben und spähte hindurch. »Das gibt's doch nicht«, murmelte er. »Das ist doch Mr Norman und anscheinend ist er Kommodore der Briten.« Dann wandte er sich zu Leutnant Waller, der sein Gemurmel mit Erstaunen verfolgt hatte. »Lassen Sie bitte alles zu einem formellen Empfang vorbereiten. Ich erwarte den britischen Kommodore. Bitte informieren Sie auch Mrs Larsson, den Master und den Bootsmann. Ich ziehe mir schnell mein gutes Jackett an.« Und er eilte davon.

Mr Waller schickte Melder los, die die Seesoldaten und alle Offiziere zum Empfang riefen, und ließ sich auch ein besseres Jackett bringen. Aber dass sein Kapitän den Namen des britischen Kommodore kannte, verwunderte ihn schon.

Sven stieg zuerst an Deck und blieb dann an der Reling stehen, um seinen Gast zu erwarten. Zu Kapitän Bauer sagte er leise: »Der Kommodore ist unser Mr Norman.«

»Ich weiß«, nickte der. »Ich habe ihn durchs Teleskop erkannt.«

Dann kletterte der Kommodore an Deck. Pfeifer, Trommler und Dudelsackbläser begannen ihre Melodie zu spielen, die Soldaten präsentierten. Sven wollte seine Offiziere vorstellen, als der Kommodore stehen blieb und die Augen aufriss. »Da ist ja noch einer meiner alten Leute!«

Er ging mit ausgestrecktem Arm auf Kapitän Bauer zu. »Ich musste mich nie über Sie beklagen, aber mit solcher Freude wie heute habe ich Sie sonst nicht erblickt, Kapitän Bauer!«, rief der Kommodore aus, dass es viele hörten.

»Was ist denn das?«, flüsterte Ben Gibson zu Sam.

»Ich habe von Mr Norman auch nur gehört. Ich erzähl es dir nachher«, antwortete dieser, während Mr Norman herzlich Kapitän Bauer die Hand schüttelte und ihm auf die Schulter klopfte.

Diese Geste rief bei den anderen Offizieren Sympathie hervor, und sie begrüßten den Kommodore sehr freundlich.

»Wie ich es sagte, Mr Larsson, wir sind doch befreundete Verwandte«, flüsterte Norman zu Sven.

Als Norman dann die Familie sah, war er anscheinend überrascht. »Gnädige Frau, da hat mein ehemaliger Deckoffizier aber eine reizvolle Gattin gefunden«, begrüßte er Sabrina und deutete einen Handkuss an.

»Hätten Sie ihm das nicht zugetraut, Herr Kommodore? Er hat von Ihnen immer als einem sehr fairen und gerechten Kommandeur erzählt.«

»Nun, ich habe ihn mehr als Seemann, denn als Heiratskandidaten gesehen. Und mit einem Seemann verbindet unsereins nicht gerade den Wunsch-Ehemann.«

»Ich kann Sie beruhigen, Mr Norman. Er verfügt über Talente in beiden Bereichen, sehr zum Gefallen unserer Familie. Das ist unsere Tochter Lilian.«

Der Kommodore beugte sich freundlich zu Lilian hinab und ergriff ihre Hand. »Du hast die Schönheit deiner Mutter geerbt. Wie gefällt es dir auf dem Schiff?«

»Recht gut, Herr Kommodore. Aber wenn wir wochenlang kein Land sehen, wird es schon ein wenig langweilig.«

Der Kommodore lachte. »Wenn du immer auf Seeleute aufpassen müsstest, würdest du das anders empfinden.«

»Unsere Söhne Einar, sechs Jahre alt, und Henry, vier Jahre alt«, stellte Sven vor.

Mr Norman schüttelte beiden freundlich die Hand und fragte: »Na, wollt ihr auch Kapitän werden wie euer Vater?«

»Er ist jetzt auch Kommodore, aber ich will Reeder werden, Sir«, antwortete Einar.

Und Henry meldete sich gleich danach: »Ich will so ein Bootsmann werden wie Joshua.«

»Kenne ich den auch?«, fragte der Kommodore Sven.

»Das ist der farbige Riese, der bei unserem Quartett war. Er hieß damals Joseph Paulus.«

»Ja, ich erinnere mich. Dann musst du aber noch wachsen, Henry. Und dir danke ich, dass du mir das mit dem Kommodore gesagt hast, Einar. Ich kenne mich in amerikanischen Uniformen nicht so gut aus.«

Er wandte sich Sabrina und Sven zu. »Ich freue mich, dass ich nun auch die Familie Larsson kennengelernt habe, und hoffe, wir werden uns noch häufiger sehen, zuerst sicher in Kapstadt.«

»Aber zuerst gehen wir noch in unsere Kajüte, Herr Kommodore, damit Sie sich etwas erfrischen können«, übernahm Sabrina das Kommando.

Der unbekannte Ozean
(Februar bis Mai 1784)

Die Kinder und alle dienstfreien Matrosen starrten noch dem Kutter hinterher, der Kommodore Norman zurück zum britischen Konvoi brachte, da erschallten die Kommandos zum Segelsetzen und die Pfeifen der Maate schrillten. Im Nu wuchsen an allen Masten und Rahen die Segel. Die *Spirit* nahm Fahrt auf und änderte den Kurs. Und immer rief ein Offizier oder Maat einen Befehl und Segel wurden nachgetrimmt.

Sabrina wunderte sich und wandte sich an Sven: »Warum haben wir es auf einmal so eilig, Sven? Wir sind doch bald in Kapstadt, und ich sehe kein Unwetter.«

»Wir wollen mindestens einen Tag vor den Briten dort ankommen, Liebste. Da müssen wir uns ein wenig sputen.«

Wie immer, wenn sich die Eltern unterhielten, hatte mindestens eines der Kinder die Ohren gespitzt. »Warum wollt ihr einen Tag vor dem Konvoi ankommen, Daddy?«, fragte Einar.

»Na, überlegt mal, ihr drei. Was könnte es für einen Vorteil haben, wenn unser Schiff gewisse Zeit vor den anderen zwölf ankommt?«

»Wir können uns die besten Plätze aussuchen!«, krähte Henry hinaus.

Sven nickte. »Das könnte ein Grund sein, aber in der Bucht von

Kapstadt gibt es genug gute Plätze für alle. Was fällt euch sonst ein?«

Die Kinder sahen sich an und zuckten mit den Schultern. »Alkohol haben die sicher genug. Da kann keiner dem anderen alles wegtrinken. Mir fällt sonst nichts ein«, gestand Lilian.

Sven sah sie an. »Was wollen wir denn in Kapstadt außer Alkohol trinken, besichtigen und ausruhen? Überlegt doch mal!«

»Frischfleisch, Obst und Gemüse kaufen«, fiel Lilian ein.

»Wasser übernehmen!«, ergänzte Einar.

»Nun überlegt mal, was machen die Händler, wenn sie ein Schiff einlaufen sehen, und wie reagieren sie, wenn dreizehn Schiffe auf einmal kommen?«

Lilian und Einar riefen fast im Chor: »Sie erhöhen die Preise, wenn so viele kommen. Die wollen ja so viel haben, da werden alle etwas los!«

»Na bitte! Ihr seid ja doch schlau. Wenn sich die Kunden um die Ware drängeln, wird sie teurer. Wenn aber kaum ein Kunde da ist, muss sich der Händler mühen, Ware umzusetzen, und dann lässt er auch mal im Preis etwas nach. Darum beeilen wir uns.«

Sabrina war der Diskussion schmunzelnd gefolgt und umfasste ihre Kinder. »Und wir müssen uns in den Straßen nicht so drängeln, wenn wir etwas besichtigen wollen, nicht wahr?«

Zwei Matrosen, die in der Nähe Segel ausbesserten, hatten die Unterhaltung mitgehört. »Mensch«, flüsterte der eine zum anderen. »Haste det gehört? Da müssen wir ja beim ersten Landgang unser Geld verprassen, sonst wird alles teurer, Schnaps und Weiber.«

»He«, antwortete der andere. »Und wat machste die anderen Tage? Meinste, da will ick am Kai trocken sitzen und nur daran denken können, wie jetzt die Briten saufen und vögeln, auch wenn se een paar Cents mehr zahlen?«

Die Midshipmen hatten am Nachmittag Unterricht in Geografie. Lilian und Einar hörten zu. Vor ihnen hing eine große Karte Afrikas und der Master zeigte mit einem Stock auf Kapstadt.

»Hier haben die Holländer 1652 eine Versorgungsstation für ihren Handel nach Ostindien gegründet. Mr Wilberg, zeigen Sie uns einmal, wo Holland liegt, und dann zeigen Sie Ostindien!«

Midshipman Wilberg hatte keine Probleme, die Orte auf der Karte zu finden.

Der Master fuhr fort: »Wenn man das auf der Karte sieht, erkennt man sofort, wie ideal der Ort auf dieser Schifffahrtsstraße liegt. Hier endet der Atlantik, der Indische Ozean beginnt. Man kann in Kapstadt das Schiff verproviantieren und dann mit dem Monsun den Indischen Ozean westwärts segeln. Mr Brigger wird uns noch einmal in Erinnerung rufen, was es mit dem Monsun auf sich hat.«

»Sir, der Monsun weht von März bis etwa Oktober in südwestlicher Richtung und bringt die Schiffe von Nordafrika bis nach Indien. Dann dreht er in die entgegengesetzte Richtung und weht als Nordost-Monsun von Oktober bis Februar.«

Der Master nickte. »Da hat der liebe Gott mal an uns Seeleute gedacht. Wir können uns auf Hin- und Rückfahrt treiben lassen und brauchen nicht dauernd zu kreuzen, wenn wir die richtigen Zeiten wählen.«

Einar lachte, und der Master schaute ihn strafend an. »Nun muss ich Ihnen aber noch etwas über das Land erzählen, meine Herren. Der Herr Jan von Ribbeeck kam 1652 hier mit zweiundsiebzig Männern und acht Frauen an. Die Schwarzen, die hier lebten, waren etwas kleiner als die Neger, die südlicher wohnten. Es waren Buschmänner, die sich hauptsächlich von der Jagd ernährten. Die Holländer nannten die Eingeborenen Hottentotten, was Stotterer bedeutet. Die Eingeborenen sprachen so kehlig und abgehackt, dass die Holländer dachten, sie stotterten. Der Name Hottentotten ist bis heute gebräuchlich. Die Holländer haben ein Fort gebaut, das sie Castle of Good Hope nannten. Gute Hoffnung hatten die Seeleute hier auf Hin- und Rückreise, denn sie hatten die Hälfte des Weges hinter sich. 1679 war das Fort aus Stein fertig. Das Land um Kapstadt ist meist ausgedörrt und trocken. Für Landwirtschaft ist es nur bedingt geeignet. Aber die vielen Robben, die hier leben, wurden zur Nahrung gejagt und um aus ihrem Fett Öl für die Lampen zu gewinnen. Und inzwischen spielt der Handel für Kapstadt die Hauptrolle. Für die schweren Arbeiten hat man Sklaven aus der Mitte Afrikas und aus Indien und sogar China eingeführt. Sie werden hier ein buntes Völkergemisch finden. Und vergessen Sie nie, meine Herren! Der Tafelberg in seiner lang gestreckten Form ist der auffälligste Berg über Kapstadt. Aber Sie müssen Ihre Aufmerksamkeit vor allem dem Signalberg widmen, der etwas südöstlich vom Tafelberg aufragt. Dort sind die Signalstationen.«

Lilian meldete sich. »Mr Wheler, ich habe neulich gehört, dass mein Vater sagte, der Indische Ozean beginne noch nicht bei Kapstadt.«

»Gut aufgepasst, junge Dame. Hier bei Kapstadt liegt das ›Kap der Guten Hoffnung‹. Aber erst hundert Kilometer weiter östlich bei Kap Agulhas oder Nadelkap …«, er zeigte auf die Karte, »… beginnt der Indische Ozean. Doch am Wasser werden Sie keinen Unterschied merken.«

Die Kinder erzählten ihren Eltern, was sie gelernt hatten, und konnten sich am nächsten Tag kaum auf die Spiele und noch weniger auf ihren Unterricht konzentrieren, weil sie immer darauf warteten, dass nun endlich das neue Land in Sicht käme.

Und dann bemerkte zuerst Lilian die Vögel, die zu ihnen herausgeflogen kamen. Sie sahen so komisch aus mit ihren gelben Hälsen und den schwarzen Streifen darauf. Erst waren es nur einzelne, aber dann näherten sich ihnen ganze Schwärme.

»Ach, die Kaptölpel sind da«, sagte einer der Matrosen.

Henry lief zu seiner Mutter und verkündete ihr stolz, wie die Vögel hießen, die auch sie bestaunte. Nun konnte Afrika nicht mehr weit sein.

Aber erst am frühen Nachmittag rief der Ausguck: »Land in Sicht!«

Enttäuscht stellte Henry fest, dass er noch kein Land sehen könne.

Lilian gab sich altklug. »Du weißt doch, Henry, dass die Erde eine Kugel ist und keine Scheibe. Wenn das Land rund ist, kann derjenige, der höher steht, immer weiter sehen als der, der tiefer ist. Darum sieht der Ausguck ferne Dinge eher als wir an Deck. Aber bald können wir es auch sehen.«

In der Tat! Bald riefen sich Matrosen die Neuigkeit zu, und dann sahen auch die Kinder den dunklen Streifen am Horizont. Je mehr Zeit verging, desto deutlicher waren Einzelheiten zu erkennen, zuerst die Berge.

Und nun musste Sven wieder ran und den Kindern zeigen, wo der Tafelberg lag und wo der Signalberg aufragte. »Man soll vom Tafelberg einen wunderschönen Ausblick haben. Aber ich kann euch noch nicht sagen, ob wir dort hinaufkönnen. Zu Fuß wäre es sicher zu anstrengend und ich weiß nicht, ob man mit Pferden oder Eseln dort hinaufreiten kann. Straßen gehen dort nicht hinauf.«

Dann kamen immer mehr Schiffe in Sicht, die ein- oder ausliefen. Manche der Schiffstypen hatten die Kinder noch nicht gesehen. Da Sam in der Nähe stand, baten sie ihn, ihnen die Typen zu benennen.

»Aber Kinder, ich bin noch nicht im Indischen Ozean gesegelt. Ich kenne diese Schiffe auch nicht. Da müsst ihr euren Vater oder einen der Offiziere fragen.«

Einar hatte sich bereits öfter mit Frank Waller unterhalten, der schon lange mit seinem Vater segelte und jetzt Zweiter Leutnant war. Als die Kinder ihn sahen, liefen sie zu ihm, und Einar fragte, ob er einen Augenblick Zeit habe und ihnen die Schiffstypen erklären könne.

»Gern, aber ich kenne sie auch nur aus unseren Büchern. Seht einmal dort den Dreimaster, der uns am nächsten ist. Das ist ein in China vor mindestens tausend Jahren entwickelter Schiffstyp, den ihr überall auf unserer künftigen Reiseroute sehen werdet. Er heißt Dschunke. Es fällt gleich auf, dass der hintere Mast, der Besan, ganz hinten, noch hinter dem Ruder steht. Der vorderste Mast ist nach vorn geneigt. Und nun schaut einmal auf unsere Masten und auf die der Dschunke! Was fällt euch auf?«

»Unsere Masten sind höher«, fand Lilian heraus.

»Stimmt«, befand Mr Waller. »Die Dschunken haben Pfahlmasten und die sind kürzer. Was noch?«

Einar hatte bemerkt, dass ihre Masten mit vielen Seilen gehalten wurden, die der Dschunke aber nicht.

Mr Waller war beeindruckt. »Dass ist ein sehr wichtiges Merkmal. Unsere Masten sind aus mehreren Teilen übereinander gefertigt. Sie werden nach vorn durch die dicken Taue abgesichert, die wir Stage nennen, und zu den Seiten durch die Taue, die Wanten heißen. Die Dschunken haben Masten aus einem Teil, die Pfahlmasten. Sie sind stabiler als unsere zusammengebauten Masten, brauchen keine Stage und Wanten, können aber auch nicht so hoch hinaufragen.«

Die Kinder schauten zu den Masten und Stagen und nickten sich zu. »Was ist denn nun vorteilhafter für das Schiff, Mr Waller?«

Mr Waller betonte noch einmal, dass er da nicht aus eigener Erfahrung antworten könne, aber die Fachleute schrieben, dass die Segel der Dschunken leichter rundum geschwenkt werden und sie dadurch höher am Wind segeln könnten.

»Aber nun schaut einmal, ob ihr noch einen Unterschied zu unserem Schiff bemerkt?«

Lilian und Einar flüsterten miteinander und Lilian antwortete dann: »Der Schiffsboden sieht breiter aus als bei uns und die Seitenwände gehen so gerade nach oben.«

Mr Waller lobte sie und bestätigte ihre Beobachtung. »Die Dschunken wurden ursprünglich als Flussschiffe gebaut. Da war ein flacher und breiter Boden gut, um viel Ladung zu tragen. Doch sie sind inzwischen auch gut seetüchtig. Aber, hört, man ruft mich. Macht's gut! Schaut einmal, ob ihr noch mehr Unterschiede seht.«

Die Kinder schauten mit Sabrina nach vorn, wo immer mehr Einzelheiten der Küste am Horizont emporwuchsen. Den Tafelberg erkannten sie nun selbst. Von ihm war so viel geredet worden und hier war nur ein Berg zu sehen, der oben abgeflacht war. Das musste er sein.

»Ich sehe auch hellen Sandstrand. Da fahren wir auch mal hin. Vielleicht ist es warm genug und ihr könnt im flachen Wasser spielen«, stellte Sabrina den Kindern in Aussicht.

Aber das war denen wohl zu sehr in der Zukunft. Mehr interessierte sie ein zweimastiges Schiff, das jetzt ihren Weg kreuzte. »Was ist das? Das ist keine Dschunke!«, hatte auch der kleine Henry erkannt.

Und nun musste Mr Wheler, der Master, ran. »Sie sind doch schon im Indischen Ozean gesegelt, Mr Wheler. Die Kinder fragen mir ein

Loch in den Bauch. Was ist das für ein Schiffstyp, der da unseren Weg kreuzt?«

»Das ist ein arabisches Schiff, Mrs Larsson, wir Europäer nennen es Dhau. Die Araber haben je nach Herkunft verschiedene Namen dafür. Aber diese Schiffe sind alle sehr ähnlich. Es reicht, wenn man sich den Namen Dhau merkt. Sie haben ein oder zwei Segel. Das vordere ist größer. Die Segel stehen auf kurzen Masten und sind zum Bug hin geneigt. Die Segelflächen sehen dreieckig aus. Aber wenn man genau hinsieht, erkennt man, dass die vordere Ecke ›abgeschnitten‹ ist. Sie sind also trapezförmig. Dieser Schiffstyp ist schon mehr als tausend Jahre alt. Sie werden ihn überall an Afrikas Ostküste, an den arabischen Küsten bis nach Indien sehen.«

»Vielen Dank, Mr Wheler. Die Kinder werden viel wissen, wenn wir wieder heimkommen. Aber das wird ihnen in der Schule nicht viel nutzen.«

»Aber im Leben nutzt es etwas, Mrs Larsson.«

Die Matrosen brauchten das Vordeck jetzt zur Vorbereitung der Anlegemanöver. Sabrina musste mit den Kindern zurück zur Bank an der Hütte. Dort trafen sie auch ihren Vater wieder.

»Ich muss mich fertig machen für meine Besuche an Land. Und was willst du mit den Kindern inzwischen unternehmen, liebe Sabrina?«

»Wir werden schon ein wenig in der Stadt umherschauen. Ich habe mich erkundigt, dass dort gleich nach dem Kai die Geschäftsstraßen beginnen. Du müsstest nur den Begleitschutz für uns bestimmen.«

»Da nehmen wir doch am besten den Midshipman Mountain, Sergeant Sobas, zwei Soldaten und den Hans Maier, den der Henry so mag. Sie werden in einer halben Stunde bereitstehen. Aber bitte seid vorsichtig, liebe Sabrina!«

Nach dem Anlegen kamen der Hafenarzt, die Zollbeamten und die Vertreter des Hafenkapitäns an Bord. Sven überließ diese Formalitäten Kapitän Bauer und schickte Sam an Land, um eine saubere Kutsche mit einem verlässlichen Kutscher aufzutreiben. Als Sam winkte, ging er dann mit seinen bewährten Begleitern Walter Jungmann und Ben Gibson zu ihm. Rocky war wie stets an seiner Seite.

Sven hatte die Adressen von drei Werften, von denen er eine als künftigen Partner ihrer Reederei aussuchen wollte. Kapitän Bauer und der Zahlmeister würden beim Hafenkapitän die Anschriften von Händlern erfahren.

Die Werften lagen im Westteil der Tafelbay, daher durchquerte ihre Kutsche den westlichen Teil von Kapstadt in Richtung auf den Strand, der hier Paarden-Insel genannt wurde. Was das bedeutete, hatte Sven noch nicht erfahren.

Kapstadt war im Vergleich zu Philadelphia eine kleine Siedlung mit wenigen mehrstöckigen Steinhäusern. Die meisten Häuser waren nicht mehr als Holzhütten und wirkten oft ungepflegt. In der Nähe des Hafens waren viele Restaurants und Läden, die vorwiegend das anboten, was Seeleute kauften, aber auch die Bedürfnisse der Bewohner berücksichtigten.

Ben wies Sam auf einen Laden hin, der weit über hundert Hüte auf mehreren Ständen feilbot. »Ich brauche einen neuen Sonnenhut«, sagte er. »Meiner hat zu breite Krempen und fliegt mir vom Kopf, wenn der Wind etwas stärker bläst.«

Auf den Straßen ging es turbulent zu. Jeder schien dort zu laufen, wo er wollte. Ihr Kutscher musste immer wieder mit der Peitsche knallen und schreien, um sich einen Weg zu bahnen. Tiere wurden durch die Menge getrieben. Pferde, Ochsen und Kühe waren sie gewohnt, aber als ein Mann ein gestreiftes Pferd hinter sich herzog, wies Ben Sam mit lauten Rufen darauf hin.

»Das muss ein Zebra sein, nach allem, was ich von Mr Larsson hörte. Zebras leben hier wild.«

Und dann sahen sie zwei übermannsgroße Vögel mit langen Hälsen, die von zwei Schwarzen an Leinen geführt wurden. Sie stelzten würdevoll auf ihren langen Beinen durch den Tumult und schauten fast hochmütig auf alles hinab.

»Na, und wie nennt man die?«, fragte Ben.

»Strauße«, antwortete Sam. »Das sind die Viecher, die den Damen die Straußenfedern für den Hut liefern.«

Und dann wurden die Häuser und Menschen weniger und ihr Kutscher konnte die Pferde antreiben. Links von ihnen konnten sie die Tafelbay sehen. Voraus schien eine Straßenkreuzung zu liegen, denn dort stauten sich wieder Wagen und Menschen.

Die überwiegend schwarzen Fußgänger schimpften zum Teil mit den Kutschern, die ihnen zu viel Staub aufwirbelten. Vor ihnen hörten sie Geschrei und Krachen, als ob Holz aufeinanderstieß. Und dann kam ihnen eine Kutsche entgegen, der die Pferde durchgingen.

Die Fußgänger rannten von der Straße herunter. Wagen hielten an der Seite an. Sam blickte voraus, sah, dass der Kutscher die Pferde nicht halten konnte, und kroch auf das Kutschendach.

»Was machst du denn?«, rief Ben. Aber Sam deutete nur auf den ihnen entgegenrasenden Wagen, dessen Pferden der Schaum vorm Maul hing und die wie völlig außer Kontrolle die Straße entlangrasten.

Ihr Kutscher lenkte den Wagen an den Straßenrand und die wild gewordenen Pferde schienen an ihnen vorbeigaloppieren zu wollen. Aber als sie neben ihrer Kutsche waren, sprang Sam mit einem Riesensatz auf das Leitpferd und hielt sich an dessen Mähne fest. Dann umklammerten seine Beine den Pferderumpf und seine kräftigen Arme umschlangen den Hals des Pferdes und rissen den Kopf zurück.

»Brrr, brrr!«, brüllte Sam laut und klemmte das Pferd so ein, dass es langsamer wurde und schließlich stehen blieb. Auch das Begleitpferd passte sich ihm an. Sam tätschelte die Pferde und lobte sie.

Ben war vom Kutschsitz gesprungen und kam angelaufen. Sven folgte ihm. Aus der stehen gebliebenen Kutsche stieg ein Herr aus, der tief ein- und ausatmete. Er fragte seinen Kutscher etwas, der antwortete ihm und zeigte schließlich auf Sam.

Der Herr ging zu den Pferden und sagte: »Sie haben uns gerettet. Wie haben Sie das gemacht?«

Sven war inzwischen herangekommen und antwortete: »Er ist von unserem Kutschdach auf Ihr vorbeirasendes Pferd gesprungen. Er ist der Maat Sam Root von der *Spirit of Philadelphia*. Ich bin Sven Larsson, sein Kommandant.«

Der Fremde zog seinen Hut. »Ich bin Bill Morton von der Morton-Werft. Wenn alle Ihre Männer so gut sind, Mr Larsson, dann ist Ihr Schiff unschlagbar. Ich bin Ihnen zu tiefstem Dank verpflichtet. Was kann ich für Sie tun?«

Sven antwortete: »Sie werden sich wundern, Mr Morton. Ich bin auf dem Weg zu Ihnen, weil ich eine Werft suche, die unsere Schiffe im Ostindienhandel betreuen kann.«

Mr Morton stutzte nur kurz. »Dann fahre ich Ihnen das kurze Stück voraus, Mr Larsson. Darf Ihr Maat mich in meiner Kutsche begleiten? Wir können wohl alle eine Erfrischung gebrauchen, und meine Frau wird sie uns gern servieren.«

Sein Kutscher wendete mit Sams und Bens Hilfe, denn es hatte sich schon ein Stau gebildet und andere Wagen wollten sich vorbeidrängen.

Aber dann war es geschafft. Sam stieg etwas zögernd in Mr Mortons Kutsche, und sie fuhren an. Mr Morton begann das Gespräch. »Mr Root, Sie haben außergewöhnlich tapfer und entschlossen gehandelt. Wer weiß, welches Unheil Sie dadurch von mir abgewendet haben! Ich bin Ihnen zu Dank verpflichtet und etwas in Verlegenheit, weil ich nichts bei mir habe, um dieser Dankbarkeit Ausdruck zu verleihen. Werden Sie länger in Kapstadt bleiben?«

»Wir sind heute eingelaufen und werden in etwa einer Woche weitersegeln, Sir. Aber bitte, Sie haben Ihre Dankbarkeit bereits ausgedrückt. Mehr erwarte ich nicht.«

»Das habe ich mir gedacht, Mr Root. Aber haben Sie auch Verständnis für meinen Wunsch, die Dankbarkeit noch etwas anders auszudrücken. Wir werden gleich bei mir sein. Meine Frau würde mir nicht verzeihen, wenn eine solche Tat keinen anderen Lohn erhielte. Sehen Sie, dort liegt unsere Werft.«

Wie Sam musterte auch Sven die Werft genau, über deren Gelände sie fuhren. Sie sahen mehrere große Hallen, in denen gesägt und gehämmert wurde. Eine Brigg lag auf der Helling. Auch hier waren Männer beschäftigt und schleppten Planken, um das Schiff einzurüsten. Werkzeuge lagen griffbereit unter kleinen Überdachungen. Alles wirkte sehr geordnet und planvoll.

Sie hielten vor einem gepflegten Steinhaus mit zwei Stockwerken an, das am Rande des Werftgeländes lag und einen schönen Blick auf die Tafelbay bot. Ein Diener kam herausgelaufen und nahm Mr Morton die Sorge um die Kutsche und die Pferde ab. Dieser ging zu Svens Kutsche und sagte: »Wir sind da, Mr Larsson. Sagen Sie doch Ihrem Kutscher bitte, er möchte meiner Kutsche nachfahren. Dort können die Pferde versorgt werden. Möchten Sie mit Ihren Begleitern zunächst die Werft besichtigen oder darf ich Sie gleich ins Haus bitten?«

»Ich habe schon genug von der Werft gesehen. Wir könnten gleich ins Haus gehen, Mr Morton. Vielen Dank.«

Sie gingen auf die Terrasse, die zur Bay hin gelegen war, und fanden unter Sonnenschirmen Platz. Mrs Morton kam, um die neuen Gäste zu begrüßen. Sie war eine geschmackvoll gekleidete, gut aussehende Frau. Sie hat einen gebräunten Teint, dachte Sven. Anscheinend ist sie nicht so um ihren weißen Teint bemüht wie meine Sabrina.

Mr Morton stellte sie alle vor und erzählte von dem Unfall. Man sah Mrs Morton an, wie sie um Fassung rang. »Mein Gott! Was hätte da alles passieren können. Sie haben ja übermenschlich entschlossen und tapfer gehandelt, Mr Root. Wir sind Ihnen immer zu Dank verpflichtet. Ich werde erst einmal etwas zum Trinken kommen lassen, damit Sie sich erfrischen können.« Und schon war sie im Haus verschwunden.

Als sie nach kurzer Zeit zurückkam, folgten ihr der Diener, der auf einem Tablett Whisky, Wasser, Eis und Saft trug, und eine Zofe, die auf ihrem Tablett Kaffee und Kuchen brachte.

»Zuerst können wir alle nach dem Schreck vielleicht etwas Stärkeres brauchen und dann können wir uns dem Kaffee und Kuchen zuwenden«, meinte Mrs Morton.

So geschah es. Sie prosteten sich zu und auch Mrs Morton leerte den Whisky in einem Schluck. »Wie lange bleiben Sie in Kapstadt, Mr Larsson?«, fragte Mrs Morton.

Sven berichtete, dass sie eine Woche vor Kapstadt liegen würden, erwähnte den Konvoi, den er morgen oder übermorgen erwarte, und fragte, was er mit Frau und Kindern alles besichtigen solle.

Nun waren die Mortons überrascht. »Sie haben Ihre Familie bei sich! Wie schön! Da müssen wir gemeinsam etwas unternehmen, bevor die Briten die Stadt überschwemmen. Dürfen wir Sie morgen um vierzehn Uhr am Kai abholen?«

Sven war einverstanden und auch seine Männer schienen erfreut. Ihnen sagte Mr Morton noch, dass sie die Fahrt so einrichten würden, dass sie morgen Abend die Stadt noch ohne Briten genießen könnten. »Sie wissen ja, die Preise!«, zwinkerte er ihnen zu.

Es war von Beginn an eine sehr natürliche und offene Unterhaltung gewesen, aber nun wollte Sven etwas mehr über die Mortons und die Werft erfahren und bot ihnen an, auch über sich und die Reederei Baldwin und Co. zu berichten.

Mr Morton kam aus Irland, wo zwei seiner Söhne jetzt das College besuchten. »Als Schiffszimmermann lernte ich auf St. Helena meine Frau kennen, die als Gouvernante die Kinder des Gouverneurs betreute. Wir haben dort geheiratet, sind aber nach zwei Jahren nach Kapstadt übergesiedelt, wo ich diese damals sehr kleine Werft kaufte.«

Seine Frau fiel ihm ins Wort. »Bill, in diesem Kreis kannst du ruhig sagen, dass vielen Familien auf St. Helena nicht gefiel, dass ich als Achtelnegerin in die Gesellschaft eingeführt wurde. Hier weiß das keiner. Und Mr Larsson ist kein Mensch, der auf Hautfarbe achtet.«

»Sicher nicht, Mrs Morton. Aber ich kenne die Probleme aus der Familie eines engen Duzfreundes. Es verdient allen Respekt, wie Sie damit umgehen.«

Und dann kam die Tochter der Mortons vom Violinunterricht. Sie war ein hübsches zehnjähriges Mädchen, das auf Fragen lebhaft antwortete und sich freute, dass mit Lilian eine Spielgefährtin aus Amerika komme.

Dann aber musste Sven einen Überblick über seine Laufbahn, seine Anteile an der Werft und die Pläne für den Ostindienhandel geben. Mrs Morton forderte auch noch Informationen über Sabrina, ihr Kennenlernen und die Familie ein.

Es war eine sehr lebhafte Unterhaltung, in die Mrs Morton auch Svens Begleiter einbezog. Als sie schieden, waren sich alle einig, dass das der Beginn einer guten Partnerschaft sei, und sie sahen mit Freude dem Wiedersehen am nächsten Tag entgegen.

Als Sven wieder an Bord kam, wartete seine Familie schon auf ihn. Aber sie musste sich noch einen Augenblick gedulden, damit Sven seine Erfahrungen mit Kapitän Bauer und dem Zahlmeister austauschen konnte.

Aber dann ließen sich die Kinder nicht länger zurückhalten.

»Vati, wir haben ganz große Vögel gesehen! Sie heißen Strauße!«, rief Henry wieder einmal als Erster.

»Aber, Daddy, stell dir nur vor! Wir haben ein Kamel beobachtet, das auf der Straße geduldig Lasten schleppte. Ein Inder saß hinter seinem Kopf und lenkte es«, übertrumpfte ihn Lilian.

»Und du, Einar, du bist so still?«, fragte Sven.

»Ich habe drei Polizisten gesehen, die vier Schwarze, die an Händen und Beinen Eisenfesseln trugen, vor sich hertrieben und mit Peitschen auf sie einschlugen. Das ist doch unmenschlich!«

Sven strich ihm mit der Hand über den Kopf. »Ja, das ist unmenschlich, was immer sie auch getan haben mögen. Wir sind in einem jungen, wilden Land gelandet. Aber du hast doch auch sicher viel Lustiges gesehen, Einar. Erzähl doch einmal davon.«

Einar musste lächeln. »In einem großen Käfig saß ein Affe, der immer Grimassen schnitt. Und wenn ein Hund vorbeikam, hat er immer ein Bellen imitiert. Er konnte das recht gut. Die Hunde haben sich fürchterlich aufgeregt und sind immer wütend gegen den Käfig gesprungen. Er hat ihnen dann Bananen- oder Orangenschalen ins Maul geworfen. Das war echt lustig.«

»Und ein Mann wollte Mammi die Tasche klauen«, meldete sich wieder Henry zu Wort. »Da hat ihm ein Soldat mit dem Kolben auf den Arm geschlagen. Der Dieb rannte weg. Man konnte ihn aber noch lange schreien hören.«

Sven sah Sabrina an. »Warum gehst du so ins Gedränge?«

»Weil überall auf den Straßen nur Getümmel und Gedränge war, mein lieber Kommodore. Da stießen Kinder mit Lasteseln zusammen. Gruppen von schwatzenden Weibern ließen dich kaum durch. Händler drängten sich an dich, um ihre Waren anzubieten. Hunde liefen frei herum. Kinder spielten. Ich habe so ein Gewusel noch nicht erlebt.«

»Habt ihr nichts gefunden, was ihr kaufen wolltet?«, fragte Sven.

»Natürlich!«, antwortete ihm seine Tochter. »Es wird viel angeboten, auch zum Spielen. Aber Mammi meinte, wir würden das nicht am ersten Tag tun, obwohl sie selbst einen Modeladen entdeckt hat.«

Sabrina und Sven lächelten sich an. »Wir haben jetzt auch Ratgeber, die uns die besten Geschäfte zeigen können«, fügte Sven hinzu und erzählte seine Begegnung mit den Mortons.

Sie waren erschrocken, dass ihr Vater in so einen Unfall verwickelt worden war, aber Einar sagte beeindruckt: »Der Sam ist sehr tapfer und kräftig. Nun wirst du wohl Joshua gar nicht mehr vermissen?«

Sven dachte einen Augenblick nach. »Sam ist ungewöhnlich tapfer und zuverlässig. Dennoch vermisse ich Joshua von Zeit zu Zeit. Er ist klüger als Sam und war mir als Freund näher.«

Sabrina nickte: »Ja, Joshua ist vielseitiger. Er hat mehr Format, obwohl ich auch Sam sehr schätze. Ich hoffe, es geht Joshua und seiner Familie gut.«

Am nächsten Tag holten die Mortons sie mit zwei Kutschen am Kai ab. Nach der Begrüßung erhielt Sam seine angekündigte Belohnung: einen Beutel mit hundert Dollar. Er war sprachlos über die Höhe der Summe.

»Sie haben es sich wahrlich verdient, Mr Root«, betonte Mrs Morton noch einmal. »Wir schulden Ihnen viel mehr und wünschen Ihnen alles Glück, das das Leben bieten kann.«

Ihre Herzlichkeit ließ Sams Überraschung die innige Freude folgen. Er strahlte, als er mit den Kindern zur zweiten Kutsche ging. Er stieg mit ihnen ein, Walter und Ben begaben sich auf den Kutschsitz.

Die Eltern saßen in der ersten Kutsche. Sabrina stand im Mittelpunkt der Aufmerksamkeit. Ihr erster Eindruck schien die Mortons beeindruckt zu haben, aber sie wollten noch mehr über Sabrina erfahren.

Sabrina berichtete, dass sie Sven über seine Schwester Ingrid kennengelernt habe, die heute noch ihre beste Freundin sei. Als sie auch noch erzählte, dass ihr Vater Svens Mutter geheiratet habe, als beide verwitwet waren, staunten die Mortons. »Enger können Familien sich ja wohl kaum verbinden. Leben die beiden bei Ihnen?«

Sabrina erweiterte nun ihren familiären Bericht durch den Hinweis, dass ihr Vater als Anhänger des britischen Königs nach Kanada emigriert sei und nun durch ihre Schwester und ihren Schwager im hohen Alter heimgeholt werde, um mehr von den Enkelkindern zu erleben. Der Krieg sei ja endlich vorbei.

Die Mortons hatten von diesem Krieg nicht viel erlebt, obwohl die britische Flotte auch vor Kapstadt aufgetaucht war, aber sie stimmten in die Freude über den Frieden ein.

Nun übernahmen die Mortons die Gesprächsführung, denn die Gäste mussten ja über die Umgebung unterrichtet werden. Es war eine wunderschöne Besichtigungstour. Die Larssons wurden nicht nur auf die wichtigsten Gebäude hingewiesen, sondern auch auf Stätten, die sie sonst übersehen hätten. So erfuhren sie, wo die Holländer erst gesiedelt hatten, wo zuerst Wein angebaut wurde, wo die größte Straußenfarm war und wer die größte Sammlung afrikanischer Tiere auf seinem Gelände zeigte.

Sie erklommen zwar nicht den Tafelberg, aber sie fuhren auf beiden Seiten so weit hinauf, dass sie einerseits Stadt und Tafelbay unter sich liegen sahen und auf der anderen Seite die False Bay mit ihren Siedlungen und dem in der Ferne aufscheinenden Kap der Guten Hoffnung.

Bei der Farm mit der Sammlung afrikanischer Tiere konnten sie sich die Beine vertreten und Kaffee und Kuchen zu sich nehmen. Alle waren begeistert. Die Kinder ließen sich von Mortons Tochter die Tiere zeigen, und Mr und Mrs Morton ergänzten die Schilderungen ihrer Tochter durch eigene Erlebnisse. Wieder wurden die Kinder vor den Schlangen gewarnt, aber auch vor dem Biss der Skorpione.

Als sie wieder den Hafen erreichten, waren sich alle einig, dass dem Ausflug andere folgen mussten. Mr Morton schlug für den übernächsten Tag einen Ausflug zu einem Hottentottendorf im Tal der tausend Hügel vor und fand nicht nur die Zustimmung der Kinder. Mrs Morton wies darauf hin, dass während des Aufenthaltes des britischen Ostindienkonvois traditionell ein Ball in Kapstadt veranstaltet wurde. Den wollten die Damen unbedingt besuchen, obwohl Mr Morton kein begeisterter Tänzer war.

Die weiteren Zusammenkünfte verliefen ähnlich interessant und harmonisch. Als der britische Konvoi dann einlief, stiegen erwartungsgemäß die Preise, die Straßen wurden noch voller und die Damen erfasste die von den Herren belächelte Sorge um ihre Garderobe.

Das war unnötig, denn alle Herren auf dem Ball versicherten Sabrina und Mrs Morton, dass sie die schönsten Kleider trügen. Ein Major, der vom Urlaub zu den Kolonialtruppen in Indien zurückreiste, schien so begeistert, dass er kaum einen Tanz mit Sabrina ausließ. Der schien sein Eifer zu gefallen, wie ihr Lachen und Strahlen verriet. Sven hatte keinen Grund, sich zurückgesetzt zu fühlen, denn er schien nicht nur einigen von Mrs Mortons Freundinnen in seiner blauen Uniform sehr zu gefallen, sondern auch mehreren jungen Damen, die nach Indien reisten, um dort ihren Lebenspartner zu finden.

Als Sabrina mit Sven in der Kutsche zum Schiff zurückfuhr, schwelgte sie im Wohlgefühl dieses Aufenthaltes. »Der Gedanke, dass wir übermorgen auslaufen, schmerzt schon ein wenig, Sven. Wir haben so schöne Stunden in Kapstadt verlebt, hauptsächlich durch die Mortons. Aber dieser Ball war ein neuer Höhepunkt. Ob uns wohl eine so angenehme Gesellschaft auf dieser Reise noch einmal geboten wird?«

»Ich weiß es nicht, Liebste. Aber den Franzosen sagt man doch auch nach, dass sie feiern können. Warum soll es im französischen Indien nicht auch solche Feste geben?«

»Dann muss ich mein Französisch auf dem Rest der Reise noch aufpolieren, Sven, denn sonst verstehe ich die Komplimente der Herren nicht richtig.«

»Was du heute alles gehört hast, müsste doch eigentlich für eine Reise genügen!« Sie scherzten noch ein wenig, wie sich ihr Ehepartner amüsiert hätte, und wurden dann in den Alltag zurückgerissen, als Elizabeth vor ihnen auftauchte und berichtete, dass Henry an Deck hingefallen sei und sich die Nase aufgeschlagen habe. Nun, er war bereits versorgt und schlief, sodass Sven beruhigend sagen konnte: »Es wird nicht die letzte aufgeschlagene Nase bleiben bei diesem Unruhestifter. Hoffentlich wird es nie schlimmer.«

Am Kai standen die Mortons und winkten der *Spirit of Philadelphia* nach, bis sie kaum noch zu sehen war. An Deck des Schiffes winkten Sabrina und die Kinder zurück, bis auch sie die Menschen am Kai nicht mehr erkennen konnten.

»War das nicht ein schöner Aufenthalt?«, fragte Sabrina mehr rhetorisch. »In den Mortons haben wir ganz reizende Menschen kennengelernt und die Tochter hat sich so gut mit euch verstanden.«

Die Kinder nickten nur, und sogar Henry, der mit einem dicken Verband um die Nase noch beeinträchtigt schien, schwieg einmal. Schließlich seufzte Lilian: »Endlich konnte ich mich mit einem vernünftigen Mädchen unterhalten, nicht nur mit Jungen.«

Sabrina schmunzelte. »Warte mal ab, was deine Brüder in ein paar Jahren zu solchen Äußerungen sagen werden. Aber schaut einmal. Dort mit dem Turban ist unser erster Passagier, ein Inder, der nach Pondichery mit uns segelt. Mr Morton hat ihn empfohlen. Er hat sich bereit erklärt, uns auf der Reise etwas über indische Sitten und Gebräuche zu erzählen.«

Einar blickte auf seine Schwester und verzog gelangweilt den Mund.

Aber dann winkte der kleine Henry mit der Hand und sie sahen Delfine neben dem Schiff auftauchen. Delfine verändern die Stimmung der Schiffsreisenden. Das hatten die Kinder schon während der Fahrt über den Atlantik gemerkt. Und nun sahen sie nach über einer Woche wieder diese geschickten, flinken Tiere, deren Augenstellung ihnen ein Lächeln vortäuschte.

Sie winkten den Delfinen zu und lachten sich an. Auch ihre Mutter lachte und strahlte Sven an, der vom Achterdeck zu ihnen kam. Alle wussten, wie sehr er Delfine mochte.

»Na, sind unsere Freunde wieder bei uns«, sagte er zu den Kindern. »Habt ihr auch die beiden ganz kleinen Delfine gesehen, die hinten dicht bei ihren Müttern schwimmen und deren Bewegungen nachahmen?«

Ja, die Kinder hatten sie gesehen, aber Sabrina entdeckte sie erst nach dem Hinweis. »Es berührt einen so seltsam, wenn man kleinen Nachwuchs mit den Müttern sieht. Man spürt diese Wunder der Fortpflanzung«, sagte sie und sah Sven so eigenartig an.

Aber das sahen die Kinder wohl anders und zeigten auf die Delfine, die am höchsten aus dem Wasser sprangen.

Und dann kam ein Fischerboot in Sicht, in dem sie gerade die Netze aufzogen. Im Licht der Sonne schimmerte es in den Netzen silbrig. »Die haben aber viel gefangen!«, staunte Henry, der das dumpfe Pochen in seiner Nase vergessen hatte. Und dann kam Kapitän Bauer, scherzte mit den Kindern und plauderte ein wenig mit Sabrina über den Ball.

»Die Briten wollen auch in Mahe auf den Seychellen einen Ball feiern, hat mir ein Kapitän erzählt. Hoffentlich wird es wieder so unterhaltend. Von den paar Inselbewohnern können wir dort aber nicht viel erwarten. Es war ein Glück, dass Sie in Kapstadt die Mortons getroffen haben.«

»Ja«, bestätigte Sabrina, »das sind liebe und unterhaltsame Menschen. Da haben wir etwas, worauf wir uns auf der Rückfahrt freuen können.«

Sie segelten in den nächsten Tagen etwas langsamer, bis sie dann am sechsten Tag gegen Mittag die Segel des Konvois achteraus auftauchen sahen.

»Nun können wir endlich wieder alle Segel setzen«, sagte Sven zu Kapitän Bauer. »Wenn wir jetzt bald die Straße von Madagaskar erreichen und Piraten uns angreifen wollen, fühlt man sich mit dieser

Flotte im Rücken doch sicherer. Haben Sie der Mannschaft inzwischen das Kapstädter Lotterleben wieder austreiben können?«

Es habe einige Mühe gekostet, versicherte Kapitän Bauer, aber inzwischen arbeiteten und schössen sie wieder mit den alten Standards. Einige hatten sich wohl auch in Kapstadt furchtbar mit den Briten geprügelt.

So verging Tag um Tag. An Steuerbord sahen sie weitab die Hügel der großen Insel Madagaskar liegen. Mr White erzählte ihnen, dass dort keine Giftschlangen lebten, aber auch keine Affen. »Dafür könntet ihr dort Lemuren sehen, die es nur auf Madagaskar gibt. Das sind katzenartige Tiere mit sehr langem Schwanz und Hundeschnauze. Sie sind kleiner als euer Rocky und nicht gefährlich, wenn man sie nicht reizt.«

Kapitän Bauer und Sven hatten in ihren Handbüchern nicht viel über die Insel gefunden. Gewiss, sie war bis vor etwa zwanzig Jahren ein Zentrum der Piraterie gewesen. Es hatte dort Königreiche der Piraten gegeben. Aber das war Vergangenheit und im Welthandel spielte die Insel nur eine sehr untergeordnete Rolle. Keine der Großmächte hatte sie bis jetzt beansprucht.

Sabrina bemerkte, dass die Stimmung in der Mannschaft gespannter war, seit sie im Kanal von Madagaskar segelten. Die kleineren Fischerboote oder die Dhaus, denen sie begegneten, wurden viel sorgfältiger als sonst beobachtet. Die Offiziere kontrollierten auch viel öfter, ob die Wachen ihre Arbeit sorgfältig ausführten, als im Atlantik. Nachts waren mehr Ausgucke auf Posten. Aber bisher hatten sie nichts Verdächtiges entdeckt.

Sabrina wies Sven darauf hin, dass mehrere Dhaus aus verschiedenen Richtungen einem Ort zustrebten, der an der ihnen abgewandten Seite des Festlandes liegen müsse. »Gibt es dort einen größeren Hafen?«

Sven überlegte kurz. »Sie werden auf Sansibar zusteuern, einen Handelshafen auf einer kleineren Insel dicht vor Afrikas Küste. Der Hafen gehört zum Besitz des Sultans von Osman.«

»So weit südlich an Afrikas Küste herrschen noch die Araber!«, staunte Sabrina.

Am nächsten Tag wollten die Kinder früher an Deck als sonst. Die Mannschaften trainierten Hornpipe, den Seemannstanz. Am Nachmittag sollte ein Wettbewerb stattfinden, und für den besten Tänzer hatte Sven zwei Dollar ausgelobt.

Sabrina verstand, dass die Kinder den teilweise tollkühnen akrobatischen Vorstellungen der Matrosen zusehen wollten. Aber sie hatte mit Elizabeth dann große Mühe, Einar und Henry von den Nachahmungen abzuhalten. Beide Kinder hatten schon jede Menge blaue Flecken davongetragen, und wer weiß, vielleicht könnten sie sich Arme oder Beine brechen. Das Deck war hart.

Aber die Darbietungen an Deck waren zunächst noch verhalten. Ein Teil der Matrosen hatte Dienst und der Geiger spielte auch noch nicht auf seiner Fiedel. Die Kinder schauten eine Weile eher gelangweilt zu, wie ein Matrose Kobolz schoss und ein anderer aus dem Stand immer höhere Sprünge übte.

Dann rief der vordere Ausguck etwas und Sven sagte, er müsse nachschauen.

»Was hat der Ausguck denn gemeldet?«, fragte Sabrina.

»Er hat voraus eine Dhau gemeldet, die zusätzlich Segel setzt und vor uns davonläuft«, antwortete Sven.

»Ist das gefährlich?« Sabrina schien erstaunt.

»Noch nicht, Liebste. Aber wenn die Dhau anderen melden will, dass wir kommen, dann könnte es Gefahr bedeuten.«

Aber der Midshipman, den Sven mit einem Teleskop auf den Mast schickte, konnte auch nur die eine Dhau entdecken, die etwa vier Meilen vor ihnen auf ihrem Kurs segelte. Sven ordnete an, dass die Dhau weiterhin zu beobachten sei, und ging wieder zu seiner Familie.

Nach dem Mittagessen segelte die Dhau weiter voran, aber das Deck hatte sich mit Matrosen gefüllt, die den Wettbewerb in ihrer Freizeit beobachten wollten. Für Sven war in der ersten Reihe eine Bank reserviert, und auch Kapitän Bauer saß bei ihnen, wenn sein Dienst es ihm erlaubte.

Die Unruhe der Kinder wurde endlich belohnt. Der Fiedler kam und begann zu spielen. Der erste Tänzer trat auf. Er hatte seine Anhängerschaft an Deck wie die anderen auch. Sie jubelte ihm zu und er begann, im Takt mit Armen und Beinen zu wirbeln. Er schien eine Frau zu umkreisen und wollte wohl seine Vorzüge ins rechte Licht stellen. Er verbeugte sich, ließ seine Muskeln spielen und zeigte seine Geschicklichkeit mit hohen Sprüngen und wilden Verrenkungen. Aber alle Bewegungen mussten sich dem Takt anpassen. Einmal schaffte er es nicht und landete auf dem Hosenboden. Da jubelten die Kinder, und die Konkurrenten freuten sich.

Kapitän Bauer kam wieder zu ihnen und sprach leise mit Sven. Der drückte Sabrina die Hand und ging mit ihm davon.

Kapitän Bauer berichtete, dass die Dhau immer noch mit gleichem Kurs vor ihnen segele. Die Masten des Konvois seien etwa drei Meilen achteraus in Sicht. »Aber John Brigger, der besonders scharfe Augen hat, meldete, dass er vor der Dhau noch andere Segel kurz gesichtet habe. Ich habe noch Mr Walton auf den Mast beordert, aber der konnte diese Meldung nicht bestätigen.«

Sven dachte kurz nach. »Wir werden in der Nacht doppelte Wachen und besondere Bereitschaft brauchen, denn es könnte sein, dass die eine Dhau unser Kommen anderen melden soll und dann mit denen in der Nacht auf uns lauert. Es wäre fatal, wenn wir unvorbereitet wären.«

»Dann wären wir wieder mal einer Meinung«, lächelte Kapitän Bauer.

»Das sind wir doch meistens, nicht wahr, Karl?«

»Hast du auch die Ahnung, dass uns eine unruhige Nacht bevorsteht?«

Sven nickte und blickte etwas besorgt drein. Aber dann klopfte er seinem Freund auf die Schulter. Als er wieder zu seiner Familie ging, schien sein Gesicht entspannt und fröhlich.

Im Wettbewerb war der dritte Tänzer bis jetzt der Beste gewesen, wie Sabrina ihrem Mann mitteilte. »Stell dir vor, er hat einen Salto vorwärts und einen rückwärts in seinen Tanz eingebaut, vollkommen im Takt. Henry will das jetzt üben.«

Sven lachte und drückte ihren Arm. »Es ist leichter, dreihundert Matrosen ruhig zu halten als drei Kinder.«

»Das kommt auf die Situation an, Liebster.«

Der Tänzer Nummer drei erhielt am Schluss den Preis, den Sven überreichte. Die Matrosen klatschten und bereiteten sich dann langsam auf den Abend vor.

Die Kinder waren ruhig eingeschlafen. Sabrina und Sven plauderten noch eine Weile. Aber als sie in der Koje lagen, merkte Sabrina, dass sich ihr Mann unruhig hin und her wälzte. Doch sie schlief ein. Im Traum sah sie ihr Schiff durch eine ruhige See furchen. Die Kinder spielten und die Matrosen wurden gedrillt. Sie blickte voraus und erschrak. Vor ihrem Bug ragte doch ein spitzer Felsen auf! Sah den denn keiner? Sie wollte schreien, brachte aber keinen Ton hervor. Dann hörte sie ein dumpfes Poltern und wachte auf. Noch voller Angst atmete sie heftig, merkte dann aber, dass sie ruhig in ihrer Koje lag. Also war es ein Traum.

Sven war aufgewacht und fragte halb im Schlaf: »Ist was?«

»Ich habe geträumt, Sven. Aber das Poltern vorn am Bug, das war nicht nur Traum, glaube ich.«

»Schlaf nur weiter, Liebste. Ich gehe ein wenig an die frische Luft.« Aber er zog nicht nur Hose und Jacke an, sondern nahm auch seinen Gürtel mit Schwert und Pistole.

Rocky lag nicht in dem kurzen Flur vor ihren Kojen. Also hatte ihn jemand zum Rundgang geholt. Sven stieg an Deck und fragte den nächststehenden Melder: »Ist Rocky an Deck?«

»Ja, Sir. Maat Root ging mit ihm, um achteraus zu spähen.«

»Melden Sie ihm, er möchte leise mit Rocky zum Bug kommen. Ich warte dort.«

Sven wartete nicht die Bestätigung ab, sondern ging zum Vorschiff. Er ließ seine Blicke nach allen Seiten schweifen und kontrollierte die Posten.

Dann ging er zur Reling und schaute voraus zum Bug. Plötzlich bewegte sich dort etwas. Er spähte genauer. Ja, da waren dunkle Klumpen, die dort nicht hingehörten. Leise schlich er ein Stück weiter vorwärts. Dann hörte er einige geflüsterte Worte. Aber er verstand nichts. Behutsam hob er den Kopf weiter über die Reling und suchte die Bordwand ab. Dort waren Seile und da hingen Männer dran. Etwa ein halbes Dutzend. Was wollten die da? Nachts strich doch niemand die Bordwand. Er ärgerte sich fast über den abwegigen Gedanken. Die Männer konnten doch nur auf ein Ereignis warten, um schnell an Deck zu kommen.

Ein warmer Körper schob sich an seinen Oberschenkel. Das war Rocky. Sven zog den Kopf zurück und sah nun auch den großen Schatten von Sam. Automatisch streichelte er Rocky und flüsterte dann Sam leise ins Ohr: »Hier hängt ein halbes Dutzend Männer an der Bordwand. Wahrscheinlich warten sie auf ein Zeichen, um an Deck zu springen. Schau leise an Steuerbord nach, ob auch dort welche hängen! Wenn ja, dann Melder zum Sergeanten, er soll mit zwanzig Musketenschützen zum Vordeck. Melder auch zu Kapitän Bauer, er möge Klarschiff veranlassen. Aber alles ganz leise und ohne Licht. Keine Luken öffnen!«

Sam nickte und verschwand. Rocky blieb bei Sven und schnupperte nach den Fremden.

Alles blieb ruhig. Dann bemerkte Sven, dass Männer aus dem Niedergang behutsam an Deck stiegen. Leise ging er dem Sergeanten ein paar Schritte entgegen. »An beiden Seiten hat sich etwa ein Dutzend Fremder mit Seilen festgeklammert. Sie wollen bei nächster Gelegenheit entern. Stellen Sie je zehn Mann Rücken an Rücken schussbereit auf. Wer über die Reling steigen will, wird abgeschossen. Leise!«

Die Seesoldaten huschten auf Positionen. Und dann stand auf einmal Kapitän Bauer neben ihm. »Was ist?«

Sven erklärte flüsternd, dass an beiden Seiten des Vorschiffs je sechs Mann an Seilen hingen. »Ein kleines Schiff muss sie gebracht haben. Sabrina hat gehört, wie es gegen unseren Rumpf stieß. Die warten dort, bis sie ein Zeichen erhalten, um als Vorhut an Deck zu stürmen und Verwirrung anzurichten, bis die anderen kommen.«

Dann zuckten sie zusammen. Jemand räusperte sich neben ihnen. Dort stand Midshipman Brigger. »Sir, ich habe vom Mast eine knappe Meile voraus Lichter gesehen. Es müssen Signale für die Dhau gewesen sein. Dort sind mehrere Schiffe.«

Sven flüsterte Karl Bauer ins Ohr. »Wir ändern Kurs drei Grad nach steuerbord, damit wir sie breitseits packen können. Signalraketen vorbereiten.« Der Kapitän verschwand zum Achterdeck.

Dann informierte Sven Mr Brigger, dass der Sergeant mit zwanzig Seesoldaten am Bug stehe. Er sollte ihm sagen, dass er die Fremden an den Breitseiten sofort ausschalten müsse, sowie im Licht der Leuchtraketen fremde Schiffe zu sehen seien. »Dann gehen Sie auf Ihre Gefechtsstation!«

Ein leises »Aye, aye, Sir!«, und Sven war wieder mit Rocky allein.

Rocky knurrte, aber in Richtung zum Achterdeck. Sven überprüfte seine Pistole. Dann zischten zwei Leuchtraketen in die Höhe. Sven schloss kurz die Augen und öffnete sie wieder, als er das leise Knallen der Leuchtraketen hörte. Ja, dort lagen etwa sechs bis sieben Dhaus steuerbord seitab und etwas voraus. Sie waren etwa dreihundert Meter entfernt. Und dann hörte er die Seesoldaten rennen. Dann krachten Schüsse. Körper platschten in die See.

Nun öffnete die *Spirit* ihre Luken. Die Kanoniere der an Deck stehenden Geschütze strömten aus den Niedergängen zu ihren Kanonen, luden sie und rannten sie aus. Befehle erschallten. »Feuer frei!«

Es krachte ohrenbetäubend. Die Kanonen bäumten sich auf und rollten zurück. Wie die Ameisen wirbelten die Männer um die Rohre, luden nach und zogen sie wieder nach vorn. Dann schossen sie.

Sven war zum Achterdeck gerannt und sah, wie die Treffer auf den am nächsten liegenden Dhaus einschlugen. Gut gezielt. Zwei Piraten-Dhaus lagen schief im Wasser und sanken. Aber die anderen Dhaus nahmen Kurs auf die *Spirit.* Im Schein der Leuchtraketen konnte man sehen, wie vollgestopft sie mit Piraten waren.

Ein Glück, dass ihre Kanonen nicht viel taugen, dachte Sven. Aber wenn sie entern könnten, dann wären die Piraten unüberwindlich. Die Maate trieben die Kanoniere an. Die Offiziere riefen neue Ziele aus. Und die Kanonen krachten unaufhörlich.

Die sinkenden Dhaus hatten einige Boote ausgesetzt, die nun auch auf die *Spirit* zustrebten. Aber ihre Kanonen hatten wieder Treffer erzielt. Noch eine Dhau war manövrierunfähig.

Dann schlugen auch auf der *Spirit* die ersten Treffer ein. Holzsplitter fegten umher. Menschen schrien ihren Schmerz hinaus. Eine Kanone war getroffen. Matrosen rannten und zogen die Verwundeten zum Niedergang. Sie rückten die Kanone wieder zurecht und schossen erneut.

Jetzt waren fünf Dhaus mindestens vorläufig ausgeschaltet. Piraten schwammen im Wasser. Aber zwei Dhaus kamen immer näher. Sie waren weniger als hundert Meter entfernt.

»Deckgeschütze Traubengeschosse laden!«, befahl Sven. »Auf die Decks zielen!«

Jetzt mussten sie die feindlichen Besatzungen dezimieren, sonst würden die entern. Kapitän Bauer lief umher, um die Abwehr von Enterern noch besser vorzubereiten. Die Scharfschützen der Seesoldaten griffen mit ihren Rifles in den Kampf ein.

Sven hatte Rocky hinter den Hauptmast geschickt, damit der Hund in Deckung war. Da lag er nun, den Kopf auf die Pfoten gedrückt und gepeinigt von dem für ihn unerträglichen Krach.

Sven schlug etwas gegen die Schulter. Er schrie vor Schmerz, aber als er nachfasste, merkte er, dass ihn nur ein Stück der Reling getroffen hatte. Nur eine Prellung. Er konzentrierte sich wieder auf die Dhaus. Eine war nur noch vierzig Meter entfernt. Die zweite hatte ihre Masten verloren. Einige Piraten versuchten, ihr Schiff mit Paddeln näher an den Gegner heranzubringen.

Sven befahl: »Handgranaten bereit!« Seesoldaten schleppten die Eisenkisten aus der Deckung und öffneten sie. Alle Kanonen feuerten jetzt auf die eine Dhau, die noch intakt schien. Nur wenige Piraten standen noch an Deck. Die anderen waren niedergemäht oder hatten sich hingeworfen.

Die ersten Handgranaten wurden geworfen. Zwei landeten auf dem Deck der Dhau und explodierten im hellen Feuerschein. Man sah, wie die Körper durcheinanderwirbelten.

Aber dann krachte der Bug der Dhau in den Rumpf der *Spirit*. Sven schoss der Gedanke durch den Kopf, welche Angst Sabrina und die Kinder auszustehen hätten. Dann stürzte er zur Reling. Dort standen Seesoldaten und Matrosen, schossen mit Drehbassen und Blunderbüchsen. Aber auch Enterdraggen flogen und krallten sich an ihrer Reling fest. Matrosen liefen hinzu und schlugen einige der an den Draggen befestigten Seile entzwei.

Doch an einigen Stellen tauchten über der Reling brüllende Piraten auf und schwangen ihre Schwerter. So verbissene und fanatische Gegner hatte Sven selten erlebt. Er zog seine Pistole, spannte sie und schoss einen Piraten nieder, der auf ihn zukam. Aber es folgten andere nach.

Schwerter krachten aneinander. Sven schoss mit seinem zweiten Lauf einen weiteren Piraten zusammen, der einem Kanonier sein Schwert in den Rücken rammen wollte. Sam kämpfte mit seiner Hellebarde gleich zwei Piraten nieder. Und dann stiegen keine Piraten mehr über die Reling.

»Handgranaten auf die Dhau!«, brüllte Sven. Einige Kanonen schossen wieder zur zweiten Dhau, die in zwanzig Meter Entfernung zu ihnen herankroch. Die Piraten schossen mit ihren Musketen. Kugeln flogen um sie herum. Verwundete fielen an Deck und wurden weggezogen.

Doch dann flog die zweite Dhau in die Luft. Ein Treffer hatte wohl in ihre Pulverkammer eingeschlagen. Das musste das Ende sein. Das halbe Dutzend Boote, das in hundert Meter Entfernung heranruderte, würde die *Spirit* nicht mehr ernsthaft gefährden. Wie zur Bestätigung des Gedankens wurden zwei Boote getroffen und versanken im Meer.

Die Dhau, die sie gerammt hatte, trieb ab. »Beschießt sie mit Leuchtraketen, sobald sie vom Heck freikommt!«, rief Sven.

Als ihre Kanonen die restlichen Boote zertrümmerten, fing die letzte Dhau hinter ihrem Heck Feuer. Es war vorbei!

Sven atmete tief durch und spürte wieder den Schmerz in seiner linken Schulter. Er erinnerte ihn an das, was noch zu tun war. »Feuer einstellen. Deck absuchen! Rumpf kontrollieren!«, befahl er mit lauter Stimme.

Er sah Ben Gibson in seiner Nähe. »Geh nach unten und sag meiner Frau, sie könne mit den Kindern wieder in ihre Räume. Der Angriff ist abgeschlagen. Ich bin gesund. Hans Maier soll dir helfen, sie wieder nach oben zu bringen.«

Der Kanonendonner war verhallt, aber das Wimmern und Schreien der Verwundeten war noch zu hören. Matrosen gingen umher, schafften die Verwundeten ins Lazarett. Die eigenen Toten legten sie zur Seite. Die toten Piraten warfen sie über Bord.

Ein Schiffsjunge wollte den Teil einer abgeschossenen Rah ins Meer werfen. »Bist du bekloppt!«, hielt ein Matrose ihn zurück. »Das braucht der Schiffskoch oder siehst du hier Holz auf dem Meer wachsen?«

Kapitän Bauer kam zu Sven. Er trug einen Verband um die Stirn. »Wir haben acht Tote und etwa zwanzig Verletzte. Die Schäden am Schiff sind unerheblich. Unsere Männer haben sich ausgezeichnet gehalten. Wie geht es dir?«

»Nur eine Prellung an der linken Schulter. Und was ist mit deinem Kopf, Karl?«

»Nur eine Schramme an der Stirn. Du weißt doch, Sven, ich hab einen Eisenschädel.«

Sven lachte. »Nur manchmal, mein Freund. Ich schau mal nach meiner Familie.«

»Sag ihnen aber, sie sollen bitte noch nicht an Deck kommen. Die Kinder brauchen das Blut nicht zu sehen, und sie würden nur beim Aufräumen stören.«

Dann krachten Musketenschüsse. Sie wandten sich erstaunt um. Ein Schiff des britischen Konvois hatte die Kampfstätte erreicht und schoss auf Piraten, die im Wasser trieben.

»Retten lassen die sich doch nicht«, kommentierte Kapitän Bauer.

Sven nickte. »Schick bitte Mr Bergson zum Kommodore, damit er ihm kurz Bericht erstattet. Wir segeln dann hinter dem Konvoi.«

In der Hütte umarmte Sven seine Sabrina und die Kinder. Er stöhnte etwas, als Einar zu sehr seine linke Schulter drückte. »Bist du verletzt?«, fragte Sabrina besorgt.

»Nur eine Prellung«, beruhigte Sven. »Wir sind gut davongekommen. Nur acht Tote und etwa zwanzig Verwundete. Die Piraten haben mindestens fünfhundert Mann verloren. Wenn es richtig hell wird, könnt ihr euch noch einmal umsehen. Aber jetzt bleibt bitte in den Kajüten. Ich könnte einen Kaffee gebrauchen.«

Auf dem Schiff des britischen Kommodore hatten sich die Passagiere in der Morgendämmerung schaudernd das Schlachtfeld angesehen und saßen jetzt beim Frühstück. Der Kommodore kam hinzu und entschuldigte sich, weil er erst noch die Meldung des amerikanischen Ersten Leutnants entgegennehmen musste.

»Hat der Amerikaner starke Verluste?«, fragte eine der Damen.

»Nur acht Tote und etwa zwanzig Verwundete, so wurde mir gemeldet. Das ist in Anbetracht der Zahl der Angreifer ein geringer Blutzoll«, antwortete der Kommodore.

Einer der höheren Kolonialbeamten, die aus dem Urlaub nach Indien zurückkehrten, schaltete sich in das Gespräch ein. »Den Wrackteilen nach müssen es sechs bis acht Dhaus gewesen sein, die den Amerikaner in der Nacht überfielen. Da haben die sich wirklich respektabel geschlagen. Dieser Mr Larsson muss ein ausgezeichneter Kommandeur sein, sonst hätte es schlimm enden können.«

Der Kommodore nickte und aß seinen Toast auf. »Mir wurde berichtet, dass sie aufmerksam wurden, als eine Dhau bei Anbruch des Abends vor ihnen davonsegelte. Dann sahen sie kurz Lichtsignale und sind in Erwartung einer Falle ausgewichen. Als sie im Schein ihrer Leuchtraketen die Dhaus erkannten, haben sie schnell und treffsicher geschossen. Die Amerikaner haben eine gut gedrillte Mannschaft. Ihr Kommodore und ihr Kapitän haben auf einem meiner Schiffe gedient.«

Die Tischrunde war überrascht. »Wieso denn das?«, fragten einige überrascht.

Der Kommodore erzählte die Geschichte, wie vier Seeleute eines amerikanischen Handelsschiffes in einer New Yorker Kneipe schanghait und auf eine britische Fregatte gebracht worden waren.

Auf Rückfragen einiger Damen musste er genauer erklären, dass es in Kriegszeiten nicht ungewöhnlich war, fremde Seeleute durch Betäubungsmittel im Getränk zu betäuben und dann auf ein Kriegsschiff zu verschleppen, auf dem sie zum Dienst gezwungen wurden.

»Wir hatten dauernd Besatzungsmangel und die Wirte kriegten Prämien für jeden verschleppten Matrosen.«

»Waren die Herren Bauer und Larsson damals noch nicht Offiziere?«

Der Kommodore verneinte. »Es waren vier befreundete Matrosen. Der älteste von ihnen, inzwischen gefallen, war wohl diensttuender Maat, Mr Larsson hatte, wenn ich mich recht erinnere, das Examen als Steuermannsmaat bestanden, Mr Bauer war Vollmatrose, und dann war da noch ein riesiger Neger, der jetzt in Philadelphia eine Stiftung für Waisenkinder leitet, wie mir Mr Larsson berichtete.«

»Er hat ja jetzt auch immer einen stämmigen Neger bei sich«, warf einer der Herren tadelnd ein.

Kommodore Norton überging den Einwurf. »Als ich eine Korvette übernahm, die nach Westindien segeln sollte, folgten mir die vier und haben sich ausgezeichnet bewährt. Der älteste von ihnen wurde Bootsmannsmaat, Mr Larsson tat als Steuermann Dienst. Und in Westindien sind sie dann desertiert und in ihre Heimat zurückgekehrt. Mr Larsson wurde sogar Fregattenkapitän und hat viele unserer Schiffe gekapert.«

Der Kolonialbeamte meldete sich empört. »Aber dann müsste er doch als Deserteur verfolgt werden!«

Der Kommodore schüttelte den Kopf. »Wir haben Frieden geschlossen, mein Herr. Und Mr Larsson war immer ein ehrenhafter Gegner. Wenn ich bedenke, wie er in unsere Flotte gepresst wurde, kann ich ihn gut verstehen und werfe ihm nichts vor.« Der Kolonialbeamte grummelte, und ein anderer warf ein: »Die Damen werden ihn auf dem nächsten Ball noch mehr bewundern!«

Nun lachten alle.

Sven war auf seinem Schiff gar nicht zum Lachen zumute. Acht Leichen lagen an Deck, sorgfältig in Leinen eingenäht und jedes Bündel mit einer Kanonenkugel beschwert. Die Mannschaften standen auf dem Deck. Manche hatten einen guten Freund verloren, und einigen standen Tränen in den Augen.

Der Pfarrer sprach von der Kameradschaft, die die Männer im Kampf gestärkt habe. Er erwähnte das Bibelwort, dass ein Mensch nicht höher steigen könne, als wenn er sein Leben für seine Freunde opfere. Das hätten die Gefallenen getan. »Wir übergeben ihre Körper dem unendlichen Meer und bitten unseren Gott, ihre Seelen in sein Himmelreich aufzunehmen.« Nun rief er die Namen auf, und jedes Mal rutschte ein Köper auf dem Brett in die See.

Die Mannschaften wurden entlassen und gingen zur »Versteigerung«. Dort wurden die Habseligkeiten eines jeden Toten angeboten. Es waren ärmliche Gegenstände. Mal eine Tabakspfeife, ein Messer, mal ein Umhang, ein Schal. Die Matrosen ersteigerten die Dinge für mehr Geld, als sie im nächsten Hafen gekostet hätten. Das Geld erhielten die Angehörigen, und so war es für Freunde oft der einzige Weg, der fernen Witwe zu helfen.

Dann segelte die *Spirit* weiter. Sie lief nun hinter dem Konvoi.

»Det is vielleicht sicherer als vorneweg«, sagte der Ausguck zu seiner Ablösung.

»Na ja, aber im Hafen möchte ich schon zuerst ankommen, ehe die alle die Preise verderben.«

Sven war zum Lazarett hinabgestiegen, um nach den Verwundeten zu sehen. Dr. Bader informierte ihn, dass drei Matrosen so schwer verletzt seien, dass er noch nicht wisse, ob sie durchkämen. Drei Beine, zwei Arme und eine Hand habe er amputieren müssen. Fünf Mann seien so leicht verwundet, dass sie in der nächsten Woche wieder Dienst tun könnten. »Und der Maat Kegall, dem ein Ohr abgeschossen wurde, hatte unter Schmerzen so viel Galgenhumor, dass er sagte, nun müsse er nur noch die Hälfte der Befehle ausführen.«

Sven schmunzelte. »Ich kenne ihn. Guter Mann. Das lockere Mundwerk hatte er schon immer. – Herr Dr. Bader, ich danke Ihnen für Ihre Hilfe. Bitte sagen Sie den Amputierten, dass wir sie selbstverständlich in die Heimat zurücknehmen und nicht irgendwo absetzen werden.«

Dann ging Sven zu den einzelnen Verwundeten, drückte Hände und sagte ermunternde Worte, sofern sie bei Bewusstsein waren.

Sabrina und Elizabeth boten an, bei der Pflege der Verwundeten zu helfen, aber Sven erklärte ihnen, dass die Sanitäter noch ein paar Tage brauchten, bis die Verwundeten alle so hergerichtet seien, dass es ihnen nicht mehr peinlich sei, vor den Frauen ihre Hilflosigkeit zu zeigen.

Dann kamen die Kinder und wollten mehr über das Gefecht wissen.

»Wer von euch war denn am tapfersten, als ihr unter Deck warten musstet?«, fragte Sven.

»Ich!«, meldete sich Einar. »Henry und Lilian haben geweint und Elizabeth hat gezittert, als die Dhau in unseren Rumpf krachte.«

Sven strich Lilian und Henry über den Kopf. »Ich verstehe euch. Es muss furchtbar sein, unter Deck zu hocken, den Kampfeslärm zu hören und nicht zu wissen, was passiert. Aber wenn der Einar sich beherrschen kann, schafft ihr das beim nächsten Mal auch.«

»Wann ist denn die nächste Schlacht?«, fragte der kleine Henry.

»Hoffentlich gibt es keine mehr. Wir haben eben die Toten der See übergeben und dann war ich bei den Verwundeten. Keiner möchte noch mehr Tote und Verwundete haben. Ich wünsche mir eine friedliche Reise.«

Die nächsten Tage schienen dem Wunsch zu entsprechen. Der Monsun schob sie gleichmäßig bei gutem Wetter hinter dem Konvoi her, der vor ihnen segelte. Manchmal trieben Abfallhaufen an ihrem Schiff vorbei.

Sven nahm den Anlass wahr, seine Kinder zu belehren. »Seht ihr nun, warum ich euch immer sage, ihr sollt nichts über Bord werfen. Bei den vielen Schiffen des Konvois sammelt sich der Unrat dann zu solchen Haufen. Wasser wird verschmutzt, Fische werden vergiftet. Man kann das Zeug doch an Land vergraben oder verbrennen.«

Dann liefen die Kinder zu Mr Singh, dem indischen Passagier. Nachdem er von der anfänglichen Seekrankheit genesen war, hatte er schon mehrfach von Indien erzählt. Anfangs hatten sie unlustig zugehört, aber Mr Singh bemerkte bald, dass sie gespannt den indischen Sagen lauschten. Und wenn die Kinder allein zu ihm kamen, erzählte er ihnen von früheren Göttern und Helden. Wenn Sabrina und gar Sven dabei waren, berichtete er vom indischen Alltag und seinen Gebräuchen. Das mochten die Erwachsenen, aber weniger die Kinder. Doch alle hatten Mr Singh als angenehmen Reisegefährten schätzen gelernt.

Am nächsten Morgen entdeckte Sabrina morgens zwei Inseln rechts und links von ihrem Kurs.

»Sind das schon die Seychellen?«, fragte sie ihren Mann.

»Nein, da musst du noch eine Woche warten. Das ist die Inselgruppe der Komoren am Ende der Straße von Madagaskar. Steuerbord voraus liegt die Insel Mayotta, backbord Mohilia. Die ganze Gruppe hat vier größere und eine Reihe kleinerer Inseln.«

»Wenn wir nun die Straße von Madagaskar hinter uns haben, ist dann auch die Piratengefahr vorbei?«

»Die größte Gefahr schon, aber mit Piraten müssen wir im Indischen Ozean immer rechnen. Wenn wir in drei Tagen die kleineren Inseln um St. Pierre passieren, müssen wir noch einmal vorsichtig sein. Aber jetzt wollen wir die schöne Reise genießen. Sieh mal, da bringen die Sanitäter schon die leichter Verwundeten an Luft und Sonne.«

Sabrina und Elizabeth verwöhnten die Verwundeten mit Getränken, und die Kinder bestaunten die Verbände und fragten nach ihren Erlebnissen beim Kampf.

Aber bald holte Sabrina sie zurück. »Die Männer brauchen Ruhe, sonst heilen ihre Wunden nicht!«

Rechtzeitig vor Ankunft auf den Seychellen setzte die *Spirit* wieder mehr Segel und setzte sich vor den Konvoi. Sven bemühte sich, die Erwartungen seiner Familie auf den nächsten Hafen zu dämpfen.

»Mahé ist nach den Handbüchern und nach dem, was mir die Indienfahrer berichteten, ein kleines Nest ohne jeden Komfort. Wir wollen dort eigentlich auch nur Frischwasser nehmen. Wenn Kommodore Norton nicht wieder einen Ball angekündigt hätte, würde ich am liebsten schon am nächsten Tag weitersegeln. So werde ich es wohl erst am dritten Tag tun können. Aber neben der Hauptinsel sollen dort auch schöne kleine Inseln liegen. Praslin ist beispielsweise der Granitfelsen am Ufer und der Riesenschildkröten wegen bekannt. Da könnten wir einen Tagesausflug unternehmen.«

»Au ja«, bestätigte Lilian. »Mama, du weißt, dass ich immer eine Schildkröte haben wollte.«

Sven lachte. »Die auf Praslin kannst du aber nicht mitnehmen. Ihre Panzer sollen einen Meter und mehr Durchmesser haben. Die kannst du nicht anheben.«

Mochte der Ort auch klein, die Insel unbedeutend sein, die Matrosen ließen den Blick immer wieder vorausschweifen. Die vielen Fischerboote deuteten doch schon auf die Nähe des Hafens hin. Endlich meldete der Ausguck: »Land voraus!«

Im Hafen sahen sie mehrere Dhaus, eine Dschunke und einen französischen Ostindiensegler. Kapitän Bauer und Sven spähten mit ihren Teleskopen voraus.

»Den Franzosen wirst du wohl besuchen müssen«, flüsterte der Kapitän. »Vielleicht können wir mit ihm nach Pondichery segeln.«

»Daran habe ich auch schon gedacht. Wir könnten uns dann sicherer fühlen.«

Als andere Offiziere näher traten, sprachen die beiden wieder formell miteinander. »Ich nehme Ihnen die Anmeldung beim Hafenkapitän ab, Kapitän Bauer, und besuche dann noch gleich den Kapitän des Franzosen.«

»Gerne, Sir. Der Franzose wird wohl auch am Ball teilnehmen wollen.«

Sven erkundigte sich beim Hafenkapitän, ob ein Besuch der Nachbarinsel Praslin mit seiner Familie ratsam sei.

»Aber ja, Kommodore. Das ist eine der schönsten Inseln und so nahe. Wenn Sie nicht einen Sturmtag aussuchen, ist der Ausflug vollkommen ungefährlich. Es leben nur wenige friedliche Fischer dort, und wenn Sie den Riesenschildkröten nichts tun, was ich hoffe, beißen die auch nicht.«

Als Sven dann berichtete, dass der britische Konvoi am nächsten Tag eintreffen und seinen Informationen nach ein Ball gefeiert werden solle, wurde der Hafenkapitän unruhig. »Dann muss ich sofort Mr Baling informieren, dass er das Lagerhaus räumen und ausstatten muss, und die Kaufleute werden sich auch vorbereiten wollen.«

»Wird im Lagerhaus gefeiert?«, fragte Sven überrascht.

Der Hafenkapitän erklärte, dass sich ein so kleiner Ort keinen Ballsaal leisten könne und dass das Lagerhaus mit Seidentüchern so hergerichtet werde, dass man sich wohl fühlen könne.

Der Kapitän gab ihm noch einige Informationen über den französischen Ostindiensegler, dann ließ sich Sven zu ihm übersetzen. Er wurde mit allem Pomp empfangen.

Der ältere Kapitän begrüßte ihn schon an Deck, stellte sich als Monsieur Jacques Roger vor und lobte Svens starkes Schiff. Er wirkte sehr sympathisch. Im Hintergrund erblickte Sven einige Passagiere, bei denen auch Kinder spielten.

Sven stellte sich vor und sagte, dass er Kurs auf Pondichery nehmen werde.

»Oh, wenn Sie nicht zu lange die Vorzüge dieser ›Großstadt‹ genießen wollen, könnten wir gemeinsam segeln. Ich will übermorgen absegeln.«

Sven informierte ihn, dass hinter ihm der britische Konvoi komme, dessen Passagiere übermorgen hier noch einen Ball feiern wollten. Daher werde er vielleicht einen Tag später auslaufen.

»Nun, wenn ein Ball gefeiert wird, kann ich meine Passagiere und Offiziere nicht enttäuschen. Kommen Sie bitte. Ich stelle sie Ihnen vor.«

Von den drei Damen waren zwei ganz entzückende junge Frauen. Auch ihre Männer schienen sich auf den Ball zu freuen und würden sicher Tänzerinnen finden. Die vier Offiziere waren sympathische junge Männer. Da würde die lange Überfahrt vielleicht nicht ganz so langweilig.

Das waren auch gute Nachrichten für Sabrina und die Kinder. »Dann können wir bei Flaute oder sehr ruhiger See mal die Kinder besuchen und ihr müsst ein wenig Französisch lernen.«

»Lernen« war kein Lieblingswort für die Kinder, aber die Aussicht darauf, mit anderen Kindern zu spielen, ließ sie darüber hinweghören.

Sven war wieder einmal froh, dass er seine Uniform hatte, als er Sabrina beobachtete, wie sie ein Kleid für den Ball aussuchte. Als sie bemerkte, dass Frauen es viel schwerer hätten als Männer, spöttelte er nur, dass sie bei der nächsten Reise nur ein Kleid mitnehmen solle.

»Um Gottes willen. Das geht doch nicht. Was würden denn die anderen von deiner Frau denken, wenn sie die ganze Zeit nur dasselbe Kleid trägt?«

»Dass sie eine schöne Frau ist, obwohl ihr der Mann nur ein Kleid spendieren kann.«

Sabrina schüttelte den Kopf. »Du findest doch immer noch eine Antwort. Nun geh an Deck, dann bin ich schneller fertig.«

Der Ball war ein Ereignis. Die Offiziere schwärmten noch Tage danach davon. Sven und Sabrina genossen die Tänze und ein nettes Gespräch mit Kapitän Roger. Keiner beklagte sich über die Räumlichkeiten, die wirklich sehr gastlich wirkten.

Von einigen Damen des britischen Konvois schien sich Sven besonders herzlich zu verabschieden, wie ihn Kapitän Bauer später neckte. Aber Sven schmunzelte nur. »Meine Frau hat sich nicht beschwert.«

»Ich glaube, die hat mehr Bälle mit dir Schwerenöter besucht als ich«, flüsterte Karl Bauer zurück. »Die hat sich daran gewöhnt.«

Kein Matrose trauerte Mahé nach, als sie gemeinsam mit dem französischen Ostindiensegler ausliefen. »Die feinen Herrschaften hatten ihren Ball, aber für uns gab es nicht mal ein ordentliches Bordell, nur diese verwanzte Bude mit diesen farbigen Amateurnutten. In der Karibik dürften die im Puff nicht mal die Betten machen.«

Matrose Brown spuckte vor Wut, aber dennoch sauste er voller Eifer die Wanten hoch, als das Kommando kam. Keiner wollte sich vor den Franzosen beim Segelsetzen blamieren.

Sven war erstaunt. »Diesmal sind die Burschen ja gar nicht so müde wie sonst bei der Ausfahrt aus dem Hafen«, sagte er leise zu Kapitän Bauer.

»Ich habe vorhin zufällig eine Unterhaltung belauscht. Sie wollen alles schneller schaffen als die Franzosen«, antwortete dieser.

»Prima«, stellte Sven fest. »Dann machen wir doch gleich Kanonendrill.«

Die Mannschaften mochten konkurrieren. Die Offiziere winkten den französischen Passagieren zu, wenn sich die Gelegenheit ergab.

Der Monsun schob sie wieder zuverlässig über den Indischen Ozean. In kurzer Zeit war die Routine wieder eingekehrt. Das Leben an Bord verlief wie immer auf dieser endlosen Reise. Nach drei, vier Tagen schlief der Wind ein. Dafür wachten die Kinder auf.

»Ihr habt doch gesagt, bei Flaute könnten wir die französischen Kinder besuchen«, erinnerte Einar seinen Vater.

Sven schaute etwas gequält zu Sabrina, aber die nickte schmunzelnd. Anscheinend war sie auch an der Abwechslung interessiert.

Er wandte sich an den Dritten Offizier. »Mr Walton, Sie würden doch sicher gerne meine Frau und die Kinder an Bord des Franzosen begleiten. Grüßen Sie Kapitän Roger von mir.«

Mr Walton gab seine Zustimmung freudiger als sonst, und Sven erinnerte sich auf einmal, dass Walton mit einer der Damen heftig geflirtet hatte. Er ärgerte sich, dass er erst jetzt wieder daran dachte. Wenn Walton zu heftig damit fortfuhr, konnte es Ärger geben.

Aber seine Bedenken waren verfrüht. Ein Ball ist doch etwas anderes als ein überraschender Besuch von Bord zu Bord. Die Damen waren erstaunt, die Kinder begeistert und die Männer stets gegenwärtig. Sabrina fühlte sich freundlich aufgenommen, aber es war ein Alltagsbesuch, kein Ball.

Mr Walton war enttäuscht, dass er die distanzierte Freundlichkeit seiner Tänzerin nicht durchbrechen konnte. Allmählich verstummte er in der wenig reizvollen Diskussion über die Freuden und Leiden einer Seereise.

Aber die Kinder waren in ihrem Element. Elizabeth und Hans Maier gerieten allmählich außer Atem durch ihr Bemühen, ihnen so nahe zu bleiben, dass sie im Notfall zugreifen konnten. Wenn ihnen ein Spiel gefiel, dann ermüdeten die Kinder einfach nicht.

Der französische Kapitän, der ein Weilchen mit den Damen geplaudert hatte, wandte sich in seinem schnellen Französisch an Mr Walton. Der wurde aus seinen Gedanken aufgeschreckt und konnte nicht folgen. »*Pardon, mon capitaine*, mein Französisch ist nicht sehr gut.« Er erklärte, dass er nur zwei Jahre in der Schule Französisch gehabt hatte und es nicht oft praktizieren konnte.

Mr Roger lächelte verständnisvoll und begann noch einmal langsam und deutlich. »Dies ist meine vierte Indienreise.« Er zeigte vier Finger und übersetzte »travel to India.« Mr Walton hatte verstanden und nickte.

»Auf zwei dieser Reisen habe ich erlebt, dass auf eine Flaute ein Zyklon folgte.« Das hatte Mr Walton nicht verstanden. »Zyklon?«, fragte er.

Der Kapitän erklärte: »Sie sagen ›Hurrikan‹ im Atlantik. Hier nennt man den Sturm Zyklon oder Willy.«

Jetzt hatte Mr Walton kapiert.

»Bitte berichten Sie Mr Larsson, er möchte aufmerksam das Barometer prüfen. Bei Sturm halten wir fünfhundert Meter Abstand.«

Als Mr Walton Sven davon berichtete, meinte dieser tadelnd: »Mr Walton, Sie haben die Handbücher nicht sorgfältig gelesen, sonst wäre Ihnen der Ausdruck Zyklon vertraut gewesen. Es ist ein Wirbelsturm wie unser Hurrikan, der besonders häufig im Golf von Bengalen auftritt. Bitte schicken Sie Mr Wheler zu mir. Wir müssen wachsam sein.«

Bei Mr Wheler war es die fünfte Indienreise, und er hatte drei Zyklone erlebt. »Allerdings sind sie auch ohne vorherige Flaute gekommen, Sir. Den Zusammenhang halte ich nicht für zwingend. Aber es sind gefährliche Stürme. Ich werde sofort die Vorbereitungen überprüfen und die Maate informieren, Sir.«

»Unterscheiden sich die Wolkenformationen, die man vorher beobachten kann, wesentlich von denen beim Hurrikan, Mr Wheler?«, fragte Sven.

Mr Wheler verneinte. »Ich werde auch die Ausgucke informieren, Sir, und Kapitän Bauer orientieren.«

»Sehr gut, Mr Wheler. Dann kann ich ja meine Rolle als Luxuspassagier wieder aufnehmen.«

Mr Wheler lachte.

Am Abend war das Barometer deutlich gefallen, und am Horizont waren Wolkenberge zu sehen. Kapitän Bauer blickte Sven bedeutungsvoll an. Der meinte: »Ich werde die Familie vorbereiten«, und entfernte sich. Mr Bauer befahl, von den Booten über die Kanonen bis zu den Vorräten im Laderaum alles zu überprüfen und notfalls die Verschnürung zu verstärken.

Sven hatte es etwas schwieriger. Er musste Sabrina die Möglichkeit eines schweren Sturmes schonender beibringen. Aber sie nahm es gelassener, als er vermutet hatte.

»Ich war doch schon seekrank, Liebster. Da sollte es doch diesmal für mich einfacher werden.«

Sven bestätigte, dass das üblicherweise so sei, aber man wisse es nie genau. Und man müsse sich vorbereiten. Als sie besprachen, was in ihren Räumen noch fest verstaut werden müsse, merkten auch die Kinder, dass möglicherweise ein Sturm drohe. Diese Nachricht schien sie zu begeistern. Sabrina bemerkte staunend, dass sie sich darauf freuten. Der kleine Henry bestand sogar darauf, dem Sturm auf Deck zuzusehen.

»Hast du den Verstand verloren?«, fragte Sabrina ärgerlich. »Jeder, der an Deck nicht festgebunden ist und sich nicht mit Stürmen auskennt, wird über Bord gerissen und ist verloren. Wir geraten alle in Lebensgefahr, und ihr freut euch darauf? Betet, dass uns Gott behüten möge.« Sie wandte sich ärgerlich ab.

Sven schüttelte den Kopf. »Ihr seid wirklich dumm, eure liebe Mutter so zu enttäuschen. Sie erinnert sich genau an ihre schlimme Seekrankheit beim letzten Sturm und ihr solltet wissen, dass das kein Kinderspiel ist. So, nun lasst uns eure Sachen betrachten, damit wir sehen, was verschnürt oder so hingelegt werden muss, dass es nicht wegrutschen kann. Und wir müssen auch warme und wasserdichte Sachen rauslegen, falls wir ein Boot besteigen müssen.«

Nun merkte er, wie die Kinder Angst bekamen. »Man darf mit

Gefahren nicht leichtfertig umgehen«, mahnte er. »Man muss sich vorbereiten, auch wenn es dann gar nicht so schlimm kommt.«

Aber es kam schlimmer, als es sich die Kinder vorgestellt hatten. Das Barometer fiel auf Tiefen, die sie auf dieser Reise noch nicht erlebt hatten. Die riesengroße dunkle Wolkenwand, in der die Blitze zuckten, kam immer näher. Die Wellen wurden immer höher, und das Schiff wankte und bebte immer stärker.

Rocky war angebunden worden, damit er nicht umhergeschleudert wurde. Er mauzte, aber er hatte schon manchen Sturm erlebt und schien nicht so verängstigt wie Henry, der sich krampfhaft an seine Mutter klammerte. Einar saß bei Rocky und streichelte ihn. Nur Lilian lag auf ihrer Pritsche und hielt sich an den Seiten fest.

»Verdammt! Muss uns dieser Zyklon auch noch in der Nacht erwischen«, fluchte Bootsmann Geston.

»Haben Sie Ihre Männer ermahnt, sich immer anzuschnallen und festzuhalten?«, fragte Mr Wheler.

»So oft, dass sie es nicht mehr hören konnten. Es sind ja auch erfahrene Seeleute. Was vorbereitet werden konnte, ist getan worden. Nun müssen wir nur noch durch.«

Dieses »Durch« dauerte zweieinhalb Tage. Rund sechzig Stunden bog der Sturm ihre Masten, zerriss zwei Sturmsegel und schleuderte Matrosen, die nicht aufpassten, auf das Deck. Wellen donnerten gegen die Aufbauten und rissen fort, was zu locker angeknotet war. Zwei Matrosen wurden über Deck gerissen und nie wieder gesehen. Vier Kanonen mussten neu festgezurrt werden und die Männer, die das taten, mussten sie halb tot unter Deck schleifen.

Elizabeth und Sabrina wischten auf, was die Kinder erbrochen hatten. Dann musste sich auch Elizabeth übergeben und fiel aus. Sabrina konnte es kaum glauben, aber sie hatte keine großen Probleme mit ihrem Magen. Sie war erschöpft und ein wenig ängstlich, aber sie schaffte es, Elizabeth und die Kinder zu versorgen. Das machte sie stolz. Jetzt hatte sie Seebeine!

Sven kam immer wieder zu ihnen, um sich trockene Sachen anzuziehen und ein wenig auszuruhen. Da blieb noch Zeit, dass er sich mit Sabrina fest umfasste. Sie hielt sich wunderbar. Er ging immer gestärkt an Deck.

Und dann wurde das Stampfen und Stoßen langsamer. Sven kam und rief: »Wir haben es bald geschafft. In einer Stunde ist es vorbei. Der Franzose sieht auch unbeschädigt aus. Der Koch steht schon bereit, um wieder Feuer anzuzünden.«

Da merkten auch Sabrina und die Kinder, dass sie nicht nur erschöpft, sondern auch völlig ausgehungert waren. Rocky hatte zwischendurch immer geschlafen und war wohlauf. Auch er schien zu merken, dass alles so gut wie vorbei war.

Sie banden ihn los und er wollte vor Freude an Sven hochspringen. Aber da schwankte das Schiff noch einmal stärker und er fiel auf die Seite. Doch geschickt rollte er sich herum und setzte sich auf die Hinterpfoten. Die rechte Vorderpfote streckte er Sven entgegen. »So ist es richtig, Rocky. Immer vorsichtig!«

Und er griff die Vorderpfote und streichelte den Hund. Die Kinder waren auch aufgestanden, hielten sich aber fest. Sie ließen sich etwas Tee geben. »So ein Sturm ist Mist«, schimpfte Einar. »Da kann ich ja gleich ein Brechmittel nehmen, dann fühle ich mich genauso.«

»Ich habe Hunger!«, jammerte Henry.

»Gleich gibt es etwas zum Essen. Aber wir müssen vorsichtig sein und mit leichtem Grießbrei anfangen«, mahnte Sabrina.

»Diese Kinder!«, seufzte Elizabeth. »Wenn ich nur an Essen denke, wird mir schlecht.«

»Kommt, wir gehen in die andere Kajüte, da könnt ihr aus dem Fenster gucken. Wenn wir so weit sind, dann schicke ich Sam und die anderen, und die holen euch.«

Die Matrosen räumten fort, was an herabgerissenen Segeln und abgebrochenen Hölzern herumlag. Der Franzose segelte jetzt neben ihnen, und auch dort waren sie beim Aufräumen. Matrosen winkten sich zu.

»Man ist doch immer froh, wenn man so einen Scheiß-Hurrikan überstanden hat«, meinte ein Matrose.

»Das heißt hier Zyklon«, merkte sein Kumpel an.

»Das ist mir doch so egal. Von mir aus kannst du auch Neptuns Furz sagen.«

Die Wellen beruhigten sich immer mehr. Der Wind wehte wieder mit normaler Stärke. Die *Spirit* ersetzte die Sturmsegel durch die gewohnte Besegelung.

Der Franzose kam näher und die Kapitäne tauschten mit Sprachrohr ihre Meldungen aus. Der Franzose hatte vier Mann verloren. Ein Geschütz war losgerissen worden, aber er brauchte keine Hilfe. Sie wünschten sich gute Reise und entfernten sich wieder voneinander.

Auch Elizabeth probierte etwas von dem Grießbrei, den die Kinder mit Appetit aßen. »Ich habe keine Magenschmerzen«, sagte sie erleichtert. »Nun ist es wohl vorbei.«

Sabrina hatte sich zwei Eier gemacht und aß sie genussvoll mit Brot. »Und wenn uns noch einmal ein Sturm trifft, wirst du ihn viel leichter überstehen, Elizabeth.«

»Siehst du, mein Liebes, nun sind wir ohne neuen Sturm so weit gekommen. In zwei Tagen müssten wir Ceylon umsegeln. Dann haben wir es fast geschafft«, verkündete Sven fröhlich seiner Sabrina.

»Was ist Ceylon?«, meldete sich unerwartet der kleine Henry.

Sabrina strich ihm übers Haar. »Das ist die Insel an der Südspitze Indiens. Du hast noch gesagt, die sieht auf der Karte wie ein Wassertropfen aus.«

»Ach ja, jetzt weiß ich es wieder. Ich sag es den anderen.«

Die beiden schauten ihm schmunzelnd nach. »Er ist unser lebhaftestes Kind. Bis jetzt«, meinte Sven.

»Du hast doch nicht etwa Pläne? Ich bin mit drei Kindern zufrieden«, wehrte Sabrina ab.

»Liebling, manchmal geschieht etwas völlig ungeplant«, erwiderte Sven schmunzelnd. Aber dann wurde er durch Midshipman Wilberg unterbrochen, der sich vor ihm aufbaute und die Hand an den Hut legte.

»Was gibt es, Mr Wilberg?«, fragte Sven.

»Ein Schiff mit zwei Segeln kreuzt hart am Wind in Ost-Nord-Ost, etwa vier Meilen entfernt. Wir werden es in einer knappen Stunde passieren, Sir.«

»Doch nicht etwa ein Pirat?«, entfuhr es Sabrina.

»Es sieht eher nach einem europäischen Schiff aus, Madam«, beruhigte sie Mr Wilberg.

Sven bedankte sich bei ihm und entließ ihn. »Er hat nur zu reden, wenn er gefragt wird«, brummelte Sven vor sich hin.

»Liebster, er wollte mich doch nur beruhigen«, besänftigte ihn seine Frau.

Nach einer guten halben Stunde wussten sie mehr. Es war eine Ghurab, ein indischer Schiffstyp mit zwei Segeln. Das Schiff wirkte in der Ordnung seiner Segel und seiner Kanonen recht europäisch. Leutnant Waller hatte zuerst vermutet, dass es eine amerikanische Flagge trug, musste sich aber vom Master belehren lassen, dass sei die Streifenflagge der Bombay-Marine.

»Das müssen Sie uns aber etwas näher erklären, Mr Wheler«, schaltete sich Sven ein. »Darüber habe ich in unseren Büchern nichts gelesen.«

Mr Wheler freute sich, Mittelpunkt des Interesses zu sein, und berichtete, dass die Bombay-Marine die kleine Kriegsflotte der britischen Ostindischen Kompanie sei. »Sie wurde 1612 gegründet und führt als Flagge den Gridiron, eine Flagge mit dreizehn waagerechten Streifen und einer Kombination von Georgs- und Andreaskreuz in der linken oberen Ecke. Sie ist unserer Flagge sehr ähnlich. Die Bombay-Marine hat nur etwa ein Dutzend Schiffe von Fregattengröße abwärts und dient der Piratenbekämpfung oder der Nachrichtenverbindung zum Mutterland.«

Sven wandte sich an Kapitän Bauer: »Dann sollten wir Kapitän Roger zu uns bitten und dann den britischen Kommandanten gemeinsam zum Besuch erwarten. Würden Sie bitte die Signale veranlassen?«

Die beiden Ostindiensegler kürzten die Segel. Kapitän Roger setzte sein Boot aus und steuerte die *Spirit* an. Auch die Ghurab der Bombay-Marine setzte ein Boot aus.

Kapitän Bauer ließ die Wache antreten. Sie begrüßte kurz nacheinander Kapitän Roger und einen jungen Kommandanten der Bombay-Marine mit präsentierten Gewehren sowie Trommler- und Pfeiferklang.

Sven empfing die Herren in seiner Kajüte. Der junge Kommandant stellte sich als Leutnant Fred Miltan vor. Er wirkte etwas distanziert. Dann servierte Martin Wein und sie tranken auf einen guten Verlauf ihrer künftigen Reise.

Sven berichtete danach, dass Kapitän Roger und er gemeinsam in Mahé geankert und festgestellt hätten, dass beide nach Pondichery segeln wollten. »Seitdem fahren wir gemeinsam und haben vor einer guten Woche auch gemeinsam einen Zyklon überstanden. Ansonsten war unsere Reise ereignislos.«

Der Leutnant erzählte, dass er vor drei Wochen die Post in Suez abgeholt habe und sie nach Kalkutta bringe. Er habe im Golf von Aden ein Gefecht mit Piraten bestehen müssen, sie aber in die Flucht geschlagen.

»Müssen Sie oft diese Route segeln, Mr Miltan?«, fragte Kapitän Roger.

»Einmal im Jahr sicher, Sir. Ansonsten bekämpfe ich Piraten im Golf von Bengalen und segele auch mindestens einmal im Jahr nach Bombay. Aber ich hoffe, dass ich Kapitän und dann auch einmal als Admiral des Moguls ausgewählt werde. Dann kann ich meinen Abschied nehmen und in England als Gutsherr leben.« Leutnant Miltan war richtig lebhaft geworden.

»Bitte, Mr Miltan, ich weiß wenig über die Bombay-Marine und begegne zum ersten Mal einem ihrer Schiffe. Können Sie mir erklären, was ein ›Admiral des Moguls‹ ist?«

Mr Miltan lächelte. »Gerne, Sir. Die Muslime Indiens rüsten in jedem Jahre eine Pilgerflotte aus, die sie nach Djidda im Roten Meer transportiert, damit sie zu ihren heiligen Stätten in Mekka pilgern können. Seit 1759 hat die Bombay-Marine den Schutz dieser Flotte gegen Piraten übernommen. Einer ihrer Kapitäne kommandiert den Begleitschutz, wird für diese Aufgabe zum Admiral des Moguls ernannt und erhält dafür zehntausend Pfund.« Er lächelte triumphierend in die Runde.

»Da bewerbe ich mich!«, platzte Kapitän Bauer heraus und alle lachten.

Martin brachte Kekse und Sven bestätigte. »Das ist ein lohnender Job, Mr Miltan. Wir wünschen Ihnen viel Glück, um ihn zu erreichen. Aber nun berichten Sie uns bitte die neuesten Nachrichten, denn wir können Sie ja nicht zu lange aufhalten.«

»Die Nachricht, die in Kalkutta am wenigsten Freude auslösen wird, ist, dass Premierminister Pitt ein neues Indiengesetz erlassen will, welches die Aufsicht der Krone über die britische Ostindienkompanie verstärken wird. Unsere Kompanie ist ziemlich bankrott, weil die Zivilangestellten zu sehr in die eigene Tasche gewirtschaftet haben.«

»Das scheint in allen Kompanien Praxis zu sein«, bestätigte Kapitän Roger. Sven warf ein, dass Amerika keine Ostindienkompanie besitze und dass nach seiner Auffassung entsprechende Vorschläge wenig Aussicht auf Verwirklichung hätten.

»Warum nicht, Mr Larsson? Der Indienhandel ist doch ein lohnendes Geschäft«, entgegnete Mr Roger.

»Sicher, das realisieren einzelne Kaufleute, wie auch meine Reederei. Aber die amerikanische Bevölkerung ist viel zu sehr mit der Kolonisierung des Landes befasst, stellt den Überseehandel hintan und hat eine verwurzelte Abneigung gegen alles, was sich nach königlichen Einrichtungen anhört.«

Leutnant Miltan unterstützte Svens Meinung. Er habe gehört, dass die amerikanischen Staaten die Kriegsflotte ganz auflösen wollten. Es sei ja auch nur noch eine Fregatte in Dienst.

Dann wandte sich das Gespräch den Verdienstmöglichkeiten in Indien zu. Von gutem Verdienst habe er noch nichts gespürt, meinte Mr Miltan. Auch die Kollegen in der Armee stöhnten über geringen Sold und fehlende Aufstiegschancen.

»Wie bei uns«, meinte Mr Roger. »Reich werden können nur die zivilen Angestellten der Kompanie, und dies umso mehr, je eher sie Gesetze übertreten oder Verstöße übersehen.«

»Wir Menschen handeln anscheinend überall in der Welt sehr ähnlich«, äußerte Mr Miltan. Aber sicher stimmten ihm die drei Herren zu, dass man sich wohler fühle, wenn man ehrlich bleibe, auch wenn der Gewinn darunter leide.

Darauf stießen alle an und trennten sich, wie man sagt, im besten Einvernehmen.

Die Boote legten wieder mit allen Ehren ab. Die Schiffe tauschten Abschiedssignale aus und setzten wieder Segel.

Als Sven zu seiner Familie kam, erwarteten ihn alle voller Neugier.

Henry drängte sich wieder vor: »Kommen noch mehr Piraten?«

Sabrina war ärgerlich. »Du sehnst dich wohl danach? Sag lieber, Sven, ob der Leutnant etwas über die neue Mode wusste.« Sie zwinkerte ihm dabei zu.

»Ihr habt Fragen!«, wunderte sich Sven. »Ich fürchte, er hat nichts erzählt, was euch interessiert. Wir haben über neue Indiengesetze der Briten gesprochen, über den Admiral des Moguls, über die Korruption der Zivilangestellten in Indien und die Bombay-Marine.«

»Ein Glück, dass ihr Damen bei diesen Gesprächen ausschließt. Ich wäre vor Langeweile vom Stuhl gefallen«, scherzte Sabrina. Sven und die Kinder lachten. »Ach, Mutti, ich fürchte, mir wäre es ähnlich ergangen«, bestätigte Lilian ihrer Mutter.

Sven unterhielt sie dennoch recht angenehm mit dem, was er über die Bombay-Marine und über den ›Admiral des Moguls‹ gelernt hatte. Sabrina konnte die Lehrerin so wenig verleugnen, dass sie noch einige Informationen über den Islam und Mohammed anfügte.

»Leben auch bei uns Muslims?«, fragte Einar.

»Ich kenne keinen«, bekannte Sven. »Aber da einige Araber und Inder auch bei uns leben, sind wahrscheinlich Muslime darunter. In Indien werden wir sicher auch Moscheen sehen.«

Am nächsten Tag herrschte wieder eine seltsame Unruhe an Deck. Ceylon hatten sie in der Nacht passiert, aber vielleicht könnte man heute die Küste Indiens sehen. Und übermorgen könnten sie den Hafen erreichen.

Die Fischerboote, denen sie ausweichen mussten, wurden immer zahlreicher. Mr Bergson, der Erste Offizier, schimpfte über das lausige Pack, das keine Rücksicht kenne. Die Kinder bestaunten die Turbane und die nackten Oberkörper der Fischer. Rocky bellte sie zunächst an, bis er lernte, dass sie harmlos waren.

Und dann schallte es vom Mast: »Land steuerbord voraus!«

Wer konnte, rannte an die Steuerbordseite. Aber wieder war nur ein dunkler Strich am Horizont zu sehen. Doch sie näherten sich etwas der Küste, sodass man Wälder und Sandstrände erkennen konnte. Im Hintergrund waren Gebirge mehr zu erahnen als zu sehen.

Sabrina erinnerte dieser Anblick an die Nähe des Ziels. »Wir müssen ja noch packen!«, sagte sie zu Elizabeth.

»Bleiben wir länger an Land?«, fragte die zurück.

»Ja, mindestens vierzehn Tage. Ich möchte mal wieder ein gemütliches Hotelzimmer bewohnen. Hier ist ja doch ständig irgendwelcher Krach.«

»Ob es in Indien ruhige und bequeme Hotels gibt?«, fragte Elizabeth.

»Aber Elizabeth! Die Europäer sind seit über hundert Jahren in Indien. Da werden sie doch dafür gesorgt haben.« Und sie ging zum Einpacken und winkte Elizabeth, ihr zu folgen.

Sven stand an der Reling und spähte zum Land. Sam, Hans und die Kinder standen neben ihm. »Wir sind querab von Negapattinam. Morgen müssten wir Pondichery erreichen. Dann könnt ihr wieder mit Rocky an Land spielen.«

»Was für Neger sind dort, Daddy?«, fragte Lilian erstaunt.

»Da hast du dich verhört, liebe Lilian. Dort liegt ein Ort und der heißt ›Negapattinam‹.«

»Das ist aber ein komischer Name!«, stellte Einar fest. »Was soll denn das bedeuten?«

»Das weiß ich auch nicht, Einar. Mancher indische Name wird für uns komisch klingen, aber für die Inder hat er einen Sinn.«

Am späten Nachmittag meldete der Ausguck: »Wrack drei Meilen voraus!«

Kapitän Bauer schickte einen Midshipman mit dem Teleskop auf den Mast, und Sven wurde von seinen neugierigen Kindern belagert.

»Ich weiß doch auch nicht mehr als ihr«, wehrte er sie ab und ging zum Achterdeck, um zu hören, was der Midshipman melden würde.

Es war ein kleineres Schiff, an dessen Rumpf sich anscheinend noch viele Menschen klammerten. Das war alles, was er den Kindern berichten konnte. Aber nun standen sie mit ihrer Mutter wie festgewachsen an der Reling und spähten voraus. Einar hatte die schärfsten Augen und sah das Wrack zuerst. Eine gekenterte Dhau, an deren Rumpf Menschen hingen und winkten.

Die *Spirit* machte zwei Boote fertig, die ins Wasser gelassen und bemannt wurden. Der Schiffsarzt kam mit Gehilfen an Deck und wartete. Auch ein knappes Dutzend Matrosen erschien mit Musketen und Entersäbeln.

»Was sollen denn die?«, fragte Lilian ihre Mutter.

Sam hörte es und sagte: »Das ist eine feste Anordnung, wenn wir nicht wissen, wer an Bord kommt. Ihr wisst doch: ›Vorsicht ist die …‹«

»Mutter der Porzellankiste«, ergänzten die Kinder lachend im Chor.

Aber die Männer, die dann mühselig an den Strickleitern emporkletterten, sahen nicht gefährlich aus. Sie wirkten erschöpft und fielen förmlich über die Wassereimer her, die ihnen gebracht wurden.

»Die stecken ja gleich ihre Köpfe hinein!«, staunte Henry. Aber dann wurden Becher gebracht und alles regulierte sich.

Ein Mann im weißen Umhang der Araber und mit großem Turban kam zu Kapitän Bauer, verneigte sich tief und bedankte sich für die Rettung. Dann kniete er auf dem Deck nieder, beugte den Kopf auf die Planken und dankte Allah für die Hilfe.

Sabrina erklärte den Kindern flüsternd, dass der Mann Muslim sei. »Ihr wisst doch, wie deren Gott heißt?«

»Allah – und Mohammed ist sein Prophet«, sagte Einar leise.

Und dann hörte sie aus den Übersetzungen ihres Inders, dass die Dhau gestern Abend von einem Sturm so unglücklich gestreift worden war, dass sie umschlug. Die Araber waren Arbeiter auf einer Werft in Madras, die in ihr Heimatdorf geeilt waren, weil ein heiliger Mann beigesetzt werden sollte. Nun wollten sie zurück zu ihrer Arbeit, als das Unglück geschah. Vier sollten ertrunken sein.

Als Sven zu seiner Familie kam, berichteten die Kinder voller Anteilnahme vom Schicksal der armen Männer. Aber Sven schien gar nicht betroffen, sondern musterte immer wieder eher misstrauisch die Geretteten, die vom Schiffsarzt und seinen Gehilfen untersucht wurden. Der Mann mit dem Turban bat um Verständnis, dass sie sich als Muslime nicht entblößen könnten.

Sven winkte Sabrina zur Seite. »Wenn du einen Entersäbel am Körper verbergen müsstest, wo würdest du ihn verstecken?«, fragte er leise.

Sie sah ihn erschrocken an. Er nickte. »So einen großen, wie ihr habt?«, wollte sie wissen. Er nickte wieder nur.

»Quer über die Brust binden«, tuschelte sie erschrocken.

»Nun beobachte die Burschen einmal!«, forderte Sven sie leise, aber eindringlich auf.

Sabrina blickte angestrengt. Dann hob sie den Mund an sein Ohr. »Ihre Brust ist immer so steif, wenn sie sich bewegen, und bei manchen wölbt sich der Umhang vor.«

Sven nickte und hob den Finger an den Mund. Sabrina schlich sich zu den Kindern und schob sie mit ihren Armen vorsichtig zurück. Sven winkte Sam und sagte ihm ins Ohr: »Sofort ein Dutzend Mann mit geladenen Musketen und zwei Blunderbüchsen hinter der Hütte leise sammeln. Das sind Piraten. Wenn ich rufe, kommt ihr und nehmt sie ins Visier!« Sam nickte nur und rannte davon.

Sven ging zu dem Inder und instruierte ihn leise, dass gleich bewaffnete Matrosen kommen und auf die Geretteten zielen würden. »Bitte übersetzen Sie dann laut, was ich sage, Mr Singh.«

»Aber, Sir …«, stotterte der Inder, aber Sven legte nur den Finger auf die Lippen. Dann kam Dr. Bader zu Sven und sagte, dass keiner der Geretteten verletzt sei. »Wie stark sie ausgezehrt sind, kann ich nicht sagen, da sie sich nicht ausgezogen untersuchen lassen wollen.«

Sven nickte und bat ihn, mit seinen Gehilfen hinter der Hütte zu warten.

Die Neugier der Matrosen war abgeebbt. Auch die Schiffbrüchigen hatten ihren Durst gelöscht und saßen auf dem Vordeck apathisch beisammen. Der Turbanmann war bei ihnen. Sam winkte hinter der Hütte.

Da rief Sven laut: »Auf die Posten! Gewehre legt an!« Die Matrosen rannten in Stellung. Die Geretteten blickten erstaunt. Sven sagte zu dem Inder: »Legt euch alle auf den Rücken und verschränkt die Hände hinter dem Kopf. Wer zum Schwert greift, wird erschossen!« Mr Singh wiederholte es laut.

Drei der Schiffbrüchigen sprangen auf und griffen zu ihren Säbeln. Drei Schüsse krachten, und sie sanken schreiend zusammen. Die anderen folgten nun dem Befehl. Svens Kinder schrien vor Angst, und Sabrina rannte mit ihnen zum hinteren Niedergang.

Die anderen Geretteten legten sich auf den Rücken und leisteten keinen Widerstand. Sam ging mit Ben zu ihnen. Sie führten immer einen Mann zur Seite, nahmen ihm den Säbel ab und untersuchten ihn genau. Danach fesselten ihm andere Matrosen die Hände auf den Rücken.

Sven verfolgte die Prozedur aufmerksam. Er achtete besonders darauf, welche Piraten sich störrisch verhielten und welche Angst erkennen ließen. Dr. Bader schaute die gefesselten Piraten noch einmal an, fand aber keinen, der ausgezehrt war.

»Die können nicht lange im Wasser gehangen haben, Sir«, versicherte er Sven.

Kapitän Bauer war zu Sven getreten. »Kaum bin ich mal unter Deck, um etwas zu essen, da gibt es an Deck eine Überraschung. Haben die Überlebenden revoltiert?«

Sven erklärte ihm, dass es getarnte Piraten waren.

»Und wie sind Sie darauf gekommen, Kommodore, sie sahen doch ganz harmlos und erschöpft aus?« Er sprach so formell, weil die anderen Offiziere mit gespitzten Ohren um sie herumstanden.

»Mir kam, als sie an Deck stiegen, plötzlich eine Erzählung von Kommodore Norman auf dem Ball in Kapstadt in Erinnerung. Er erzählte, dass Piraten sich als vermeintlich Schiffbrüchige hatten retten lassen, in der Nacht dann mit ihren versteckten Waffen die Schiffswachen überrumpelt und die anderen Piraten-Dhaus herbeigerufen hatten, die dann ziemlich risikolos entern konnten. Die Briten haben dadurch zwei Schiffe verloren. Als mir das einfiel, habe ich unsere Schiffbrüchigen noch einmal kritisch beobachtet. Dabei sind mir Ausbuchtungen quer über ihrer Brust aufgefallen. Ich hoffe, alle, die es miterlebt haben, werden immer daran denken.« Den letzten Satz hatte er etwas lauter gesprochen und die Offiziere angesehen.

»Da hatten wir einmal wieder den richtigen Kommandeur und damit Glück«, bestätigte Kapitän Bauer. »Aber wo sind die anderen Dhaus?«

»Das ist eine gute Frage. Die Antwort müssen mir die Banditen dort geben, und das werden sie nicht auf freundliche Fragen allein tun. Ich schlage vor, dass nur die Musketiere und die diensthabenden Seeleute an Deck bleiben und natürlich Mr Singh, obwohl ich ihn nicht gern hineinziehe.«

Als alle unter Deck waren, die nicht gebraucht wurden, winkte Sven Sam zu sich und gab ihm Instruktionen. Dann bat er Mr Singh um Übersetzung, ging mit ihm zu den Piraten, zeigte auf den, der ihm als besonders rebellisch aufgefallen war, ließ ihn vortreten und fragte ihn, wo die anderen Dhaus auf sie warten würden.

Der Pirat blickte erst überrascht, dann verschloss sich sein Gesicht. Er antwortete nicht und schaute Sven trotzig an.

»Antworte!«, herrschte Sven ihn an. »Oder du erleidest furchtbare Qualen!« Mr Singh übersetzte, aber der Pirat grinste nur höhnisch.

Sven rief Sam und erteilte ihm laut den Befehl, die Haifische anzufüttern und dann den Piraten über Bord zu hängen und so oft bis zum Bauch ins Wasser zu tauchen, bis er antworte oder der Hai ihn zerfleische. Mr Singh übersetzte, aber der Pirat starrte weiter unbeeindruckt.

Sam warf blutendes Fleisch, das ihm der Koch gebracht hatte, über die Reling. Dann meldete er, dass die Haie da seien, und holte den Piraten. Mr Singh hatte alles übersetzt. Einige Piraten blickten entsetzt, die meisten aber starrten vor sich hin.

Sam hob den Piraten an den Seilen, die um seinen Fuß gebunden waren, über die Reling und ließ ihn zum Wasser hinab. Die Matrosen mit den Gewehren blickten sich erstaunt an. Sven ging zur Reling, blickte hinunter und fragte mit fester Stimme: »Wo warten die Dhaus?« Mr Singh übersetzte.

Der Pirat schwieg.

»Tauch ihn ein!«, befahl Sven.

Der Pirat sank bis zur Brust in die See. Bevor die Haie ihn erreichten, ließ ihn Sven anheben und fragte erneut: »Wo sind die Dhaus?«

Er schwieg.

»Tauch ihn ein!«

Diesmal waren die Haie schneller. Ein Hai riss ihm einen Arm ab, ein anderer fetzte ein Stück Fleisch aus der Schulter. Der Pirat schrie fürchterlich.

Sam zog ihn auf Befehl hoch. Sven griff den blutüberströmten Körper an den Hüften und zeigte ihn den Piraten. »Sehr her! So geht es jedem von euch, wenn keiner antwortet!«

Dann schnitt er das Seil ab und stieß den schreienden Piraten zurück ins Meer.

Mr Singh zeterte. »Aber, Herr Kommodore …«

Sven winkte Sam und ging mit ihm, das Seil in der Hand, zu den sitzenden Piraten. Er zeigte auf den, der vorhin besonders ängstlich gewirkt hatte. »Hol ihn raus und binde das Seil an seine Füße!«

Der Pirat zitterte und bat um Gnade. Sven ging zur Reling zurück und stand nun neben Mr Singh, der ihn entsetzt anblickte. »Bring ihn her!«, befahl er Sam.

Als der Gefangene neben ihm stand, sagte er leise, aber eindringlich: »Du kannst dein Leben retten, wenn du die Wahrheit sagst. Ich gebe dir mein Wort, dass du dann freigelassen und an Land gebracht wirst. Wenn du nicht redest, krepierst du wie er!«

Mr Singh übersetzte mit leiser, zitternder Stimme. Der Pirat fragte ungläubig: »Ihr lasst mich frei, wenn ich rede?«

»Du hast mein Wort!«

Da sprudelte der Pirat leise und ängstlich heraus: »Sechs Dhaus warten acht Meilen vor der Einfahrt nach Pondichery. Wenn wir eine rote Laterne am Bugspriet schwenken, kommen sie.«

»Woher wusstet ihr, dass wir kommen?«

»Einer unserer Katamarane hat euch vor Ceylon beobachtet und uns benachrichtigt.«

Sven wandte sich zu Mr Singh. »Was ist ein Katamaran? Ich kenne den Namen nicht.«

»Ein kleiner Schnellsegler mit zwei Rümpfen«, antwortete der nun wieder etwas fester.

Sven sagte zu Sam: »Bring ihn ins Kartenzimmer und gib ihm zu trinken. Aber er muss bewacht werden.« Auch Sam schien erleichtert und führte den Piraten ab.

Dann gab Sven den Befehl, die anderen Piraten ins Unterdeck in einen Stauraum zu bringen und streng zu bewachen. Kapitän Bauer bat er, die *Spirit* so dicht neben den Franzosen zu bringen, dass er Kapitän Roger informieren könne.

Mr Roger schien entsetzt über die Gefahr, die durch die angeblichen Schiffbrüchigen allen gedroht hatte. Er war einverstanden, als Sven vorschlug, dass sie mit gekürzten Segeln seewärts segeln und sich erst im Morgenlicht Pondichery nähern sollten, wenn die Dhaus sie nicht mehr überraschen könnten. »Bei klarer Sicht sind wir ihnen ja deutlich überlegen.«

Er werde noch einen Offizier anlanden und zur Garnison nach Pondichery senden. »Er kann ein Pferd requirieren. Es ist ja nicht mehr weit. Irgendein Schiff wird schon dort sein, das uns helfen kann.«

Sven erklärte sich einverstanden. Die beiden Schiffe trennten sich wieder, kürzten die Segel und änderten den Kurs.

Sven ging zu Kapitän Bauer und besprach mit ihm, was nun getan werden müsse. Sie verabredeten doppelte Wachen und geladene Kanonen. Karl Bauer hatte noch nichts über Svens Folterung gesagt.

Sven fasste nach seinem Arm. »Ich musste es tun. Ich sah in Gedanken immer, wie Piraten meine Familie niedermetzelten. Wenn sie uns in der Nacht überfallen und unsere Wachen ausgeschaltet hätten! Stell dir das mal vor!«

»Wir haben großes Glück gehabt. Deine Aufmerksamkeit und dein grausames Handeln haben uns gerettet. Aber ich kenne dich. Du bist kein Schlächter. Dein Gewissen wird dir sehr zusetzen. Denk bitte dann daran, dass ich dein Handeln verstehe und es billige. Ich hätte es vielleicht nicht gekonnt, aber du hast uns damit alle vor großer Gefahr bewahrt. Gott möge dir verzeihen und dir beistehen! Ich bin an deiner Seite.«

Sie umarmten sich und Sven war irgendwie erleichtert.

Aber das Schwerste stand ihm noch bevor. Er ging zur Unterkunft seiner Familie. Einige der Matrosen, die ihm begegneten, schauten bewusst gleichgültig, andere blickten ihn bewundernd an. Dann öffnete er die Kajütentür.

Seine Kinder und Elizabeth saßen auf dem Sofa und auf Stühlen. Sabrina las ihnen vor. Alle sahen ihn an. »Ist die Gefahr vorbei?«, fragte Lilian.

»Ja. Wir haben alle Piraten gefesselt und streng bewacht in einen Raum gebracht. Im Hafen übergeben wir sie den Behörden.«

»Prima!«, rief Henry. »Können wir wieder an Deck?«

Sven bejahte und sie stürmten hinaus.

Sabrina blickte ihn nicht an. Sven umfasste sie. »Ich habe Furchtbares getan, Liebste, und es quält mich. Aber ich hätte sonst nicht erfahren, wo die größere Gefahr auf uns lauert. Sechs Dhaus warten vor Pondichery auf uns und wollten uns in der Nacht überfallen. Wir weichen jetzt seewärts aus und begegnen ihnen erst bei Tageslicht. Kapitän Roger hat nach Pondichery geschickt und um Hilfe gebeten. Ich glaube nicht, dass sie uns bei Tageslicht angreifen, denn mit unseren Kanonen sind wir ihnen sehr überlegen.«

Sabrina schwieg.

»Bitte, versteh mich doch!«

Sie schaute ihn mit tränenden Augen an. »Ich habe nicht gesehen, was du getan hast, Sven. Aber ich weiß, dass du Menschen gequält hast, um diese Informationen zu erhalten. Du hast es aus Sorge um uns getan, und ich fühle mich irgendwie schuldig. Ach, Sven, wie grausam ist doch das Leben!«

»Es ist grausam, wenn Menschen grausam sind wie diese Piraten. Ich habe Angst, dass ich werde wie sie und Menschenleben nicht mehr achte.« Auch Sven hatte Tränen in den Augen.

»So könntest du nicht werden, Sven. Dazu kenne ich dich zu gut.«

Sven schmiegte sich enger an sie. »Während ich den Piraten quälte, sah ich immer wieder vor meinem inneren Auge, wie die Piraten euch beiden Frauen und auch Lilian schändeten und die Jungen über Bord warfen. Ich konnte nicht aufhören, bevor die Gefahr gebannt war.«

»Ich verstehe dich, Sven. Um die Kinder und dich zu retten, würde ich auch Furchtbares tun und mich dann ein Leben lang quälen. Aber das darfst du nicht! Du darfst dich nicht mit Vorwürfen quälen, denn du hättest uns nicht wirklich gerettet, wenn wir dich in Qualen erleben müssten.«

Sven atmete tief. »Ich werde alles versuchen, Geliebte. Jetzt muss ich noch einmal mit Mr Singh zu dem Piraten. Geh inzwischen zu den Kindern.«

Der Pirat saß in der Kartenkammer und war an einen Stuhl gefesselt. »Morgen sind wir in Pondichery. Dort werden wir dich freilassen. Deine Kameraden werden den Behörden übergeben. Fürchte ihre Rache und geh weit weg! Jetzt muss ich dich noch fragen, welche Stützpunkte ihr an Land habt.«

Sven erfuhr nicht viel in dem Gespräch, obwohl der Pirat aussagewillig war. Aber er diente noch nicht lange auf der Dhau, und ihr Anführer war anscheinend sehr verschwiegen.

Als Sven mit Mr Singh wieder an Deck war, bat ihn Mr Singh noch um einen Augenblick Gehör. »Sir, nicht nur der Gefangene ist in Gefahr. Sie und Ihre Familie sind in viel größerer Gefahr. Die Piraten sind in diesen Gefängnissen nicht wirklich sicher verwahrt. Nachrichten gelangen fast problemlos hinein und heraus. Manche

Gefangene können sich sogar freikaufen. Bitte bleiben Sie nicht lange im Hafen und lassen Sie Ihre Familie nie ohne starke Bewachung. Ihre Kinder sind so reizende Geschöpfe. Ich könnte es schwer ertragen, sie in den Händen dieser Ungeheuer zu sehen.«

Sven dankte dem Inder für seine so überzeugend vorgetragene Fürsorge. »Ich werde auch die Mannschaft anweisen, über die Angelegenheit strengstes Stillschweigen zu bewahren. Mein Gewissen kann ich leider nicht so leicht zum Schweigen bringen.«

Mr Singh nickte traurig. »Ich bin kein Krieger, Sir. Ich war zunächst entsetzt. Jetzt fange ich an, Sie zu verstehen und zu bewundern, denn ich spüre, wie es sie quält.«

In der Nacht fand Sven nur kurze Momente Schlaf. Oft stand er auf und ging mit Rocky an Deck umher und ließ ihn schnuppern und horchen. Er prüfte immer wieder, ob alle Posten aufmerksam waren. Die Wachen schimpften schon leise, sobald er vorbei war.

Als der Morgen graute, war auch Kapitän Bauer an Deck. Sie riefen Klarschiff aus. Bald waren alle Seemänner auf ihren Gefechtsposten und ihr Schiff segelte Pondichery entgegen. Der Franzose war nur hundert Meter von ihnen entfernt und ebenfalls kampfbereit. Kapitän Roger winkte ihnen zu.

»Dhaus backbord voraus! Vier Meilen!«

Alle sahen sich an. Auf diesen Ruf hatten sie gewartet.

»Ich steige selbst empor«, sagte Sven zu Kapitän Bauer und steckte sein Teleskop in die Jacke. Die Seeleute schauten zu und verkniffen sich ein Grinsen, weil Sven so langsam war. »Na ja«, meinte ein Leichtmatrose. »Er ist ja fast ein Greis.«

»Halt dein dämliches Maul, du Windelkacker!«, schimpfte sein Maat, der zwei Jahre älter als Sven war.

Als Sven sich auf die Rah setzte und das Teleskop einrichtete, erkannte er die sechs Dhaus. Zwei große waren darunter. Aber sie lagen dort irgendwie ratlos. Sie hatten keine Segel gesetzt, und er konnte auch keine Gefechtsbereitschaft erkennen.

Dann setzten die Dhaus Segel und schlugen einen Kurs ein, der sie von ihnen weg nach Norden führte. »Dhaus setzen Kurs Nord und fliehen!«, meldete Sven.

An Deck ertönte Hohngelächter. Sven stieg wieder herunter und besprach sich mit Kapitän Bauer.

»Denen ist wohl klar geworden, dass ihre Überraschung schiefgelaufen ist. Ein Kanonenduell mögen sie wohl nicht so sehr«, meinte Mr Bauer.

»Ich bin dafür, wir lassen sie laufen«, antwortete Sven. »Wir könnten ihnen vielleicht den Weg abschneiden, aber was bringt es uns, wenn wir kurz vor dem Ziel ein Gefecht beginnen? So etwas ist unberechenbar, und ich bringe uns lieber sicher in den Hafen.«

»Ganz meine Meinung. Übrigens, da sehe ich auch zwei Kanonenboote aus dem Hafen rudern. Das ist wohl alles, was die Franzosen auf Kapitän Rogers Bitten zur Hilfe schicken konnten. Die können erst recht nicht mit den Dhaus mithalten. Soll ich Kapitän Roger unseren Entschluss signalisieren?«

»Ja, bitte. Und ich erlöse meine Familie von der Angst«, entgegnete Sven.

Die Seinen erwarteten Sven voller Spannung in ihrem Fluchtraum beim Hospital. »Was ist?«, fragte Sabrina ängstlich.

»Die Dhaus fliehen. Wir laufen in den Hafen ein«, beruhigte sie Sven.

Sabrina stammelte: »Gott sei Dank!«, und schmiegte sich in Svens Arme. Die Kinder umklammerten sie beide.

»Alles ist gut geworden«, rief Lilian. »Ich bin so glücklich.«

»Können wir nach oben?«, fragte Henry.

»Ihr könnt in eure Räume, aber noch nicht an Deck. Die Männer sind noch an den Kanonen. Ich hole euch dann.« Gemeinsam stiegen sie die Treppe zu ihrem Quartier empor. Sabrina hielt Svens Hand und flüsterte: »Nun ist alles vorbei und wir sind gut angekommen.«

An Deck bat Sven Kapitän Bauer, die Gefechtsbereitschaft aufzuheben und die Mannschaft an Deck antreten zu lassen.

Als die Offiziere und Mannschaften vor ihm standen, sagte er mit ernster Stimme:

»Meine Herren Offiziere und Seeleute! Wir werden in Kürze anlanden und unsere Gefangenen den Behörden ausliefern. Glauben Sie aber nicht, damit wäre alles vorbei. Wir sind nicht in unserem Land. Hier, wo wir sind, haben die Piraten viele Anhänger und sind auch im Gefängnis nicht isoliert. Sie werden nach Rache dürsten. Ich weiß, dass meine Familie und ich vor allem Gegenstand ihres Hasses sind. Was ich getan habe, um einen Piraten zum Reden zu bringen, war grausam und ich bin nicht stolz darauf. Aber ich trage die Verantwortung für dieses Schiff und war in Sorge um meine Frau und Kinder. Ich befehle allen, kein Wort über diesen Vorfall an Land zu äußern. Ich ordne ferner an, dass immer nur drei Mann gemeinsam an Land gehen und sich nicht mehr als zwei Meilen vom Hafen entfernen dürfen. Wer sich nicht daran hält, den werde ich hier zurücklassen. Seien Sie vorsichtig! Dies ist für uns der gefährlichste Hafen, auch wenn es nicht so aussieht.«

Nun konnte Sven seine Familie an Deck holen und ihr die breite, flache Küste zeigen, die sich vor ihnen ausbreitete. »Schaut nur, in dieser Richtung liegt Ceylon. An der Insel sind wir in der Nacht vorbeigesegelt. Zur anderen Seite hin liegt Madras. In diese Richtung sind die Dhaus geflohen. Die Küste nennt man Koromandelküste und der Hafen, den wir anlaufen, heißt, wie ihr schon wisst, Pondichery.«

Sabrina und die Kinder fühlten diesen Morgen intensiver und schöner als die anderen zuvor. Die lange Anreise war beendet, die Gefahren vorbei. Der Duft des Landes verlockte. Und selbst die Vögel, die sie in Landnähe krächzend und schreiend als Gäste begrüßten, schienen anmutiger, akrobatischer und schöner als die, die sie bisher gesehen hatten.

»Wir wollen Gott danken, dass wir diese Küste unbeschadet erreicht haben«, sagte Sabrina leise, und die Kinder falteten die Hände.

Im Land der Wunder

(Juni bis Oktober 1784)

Sie standen auf dem Vordeck an der Reling und starrten schweigend voraus, Sabrina, Sven und die Kinder. So viele neue Häfen hatten sie schon gesehen, aber wieder erblickten sie etwas anderes. Dass viele Schiffe im Hafen lagen, dass unzählige Boote um die Schiffe wimmelten, das alles kannten sie. Aber dass eine Herde von riesigen grauen Tieren mit großen Ohren und einem langen Rüssel vor dem Kai wartete, dass sich hinter dem Ufer eine Villenstadt mit neu wirkenden, meist zweigeschossigen Häusern erstreckte, dass fast alle Männer um den Kopf gewickelte Tücher trugen, das war neu.

»Das müssen Elefanten sein, diese riesigen grauen Tiere dort«, meinte Lilian.

»Das glaube ich auch, aber gesehen habe ich noch keine«, sagte der sonst so allwissende Sven.

»Sie sehen aus wie in meinem Bilderbuch«, bestätigte Henry, »aber hier sitzen Männer oben auf dem Kopf der Elefanten.«

»Wir brauchen Mr Singh, damit er uns erklären kann, was wir nicht kennen«, entschied Sven und schickte einen Midshipman los.

Während sie warteten, blickten sie auf die vielen hellen Häuser, die sich vom Strand landeinwärts erstreckten. Die Straßen waren mit Kutschen und Rikschas belebt, aber nicht überfüllt wie in Kapstadt.

Dann ließen sie ihre Augen weiter wandern zu dem großen grauen Fleck der dunklen Hütten, der sich landeinwärts erstreckte. Dort schienen die Straßen belebter zu sein, aber sie konnten es aus der Entfernung nicht recht erkennen.

Mr Singh trat mit einem freundlichen Gruß zu ihnen und wurde dankbar empfangen.

»Wir sind so froh, dass wir Sie bei uns haben, Mr Singh. Wir sehen wieder eine völlig fremde Welt und bedürfen Ihrer Erklärung«, ermunterte ihn Sabrina. »Wir nehmen an, dass die hellen Stadtviertel am Strand die Siedlungen der Europäer und reichen Inder sind.«

»Das haben Sie sehr richtig erkannt, Mrs Larsson. Die hellen Häuser dort …«, er zeigte mit seiner Hand, »… das ist das French Quarter oder auch ›Ville blanche‹, die weiße Stadt, genannt. Dort hinten die größere Ansiedlung der Eingeborenen nennt man die ›Schwarze Stadt‹. Dort wohnen vor allem die unteren Kasten der Eingeborenen und die Unberührbaren, die unter allen Kasten stehen.«

Nun schaltete sich Sven ein. »Die Lagergebäude und das French Quarter sehen so modern und neu aus. Das hatte ich nicht erwartet, wo doch die Europäer schon über hundert Jahre hier siedeln.«

»Ja, Sir, aber das alte Pondichery wurde 1761 von den Briten erobert und zerstört und erst nach 1763, nach dem Frieden von Paris, hat die französisch-indische Kompanie ihre Stadt wieder aufgebaut. Darum wirkt alles so neu, denn es waren nur wenige Häuser erhalten geblieben wie die Residenz des Gouverneurs und der Hindu-Tempel des Varadaraja aus dem 12. Jahrhundert, den Sie sich unbedingt ansehen sollten.«

»Können Sie uns auch ein Hotel empfehlen, Mr Singh? Meine Frau möchte unbedingt auf festem Boden schlafen.«

Mr Singh riet wortreich ab. Es gäbe zwar gute Hotels, aber die Familie der Larssons sei doch dort viel zu gefährdet. Die Seeräuber, deren Matrosen sie überwältigt und deren Dhau sie versenkt hätten, würden sich unbedingt rächen wollen. »Glauben Sie mir, Sir, die Piraten haben hier überall ihre Späher und Mörder. Sie kennen keine Skrupel.«

Sven wies die ängstlichen Hinweise zurück. Es müsse doch Hotels geben, die er durch seine Leute bewachen könne. Und vor der

Kampfkraft der Piraten hätten diese keine große Angst. »Sie können ja wohl nicht mit einer Armee in die Ville Blanche einrücken.«

Mr Singh setzte sein Warnungen fort. Gegen Gift wären auch die besten Gewehre machtlos, und ein Meuchelmord in der Straße bedürfe keiner Armee.

Sie kannten Mr Singh als furchtsamen Mann, aber jetzt wurde es auch Sabrina zu viel. »Es gibt doch oft Hotels, die im abgezäunten Garten Bungalows für Familien anbieten. Kennt man so etwas in Pondichery nicht?«

»Sie können hier alles finden, Mrs Larsson. Das Hotel Reims, nicht weit vom Strand gelegen, bietet auch zwei Bungalows bei ausgezeichnetem Service an. Aber bitte, nehmen Sie meine Warnungen nicht auf die leichte Schulter. Wenn Piraten morden wollen, finden sie auch einen Weg.«

»Wir sind für Ihre Ratschläge sehr dankbar, Mr Singh. Aber bitte vergessen Sie nicht, dass wir auch die Pläne der Piraten, unsere Schiffe zu erobern, durchkreuzt haben. Sie sind nicht allmächtig. Wir müssen mit dem Ausschiffen ja noch warten, bis ich mit dem Hafenkapitän und dem amerikanischen Konsul gesprochen habe. Wir werden Ihre Warnungen beachten. Haben Sie vielen Dank. Wir alle wünschen Ihnen eine gute Weiterreise.« Mit diesen verbindlichen Worten verabschiedete Sven Mr Singh.

Nachdem ihr Passagier gegangen zwar, flüsterte Lilian zu ihrer Mutter: »Sollten wir nicht doch lieber auf dem Schiff schlafen, Mammi?« Sven hatte das gehört und beruhigte seine Tochter. Er werde sich ausführlich erkundigen und auch das Hotel besichtigen. Wenn ihm seine Gesprächspartner auch abrieten, müssten sie eben auf dem Schiff bleiben. Aber von Mr Singhs Angst müsse man sich nicht unbedingt anstecken lassen.

Die Familie sah zu, wie Sven mit dem Zahlmeister und seinen üblichen drei Begleitern an Land ging. Sie mieteten zwei Kutschen und fuhren auf der Uferstraße davon. Als sie nicht mehr zu sehen waren, wandten sich die Kinder wieder den Seevögeln zu, die hier am Ufer in großer Zahl ihre Nahrung suchten und sie sich dann gegenseitig abjagten.

Svens Empfang beim Hafenkapitän war ungewohnt herzlich. Der Kapitän öffnete schon die Tür zu seinem Büro, bevor der Schreiber Sven angemeldet hatte. »Sie kommandieren das erste Schiff der amerikanischen Staaten, Herr Kapitän, das diesen Hafen anläuft. Wir begrüßen Sie in der Hoffnung, dass sich zwischen unseren Ländern ein reger Warenverkehr entwickelt, von dem beide Seiten profitieren werden. Sie sind auch vom Baron du Savord herzlich empfohlen worden.«

Sven bedankte sich und betonte, wie sehr ihn dieser für ihn neue Kontinent willkommen geheißen habe. »Auch ich hoffe auf eine dauerhafte und rege Verbindung zwischen den Häfen Pondichery und Philadelphia.«

Der Hafenkapitän ließ Tee und Kekse auftischen, und dann gingen sie zu den Formalitäten über, die mit jedem Anlaufen in einen Hafen verbunden sind. Aber Sven merkte nicht nur am höflichen Ton des Hafenkapitäns, sondern auch an seiner für den Gast vorteilhaften Auslegung der Regeln, wie willkommen er war. Ernster wurde der Hafenkapitän, als Sven von den Piraten berichtete, die ihm aufgelauert hätten.

Der Hafenkapitän beglückwünschte ihn zu seinem Erfolg und gab sogleich Befehl, einen Zug Soldaten zum Kai zu senden, um die Gefangenen abzuholen. »Die Piraten sind eine Geißel dieser Küste, und wir bemühen uns, sie zu vernichten. Aber sie haben viele Verbündete in der armen Bevölkerung, und unsere Kräfte sind nach dem letzten Krieg noch nicht so stark, wie sie einmal waren. Wir Franzosen müssen uns in Indien nicht nur räuberischer indischer Radschas erwehren, nicht nur gegen Portugiesen und Holländer durchsetzen, sondern in immer stärkerem Maße gegen die Briten, die dieses Land unter ihre Gewalt bringen wollen. Umso mehr liegt uns an Handelspartnern, die nicht diesen imperialistischen Zielen folgen.«

Sven bestätigte das nachdrücklich und versicherte, dass er und seine Reederei auch gegen die Gründung einer amerikanischen Kompanie für den Indienhandel seien. »Das können auch die einzelnen Reedereien und Händler mit ihren Partnern in Indien verwirklichen.«

Diese Äußerung gefiel dem Hafenkapitän und er erkundigte sich nach den weiteren Plänen Svens. Das gab diesem Gelegenheit zu betonen, dass er zunächst mit der Sorge für die Unterbringung seiner Familie in der Stadt beschäftigt sei. Er erzählte von den Warnungen Mr Singhs.

Der Hafenkapitän wischte Sven Sorgen nicht beiseite, sondern gab zu, dass Vorsicht angebracht sei. Er werde dafür sorgen, dass Polizei den weiteren Umkreis der Unterkunft absperren werde. »Die direkte Bewachung werden Sie ja sicher lieber Ihren eigenen Männern anvertrauen.«

Sven bejahte das und deutete den Vorschlag an, im Hotel Reims einen Bungalow zu mieten. Der Hafenkapitän stimmte dem nach einigem Überlegen zu. »Das ist wohl die beste Lösung! Auch das entsprechende Viertel lässt sich gut von der Polizei sichern. Wie groß ist denn Ihre Familie?«

Auf Svens Auskunft hin erklärte er, dass er und seine Frau Svens Familie gern einen Nachmittag einladen würden, damit auch ihre beiden Kinder mit Svens Kindern spielen könnten.

Als Sven Sam und seine beiden Freunde, die im Vorzimmer gewartet hatten, abholte, erzählten sie ihm, dass der Hafenkapitän ihre Mietkutsche fortgeschickt und ihnen seine für die Weiterfahrt zur Verfügung gestellt hätte.

»Hier scheinen wir ja wirklich willkommen zu sein«, sagte Sven, und seine Begleiter ergänzten seine Bemerkung durch die Schilderung, wie gut man sie im Vorzimmer behandelt und verpflegt hatte.

Die Kutsche war keine der üblichen Dhadi, der einspännigen indischen Kutschen, wie man sie hier allenthalben sah. Sie war nach europäischem Muster aus edlen Hölzern gebaut und wurde von zwei edlen Pferden gezogen, die auch durch ihr Geschirr erkennen ließen, dass sie keine der üblichen Kutschgäule waren. Der Hafenkapitän repräsentiert wohl gern, dachte Sven und betrachtete noch einen Augenblick die feinen Stoffe der Sitze und der Plane, ehe er einstieg. Der Kutscher trug eine Art Uniform mit Goldbrokat und lud sie höflich ein, in der Kutsche Platz zu nehmen.

Auch Sam schien ein wenig verwirrt von dem intensiven Duft und dem Lärm, mit dem die Straße sie empfing. Sie alle kannten die indischen Gewürze noch zu wenig, um sie zu bestimmen, Pfeffer und Chili spürten sie auf jeden Fall in der schon jetzt heißen Luft.

Indien brodelte um sie herum. Die Menschen wimmelten um die Kutsche herum. Straßenköter suchten nach essbaren Abfällen. Kinder spielten schreiend. Ochsen zogen stumpfsinnig Lastkarren, und dort kam ein Elefant mit einer riesigen Traglast. Ein Inder saß hinter seinen Ohren und lenkte den vorsichtig einhergehenden Elefanten. Er wirkte sehr majestätisch und erhaben, wie er sich da mit den flinken kleinen Augen seinen Weg suchte.

»Er wirkt gar nicht so Furcht erregend, wie ich mir diese Riesen immer vorgestellt habe«, meinte Sam.

»Es muss Jahre dauern, diese Riesen so zu zähmen«, ergänzte Sven. Aber dann lenkten sie wieder andere Sehenswürdigkeiten ab, wie zum Beispiel ein Künstler, der immer Feuer aus dem Mund ausstieß. Sven dachte mit einiger Sorge daran, wie er seine Familie durch dieses fremde Gewimmel führen sollte.

Der Kutscher war schon informiert, dass er sie zum amerikanischen Konsul fahren sollte. Nach einigen Straßen erreichten sie ein ruhigeres Viertel. Vor einer Villa sahen sie das Schild »Konsul amerikanischer Staaten«.

Sven war zunächst etwas verwundert über diese Bezeichnung, kombinierte dann aber, dass sich die amerikanischen Staaten nach dem Frieden noch gar nicht auf die Verfassung eines Staatenbundes geeinigt hatten und daher der Konsul wahrscheinlich nur die Zulassung einiger Staaten besaß und noch nicht die der Vereinigten Staaten von Amerika, die sie ja erst schaffen wollten. Nun ja! Hauptsache, er empfing guten Rat und Unterstützung.

Auch diese Begrüßung war so herzlich, als ob er ein alter Freund sei. Der Konsul war jünger als Sven, elegant und groß. Er erklärte ihnen gleich, dass er aus Salem, Massachusetts, stamme und seit zehn Jahren in Indien lebe. »Ihr Schiff ist jedoch das erste Schiff aus dem freien Amerika, das ich hier begrüßen darf, Mr Larsson. Seien Sie herzlich willkommen! Ich werde tun, was ich kann, um Ihre Reise zu einem Erfolg werden zu lassen.«

Sam und die beiden Begleiter wurden vom Sekretär in einem Warteraum bewirtet, und der Konsul führte Sven in sein Büro, das auch mit kostbaren Teppichen und Möbeln eher wie ein privates Studierzimmer eingerichtet war.

Sie plauderten über Svens Anreise, über Philadelphia, die Reederei und die Ziele der Reise. Dann berichtete der Konsul, wie er im Auftrag einer holländischen Reederei nach Indien gekommen sei und dann in Brahmapur einen französischen Händler kennengelernt habe, der ihn nach Pondichery abwarb. Dieser Franzose sei mit einer Inderin verheiratet gewesen. In die Tochter dieses Paares habe er sich verliebt und sie vor acht Jahren geheiratet. »Wir haben zwei Kinder, und ich werde noch glücklicher sein, wenn ich jetzt wieder häufiger Kontakt mit meiner alten Heimat habe.«

Bei Tee und Keksen wandte sich das Gespräch dann ernsteren Themen zu. Der Konsul wollte wissen, was Svens Schiff geladen habe und welche Waren er ankaufen wolle. Als Sven erwähnte, dass Schiffe seiner Reederei später vielleicht auch China anlaufen würden, riet der Konsul eher ab. Chinesische Waren kämen auf vielen Wegen nach Pondichery und seien kaum teurer als in China selbst. »Die Konkurrenz zwischen chinesischen, indischen, holländischen und anderen Zwischenhändlern ist so groß, dass sich die Preise kaum steigern lassen. Warum sollten Sie dann die zusätzliche Zeit und die lästigen Formalitäten der chinesischen Häfen auf sich nehmen? Ich kann Ihnen hier gute Händler für chinesische Waren empfehlen, für indische sowieso, und wenn Sie dann auf dem Rückweg noch bestimmte Gewürze in Sumatra oder Java zuladen, haben Sie die ganze Palette zeit- und preisgünstig abgedeckt.«

Sven überlegte kurz und sagte dann, dass er dankbar für den Rat sei und ihm folgen werde. Dann sprachen sie noch über Preise und Händler, und Sven hatte den Eindruck, dass er selten so gut über die geschäftliche Lage in einem Hafen orientiert worden sei.

Es wurde für Sven Zeit, zum Schiff zurückzukehren, denn seine Familie würde sicher ungeduldig warten. Der Konsul hatte dafür Verständnis und erkundigte sich, ob Svens Familie auch auf dem Schiff wohnen bleiben werde.

Sven verneinte und nannte das Hotel Reims und erwähnte kurz, warum er es gewählt habe. Der Konsul nahm eine Stadtkarte in die Hand und stimmte schließlich zu. »Aber bitte vergessen Sie nicht die Vorsicht, die der Hafenkapitän auch empfahl. Ich werde meine Leute anweisen, sich bei den Piraten umzuhören, ob die etwas planen. Sobald ich mit meiner Frau gesprochen habe, werde ich Ihnen eine Einladung schicken und hoffe sehr, dass Sie sie annehmen werden. Meine Frau weiß noch viel mehr über dieses wundersame Land als ich.«

Das Hotel Reims war auch ein Neubau im französischen Stil. Sven ließ sich die Bungalows zeigen und war sehr zufrieden. Der Bungalow bot genug Platz für seine Familie, für Elizabeth und seine Wächter. Er war auch leicht zu überwachen. Im Garten spendeten Bäume Schatten und ein kleiner Teich würde den Kindern gefallen. Er sagte dem Geschäftsführer nichts über sein Sicherheitsbedürfnis, denn das war natürlich auch ein Risiko für das Hotel.

Dann ließ er sich zum Kai fahren, wo er sehnsüchtig erwartet wurde. Die Kinder wollten an Land. Kapitän Bauer wollte verschiedene Fragen besprechen und der Zahlmeister wartete mit seinen Berichten. Sven ließ sich ein Glas mit kühlem Saft reichen und erledigte die wichtigsten Dinge. Dann erzählte er Sabrina von seinen Besuchen.

Kapitän Bauer hatte ein Kontingent von Seesoldaten bestimmt, das sich bei der Bewachung des Gartens abwechseln sollte. Sven zeigte dem Korporal, wo das Hotel lag, und der teilte die erste Gruppe von vier Seesoldaten ein. Sabrina hatte ihr Handgepäck schon bereit und ließ sich mit Sam, Elizabeth und den Kindern schon zum Land übersetzen.

Sven war ärgerlich. Was sollte diese Hast? Er brauchte doch auch noch etwas Zeit! Er lief seiner Familie hinterher und konnte seinen Unmut nicht verbergen, als er in die Kutsche sprang, die auch sofort anfuhr.

Aber Sabrina schaute ihn gar nicht an. Sie drängte sich mit den

Kindern an den Fenstern und schaute gebannt auf die fremde Welt, die sie umgab. Die Kinder riefen durcheinander und wollten zu allem eine Erklärung haben. »Warum hat die Frau da einen Vorhang vor dem Gesicht, der nur einen Schlitz für die Augen frei lässt?«, rief Henry. »Was ist denn das für eine Uniform mit dem komischen Schlapphut?«, wollte Einar wissen. »Schau doch mal, was diese Frau für Goldringe an den Fußknöcheln hat!«, warf Lilian ein. Sven lehnte sich zurück. Wie gut wäre es, wenn sie Matrosen wären und er einfach befehlen könnte, dass sie den Mund halten sollten!

Die Fahrt dauerte nicht lange. Der Geschäftsführer lief mit zwei Dienern schon aus dem Hotel, als die beiden Kutschen anhielten. Er führte Sabrina sofort mit den Kindern zum Bungalow. Die Räume im Hauptgebäude wollte sie später anschauen. Sven blieb noch einen Augenblick stehen und wies Walter Jungmann vorläufig einen Posten am Haupteingang und Ben Alton einen am Hintereingang zu. Sam begleitete die Diener mit dem Gepäck.

Sabrina schaute sich mit dem Geschäftsführer die Räume des Bungalows an. Die Kinder liefen hinaus zum Teich, nachdem sie ihre Zimmer gesehen hatten. Das interessierte sie jetzt viel mehr. Einar suchte nach einem Stock, um die Tiefe des Wassers auszuloten. Henry starrte auf das Wasser, ob er Fische entdecken konnte. Lilian ging zur anderen Teichseite, wo Wasserlilien standen.

Da sprangen zwei Gestalten hinter einem Gebüsch hervor und rannten auf Lilian zu. Sie bemerkte sie erst, als der größere Kerl sie um die Hüfte fasste, sie emporriss, sie sich einfach unter den Arm klemmte und davonrannte. Der andere lief neben ihm und wollte ihr den Mund zuhalten. Aber im Lauf war das schwierig und sie konnte einen lauten Schrei ausstoßen. Einar und Henry wurden aufmerksam und schrien aus Leibeskräften. Sven und Sam bogen gerade um die Ecke des Hauptgebäudes, erschraken, rannten aber sofort los. Doch die beiden Räuber hatten die Tür zur Seitenstraße erreicht, die sie geöffnet hatten. Der Mann, der Lilian trug, lief sofort weiter. Der andere schloss die Tür hinter sich und stieß einen Riegel zu. Dann sprintete er dem Kumpan nach.

Sven und Sam hatten fast zwanzig Meter Abstand. Die Tür konnte sie nicht lange aufhalten. Sie brach unter ihren Schlägen zusammen. Sven konnte nicht begreifen, was geschah, aber er rannte, was Beine und Lunge hergaben. Er sah die beiden Räuber vor sich, aber es war aussichtslos, jetzt die Pistole zu ziehen, Pulver aufzuschütten und zu zielen, wo sie sein Kind bei sich hatten. Neben ihm stapfte Sam, ein Riese, aber kein geübter Sprinter.

Vor den beiden Räubern sprang ein junger Bursche auf die Straße, der im Garten neben dem Hotel gearbeitet hatte. Hatten sie noch einen Gefährten? Aber Sven sah, wie er sich ihnen in den Weg stellte. Der große Kerl, der Lilian trug, brüllte ihn an und zog ein Messer mit der freien Hand.

Doch dann sah Sven, wie der junge Bursche zwei Schritte auf ihn zu machte, hoch in die Luft sprang und dem Räuber einen Fuß mit aller Kraft gegen den Kopf schlug. Der Kerl taumelte und sackte zusammen. Lilian fiel aus seinem Arm und brüllte.

Der andere Räuber hatte auch ein Messer gezogen und stieß seinen Arm in Richtung des jungen Mannes. Der schwebte, so schien es Sven, mühelos zur Seite und rammte dem Räuber ein Knie unter das Kinn. Auch dieser Räuber sank zusammen. Der junge Bursche hob Lilian auf und lief Sven entgegen. Jetzt sah Sven, dass es ein Chinese war. Er stoppte zwei Meter vor Sven und sagte in gebrochenem Englisch: »Da, Ihr Kind!«

Dann drehte er sich um, lief zu den Räubern zurück, die sich aufrichten wollten, und gab jedem einen Handkantenschlag an den Hals, sodass sie wieder umsanken, drehte sich erneut um und lächelte Sven und Sam entgegen.

Sven hielt Lilian fest umklammert. Sie schluchzte in seinen Armen. Sven konnte nicht glauben, was er sah. Der junge Bursche war nicht älter als vierzehn Jahre, schmal und ärmlich gekleidet und lächelte ihn an.

Auch Sam war stehen geblieben, hatte ungläubig gerufen, sich aber sofort den beiden Räubern zugewandt, die Messer aufgesammelt und bewachte sie nun mit seiner Pistole.

Sven hatte sich gefasst, mit Lilian ein paar Worte gewechselt und fragte nun den jungen Mann: »Wer bist du?«

Der junge Chinese zeigte auf sich: »Ich sein Gao Tung, Sör. Junge Mädchen gut?« Er lächelte. »Räuber sein dumme Tölpel, nichts stark.«

Sven hörte Geschrei hinter sich. Die Diener des Hotels liefen heran. Sabrina kam weinend hinterher, und jetzt rannten auch der Korporal und seine Seesoldaten, die gerade eingetroffen waren, durch die Tür. Nun musste Sven handeln. »Alles ist gut!«, rief er. »Greift euch die Banditen!« Und dann nahm er Sabrina in seine Arme, die immer noch Lilian hielten. Beide umfassten sich und weinten.

Sven sah, wie die Seesoldaten die Räuber emporrissen und auf weitere Waffen untersuchten. Alles war unter Kontrolle. Der Geschäftsführer des Hotels lief heran.

Sven beruhigte ihn: »Die beiden Banditen wollten meine Tochter entführen, aber der junge Chinese hat sie befreit.«

Der Geschäftsführer blickte den Chinesen an. »Bist du nicht der geflohene Schiffsjunge, der bei Mr Rabonsa arbeitet?«

Der Chinese verneigte sich. »Ja, Sör. Ich sein Gao Tung von Mr Rabonsa.«

»Gehen wir zurück zum Hotel. Ich könnte einen Schluck vertragen und muss mich hinsetzen.« Der Geschäftsführer gab den Dienern einen Befehl und die liefen voraus.

Sven stützte Sabrina und Sam hatte Lilian umfasst. Sie gingen in den Hotelgarten. Sven steuerte auf den Bungalow zu. Im Hauptgebäude würden sie zu viel Aufsehen erregen. Der Bungalow war verschlossen. Sven rief, und Elizabeth öffnete, die beiden Jungen ängstlich festhaltend. Dann warfen sich die drei förmlich auf Lilian und umarmten sie. Sven schob seine Familie in den Wohnraum und befahl dem Korporal: »Bewachen Sie die beiden Räuber im Waschraum dort. Zwei Mann als Wache vor dem Bungalow. Sie bleiben im Flur.«

Der Geschäftsführer meldete sich: »Ich habe schon nach der Polizei geschickt, und hier ist Ihr Drink, Sir!«

Sven bedankte sich und kippte den Drink in einem Zug herunter. »Sam, beruhige die Familie. Ich bin mit dem Geschäftsführer in dem anderen Wohnraum dort und komme, sobald ich kann. Gao Tung kommt mit uns.«

Im Zimmer erklärte Sven dem Geschäftsführer kurz, was geschehen war. »Aber hier kennt Sie doch niemand, Mr Larsson. Wer raubt denn ein unbekanntes Mädchen?«

Sven antwortete, es könne jemand sein, der Mädchen an Bordelle verkaufe, aber dann hielt er es für richtig, auch auf die Seeräuber hinzuweisen, die er überwältigt und die Rache geschworen hatten.

»Die müssten Sie aber nicht aus den Augen gelassen haben, Mr Larsson. Die waren ja schon vor Ihrer Familie hier.«

»Das kann durchaus sein. Wir haben ja auch schon vom Schiff aus die Behörden benachrichtigt. Aber die müssen wirklich sehr entschlossen sein. Ich frage mich, ob vier Mann zur Bewachung des Gartens ausreichen.«

»Wenn die Piraten mit zwanzig und mehr Mann anrücken, sicher nicht.«

Sven berichtete, dass der Hafenkapitän die weitere Umgebung des Hotels überwachen lassen wollte.

»Darf ich Ihnen sagen, Mr Larsson, dass das alles die Reputation unseres Hotels nicht fördern wird?«

»Ich habe es mir auch nicht gewünscht. Aber wenn wir unverletzt bleiben, werden Sie den Ruf eines sicheren Hotels haben. Entschuldigen Sie mich bitte. Ich muss jetzt nach meiner Familie sehen. Aber noch eine Frage: Sind die Banditen sicher in den Händen der Polizei?«

Der Geschäftsführer überlegte. »Man müsste einen höheren Beamten bitten, sie in Einzelhaft zu nehmen.«

»Könnten Sie bitte einen Boten zum Hafenkapitän schicken und ihn bitten?«, fragte Sven.

Der Geschäftsführer sicherte es zu und verabschiedete sich mit den Worten, er hoffe, dass das ein einmaliges Ereignis bliebe.

Die Familie saß aneinandergedrängt im Wohnzimmer und schluchzte noch immer. »Wären wir doch auf dem Schiff geblieben«, stammelte Sabrina zu ihrem Mann.

»Man kann auch ein Schiff anzünden oder in die Luft sprengen. Aber wir waren doch vorsichtig. Erzählt mir, wie das passieren konnte!«, bat Sven.

Elizabeth berichtete kurz an Sabrinas Stelle, dass sie gerade angekommen und die Zimmer besichtigt hätten. Unbemerkt seien die Kinder noch einmal vor das Haus gelaufen, um den Teich zu erkunden. Und sofort darauf hätten sie auch das Schreien gehört und seien aus dem Bungalow gestürzt.

»Die haben mich von dem Augenblick an beobachtet, da ich das Schiff verließ«, stellte Sven nachdenklich fest. »Sie rechneten bei unserem Einzug mit einem Moment der Unachtsamkeit und hatten vorsorglich zwei Mann im Garten postiert. So einfach war das. Fünf Minuten später hätten sie es nicht mehr geschafft. Da wären Sam und die Seesoldaten als Wache auf dem Posten gewesen.«

Dann wandte er sich zu dem jungen Chinesen, der hinter ihm stand. »Und das ist Gao Tung, der Lilian gerettet und unser Familienglück bewahrt hat.«

Sabrina und Lilian gingen zu Gao, umfassten ihn und stammelten Dankesworte. Gao war das furchtbar peinlich. Er entzog ihnen seine Arme und wollte sich immer nur verbeugen. »Alles gut! Muss doch helfen, wenn sehen großes Unrecht.«

Sven führte Frau und Tochter zurück zum Sofa. Dann fragte er den jungen Chinesen: »Warum bist du hier an Land gegangen, Gao?«

Gao zog sich förmlich in seinen Körper zurück. »Kann man nicht sagen vor Missis, Sör.«

Sven fasste ihn an der Schulter. »Dann reden wir draußen darüber.« Zu Sabrina sagte er noch leise: »Beruhige die Kinder und fangt an auszupacken. Wir werden Gao nicht schlechter behandeln als Joshua und die anderen, nicht wahr?«

Sabrina nickte.

Sven setzte sich vor dem Bungalow auf einen Gartenstuhl und wies Gao auf den anderen. Zum wachhabenden Seesoldaten sagte er: »Bestelle im Hotel zwei Säfte für uns. Ich pass so lange auf.«

Als die Säfte auf dem kleinen Tisch standen, griff er sich eins, wünschte »Zum Wohl!« und trank. Gao folgte.

»Nun erzähl mir mal, woher du kommst, was du auf dem Schiff

gemacht hast und warum du hier an Land geflohen bist.« Er sprach besonders deutlich und langsam.

»Ich aus China«, begann Gao stockend und suchte nach Worten. »Wohnen in Nähe von Kowloon. Vor zwei Jahren waren schlimme Krankheit. Eltern und Geschwister gestorben. Freund von Vater Matrose auf Dschunke. Mich nehmen mit auf Schiff. Dort gelernt wie Matrose. Aber dann kommen neuer Steuermann. Liebte Jungen. Dschunke segeln hierher. Ich immer gehen aus seinem Weg. Aber hier abends im Hafen meisten Matrosen an Land. Er sagen, ich solle meine Hose runterziehen und mich über Deckkiste beugen. Ich stoßen ihn weg, springen ins Wasser und schwimmen an Land. Haben mich versteckt, bis Dschunke weggesegelt, dann Essen gebettelt. Einmal kommen Mr Rabonsa, fragen freundlich, warum ich betteln. Dann sagen, kann zu ihm kommen, dort schlafen und essen, wenn fleißig arbeiten. Ich dort seit halben Jahr. Viel gut essen. Schlafen im Lager. Arbeit gut. Familie freundlich.«

Gao schwieg erschöpft und starrte Sven an.

»Du hast richtig gehandelt, Gao. Wir alle sind dir sehr dankbar. Würdest du mit uns kommen, aufs Schiff und zu uns nach Amerika? Wir würden dich gut behandeln, du könntest viel lernen und dir den Beruf suchen, den du willst. Überlege es dir gut. Aber vorher verrate mir noch, wie du als junger Mann zwei so große Banditen besiegen kannst, die sogar Messer haben?«

»Mein Vater war Meister für chinesische Kampfkunst. Er mir alles beibringen. Die zwei Banditen waren ungeschickt, konnten sich gar nicht bewegen.« Dann schwieg Gao eine Weile. »Ich gerne mit Ihnen gehen, Sör. Aber kann nicht fort ohne Mr Rabonsa. Er mir geholfen. Er müssen ja sagen.«

Sven nickte. »Das ist anständig gedacht, Gao. Ich werde mit Mr Rabonsa sprechen.«

Aber Gao schien ihn nicht zu hören. Sein Körper spannte sich und er starrte an Sven vorbei.

Sven sah sich um. »Alles gut, Gao. Das ist der amerikanische Konsul, ein Freund.« Er stand auf und ging dem Konsul einige Schritte entgegen.

Sie begrüßten sich mit Handschlag, und der Konsul fragte aufgeregt: »Was war denn los? Der Geschäftsführer redet von einem Überfall.«

Sven erklärte es ihm kurz und hob auch Gaos Rolle hervor. »Ich werde Mr Rabonsa fragen, ob er ihn in unsere Obhut gibt.«

Mr Brown, der Konsul, schüttelte Gao anerkennend die Hand, bemerkte, dass er Mr Rabonsa nicht kenne, Sven aber gern helfen werde, falls seine Empfehlung etwas bewirken könne. »Meine Frau möchte Sie und Ihre Familie übermorgen gern zum Lunch einladen. Bitte bringen Sie den jungen Mann doch mit. Falls Sie morgen etwas von Pondichery sehen möchten, kann ich Ihnen einen Fremdenführer schicken und ein sehr zuverlässiges Fuhrgeschäft empfehlen.«

Sven nahm das Angebot gerne an, und Mr Brown verabschiedete sich. Dann ging Sven zu seiner Familie zurück. Frau und Kinder hatten sich beruhigt und waren dabei, sich im Bungalow gemütlich einzurichten. Sven erklärte Sabrina, dass er gern Mr Rabonsa fragen würde, ob er Gao in die Obhut seiner Familie geben könne. Rabonsa wohne ja gleich nebenan.

»Du musst ihm etwas für den Verlust der Arbeitskraft anbieten«, riet ihm Sabrina. »Und nimm Sam mit!«

Sven nickte, rief Sam und winkte auch Gao zu, mit ihnen zu kommen.

Mr Rabonsa war ein recht hellhäutiger Inder. Er begrüßte Sven erstaunt, schien überrascht, einen Neger an seiner Seite zu sehen, und rief unwillkürlich: »Wo warst du denn?«, als er noch Gao hinter den beiden erblickte.

»Ihr Gao hat meiner Tochter mindestens die Freiheit, vielleicht sogar das Leben gerettet, Mr Rabonsa. Ich bin Sven Larsson, Kommodore des amerikanischen Handelsschiffes, das heute eingelaufen ist. Ich habe während der Liegezeit Quartier im Hotel Reims genommen.«

Der Inder verneigte sich und bat die Gäste in sein Haus. Sven kannte noch keine indischen Häuser, aber er schätzte, dass Mr Rabonsa zur Mittelschicht gehöre, denn ein gewisser Wohlstand war zu erkennen.

Sven berichtete kurz, was geschehen war. Der Inder war überrascht, nickte dann aber. »Gao ist ein anständiger Junge und sehr erfahren in dieser chinesischen Kampfkunst. Er hat meinem Sohn schon einige Tricks gezeigt.« Er lächelte Gao freundlich an.

Das machte Svens Mission nicht leichter. Er bat, einen Augenblick mit Mr Rabonsa unter vier Augen sprechen zu können. Dieser zog ihn in einen kleinen, kargen Nebenraum. »Mr Rabonsa«, begann Sven verlegen. »Sie können sich vorstellen, wie unendlich dankbar meine Familie diesem jungen Mann ist. Wir würden ihn gerne in unsere Familie aufnehmen und ihm einen Weg und eine Erziehung anbieten, die seinen Fähigkeiten und seinem Charakter entspricht. Ich lerne als Kapitän immer wieder solche herausragenden jungen Männer kennen und versuche, sie zu fördern. Einer von ihnen, ein Neger übrigens, ist jetzt nicht nur unser enger Freund, sondern auch Leiter eines Waiseninternats. Ich weiß, dass der Verzicht auf Gao Sie einer guten Arbeitskraft und eines guten Menschen berauben wird. Gao ist einverstanden, mit uns zu gehen. Ich bitte auch Sie um Zustimmung und biete Ihnen einhundert Dollar als Ausgleich für diesen Verlust.«

Mr Rabonsa blickte ihn ernst an. »Sie hätten ihn auch auf Ihr Schiff bringen können, ohne mir etwas zu sagen. Sie handeln also anständig und werden ihn sicher auch gut behandeln. Er hat bei Ihnen viel mehr Chancen als bei mir. Ich bin einverstanden, wenn ich und meine Familie ihn vor der Abreise noch einmal zum Abschied sehen können.«

»Ich danke Ihnen, Mr Rabonsa. Sie werden Gao noch sehen, und ich verspreche, dass ich immer sein Wohl im Auge haben werde.«

Als Sven mit Gao zum Bungalow zurückging, sah er auf der Straße schon zwei bewaffnete indische Polizisten, die dort Streife gingen. Auch seine eigenen Wachen im Garten waren auf ihren Posten.

Die Familie wollte nun Gao erst einmal richtig kennenlernen. Sabrina machte ihn mit ihren Kindern und mit Elizabeth bekannt und erzählte ihm, wie sich alle freuten, dass ein so tapferer junger Mann nun bei ihnen bleiben werde. Er solle ihnen doch einmal erzählen, was er von seiner Familie und seiner Kindheit wisse.

Gao wirkte erst wieder sehr schüchtern, aber als die Kinder ihn freundlich ansahen und ihre Neugier offen zeigten, wurde er sicherer. Er sei vierzehn Jahre alt, in Kowloon geboren. Sein Vater sei Lehrer für Kampfsport gewesen und habe viele junge Leute darin unterrichtet, auch Mädchen.

»Warum denn das?«, fragte Lilian. »Kämpfen Mädchen bei euch?«

Gao erklärte, dass manche Väter es gerne sehen, wenn sich ihre Töchter auch gegen Überfälle verteidigen könnten. Viele Menschen seien so arm gewesen, dass es immer wieder Raubüberfälle gab. Auch seine Mutter und seine Schwester hätten ganz gut Kung-Fu gekonnt. Am besten sei aber sein älterer Bruder gewesen, der im Hafen in einem Schreibbüro arbeitete. Er selbst habe auch die Schule besucht und wollte Schiffszimmermann werden. Aber dann sei die schlimme Krankheit gekommen. Viele Menschen seien gestorben, auch seine Eltern und Geschwister. Er wäre ganz allein gewesen. Ein Matrose, ein Freund seines Vaters, habe ihn mit auf ein Schiff genommen, das immer nach Indien segelte. Er sei dort Jungmatrose gewesen. Es habe ihm gefallen. Zwei Jahre sei er mit dem Schiff gesegelt. Dann habe sich ein neuer Steuermann an die Jungen auf dem Schiff herangemacht und er sei geflohen. Er habe gebettelt, bis ihn Mr Rabonsa aufgenommen habe.

»Du musst uns Kampfsport beibringen«, meldete sich Henry wieder zuerst.

Sabrina ermahnte die Kinder, mit Gao langsam und deutlich zu sprechen. Englisch sei doch neu und fremd für ihn. »Stellt euch vor, ihr müsstet Chinesisch sprechen.«

Das sahen sie ein. Lilian fragte: »Hattest du keine Angst, als du mich von den beiden Männern befreit hast?«

»Nein, ich sehen, dass die beiden keine Kämpfer. Sie haben nur Kraft, aber keine gute Bewegung. Alles steif und ungeschickt. Dann sein es nicht schwer, wenn man Kung-Fu kennt. Und mein Vater immer sagt, muss helfen, wenn Unrecht geschieht.«

»Merkt euch das, aber seid auch immer so vorsichtig wie Gao. Es hilft niemandem, wenn man ohne Verstand handelt«, mahnte Sabrina ihre Kinder.

Sven erklärte Gao, dass er nun mit ihnen auf dem Schiff nach Madras und dann mit ihnen nach Amerika reisen werde. Er werde in Englisch, Lesen, Schreiben und Rechnen unterrichtet und könne als Schiffsjunge oder beim Schiffszimmermann helfen. Er erzählte von ihrem Besitz in Amerika und dass er dort auch eine Schule besuchen könne. Er werde bei der Familie wohnen und könne sich einen Beruf wählen. Er könne Schiffsbaumeister, Arzt, Steuermann oder sonst etwas werden, wenn er fleißig lerne.

»Ich gerne lernen, Sör. Ich wirklich Schiffsbaumeister können?«

Sven lächelte ihn an. »Ja, Gao, wenn du gut lernst, kannst du auch Kapitän werden.«

»Ich glauben, werde lieber Schiffe bauen als steuern, Sör.«

»Das wird sich alles noch zeigen. Warte nur ab. Aber nun höre ich, dass Abendbrot aufgetragen wird. Wascht euch alle gut die Hände.«

Die Kinder stürmten hinaus. Lilian nahm Gao an der Hand mit zum Waschraum.

Am nächsten Morgen, sie waren gerade mit dem Frühstück fertig, kamen drei Kutschen mit dem Fremdenführer. Das war ein etwa vierzigjähriger Mann mit Turban und weißem Umhang, unter dem zwei weiße Hosenbeine hervorschauten. Er begrüßte sie höflich in fließendem Englisch und fragte Sven, wie sie sich auf die Kutschen verteilen wollten.

Sven teilte Sam, Walter und Ben für je einen Kutschbock ein. »Mutti, Lilian, Gao und ich fahren im ersten, Elizabeth, Einar, Henry und Hans Maier im zweiten und die vier Seesoldaten im dritten Wagen.« Dabei zeigte er immer auf die genannten Personen, damit der Fremdenführer ihn verstand.

Der Fremdenführer fragte ihn, ob Gao der Junge sei, der seine Tochter gerettet habe. Als Sven bejahte, verneigte er sich vor Gao, und dieser erwiderte die Verneigung.

Sven ermahnte die Wachen, ihre Waffen stets schussbereit zu halten, und dann fuhren sie los.

Ihr Weg führte sie durch die Straßen der Ville Blanche, des französischen Viertels. Alles wirkte so wohlhabend und sauber. Sven fragte sich, warum die meisten Häuser so hohe Mauern um ihren Garten aufwiesen. Hier musste man doch wohl nicht mit aufdringlichem oder diebischem Pöbel rechnen. Dem Gesamteindruck der schönen Häuser war es eher abträglich, wenn man sie aus der Nähe nur mit der oberen Hälfte sah.

Dann hielten sie vor dem Hotel de Ville an, dem Rathaus. Der Fremdenführer bat sie aus den Kutschen. Fast routinemäßig beorderte Sven seine Männer auf verschiedene Posten und forderte sie leise auf, nach allen Seiten zu beobachten.

Der Fremdenführer hatte die Anfänge Pondicherys als Zentrum der französisch-ostindischen Handelskompanie geschildert, war auf die Konkurrenz mit den Holländern und dann mit den immer mächtiger werdenden Briten eingegangen. Er erwähnte die Zerstörung und den Wiederaufbau und betonte, dass Pondichery wahrscheinlich die Stadt Indiens sei, die die größte Vielzahl von Europäern in ihren Mauern beherbergte.

»Selbstverständlich sind die meisten ›Feringhis‹, so sagen wir zu den Europäern, Franzosen. Aber sie leben hier friedlich mit Portugiesen, Holländern, Briten, Deutschen und allen anderen zusammen. Der französische Einfluss ist nicht mehr so stark, seitdem das Hauptquartier der Kompanie in Madras sitzt. Die ganz überwiegende Mehrheit der Inder sind Hindus. Das ist eine Religion, die Leben und Tod als Kreislauf sieht. Die Menschen werden nach ihrem Tod wiedergeboren. Die bekanntesten Götter der Hindus sind Vishnu, Brahma und Saraswati. Vor uns sehen wir den über fünfhundert Jahre alten Varadaraja – Tempel der Hindus. Wenn wir ihn jetzt besichtigen, seien Sie bitte leise.«

Sven sah farbenprächtige Gemälde an den Wänden des Tempels und war erstaunt. Er hatte gedacht, so etwa verbiete die indische Religion. Er fragte leise den Führer, aber der erklärte ihm, dass nur der muslimische Glaube solche Darstellungen verbiete.

Vor dem Tempel musste der Führer noch viele Fragen beantworten, die den Besuchern während der Führung eingefallen waren. Er tat das mit großer Sachkunde. Sven wollte gerade fragen, ob die Hindus auch ein heiliges Buch hätten, als ihn Sam mit Blicken auf eine Ecke des Vorplatzes hinwies.

Dort sah er drei Männer die Köpfe zusammenstecken, die wie die Matrosen gekleidet waren, die sie von der Dhau gerettet hatten. Sie redeten eifrig und einer wies mit der Hand zu ihnen. Als sie merkten, dass Sven zu ihnen schaute, wandten sie sich ab und gingen schnell davon.

»Die sind wohl überall«, flüsterte er zu Sam und drängte zum Einsteigen.

Sie kamen an einem bevölkerten Einkaufszentrum vorbei und Sven schlug vor, dass Sabrina doch morgen vormittags für Gao angemessene Kleidung kaufen könne. Er erwartete begeisterte Zustimmung, denn Sabrina kaufte für ihr Leben gern ein, für sich, aber auch für andere. Doch sie sagte nur, wenn sie mit all den Wachen in einen Laden ginge, sei der ja voll und jeder Händler wolle sie nur schnell wieder loswerden.

»Aber, Sabrina«, wandte Sven ein. »So dumm sind doch unsere Leute nicht. Da schaut einer unauffällig nach dem Hintereingang. Dort postieren sich dann zwei, die anderen zwei vorn und nur einer begleitet dich. Das ist doch ganz unauffällig. Ihr dürft nur niemandem vorher sagen, wo ihr hinfahrt. Ich bin vormittags geschäftlich unterwegs.«

Sie fuhren jetzt durch einen Teil der »Schwarzen Stadt«, dem Viertel der Eingeborenen. Fast unmittelbar gerieten sie in Armut und Schmutz. Menschen lagen am Straßenrand und sie konnten nicht erraten, ob sie schliefen oder tot waren. Bettler umringten die Kutschen und streckten schreiend ihre Hände aus. Die Kutscher fuhren schneller. Aber dem Gestank konnten sie nicht entkommen. Abfälle und Kot säumten die Straßen. Die Hütten waren aus weggeworfenen Hölzern zusammengebastelt. Die Menschen wirkten verhungert.

Und doch unterhielten auch hier Gaukler und Zauberer die Armen und wollten mit ihren Kunststücken noch Geld aus ihnen herauslocken. Dann änderte sich die Umgebung wieder. Bessere Häuser aus Stein oder solidem Holz wechselten sich mit Geschäften ab, denen allen ein schreiend buntes Aussehen gemeinsam war. »Hier wohnt wohl die Mittelschicht«, meinte Sabrina.

Gao schien das Viertel zu kennen. »Hier wohnen die Handwerker. Dahin sein Mr Rabonsa oft gegangen. Reparieren alles. Richtige Zauberer.«

Dann wurden die Häuser seltener und sie fuhren durch Reisfelder und kamen in einen kleinen Wald. Sven bemerkte, wie Sam aufmerksam den Weg und die Umgebung musterte. Auf ihn war Verlass.

Plötzlich sprangen zwei Männer auf die Straße und schwangen ihre Macheten.

»Wegelagerer!«, schrie der Fremdenführer entsetzt.

Sam feuerte seine Pistole auf die beiden ab. Er traf keinen, hatte wohl aber auch vor allem die Soldaten im dritten Wagen alarmieren wollen. Als die mit ihren Musketen aus der Kutsche sprangen, rannten die Wegelagerer wie scheue Rehe in die Büsche und waren nicht mehr zu sehen.

Sabrina hatte die Hände vor den Mund geschlagen und atmete noch tief. »Wenn wir kommen, passiert immer etwas!«, meinte sie. Das sei hier nicht selten, erklärte der Fremdenführer. Ungewöhnlich sei aber, dass sie sich an drei Kutschen herangetraut hätten.

»Wir sollten hier die Kutsche mit den Soldaten voranfahren lassen«, beschied Sven. Dann knallten die Kutscher mit ihren Peitschen und es ging weiter. Die Inder schienen keineswegs beunruhigt.

Vor einem parkähnlichen Gebiet mit großem Torbogen hielten sie an. »Hier ist ein Tierpark, den ein reicher Kaufmann zu seinem Vergnügen und zum Geldverdienen eingerichtet hat«, erklärte der Fremdenführer. »Wir müssen Eintritt bezahlen.«

Sven ging mit ihm voran und passierte zu seiner Beruhigung zwei bewaffnete Wächter, ehe er zur Kasse kam. Obwohl die vier Soldaten bei den Kutschen blieben, war ein so großer Besucherkreis wohl selten, denn Sven erhielt zehn Prozent Rabatt. »Mein erster Gewinn in Indien«, flüsterte er Sabrina zu.

In dem Park sahen sie keine armen Leute, sondern nur gut gekleidete Inder und Europäer. Die meisten hatten Kinder dabei. Sie liefen jubelnd von Gehege zu Gehege und bestaunten die Tiere.

Auch Svens Kinder hatten ihre Freude. Sie staunten über die beiden riesigen Elefanten, die behaglich in ihrem großen Zwinger standen und grüne Blätter mit dem langen Rüssel von einem Baum zupften. Und dann jubelten sie, als ein kleiner Elefant aus dem Holzstall kam und von seinen Eltern liebevoll mit den Rüsseln betastet wurde. Der kleine Elefant lief auch an das große Eisengitter und beäugte die Zuschauer. Die Kinder wollten ihn durch Zurufe auf sich aufmerksam machen und er streckte auch den Rüssel in ihre Richtung, trollte sich aber bald wieder zu den Eltern.

»Nun kommt man weiter«, mahnte Sabrina. »Nebenan sind Krokodile.«

»Die haben wir ja schon oft vom Boot aus gesehen«, wehrte Henry ab.

»Hier sind wir aber näher dran«, erklärte Lilian und wies ihre Brüder auf die großen Zähne im Maul der Krokodile hin. Zwei Krokodile balgten sich um ein großes Stück Fleisch und gingen recht rau miteinander um.

»Die Elefanten wirken viel gemütlicher«, meinte Einar.

»Die kann man auch zähmen, wie ihr wisst. Von einem zahmen Krokodil habe ich noch nie etwas gehört«, bestätigte Sabrina.

Sie bestaunten Wasserbüffel, große und kleine Affen und ein ganzes Glashaus voller Schlangen. Da waren Riesenschlangen von mehreren Metern Länge dabei, und der Führer erklärte ihnen, dass sie Menschen ohne Mühe umschlingen und erdrücken könnten. »Denen kann ich doch weglaufen«, behauptete Henry.

»Sie sind viel schneller, als du denkst, und meist verstecken sie sich auf einem Baum und lassen sich dann auf ihre Beute herabfallen«, warnte der Führer.

Als sie dann auch die kleinen Wieselarten, die Vögel und die Rehe bestaunt hatten, wurden die Kinder etwas müde, und Sven beschloss, dass es Zeit für die Heimfahrt sei.

Im Hotel durften sie nicht sofort in ihre Zimmer laufen. Sven bestand darauf, dass Sam und Walter erst mit ihrem Hund die Zimmer durchsuchten. »Ihr wisst doch«, begann Sven und die Kinder ergänzten im Chor: »Vorsicht ist immer gut.«

»Aber manchmal auch lästig«, flüsterte Sabrina ihrem Sven ins Ohr.

Er nickte lächelnd. »Sie ist tausendfach lästig und einmal lebensrettend.«

Am nächsten Vormittag kauften die Kinder ein. Für Gao wurden eine feste Hose und ein gestreiftes Holländerhemd als Matrosenkleidung gekauft, dann noch leichtere Hosen, Hemden und Jacken für den privaten Gebrauch und natürlich ein Sonnenhut. Er war richtig überwältigt von den Geschenken. »So viel hatte ich noch nie zum Anziehen«, stammelte er.

»Das hat er ganz richtig gesagt«, flüsterte Lilian der Mutter zu.

»Ja, er lernt schnell, und ihr müsst ihn immer verbessern, wenn etwas falsch ist.«

Für die anderen Kinder fiel auch etwas ab, und Sabrina und Elizabeth konnten nicht ohne eine neue Bluse das Einkaufsviertel verlassen.

Auch Sven schien gut gelaunt, als sie sich wieder sahen. Er hatte zwar den ganzen Vormittag mit dem Zahlmeister, dem Konsul und zwei indischen Händlern zusammengesessen und nur über Waren und den Verkaufs- und Ankaufswert diskutiert, aber er war mit seinen Erfolgen zufrieden. »Allein beim Gingko habe ich einen Gewinn von dreihundert Prozent erzielt«, berichtete er Sabrina. »Der Handel mit Ostindien kann uns richtig reich machen.«

»Aber, Liebster, wir haben doch genug Geld. Glück und Gesundheit sind doch viel wichtiger.«

»Du hast ja recht, Sabrina, aber ohne Geld kann man kaum gesund leben, und es beruhigt doch sehr.«

Sabrina schüttelte den Kopf und lachte. »Ehe du ruhig wirst, brauchst du aber noch viel Geld, und ob ich dich so ruhig haben möchte, daran zweifle ich.«

Vor dem Haus des Konsuls wartete Kapitän Bauer auf sie. Sven hatte den Konsul am Vormittag informiert, dass er seinen Freund gern mitbringen würde, da dieser das nächste Schiff nach Indien allein führen würde. Der Konsul war einverstanden und begrüßte sie alle herzlich.

Aber im Mittelpunkt des Interesses stand zunächst Gao. Er hatte seinen neuen Anzug an und wirkte wie ein junger Mann aus gutem Haus. Die Gastgeberin, eine schöne und europäisch gekleidete Frau, und ihre Kinder hatten vom Konsul und aus den Zeitungen vom Überfall gehört und bestaunten Gao.

»Sie sehen doch gar nicht gefährlich aus, junger Herr, und haben doch zwei kräftige Banditen ausgeschaltet. Wir bewundern Sie alle.« Die Frau des Konsuls strahlte Gao an.

Gao wirkte verlegen. »Das war nicht schwer, gnädige Frau. Mein Vater mich gelernt die Kampfkunst der Shaolin-Mönche. Die Banditen kannten die Kunst nicht und waren ungelenk.«

»Nur ein Fehler«, murmelte Lilian vor sich hin und ihre Mutter lächelte.

»Seien Sie nicht zu bescheiden. Sie wussten ja vorher nicht, was die Banditen für Erfahrungen hatten, und Messer trugen sie außerdem. Sie waren sehr tapfer und Sie werden Ihren Weg machen, wenn Sie nach Amerika kommen«, lobte ihn der Konsul.

»Ich bin sehr, sehr glücklich und dankbar, dass mich diese Familie so aufgenommen hat.«

Gao verbeugte sich vor den Larssons.

Kapitän Bauer räusperte sich und sagte: »Die Larssons haben eine große Gabe, Menschen zu fördern. Auch ich verdanke ihnen viel.«

»Und wir dir auch!«, meldete sich Sven zu Wort. »Nun wollen wir aber das schöne Heim der Gastgeber bewundern.«

Das Haus des Konsuls war schön und gepflegt. Von der Terrasse aus, wo der Tisch für sie gedeckt war, erstreckte sich ein großer herrlicher Garten mit gepflegter Rasenfläche fast bis zum Strand. Sie setzten sich und erhielten je nach Wunsch Getränke serviert. Die Larssons bewunderten den Garten.

»Und wenn ich mir überlege, dass Sie Ihr Grundstück das ganze

Jahr genießen können und nicht vor Schnee und Eis fliehen müssen, dann beneide ich Sie«, lobte Sabrina.

»Aber in der Regenzeit würden Sie auch nicht den Garten genießen, gnädige Frau. Da schüttet es manchmal wie aus Kübeln vom Himmel«, wandte der Konsul ein.

Sie lachten, und dann entspann sich ein lebhaftes Gespräch über die Vor- und Nachteile der verschiedenen Klimata. Das Gespräch wurde wenigstens teilweise unterbrochen, als das Essen serviert wurde. Aber zwischen den Gängen wurde lebhaft geplaudert und gelacht. Die Gesellschaft verstand sich gut, und die Frau des Konsuls war Sabrina sehr sympathisch.

Auch die Kinder schienen sich gut zu verstehen. Der Konsul hatte einen Sohn von sechs und eine Tochter von vier Jahren. Sie zeigten den Larsson-Kindern mit Stolz ihre Katze und ihre beiden Kaninchen.

Sam und Walter saßen je an einem Ende der Terrasse. Als die Kinder nach dem Essen auf den Rasen rannten und mit Bällen umhertobten, stand Sam auf und sagte zu Walter im Vorübergehen: »Ich schicke die Soldaten an die Hinterseite des Grundstückes. Bin gleich wieder da.«

Die Soldaten saßen in einer Kutsche und hatten ihr Essen auch beendet. »Jetzt müsst ihr mal was tun, ihr Hummer. Nehmt eure Waffen! Die Kinder spielen jetzt auf dem Rasen. Da müssen wir die Rückseite des Gartens bewachen.«

Die vier Soldaten waren nicht gerade erfreut über die Ankündigung, aber sie nahmen wortlos ihre Waffen und folgten Sam. Ein Grundstück weiter gab es einen Weg zur nächsten Straße und sie standen bald an der Hinterseite vom Grundstück des Konsuls. »Die sitzen da wie auf dem Präsentierteller. Von hier aus könnte man sie bequem abschießen.«

»Das sage ich doch!«, brummte Sam. »Je zwei von euch müssen an jedem Ende des Grundstücks wachen. Einer achtet auf den Garten. Der andere hat die Straße im Auge, aber in beiden Richtungen. Wenn Gefahr droht, müsst ihr einen Warnschuss abgeben.«

Die Soldaten nickten und begaben sich auf ihre Posten. Sam ging zurück.

Im Nachbargrundstück arbeitete eine Negerin am Gemüsebeet. Als Sam vorbeiging und freundlich lächelte, sprach sie ihn an. »Dich habe ich hier noch nicht gesehen, Bruder. Arbeitest du beim Konsul?«

»Nein, ich arbeite für seinen Gast, Schwester.«

»Die sind ziemlich lustig heute beim Konsul. Vorhin ging schon ein Weißer vorbei, Seemann oder Werftarbeiter, und hat sich die genau angeschaut.«

Sam wurde stutzig. »Wenn dir wieder etwas auffällt, könntest du mich doch rufen, Schwester. Ich sitze auf der Terrasse und heiße Sam.«

»Mach ich. Ich bin Rosana, Bruder.« Sie nickten sich zu und Sam ging weiter.

Sven hatte seine Abwesenheit bemerkt und sich gedacht, dass er für Wachen an der Rückseite sorgen würde. Er nickte ihm zu.

Die Männer hatten sich etwas abgesondert, weil der Konsul und Karl Bauer eine Zigarre rauchten. Der Konsul berichtete, dass er einen indischen Kaufmann kenne, der ein Lagerhaus vermieten würde. Ob Sven das morgen besichtigen wolle?

Sven sagte zu.

Nun mischte sich Kapitän Bauer ein. »Ist Pondichery dafür sicher genug, Herr Konsul? Wäre das nicht ein Risiko für unsere Reederei, wo die Seeräuber uns hier so auf den Fersen sind?«

Der Konsul überlegte und blies den Rauch seiner Zigarre in die Luft. »Im Augenblick ja. Aber die Seeräuber denken und handeln kurzfristig. Sie sind vor ein paar Tagen von Ihnen erwischt worden, meine Herren. Ihre Gefährten wurden eingesperrt und werden wahrscheinlich in ein paar Tagen aufgehängt oder in die Steinbrüche abtransportiert, wo die meisten bei der Zwangsarbeit verrecken werden. Die Seeräuber haben Sie gesehen und wollen sich jetzt an Ihnen rächen. Aber wenn Sie abreisen, sind Sie aus ihrem Gesichtsfeld. Vor zwölf Monaten können Sie nicht wiederkommen. Dann haben die Seeräuber wieder andere Pläne und Sorgen. Ob die überhaupt Ihren

Namen kennen, bezweifle ich. Und die Anführer der Banditen wechseln häufig. Wenn Sie in einem Jahr mit einem anderen Schiff wiederkommen, Herr Kapitän, sind Sie wieder ein unbeschriebenes Blatt.«

Auch Sven blickte nachdenklich. »Das könnte sein. Das Lagerhaus wird ja auch unter ›Bradwick und Co.‹ geführt. Und den Namen kennt noch niemand hier. Nun berichten Sie mir doch noch etwas über die Sepoys, von denen ich hier als möglichen Seesoldaten und Wächtern gehört habe, lieber Konsul.«

Der Konsul erzählte, dass die Sepoys indische Soldaten seien, die sich auf den Kriegsschiffen der englischen Kompanie sehr bewährt hätten. Sepoys wären keine Matrosen und würden nicht in der Takelage, sondern nur als Soldaten eingesetzt. »Die Sepoys auf einem Schiff stammen alle aus demselben Gebiet. Das schafft einen starken Gemeinschaftssinn. Wer versagt, blamiert sein Dorf. Sepoys werden auch in ihrem Dorf ausgebildet und über den Ortsältesten vermittelt. Mir sind nur gute Erfahrungen mit diesen Sepoys bekannt. Und sie kosten nur einen Bruchteil der europäischen Soldaten. Wenn Sie möchten, erkundige ich mich, welche Orte Kontingente stellen könnten.«

Sven bat darum, und dann riefen die Frauen sie wieder an den gemeinsamen Tisch zurück.

Die Soldaten an der kleinen Straße hinter dem Garten langweilten sich. »Mensch, die sitzen da vergnügt und trinken sich voll! Und ich habe Durst und kriege keinen Schluck«, schimpfte einer leise.

»Hier, nimm ein Stück Kautabak! Das hilft ein bisschen.«

Er steckte sich den Kautabak, den ihm sein Kamerad gereicht hatte, in den Mund und kaute missmutig darauf herum. Außer einem alten Mann, der auf sie in einiger Entfernung zukam, war niemand zu sehen. Der Soldat wandte sich ab.

Plötzlich waren auf der Straße Geigenklänge zu hören. Er drehte sich schnell wieder um. Der Alte hatte eine Geige an der Wange und spielte im Gehen eine lustige Weise. »Was ist denn mit dem los? Spinnt der?«, fragte der Soldat seinen Kameraden.

Sie konnten den Alten inzwischen besser sehen. »Er sieht vergnügt aus«, sagte der Kamerad. »Vielleicht hat er heute viele Münzen erhalten. Gefährlich wirkt er jedenfalls nicht.«

Auch die spielenden Kinder hatten die Geigentöne gehört und liefen zur Rückseite des Gartens. Sven sah es und bedeutete Sam, er solle zu ihnen gehen und sehen, was da los sei.

Als Sam am Zaun ankam, hatte auch der Geiger das Grundstück erreicht. Er trug die übliche indische Tracht mit einem schmuddeligen Turban. Für Sam war er ein ärmlicher und etwas hinfälliger Mann. Aber plötzlich sprangen hinter einem großen Holzhaufen auf dem Grundstück auf der anderen Straßenseite zwei junge Burschen hervor.

»Achtung!«, brüllte Sam mit seiner lauten Stimme. »Alle Kinder ins Haus!« Er riss seine Pistole aus dem Gürtel.

Die beiden Burschen hatten vorher nur auf den Alten geachtet. Jetzt erblickten sie Sam und die beiden Soldaten. Sie stutzten, änderten ihre Richtung und wollten davonlaufen. Einer der Soldaten schoss in die Luft. Die beiden Soldaten an der anderen Ecke des Grundstücks rissen ihre Gewehre an die Schulter und zielten auf die Burschen.

Im Garten des Konsuls war das Chaos ausgebrochen. Gao, der mit den Kindern gespielt hatte, trieb sie ins Haus zurück. Die Gäste waren aufgesprungen und die Männer rannten den Kindern entgegen. Walter Jungmann lief mit gezogener Pistole zur hinteren Straße.

Der alte Geiger kniete vor Angst auf der Straße und schrie. Sam erfasste die Situation und brüllte: »Halt! Nicht schießen!« Die jungen Burschen standen still und hielten die Hände über den Kopf.

Sam sagte den beiden Soldaten, die in seiner Nähe standen: »Geht von der Seite an sie heran und durchsucht einen nach dem anderen auf Waffen!« Dann lief er durch die Gartentür auf die Straße und ging mit gezogener Pistole auf die beiden Burschen zu. Den anderen Soldaten befahl er: »Sichert die Straße! Lasst keinen Fremden heran!«

Die beiden jungen Burschen waren ärmlich gekleidete Inder. Sie hatten keine Waffen und blickten Sam ängstlich entgegen. Der herrschte sie an: »Was wolltet ihr hier?« Als sie schwiegen, fügte er drohend hinzu: »Redet oder wir erschießen zwei Räuber beim Fluchtversuch. Kein Hahn wird nach euch krähen.« Er hob seine Pistole und zielte auf den Kopf des einen Burschen.

Der öffnete vor dem schwarzen Riesen einige Male den Mund und brachte schließlich hervor: »Wir haben gesehen, dass er heute auf dem Markt am Hafen viele Münzen bekommen hat, und wollten ihn beklauen.«

Der andere Bursche nickte. »Und woher wusstet ihr, wo ihr ihm auflauern konntet?«, herrschte Sam sie an.

»Wir sind ihm gefolgt, da hinten den Weg hochgelaufen und dann vorausgerannt. Wir kamen gerade hinter dem Holzhaufen an, als wir ihn dudeln hörten.«

Sam überlegte einen Moment. »Gehst du jeden Tag diesen Weg nach dem Markt?«, fragte er den Alten.

»Nein, sonst nimmt mich ein Bauer mit seinem Wagen mit in die Schwarze Stadt. Aber heute hatte er noch nicht alles verkauft, und ich wollte heim, weil meine Tochter Geburtstag hat. Da bin ich vorausgegangen.«

Sam nickte und wandte sich an einen Soldaten. »Ist euch sonst etwas aufgefallen?« Der Soldat verneinte. »Dann übergeben wir sie am besten der Polizei«, meinte Sam mehr zu sich selbst.

Da begehrte der Alte auf und ergriff Sams Arm. »Nein, nein! Die nehmen mir alle Münzen weg, weil ich sie nicht gefragt habe, ob ich spielen darf. Ich hätte ihnen ja die Hälfte der Spenden abgeben müssen. Lasst sie laufen, bitte! Die Polizei ist schlimmer als die Taschendiebe.«

Sven trat aus der Gartentür. »Was ist hier los?«, fragte er Sam. Sam erklärte es ihm kurz.

»Habt ihr den Alten nach Waffen untersucht?« Sam musste verneinen und tastete den Alten selbst ab. »Keine Waffen, Sir«, bestätigte Sam.

Sven ließ sich noch die Geige reichen und schaute hinein. »Nichts! Das scheint ja wirklich ein harmloser Straßenraub zu sein. Wir lassen die Burschen am besten laufen, sonst macht uns die Polizei noch Arbeit. Der Alte kann nach Hause gehen. Die beiden Burschen bewacht ihr noch zehn Minuten«, sagte er zu den Soldaten. »Dann können sie in die andere Richtung verschwinden.«

Sven nickte dem Alten zu und ging zurück in den Garten. Sam drohte den beiden Burschen mit der Faust. »Wenn ich euch noch einmal erwische, breche ich euch die Knochen!« Dann folgte er Sven.

Die Kinder durften zurück zu ihren Ballspielen auf den Rasen. Die Erwachsenen unterhielten sich noch eine Weile über den unerwarteten Raubüberfall, aber dann wandten sie sich wieder anderen Themen zu. Der Konsul versprach den Larssons für den übernächsten Tag eine besondere Überraschung.

Die Kutschen brachten erst Karl Bauer zum Kai, dann fuhren sie zum Hotel. Karl versicherte Sven, dass die Waren für den Verkauf in Indien alle ausgeladen seien. Morgen um zehn Uhr könnten sie beginnen, mit den Händlern zu feilschen.

Sven war am nächsten Morgen schon eine halbe Stunde früher im Lagerhaus und sah sich die Ausstellung der Waren an. Da lagen Muster der Eisenwaren wie Sicheln, Sensen, Zangen, Messer, Bohrer, Pressen, und es war angegeben, wie viele der Waren zum Verkauf standen. Dann folgten Lederwaren wie Pferdesättel, Kutschriemen und -geschirre, Schuhe und Stiefel. Danach kam die Modeabteilung. Hüte nach französischer Art und europäische Kleidung waren in Indien begehrt. Und schließlich Whisky und Weine in den besten Sorten.

Die Händler waren nach Empfehlungen des Hafenkapitäns und des Konsuls eingeladen und kamen voller Interesse, was Amerika zu bieten hatte. Der Zahlmeister hatte seine Gehilfen und alle Midshipmen aufgeboten, die die Angebote notierten. Sven ging mit Kapitän Bauer umher, beantwortete Rückfragen und stellte Rabatte in Aussicht. Nach etwa zwei Stunden hatten sich die Interessenten und die Preise herauskristallisiert und die Verkäufe wurden durch Eintragung in das Handelsbuch bestätigt. Die Auslieferung würde am Kai am folgenden Tag erfolgen.

Kapitän Bauer und Sven aßen gemeinsam in einem Restaurant am

Hafen und waren sehr zufrieden. »Die Preise lagen fast alle über dem, was wir erwartet hatten«, bekräftigte Kapitän Bauer. »Wir können sehr zufrieden sein. Wenn wir unser eigenes Lagerhaus haben, wird es noch schneller laufen.«

Sven ergänzte, dass er nach diesen Erfolgen an Mr Bradwick schreiben werde, dass der den zweiten Ostindiensegler bei der Firma Burlington in Auftrag geben könne. Er solle nach Maßen ihres jetzigen Schiffes gebaut werden, denn mit diesem Schiff seien sie ja zufrieden.

Karl Bauer stimmte zu, denn hier in Pondichery bauten die indischen Werften noch nicht so große Schiffe. »Dann komme ich ja in einem Jahr mit zwei Schiffen zurück nach Indien«, fügte er noch stolz hinzu.

Auch Sven äußerte sich sehr zufrieden, als er Sabrina und die Kinder wieder im Hotel begrüßte. »Wenn wir auch in Madras noch gut verkaufen und die Gewürze billig einkaufen können, wird die Reise noch erfolgreicher, als wir gehofft hatten.«

»Ich möchte aber dabei sein, wenn wir die chinesischen Seiden einkaufen«, erinnerte ihn Sabrina.

Sven lächelte. »Das werden wir in zwei Tagen erledigen, aber vorher gibt es ja noch die vom Konsul angekündigte Überraschung.«

Als der Konsul am nächsten Morgen mit seiner Familie am Hotel eintraf, war auch Kapitän Bauer gerade eingetroffen. Während ihrer Begrüßung kam die Familie Larsson hinzu und alle umarmten sich herzlich. Und dann kam des Rätsels Lösung in Sicht. Drei große Elefanten stampften nacheinander die Straße entlang, begleitet von zwölf berittenen Polizisten.

Die Elefanten hatten Schaulustige in die Straße gelockt, aber die Polizei ließ sie nicht bis zum Hotel. So konnten die Larssons und ihre Freunde ungehindert die Elefanten bewundern.

Hinter jedem Elefantenkopf hockte ein Führer, der den Elefanten mit leichten Fußbewegungen und geflüsterten Befehlen lenkte. Die Führer waren mit festlichen Hosen, Jacken und Turbanen gekleidet.

Auch die Elefanten trugen Decken mit goldenen und roten Farben. Darüber war auf jeden Elefantenrücken eine Sänfte geschnallt.

Der Konsul klatschte in die Hände und bat um Gehör. »Jede Sänfte hat drei Sitze zur einen Seite und drei Sitze zur anderen. Bitte entscheiden Sie nun, wie Sie sich auf die Sänften verteilen wollen.«

Sie standen im Kreis beieinander und einigten sich auf diese Verteilung: Der Konsul würde mit seiner Frau und Karl Bauer auf der einen Seite des ersten Elefanten sitzen. Hinter ihrem Rücken sollten Elizabeth, Lilian und ein Stadtführer Platz nehmen und zur anderen Seite schauen.

Für den zweiten Elefanten wurden Sabrina, Henry und ein Stadtführer eingeteilt. Mit dem Rücken zu ihnen saßen Sven, Einar und der sechsjährige Sohn des Konsuls.

Den dritten Elefanten wählten die Tochter des Konsuls, ihr Kindermädchen und Gao sowie Sam, Walter und ein Führer auf der anderen Seite.

Und nun schauten alle zu, wie sich die riesigen Kolosse gleichzeitig hinsetzten. Sie beugten die mächtigen Vorderbeine, bis der Bauch den Boden berührte, krümmten die Hinterbeine und zogen sie zur Seite. Die Elefantenführer stiegen ab, streichelten ihre Tiere und überwachten das Einsteigen der Gäste.

»Halten Sie sich beim Aufstehen gut fest. Das schaukelt mächtig!«, rief der Konsul. Sabrina schaute etwas ängstlich und klammerte sich an ihren Sitz.

Die Elefantenführer sprangen hinter die Köpfe und riefen die Kommandos. Die Elefanten stemmten die Vorderbeine und dann die Hinterbeine. Die Sitze hingen nach hinten und die Kinder jubelten, bis sie dann wieder gerade saßen und die Erwachsenen aufatmeten.

Die Elefanten setzten Fuß vor Fuß in langsamem Tempo voran. Die Gäste schaukelten leicht von einer Seite zur anderen. Aber daran gewöhnten sie sich schnell. Sie konnten über Fußgänger, Wagen und kleinere Bäume hinwegblicken, hinter manche Mauer schauen und Dinge sehen, die sie eigentlich nicht sehen sollten. So liefen in einem Garten junge Mädchen, die nackt an einem Teich gespielt hatten, schreiend hinter Bäume und Büsche.

Ihr Weg führte sie in Richtung Strand und dann am Strand entlang auf die Wälder zu. Dort gehörte einem Radscha aus der Umgebung ein größeres Waldstück, in dem nur er hin und wieder jagte. Daher lebten dort Bengalische Tiger und andere seltene Waldtiere. Sabrina hatte zuerst Bedenken, als sie vom Ziel erfuhr. Aber dann beruhigte sie der Führer, dass die Tiger nie einen Elefanten angriffen und dass sie ja außerdem Flinten dabeihätten, mit denen sie die Gäste verteidigen würden.

Für die Kinder war es interessant, Tiere und Menschen, an denen sie vorüberzogen, aus dieser Perspektive zu beobachten. Pferde hatten selten Angst vor Elefanten und trabten meist dicht an ihnen vorbei. Die Hunde gingen ihnen aus dem Wege und bellten sie oft nur aus weiterer Entfernung an. Eine Kuhherde geriet fast in Panik, als die grauen Kolosse vorbeitrotteten. Kinder umjubelten sie ganz aus der Nähe und schienen der Vorsicht der Elefanten zu vertrauen.

Die Elefanten mussten auch einen kleinen Fluss durchwaten. Das war ein Spaß, als sie dann auch einmal Wasser mit ihrem Rüssel auf den Rücken spritzten. Sven hatte den Verdacht, dass die Elefantentreiber das befohlen oder zumindest geduldet hatten. Aber auch wenn die Elefanten das Wasser mit ihrem Rüssel ins Maul spülten, war das für die Kinder schon Erlebnis genug.

Menschen und Häuser blieben zurück, und der große Wald kam näher. Die berittenen Polizisten sammelten sich zu einer Gruppe von sechs Reitern, die vor den Elefanten ritt, und einer gleich großen, die ihnen folgte.

Während sie dem schmalen Waldpfad folgten, rissen die Elefanten oft Zweige mit grünen Blättern ab und stopften sie sich ins Maul. Hirsche rannten vor den trampelnden Dickhäutern mit hohen Sprüngen davon. Und Einar entdeckte in einem der Bäume eine große Schlange. Die Führer beruhigten sie, dass die Schlange nicht giftig sei. Sie umschlinge und erdrücke ihre Beute. Aber an Elefanten traue sie sich nicht heran.

Und schließlich entdeckten sie am Rande einer kleinen Lichtung Bengalische Tiger. Es war wohl eine Familie mit Vater, Mutter und zwei Jungen, die sich dort ausruhte. Die Elefanten hielten an. Die

Menschen sprachen unwillkürlich leiser. Die Raubkatzen schien es nicht zu stören. Die großen Tiger lagen da und dösten. Die kleinen standen immer wieder auf, betatschten ihre Eltern oder balgten miteinander. Ihr gestreiftes Fell glänzte in der Sonne. Es waren hübsche und geschmeidige Tiere wie die Katzen, nur sehr viel größer.

Henrys Stimme war bald wieder zu hören. »Mit denen würde ich aber nicht spielen wollen wie mit Katzen. Guck dir nur die Tatzen an!«

Sabrina mahnte ihn, leiser zu sein, aber die Tiger ließen sich nicht stören. Sie hatten sich wohl an gelegentliche Besucher gewöhnt. Der Führer vom Elefanten des Konsuls packte ein Paket aus. In dem Papier steckte rohes Fleisch. Er holte mit beiden Armen aus und warf es in die Nähe der Tiger. Die großen Tiger sprangen auf. Dann hatten sie die Witterung zum Fleisch aufgenommen und liefen darauf zu. Aber als der weibliche Tiger, er war jedenfalls etwas kleiner als der andere, zuerst zubeißen wollte, knurrte der andere und stieß ihn mit der Tatze zur Seite. Auch die kleinen Tiger, die angelaufen kamen, wehrte er brummend ab. Dann riss er sich ein Stück Fleisch heraus und nun erst durften die Mutter und dann die kleinen Tiger an das Fleisch.

Lilian schaute wie die anderen interessiert zu, dachte sich dabei aber, dass Menschen wohl doch die besseren Wesen seien. Ihre Mutter tat erst den Kindern auf und dann sich selbst. Und wenn ein Schokoladenteller auf dem Tisch stand, nahm Vati sich nicht zuerst und scheuchte die anderen weg. Nun ja, es sah schon possierlich aus, wie die großen Katzen sich die Lippen leckten und den Schurrbart strichen.

Dann trotteten die Elefanten weiter. Sie sahen kleine, marderähnliche Tiere, sie erblickten eine Büffelart, aber die Herde stob davon. Sie kamen auch in die Nähe von zwei Arbeitselefanten, und die grauen Kolosse trompeteten sich Grüße zu. Affen spielten in den Bäumen neben ihnen, sodass sich die Kinder furchtsam duckten, aber Tiger sahen sie nicht mehr.

Als sie eine kleine Rast einlegten und die Elefanten sie schaukelnd dem Erdboden zurückgegeben hatten, erklärten die Führer, dass sich die Wildtiere vor Menschen auch lieber versteckten, als sich ihnen zu präsentieren. Das wussten die Kinder auch von den heimischen Wildtieren, aber sie sagten nichts. Eltern und Kinder erfrischten sich mit Getränken und entleerten sich nacheinander auch hinter einem Busch, nachdem die Führer den Boden abgeklopft hatten. Lilian pflückte mit der Tochter des Konsuls noch ein paar Wildblumen, und dann ging es wieder heim.

Es war ein wunderbarer Ausflug und Einar erzählte am nächsten Morgen seiner Mutter, er habe in der Nacht geträumt, er sei auf einem Elefanten geritten und habe Tiger gejagt.

Doch Sabrina würdigte die Erzählung nicht gebührend. Sie war in Gedanken schon bei den Stoffballen, die sie mit Sven bei den indischen Händlern besichtigen wollte. Und in der Tat, während sich Sven inmitten der vielen verschiedenen Muster und Seidenstoffe recht verloren vorkam, hatte Sabrina nach wenigen Augenblicken den Seidenballen gefunden, aus dem ihr Kleid für den nächsten Ball geschneidert werden sollte.

»Diese Art darfst du aber nicht in Philadelphia und Umgebung anbieten, Sven, und nicht näher dran als New York oder Richmond. Ich möchte nicht auf einmal einer Dame mit dem gleichen Stoff gegenüberstehen.«

»Du würdest doch auf jeden Fall hübscher aussehen«, sagte Sven lächelnd. »Aber versprochen! Nun hilf mir bei der Auswahl.«

Und dann musste er um die Preise handeln, was ihm nicht so sehr lag. Aber er wusste nach Erkundigungen beim Konsul, welche Preise günstig oder überzogen waren, und bei Fragen der Qualität war Sabrinas Rat so wertvoll wie dabei, welchen Anklang welche Muster finden würden.

Schließlich war alles verabredet. Sabrina und Sven fuhren zum Hotel und aßen mit den Kindern zu Mittag. Und dann nahm Sven Gao mit zum Schiff, wo er mit Kapitän Bauer einiges besprechen musste. Der Master konnte inzwischen überprüfen, wie es um Gaos maritime Kenntnisse bestellt war, und dieser konnte sich den Offizieren vorstellen.

Karl Bauer und Sven setzten sich in der Kajüte des Kommodore zusammen. Alle Fenster waren geöffnet und die See kühlte genug, um das Klima angenehm zu halten. Nach einigen privaten Sätzen kamen sie zu dem Schluss, dass nun nach fast zwei Wochen vom Handel aus alles erledigt war, was sie hier vorgehabt hatten. »Auch auf dem Schiff ist alles getan, was getan werden konnte. Die Mannschaft sehnt sich nach neuen Erlebnissen«, sagte Karl.

»Es bleibt noch das Problem mit den Sepoys, das wir nach allen Auskünften besser hier als in Madras regeln sollten«, wandte Sven ein.

»Aber, Sven, wir haben doch Mannschaften, die uns als Seesoldaten dienen. Etwas anderes sind doch die Sepoys auch nicht«, entgegnete Karl.

»Ja und nein, Karl. Dass die indischen Sepoys billiger sind, weißt du selbst. Du weißt aber noch nicht, dass ich gebeten worden bin, die Lagerhalle, die wir hier anmieten, auch bewachen zu lassen. Dafür bräuchten wir maximal vier Schichten zu je vier Mann und einen Befehlshaber. Wenn wir die anheuern, können wir die gleiche Zahl auch gleich nach Amerika mitnehmen. Dann haben wir schon Personal für die nächste Fahrt und können uns damit vertraut machen. Und wir haben auf der Hinreise doch auch Ausfälle gehabt. Darum würde ich die Frage lieber jetzt noch anpacken.«

»Hast du Angebote, Sven?«

Sven erklärte, dass der Konsul und zwei Händler ihm eine Gruppe von Dörfern in vier Fahrstunden Entfernung empfohlen hätten. Dort sollten einige Jamadars, das waren die Ausbilder und Befehlshaber der Sepoys, leben, die sehr anerkannt waren. »Dort könnten wir dann auch Einheiten für die beiden Schiffe, die in einem Jahr hierhersegeln, ausbilden lassen.«

»Aber die beiden Schiffe brauchen doch auch für die Hinreise schon Seesoldaten, Sven.«

»Natürlich, aber eine halbe Gruppe bringen wir ja schon mit, und man könnte auf der Hinfahrt vielleicht mit der Zahl noch etwas sparen, Karl.«

Karl sah Sven fast erschrocken an. »Bist du schon wie einer dieser geizigen Händler geworden? Wir machen doch guten Gewinn auf dieser Reise, und unsere Männer setzen für uns ihr Leben ein.«

»Karl, es geht nicht um den kleinen Gewinn, den wir mit den Sepoys machen können. Es geht mir darum, dass unsere Reederei auch mit Indern ein Personal aufbauen muss, an Land und zur See. Bis jetzt kennen wir die Inder in ihren Fähigkeiten und ihrer Mentalität viel zu wenig. Vielleicht entscheiden wir uns nach der Erprobung, keine Sepoys mehr anzuwerben. Aber ich meine, wir sollten mit der Erprobung anfangen und nicht eines Tages vor der Notwendigkeit stehen, viele auf einmal anheuern zu müssen.«

Karl nickte. »Das leuchtet mir ein. Willst du noch für andere Aufgaben Inder einstellen?«

»Ja, einige Stewards und einen Koch. Und ich muss einen Zahlmeistergehilfen hierlassen, der im Büro des Händlers wirkt, der für uns die Waren einkauft. Ich dachte an Mr Nasun, den du auch beim Verkauf kennengelernt hast.«

»Er machte auf mich einen zuverlässigen und kenntnisreichen Eindruck.«

Sven nickte. »Er wurde mir auch mehrfach empfohlen. Ich werde dann morgen zu den Jamadars der Sepoys reisen. In drei Tagen sollten wir nach Madras segeln. Wäre dir das recht?«

Sven nahm zur Fahrt Sam, Walter und Ben mit. Der Kutschenvermieter hatte von sich aus zwei Reiter delegiert. »Zum Schutz vor Wegelagerern«, wie er sagte. Da Sven die Reise keinem Fremden angekündigt hatte, schien ihm die Begleitung ausreichend. Sabrina wurde den Tag mit den Kindern bei der Frau des Konsuls verbringen.

Die Fahrt war kein Vergnügen. Anfangs hatten sie sich noch auf Tierherden hingewiesen, aber dann machte die Hitze sie apathisch. Die Fenster mussten sie geschlossen halten, da der Staub, den die Pferde auf der trockenen Straße aufwühlten, sonst in Schwaden eindrang. Sie dösten mehr oder weniger vor sich hin.

Einmal wurde die Fahrt an einer Raststelle unterbrochen, die am

Rand eines kleinen Dorfes lag. Die Toiletten waren unvorstellbar primitiv, aber als sie die Hütten der Inder sahen, mussten sie erkennen, dass sie im Hinterland nichts anderes erwarten konnten.

»Wie die Menschen das aushalten«, bemerkte Walter.

»Aber sie kennen es doch nicht anders«, entgegnete Sam.

»Aber einige kommen doch mit reichen Städtern oder Europäern in Verbindung und sehen andere Wohnmöglichkeiten.«

»Aber wenn du dann wieder hier mit allen anderen lebst und kein Geld hast, was willst du dann ändern?«

Am Ziel ihrer Fahrt sah es anders aus. Die Landschaft war nicht so trocken. Im kleinen Tal spendete ein Fluss Wasser. Das Grün auf den Feldern und ein nahe gelegener Wald schufen gleich einen anderen Hintergrund.

Der Kutscher hielt vor einem aus Steinen erbauten und von Wohlhabenheit zeugenden Haus. Ein Mann, der in dem gepflegten Garten arbeitete, lief zur Haustür und rief etwas. Dann kam er zur Kutsche, öffnete die Tür und sagte: »Namaskar, Sahib.«

»Was heißt das?«, fragte Sven den Kutscher.

»Herzlich willkommen, gnädiger Herr«, übersetzte dieser.

Während Sven mit seinen Begleitern ausstieg, trat ein Mann in uniformähnlicher Kleidung aus dem Haus. Er war etwa fünfzig Jahre alt, groß und kräftig. Er trat mit ausgestreckter Hand auf Sven zu.

»Ich bin Hauptmann Narin und Sie sind sicher Kommodore Larsson. Herzlich willkommen in Sandhaskar! Ich habe Ihre Nachricht erhalten«, sagte er in einem Englisch, dem man anmerkte, dass er es nicht oft sprach. »Bitte kommen Sie doch herein, damit Sie sich etwas erfrischen!«

Sven schüttelte seine Hand herzlich und stellte ihm seine Begleiter als langjährige Schiffsgefährten vor. Alle trugen auch ihre maritime Ausgehuniform. Sven bedankte sich für die freundliche Aufnahme und folgte dem Hauptmann in das Haus.

Die Wohnung war eine Mischung aus indischem und europäischem Stil. Aber in dem Arbeitszimmer, in das der Hauptmann sie führte, standen Sessel, Schränke und Schreibtische, wie es Sven und seine Gefährten gewohnt waren.

Sie nahmen Platz. Die Frau des Hauptmanns erschien mit einem Diener, der die Getränke trug. Sie war eine Angloinderin und trug ein europäisches Kleid. »Sie sehen, meine Frau ist die Tochter eines indischen Kaufmanns und einer Engländerin. Wir lernten uns in Madras kennen und sind später in die Heimat meines Vaters gezogen, weil meine Schwiegermutter es hier so schön fand. Ich bin hier geboren.«

Sie plauderten ein wenig über die Landschaft und die Unterschiede zu den Trockensteppen, die die Gäste auf der Herfahrt gesehen hatten. Dann kam der Hauptmann aber zielstrebig auf den Zweck ihres Besuches zurück.

»Sie haben wenig Zeit, Herr Kommodore, und sollen noch die Soldaten sehen, darum will ich kurz über meine Laufbahn berichten. Als die Briten die ersten indischen Regimenter aufstellten, sollte ich eigentlich Kaufmann werden und nach meiner Schulzeit in einem Büro lernen. Aber mich interessierte diese Tätigkeit überhaupt nicht. Ich habe mich immer nur für Soldaten interessiert. So habe ich mich ohne Zustimmung meines Vaters zu den Briten gemeldet und bin als Rekrut in den Norden Indiens gekommen. Mein Vater hat zwei Jahre auf keinen meiner Briefe geantwortet. Die Briten haben mich ausgebildet, und da ich willig war und eine gute Schulbildung hatte, wurde ich nach zwei Jahren Sergeant und habe selbst Rekruten ausgebildet. Mein Vater hat sich dann wieder mit mir versöhnt, weil er merkte, dass ich diese Arbeit liebte. Um diese Zeit wollten mehrere indische Fürsten ihre Armeen nach europäischem Muster modernisieren und erbaten von den Briten Ausbilder. Es war für mich eine große Ehre, dass ich für einen indischen Fürsten im Norden des Landes ausgewählt wurde. Ich wurde als Hauptmann in dieser Armee eingestuft und habe dort drei Jahre gelebt und an zwei Feldzügen gegen fremde Armeen teilgenommen. Aber dann verpflichtete der Fürst ausländische Abenteurer, die eigene Truppen führten und auch über unsere Einheit das Kommando übernahmen. Sie sollten im Land ausstehende Steuern eintreiben. Das haben sie mit einer Grausamkeit und Brutalität getan, die ich nicht mehr ertragen konnte. Die Dörfer armer indischer Bauern wurden niedergebrannt, die Frauen vergewaltigt, viele Männer erschossen, weil sie ihre Steuern nicht zahlen konnten. Die Hälfte der eingetriebenen Güter behielten diese Abenteurer für sich. Mit dieser Schuld wollte ich nicht leben. Ich nahm meinen Abschied und zog zurück in meine Heimat, wo ich meine Frau kennenlernte. Ich habe dann doch im Büro meines Schwiegervaters als Kaufmann gearbeitet, bis ich dann durch Zufall auf den Bedarf der Bombay-Marine an Sepoys aufmerksam wurde. Sepoys sind das, was in der britischen Marine Seesoldaten sind.«

Sven warf ein, dass die amerikanischen Staaten viel von den Briten übernommen hätten, auch die Aufteilung der Besatzungen in Matrosen und Seesoldaten. »Aber, Sir, wie kam man gerade hier in einer vom Meer recht abgeschnittenen Provinz auf die Idee, Seesoldaten auszubilden?«

Der Hauptmann lächelte. »Der britische Provinzgouverneur war vorher Kapitän in der Bombay-Marine gewesen, der Kriegsflotte der britischen Ostindienkompanie. Mein Vater war mit ihm gut bekannt und hat ihm von den Sorgen der jungen Männer hier erzählt, die nicht genug Arbeitsstellen fanden und in irgendwelche fremden Städte auswanderten. Da hat der Gouverneur kombiniert und vorgeschlagen, ich solle doch Seesoldaten für Schiffe ausbilden, die in der Bombay-Marine gebraucht würden. So fand ich eine neue Aufgabe. Die jungen Männer dienen meist etwa zehn Jahre mit aus der Heimat vertrauten Kameraden und machen dann mit ihren Ersparnissen kleine Werkstätten, Läden oder Bauernhöfe auf. Wir haben die Besatzungen vieler Schiffe der Bombay-Marine mit anerkanntem Erfolg versorgt. Und der Zufluss an Soldeinnahmen, die die Sepoys an Angehörige überwiesen, hat der Provinz gutgetan.«

Sven fuhr dann mit seinen Gefährten und dem Hauptmann zu dem Ausbildungslager. Vier große hölzerne Baracken umsäumten eine viereckige Fläche, die als Exerzierfeld diente. »Wir haben zurzeit vierzig ausgebildete Sepoys in Einsatzbereitschaft und dreißig Rekruten in Ausbildung, die sechs Monate dauert und von Jamadars geleitet wird. Das ist der höchste Unteroffiziersgrad. Sie würden vielleicht Oberfeldwebel sagen. Dort kommt einer.«

Ein Inder in kurzen Khakihosen und Khakihemd mit Epauletten näherte sich ihnen und erstattete dem Hauptmann Meldung. Der Jamadar wurde ihnen als Mr Rambaij vorgestellt und sprach recht gut Englisch.

Dann bat der Hauptmann den Jamadar, den Zug Sepoys bei Marsch- und Gewehrübungen vorzuführen. Kurz darauf marschierten dreißig Sepoys in perfektem Gleichschritt mit geschultertem Gewehr an ihnen vorüber, schwenkten links und rechts, hielten an, wendeten und führten alle Gewehrgriffe in absoluter Perfektion vor.

»So eine gut geschulte Truppe habe ich noch nie gesehen«, flüsterte Sven zu Sam und der nickte bestätigend.

Dann setzten die Soldaten ihre Bajonette auf die Musketen und zeigten die Stellungen im Bajonettkampf. Auch hier überzeugten sie.

»Meine Herren! Wir sollten jetzt die Truppe etwas näher inspizieren, damit Sie sie befragen und sechs bis acht Leute auswählen, die Ihnen beispielhaft die Zielfertigkeit der Truppe demonstrierten können.«

Die Sepoys waren durchweg Männer von zwanzig bis fünfundzwanzig Jahren, kräftig und durchtrainiert. Sie sahen Sven ruhig entgegen und antworteten auf seine Fragen in befriedigendem Englisch. Einige hatten schon als Seesoldaten gedient, anderen waren erst kürzlich mit ihrer Ausbildung fertig geworden.

Sam wählte sechs Sepoys für die Schießübung aus. Sie formierten sich in drei Zweierreihen und marschierten hinter eine der Baracken, wo der Schießplatz lag. Sie demonstrierten das Laden der Waffen schnell und geübt. Dann nahmen sie nacheinander zwanzig Meter vor der Zielscheibe Aufstellung und feuerten jeder drei Schüsse ab. Das Nachladen erfolgte routiniert und sicher. Die Einschüsse lagen nicht weiter als drei Ringe vom Mittelpunkt der Scheibe entfernt.

Sven wandte sich dem Hauptmann zu. »Herr Hauptmann, ich bin Seemann und kein Infanterist. Aber ich habe mit vielen Armeeeinheiten bei Landungen zusammengearbeitet. Ich habe eine so gut ausgebildete Truppe noch nie gesehen. Wenn sie auch im Kampf so ruhig und doch schnell reagieren, sind sie hervorragend.«

»Herr Kommodore, ich danke Ihnen für Ihr Urteil. Die Sepoys haben sich bisher bei allen Einsätzen bewährt. Niemand, der Sepoys kannte, hat später auf sie verzichten wollen.«

Sven verabschiedete sich von den Sepoys und dem Jamadar und ging mit dem Hauptmann in einen Büroraum der Baracke. Dort wollten sie über die Bedingungen zur Anheuerung der Sepoys verhandeln.

Sven wollte zwanzig Sepoys und einen Truppführer zur Bewachung der Lagerhalle einstellen und zwölf Sepoys und einen Jamadar auf seinem Schiff mit nach Amerika nehmen. »Sie werden dann wenige Wochen danach mit einem anderen Ostindiensegler unserer Reederei zurückfahren und in einem Jahr wieder hier sein. Dabei können die Sepoys und der Jamadar die Routine auf unseren Schiffen kennenlernen und dann mit ihren Kenntnissen die Truppe von vierzig Sepoys, die wir dann brauchen, bereichern. Die Bewachung der Lagerhallen in Pondichery dürfte dagegen für sie reine Routine sein.«

Der Hauptmann hatte einen Gegenvorschlag. Die Wachleute sollten mit an Bord der neuen Schiffe gehen. Sie hätten sich dann schon an die Sprache und die Erfordernisse der Reederei besser gewöhnt, als man ihnen das bei der Ausbildung vermitteln könne.

Sven war einverstanden und hatte auch nichts gegen die Höhe des Soldes und die Modalitäten der Auszahlung einzuwenden. Auch dass er für Uniform und Bewaffnung sorgen müsse, schien ihm selbstverständlich. Mit seinem Wunsch, dass er die Sepoys am dritten Tag von jetzt an gerechnet morgens zum Auslaufen auf dem Schiff haben wolle, löste er aber die Proteste des Hauptmanns aus.

»Wie sollen wir das schaffen, Herr Kommodore? Das sind zwei Tagesmärsche, und einen Tag zum Abschied von den Familien muss man den Sepoys zubilligen.«

»Es gibt doch Pferdewagen, die es wie wir in einem halben Tag schaffen, Herr Hauptmann.«

Der Hauptmann erklärte ihm, dass seine Ausbildungseinheit zwei kleinere Pferdewagen für ihren Bedarf habe. »Hier gibt es keine großen Pferdewagen, weil die Straßen viel zu schlecht dafür sind. Ich müsste vier weitere Pferdewagen anmieten. Bei der Eile werden die

Bauern horrende Preise von mir fordern und ich habe wegen der Terminnot kaum Verhandlungsspielraum.«

Sven erkundigte sich, wie hoch denn die Mietpreise für die Wagen mit Pferden und Fahrer seien.

Der Hauptmann nannte einen Preis, der Sven für amerikanische Verhältnisse sehr gering erschien. Sven erklärte sich bereit, für die Transportgebühren einen Betrag zu zahlen, der, wie er schnell errechnet hatte, bei achtzig Prozent des genannten Preises lag.

Der Hauptmann lächelte etwas gequält: »Mit Ihnen möchte ich nicht ständig verhandeln müssen, Herr Kommodore, aber ich bin einverstanden. Übermorgen Abend werden die Sepoys in Pondichery eintreffen. Bitte bedenken Sie, dass die Sepoys gerechten Kommandeuren überallhin folgen. Wenn sie schlecht behandelt werden, erzählen sie es in ihren Dörfern und ich habe Probleme mit den Dorfältesten. Für eine holländische Reederei kann ich keine Sepoys mehr vermitteln, da die Dorfältesten mir dann keine Rekruten mehr stellen. Lassen Sie mich ausdrücklich betonen, dass ich das bei Ihnen nicht erwarte und auf eine lange und gute Geschäftsbeziehung hoffe, auch wenn Sie es mir selbst nicht so einfach machten, wie ich es gern habe.«

Sven erzählte Sabrina lächelnd von dieser Feststellung des Hauptmanns, als er abends mit ihr wieder im Hotel saß.

»Ich habe es ja schon seit Längerem bemerkt, dass du dich zum gerissenen Kaufmann entwickelst. Aber wenn das der Preis dafür ist, dass du dann bei mir und den Kindern an Land bleibst, dann zahle ich ihn gern.« Und dann ließ sie ihn noch davon erzählen, wie er die Sepoys als Schiffsgefährten einschätze und mit welcher Akzeptanz er durch die Seeleute rechne.

Sven erwartete eigentlich keine Vorurteile gegen Inder bei der Mannschaft, aber er kündigte an, dass er morgen noch mit den Maaten reden und sie über einige Besonderheiten im Lebensstil der Sepoys informieren wolle. »Sam wird sich um den Jamadar kümmern und Walter wird den Trupp der Sepoys in den ersten vier Dienstwochen begleiten. So sollten sie sich gut einfügen. Übrigens hat mir der Master mitgeteilt, dass sich Gao recht gut im Schiffsdienst auskennt. Wir können ihn als Leichtmatrose einsetzen.«

Sabrina ergänzte: »Und Gaos Englischkenntnisse verbessern sich erstaunlich schnell. Im Umgang ist er sehr sympathisch und versteht sich gut mit den Kindern und Elizabeth.«

»Na gut, Liebling. Morgen packen wir, und übermorgen ziehen wir wieder aufs Schiff um.«

Am Morgen des dritten Tages setzte die *Spirit of Philadelphia* Segel und verließ Pondichery. Zum Erstaunen der Zuschauer stand die Lagerhallenwache der Sepoys am Kai und präsentierte die Gewehre.

»Gut sehen sie aus«, bestätigte Kapitän Bauer.

»So eine Truppe könnten wir doch auch für das Lager unserer Reederei in Philadelphia anmieten«, meinte Sven. »Sie sind sehr preiswert.«

Aber Sabrina, die bei ihnen stand, protestierte. »Dann nimmst du Amerikanern die Arbeitsplätze weg, Sven. Und deren böse Kommentare in der Stadt würden dir mehr schaden, als du an Geld sparst.«

»Da hat Sabrina wahrscheinlich recht, Sven. Man kann Ausländerfeindlichkeit auch wecken.«

Sven überlegte und nickte. »Danke, dass ihr mich davor bewahrt, nur noch in den Kategorien von Gewinn und Verlust zu denken.«

Der Jamadar stand neben Sven und seiner Familie, als das Schiff Madras ansteuerte. Er sollte ihnen erste Erläuterungen geben, denn er war schon mehrmals in Madras gewesen.

Der Jamadar hatte in dieser kurzen Reise Sabrinas Bewunderung gewonnen. Er war immer höflich und respektvoll. »Ein Kavalier der alten Schule!«, bemerkte sie zu Sven. Einen sicheren Platz in ihrem Herzen hatte er am zweiten Tag der Fahrt gewonnen, als er anordnete, dass zwei Sepoys die Kinder nicht aus den Augen zu lassen hatten, wenn sie an Deck waren. Er argumentierte, dass die Aufsicht von

Elizabeth und Hans Maier nicht ausreiche, da diese öfter mit den Kindern spielten und dann nicht alle im Auge hätten. Die Sepoys seien auch geübte Schwimmer und könnten die Kinder retten, wenn sie über Bord gespült würden.

Die Argumentation hatte auch Sven überzeugt. Nun hörte er dem Jamadar zu, der ihnen Fort St. George zeigte, mit dessen Bau die Portugiesen und Niederländer begonnen hatten, das aber die Briten erst zu seiner jetzt so imposanten Größe ausgeweitet hatten.

»Madras ist viel stärker als Pondichery durch die britische Ostindienkompanie geprägt worden. Sie finden hier nicht die schönen französischen Kolonialviertel, aber mehr Handelslager und Manufakturen. Madras ist bevölkerungsreicher und wirtschaftlich mächtiger.«

Als Sven und Karl Bauer etwas Zeit erübrigen konnten, ließen sie sich und die Familie vom Jamadar die Besonderheiten von Madras zeigen. Auf Wunsch des Jamadars wurden sie außer von Sam auch von zwei Sepoys begleitet, und Sabrina beobachtete mit Erstaunen, dass die Inder die Anordnungen der Sepoys wesentlich williger befolgten als die der Matrosen, die sie sonst begleiteten. Die Matrosen erlebten die Anwohner anscheinend zu oft als Betrunkene und Hurenjäger, um vor ihnen den Respekt zu haben, den sie den Sepoys als Soldaten zubilligten.

Zu ihrem Erstaunen sahen die Amerikaner auch die älteste protestantische Kirche Indiens, die im Jahre 1680 geweihte St Mary's Church. Der Pfarrer war in der Kirche, interessierte sich sehr, als er hörte, dass sie aus Amerika kämen. Er lud sie für den Gottesdienst am Sonntag ein und erzählte ihnen, dass der Apostel Thomas hier im Jahre 58 nach Christi Geburt gestrandet und im Jahre 72 als Märtyrer getötet worden sei.

Sven war sehr beeindruckt, als sie weitergingen. »Da fahren wir mit unseren etwa zwei Jahrhunderten Geschichte in die Welt hinaus, nehmen an, dass wir hier nur auf primitive Völker treffen, die von uns lernen können, und dann erleben wir eine Kultur, die unsere um Jahrtausende überragt. Die Bevölkerung aber ist arm und muss vieles entbehren, was wir für ein menschliches Leben als notwendig erachten. Ich glaube, das liegt daran, dass sie Jahrtausende von Fürsten beherrscht wurde, die nur an ihre Herrschaft und ihren Reichtum dachten. Und jetzt kommen wir Weißen wieder als Eroberer und Ausbeuter. Wenn wir zurückkehren, werde ich in unserer Heimat noch entschiedener für die Herrschaft durch das Volk, also für die Demokratie, eintreten. Unser Volk soll nie so unterdrückt und ausgebeutet werden.«

Karl überlegte einen Moment, ehe er antwortete: »Deine Auffassung ehrt dich, Sven. Aber was willst du tun, wenn das Volk nicht durch äußere Macht, sondern durch den Reichtum Einzelner unterdrückt wird? Dafür ist auch unsere Volksherrschaft empfänglich. Erkennen wir nicht auch bei uns, dass manche Menschen durch Hungerlöhne unterdrückt und dann käuflich werden? Nicht Fürsten gefährden uns, sondern die Macht des Geldes.«

Erst am Abend setzte Sabrina die Diskussion fort, nachdem sie einige Stunden lang diese fremde wundersame Welt erlebt hatten. »Ich habe über eure Worte nachgedacht, lieber Sven und lieber Karl. Ich glaube, wir werden nie eine Gleichverteilung des Geldes unter den Menschen erreichen. Das wäre wohl auch nicht gerecht, da manche Menschen sich viel mehr Verdienste für die Gesellschaft erwerben. Denkt an eure Schiffe! Ist die Tätigkeit des Kapitäns nicht verantwortungs- und verdienstvoller als die des Matrosen? Und bereichern Erfinder, Gelehrte und Ärzte, wenn sie ihre Tätigkeit ernst nehmen, die Gesellschaft nicht mehr als Schuster oder Maurer? Wir müssen Einkommens- und Vermögensunterschiede akzeptieren, wenn sie die gesellschaftliche Bedeutung der Tätigkeit widerspiegeln, aber die, die mehr Geld haben, müssen auch opferbereit sein, um unverschuldete Armut und Not zu lindern. Und als Volk müssen wir unterdrückten Völkern helfen.«

Sven und Karl gaben zu, dass Sabrina das Problem richtig erkannt und benannt habe. »Aber, liebe Sabrina, wollen wir die weitere Diskussion nicht für die langen Tage der Heimreise aufschieben? Ich muss morgen zurück in diesen Trubel, um noch Waren umzusetzen. Allerdings muss ich dich enttäuschen, Stoffe haben wir bereits genug geladen.«

Sie hatten den Aufenthalt in Madras von vornherein auf eine Woche begrenzt. Sven hatte den Großteil des Warenumsatzes bereits in Pondichery getätigt, und für den Gewürzeinkauf wollte er Sumatra oder Java anlaufen, wie ihm seine neuen Partner in Pondichery nachdrücklich geraten hatten. Aber dennoch waren seine Tage gefüllt. Auch in Madras galt es Verbindungen zu knüpfen, die der Baron du Savord empfohlen hatte, und gute Angebote auszunutzen.

In Madras kam Sven auch in Kontakt zu muslimischen Händlern. Der Islam spielte in Bengalen eine viel geringere Rolle als im Norden Indiens, aber knapp ein Zehntel der Bevölkerung hing auch hier diesem Glauben an. Sven kam gerade mit Sam und dem Zahlmeister von einem muslimischen Händler, der angedeutet hatte, dass er auf Bitten seiner Frauen auch gern einmal Svens Frau in die Frauengemächer einladen wolle. Er entschuldigte sich fast für das Interesse seiner ersten Frau, die gerne mit fremden Frauen plauderte.

Es war schon später Nachmittag, als sich Sven und seine Begleiter dem Hafen näherten. Die Matrosen der vor Anker liegenden Schiffe bevölkerten bereits wieder die Kneipen und die kaum verborgenen Bordelle. Aus einer Kneipe wurden gerade einige betrunkene Seeleute von kräftigen Wärtern rausgeworfen und landeten direkt vor Sams Füßen.

Er wollte ihnen aufhelfen, aber einer der wütenden Kerle schleuderte ihm seine ganze Aggression entgegen. »Du dreckiges Niggerschwein! Scher dich aus meinem Weg, sonst polier ich dir die Fresse!«

Der Kerl war kräftig, aber wie Sven annahm, kein wirklicher Gegner für Sam. »Nur ruhig, Mann! Jeder geht seiner Wege. Wir wollen keinen Streit!«, wollte Sam den Kerl beruhigen.

»Feige bist du auch noch, du Niggersau!«, schrie dieser jedoch und schlug mit der Faust nach Sam. Der hatte den Schlag kommen sehen, wich aus, griff den Arm des Angreifers und drehte ihn um, sodass der Kerl schreiend in die Knie ging.

Das brachte die Freunde des Betrunkenen um den letzten Rest Vernunft und sie stürmten auf Sam und seine Begleiter ein. Sven hatte keine Mühe, seinen Angreifer mit einem Handkantenschlag gegen die Kehle zu Boden zu schicken, aber der Zahlmeister wurde niedergeschlagen und lag wimmernd auf der Straße.

Sam gab seinem Gegner einen harten Schlag gegen die Schläfe, um ihn auszuschalten, und eilte dem Zahlmeister zu Hilfe. Sven wandte sich dem letzten Angreifer zu, der bereits ein Messer gezogen hatte. Er wich dem Messer aus und zog seine Pistole und richtete sie gegen den Angreifer. Der stutzte.

Da knallte ein Schuss dicht hinter Sven.

»Polizei!«, brüllte eine Stimme. »Sofort die Waffen auf den Boden oder wir schießen!«

Drei Polizisten standen hinter Sven. Zwei zielten mit ihren Gewehren auf Sam und Svens Angreifer, während ihr Unteroffizier eine Pistole auf Sven richtete. Sven ließ seine Pistole fallen und hob wie Sam die Hände. »Wir sind angegriffen worden und haben uns nur verteidigt!«, rief Sven dem Unteroffizier zu.

»Das können Sie dem Leutnant auf der Wache erzählen. Ich sehe vier Mann am Boden und nur drei stehen mit Waffen über ihnen. Los! Ihr drei hintereinander in diese Richtung zur Wache!«

Die Polizisten drohten unmissverständlich mit ihren Waffen. Sven nickte Sam zu und marschierte los. Um die am Boden liegenden Männer kümmerte sich keiner der Polizisten. Sven sagte leise zum Zahlmeister: »Gehen Sie schnell an Bord. Kapitän Bauer soll mit dem Jamadar und den Sepoys zur Wache kommen. Und treiben Sie Zeugen auf!« Der Zahlmeister nickte und stemmte sich empor.

Auf der Wache meldete sich der Unteroffizier bei einem europäischen Leutnant. Sven mischte sich ein: »Ich bin Kommodore Larsson von der *Spirit of Philadelphia*, die im Hafen liegt. Das ist mein Maat, Mr Root. Wir sind von diesem Mann und drei anderen grundlos angegriffen worden, als sie aus der Taverne rausgeworfen wurden. Bitte benachrichtigen Sie unverzüglich den amerikanischen Konsul und meinen Kapitän!«

Der Leutnant schüttelte den Kopf. »Mein Herr, oder wenn Sie wollen, auch Herr Kommodore! Das ist eine interessante Variation der Märchen, die ich hier täglich höre. Jetzt warten Sie erst einmal unter Bewachung, bis wir mit den anderen fertig sind. Immerhin haben sie vier Männer niedergeschlagen. Also los!« Und er winkte ein paar weiteren Polizisten, die drohend auf Sven und Sam zutraten.

Sven hielt es für das Beste, erst einmal abzuwarten. Kapitän Bauer würde bald kommen.

Der Leutnant hatte sich schon umgedreht und brüllte mit einigen Matrosen herum. Es schien ihm Spaß zu machen, denn er zwirbelte dabei mit Freude seinen Schnurrbart.

Sven hatte sich mit Sam auf eine Bank gesetzt. Es schien eine Ewigkeit zu dauern, bis Kapitän Bauer heftig atmend mit dem Jamadar die Wache betrat.

»Na endlich!«, konnte sich Sven nicht verkneifen.

»Wir haben uns beeilt, so gut wir konnten«, erwiderte der Kapitän und schien beleidigt.

Der Jamadar wandte sich dem Unteroffizier zu und sagte in kameradschaftlichem Ton: »Na, da habt ihr ja mal die Falschen erwischt! Kann passieren, nicht wahr?«

»Wieso?«, wandte der Polizist ein. »Die hatten vier Männer zu Boden geschlagen!«

»Tja! Der Kommodore und sein Maat! Das sind Kämpfer! Wir Sepoys sind richtig stolz auf sie. Ich habe Zeugen dabei, die gesehen haben, wie mein Kommodore und sein Maat angegriffen wurden.«

»Dann bringt die Zeugen mal her!«, brummte der Unteroffizier.

Ein holländischer Matrose und ein Wärter aus der Kneipe berichteten übereinstimmend, dass Sven und seine Begleiter angegriffen worden seien und sich nur gewehrt hätten.

Der Unteroffizier holte den Leutnant und berichtete ihm von der neuen Situation.

»Wie gut für Sie, Herr Leutnant«, ergänzte der Jamadar, »dass unser Kommodore und sein Maat sich so erfolgreich verteidigen konnten. Es hätte dem Ruf von Madras sehr geschadet, wenn ein so bekannter Kommodore und begehrter Händler hier zu Schaden gekommen wäre.«

»Wieso ein begehrter Händler?«, wollte der Leutnant wissen.

Der Jamadar antwortete, er könne nur berichten, was er vom Hafenkapitän in Pondichery gehört habe. Danach sei Kommodore Larsson mit seinem Schiff als erster Amerikaner in Bengalen gelandet. Man erhoffe, da der Kommodore auch Teilhaber einer Reederei sei, eine enge und ertragreiche Beziehung.

Der Leutnant wurde nachdenklich und überlegte ein Weilchen. »Können Sie das bestätigen, was hier eben über den Tathergang berichtet wurde, Sir?«, fragte er Sven.

»Jedes Wort, Herr Leutnant. Wir kamen gerade von Verhandlungen mit dem Kaufmann Singh Mahda und wollten direkt zurück an Bord unseres Schiffes. Das kann Herr Mahda bestätigen. Wir hätten gar keine Zeit gehabt, uns in eine Kneipe zu setzen und mit diesen Kerlen Streit zu beginnen.«

Die Augen des Leutnants hatten bei Erwähnung des Namens Mahda aufgeleuchtet. »Na gut! Da ist meinen Männern wohl ein Missgriff unterlaufen. Ich bitte um Entschuldigung. Sie können mit Ihrem Maat gehen, Herr Kommodore. Ich hoffe, Sie haben noch eine gute Zeit in Madras.«

Sven dankte und ging mit all seinen Leuten.

Sabrina wartete auf dem Schiff voller Sorge. Als Sven an Deck kam, umarmte sie ihn. »Bist du unverletzt, Liebster?«

»Aber ja, Schatz. Wir wurden von ein paar betrunkenen Matrosen angemacht, und die Polizisten haben uns für die Angreifer gehalten, weil wir die verrückten Kerle leicht niederschlagen konnten. Aber alles hat sich aufgeklärt. Kapitän Bauer und der Jamadar haben uns befreit, und wir sind ihnen sehr dankbar dafür.« Er blickte die beiden an und nickte freundlich.

»Keine Ursache, Sir. Das ist doch selbstverständlich«, antwortete Karl Bauer und schien Svens ärgerliche Bemerkung über mangelnde Eile vergessen zu haben.

Als Sven mit Sabrina allein war, erzählte er ihr vom Auftreten des Jamadars. »Der Mann hat noch mehr Format, als ich ihm schon zutraute. Er hat sehr geschickt die gemeinsame indische Herkunft mit den Polizisten benutzt und auf meine Verbindungen zur Handelswelt hingewiesen. Geschickter konnte man das nicht machen.«

»Ich hab dir doch gesagt, dass das ein Mann von Format ist«, warf Sabrina ein.

»Ja, Liebste. Aber Männer und Frauen verstehen darunter manchmal etwas Verschiedenes. Ach, übrigens: Die erste Frau von Herrn Mahda möchte dich in den Harem einladen. Ich möchte mich gern als Frau in eine Burka mit Augenschlitz verhüllen und mit dir kommen, damit ich mir die Haremsdamen anschauen kann.«

Sabrina lachte laut auf. »Du Lüstling! Ich würde dich enttarnen und die Eunuchen würden dich verprügeln. Aber mich interessiert das schon, mal einen Harem zu sehen.«

Sabrina nahm nach Rückfrage bei dem einladenden Herrn Mahda Lilian mit, damit sie mit den Töchtern und den jungen Söhnen des Gastgebers spielen konnte.

Beide erzählten nach ihrer Rückkehr lebhaft von ihren Erlebnissen. Sabrina war von der ersten Frau sehr angetan. »Das ist eine liebenswürdige und gebildete Dame. Sie liest sehr viel, da sie fast nur innerhalb des Harems Kontakte hat. Der Besuch von einem zum anderen Harem ist wohl sehr selten. Aber sie ist auch sehr gut über die Situation der Frauen im Christentum orientiert. Sie beneidet uns einerseits um die Freiheit, mit der wir unsere Häuser verlassen und Verwandte sowie Freunde besuchen und am öffentlichen Leben teilnehmen können, andererseits genießt sie auch die Annehmlichkeiten des Harems. Leise teilte sie mir auch mit, es sei durchaus auch ein Vorteil, wenn man nach der Jugend die Begierden des Mannes mit anderen Frauen teilen könne.«

Sven musste laut lachen. »Da hast du sie sicher beneidet, Liebste.«

Auch Sabrina musste lachen. »Nicht unbedingt, lieber Sven. Aber es hat mich schon sehr erstaunt, dass unter den verschiedenen Frauen des Haremsbesitzers keine Eifersucht zu herrschen scheint. Sie scheinen im Gegenteil eher eine verschworene Gemeinschaft zu sein, die gemeinsam versucht, seine Herrschaft nicht ausarten zu lassen.«

»Und wie ist es mit den Eunuchen?«, fragte Sven.

»Die spielen meist die Rolle ergebener Diener. Nur der älteste Eunuch reguliert die Abläufe im Harem und achtet darauf, dass zum

Beispiel auch die Kinder den Harem nicht ohne wichtigen Grund und nicht ohne Begleitung verlassen.«

Das hatte auch Lilian zu beanstanden. Nachdem sie staunend berichtet hatte, dass Herr Mahda fünfzehn Kinder habe, monierte sie, dass die aber kaum einmal aus dem Harem herauskämen. »Stellt euch vor, sie können keine Freunde besuchen, gehen nicht zur Schule, sondern haben ihren eigenen Lehrer, sind immer im Harem und dem dazugehörigen Garten. Harem und Garten sind sehr schön, sie haben auch viel Spielzeug, gute Kleidung und so weiter. Aber ich käme mir da vor wie im Gefängnis. Sie haben auch sehr erstaunt geschaut, als ich ihnen von unserer Heimat und unserem Leben erzählte.«

»Hoffentlich hast du keinen Aufstand im Harem angezettelt«, scherzte ihr Vater.

»Das glaube ich nicht. Nach allem sind die muslimischen Frauen, die mit einem Mann und nicht im Harem leben, sehr arm oder vereinzelt wohnende Bauersfrauen.«

»Dann bleibst du also auch bei mir und gehst nicht in den Harem?«, neckte Sven.

»Aber natürlich, du bist doch der liebste Daddy der Welt. Und im Harem gibt es unter den Mädchen auch viele Eifersüchteleien. Da werde ich mit meinen zwei Brüdern besser fertig.«

Am nächsten Morgen musste Sven zu dem Agenten, den sie schon von Pondichery aus beauftragt hatten, nach Passagieren für die Rückfahrt zu suchen. Auch deren Gebühren sollten ja zum Profit der Reise beitragen.

»Mir ist nicht so ganz wohl bei dem Gedanken, lieber Sven, nun ständig Gäste an Bord zu haben. Wenn es Menschen sind, die einem unsympathisch sind, dann kann doch jedes Essen, jeder Gang an Deck zur Belastung werden«, klagte Sabrina.

»Sei doch nicht pessimistisch, meine Liebe. Wir haben doch auch unter den Reisenden des britischen Konvois viele nette Leute kennengelernt.«

»Ich muss es ja nehmen, wie es kommt. Übrigens, heute Morgen gehe ich mit den Kindern zum Markt. Das ist hier ein besonderer Tag. Ich habe gehört, dass viele Händler aus dem Umland kommen und viele Zauberer auftreten. Ich will auch noch nach Lackarbeiten schauen, von denen ich hier viel gehört habe.«

Sven blickte besorgt drein. »Aber nimm den Jamadar, zwei Sepoys, Sam und Walter mit.«

»Aber, Sven, das ist ja die halbe Mannschaft!«

»Bitte, tu es, liebe Sabrina! Mir zuliebe!«

Der Agent hatte für Sven ein älteres Ehepaar und zwei junge Männer, die nach Amerika wollten, und zwei Offiziere mit ihren Ehefrauen, die nach Kapstadt versetzt worden waren. »Wenn wir mehr Zeit für die Werbung haben, Herr Kommodore, wird die Nachfrage auch reger werden. Derartige Reisen plant man ja nicht von heute auf morgen.«

Danach sprachen sie noch über die Unterkünfte und die Bedienungen der Reisenden, über häufige Vorlieben der Passagiere und mögliche Gründe für Klagen, die man vermeiden könne. Sven sicherte zu, dass er den Agenten rechtzeitig über weitere Fahrten der Reederei Bradwick unterrichten würde.

Sabrina wanderte inzwischen mit den Kindern durch das Marktgewimmel. Sie erregten schon Beachtung mit dem Jamadar, der vorweg ging, und den beiden Sepoys, die Sabrina und die Kinder schützten, und mit dem riesigen Sam, der mit dem Matrosen Walter Jungmann hinter ihnen lief.

Sie sahen die üblichen Schlangenbeschwörer, die für die Kinder kaum noch interessant waren, bestaunten Zauberer und Jongleure und fanden immer wieder Stände, an denen interessante Waren lagen. Die Kinder waren mehr von den Spielsachen angetan. Sabrina prüfte die wunderbaren Lackwaren: kleine Schachteln, Platten, Schalen, reich verziert und wunderbar verarbeitet. Sie kaufte einige Stücke für sich, andere für ihre Schwägerin und die Eltern und drückte Walter schließlich ein ziemlich großes Paket in die Hand.

Den Kindern war es während der Auswahl langweilig geworden.

Sie schielten immer wieder zum gegenüberliegenden Stand, an dem kleine Äffchen, Marder, Vögel und sogar Schlangen in Käfigen zum Kauf angeboten wurden. Sie standen hinter ihrer Mutter und dem Jamadar, der für sie übersetzte. Die beiden Sepoys bewachten sie rechts und links und Sam stand hinter ihnen.

Lilian hatte sich gerade umgedreht, weil sie eine kleine Katze im Käfig so süß fand, da griff plötzlich ein großer Inder, der schon eine Weile in ihrer Nähe stand, mit einem Arm um ihre Taille, riss sie hoch und rannte davon. Mit der anderen Hand stieß er Einar und Henry zu Boden.

Alle drei Kinder brüllten wie am Spieß, und Sam bückte sich zuerst, um den Jungen aufzuhelfen. Er hatte noch gar nicht gesehen, dass Lilian weggeschleppt wurde. Aber der Jamadar hatte es sofort bemerkt, weil er vor Lilian gestanden hatte. Laut schrie er: »Haltet den Räuber! Zehn Pfund dem, der ihn fasst!« Und gleichzeitig startete er die Verfolgung.

Die Sepoys handelten, als ob sie seine Schatten wären, und liefen dicht hinter ihm. Der Menschenräuber hatte einen Vorsprung von zehn Schritten. Die Menschen wichen zur Seite, als er auf sie zurannte, denn er hatte mit der freien Hand ein Messer gezogen und sah Furcht erregend aus.

Der Jamadar holte auf. Aber bisher hatte sich noch niemand gefunden, der seinen Preis verdienen wollte. Die Menge kreischte und schrie. Die Rufe des Jamadars gingen darin fast unter. Aber er gab nicht auf und kam dem Räuber immer näher. Er zog seinen Säbel, und als er drei Schritte hinter dem Räuber war, sprang er in einem gewaltigen Satz nach vorn und stieß ihm den Säbel in die linke Rückenseite.

Der Räuber strauchelte und stürzte zu Boden. Lilian fiel mit ihm, immer noch umschlungen von seinem rechten Arm. Der Jamadar kam über dem Räuber zum Stehen und riss ihm den Säbel aus der linken Rückenseite. Das Messer war dem Räuber aus der Hand gerutscht. Der Jamadar konnte daher nach Lilian greifen und sie anheben. Sie hatte sich Kopf und Schulter aufgeschürft und weinte laut.

Ein Sepoy griff nach dem Räuber und drehte ihn um. Der atmete nur noch stoßweise, und Blut lief aus seinem Mund. Der andere Sepoy stützte Lilian. Menschen standen um sie herum und waren wie erstarrt.

Aus der Menge wurde nach Polizisten gerufen. Sam und Walter kamen mit Sabrina und den Kindern heran. Sabrina zog schluchzend ihre Tochter in die Arme. Sam nahm seine Pistole und schüttete Zündpulver auf. »Mach deine auch fertig!«, knurrte er Walter an.

Aber der Jamadar klärte die Umstehenden mit lauter und autoritärer Stimme auf, dass ein Bandit die Tochter eines amerikanischen Kommodore entführen wollte und bei diesem Versuch verletzt worden sei. »Wenn wir Sepoys jemanden beschützen sollen, dann tun wir das auch!«

Die Menge applaudierte, und Sabrina schaute sich erstaunt um.

»Ihr könnt weitergehen«, rief der Jamadar. »Wir übergeben den Verbrecher der Polizei!«

Und tatsächlich begannen die ersten Zuschauer zu gehen. Als die Polizei kam, erkannte der Jamadar den Unteroffizier von der Wache. »So sieht man sich wieder«, begrüßte er ihn. »Wir haben für euch einen Verbrecher gefasst, der die Tochter unseres Kommodore von gestern entführen wollte. Schaut mal, ob ihr den Banditen kennt.«

Der Unteroffizier sah sich den Verbrecher an. »Ich kenne ihn nicht. Aber ihr habt ihn ganz schön zugerichtet. Ich glaube nicht, dass er das überlebt. Mit euch legt man sich besser nicht an. Ich lasse ihn wegschaffen. Bleibt ihr noch lange im Hafen?«

Der Jamadar lachte. »Nein, in zwei Tagen laufen wir aus. Dann habt ihr wieder Ruhe!«

Sabrina und die Kinder schauten keinen Stand und keinen Gaukler mehr an. Sie wollten nur noch aufs Schiff. Auf der Gangway zum Schiff kam ihnen Dr. Bader, der Schiffsarzt, entgegen.

»Was ist denn mit dir passiert, Lilian? Bist du hingefallen? Komm! Wir gehen gleich zum Lazarett, und ich versorge dich.«

Sabrina wollte erst zu ihrem Mann, aber der Schiffsarzt zog Lilian schon am Arm hinter sich her. Im Lazarett griff er gleich nach Alkohol, Mull und Binden. »Die Matrosen erhalten erst einen tüchtigen Schluck Rum, bevor ich ihnen wehtun muss. Aber bei dir muss eine

Tablette reichen. Es wird jetzt etwas schmerzen, wenn ich die Schürfwunde an der Stirn mit Alkohol abreibe. Aber das geht gleich vorbei, wenn ich Heilcreme auftrage. Du bist doch ein tapferes Mädchen!«

Dr. Bader ging behutsam vor. Lilian zuckte zusammen, unterdrückte den Schmerz aber tapfer. Und dann konnte sie mit ihrem Verband zur Kajüte ihres Vaters laufen. Der hatte sich gerade den Bericht seiner Frau angehört und hielt sie noch im Arm. Nun öffnete er die Arme weit für Lilian. »Gott sei Dank, meine Lilian. Wie gut, dass ihr eure Wachleute hattet! Mir ist jede Lust vergangen, mich hier noch länger aufzuhalten. Ich bin froh, dass wir übermorgen absegeln.«

Sabrina wollte Lilian auch wieder umarmen, und die beiden Jungen kamen sich etwas überflüssig vor. »Aber sie hatten dort so schöne Sachen«, murrte Henry schließlich.

»Sind dir diese Sachen wichtiger als deine Schwester?«, fragte Sabrina pikiert.

»Nein«, erwiderte Henry. »Aber was wollte der Mann denn überhaupt von Lilian?«

Sven und Sabrina sahen sich an. Sven antwortete schließlich: »Sie wollten sie wahrscheinlich aufs Land verkaufen, wo sie den ganzen Tag auf den Feldern arbeiten muss.«

Einar mischte sich ein. »Ein weißes Mädchen auf den Feldern, das fällt doch auf. Die müssen dumm sein. Oder gibt es auf dem Land keine Polizei?«

Sabrina machte dem ein Ende. »Jetzt geht mit Elizabeth mal in eure Kajüte. Ich muss mit Vati noch etwas besprechen.«

Als sie allein waren, schluchzte Sabrina noch einmal. »Wir können ihnen doch noch nicht die Wahrheit über Kinderbordelle erzählen. Und wenn ich nur daran denke, bleibt mir das Herz fast stehen.«

Sven umfasste sie. »Ich darf mir das auch nicht vorstellen. Und solche Sadisten gibt es bei uns ja auch. Werden wir unsere Kinder immer behüten können? Wir müssen es jedenfalls versuchen. Und der Jamadar hat sich wieder einmal bewährt. Ich werde ihm fünfzig Dollar schenken. Oder hast du einen anderen Vorschlag?«

»Du solltest ihm auch am Sonntag vor der ganzen Mannschaft danken. Das wird ihn freuen.«

Die ersten Passagiere kamen an Bord, und Sven empfing sie mit den eingeteilten Stewards, die neue Uniformen trugen. Die Mannschaften blickten neugierig. »Deretwegen dürfen wir nicht mehr mit nacktem Oberkörper arbeiten. Verdammte Pfeffersäcke!«

In der Kombüse arbeitete nun ein weiterer Koch, der für die Passagiere zuständig war. Auch das erregte Neid. Aber einige Matrosen suchten die Nähe der Passagiere. Als das dem Master auffiel, befragte er sie, was sie da wollten. »Da kann doch mal ein Trinkgeld abfallen, wenn man bei etwas hilft, Sir.«

»Da kann für euch auch ein Extradienst abfallen, wenn sie sich belästigt fühlen. Also haltet euch abseits!«, schnauzte er die Matrosen an.

Als die Passagiere mit Sabrina und den Kindern zum Abendessen zusammensaßen, begrüßte sie Sven mit einer kleinen Ansprache und wünschte allen eine gute Reise.

Im Morgengrauen liefen sie aus, und die Larssons waren froh, den Hafen hinter sich zu lassen.

Zwei Tage waren vergangen, und die übliche Routine stellte sich ein. Die Kinder spielten an Deck, aber jetzt waren immer zwei Sepoys bei ihnen. Auch Gao spielte mit, wenn es sein Dienst erlaubte. Seine Maate waren mit ihm zufrieden und der Schulmeister lobte seine Fortschritte in der englischen Sprache.

»Dann kann er mich ja in Batavia begleiten, denn dort wohnen viele Chinesen. Allerdings überlege ich immer, ob ich nicht nach Padang segeln soll, wie mir ein Händler in Madras geraten hat. Batavia soll viel größer und überlaufener sein als Padang. Aber Pfeffer und andere Gewürze würde ich dort genauso erhalten«, erklärte Sven seiner Frau.

»Aber, Liebling, die Frauen der Passagiere erzählten mir, dass sie sich auf Batavia freuen. Es soll eine sehr interessante Stadt sein mit Handelswaren aus aller Welt. Ich würde Batavia auch lieber sehen als dieses kleine Padang.«

»Was euch Frauen an Batavia reizt, das kann ich mir denken: die

Modegeschäfte. Aber es stimmt, den Passagieren wurde Batavia angekündigt. Dann werde ich es wohl auch ansteuern müssen. Aber wir bleiben nur wenige Tage, Liebste, und die Wachen für euch werde ich noch verstärken.«

Sie segelten an den vor Sumatra gelegenen Inseln vorbei, und die Kinder bestaunten die kleinen und schnellen Katamarane, die sie dort sahen. Dann fuhren sie durch die Sunda-Straße in die Java-See und lagen am nächsten Morgen vor Batavia.

Die Stadt, die dort am flachen Ufer vor ihnen lag, war größer als jede andere Stadt, die sie in Asien gesehen hatten. »Batavia ist nicht umsonst die Zentrale der niederländisch-ostindischen Kompanie«, erklärte ihnen der ältere Herr, der mit ihnen nach Amerika reiste. »Sehen Sie nur, welche Fülle von Schiffen im Hafen liegt. Hier trifft sich der Verkehr aus allen Erdteilen. Sehen Sie die Dschunken dort! Das sind die typischen Gewürzfrachter von den Molukken.«

Die Matrosen schauten voraus zum Hafen, in den sie ein Lotse navigierte, aber sie achteten mehr auf die Kneipen. Kleine Schiffe wimmelten um sie herum. Händler wollten ihnen Waren verkaufen, aber Sven verbot jedes Anlegen an seinem Schiff. Die Seesoldaten und die Sepoys nahmen an der Reling Aufstellung.

Als die *Spirit of Philadelphia* am Kai angelegt hatte, kamen Beamte des Hafenkapitäns und des Hafenarztes an Bord. »Dann sparen wir uns die Wege«, sagte Sven zu Kapitän Bauer und bat die Herren in seine Kajüte. Ihre Papiere wurden nicht beanstandet. Ihr Schiffsarzt versicherte, dass an Bord keine ansteckenden Krankheiten aufgetreten seien, und zeigte sein Lazarett. Dann wurde das Schiff freigegeben.

Sven hatte die Passagiere noch einmal vor den Gefahren einer Hafenstadt gewarnt, aber da alle Indien seit Jahren kannten, waren ihnen die Gefahren vertraut. Er selbst machte sich mit Sam und Walter auf den Weg zu den drei Händlern, bei denen er die Preise erkunden wollte. Sabrina schaute sich mit den Kindern vom Deck aus das Gewimmel im Hafen an.

Als Sven zurückkehrte, war er sehr zufrieden. Er hatte noch günstigere Preisangebote erhalten, als er erwartet hatte. Am nächsten Tag würde geladen werden. »Und jetzt können wir eine kleine Besichtigungstour unternehmen«, sagte er zu seiner Familie.

Außer Sam und Walter, dem Jamadar und zwei Sepoys war auch Gao bei ihnen. In Batavia wohnten in der Tat viele Chinesen, das sah man auch auf den Straßen. »Anders als Bengalen ist dieses Gebiet auch muslimisch geprägt«, hatte ihnen Dr. Bader schon gesagt.

Sie fanden es bald durch die Moscheen bestätigt, die sie an den Straßen erblickten. Das Menschengewimmel in den Straßen um den Hafen war auch nicht viel anders als in den indischen Städten, aber als sie in die Stadt hineingingen, sahen sie zu ihrem Erstaunen, dass sich in der Mitte der Straßen immer noch Kanäle befanden, auf denen viele kleine Lastschiffe gerudert und gestakt wurden.

»Da könnten wir ja morgen einen Ausflug mit dem Boot machen«, schlug Sven vor.

»Ob wir da in diesem Gewirr zum Schiff zurückfinden würden?«, zweifelte Sabrina.

»Wir müssten uns einen Führer mieten«, beruhigte Sven.

Die Kinder wussten kaum, wo sie zuerst hinschauen sollten. Auf die Straßen, in denen Kutschen, Rikschas und Fußgänger sich drängten, oder auf die Kanäle, auf denen die Schiffer sich anschrien.

Dann standen sie auf einem Platz, in dessen Mitte eine Moschee stand und der von Geschäften gerahmt war. »Hier sind erstaunlich viele Juweliergeschäfte«, stellte Sabrina fest.

»Hier befindet sich auch ein Zentrum des asiatischen Goldhandels«, bestätigte Sven.

»Dann lass uns mal schauen«, rief Sabrina und Sven verdrehte die Augen.

Aber da auch die Kinder es nach kurzer Zeit leid waren, die Auslagen in den Juweliergeschäften zu bestaunen, gab Sabrina notgedrungen die Suche nach einer schönen Kette mit Perlenanhänger auf. Aber sie konnte Sven überzeugen, dass die Schmuckstücke sehr gut verarbeitet und sehr preiswert waren. Morgen würde er ihr Gelegenheit geben, sich etwas zu kaufen.

Auf dem Schiff erzählte einer der Offiziere bei Tisch, dass ihm im Gewühl die Jackentasche aufgeschnitten wurde. »Sie werden es kaum glauben, aber ich habe es nicht gemerkt. Doch ich hatte nur einige kleine Geldstücke in der Tasche stecken. Das größere Geld trug ich in einem Beutel um den Hals.«

Die Nacht war für alle etwas unruhig, denn im Hafen wurde es auf den vielen Schiffen kaum ruhiger als am Tag. »Ich werde froh sein, wenn ich wieder daheim bin und meine Ruhe und Bequemlichkeit habe«, sagte Sabrina zu Elizabeth.

»Ich kann Ihnen nur zustimmen, Mrs Larsson. Wir haben sehr viel Interessantes gesehen, aber daheim ist es doch am schönsten.«

Doch bald darauf mussten sie zum Ausflug starten. Kapitän Bauer, Dr. Bader und Elizabeth waren zusätzlich dabei, und sie fuhren nach den Weisungen eines indischen Führers durch die Kanäle. Es war eine wunderbare Erfahrung. Sie sahen zwar alles mit etwas Abstand, aber sie wurden auch nicht dauernd von Menschen angerempelt, sie hatten Abstand vom Gestank und vom Dreck. Sie besichtigten eine Moschee und Dr. Bader erklärte den Kindern, die die Heiligenbilder vermissten, dass der Islam solche Darstellungen verbiete. Sie schauten sich auch die großen Gebäude der niederländischen Ostindienkompanie und riesige Parks mit großen Rhododendrenbüschen und fremden Bäumen an. Und ihr Führer geleitete sie auch zu einem schönen Restaurant an einem kleinen See, wo sie Erfrischungen zu sich nahmen.

»Das war ein schöner Abschluss, Sven. Wir haben viel gesehen und doch die Unbequemlichkeiten vermieden, die uns im Menschengewimmel manchmal störten. Und ich fühlte mich die ganze Zeit absolut sicher.«

»Dann behalte das in Erinnerung, Sabrina, und vergiss Gedränge und Gestank. Man hätte einen Maler dabeihaben müssen. Ich hoffe, dass ich dieses wunderschöne Säulenmonument nicht vergesse, das so erhaben hinter den Rhododendren auftauchte.«

Wieder standen sie mit allen Passagieren an der Reling, als das Schiff am Morgen auslief. »Schaut euch dieses Gewimmel im Hafen noch einmal an«, forderte Sabrina die Kinder auf. »Wer weiß, ob ihr im Leben noch einmal so viele Schiffe auf einem Haufen seht!«

Als der Hafen langsam hinter ihnen versank, schauten sie nach vorn. »Jetzt geht es heim, ihr Lieben. Es dauert noch einige Wochen, aber dann sehen wir den Delaware und unser Haus wieder vor uns. Und wir alle können Verwandte und Freunde wieder umarmen. Und Oma und Opa werden auf uns warten.«

Und Sabrina lehnte sich an ihren Mann.

Die Rückkehr
(März und April 1785)

Lilian starrte auf ihre Schiefertafel und verzog den Mund. Dann fragte sie ihre Mutter: »Mam, schreibt man Merton mit d oder mit t?«

Sabrina antwortete nur kurz: »Mit t«, und wandte sich dann wieder Einar zu. Sie saß an diesem sonnigen Vormittag an Deck und erteilte Unterricht. Lilian sollte einige Sätze über ihre Erinnerungen an die Rückreise schreiben. Einar quälte sich gerade mit einem kurzen Diktat, und Henry, der unbedingt am Unterricht der »Großen« teilnehmen wollte, malte Zahlen auf die Tafel.

Zwei Sepoys standen in der Nähe des Tisches und passten auf, dass die Kinder nicht ihren Platz verließen und leichtsinnig zur Reling liefen. Aber da weder Schiffe noch Delfine in Sicht waren, wirkten sie eher entspannt. Doch Sabrina hatte die Wachsamkeit der Sepoys schätzen gelernt und wollte nicht auf sie verzichten. Das war Sam, Hans und den anderen Begleitern des Kommodore durchaus recht, denn der Wachdienst beim Unterricht konnte sehr langweilig sein.

Die Sepoys hatten sich gut in die Mannschaft eingefügt. Sie beherrschten ihre Waffen, passten sich gut an das Leben auf dem Schiff an und waren interessiert, den Schilderungen der Matrosen über das Land, das vor ihnen lag, zu lauschen.

Die *Spirit of Philadelphia* hatte vor der Karibik einen Piraten verjagen und einen Hurrikan abwettern müssen, sonst war die Rückreise ergebnislos verlaufen, wenn man von der erlebnisreichen Woche in Kapstadt absah, über die Lilian gerade auf ihrer Tafel schrieb und von der die Mannschaften in ihrer Freizeit schwärmten. Auf ein Anlegen in Recife hatten sie verzichtet, da sie genug Vorräte hatten und alle die Heimkehr herbeisehnten. Nur noch wenige Tage lagen vor ihnen. Dann wären sie wieder daheim.

Sven saß mit Kapitän Bauer in seiner Kajüte und feilte an den abschließenden Berichten. In wirtschaftlicher Hinsicht waren ihre hohen Erwartungen noch übertroffen worden. »Da werden wir wohl bald den dritten Ostindiensegler in Auftrag geben«, sagte Sven und griff nach seiner Kaffeetasse. »Aber wir haben uns ja noch gar nicht über den Namen für den zweiten geeinigt, den du nun übernehmen sollst.«

Karl Bauer nickte. »Ich meine ja nach wie vor, dass wir bei der Formulierung ›*Spirit of*‹ bleiben sollten. Das zeigt schon die Zusammengehörigkeit. Aber ich schwanke noch zwischen ›*Spirit of Pennsylvania*‹, ›*Spirit of the Union*‹ und ›*Spirit of the Delaware*‹.«

»Dann lass uns doch ›*Spirit of the Union*‹ nehmen. Mit der Einheit unserer Staaten werden unsere Politiker hoffentlich in den letzten Monaten vorangekommen sein, aber die Union unserer Staaten wird uns noch Jahre beschäftigen und unsere ganze Kraft fordern. Es wäre ein Name, der anregt und nicht gleichgültig lässt.«

»Na gut«, bestätigte Kapitän Bauer. »Und bleibt es bei Mr Bergson als Kapitän für unser jetziges Schiff? Er hat sich doch gut bewährt und ich verstehe mich mit ihm.«

Sven sah ihn an. »Ich dachte, wir hätten uns da schon geeinigt. Mr Waller kann unter Bergson Erster werden, denn sie können auch gut miteinander, und du nimmst Walton als Ersten. Bloß auf welches Schiff wir Grieve geben wollten, weiß ich nicht mehr. Aber Sam und meine anderen Begleiter bleiben bei mir, Karl. Du musst dir deine eigene Leibgarde suchen.«

»Ich kann mich selbst beschützen. Ich bin ja noch fit.« Sven wollte protestieren, aber Karl fuhr schon fort: »Ich glaube ja, du willst deine Garde für den dritten Ostindiensegler behalten und den lässt du doppelt so groß bauen und nennst ihn ›*Spirit of the World*‹.«

Sven lachte. »Du hältst mich wohl für größenwahnsinnig, du Witzbold. Mich werden sie an Land festhalten. Ich weiß nur noch nicht, wer stärker klammern wird: Sabrina, Mr Bradwick oder meine Eltern und Kinder.«

»Scherz beiseite, Sven. Ich glaube, die Reederei braucht dich, wenn sie weiter so wachsen soll. Und Commander Brent sollten wir auch als Kapitän gewinnen. Ich glaube nicht, dass ihm die Navy noch einen Posten geben kann.«

Ihr Gespräch wurde beendet, denn Sabrina kam in die Kajüte. »Ich habe mich beim Unterricht abarbeiten müssen, während ihr beiden hier gemütlich schwatzt. Jetzt möchte ich aber auch einen Kaffee haben, und du, lieber Sven, kannst deinen Kindern mal auf der Karte zeigen, wo wir jetzt sind, denn Lilian und Einar streiten sich darüber.«

»Wer passt denn jetzt auf die Kinder auf?«, fragte Sven.

»Zwei Sepoys, und der Jamadar kam auch gerade zu ihnen, und sie erzählen, was sie gelernt haben. Aber unsere Position auf der Karte kennt er auch nicht so genau.«

»Dein Wundermann weiß und kann etwas nicht!«, scherzte Sven und ging zur Tür.

Karl und Sabrina lachten ihm nach.

»Du hast ja recht, Sabrina. Ich bin auch sehr angetan von den Sepoys«, meinte Karl und rief nach Martin, damit er Sabrina den erwünschten Kaffee bringe.

Zwei Tage später verjagten sie ein Schiff, das sich ihnen näherte, allem Anschein nach eine Piratenbrigg. Die Brigg kam aber nicht nahe genug, um ihr die Segel zerschießen zu können und noch eine Prise zu erobern, wie manche aus der Mannschaft wünschten. Die Brigg feuerte ihnen schon aus der Distanz eine Kugel vor den Bug.

Sven stand mit Kapitän Bauer auf dem Achterdeck. »Sollen wir sie heranlocken?«, fragte Karl Bauer.

»Karl«, antwortete Sven leise. »Ich weiß, dass mancher von uns den Hals nicht voll kriegt und noch eine Prise haben möchte. Aber warum sollen wir mit unserem reich beladenen Schiff das Risiko eingehen, das mit jedem Kampf verbunden ist? Lass die Kanonen ausrennen, dann werden sie sich verziehen.«

Karl nickte lächelnd und gab den Befehl, die Geschützluken zu öffnen und die Kanonen auszurennen.

Als die Brigg sah, was für einen starken Gegner sie vor sich hatte, floh sie mit allen Segeln. Einige Kanoniere schimpften laut, aber Sven und Karl überhörten es und überließen es den Maaten, die Meckerer zum Schweigen zu bringen.

Auch in Svens Familie gab es Uneinigkeit. Henry hätte gern die Kanonen donnern hören, aber Lilian schimpfte mit ihm: »Du kleiner, dummer Bengel! Sollen wir uns in den letzten paar Tagen noch Tote und Verletzte einfangen, bloß damit du es laut knallen hören kannst und die Matrosen noch ein paar Münzen mehr zum Versaufen haben. Wer Verstand hat, will jetzt heil daheim anlegen und seine Lieben umarmen.«

Sabrina hörte es und schmunzelte.

Die *Spirit* segelte näher an die Küste heran. »Na, Billy, riechst du auch die Mündung der Chesapeake Bay?«, fragte Leutnant Waller den zur Ablösung kommenden Leutnant Walton.

»Ach, Frank, meine Nase ist durch die starken Gerüche Asiens abgestumpft. Es wird eine Weile dauern, bis ich mich wieder an diese langweiligen Gewässer gewöhne. Hier sind wir ja dauernd hin und her gekreuzt.«

»Deck!«, scholl es vom Ausguck. »Mehrere Segel kommen von Backbord achtern auf! Entfernung vier Meilen!«

Leutnant Waller murmelte: »Das kann doch nur ein Konvoi aus der Chesapeake Bay sein. Dann sind da immer noch Piraten, wenn die im Konvoi segeln.«

Leutnant Walton antwortete laut: »Ich übernehme jetzt die Wache, Frank, und lasse Kommodore und Kapitän informieren.«

Beiden war die Nachricht wohl wichtig genug, denn sie erschienen bald darauf an Deck.

»Wissen Sie schon mehr, Mr Walton?«, fragte Sven.

»Nein, Sir. Aber Midshipman Brigger, den ich mit dem Teleskop nach oben schickte, entert gerade wieder ab.«

»Die britische Flotte kann es ja nicht sein. Und eine eigene haben wir nicht mehr«, scherzte Kapitän Bauer. Aber da war Mr Brigger schon heran.

Er legte die Knöchel an die Stirn und meldete: »Sechs bis acht Handelsschiffe und wahrscheinlich eine Brigg als Geleit. Kurs Nord-Nord-Ost.«

Sven nickte dankend. »Lassen Sie bitte ein paar Segel kürzen, Kapitän Bauer, damit sie herankommen. Ich bin ein wenig neugierig auf Neuigkeiten.«

»Sehr gerne, Kommodore«, antwortete Karl lächelnd und erteilte die notwendigen Kommandos.

Sven ging bald zu seiner Familie, um sie über die heransegelnden Schiffe zu informieren. »Ach, das schauen wir uns an. Komm doch bitte mit den Kindern, Elizabeth!«

Für die Kinder waren die Segel noch viel zu weitab, um größeres Interesse zu erregen, und sie gingen in ihr Spielgatter. Wie hingezaubert standen auch schon zwei Sepoys als Wache dort.

»Verstehst du nun, warum ich so zufrieden mit ihnen bin?«, flüsterte Sabrina ihrem Sven zu.

Er nickte. »Wir können ja auch einige als Wache zu unserem Haus holen«, antwortete er leise.

»Ich will es mir überlegen.»

Inzwischen war Mr Brigger wieder mit dem Teleskop im Mast gewesen. Jetzt eilte er zurück zum Achterdeck und meldete freudig: »Die Brigg ist die *Star*, Sir.«

Kapitän Bauer fragte ungläubig zurück: »Unsere *Star*?«

»Ja, Sir.«

Kapitän Bauer ging die paar Schritte zum Spielgitter, wo Sven mit

Sabrina plauderte. »Wisst ihr schon, dass die anlaufende Brigg die *Star* unserer Reederei ist?«

»Das ist ja ein Zufall?«, staunte Sven. »Da können wir ja noch vor der Landung alles über den Stand der Geschäfte erfahren.«

»Wir könnten die *Star* auch mit unseren Meldungen vorausschicken und selbst den Konvoi geleiten. Dann können sie alles für die Ausladung optimal vorbereiten«, ergänzte Karl.

»Großartige Idee. Ich werde Nat Zander gleich informieren, was er alles rauslegen soll.«

Nun warteten sie noch gespannter, dass die Segel sich näherten.

Sven und Karl waren nicht die einzigen Neugierigen. Überall drängten sich Matrosen an der Reling, und auf dem Achterdeck standen alle, die dort Zugang hatten, auch Zahlmeister und Schiffsarzt, als ein Boot von der Brigg ablegte, um den Kommandanten zur *Spirit* zu bringen.

»Es ist Kapitän Blair, Sir!«, rief Leutnant Bergson. »Ich habe ihn erkannt.«

Sabrina flüsterte leise neben Sven: »Ihr Männer seid ja noch neugieriger, als ich es je bei Frauen erlebt habe.«

Sven zwinkerte ihr zu: »Wir sind doch nur an den Fakten interessiert, die uns Blair überbringen kann. Wie er gekleidet ist, wissen wir ja schon. Das ist männlicher Wissensdurst, keine weibliche Neugier.«

»Ach ja«, spottete sie zurück. »Und alle, die hier starren, erfahren auch die Meldungen. Dann muss deine Kajüte aber voll sein.«

Das Interesse der Kinder erlahmte schon wieder. Was gab es an den Segeln und dem einen Boot schon zu sehen? Aber inzwischen legte das Boot am Schiff an, und ihre Pfeifer, Trommler und der Dudelsackbläser fingen an zu spielen. Das war schon eher was!

Sie liefen zu den Spielern und der Ehrenwache der Sepoys. Kapitän Blair schien etwas erstaunt über die indischen Soldaten, ging aber schnell mit freudigem Gesicht zu Sven und Karl weiter.

Nach einem formellen »Melde mich gehorsamst an Bord!« schüttelten sie sich herzlich die Hände. Kapitän Blair nickte noch diesen und jenen zu, die er von früher kannte, und folgte den beiden.

»Kommen Sie aus der Bay?«, fragte Sven, als sie sich gesetzt hatten.

»Nein, Sir. Dort hat sich die Lage so beruhigt, dass wir kein Geleit mehr brauchen. Wir kommen aus der Karibik, wo sich immer noch genug Piraten tummeln.«

»Wie läuft es in der Reederei?«, stellte Sven kurz die ihm wichtigste Frage.

»Ausgesprochen gut, Sir. Die *Defence* ist mit einer Brigg jetzt im Mittelmeer, um zwölf Schiffe zu geleiten, von denen drei unserer Reederei gehören. Die Geleite haben sich gut entwickelt. Die Versicherungen geben gute Rabatte, wenn wir geleiten. Mr Bradwick lässt sich das Geleit so bezahlen, dass für unsere Schiffe selbst keine Kosten anfallen. Dadurch sind wir in der Fracht billiger, und mehr Firmen chartern gleich unsere Schiffe.«

»Wie hat sich denn der Handel nach dem Krieg entwickelt?«, wollte Kapitän Bauer wissen.

»Er blüht förmlich auf. Unsere Landsleute rufen nach Waren aus England und Frankreich, und die Europäer kriegen gar nicht genug von unseren Produkten. Die Werften bauen neue Handelsschiffe, aber an eine Flotte denkt kaum einer. Bevor ich in die Karibik auslief, sprach ich mit Commander Brent, der damals in der Flotte die *Hudson* kommandierte. Er sitzt ganz wörtlich auf dem Trockenen und hat kein Angebot.«

»Das könnte sich ändern«, lachte Kapitän Bauer, aber bevor Kapitän Blair nachfragen konnte, schaltete sich Sven ein: »Wie weit sind unsere Politiker denn mit Verfassung und Vereinigung unserer Staaten gekommen, Mr Blair?«

»Jeder Staat hat seine eigene Verfassung, Sir. Manche haben einfach nur alle Hinweise auf England und den König aus ihrer alten Verfassung gestrichen, aber viele haben auch die Berufung auf die Rechte der Bürger eingearbeitet.«

»Und eine gemeinsame Verfassung für alle dreizehn Staaten?«, fragte Sven nach und ließ seine Erregung durchschimmern.

»Die gibt es nicht, Sir. Ein Ausschuss hat die ›Articles of Confederation‹, die Richtlinien der Zusammenarbeit, zwischen den dreizehn unabhängigen Staaten ausgearbeitet, und jeder Staat hat bei Abstimmungen im Kongress eine Stimme. Wir haben gemeinsame Maße und Gewichte, eine Post und den Dollar als Währung, aber keine gemeinsame Verfassung, kein Heer, keine Flotte.«

Sven schüttelte den Kopf. »Gibt es denn irgendetwas Reelles, was die Politiker für uns gemeinsam erreicht haben, außer dass sie sich auf Geld oder Briefmarken einigen?«

Kapitän Blair dachte einen Moment nach. »Oh ja, Sir! Die Sperre für Siedler westlich der Alleghenies wurde aufgehoben. Dort soll zunächst in Territorien und später in drei bis fünf neuen Bundesstaaten gesiedelt werden.«

»Das wird uns Seeleute kaum betreffen«, meinte Karl Bauer, doch Sven hatte noch eine Frage: »Wie geht es Mr Bradwick?«

»Als ich auslief, war er sehr krank. Der Büroleiter ließ durchblicken, es sei Darmkrebs, aber genau weiß ich es nicht.«

Sven nahm erschrocken die Hand vor den Mund. »Wie furchtbar für den armen Richard! Und erst für seine Frau. Da frage ich nach allem Möglichen, und dabei ist mein Freund und Mentor so schwer krank.«

Karl Bauer legte seine Hand auf Svens Arm. »Sie kommen ja jetzt, Sir, und können ihm helfen. Vielleicht erholt er sich dann.«

»Bei Krebs?« Sven schüttelte bedrückt den Kopf. »Mr Blair, Sie müssen jetzt voraussegeln. Wir übernehmen den Geleitschutz für die letzten anderthalb Tage. Wer führt denn jetzt die Geschäfte für Mr Bradwick?«

Kapitän Blair schien die Nachricht, früher daheim sein zu können, nicht unangenehm. Er antwortete: »Mr Portos, der Büroleiter, Sir.«

»Gut!«, entschied Sven. »Dann laufen Sie ohne Verzögerung voraus und übergeben unsere Nachrichten. Kapitän Bauer, lassen Sie bitte Signal setzen, dass die Kapitäne zu uns an Bord kommen. Ich informiere meine Frau.«

Sie verabschiedeten sich eilig, und die Offiziere wunderten sich, dass Kapitän Blair von Bord ging, ohne noch einige Worte mit ihnen zu wechseln.

»Mr Bradwick, der Reeder, ist schwer erkrankt. Kapitän Blair soll vorausegeln, und wir schützen den Konvoi«, informierte Mr Bauer seinen Ersten. »Lassen Sie bitte signalisieren, dass die Kapitäne an Bord kommen sollen.«

Die Nachricht verbreitete sich schnell an Bord. »Na ja, mehr als ein paar Stunden später kommen wir dadurch auch nicht an«, meinte ein Matrose zu seinem Kumpel. »Das wird meine Frau noch aushalten.«

Am übernächsten Abend liefen sie in die Mündung des Delaware ein. »Nun liegen wir wieder mal eine Nacht in der Flussmündung fest«, sagte der Master zum Zahlmeister. »Hoffentlich wird es nicht wie damals.«

»Aber, Mr Wheler, es gibt doch keine Kaperschiffe der Royalisten mehr im Delaware.«

»Das weiß ich auch, Mr Huston, aber das ist hier eine Gegend, die ich gar nicht mag.«

Die Handelsschiffe ankerten in zwei langen Reihen. Boote fuhren zwischen ihnen hin und her. Aber als es dunkler wurde, kehrte Ruhe ein.

Die *Spirit* hatte flussabwärts von den Handelsschiffen geankert und schützte sie zur Mündung hin. Ein Offizier der am Fluss stationierten Truppen hatte die *Spirit* besucht und verabschiedete sich jetzt von Kommodore und Kapitän.

Kapitän Bauer meinte zu Sven: »Ich mach noch eine Runde und schlaf mich dann aus, damit ich frisch für meine Hanna bin. Grüß Sabrina und die Kinder.«

»Danke. Wir werden uns auch ausschlafen. Morgen wird ein schwerer Tag für uns. Alle werden auf unsere Erzählungen warten, und ich muss wieder einen Haufen Entscheidungen fällen. Wenn ich nur an die Reederei denke! Na, wir werden auch das überstehen. Gute Nacht!«

Mitten in der Nacht wachte Sven auf. Da hatte doch jemand gerufen? Ja, er hörte noch aufgeregte Stimmen. Er sprang aus dem Bett, griff nach Jacke, Gürtel und Pistole und lief an Deck. Der wachhabende Offizier, Leutnant Walton, stand mit drei Matrosen an der Reling.

»Was ist los?«, rief Sven.

»Der Ausguck hat die Annährung eines Schiffes gemeldet, Sir. Keine Positionslichter.«

Leutnant Walton hob die Sprechtrompete und rief in Richtung Flussmündung: »Hier ist die *Spirit of Philadelphia*. Wer da? Setzt Lichter und meldet euch!«

Sven konnte hinter der Gruppe nichts sehen und stieg mit zwei Schritten einen Meter die Wanten hoch. Kein Licht! Plötzlich stachen aus der Dunkelheit drei Lichtzungen hervor. Musketenschüsse knallten. Ein schwerer Schlag traf Svens Wade. Der Schmerz durchfuhr ihn wie ein Blitz und er fiel zurück an Deck.

»Leuchtkugel!«, brüllte Leutnant Walton. Ihr Licht zeigte einen Schoner, der mit allen Segeln von ihnen fortlief und in der Dunkelheit verschwand.

»Sicher ein Schmuggler, Sir«, rief Walton und drehte sich um. Erst jetzt bemerkte er, dass Sven an Deck lag. »Mein Gott!«, stammelte er. »Der Kommodore ist getroffen!« Und nun beugten sich alle zu Sven und versuchten, ihm aufzuhelfen.

Sven stöhnte: »Vorsicht! Mein rechtes Bein.«

»Bringt eine Leuchte!«, befahl Mr Walton. Sie kam. Sie hoben Svens Nachthemd und sahen, dass die Wade von einem Einschuss dicht am Knie blutete.

»Du weckst den Schiffsarzt und ihr drei tragt den Kommodore vorsichtig ins Lazarett!«, ordnete Walton an. »Wie konnte denn das passieren, Sir?«

Sven schrie nur auf, als sie ihn wegschleppten.

Sie trugen den stöhnenden Sven ins Lazarett. Dr. Bader war geweckt worden und trat schlaftrunken mit seinem Gehilfen zu ihnen. Er zwinkerte mit den Augen, um den Schlaf zu vertreiben, aber als er die Wunde sah, ordnete er sofort an: »Bring Opium und Whisky!«

Dann beugte er sich über Svens Bein. »Sie müssen jetzt ordentlich trinken, Sir, und diese Pillen schlucken! Sonst tut es zu weh. Der Knochen ist beschädigt.«

Der Gehilfe zog mit kleinen Haken das Fleisch am Einschuss zur Seite und Dr. Bader tastete mit der Pinzette in der Wunde herum. Sven stöhnte laut auf. »Ich hole zunächst nur die äußeren Knochensplitter heraus, Sir. Trinken Sie nur!»

Und dann stürzte Sabrina schreckensbleich ins Lazarett. »Was ist los? Sven soll getroffen worden sein, sagte man mir.«

»Ihr Gatte hat einen Schuss in die Wade erhalten, Mrs Larsson. Sein Leben ist nicht in Gefahr, aber es ist sehr schmerzhaft. Ich muss die Knochensplitter herausholen und mir ein Bild verschaffen. Bitte, gehen Sie etwas zur Seite!«

Sabrina trat an Svens linke Seite und hielt seine Hand. Dr. Bader holte kleine Splitter aus der Wunde. Svens Stöhnen wurde langsam leiser. Aber der Schiffsarzt sagte: »Geben Sie Ihrem Gatten bitte noch mehr Whisky, Mrs. Larsson.«

Nach einer Weile richtete sich der Arzt auf und berichtete: »Das Schienbein ist glücklicherweise nicht zersplittert. Ob es einen glatten Bruch hat, kann ich noch nicht sagen. Aber das Wadenbein ist dicht am oberen Ende durch die Kugel zerschmettert worden. Es sollte durch einen Stahlstift stabilisiert werden. In sechs bis acht Wochen kann Ihr Gatte wieder gehen.«

Sabrina schwankte zwischen Erleichterung und Entsetzen. »Gott sei Dank, aber wie soll er die Wochen, in denen jetzt die ganze Arbeit der Reederei über ihn hereinbricht, überstehen?«

»Man kann ihm doch einen Tragestuhl bauen, Mrs Larsson. Und warum sollte die Arbeit ihn so belasten?«

Sie klärte Dr. Bader auf, dass Mr Bradwick todkrank sei und Sven sich jetzt um die Geschäfte der Reederei kümmern müsse.

Der Schiffsarzt nickte und sagte: »Während Ihres Berichtes ist mir ein Gedanke gekommen, Mrs Larsson. Ich werde hier mit meinen beschränkten Möglichkeiten die Blutung stillen und die Wunde säubern. Danach liefern wir Ihren Gatten im Krankenhaus Ihres Schwagers ab. Ich weiß, dass die Kollegen dort ganz andere Hilfsmittel haben. Das wird die Chancen der Wiederherstellung sehr verbessern.«

»Ein guter Gedanke«, stimmte Sabrina zu. »Dann müssen wir aber Henry gleich benachrichtigen, dass er alles vorbereitet. Und Kapitän Bauer muss es auch wissen.«

Sven stöhnte leicht, und sie nahmen es als Zustimmung. »Ich schreibe Ihrem Schwager ein paar Zeilen, sobald ich die Wunde versorgt habe, und Sie könnten bitte Kapitän Bauer informieren, Mrs Larsson.«

Gesagt, getan! Sabrina hastete den Niedergang hinauf. Vielleicht blieb ihrem Sven das Glück treu, das ihn so lange geleitet hatte.

Bald darauf ruderte ein Kutter der *Spirit* in der Nacht den Delaware hinauf, um die Nachrichten zum Spital zu bringen.

Der Konvoi setzte in aller Morgenfrühe Segel. Die Matrosen freuten sich auf die baldige Heimkehr. Sabrina saß am Lager ihres Mannes, der von Alkohol und Opium betäubt war und keine Schmerzen spürte.

Dr. Henry Kellaghan jagte mit seinem Pferd durch die Einfahrt zum Spital. Er hatte die Nachricht in dem Hotel erhalten, das seine Familie noch die wenigen Tage bis zum Umzug in das eigene Haus bewohnte.

Er rannte in den Eingang, rief dem Wärter zu: »Kümmern Sie sich um mein Pferd!«, und lief zum Zimmer des Notarztes. »Wer hat Bereitschaft?«

»Dr. Backridge« war die Antwort.

»Wunderbar! Mein Schwager ist in der Mündung des Delaware durch einen Schuss in die Wade verletzt worden und wird uns zur Operation gebracht. Lassen Sie sofort Dr. Backridge holen. Ich bereite die Operation in Raum drei vor. Wir brauchen auch noch einen Wagen mit Liege und Pfleger. Er soll bei der Reederei warten. Ich hoffe, sie legen dort an. Sonst muss er ihnen zum Hafen folgen. Voran! Es gibt Arbeit.«

Im Spital wurde es lebendig. Menschen hasteten umher. Der Wagen verließ den Hof. Nun musste Henry warten. Um seine Ungeduld zu beruhigen, inspizierte er die zuletzt eingelieferten Kranken. Er hatte wenig zu korrigieren. Sein Team war gut eingearbeitet. Henry schickte noch einen Boten in das nahe gelegene Haus der Larssons, damit Martha und John auf die Heimkehr der Familie vorbereitet waren.

Und dann meldete ein Pfleger die Rückkehr des Wagens. Sofort lief Henry zum Tor. Dr. Backridge wartete schon. Zuerst lief Sabrina aus dem Wagen und stürzte sich in Henrys Arme. »Sven braucht dich jetzt, lieber Henry. Bitte, hilf ihm!«

»Das ist doch selbstverständlich, liebe Sabrina. Alles ist vorbereitet. Ich untersuche ihn nur, und dann beginnen wir gleich mit der Operation. Am besten lässt du dich zu eurem Haus bringen. Ingrid wird auch zu dir kommen, und ich gebe sofort Bescheid, wenn wir fertig sind.«

»Henry, bitte, du musst mir erst noch das Ergebnis der Untersuchung sagen. Ich finde sonst keine Ruhe.«

Henry umfasste sie. »Gut. Ich komme dann gleich wieder raus.«

Sabrina setzte sich nur kurz auf einen Stuhl, ging dann aber wieder auf und ab. Nach kurzer Zeit trat ihr Schwager wieder zu ihr. »Du kannst unbesorgt sein, Sabrina. Dr. Bader hat die Wunde gut versorgt. Ich glaube auch nicht, dass das Schienbein gebrochen ist. Wir werden das Wadenbein stabilisieren, und in paar Tagen kann Sven zu euch ins Haus. In anderthalb Wochen kann er auch mit einem Tragestuhl bewegt werden, und in vier Wochen wird er vorsichtig beginnen, wieder zu gehen. Seine allgemeine Konstitution ist gut. Am späten Abend kannst du sicher schon mit ihm ein paar Worte wechseln.«

»Ich bin dir so dankbar, Henry. Jetzt gehe ich und stürze mich in den häuslichen Trubel.«

Sabrina lief die Strecke zu ihrem Haus. Sie war viel zu aufgeregt, um sich noch eine Kutsche zu besorgen. Vor ihrem Haus empfing sie schon der Trubel. Zwei Kutschen standen davor. Sams Begleiter erklärten der verstörten Martha und John, was los sei. Elizabeth bemühte sich, die Kinder ins Haus zu dirigieren, aber Ricky sprang immer an ihnen hoch. Die Kinder selbst wollten von Martha und John beachtet und umarmt werden.

Als die Hunde die sich nähernde Sabrina bemerkten und zu ihr liefen, entwirrte sich die Situation etwas und alle starrten sie fragend an.

»Sven wird jetzt operiert. Onkel Henry ist sehr zuversichtlich, dass er ganz gesund wird. Sagt jetzt auch jemand zu mir einmal, dass ich herzlich willkommen bin!«

Martha und John riefen ihr zu, wie sehr sie vermisst worden sei, und dann traten auch ihre Eltern aus der Tür. Sabrina lief zu ihnen.

»Was ist denn hier los?«, fragte ihr Vater, der sich auf einen Stock stützte.

Sabrina umarmte ihn. »Wir sind von der Reise zurück, Dad, aber Sven wurde an der Flussmündung noch von Schmugglern ins Bein geschossen und musste ins Spital zu Henry, der ihn gerade operiert.«

Astrid, Svens Mutter und Sabrinas Stiefmutter, stöhnte auf und nahm entsetzt die Hand vor den Mund.

»Er wird wieder gesund, Mam, sagt Henry. Er ist sehr zuversichtlich.«

Aber dann waren die Kinder heran, und nun war keine Zeit mehr für Trauer und Sorgen. Sie jauchzten, dass Oma und Opa nun bei ihnen waren, und fingen schon an zu erzählen, was sie alles erlebt hätten.

»Lasst euch von Sam eure Geschenke geben, und dann gehen wir erst einmal ins Haus!«, ordnete Sabrina an und fasste die Großeltern an den Händen.

Sie waren kaum in der Diele, da kam John schon auf sie zu und meldete Mr Portos, den Büroleiter der Reederei.

Sabrina bat ihre Eltern, mit den Kindern ins Wohnzimmer zu gehen. Sie selbst empfing Mr Portos an der Tür und sagte ihm, was Sven passiert sei. »Sie können ihn in vier Tagen in der Klinik von Dr. Kellaghan sprechen. Ich selbst bin morgen Vormittag auch dort und Sie können mich um zehn Uhr über die dringendsten Entscheidungen informieren. Passt Ihnen die Zeit?«

Mr Portos war einverstanden, und Sabrina bat ihn um Verständnis für die Umstände.

Es sollte nicht der einzige Besucher sein, der ihre Erzählrunde mit Eltern und Kindern störte.

Zuerst kam Sam und wurde vorgelassen, um zu berichten, wer am Hafen alles auf sie gewartet hatte. Auch Vertreter des Magistrats seien da gewesen, jemand von der Reederei und dieser und jener Freund. Er habe allen von dem Vorfall berichtet und ihnen gesagt, dass sie vor einem Besuch erst um einen Termin in der Klinik nachfragen müssten.

»Sehr gut, lieber Sam. Dr. Kellaghan hat mir Hoffnung gemacht, dass Sven in vier Wochen wieder anfangen kann zu laufen. Aber nun geh zu Martha und lass dich verwöhnen.«

Als Sabrina am Abend in das Spital ging, war Sven noch benommen und schläfrig. Aber er hatte keine Schmerzen, und Henry versicherte ihr, es sei alles gut verlaufen. Sven werde sich bald erholen. Sabrina überzeugte sich noch diskret, dass er gut versorgt wurde und ging wieder heim. Die Kinder schliefen bereits und sie legte sich auch ins Bett und war schon eingeschlafen, als Martha nach allen schaute.

Als Sabrina am nächsten Morgen in die Klinik kam, wartete Joshua schon auf sie. Sie umarmte den schwarzen Riesen, den langjährigen Schiffsgefährten ihres Mannes, der jetzt ihre Stiftung leitete.

»Woher weißt du, dass Sven hier in der Klinik ist, lieber Joshua? Ich wollte euch doch erst die Nachricht schicken, nachdem ich heute nach ihm geschaut habe.«

»So lange haben Adeline und ich nicht warten können, liebe Sabrina. Einer unserer Lehrer war zufällig gestern in der Nähe des Hafens und erfuhr von Svens Unglück. Da bin ich hergeeilt, da ich mir denken konnte, dass du Sven besuchst.«

»Dann komm gleich mit, Joshua. Du gehörst ja zur Familie, und Henry hat mir gestern schon gesagt, dass es keine schlimme Verletzung ist.«

»Er lief mir vorhin kurz über den Weg. Er war wie immer sehr in Eile und hat mir nur zugerufen, heute ginge es Sven schon viel besser.«

In der Tat, als Sabrina und Joshua ins Zimmer traten, lachte Sven und winkte ihnen zu. Sabrina umarmte und küsste ihn.

»Mir geht es viel besser, wenn ich nicht so viel Laudanum oder Opium schlucken muss. Allerdings tut es dann auch ein wenig weh. Aber wenn das Bein ruhig liegt, ist es zu ertragen. Nun müsst ihr erzählen, wie es zu Hause aussieht. Adeline war doch schwanger, als wir abreisten, Joshua. Wozu darf man gratulieren?«

»Mein Gott, daran habe ich bei all der Aufregung gar nicht gedacht! Sei nicht böse, Joshua!«, fiel Sabrina ein.

Joshua winkte lachend ab. »Es ist ein gesunder Junge. Wir haben ihn Sven genannt und dir die Patenschaft reserviert, lieber Sven. Du musst also schnell gesund werden, denn ein Patenonkel muss mit dem Kind auch spielen.«

Sven freute sich. »Wir wachsen immer enger zusammen, lieber Freund. Aber zunächst müsst ihr mir erzählen, wie sich meine Eltern fühlen, wie es um unser Zuhause steht, und dann kommen die Stiftung dran und deine Familie, Joshua. Und bis ihr fertig seid, erscheint wieder irgendein Arzt und meint, ich müsse Ruhe haben.«

Sabrina erzählte, wie gut sich die Eltern eingelebt hätten, wen sie schon alles zu ihren Freunden zählten. Allerdings verschwieg sie ihm, dass Richard Bradwick in Ruhe und zufrieden gestorben sei, als ihn gestern die Nachricht von der Heimkehr des Schiffes erreichte. Aber die Nachrichten über das herzliche Wiedersehen von Kindern und Großeltern lenkten Sven auch so ab, dass er nicht nachfragte. Auch dass mit Angestellten und Haus alles in Ordnung sei, beruhigte ihn.

»Und was ist mit Gao?«, fragte er aber doch.

»Kapitän Bauer schickt ihn erst heute. Er meinte, wir hätten sonst zu viel neu zu regeln.«

Nun wurde Joshua noch über Gao orientiert, der scherzte, dass sie nun wieder einen Ziehsohn hätten und er einen weiteren Stiefbruder und sprach dann über Adelines Geburt, seine beiden Kinder und die Stiftung.

Aber dann trat Dr. Backridge ins Zimmer und bat um Verständnis, dass der Patient noch viel Ruhe brauche.

Sabrina hatte es schon bemerkt und verabschiedete sich mit dem Versprechen, heute Abend noch einmal vorbeizuschauen, und fragte Sven, ob sie ihm etwas mitbringen solle. Er bat um einige der Pralinen, die er so gerne aß, und ein Buch. Joshua schüttelte ihm noch die Hand, dann gingen sie.

»Joshua, ich bin so glücklich, dass es ihm so viel besser geht als gestern. Hast du noch einen Moment Zeit? Der Büroleiter Portos wartet jetzt hier auf mich. Dein Rat wäre mir sehr willkommen, wenn etwas schnell entschieden werden muss.«

Es waren jedoch keine bedeutenden Fragen, die der Entscheidung harrten. Zuerst wurde Joshua mit der Nachricht vom Tod Richard Bradwicks konfrontiert. Seine Frau Anne hatte ihrem todkranken Mann noch in der Frühe die Nachricht aus der Reederei übermittelt, dass die *Spirit* mit sehr ertragreicher Fracht den Delaware aufwärts segele. Ihr Mann hatte die Nachricht mit sichtbarer Erleichterung aufgenommen. »Nun wird alles gut!«, sollte er gesagt und sich zufrieden zurückgelehnt haben. Der Tod hatte ihn dann im Schlaf ereilt. Joshua war ergriffen, denn er kannte Svens Partner gut und schätzte ihn. »Adeline wird Anne besuchen wollen.«

Mr Portos' Fragen waren schnell zu beantworten. Nur die Frage nach dem dritten Ostindiensegler wollte sie Sven überlassen, der sie sicher in zwei Tagen nach einem Blick auf die guten Bilanzen der Reederei beantworten konnte.

Joshua konnte die guten Nachrichten vom Zustand Svens in der Stiftung mitteilen. Sabrina fand bei der Rückkehr in das gemeinsame Heim kurze Briefe der Freunde vor, die von Svens Verwundung gehört hatten und sich erkundigten, wann sie ihn besuchen könnten. Zum Glück hatte Kapitän Bauer vorausschauend Nathaniel Zander, Svens Schreiber, vorbeigeschickt, der nach Absprache mit Sabrina die Briefe beantworten und die Freunde auf die nächste Woche vertrösten würde.

Dann widmete sich Sabrina einem umfangreicheren Brief, der aus Einars Tal eingetroffen war. Herr von Neuenburg berichtete über den erfolgreichen Verlauf der Ansiedlung. Er hatte schon zwei große Gebäude für die Tiere und die Ernten neu errichten lassen, und die ersten neugeborenen Tiere liefen schon herum und fraßen das fette

Gras. Ganz besonders erfreute Sabrina aber, dass ihr früheres Kindermädchen Henrietta seinen ehemaligen Sergeanten und jetzigen Verwalter Marker im letzten Monat geheiratet hatte. Sie seien in einem nahe gelegenen Dorf mit großer Anteilnahme der Bevölkerung getraut worden und er werde ihnen ein Haus auf dem neuen Gelände bauen lassen.

Sabrina berichtete es zuerst Svens Mutter, die jede Nachricht aus Einars Tal besonders interessierte. »Das wird Sven aber freuen«, meinte die.

»Aber mit unserem Besuch dort werden wir wohl etwas warten müssen«, ergänzte Sabrina. »Erst muss sich Sven daheim erholen.«

Fünf Tage später war es dann so weit. Dr. Kellaghan hatte Svens Entlassung zugestimmt, und die Kutsche mit dem Genesenden rollte langsam auf das Haus zu.

Sabrina, die Kinder und die Eltern, das heimische Personal und seine Begleiter vom Schiff warteten auf der Treppe zum Haus. Ein neuer Tragestuhl stand bereit.

Sven winkte fröhlich aus dem Fenster. Sam brachte mit Joshua den Tragestuhl zur Kutsche. Beide hoben Sven behutsam aus dem Wagen, setzten ihn hinauf und trugen ihn zu den Wartenden.

Sabrina und seine Mutter umarmten Sven zuerst, aber den Opa drängten die Kinder zurück. Sven drückte sie alle. Die dicke Martha weinte am lautesten. »Mir geht es doch gut, liebe Martha. In ein paar Wochen siehst du mich wieder herumlaufen. Die große Reise ist zu Ende. Jetzt bin ich wieder daheim.«

»Und so schnell lassen wir dich nicht mehr fort!«, ergänzte Sabrina.

ENDE

»In einer Liga mit Patrick O'Brian und Bernard Cornwell.«

BOOKLIST

Sean Thomas Russell
UNTER FEINDLICHER FLAGGE
Aus dem kanadischen Englisch von Dr. Holger Hanowell, M.A
656 Seiten
ISBN 978-3-404-16041-9

1793. Der Konflikt zwischen England und Frankreich spitzt sich zu. Auch der Halbfranzose Charles Hayden, Lieutenant in der Royal Navy, bekommt die wachsende Feindseligkeit gegenüber Frankreich zu spüren, als er den verhassten Posten des Ersten Offiziers auf der Fregatte *Themis* übernehmen muss. Hier hat Captain Josiah Hart das Kommando, dem der Ruf eines Feiglings und Tyrannen vorauseilt. Zu Recht, wie Hayden am eigenen Leib erfahren muss, als die Fregatte in See sticht, um französische Kriegsschiffe aufzubringen. Trotzdem hält der junge Lieutenant an den militärischen Prinzipien von Pflicht und Gehorsam fest – und gerät so bald zwischen die Fronten einer meuternden Crew und eines brutalen Captains …

Bastei Lübbe Taschenbuch

„Knistert vor Spannung!“

LIBRARY JOURNAL

Bernard Cornwell
SHARPES AUFSTIEG
Aus dem Englischen
432 Seiten
ISBN 978-3-404-16547-6

1809. Bitterer Winter beherrscht den Norden Spaniens. Die britischen Truppen ziehen sich nach La Coruña zurück. Lieutenant Richard Sharpe und eine versprengte Abteilung Schützen sind auf sich allein gestellt, eingekreist von der siegreichen Armee Napoleons. Sie haben nur eine Chance: Wenn sie sich Major Blas Vivar und seinen spanischen Aufständischen anschließen. Doch das hat seinen Preis, denn Vivar will die heilige Stadt Santiago de Compostela befreien, die von französischen Truppen besetzt ist. Sharpe und seinen Männern bleibt nichts anderes übrig, als einmal mehr ihren unbeugsamen Willen zu beweisen, um sich gegen die feindliche Übermacht durchzusetzen.

Bastei Lübbe Taschenbuch